Tophit

Van Jill Mansell zijn verschenen:

Solo*
Open huis*
Tophit*
Kapers op de kust*
Hals over kop*
Geknipt voor Miranda*
De boot gemist*
Millies flirt*
Niet storen!*
Kiezen of delen*
Gemengd dubbel*
Geluk in het spel*
De prins op het verkeerde paard*
En de minnaar is…*
Ondersteboven*
Scherven brengen geluk*
Eenmaal andermaal verliefd
Versier me dan

*In Poema pocket verschenen

Jill Mansell

Tophit

SIJTHOFF

FSC
Mixed Sources
Productgroep uit goed beheerde bossen
en andere gecontroleerde bronnen
www.fsc.org Cert no. SGS-COC-006507

Uitgeverij Sijthoff en drukkerij Bariet vinden het belangrijk om op milieuvriendelijke en verantwoorde wijze met natuurlijke bronnen om te gaan

vijftiende druk

Oorspronkelijke titel: *Kiss*
Vertaling: Ytje Holwerda
Omslagontwerp: Pete Teboskins/Twizter.nl
Omslagillustratie: Ingrid Bockting

ISBN 978 90 218 0410 1
NUR 343

www.boekenwereld.com
www.uitgeverijsijthoff.nl
www.watleesjij.nu

Voor Cino en Lydia,
met al mijn liefde

I

‘Ik wil alleen weten,’ zei Katerina langzaam, ‘of jouw bedoelingen met mijn moeder wel eerbaar zijn.’

Ze bleef ondanks het feit dat het hard sneeuwde, onverstoorbaar in de deuropening staan en weigerde Ralph binnen te laten.

‘Wat ben je toch een schatje,’ zei hij, terwijl hij lachend door haar haren woelde, omdat hij wist hoe vervelend ze dat vond. ‘Waaraan heeft jouw vrijgevochten moeder zo’n dochter te danken? Als je een paar jaar ouder was, Kat, dan zou ik je, zowaar ik hier sta, als de bliksem mee naar Gretna Green nemen.’

‘Ach, denk je nou heus dat ik zo stom zou zijn om mee te gaan? Trouwens, we hebben het niet over mijn huwelijkskansen,’ vervolgde ze met een streng gezicht. ‘Ik heb je iets gevraagd en ik wacht nog steeds op antwoord.’

‘Ja, natuurlijk. Of mijn bedoelingen eerbaar zijn?’ Hij zweeg een ogenblik, fronsend, om over zijn antwoord na te denken. Sneeuwvlokken die in zijn haar smolten, gleden langs zijn nek omlaag. Het was erg koud. ‘Nee, het spijt me,’ zei hij tenslotte. ‘Beslist niet.’

Katerina haalde haar schouders op. ‘Dan is het goed,’ antwoordde ze opgewekt, en deed een stap opzij om hem binnen te laten. ‘Mam kan eerbare mannen niet uitstaan. Ze is in de keuken, hoor, haar haar aan het verven.’

‘Ga weg,’ mopperde Izzy met gesmoorde stem, haar hoofd ondersteboven in de gootsteen. ‘Je bent vroeg.’

‘Nee, dat ben ik niet.’ Ralph kneep in haar met denim omspande achterste, dat verleidelijk achteruitstak. ‘Jij bent laat. Wat voor kleur wordt het eigenlijk?’ Hij keek wat aandachtiger naar de massa druipende krullen en zag dat het spoelwater in de gootsteen een onheilspellende tint indigoblauw had.

De laatste kan warm water werd leeggegoten, met een hoop gespetter in de gootsteen en op de vloer. Izzy wrong haar haar uit, wond er een badhanddoek als een tulband omheen, richtte zich op en had, voor

Ralph kon wegduiken, een natte zoen op zijn wang geplant.
'Glanzende braam. Ik zal er straks onweerstaanbaar uitzien, schat.'
Ze was zo al onweerstaanbaar, dacht hij, terwijl hij achter haar de rommelige huiskamer binnenging – slordig, maar onweerstaanbaar. En hoewel ze naar een party in Hampstead zouden gaan, begon hij zich nu te bedenken, ondanks het feit dat er waarschijnlijk een filmproducer zou komen die een nuttig contact zou kunnen zijn.
Izzy zou nog minstens een uur nodig hebben om zich aan te kleden en op te maken, en het was ijzig koud buiten. Het vooruitzicht van een rustig avondje thuis – alleen zij tweetjes, samen bij de haard – werd steeds aanlokkelijker.
'Ga je weg?' vroeg hij hoopvol aan Katerina, die languit op de met kussens bezaaide bank, haar blote benen over de armleuning bungelend, in een boek verdiept was.
Ze nam niet de moeite om op te kijken. 'Nee.'
Waarom kon Katerina niet net zo zijn als normale tieners, dacht hij een tikje geërgerd, en vrijdagsavonds uitgaan? Het moeder-dochterpakket mocht dan kleine voordelen hebben – en het feit dat Katerina kans zag Izzy orde en regelmaat bij te brengen was ongetwijfeld een pluspunt – maar haar volslagen onverschilligheid voor het uitgaansleven kon af en toe behoorlijk lastig zijn.
Hij twijfelde er in alle ernst aan of Katerina de algemene betekenis van het woord plezier wel kende. Ze had op haar zeventiende niet eens een vriend, ze hield niet van disco's of party's en vond tienerbladen waardeloos. Roddelen deed ze nooit. Haar opvatting van een echt fijne avond was blijkbaar op de bank liggen en een paar hoofdstukken van *Gray's Anatomy* verslinden. Terwijl ze verdorie toch een aardige meid was, beschaafd en charmant, geestig wanneer ze wilde, en uitgesproken knap. Waarom ze niet iedere avond uitging en van het leven genoot, ging zijn verstand te boven.
Maar het feit bleef dat ze dat niet deed, en omdat ze ook geen aanstalten maakte om van de bank te komen, verzoende Ralph zich maar met het idee dat ze net zo goed naar de party konden gaan.
'Ik ben over vijf minuten klaar,' loog Izzy, terwijl ze naar de slaapkamer liep, waarbij de vochtige handdoek als een stierenvechterscape achter haar aan zwierde.
'Mam, je haar is blauw.' Katerina, die onmogelijk kon begrijpen waarom iemand ooit van haarkleur wìlde veranderen, laat staan dat elke maand zou doen, keek haar moeder met een mengeling van ergernis en toegeeflijkheid na.

'Nee, dat is het niet,' antwoordde Izzy luchtig over haar schouder. 'Het is glanzende braam. Het zal beeldig staan. Als het droog is.'

Er waren werkelijk geen grotere zaligheden in het leven dan deze, dacht Izzy. Chronisch geldgebrek, de frustratie van een groot talent hebben en nog steeds niet ontdekt zijn, het ongemak van je aldoor te moeten afvragen hoe lang hun chagrijnige huisbaas hen nog op deze ongerieflijke etage zou dulden... al die problemen verdwenen in het niet wanneer je met een lekker stuk in bed lag, een heerlijk warme huid streelde en wist dat je nog in geen uren hoefde op te staan. Dat was in één woord zalig.

'Huidcontact,' verkondigde ze, tevreden over zichzelf dat ze het belang ervan had ontdekt.

'Hmmm?'

'De drie fijnste dingen die de mens kent.' Ze glimlachte en vlijde zich in haar volle lengte tegen hem aan. 'Sex, niezen en huidcontact. Nee, beter gezegd, sex, huidcontact en niezen. Iemands huid strelen is op een na de grootste zaligheid. En zeker veel leuker dan een verkoudheid.'

Een voet streek langs haar been, geroutineerd op en neer gaand. 'Alleen als de ander eraan denkt om haar benen te scheren.'

Izzy kraste uit protest met haar vingernagels over zijn borst. 'Daar heb ik wel aan gedacht. Ik heb het van de week nog gedaan.'

'Terwijl je je haar aan het verven was?' vroeg Mike. 'Stel je voor, dat je bij vergissing je benen had geverfd en je hoofd had kaalgeschoren. Het idee alleen al.'

'Hoe kun je op zondagmorgen om tien uur zo sarcastisch doen?' vroeg Izzy kriegel. Ze merkte dat ze honger had en vroeg zich af of Kat zin zou hebben om een uitgebreid ontbijt klaar te maken.

'Dat gaat vanzelf.'

'Dat is niet eerlijk.'

'Het leven is niet eerlijk.' Mike hees zich overeind en ging zitten, omdat hem blijkbaar toch geen slaap meer werd gegund. 'Dat ik je maar twee avonden per week zie, is niet eerlijk. Als wij een echte relatie willen opbouwen, Izzy, zullen we wat meer regelmaat in ons leven moeten brengen.'

Dat was het probleem met Mike, dacht Izzy, onder de dekens glimlachend. Het was tevens een deel van zijn charme; alleen Mike kon verwachten dat ze 'wat meer regelmaat' in haar leven zou brengen. Zij vond de relatie die ze nu hadden, prima. Ze bracht elke week twee

avonden met Mike door en twee met Ralph, en ze werkte twee avonden. De maandag was voor rust en ontspanning. Als dat geen regelmaat was, dan wist ze het niet meer.
'Jij hebt het druk, ik heb het druk,' mompelde ze vaag, zich weer tegen hem aan nestelend. 'Bovendien zou je je gaan vervelen. Ik leid tenslotte een tamelijk alledaags leven. Je zou gauw genoeg van me krijgen als je me telkens de keuken zag schrobben en de gang stofzuigen.'
Niets wat Izzy deed was ooit alledaags, dacht Mike. Hij betwijfelde bovendien ernstig of ze eigenlijk wel wist hoe een stofzuiger eruitzag, maar hij begreep dat het geen zin had om op het onderwerp door te gaan. 'Oké,' zei hij, terwijl hij haar in zijn armen trok en de flauwe, onmiskenbare Izzy-geur van haar lichaam opsnoof. 'Ik geef me gewonnen. Ik zal mijn zakenimperium verder uitbreiden en jij kunt naar hartelust stofzuigen. Zolang jíj je maar niet gaat vervelen en iets met een andere man krijgt.'
'Met een dochter als de mijne om het te verklappen?' vroeg Izzy, met een glimlach naar hem opkijkend. 'Kom nou.'

2

'Ik begrijp het niet,' zei Gina onzeker, terwijl haar geest de woorden uitwiste die ze beslist verkeerd moest hebben verstaan. 'Ik kan er geen touw aan vastknopen. Laat me je een borrel inschenken. We eten lamsbout en het duurt nog wel een half uur voor die klaar is.'
Maar toen ze met hoekige bewegingen naar de huisbar in een hoek van de zitkamer liep, werd ze zich er akelig van bewust dat ze niet wist wat ze met haar handen moest doen. Ze leken groot en onbeholpen aan weerszijden van haar lichaam te fladderen. Ze was blij toen ze de fles Gordon kon pakken en Andrew zijn borrel kon inschenken – twee vingers gin, drie vingers tonic, precies zoals hij het graag had als hij na zijn werk thuiskwam.
Maar nu stond ze tegenover het nieuwe probleem dat ze niet wist waar ze moest kijken. Ze wist dat Andrew haar gadesloeg, en ofschoon hij dat wat hij daarnet had gezegd onmogelijk kon hebben ge-

meend, merkte ze dat ze niet in staat was hem recht aan te kijken. Haar coördinatie was weg. Ze wist niet of ze moest blijven staan of gaan zitten. En hoe kon er zoiets raars met haar lichaam gebeuren, als het alleen maar een simpel misverstand was? Over een halve minuut zouden ze ongetwijfeld om haar belachelijke vergissing lachen, en haar handen en ogen zouden weer normaal functioneren.

Maar Andrew lachte niet. Toen ze hem eindelijk het glas aangaf, schudde hij zijn hoofd en wees op de fauteuil tegenover hem.

'Ga zitten. Je kunt die borrel maar beter zelf opdrinken. God, het spijt me, Gina, je zult me wel een gemene rotzak vinden, maar ik had echt niet verwacht dat er zoiets als dit van zou komen. Ik wilde je geen verdriet doen.'

Gina verstarde, niet in staat tot iets anders dan wachten. Hij kon nu elk ogenblik in lachen uitbarsten en zeggen: 'Het was natuurlijk maar een grapje,' en dan zou zij opgelucht zijn en het eten verder gaan klaarmaken. De raapjes moesten in de braadslee en de uiensaus, die op het fornuis stond te sudderen, zou waarschijnlijk wel eens geroerd mogen worden.

'Ik had gedacht dat je me nu onderhand wel allerlei spullen naar mijn hoofd zou gooien,' vervolgde Andrew. Hij haatte zichzelf om wat hij deed, maar hij moest een of andere reactie uitlokken. Toen Gina hem tenslotte aankeek, zag hij angst en verwarring in haar ogen.

'Is dit een grap?' fluisterde ze na een tijdje. De glimp van hoop in haar ogen werd hem bijna te machtig, maar hij vermande zich, haalde diep adem en herhaalde de woorden die hij had gehoopt maar één keer te hoeven zeggen.

'Nee, Gina, dit is geen grap,' zei hij bruusker dan hij van plan was geweest. 'Ik ga weg en ik wil scheiden. Ik heb een ander leren kennen – ik ga al bijna zes maanden met haar om – en hier blijven zou tegenover jullie allebei onbillijk zijn. Ik heb een flat in de Barbican gehuurd en daar ga ik vanavond naartoe. Het spijt me,' herhaalde hij hulpeloos. 'Ik wilde je ècht geen verdriet doen, maar deze dingen gebeuren soms gewoon.'

'Maar je bent mijn man,' fluisterde Gina. Haar knieën begonnen vreselijk te trillen – hij had altijd gezegd dat hij haar knieën zo mooi vond – en ze merkte dat ze moeite had met slikken. Ze zette het glas gin-tonic voorzichtig op het bijzettafeltje, voor ze zou morsen, stond op en zakte meteen weer in haar stoel neer. 'We zijn getrouwd,' zei ze ongelovig. 'We zijn gelùkkig getrouwd! Iedereen zegt altijd dat wij zo gelukkig zijn.'

Zijn medelijden vermengde zich met ergernis. Waarom kon ze hem in vredesnaam niet iets naar zijn hoofd gooien? Waarom gilde, krijste, tierde ze niet, waarom maakte ze geen scène? Dan zou het hem gemakkelijker vallen, dacht hij, om haar de rest te vertellen.

'Ik was gelukkig,' zei hij, in de hoop haar een reactie te ontlokken, 'maar nu ben ik van een ander gaan houden.'

'Je zei dat je me geen verdriet wilde doen!' Gina's knokkels werden wit toen ze haar gebalde vuisten in haar schoot drukte en moeizaam uitbracht: 'Ik wil je best vergeven dat je een verhouding hebt gehad. We hoeven toch niet te scheiden? Als je me geen verdriet wilt doen, kun je haar toch vertellen dat het voorbij is, en wij gaan verder alsof er niets is gebeurd. Het is toch maar een slippertje,' besloot ze buiten adem, met gesmoorde stem nu haar tranen – eindelijk – begonnen te vloeien. 'Zoiets heeft toch niets te betekenen, echt niet. Er zijn zoveel mannen die ooit zoiets hebben. Daarom hoeven we toch niet te gaan scheiden?'

'Ik wil met haar trouwen,' zei Andrew toonloos.

Gina staarde hem niet-begrijpend aan. Gaf ze hem geen nieuwe kans? Was ze niet zo begripvol als een vrouw maar kon zijn? 'Maar waarom?'

Hij greep het glas gin-tonic en dronk het achter elkaar leeg. 'Omdat ze,' antwoordde hij langzaam, 'zwanger is.'

Izzy bracht een tweede laag mascara op haar wimpers aan en zong ondertussen het tweede couplet van 'New York, New York!'. 'Kat, wil je nog een lift naar de bibliotheek, ik ga over vijf minuten de deur uit.'

Het volgende moment verscheen Kat achter haar in de spiegel. Izzy, overmand door liefde voor haar lieve, intelligente dochter, draaide zich om en gaf haar een kus.

'Waar zou ik zijn zonder jou, hmm?'

'In de nesten,' antwoordde Katerina, nuchter als altijd. 'Bestaat de kans dat één van de twee vanavond belt?'

'Ralph misschien. Hij wil dat ik morgen met hem uit eten ga. Zeg maar dat ik hem om halfnegen bij Vampires zal ontmoeten. Mike zal wel niet bellen, maar als hij het toch doet, zeg dan...'

'Dat je naar een auditie moet,' vulde haar dochter aan. 'Maak je maar geen zorgen, ik zal het niet vergeten.'

'Je bent een engel.' Izzy gaf haar nog een kus, toen deed ze een pas achteruit en keek haar quasi ernstig aan. 'Gedraag ik me werkelijk schandalig?'

Katerina hield er op haar zeventiende al een uitgesproken eigen mening op na. Izzy had haar fouten – en haar onverbeterlijke slordigheid kon af en toe bijzonder irritant zijn – maar ze was de beste moeder die er bestond. En wie zou ooit kunnen beweren dat zo'n hartelijke, gulle, optimistische en liefdevolle vrouw zich schandalig gedroeg?
'Je gaat nu ruim een jaar met Mike om,' antwoordde ze kalm. 'En hoe lang is Ralph al in beeld, bijna twee jaar? Je bent hen allebei trouw. Je hebt geen van tweeën beloofd om met hem te trouwen. Iedereen is gelukkig, wat zou daar verkeerd aan kunnen zijn? Als ik volwassen ben,' besloot ze luchtig, 'ben ik vast van plan om ook deeltijdgeliefden te nemen.'
'En dat ze nog maar lang mogen zwijmelen,' zei Izzy, die steeds opnieuw versteld stond van de omvang van haar dochters onweerlegbare logica. Ze keek op haar horloge. 'Hemel, dadelijk kom ik nog te laat. Wil je nu meerijden of niet?'
Katerina schudde haar hoofd. 'Mij te koud buiten. Ik loop er morgenochtend op weg naar school wel even naar binnen. Ik moet vanavond trouwens nog een opstel schrijven.'
'Oké.' Izzy trok in de koude gang een bruin leren vliegeniersjack aan en wikkelde een witte wollen sjaal om haar hals. Ze greep haar sleutels en haar helm en gaf haar dochter nog een kus. 'Ik ben tegen halftwee thuis, als mijn fans me laten gaan!'
'Je zult heel wat eerder terug zijn,' zei Katerina droog, de weekendtas ophoudend die Izzy was vergeten, 'als je je kleren niet meeneemt.'

Izzy neuriede binnensmonds. Haar tanden klapperden zo hard dat ze de woorden niet hardop durfde te zingen; dan zou ze haar tong aan flarden bijten. Haar dierbare motor, een glanzende, zwarte Suzuki 250, was 's zomers een heerlijk vervoermiddel, en goedkoop bovendien, maar er bij temperaturen onder nul mee van en naar haar werk te rijden was – ze wist er geen betere uitdrukking voor – gewoonweg afzien.
Gelukkig waren de wegen vanavond niet zo glad. Dus als er geen gekken haar pad kruisten, zou ze in nog geen twintig minuten in de club zijn. En wie weet, zou dit misschien de avond zijn die haar leven zou veranderen…

Nadat ze de resten van hun vroege avondmaal had afgeruimd, haar schooluniform had verwisseld voor een zwarte legging en een sweatshirt, en een pakje Engelse drop in een puddingvorm had geleegd om ze gemakkelijk te kunnen pakken, installeerde Katerina zich voor de haard en vroeg zich af hoe iemand zich moest voelen die een hekel had aan alleenzijn.

Zijzelf hield ervan, net zoveel als van hun kleine, maar knusse etage boven een ijzerwinkel in een rustige straat achter Clapham High Street. Het was natuurlijk maar een huurwoning, maar Izzy was hem, toen ze er anderhalf jaar geleden introkken, meteen met haar gewone enthousiasme en flair voor bijzondere effecten gaan opknappen. Het feit dat ze zich de luxe van behang niet had kunnen veroorloven, had ze meer dan goedgemaakt met prachtige kleuren verf, opvallende biezen en haar eigen verbluffende gevoel voor stijl. Vele uren van veelkleurig sjabloneren en het ingenieus aanbrengen van wandversiering, hadden precies het spectaculaire effect opgeleverd dat Katerina had verwacht en binnen vier dagen was de woning een thuis geworden.

Het was een van Izzy's onverwachte talenten, en als Katerina minder loyaal was geweest, zou ze misschien hebben gewenst dat haar moeder iets op het gebied van binnenhuisarchitectuur zou beginnen, of desnoods gewoon een behang- en schildersbedrijfje. Toegegeven, het zou haar waarschijnlijk geen overweldigende roem en rijkdom brengen, maar het was een fatsoenlijk, lucratief beroep en volgens zeggen bracht het een tamelijk vast inkomen op.

Katerina kon zich gewoon niet voorstellen hoe het zou zijn om op te groeien met een moeder die niet zong. Izzy was er, zolang ze zich kon herinneren, altijd geweest, altijd van de ene financiële crisis in de andere tuimelend en tegelijkertijd altijd vol vertrouwen dat de onvermijdelijke grootse doorbraak net om de hoek lag. Katerina had als klein kind in groezelige pubs en arbeiderscafés op bierkratten cola zitten drinken en naar haar zingende moeder zitten luisteren, terwijl het publiek vol overgave bezig was zich het zaterdagse stuk in de kraag te drinken. Soms klonk er het waarderende applaus waar Izzy voor leefde. Maar er braken ook wel eens vechtpartijen onder de klanten los en dan gingen Izzy's songs in het tumult verloren. En op gezette tijden waren er lolbroeken die ofwel gingen meezingen met dubbelzinnige teksten van eigen makelij, of Izzy rechtstreeks tot hun mikpunt maakten en zich bescheurden om hun eigen zogenaamde geestigheden. Wanneer dat gebeurde, sprongen de tranen Katerina in de ogen en zou ze de daders zo graag midden in hun gezicht hebben gestompt, dat ze zich aan de krat waarop ze zat, moest vastklemmen om zichzelf tegen te houden. In haar ogen was haar moeder Jeanne d'Arc, een heldin, belaagd door domme boeren. Maar Izzy kon er na afloop om lachen en zeggen dat het niet erg was, omdat ze drie pond veertig had verdiend. Dan stopte ze haar dochtertje de veertig pence in de kleine hand en knuffelde haar. Het gaf niets, verklaarde ze dan opgewekt, omdat iedereen ergens moest beginnen; dat stond vast. En iemand die een avond in een arbeiderskroeg aan de rand van Blackpool doorstond, zou daarmee vergeleken Las Vegas een makkie vinden.

Op school zag de juffrouw Katerina de volgende dag over een atlas gebogen zitten, op zoek naar die bijzondere stad. In antwoord op de vraag: 'Wat is Las Vegas voor een stad?' had juffrouw Brent met een afkeurend gesnuif geantwoord: 'Dat is een stad waar alle mensen spelen,' en Katerina was gerustgesteld. Spelen was toch zeker leuk? Las Vegas werd in Katerina's verbeelding één grote, groene speelweide, waar alle inwoners lachten, speelden en pret maakten. 'Mijn mama neemt me mee naar Las Vegas,' vertelde ze blij. 'En als we daar zijn, ga ik de hele dag spelen.'

Het is onnodig te vermelden dat het nooit tot Las Vegas was gekomen. Izzy's grootse doorbraak had het laten afweten en ze hadden gewoon, op goed geluk, van de hand in de tand verder geleefd, ofschoon arbeiderscafés nu gelukkig tot het verleden behoorden. Platform One, waar Izzy nu al anderhalf jaar werkte, was dan wel geen chique tent, maar hij lag in Soho en het publiek wist het gebodene over het algemeen te waarderen. En hier in Londen bestond, zoals Izzy met klem betoogde, altijd die kans op een kans dat je nooit wist wie er op zekere avond zou binnenkomen, haar zou horen zingen en zou begrijpen dat zíj degene was die ze moesten hebben voor de hoofdrol in de show die ze aan het produceren waren.

Dat gebeurde natuurlijk niet, maar Izzy kon er eindeloos over fantaseren. Zingen was haar favoriete bezigheid en wat ze het beste kon. Ze deed wat ze niet kon laten, en Katerina misgunde haar er nooit één door geldzorgen getekend moment van. Trouwens, wie zou een moeder die vrolijk een hoop geld neertelde voor een zachtgele mohair trui voor haar dochter en dan een week lang op boterhammen met pindakaas leefde om het financiële evenwicht te herstellen, ooit iets misgunnen? En al joeg haar impulsieve gulheid Mike steevast de stuipen op het lijf – hij was nu eenmaal zo iemand die al de bibbers had wanneer zijn elektriciteitsrekening niet per kerende post werd betaald – Katerina had uitsluitend bewondering voor haar moeders zalige minachting voor alledaagse zaken als financiële zekerheid. Als morgen

de bom zou vallen, had zij veel liever een heerlijk zachte mohair trui om haar warm te houden, dan zich, door met puin bezaaide straten dwalend, te moeten afvragen wat voor uitwerking dit alles op haar pensioenplan zou hebben.
Ze had een derde van de Engelse drop opgegeten en was al aan de tweede pagina van haar opstel bezig, toen de telefoon ging. Het was twee minuten over acht. Bij zichzelf glimlachend – want Ralph sloeg, in weerwil van zijn wereldwijze air nooit een aflevering van *Coronation Street* over – nam Katerina de hoorn op.
'Je moeder is zeker niet thuis,' zei de bruuske stem van Lester Markham.
'Helaas niet,' antwoordde Katerina liefjes, 'Hoe is het met u, meneer Markham? En hoe is het...'
'Laat maar zitten,' viel hij haar bot in de rede. 'Het zou een stuk beter met me gaan als ik die twee maanden huur kreeg die je moeder me nog schuldig is. Zeg maar tegen haar dat ik morgenochtend om negen uur dat geld kom halen. Tot op de laatste cent.'
Katerina stopte weer een Engels dropje – een zwart-met-bruine driedekker, die ze het lekkerst vond – in haar mond en dacht even na. Lester Markham leek sprekend op Leonard Rossiter in *Rising Damp*. Helaas had hij nog minder gevoel voor humor dan de weerzinwekkende Rigsby.
'Ik dacht dat we u maar één maand schuldig waren,' zei ze voorzichtig.
'Plus nog een maand vooruit,' snauwde Lester Markham, 'die ze in december heeft opgemaakt en voor het gemak maar schijnt te hebben vergeten.'
Oei, dacht Katerina. Dus daar had ze het geld vandaan gehad voor hun verrukkelijke kerstdiner bij Chez Nico.
'Ach ja,' antwoordde ze op verzoenende toon. 'Ik zal het haar vertellen, zodra ze thuiskomt. Maakt u zich maar geen zorgen, hoor.'
'Ik maak me ook geen zorgen,' zei hij bars. 'Dat zouden jullie moeten doen. Zeg maar gewoon tegen je moeder dat ik dat geld – en ik bedoel het héle bedrag – morgenochtend moet hebben. En als ik het niet krijg, zet ik jullie aan het eind van de week die woning uit.' Hij snoof en voegde er volkomen onnodig aan toe: 'En dat méén ik.'

3

Gina wist niet waarom ze dit deed – ze wist niet eens precies waar ze was – maar ze wist wel dat ze niet naar huis kon gaan. Alles was beter dan naar dat lege huis teruggaan en die nachtmerrie van Adrews vertrek opnieuw te moeten beleven.

Haar vingers verstijfden en klemden zich zo krampachtig om het stuur van de Golf dat ze zich afvroeg of ze zich er nog ooit van zou kunnen losmaken. Bovendien was ze nu echt verdwaald, maar aangezien ze toch nergens naartoe kon, deed dat er niet veel toe.

Nadat Andrew met schuldige haast een paar koffers had gepakt en om tien over zes hun huis in Kensington had verlaten, had Gina, niet wetend wat ze anders moest doen, de oven uitgedraaid en het bad vol laten lopen. Maar omdat ze er niet toe kon komen om haar kleren uit te trekken – ze voelde zich toch al zo weerloos – had ze de stop er weer uitgetrokken en gekeken hoe het schuimende, naar seringen geurende water wegkolkte. Daarna had ze haar jas en haar autosleutels gepakt.

Veertig minuten om de Barbican heenrijden was zowel dom als nutteloos geweest, dat wist Gina best. Maar omdat ze ook wist dat haar man zich daar ergens in een van die vele op elkaar gestapelde nestjes van speciaal voor dat doel gebouwde flats moest bevinden, had ze zichzelf aangepraat dat hij, als ze hem maar kon opsporen, bij haar zou terugkomen. Ze had zelfs bij de verlichte ramen opgekeken, in de hoop dat hij er voor een zou verschijnen.

Als hij dan naar beneden keek, zou hij haar auto herkennen. En dan zou hij, overmand door berouw, naar beneden stormen, zijn armen om haar heen slaan en haar om vergeving smeken.

Maar dat was natuurlijk niet gebeurd, omdat er gewoon te veel flats waren en omdat zijn zilvergrijze BMW al wel hoog en droog in een van die dure, goed beveiligde parkeergarages zou staan. Bovendien zou haar man wel leukere te dingen te doen hebben dan uit een raam kijken. Hij had een vriendin, een zwangere vriendin, die op dit moment waarschijnlijk bij hem was en, dolblij met haar overwinning,

lichtelijk geamuseerd naar zijn relaas over de gebeurtenissen van die middag luisterde.
Hoe Zet Men Een Ongewenste Echtgenote Aan De Kant, dacht Gina somber, opnieuw met een brok in haar keel, terwijl ze uitweek voor een slordig geparkeerde auto. Andrew en zijn vriendin zaten er op dit moment waarschijnlijk over te praten en elkaar te verzekeren dat hun liefde het enige was dat ertoe deed. Want wie zat er nu op een versmade vrouw te wachten? Misschien lagen ze wel in bed, hartstochtelijk vrijend en tegelijkertijd lachend, omdat Andrew het zo handig had aangepakt en omdat het zo ontzettend makkelijk was gegaan.
Verblind door tranen, zag ze te laat dat ze een kruising naderde. Het volgende ogenblik was er een akelige bons en het snerpend gekras van metaal tegen metaal sidderde door de auto. Gina gilde, trapte hard op de rem en kwam slingerend tot stilstand, terwijl er nog zo'n doffe bons in haar oren dreunde. Zo hevig trillend dat ze de veiligheidsgordel bijna niet los kon krijgen, onderdrukte ze een golf van misselijkheid en wrong het portier open. Angst en paniek dreven haar – op de een of andere manier – naar de gedaante van een motorrijder die roerloos in een plas ijsblauw licht lag, dat uit een nabij gelegen bar kwam. Goeie god, dacht ze, zachtjes jammerend van ellende, ik heb hem doodgereden… hij is dood… o alsjeblieft, lieve god, laat het niet waar zijn.

Izzy was niet dood. Half buiten westen, vaaglijk verwonderd over de felle pijn die door haar benen sneed – en over het verbazingwekkende feit dat ze zich er helemaal niet druk om maakte – lag ze als een hoopje langs de kant van de weg en hoorde een hysterisch vrouwmens gillen: 'Ik heb hem doodgereden, help, hij is dood.'
Ze deed voorzichtig een oog open en zag dat ze op de grond lag. Nu begon alles pijn te doen en tot overmaat van ramp begon de ijskoude nattigheid van de straat door haar kleren te dringen. Maar ze kon in elk geval haar motor zien, wat vreemd geruststellend werkte, ook al was het voorwiel lelijk verbogen en leek het stuur in allerlei verkeerde bochten gedraaid te zijn.
Toen zag ze de benen van de vrouw die al die herrie maakte. Dunne benen in lichte kousen en met modder bespatte schoenen doemden voor haar op.
'Hij is niet dood!' krijste de stem die erbij hoorde, en Izzy begon haar geduld te verliezen. Ze probeerde haar hoofd op te tillen om de gewonde man te kunnen zien – hoeveel mensen waren er in 's hemels-

naam bij dit ongeluk betrokken? – en begreep niet waarom ze dat niet kon. Geërgerd door haar eigen onvermogen, keek ze kwaad naar de domme, magere benen voor haar. 'Mens, stel je niet aan,' zei ze nijdig. En hou alsjeblíeft op met dat gekrijs. Hij heeft toch een ambulance nodig, of ie dood is of niet.'

'Ze is een beetje in de war, maar daar moet u zich geen zorgen over maken,' zei de jonge arts geruststellend. Hij vertelde er maar niet bij dat Izzy hem – tot groot vermaak van de nachtzusters – daarnet had verteld dat hij een lekker stuk was. 'Dat is de nawerking van een shock in combinatie met de pijnstillers die we haar moesten geven,' vervolgde hij vriendelijk. 'Ze heeft geen hersenschudding opgelopen.'

Het was halfvier 's morgens en de rest van de afdeling was in duisternis gehuld toen de dokter Katerina in een zijkamer naast het kantoortje van de nachtzuster liet. Katerina stond met een droge mond van de zenuwen aan het voeteneind van het bed en keek naar haar moeder, die tegen een berg kussens lag en blijkbaar sliep. Met haar donkere haar over haar schouders golvend en haar uitgelopen make-up rond haar gesloten ogen, leek ze zo klein en zo bleek, dat Katerina moeite had te geloven dat ze alleen maar kneuzingen, snijwonden en een gebroken been had opgelopen.

Toen opende Izzy, alsof ze voelde dat er iemand voor haar was, haar ogen.

'Lieve schat!' riep ze, haar armen uitstrekkend. 'Kom hier en geef je overreden moeder een dikke kus.'

'Hoe voel je je?' vroeg Katerina, terwijl ze Izzy op de wang kuste en een woordeloos dankgebed omhoog zond voor degene die de motorhelm had uitgevonden.

'Nou, kiplekker hoor, maar dat komt door de pillen waar ze me mee hebben volgestopt. Morgen zal alles me wel verrekt veel pijn doen. Hebben ze je verteld dat dat gekke mens bovenop me is gereden? Ik ben schijnbaar als een trapezewerkster door de lucht gevlogen en toen... flats!'

'Je leeft in elk geval nog,' zei Katerina, die de tranen achter haar ogen voelde prikken, terwijl ze Izzy omhelsde.

'En jij loopt er onzedelijk bij,' antwoordde Izzy streng, en maakte de bovenste knopen van Katerina's witte katoenen blouse vast. 'Kleed je behoorlijk, mijn kind, voordat die jonge Adonis achter je zich dingen in zijn hoofd gaat halen.'

'Mam!' Ze onderdrukte een glimlach en durfde zich niet om te draaien.
'Lach niet! Ik kèn die jonge dokters. Heb je me gehoord, jongeman?' vervolgde ze, een waarschuwende vinger tegen hem opstekend. 'Dit is mijn dochter, zeventien jaar, en even rein als ze mooi is, dus denk erom dat je je beheerst.'
'Maakt u zich maar geen zorgen, mevrouw Van Asch.' De dokter, die aan het voeteneinde van het bed kaarten stond in te vullen, had een geamuseerde klank in zijn stem. 'Ik ben getrouwd.'
'Dat zijn de ergsten,' zei Izzy somber, haar ogen half dichtknijpend toen Katerina probeerde haar mond te bedekken. 'En je zou je moeten schamen dat je je vrouwtje bedriegt. Die is nu waarschijnlijk thuis voor je aan het koken, in de veronderstelling dat je aan het werk bent, terwijl jij, verdorven man, hier al die tijd begerige blikken staat te werpen op mijn onschuldige tienerd...'
'Móeder!' Het kwam eruit als een gesmoord gefluister. Katerina was allang gewend aan Izzy's ontstellende gave om mensen die nog nooit in hun leven hadden gebloosd, een rood hoofd te bezorgen, maar dit was te erg. Dit sloeg alles.
'Het geeft echt niet,' verzekerde de dokter haar glimlachend, terwijl de deur weer openging. 'Ah, u hebt blijkbaar nog een bezoeker. Hooguit vijf minuutjes, hoor, en dan moet mevrouw Van Asch echt gaan slapen.'
Katerina, die door het telefoontje van het ziekenhuis volledig in paniek was geraakt en geen moment had geloofd dat Izzy 'slechts licht gewond' was, had Ralph gebeld en hem gelukkig thuis getroffen. Ralph was degene die haar naar het ziekenhuis had gebracht, die op de schemerige gang van de afdeling had zitten wachten en die nu, blond en knap, de kamer binnenkwam en met ogen vol liefde en bezorgdheid naar Izzy's bed liep.
'Liefje, we hebben zo over je in angst gezeten.'
'Ik voel me prima,' zei Izzy opgewekt, haar gezicht naar hem opheffend voor een kus.
Toen wees ze op de boog van metaaldraad die over haar benen lag en keek hem droevig aan. 'Althans, met mij is het goed, maar met mijn benen niet. We zullen in wéken niet kunnen vrijen. O, Mike,' besloot ze klaaglijk, 'is dat nu niet verschrikkelijk jammer?'

4

In medische termen noemde men het raadselachtig 'complicaties' en die namen de volgende dag onrustbarend toe. Katerina's haastige uitleg dat Izzy onder de invloed van kalmerende middelen verkeerde, had Ralph er maar ten dele – zelfs zéér ten dele – van kunnen overtuigen dat het gewoon een malle verspreking was geweest. En toen Mike de volgende morgen opbelde en naar Izzy vroeg, had Katerina hem van het ongeluk verteld, ervan uitgaande dat ze moeilijk anders kon. De man was tenslotte verliefd op haar moeder. Hij moest toch weten dat ze in het ziekenhuis lag.

Dus was Mike, uiteraard, onmiddellijk naar het ziekenhuis gegaan om Izzy te bezoeken en om grote boeketten exotische bloemen rond haar bed te zetten. Het was het ongelukkig gekozen moment geweest dat, in combinatie met Ralphs sluimerende achterdocht, het onzalige *tête-à-tête-à-tête* had veroorzaakt dat daardoor had plaatsgevonden.

Ofschoon voor geen kleintje vervaard, was Katerina toch blij dat ze er niet bij was geweest. Te oordelen naar Izzy's relaas had het veel weg gehad van een klucht.

'... dus Mike zat hier aan mijn bed ellenlange stukken cellofaan af te wikkelen en al die prachtige bloemen in foeilelijke blikken vazen te zetten toen Ralph opeens de deur opengooide en als de Boze Boeman de kamer binnenplòfte.' Izzy rilde bij de herinnering. 'Hij bleef in de deuropening staan en zei: "En dit is zeker Mike." En Mike zei natuurlijk: "Ja, ik ben Mike. Wie bent u?" En Ralph – o, schat, begin nooit iets met een acteur – maakte zich zo lang mogelijk en zei, nee, verkondigde: "Ik ben Izzy's andere geliefde".'

Katerina wist dat ze het niet leuk zou moeten vinden, maar het was wel zo.

'Ga door,' drong ze aan, in stilte hopend dat Izzy zich uit de netelige situatie had weten te redden. Als iemand dat kon, dan was haar moeder het wel.

Izzy begreep wat ze dacht en haalde haar schouders op. 'Het spijt me,

schat, maar wat kon ik doen? De zusters vertelden me later dat Ralph uren in de gang op de loer had gelegen; hij had kennelijk zitten wachten tot Mike kwam opdagen. En je weet hoe trots en theatraal hij kan doen. Hij dreunde gewoon zijn tekst op – ''Tussen ons is het uit, Izzy. Je zult mij nooit terugzien'' – en zeilde de deur uit.
Katerina had zowel Ralph als Mike graag gemogen, maar Ralph vond ze het leukst. Hij was ook, vond ze, beter tegen Izzy opgewassen, terwijl Mike rustiger was, serieuzer en zorgzamer van aard.
'En Mike?' vroeg ze hoopvol, beseffend dat ze zich aan een strohalm vastklampte. Mike was misschien wel zorgzaam, maar hij was niet gek.
'En Mike,' echode Izzy op peinzende toon. 'Tja, het was eigenlijk allemaal nogal naar. Hij keek me aan zoals hij me ook aankijkt als ik een kippepootje met mijn handen eet, en zei: 'Het spijt me, Izzy, maar ik dacht dat ik je kon vertrouwen. Dat blijkt niet zo te zijn.' Toen nam hij alle bloemen uit de vazen, pakte ze weer in die ellenlange slierten cellofaan en ging weg.'
'O, mam,' zei Katerina doodongelukkig. Het was allemaal zo treurig en zo onnodig. Het was ook – gedeeltelijk tenminste – haar schuld.
Izzy klopte op haar arm. 'Het komt toch zo het komen moet,' zei ze filosofisch. 'Ik weet dat het een afknapper is, maar ik kan het ze in feite niet kwalijk nemen. Bovendien,' besloot ze schouderophalend, met een glimlach, 'krijg ik nog wel andere bloemen.'
Haar moeder was zo doelbewust dapper dat ze echt van streek moest zijn, begreep Katerina. Ralph en Mike hadden met z'n tweeën Izzy's leven compleet gemaakt. Nu was ze hen, geheel buiten haar schuld, allebei kwijtgeraakt, en de onbillijkheid van het geval trof Katerina als een mokerslag.
'Het is niet eerlijk,' herhaalde ze hardop. Izzy wist nog niet dat ze binnenkort uit hun huis zouden worden gezet, en de gevolgen die een gebroken been voor haar werk kon hebben, schenen ook nog niet tot haar doorgedrongen te zijn. 'En misschien dat het hun schuld niet is, maar ik weet wel wie hier wèl schuld aan heeft.'

Het huis was bijzonder gemakkelijk te vinden, ook al lag het verscholen aan het eind van Kingsley Grove, een doodlopende straat een paar honderd meter van Holland Park. En verscholen was eigenlijk niet het juiste woord, want het imposante, drie verdiepingen tellende Victoriaanse herenhuis met zijn witte muren, zijn schilderachtige roodbruine daken en zijn meer-dan-middelmatig grote, berijpte tuin, domineerde de andere huizen in de straat. De tuin, hoewel dicht begroeid, was goed onderhouden en de onberispelijk gezeemde ramen, waarachter protserig gedrapeerde gordijnen hingen, werden omlijst door glanzend schilderwerk. Katerina, die bij het tuinhek bleef staan, tuitte haar lippen en vroeg zich af of deze onpersoonlijke perfectie in stand werd gehouden door een betaalde hulp of dat Dood-op-benen, zoals Izzy de bestuurster van de Golf GTi die haar omver had gereden, achteloos noemde, het allemaal zelf deed.

Tot haar opluchting zag ze echter de auto die de ellende had veroorzaakt, op de oprit staan. Het feit dat hij daar stond – glanzend wit en glanzend gepoetst – duidde aan dat de eigenaresse thuis was, hetgeen betekende dat Katerina niet voor niets twee ondergrondse treinen had genomen en in Westminster in haar billen was geknepen.

Ondanks het zonnige weer was het bitter koud. Met haar voeten stampend om weer wat gevoel in haar tenen te krijgen, trok Katerina haar rode jas dichter om zich heen, duwde het hek open en liep naar de voordeur.

Ze was niet wraakgierig van aard en ze was ook niet gekomen om het mens te grieven of van streek te maken. Ze wilde alleen niet dat ze het incident als een bagatel zou beschouwen, het uit haar hoofd zou zetten en verder zou leven alsof er niets gebeurd was. Katerina wilde ervoor zorgen dat het mens begreep – werkelijk besèfte – wat ze met haar onvoorzichtigheid had aangericht en dat ze, ofschoon ze zelf waarschijnlijk zorgeloos voort kon leven, het leven van een ander wellicht had geruïneerd. Toen de deur eindelijk openging, was ze even van haar stuk gebracht. Als ze deze vrouw van streek had wìllen maken, zou ze zich bedrogen hebben gevoeld, omdat niets haar kennelijk nog meer van streek zou kunnen maken dan ze al was. Ze keek doodongelukkig en haar ogen waren rood en gezwollen van het huilen. Haar blanke huid leek zo dun als vloeipapier dat op het punt staat uit elkaar te vallen.

Katerina, die geen moment had gedacht dat het ongeluk haar dermate zou aangrijpen – het mens was totaal van de kaart – werd een ogenblik overmand door berouw. Wat ontzettend. En hoe moest ze in vredesnaam haar onverwachte komst rechtvaardigen zonder die arme, door schuldgevoelens geplaagde vrouw nog meer van streek te maken.

'Ja?' vroeg Gina verstrooid, op een toon of ze Katerina nauwelijks zag staan. Haar blik was strak op een losgeraakte sliert klimop aan het portiek gericht.

'Neemt u me niet kwalijk,' zei Katerina vriendelijk, 'maar ik vond dat ik naar u toe moest komen. Mijn naam is Katerina. Ik ben de dochter van Isabel van Asch.'
Gina had bijna gezegd: 'Van wie?' maar kon de woorden nog net binnenhouden. Die naam moest kennelijk iets voor haar betekenen, ofschoon ze zich niet kon voorstellen waarom het meisje zo welwillend keek.
Toen... Van Asch. Natuurlijk. Dit was de dochter van de vrouw die ze van de week had aangereden, de motorrijdster die ze voor een man had aangezien. Normaal zou ze daar bijna onafgebroken aan hebben gedacht, maar de laatste dagen waren niet bepaald normaal geweest. Gina wist dat ze zich zou moeten schamen, maar ze kon gewoon niet de energie opbrengen om zich druk te maken om anderen. Andrew had haar leven finaal kapotgemaakt en de verbijsterende gewaarwording dat ze hem tegelijkertijd haatte en liefhad, bracht haar in een staat van totale overspanning.
'Natuurlijk,' zei ze, nerveus door haar futloze blonde haar strijkend. 'Kom toch binnen.'
'G-graag,' zei Katerina klappertandend. Ze was blij dat ze gekomen was; nu kon ze die arme vrouw tenminste geruststellen voor ze zichzelf ziek maakte. Schuldgevoel was iets vreselijks, dacht ze in een nieuwe opwelling van medelijden. Wat stom van haar om niet op de gedachte te komen dat Gina Lawrence gekweld zou worden door zelfverwijt en zich hoogstwaarschijnlijk net zo ellendig zou voelen als Izzy.
'Wil je een kopje koffie?' vroeg Gina, met een blik op de klok terwijl ze Katerina voorging naar de zitkamer. Aan de zachtgroene muren hingen smaakvolle prenten en het bankstel van perzikkleurig velours paste precies bij de gordijnen. Katerina hoopte maar dat haar beste gympen geen moddersporen op het smetteloze tapijt zouden achterlaten.
'Nee, dank u.' Ze schudde haar hoofd en besloot meteen ter zake te komen. 'Hoor eens, u moet uzelf niet de schuld van het ongeluk geven, mevrouw Lawrence. Ik begrijp dat u vreselijk geschrokken bent. Maar het was tenslotte een ongeluk, het had iedereen kunnen gebeuren. Als ik had geweten dat u er zo over in zou zitten, was ik wel eerder gekomen. Maar gedane zaken nemen geen keer en de hemel zij dank dat het nog zo is afgelopen. Mam maakt het nu goed en de artsen zeggen dat ze volgende week wel naar huis zal mogen, nou, dat is toch prima. Dus u ziet dat u het zich niet zo moet aantrekken,' besloot ze geruststellend. 'Zulke dingen gebeuren nu eenmaal.'

Kwart over elf, dacht Gina, afwezig naar het meisje met de lichtbruine ogen, de rode neus van de kou en de afschuwelijke zwarte gympen starend. Andrew was nu op de zaak. Hij zou aan zijn bureau zitten en aantekeningen maken met de Sheaffer-vulpen die hij met Kerstmis van haar had gekregen. Ze vroeg zich af of hij een van de dassen zou dragen die zij hem had gegeven, en of de ingelijste foto van haar die de laatste drie jaar op zijn bureau had gestaan, er nog stond. Of zou hij die hebben opgeborgen en hebben vervangen door een foto van Marcy Carpenter, de vrouw die haar plaats had ingenomen?
De gedachte was zo afschuwelijk dat haar zere ogen opnieuw vol tranen schoten, die ze haastig wegveegde, maar het meisje had ze al gezien.
'Ach, god, het spijt me,' huilde Gina, in een stoel neerzinkend. 'Neem me niet kwalijk, ik kan er echt niets aan...'
'Natúúrlijk nemen we het u niet kwalijk,' viel Katerina haar in de rede, terwijl ze opsprong en naar haar toekwam. Die vrouw had beslist professionele hulp nodig, maar psychiatrie was een tak van de geneeskunde waar ze de laatste tijd bijzonder in geïnteresseerd was geraakt, en je kwam niet elke dag oog in oog te staan met een acuut geval van reactieve depressie. Bovendien begon Gina Lawrence haar ook schuldgevoelens te bezorgen.
Katerina sloeg haar armen om Gina's schokkende schouders en zei: 'Ik heb toch wel zin in die kop koffie. Blijft u maar hier, dan ga ik voor ons beiden koffie zetten.'
Toen ze een tijdje later terugkwam met een blad met kopjes op bijpassende schoteltjes en een schaal chocoladekoekjes, was de huilbui geluwd.
'U hebt een beeldig huis, hoor,' zei Katerina, terwijl ze het blad op een tafeltje zette dat zulke dunne pootjes had, dat ze zich afvroeg of het het koffieblad wel zou kunnen dragen. Maar Gina Lawrence leek haar niet het type dat een theeblad op de vloer wilde hebben. 'Ik heb nog nooit zo'n grote keuken gezien. En het is overal zo... netjes!'
'Ik doe niet anders dan schoonmaken,' snotterde Gina. 'Ik kan het niet helpen, maar ik ben sinds maandagavond alsmaar dingen aan het doen. Ik kan niet stilzitten, ik kan niet slapen, het is zo raar. Ik ben midden in de nacht opgestaan en voor ik besefte wat ik deed, had ik de keukenvloer geschrobd. Ik ben vannacht vijf uur bezig geweest om alle ramen te zemen en op te wrijven, en het was niet eens nodig, maar ik moest gewoon iets dóen.'
'Ik begrijp hoe u zich voelt,' zei Katerina gedecideerd, 'maar u moet

uzelf dwingen om het gebeurde te accepteren, voor u zichzelf ziek maakt. Wij geven u heus niet de schuld van mams ongeluk, dus nu moet u het ook niet doen.'

Gina keek Katerina een ogenblik aan of ze stapelgek was. Omdat tot nu toe niet tot haar was doorgedrongen wat Katerina had gezegd, begreep ze nu pas dat ze aldoor langs elkaar heen hadden gepraat. En dat het meisje in alle ernst dacht dat ze door deze hel ging vanwege een onnozel, onvermijdelijk ongeluk.

'Ik vrees dat je je vergist,' zei Gina, beseffend dat ze gevaarlijk dicht tegen een aanval van hysterie en een – gruwelijk misplaatste – lachbui aanzat. Gelukkig kon ze zich beheersen. 'Ik ben niet zo vanwege je moeder. Ik bedoel, het spijt me natuurlijk, maar het ìs tenslotte maar een gebroken been.' Ze hakkelde, begrijpend dat ze zich niet duidelijk uitdrukte, om de juiste woorden te vinden. Aangezien ze nog niemand had verteld dat Andrew weg was, realiseerde ze zich hoe mal het was dat een volslagen vreemde het als eerste uit haar mond zou horen. 'Mijn man heeft me namelijk maandag in de steek gelaten. Voor een andere vrouw.'

Later, veel later, was Katerina dankbaar dat ze geen psychiater was. Ze had zo'n zin om die vrouw een klap te geven, dat ze haar handen ineen moest klemmen.

Dus staarde ze alleen in Gina's betraande gezicht en zei, heel langzaam: 'Jij egoïstisch kreng.'

Het was bijna een opluchting om tegen iemand te kunnen uitvaren. Gina vergat een ogenblik haar tranen en keek haar vernietigend aan.

'Jij bent hooguit zestien. Hoe kun jij zoiets begrijpen?' riep ze op hoge toon. 'Mijn man is bij me weggegaan en mijn leven is kapot. Ik kan niet helder meer denken, ik kan niet duidelijk zien en jij verwacht dat ik medelijden heb met je moeder, enkel alleen omdat zij een gebroken been heeft? De verzekering zal de kosten wel vergoeden, hoor,' vervolgde ze honend. 'Maar mijn leven is kapot en wie zal er voor mij zorgen?'

Katerina had er genoeg van. Ze was trouwens geen psychiater. Waar deze vrouw de treurige moed vandaan haalde om zich niets aan te trekken van Izzy – die zo geestig en dapper was en zo optimistisch dat de tranen je in de ogen sprongen – en zich in zelfmedelijden te wentelen, was haar een raadsel.

'Nu moet u eens even naar me luisteren,' zei ze kalm, omdat ze met schelden en tieren – ook al had ze daar veel zin in – haar doel niet zou bereiken. Dood-op-benen zou alleen maar terugschelden en Katerina

wilde dat wat ze te zeggen had, goed tot haar door laten dringen. 'U bent degene die dat ongeluk heeft veroorzaakt. Door uw schuld is mijn moeder haar werk, haar huis en haar twee vrienden kwijtgeraakt. Ze heeft niets meer en aan het eind van de week hebben zij en ik geen dak meer boven ons hoofd, dus heb het hàrt niet om mij te vragen wie er voor u zal zorgen – u moest u schámen!'
Toen stond ze, omdat ze niet van plan was geweest zich zo te laten gaan, zo abrupt op dat de koffiekopjes rinkelden. 'Het spijt me. Ik ben nogal onhebbelijk geweest, geloof ik. Ik kan maar beter gaan.'
'Ja,' zei Gina ijzig. 'Dat vind ik ook.'

5

Het was best uit te houden in het ziekenhuis, vond Izzy. De orthopedische afdeling in de James Milton-vleugel, was bepaald gezellig, omdat patiënten met botbreuken niet echt ziek zijn. En nu ze naar de grote zaal was overgebracht, had ze zelfs geen tijd om zich eenzaam te voelen. Op de zaal lagen zowel mannen als vrouwen, de stemming was er opperbest, het eten verrassend goed en het gebroken dijbeen in bed twaalf was een regelrechte stoot, ook al was hij in het dagelijks leven tandarts.
Ze had ook al geleerd om keihard te pokeren, wat veel leuker was dan zitten zwoegen op het vlechten van een wasmand of het steeds grijzer en rafeliger wordende breiwerk, waar ze op advies van de bezigheidstherapeute haar 'krachten op beproefde'.
Maar op het moment heerste er rust en stilte. De patiënten met een rekverband lagen te dutten of te lezen en de anderen waren allemaal naar de televisiekamer aan het andere einde van de afdeling gegaan om te kijken naar een aflevering van een serie waar Izzy nog nooit van had gehoord, maar waar zij blijkbaar niets van wilden missen. Izzy gebruikte de korte rust om haar nagels te lakken met een prachtige kleur fuchsiaroze. Ze kon niet bij haar tenen; die moest Katerina dan straks maar doen.
Haar aandacht werd even later getrokken door een bezoekster die de

openslaande deuren binnenkwam, voornamelijk omdat haar hoge hakken ritmisch op de glanzend geboende houten vloer tikten. Opkijkend zag Izzy een lange, slanke vrouw met blond haar in een keurige wrong en een buitengewoon elegant ivoorkleurig met zwart Chanelpak. De vrouw bleef aarzelend in het midden van de zaal staan, overzag de bedden die aan weerskanten tegen de muren stonden en trok met een nerveus gebaar de tas over haar opgevulde schouder recht.
'Ze zijn allemaal in de tv-kamer,' zei Izzy, met het nagellakkwastje in die richting wijzend. 'Shit,' riep ze uit, toen er een glanzende druppel fuchsiaroze op haar schoot belandde en haar op één na beste T-shirt bedierf. Meteen schoot ze in de lach omdat de bezoekster zo demonstratief haar gezicht in de plooi hield en op het voeteneind van haar bed afliep.
'Sorry. Dit soort dingen is uitgevonden om ons op de proef te stellen. Wie zoekt u eigenlijk?' Dat had Izzy bij zichzelf overigens al uitgemaakt. Dit moest ofwel de vrouw van de tandarts zijn of de dochter van luitenant-kolonel Burton. Niemand anders op de zaal kon zich veroorloven zelfs maar iemand met dit soort kleren te kènnen.
'Eerlijk gezegd geloof ik,' zei de vrouw met een snelle blik op de naamkaart boven Izzy's bed, 'dat ik u zoek.'
Ze had niet geweten wat ze moest verwachten, maar Gina keek toch vreemd op bij het zien van Isabel Van Asch. Toen ze daar op straat had gelegen, haar gezicht verborgen achter het vizier van haar motorhelm, had Gina haar eerst voor een man gehouden. Later, na dat ronduit akelige bezoek van die dochter, had ze zich Izzy voorgesteld als een forse, enigszins mannelijke vrouw van halverwege de veertig, met kort haar en een agressieve manier van doen.
Het persoontje dat hier voor haar zat, was klein en ontegenzeglijk vrouwelijk. Met haar expressieve, donkere ogen, glimlachende mond en woeste blauw-zwarte haardos die een hartvormig gezicht omlijstte, was ze heel anders dan Gina had gedacht toen ze al haar moed bijeen had geraapt om te komen. Ze leek jonger dan Gina zelf, droeg een wit T-shirt en een korte, felroze lycra fietsbroek en zag er allerminst angstaanjagend uit.
Maar Gina, die de afgelopen moeilijke dagen had geleerd niets of niemand kritiekloos te accepteren, was evengoed angstig. Zichzelf netjes opdoffen en dan eerst het juiste ziekenhuis en vervolgens de juiste afdeling vinden, had haar al haar energie gekost. Op het punt in elkaar te klappen, plofte ze op de stoel naast Izzy's bed neer.
'Ik ken u niet,' zei Izzy verwonderd. Haar donkere wenkbrauwen ver-

dwenen onder haar slordige pony. Haar vingers, met de nog natte roze lak, hield ze voor zich uit gestrekt. Toen vroeg ze met een zweem van achterdocht: 'U bent toch geen maatschappelijk werkster, is het wel?'
'Nee, dat ben ik niet,' antwoordde Gina, zo geschokt of ze van prostitutie werd verdacht. Zag zij er, verdraaid nog toe, uit als een maatschappelijk werkster?
Maar nu het moment daar was, kon ze de woorden niet vinden om zich voor te stellen. Trouwens, dacht ze in een opwelling van wrok, die vreselijke tienerdochter zou haar wel aan haar moeder hebben beschreven. Isabel Van Asch wist ongetwijfeld wie ze was; ze peurde alleen zoveel mogelijk plezier uit een pijnlijk moment.
'Nou ja,' zei Izzy opmerkelijk onverstoorbaar. 'Het is in elk geval leuk om bezoek te hebben, zelfs als diegene anoniem wil blijven.' Ze haalde met enige moeite een halfvolle doos chocolaatjes uit de la van haar nachtkastje en hield hem Gina voor. 'Wilt u een rumtruffel?'
'Ik ben Gina Lawrence,' gooide Gina eruit, omdat iemand het moest zeggen en die vrouw haar kennelijk niet tegemoet wilde komen.
De expressieve wenkbrauwen bleven vragend opgeheven. Izzy schudde haar hoofd en Gina ving een vleug van een duur parfum op. Rumtruffels en Diorella, dacht ze schamper; nu wist ze meteen wat ze aan dat smartverhaal had, dat die dochter had opgehangen over dakloos en behoeftig en ver onder het bestaansminimum.
'Ik bestuurde de auto die met uw motor in botsing kwam,' zei ze, de woorden zorgvuldig kiezend. Ofschoon het ongeluk zonder enige twijfel haar schuld was geweest, had haar advocaat haar streng vermaand vooral niets toe te geven.
'O, ja!' riep Izzy met haar mond vol. Toen stak ze tot Gina's stomme verbazing haar hand uit. 'Tjee, geen wonder dat u zo ibbelig was toen u binnenkwam. En wat aardig van u om me te komen bezoeken. Het spijt me dat ik u niet herkende, maar ik was niet helemaal mezelf die avond. Ik heb, behalve uw benen, niet veel van u gezien. God, sorry, ik had er geen erg in dat mijn nagels nog nat waren, zeg, wilt u echt geen truffel?'
Gina schudde verbijsterd haar hoofd. 'Uw... dochter,' zei ze hakkelend, 'is gistermorgen bij me geweest.'
'O ja?' Nu was het Izzy's beurt om perplex te zijn. 'Waarom in vredesnaam? Daar heeft ze me niets van verteld.'
'Mevrouw Van Asch,' begon Gina. 'Ze...'
'Juffrouw. Ik ben niet getrouwd. Maar zeg toch Izzy,' zei Izzy, de

doos truffels weer op haar kastje zettend. 'Gunst wat vreemd. Wat wilde ze eigenlijk?'
'Mijn man is bij me weggegaan,' zei Gina haastig. Ziezo, weer een hindernis overwonnen. Als ze het maar vlug genoeg zei, maakte het haar niet aan het huilen. 'En uw dochter zei dat ik een egoïstisch kreng was. Ze zei dat u door het ongeluk twee eh... vrienden was kwijtgeraakt. Ik begrijp zelf niet waarom ik hier ben, maar ik vond geloof ik dat ik u mijn spijt moest komen betuigen. En wat ik ook niet begrijp,' voegde ze er in een opwelling van pure nieuwsgierigheid aan toe, 'is hoe u twee vrienden tegelijk hebt kunnen verliezen. Wat is er gebeurd?'
'Ze heeft u met schuldgevoelens opgezadeld,' zei Izzy peinzend, met een wrang glimlachje om haar mond. 'Lieve god, dat kind heeft een uitgesproken talent om iemand schuldbewust te maken. Dat doet ze ook bij mij als ik een week lang mijn kleren heb laten slingeren. Maar,' voegde ze er streng aan toe, 'ze had u geen egoïstisch kreng mogen noemen. Dat ging te ver. Maakt u zich geen zorgen, daar zal ik eens een hartig woordje met haar over praten. En zit er maar niet te veel over in,' vervolgde ze, zich impulsief vooroverbuigend en haar hand op die van Gina leggend. 'Ze kan soms wel eens een beetje hoog van de toren blazen, maar ze meent het niet echt. U weet hoe tieners zijn.'
Gina schudde droevig haar hoofd. 'Nee, dat weet ik niet.'
'Nee maar!' Izzy rolde met haar ogen. 'Nou, laat mij u dan vertellen dat ze af en toe stierlijk vervelend kunnen zijn! Kat is een schat, maar soms zou ik wel willen dat ze even niet bij mij hoorde, zoals nu. Ze mag dan hoogbegaafd zijn, maar ze kan zichzelf af en toe verschrikkelijk voor schut zetten. Het spijt me heel erg dat ze u van streek heeft gemaakt, mevrouw Lawrence. En als ze vanavond komt zal ik haar een flink pak slaag geven.'
'O, maar u moet niet...' Gina stokte, net iets te laat begrijpend dat de ander een grapje maakte. Ze kreeg een kleur. 'Toe,' verbeterde ze haastig, 'zeg toch Gina.'
Ze had Izzy echter niets wijsgemaakt, en dat wisten ze allebei.
'Vertel me eens over die vrienden,' veranderde Gina haastig van onderwerp. Izzy trok een gezicht.
'Het is nogal een malle geschiedenis, geloof ik, al kon ik op dat moment de humor er niet zo van inzien, en toen ik besefte wat ik had gedaan, had ik er goed de pest over in.' Ze haalde haar schouders op, zweeg een moment om haar gelakte nagels te bewonderen en vertelde

vervolgens met een paar woorden over de naamsverwisseling die was geculmineerd in het feit dat zowel Ralph als Mike pardoes uit haar leven waren verdwenen.
De onconventionele verhouding – om nog maar te zwijgen over Izzy's nuchtere opstelling daarover – was iets dat Gina's ervaring te boven ging. Ze had nog nooit iemand als Izzy ontmoet.
'Ben je er niet kapot van?' vroeg ze tenslotte.
Izzy keek peinzend voor zich uit. 'Dat wel, ja, maar huilen en jammeren helpt niets, nee toch? Bovendien zegt Kat dat ik daar alleen maar rimpels van krijg.'
'Mmm.' Gina, die de laatste paar dagen vrijwel niet anders had gedaan dan huilen en jammeren, voelde een steek van schuld. Ze veronderstelde dat ze eigenlijk nog bofte dat ze op het moment geen honderdvijftig jaar oud leek. 'Je dochter heeft me ook verteld dat jullie uit je huis worden gezet. Wat denk je dan te gaan doen?'
'Nou,' zei Izzy op vertrouwelijke fluistertoon, omdat er juist met kwieke pas een verpleegster langsliep, 'omdat ik, zoals ze dat noemen, tussen twee relaties in zit, lijkt het me het beste om mijn huisbaas te verleiden. Eens zien of ik die chagrijnige ouwe knar kan overreden om van gedachten te veranderen.'

'Dat méén je toch niet?' vroeg Katerina twee dagen later. Ze wist niet of ze moest lachen en de uitdrukking op haar moeders gezicht gaf haar een onbehaaglijk gevoel.
'Ja, dat meen ik wel,' antwoordde Izzy enthousiast. 'Je dacht toch niet dat ik grapjes zou maken over zoiets serieus als het feit dat we binnenkort dakloos zijn? Het is toch zeker geweldig, schat. De verhoring van het gebed ener radeloze moeder.'
'Maar dat mens is zo'n tang!'
'Nee, dat is ze niet.' De opstandige vonk in Kats ogen deed Izzy beseffen dat ze voet bij stuk moest houden. 'Ze maakt op het moment alleen een ellendige tijd door. Ik vond het verbazend aardig van haar om ons dat aanbod te doen en we hebben immers nog een alternatief,' bracht ze haar dochter gedecideerd in herinnering. 'Ik had Rachel en Jake willen vragen of we een tijdje bij hen konden logeren, maar die hebben toch al zo weinig ruimte, terwijl Gina in haar dooie eentje in dat grote huis van haar rondkneutert en nu best een beetje gezelschap kan gebruiken.'
'En de huur?' vroeg Katerina. Het idee om dat mens gezelschap te moeten houden was doodeng; ze zou nog liever met Freddie Krueger in een heet bad willen zitten.

'De eerste maand hoeven we niets te betalen,' verklaarde Izzy triomfantelijk. 'En daarna evenveel als we Markham betaalden. Is dat geen prima overeenkomst?' riep ze uit. 'Wees nou eerlijk, waar zou jij liever wonen: in Clapham of in Kensington? Of had jij je al verheugd op een plastic bank in het station van de ondergrondse?'
Omdat daar geen steekhoudend antwoord op te geven was, deed Kat er het zwijgen toe.
'Nou dan,' besloot Izzy, blij dat de kwestie geregeld was.
'Ik mag haar nog steeds niet.'
'We huren een paar kamers in haar huis, we hoeven niet met haar te tróuwen.' Ze glimlachte stralend naar de tandarts, die in zijn rolstoel voorbijzoefde, met zijn gebroken en gegipste been recht vooruit. 'En omdat we geen keus hebben, kunnen we er net zo goed het beste van maken. Lieve schat, wie weet? Misschien is het wel leuk!'

6

Gina wist niet wat ze zich op de hals had gehaald. Ze werd gekweld door een hevige twijfel, die af en toe aan paniek grensde. Zij, die nooit in een opwelling handelde, begreep niet waarom ze dat nu wel had gedaan, nu haar hele leven op zijn kop werd gezet en ze zeker niet nog meer narigheid kon gebruiken. En ofschoon ze had geprobeerd de schuld op Andrew te schuiven, was ze zich er pijnlijk van bewust dat ze dat van nu af aan niet meer kon doen. Ze was sinds vorige week tegen haar zin zelf verantwoordelijk voor haar leven en ze maakte er nu al een afgrijselijke puinhoop van.
Haar bezoek aan Isabel Van Asch in het ziekenhuis had haar gedachten een uur van Andrew afgeleid, wat op zich al een wonder mocht heten. Ze was ernaartoe gegaan om haar vaag stekende geweten te sussen en ze was er diep onder de indruk vandaan gekomen. Ze had nooit eerder iemand als Isabel – Izzy – ontmoet en het feit dat er zo iemand bestond was een openbaring voor haar. Ze had zich de rest van de middag geprobeerd voor te stellen hoe het moest zijn om zo zorgeloos, zo onbezorgd te leven. Maar omdat zij Izzy niet was en

omdat ze niet in staat was haar zorgen van zich af te zetten, was ze tegen de avond weer in haar neerslachtigheid teruggezakt. Vrouwen als Izzy begrepen eenvoudigweg niet hoe erg het was om voortdurend aan je narigheid herinnerd te worden, had Gina doodongelukkig gedacht, onafgebroken gekweld door herinneringen aan Andrew.
En toen, om halfnegen die avond, was Andrew onverwacht komen opdagen en had ze zich hem niet meer hoeven voorstellen, omdat hij er nu echt was, schrijnend vertrouwd en nog schrijnender zakelijk.
'We moeten de financiële aspecten van dit alles eens bespreken,' had hij tegen Gina gezegd, terwijl hij hoofdschuddend haar aanbod om een borrel voor hem in te schenken afsloeg en bruusk zijn aktentas opendeed. Hij ontweek haar blik en ze voelde haar borst weer samenkrimpen van verdriet. Doe dit maar eens met een glimlach en een schouderophalen af, Izzy Van Asch, dacht ze woedend. Dat ging gewoon niet, dat was onmogelijk. Als de man die je liefhad voor je stond, was het menselijk onmogelijk.
'Dat hoeft niet,' had ze gejammerd. 'Je kunt toch terugkomen. Ik vergeef je alles.'
Terwijl ze het zei, verachtte ze zichzelf al om haar zwakheid. En het had ook niets uitgehaald. Andrew had haar een medelijdende blik toegeworpen en was aan een betoog begonnen dat hij van tevoren had ingestudeerd, en dat erop neerkwam dat Gina goed moest begrijpen dat geld niet aan de bomen groeide. Het huis was van haar, ze had het van haar ouders geërfd, en hij was uiteraard niet van plan om er recht op te doen gelden, maar ze kon niet langer beschikken over de creditcards, waarmee ze zich altijd leuke dingen had kunnen veroorloven, zoals nieuwe meubels, vakanties in de zon en couturekleding.
'Ik heb met mijn advocaat gesproken,' had Andrew wat vriendelijker uitgelegd. 'En ik zal zo eerlijk mogelijk zijn, maar ik moet je waarschuwen, Gina, veel zal ik je niet kunnen geven. De flat die ik nu heb, kost me een kapitaal aan huur. En mijn advocaat zegt dat er geen enkele reden is waarom jij geen baan zou kunnen gaan zoeken.'
'Een baan!' gilde Gina vol afgrijzen. 'Maar wat zou ik moeten doen? Het enige dat ik heb gedaan is voor mijn man zorgen! Waarom moet ik offers brengen terwijl ik niets misdaan heb?'
Andrew haalde zijn schouders op. 'Zo is de wet nu eenmaal. Je hebt mij niet nódig om in je levensonderhoud te voorzien. Je hebt dit huis... Marvin opperde dat je pensiongasten zou kunnen nemen.'
Dat vooruitzicht was meer dan angstwekkend, het was ondenkbaar. Toen Andrew een halfuur later met onverbloemde opluchting weg-

ging, had Gina haar uiterste best gedaan om er niet aan te denken. Maar tegen twaalf uur 's nachts was ze tot de trieste conclusie gekomen dat doen of er niets aan de hand was de kwestie niet ongedaan maakte. Andrews derde voorstel, dat ze het huis zou verkopen, een flatje zou huren en van de rente van het geld zou kunnen gaan leven, kwam helemaal niet in aanmerking. Ze had hier haar hele leven gewoond en de toekomst was al angstaanjagend genoeg, zelfs zonder dat ze zich losrukte van het enige huis dat ze ooit had gekend.
Een baan... alleen al de gedachte eraan zond een rilling van angst langs haar rug. Afgezien van de twee jaar waarin ze van het ene kantoor naar het andere was gestunteld, op zoek naar een baan die tenminste enigszins draaglijk was, had ze nooit gewerkt. Andrew was onverwacht in haar leven gekomen en ze had, zonder zich een ogenblik te bedenken, de sleur van vaste werktijden, kantoorintriges en theepauzes van een kwartier, achter zich gelaten. Het was een onmetelijke opluchting geweest; voor een man zorgen en de huishouding doen was het enige dat ze wilde, voor eeuwig en altijd, amen...
De gedachte dat ze vreemden in huis zou nemen – kamerbewoners, onderhuurders, betalende gasten, hoe je het ook noemde – was al even angstaanjagend. Terwijl ze deze laatste onaantrekkelijke mogelijkheid overwoog, had Gina voor zichzelf een wodka-tonic ingeschonken. Wie kende niet die griezelverhalen over dubieuze, onbetrouwbare, ongure en soms zelfs seksueel verknipte sujetten, die hun hospita eerst een bedrieglijk gevoel van veiligheid gaven en er dan met de hele inboedel vandoor gingen of het arme mens met een hakmes afmaakten? Gina, die zich maar al te goed kon voorstellen hoe haar stoffelijke resten naast de tong *bonne femme* in de ijskast gepropt zouden worden, nam een grote slok van haar borrel. Toen merkte ze dat ze inderdaad bezig was om af te knappen. De tonic was dood.

'Ik begrijp nog steeds niet,' zei Katerina op uitdagende toon, 'waarom u dit doet. Wáárom bent u nog eens naar mijn moeder gegaan om haar te vragen of zij – wij – bij u komen inwonen?'
Het was jammer, dacht Gina, dat de dochter haar moeders zorgeloze aard niet had geërfd. Ze dankte de hemel dat het huis zo groot was.
'Ik heb haar niet gevraagd om bij me te komen inwonen,' antwoordde ze koeltjes. 'Ik heb haar onderdak aangeboden en dat heeft ze geaccepteerd.'
Katerina kwakte de verzameling koffers en tassen op het smalle bed

en liet haar blik vluchtig door de kamer dwalen. Crèmekleurige muren, beige met witte gordijnen, beige tapijt. Niet erg origineel maar onberispelijk schoon.
'Maar waarom?'
Gina besloot haar een koekje van eigen deeg te geven. 'Als je het zo graag wilt weten, het was een noodsprong. En als je het met alle geweld wilt weten,' vervolgde ze bedaard, 'ik heb het geld nodig.'
'Uiteraard,' mompelde Katerina, zonder zelfs een poging te doen om hatelijk over te komen. Ze liep naar het raam en keek over de kale boomtoppen naar de daken van de mooie, grote huizen aan weerszijden van de straat, en naar de dure, glanzende auto's die ervoor geparkeerd stonden. Gina's bewering dat ze 'het geld nodig had' was bijna te gek om los te lopen, maar zij was niet in een positie om te lachen. Izzy had haar op het hart gedrukt zich behoorlijk te gedragen.
'Nou, in elk geval bedankt.'
'Geen dank,' zei Gina verlegen. 'Ik hoop dat jullie hier gelukkig zullen zijn.'
'Wij zijn altijd gelukkig geweest,' antwoordde Katerina eenvoudig, 'waar we ook woonden.'
Toen, terwijl ze weer uit het raam keek, zag ze een oude, witte bestelwagen schokkerig de straat inrijden. 'Ha, daar komt Jake met de rest van onze spullen. Ik zal maar naar beneden gaan en hem wijzen hoe hij het hek binnen moet rijden.'
'Het hek binnenrijden,' echode Gina, verblekend bij het zien van het ontoonbare vehikel, bestuurd door een man met haar dat langer was dan het hare. Marjorie Hurlingham stond in de buurtuin de forsythia te snoeien. Ze hoopte maar dat Jake en de bestelwagen niet lang zouden blijven.

'Ik kan het nog steeds niet geloven, het is fantastisch!' verklaarde Izzy later die middag. Ze glimlachte stralend bij het zien van hun nieuwe behuizing en constateerde opgelucht dat de verhouding tussen haar dochter en hun nieuwe hospita niet zo slecht was als ze had gevreesd. Katerina had blijkbaar besloten zich netjes te gedragen, en er was echte centrale verwarming die nog werkte ook.

Het was halfnegen 's avonds. Izzy, haar gipsbeen behaaglijk uitgestrekt op Jakes schoot, amuseerde iedereen met verhalen over haar verblijf in het ziekenhuis. Rachel, Jakes vrouw, had nog een fles wijn opengetrokken en zong opgewekt mee met de muziek uit de stereoinstallatie; het enige elektrische apparaat dat Izzy bleek te bezitten. Katerina, die op haar zij op de vloer lag, at rozijnen en bekeek een oud fotoalbum en liet daaruit af en toe de meer gênante foto's van Izzy uit haar flower-powertijd zien.

Gina zat onrustig op het puntje van een stoel. Ze voelde zich net een gastvrouw die haar eigen feestje niet meer in de hand heeft. Nu ze geen tijd had gehad om aan Andrew te denken – en het piekeren over haar mislukte huwelijk was een troostende en bijna noodzakelijke gewoonte geworden – voelde ze zich een beetje berooid. Izzy, Katerina en hun vrienden gingen zo ontspannen met elkaar om, ze lachten en praatten en leken zich in Izzy's slaapkamer volkomen thuis te voelen, dat Gina zich meer dan ooit buitengesloten voelde. Dit was háár huis, hield ze zichzelf voor, en toch was haar onberispelijke logeerkamer nu al onherkenbaar.

Jake was, ondanks zijn lange haren en zijn gouden oorring, alleszins normaal gebleken, maar toch was Gina blij toen Rachel en hij eindelijk opstonden. Hij mocht dan geschiedenis doceren aan een van de grootste universiteiten, toch bleef ze zich de hele tijd afvragen wat de buren van zijn aftandse bestelwagen zouden zeggen. En nu zij weggingen, kon zij hetzelfde doen en zich in de rust van haar eigen kamer terugtrekken. Om eindelijk aan Andrew te kunnen denken en zich af te vragen wat hij op dit moment zou denken, doen, zeggen...

'Ga nog niet weg,' verzocht Izzy met klem. Ze rolde zich op haar zij en rekte zich uit om de nog halfvolle fles wijn te pakken. 'Verhip, ik kan er niet bij. Kat, neem jij de honneurs waar, wil je, schat? Schenk Gina's glas nog eens vol. Gina, kijk niet zo verschrikt! Vooruit, ontspan je.'

Gina kon zich niet gemakkelijk ontspannen, zeker niet wanneer haar dat opgedragen werd. Haar benen zaten in de knoop en ze wist niet wat ze met haar handen moest doen. Ze keek op haar horloge en zei: 'Ik moet nu toch echt...'

'Nee, je moet niets,' zei Katerina onverwacht. Ze gaf Gina het glas wijn aan en vervolgde: 'Je ziet er al een stuk beter uit dan toen ik je de vorige keer zag, maar je bent nog steeds nerveus. Waarom vertel je mam niet wat er tussen jou en je ex-man is voorgevallen? Ze kan iemand geweldig goed opmonteren.'

Katerina had Gina haar egoïsme van de week tevoren nog steeds niet vergeven, maar ze schaamde zich ook nog een beetje voor haar gedrag toen. Dit was haar manier om het goed te maken.

'Ja, daar ben ik erg goed in,' zei Izzy. Haar donkere ogen straalden.

'Vertel me alles maar, tot in de kleinste details. Het is wel oneerlijk, hè, dat kerels zulke lammelingen zijn. Waarom worden we in vredesnaam nog steeds verliefd op ze?'

'... Hij betekende alles voor me,' fluisterde Gina een kwartier later. Haar wijnglas was, om een onverklaarbare reden, leeg. Ze had haar voeten onder zich opgetrokken. 'Toen we pas getrouwd waren, dacht ik dat we een gezin zouden stichten, maar Andrew zei dat we geen kinderen nodig hadden om gelukkig te zijn, omdat we elkaar hadden. Daarna zei hij, telkens wanneer ik erover begon, gewoon dat hij geen kinderen wilde... die waren te duur of ze eisten te veel van je tijd of hij moest de gelegenheid hebben om zich helemaal aan zijn carrière te wijden en als ik dan verdrietig werd, gaf hij me een mooi collier of hij nam me mee op vakantie. Ik wilde vreselijk graag kinderen, maar hij zag altijd kans om me ervan te overtuigen dat hij gelijk had. En nu,' besloot ze neerslachtig, 'heeft hij een vrouw zwanger gemaakt en is hij van gedachten veranderd. Dus nu zit ik hier alleen, zonder een man of een gezin, en nu is het te laat om er nog iets aan te doen. Nu ben ik te oud om nog kinderen te krijgen, ik heb niets, het is allemaal voor níets geweest...'
Izzy, die aandachtig had geluisterd, keek stomverbaasd. 'Neem me niet kwalijk,' zei ze, haar wenkbrauwen fronsend, 'maar ik kan je niet volgen. Hij heeft zich rottig gedragen, dat moet ik toegeven, maar waarom is je huwelijk voor niets geweest?'
'Omdat ik nu geen man en geen kind heb,' snotterde Gina enigszins nijdig. 'Als hij me tien jaar geleden had verteld dat hij me uiteindelijk in de steek zou laten, dan was ik bij hem weggegaan en getrouwd met iemand die wèl een gezin wilde.'
Izzy's frons werd dieper. 'Maar je bent pas zesendertig.'
'Precies! Hoelang zal het duren voor ik zelfs maar zìn heb om weer een andere man te zoeken? Hoe lang zal het duren voor ik iemand heb gevonden met wie ik wil trouwen? Het is gewoon niet eerlijk,' snufte Gina met betraande ogen. 'Tegen die tijd zal het wel te laat zijn. Dan ben ik te oud.'
'Doe niet zo gek,' barstte Izzy uit. Ze schoot met zo'n ruk overeind dat ze de helft van haar wijn in haar schoot morste. 'Als je zo graag een baby wilt, dan kun je die toch krijgen. Dat kan geen mens je beletten!'
Gina vroeg zich een ogenblik af hoe het zou zijn om net zo te zijn als Izzy, om zo zorgeloos te leven en je totaal niets aan te trekken van de conventies die haar eigen leven hadden beheerst.

Maar dat was een te grote sprong, zelfs na de ongebruikelijke drie glazen wijn.
'Jíj begrijpt dat niet,' zei ze verdedigend, terwijl ze haar hoofd boog. 'Dat zou ik nooit doen. Zoiets zou ik nooit alleen aankunnen.'
'Dat weet je niet,' weerlegde Izzy, met een poging haar aangeboren ongeduld te bedwingen. 'Je dènkt alleen maar dat je het niet aan zou kunnen. Ik durf om zoveel geld als je wilt met je te wedden dat het je, als het eenmaal zover was, best zou lukken. Nou ja,' bekende ze met een brede glimlach, 'dat zou ik doen als ik geld had om mee te wedden.'
'Ach, hou maar op, ik ben gewoon niet zo flink,' antwoordde Gina kregel, maar nog steeds bijna in tranen. Het hielp niets; ze had gehoopt dat er wat van Izzy's optimisme op haar over zou gaan, maar ze voelde zich alleen angstig. Ze verschilden te veel van aard en van levenshouding. Ze kwam een beetje wankel overeind en zei: 'Ik ga naar bed.'
Izzy, net zo kregel omdat Gina de logica van datgene wat ze haar probeerde bij te brengen niet scheen te kunnen inzien, keek op haar horloge. 'Het is pas tien uur. Blijf nog een glas wijn drinken, toe...'
'Ik ga naar mijn kamer,' zei Katerina tactvol. 'Ik moet nog twee verhandelingen schrijven.'
'Nee, nee,' zei Gina, zich afvragend waar ze aan begonnen was. Haar logeerkamer zag er anders uit en had een andere sfeer – hij rook zelfs anders, door Izzy's geurkaarsen – en nu kreeg ze het gevoel dat ze hier gegijzeld werd. Ze had in een opwelling een vreselijke fout gemaakt, die de breedte van de kloof tussen hen alleen nog maar benadrukte. Ze was gewoon niet geschikt om impulsief te handelen en ze vertikte het om nog ooit zoiets te doen. 'Ik ben moe,' besloot ze, terwijl ze de koekoeksjongen die haar nest op haar eigen stomme uitnodiging waren binnengevallen, niet eens aan durfde te kijken.
'Oké,' zei Izzy, haar nederlaag accepterend. Toen verhelderde haar gezicht omdat het immers maar een tijdelijke nederlaag was. 'Er is tenslotte geen haast bij. We zullen er morgen nog wel eens over praten.'

7

'En hoe is het thuis?' vroeg Simon, terwijl Katerina een stapel boeken van de stoel naast de zijne nam en er zuchtend inplofte. Het was lunchpauze en de sfeer in het lokaal van de zesde klas, vol geroezemoes van geanimeerde stemmen, had veel weg van een cocktailparty. Terwijl hij haar zijn halfvolle blikje cola gaf, bewonderde hij voor de zoveelste keer Katerina's vaardige, slanke vingers en haar vermogen om er zo fantastisch knap uit te zien, zelfs na een pittig, drie uur durend natuurkunde-examen. Hij had Katerina Van Asch in de drie jaar dat ze samen op de King's Park-scholengemeenschap zaten steeds in stilte aanbeden. Dat hij haar had leren kennen en uiteindelijk haar beste vriend was geworden, betekende meer voor hem dan wat ook ter wereld. Als Kat er niet was geweest, zou hij anderhalf jaar geleden van school zijn gegaan; zij was degene die hem had overreed om te blijven en er zijn eindexamen te doen, daar zou hij haar eeuwig dankbaar voor blijven. Hij had zo'n vaag vermoeden dat het opgeven van zijn studie om als basgitarist in een rockgroep door het land te trekken, achteraf bezien niet zo leuk zou zijn geweest als hij aanvankelijk had gedacht.

Hij was echter hevig geboeid door Katerina's bizarre levensstijl, verrukkelijk bohémien in zijn ogen en heel anders dan zijn eigen degelijke opvoeding. In een twee-onder-één-kapwoning in Wimbledon wonen met een vader die bankdirecteur en een moeder die huisvrouw was en twee stierlijk vervelende jongere zusjes, was niet bepaald opwindend.

Katerina, wier moeder nooit mopperde dat ze niet met haar voeten op de meubels mocht zitten, zoals zijn eigen moeder altijd deed, zwierde haar lange benen over de armleuning van de stoel en scheurde een zakje chips open.

'Hoe het thuis is?' herhaalde ze peinzend. 'Nou, niet denderend. Gina Zemeltrees kan over niets anders praten dan over haar man, mam heeft zich vast voorgenomen haar op te vrolijken en ik blijf zoveel mogelijk uit de buurt. Het echte slechte nieuws is, dat onze vier weken gratis wonen voorbij zijn en dat mams been nog steeds in het gips zit. Toen ik vanmorgen wegging zat ze over *The Stage* gebogen, maar hoe kan ze in haar toestand in vredesnaam werken?'

'Elizabeth Taylor heeft *The Little Foxes* in een rolstoel gedaan,' begon Simon enthousiast, maar Katerina legde hem het zwijgen op met een blik waarvoor een minder flinke man in een hoek zou zijn gekropen.

'Dat was Elizabeth Taylor. Dit is het echte leven.'

'En wat ga jij nu doen?' hield hij aan, vol bewondering voor haar achteloos aanvaarden van de situatie.

Ze zweeg een moment, over zijn vraag nadenkend. 'Een baantje zoeken, denk ik. Iets voor de avonduren dat goed betaalt en me toch nog tijd laat voor mijn huiswerk. En als dat niet lukt, kan ik altijd een nieuwe en steenrijke man voor mijn moeder zoeken.'

Ze schoot in de lach en gooide haar lege chipszakje in de prullenbak. 'Ja, dat is een reuze-idee. Ik zou de liefhebbende stiefdochter kunnen zijn. Ik zou een ideale stiefdochter zijn, denk je niet? En hoe meer geld hij zou hebben, hoe liefhebbender ik zou zijn.'

Simon zei bezorgd: 'Je maakt maar een grapje.'

'Natuurlijk maak ik maar een grapje.' Met een wanhoopskreet deed ze net of ze het lege colablikje naar zijn hoofd wilde gooien. 'Wie heeft er nu mannen nodig? En hou nu eens op met dat Lieve Lita-gedoe en vertel me alles wat je over het verlengde merg weet. We hebben vanmiddag biologie.'

Simon begon ook te lachen. 'Ik dacht dat jij geen mannen nodig had.'

'Ik heb geen mannen nodig,' antwoordde Katerina vinnig. 'Alleen informatie. Bovendien ben jij geen man. Jij bent een jongen.'

Verdomme, dacht Sam Sheridan, toen hij op Heathrow de telefoon ophing en tot de ontdekking kwam dat hij en zijn koffers een paar uur zouden moeten wachten voor ze met elkaar naar Kingsley Grove konden gaan. Andrew was niet op de zaak, in het huis werd de telefoon niet opgenomen en hij begon al last van jetlag te krijgen, wat misschien zijn verdiende loon was, maar daarom nog niet beter te verdragen. Als hij in het vliegtuig had geslapen, in plaats van gesprekken te voeren met een nogal drukke maar uitgesproken aantrekkelijke advocate, zou hij nu niet zo moe geweest zijn.

Maar Gina was een gewoontedier, stelde hij zichzelf gerust, met een blik op zijn horloge, dat hij had gelijkgezet toen het vliegtuig het einde van de transatlantische vlucht naderde. Bijna vier uur. Hij wist zeker dat ze binnenkort thuis zou komen om voor het eten te zorgen. Als hij een taxi nam, kon hij er tegen vijven zijn. Op tijd om haar te beletten te gaan koken. Daarna zou hij, nadat hij een paar uur geslapen had, hen beiden mee uit eten nemen om zijn terugkomst te vieren. Het zou fijn zijn om, na een afwezigheid van een half jaar, Andrew weer te zien. En wat Gina betrof... nou ja, die lieve, nerveuze, gemakkelijk te shockeren Gina plagen, was altijd een geliefd tijdverdrijf van hem geweest.

Verdomme, dacht Izzy, onbeholpen de zitkamer binnenhopsend en naar de nu stille telefoon kijkend. Snapten de mensen niet dat iemand met een gebroken been zoveel meer tijd nodig heeft om bij de telefoon te komen, en nog meer om de kans te krijgen de hoorn op te nemen? En bestond er wel iets frustrerenders dan niet de aan de weet te kunnen komen wie er had gebeld?

Ze gooide een kussen naar het irritante toestel – ruim een meter ernaast – en liet haar fantasie een paar seconden de vrije loop. Een enkel telefoontje kon tenslotte een heel leven veranderen.

Ja, het had best Andrew Lloyd Webber kunnen zijn, die haar wilde smeken de hoofdrol in zijn nieuwste en prachtigste musical te accepteren. Het had haar agent, Doug Steadman, kunnen zijn om haar te vertellen dat een Amerikaanse producer haar, en alleen háár, wilde hebben om Shirley MacLaine te vervangen in een Broadway-show. Het had, wie weet, een verkoper kunnen zijn die haar een geweldig aanbod voor dubbele ramen had willen doen...

'Verdomme,' herhaalde Izzy, deze keer hardop. Ze draaide zich om, ging naar de gang en pikte onderweg haar jasje en tas op. Nu ze toch beneden was, kon ze net zo goed haar gezonde been strekken en even een paar boodschappen doen voordat de winkels sloten. Ze had vanmorgen in een onbewaakt ogenblik beloofd dat zij voor Kat en Gina zou koken, dus moest ze ook zorgen dat er iets eetbaars in huis was. Ze had zo'n idee dat Gina iets stevigers verwachtte dan geroosterd brood met tomaten uit blik.

Sam wierp vanuit de rijdende taxi een belangstellende blik op het donkerharige meisje in de korte, gele rok, die op krukken over het trottoir zwierde. Haar benen, het ene in het gips en het andere, welgevormde, in een zwarte kous, hadden onmiddellijk zijn aandacht getrokken. Maar nu de taxi aan het eind van Kingsley Grove stopte, zag hij bij het oranje licht van een straatlantaarn een glimp van het gezicht van het meisje en zijn belangstelling nam toe. Een kort ogenblik, toen ze stil bleef staan om haar sleutels uit haar jaszak te halen, ontmoetten hun ogen elkaar. Donkere ogen, brede mond, een wilde bos dansende krullen en een ondefinieerbare uitstraling van levenslust, humor en moed, raakte iets diep in zijn binnenste. Sam, zijn jetlag op wonderbaarlijke wijze vergetend, glimlachte naar haar zonder het te beseffen, maar het was al te laat. Het meisje had zich afgewend. Toen, terwijl hij nog stond te kijken, hompelde ze moeizaam maar doelbewust naar het huis van Andrew en Gina.

Dat was boffen, dacht hij, terwijl hij zijn koffers uit de taxi hees en de chauffeur een paar bankbiljetten in de hand drukte. Even later haalde hij haar op de stoep in. 'Hai,' zei Sam met een stralende glimlach, die ze deze keer onmogelijk over het hoofd kon zien. 'Ik weet niet wie je bent, maar je timing is perfect. Ik dacht dat Gina nu wel thuis zou zijn.' Hij wees op de donkere vensters. 'Maar dat is ze blijkbaar niet. En ik heb mijn huissleutel helaas verloren.'

Het meisje beantwoordde wel zijn blik, maar niet zijn glimlach en zei niets. Zijn fout beseffend – zijn jetlag was blijkbaar toch erger dan hij dacht – zei Sam: 'Neem me niet kwalijk, wat onbeleefd van me. Ik ben...'

'Ik weet precies wie jij bent,' viel Izzy hem haastig in de rede, verbaasd over de brutaliteit van de man. Ze wierp een vluchtige blik op de koffers die op de stoep stonden en zei: 'Gina heeft me hier niets van gezegd. Heb je met haar gesproken? Verwacht ze je?'

Onthutst over de kort aangebonden manier van doen, haalde Sam zijn schouders op en zei: 'Nou... nee, dat niet. Zoals ik al zei, ze was niet thuis toen ik belde. Maar ze zal het niet erg vinden, als je dat soms dwarszit. Ze is na vijftien jaar wel gewend aan mijn...'

'Dat zal best,' bitste Izzy, hem voor de tweede keer in de rede vallend en van mening dat het hoog tijd werd dat iemand Andrew Lawrence eens precies vertelde wat ze van hem en zijn schandelijk gedrag vonden. Ze had geen foto's van hem gezien en had zich een wat oudere, minder sportieve man voorgesteld, meer het type dat krijtstreeppakken droeg in plaats van versleten leren vliegeniersjacks en oude spijkerbroeken, maar ze kon zelfs in het halfdonker zien dat hij een opvallend knappe en charmante man was. Alleen mannen met die bijzondere, lome, aangeboren charme konden doen wat hij had gedaan en denken dat ze dat ongestraft konden doen. En alleen een man met een volslagen gebrek aan bescheidenheid, dacht ze woedend, kon

denken dat hij zomaar weer thuis kon komen en vergiffenis zou krijgen.
'O ja, dat zal best,' herhaalde Izzy, tegen de koude stenen muur van het portiek geleund, terwijl ze de huissleutel demonstratief weer in haar zak liet vallen. 'Maar dat wil nog niet zeggen dat ze dat maar moet blijven dulden. Best mogelijk dat zij zo bang is om je te beledigen, dat ze je niet durft te vertellen hoe volkomen je haar leven hebt kapotgemaakt, maar dat ben ik niet. Man,' snauwde ze, constaterend dat Gina's man totaal niet van plan was om ook maar een greintje berouw te tonen, 'is het dan geen seconde bij je opgekomen, dat Gina je níet met open armen verwelkomt wanneer je bij haar op de stoep staat?'
'Eerlijk gezegd,' zei Sam, zich afvragend waar ze het goddorie over had, 'niet, nee.'
'Nee, dat zal wel niet, hè? Jij bent toch werkelijk onmógelijk...'
'Ik ben in de eerste plaats erg moe.' Hij begon onderhand zijn geduld te verliezen. 'Als je me nu eens precies vertelde wat ik eigenlijk heb misdaan. En als dat van je hart is, zou je je misschien willen voorstellen. Nee, wacht. Vertel me eerst wie jíj bent en laat me dan beslissen of ik je nog wil aanhoren. En waar zijn Gina en Andrew eigenlijk? Als ze vanavond niet thuiskomen, zal ik je de moeite besparen en naar een hotel gaan.'
'O shit.' Izzy staarde hem ontzet aan, toen zakte ze langzaam tegen de stenen de muur achter haar terug. Zou er ooit een tijd in haar leven komen, vroeg ze zich af, dat ze níet de verkeerde dingen zou zeggen tegen de verkeerde persoon en op de meest onhebbelijke manier?
'Enfin, ik ben weg,' zei Sam nijdig. En terwijl hij zich omdraaide, voegde hij er nog aan toe: 'Als het niet te lastig is, wil je hun misschien wel zeggen dat ik langs ben geweest.'
Izzy greep zijn arm zo haastig dat ze bijna haar evenwicht verloor en omviel. 'O,' zei ze, 'het spijt me verschrikkelijk. Ik heb een afgrijselijke vergissing gemaakt. Kom alsjeblieft binnen.'
Op dat moment begon Sam haast te geloven dat hij degene was die de afgrijselijke vergissing had gemaakt. De aanvankelijke aantrekkingskracht van deze vrouw was vrijwel op slag verdwenen. Ze was niet alleen onhebbelijk, dacht hij, naar haar koude vingers om zijn pols kijkend, ze was compleet geschift.
'Toe,' zei Izzy smekend. Ze begreep wat hij dacht en stak haastig de sleutel in het slot. 'Ik ben niet gek, hoor, maar dat zul je pas begrijpen als ik je alles heb uitgelegd. Kom, geef mij je jack. Wat wil je drinken?'

'Ga zitten,' beval Sam resoluut, terwijl hij haar de zitkamer binnenloodste. Hij knipte de lichten aan en gooide zijn jasje over de rugleuning van Gina's onberispelijke sofa. Daarna schonk hij twee royale whisky's in, gaf er één aan het gekke mens dat gehoorzaam was gaan zitten en streek zelf in de fauteuil tegenover haar neer.
'Zo, nu moesten we maar eens opnieuw beginnen. En deze keer op de juiste manier, zonder scheldpartij. Prettig met u kennis te maken, juffrouw...'
'Van Asch,' zei Izzy zacht, blij dat hij de leiding had genomen en dat hij zich haar beledigingen niet te erg had aangetrokken. 'Izzy.'
'Ja.' Hij knikte, een zweem van een glimlach om zijn mond. 'Een naam die precies bij je past. En mijn naam is Sam Sheridan.'
'Dag, Sam Sheridan.'
'En wie dacht je dat ik was?'
'Gina's man,' bekende ze, haar bruine ogen wijd opengesperd in een poging een reactie van zijn gezicht af te lezen, terwijl ze vervolgde: 'Zodra je het zei, begreep ik dat je het niet wist. Ze zijn uit elkaar. Andrew is een paar weken geleden het huis uitgegaan en Gina is kapot van verdriet.'
'Wat is er gebeurd?' vroeg Sam, niet langer glimlachend. Hij kon zich voorstellen welke uitwerking Andrews vertrek op Gina had gehad. Haar hele leven had om hem gedraaid.
'Hij heeft iemand anders ontmoet,' vertelde Izzy. 'En ze is zwanger. Ze wonen samen in de Barbican.' Toen zweeg ze, fronste haar wenkbrauwen en vroeg: 'Ben jij een vriend of familie?'
Sam nam een teugje whisky. 'Een vriend. Een oude vriend.'
'Van Andrew?'
'Ja.' Hij haalde zijn schouders op. 'Van hen beiden. Ik was getuige bij hun huwelijk. Toen ik zes jaar geleden naar de Verenigde Staten verhuisde hebben ze me een sleutel van hun huis gegeven. Telkens als ik hier ben, logeer ik bij hen. Jezus,' hij schudde ongelovig zijn hoofd. 'Gina zal wel radeloos van verdriet zijn.'
'Andrew had je moeten waarschuwen,' vond Izzy. Terwijl hij met andere dingen bezig was, had zij van de gelegenheid gebruik gemaakt om deze opvallend knappe 'huisvriend', over wie ze tot nu toe niets had gehoord, eens goed op te nemen. De gebronsde huid zou, in combinatie met die fascinerende grijs-groene ogen, alleen al voldoende zijn om hem buitengewoon aantrekkelijk te maken. Maar dat was nog niet alles. Sam Sheridans haar, streperig door de zon gebleekt, was net lang genoeg om interessant te zijn, zijn donkere wenkbrauwen

staken er mooi bij af en waren geweldig expressief. Hij had een volmaakt gevormde mond. En wat de rest van zijn lichaam betrof... Nu ze al een tijdje in een seksueel luchtledig verkeerde, was het een aangename verandering om eens rustig naar zo'n knappe vent te kunnen kijken. Het begin mocht dan niet bepaald veelbelovend zijn geweest, dacht ze opgewekt, maar wie weet wat er zou gebeuren als Sam Sheridan zijn tenten zou opslaan in wat Kat 'Het Nonnenklooster' was gaan noemen?

'Ik ben de afgelopen maand op Hawaïi geweest,' zei hij. 'Misschien heeft hij me daar geprobeerd te bereiken en is hem dat niet gelukt.' Toen keek hij Izzy weer aan en zei: 'Maar nu weet ik nog steeds niet wie jíj bent.'

Dat ging al beter, vond Izzy, met haar vrije hand achteloos door haar verwarde krullen strijkend. Ze schoot in de lach.

'Ik woon hier. Wij zijn Gina's nieuwe pensiongasten.'

'Wij?'

'Mijn dochter, Katerina. Maar we zijn al aardig gedresseerd,' vervolgde ze, bij het zien van zijn geschrokken gezicht. 'En wees maar niet bang, ik weet zeker dat dit huis groot genoeg is om nog iemand te herbergen.'

Ze was ouder dan hij aanvankelijk had gedacht, eerder een vrouw dan een meisje. Sam schatte haar op rond de dertig, maar toch kon hij zich haar moeilijk als moeder voorstellen. Ze zag er helemaal niet als een moeder uit. Bovendien, ook al hield hij van kinderen – als hij ze niet te vaak zag – hij had weinig zin huisgenoot te worden van een krijsende kleuter die natuurlijk op onzalige vroege uren van de dag op zou zijn, net wanneer hij zijn slaap het meest nodig had.

'Ik weet het niet,' zei hij met een blik op zijn horloge. 'Nu de situatie veranderd is, kan ik misschien toch beter een hotel nemen.'

Op dat moment hoorden ze de voordeur open- en dichtgaan en Gina's hoge hakken door de gang tikken.

'Praat eerst maar met haar,' zei Izzy, terwijl ze haar krukken greep en zich overeind hees. 'Ze zal zeker willen dat je blijft. Als je me nodig hebt,' voegde ze er met een uitdagend lachje over haar schouder aan toe, 'ik ben in de keuken. Je bent toch geen vegetariër, is het wel?'

'Nee.' Ze was inderdaad getikt, dacht Sam. Knap, maar beslist getikt. 'Hoezo?'

'Ik ga Stroganoff maken,' legde Izzy geduldig uit. 'En aangezien ik daar nogal laat mee ben, is het minste dat je kunt doen, de schuld op je nemen en blijven eten.'

8

'O Sam, hoe kon hij me dat aandoen,' snikte Gina een uur later, terwijl ze haar met mascara besmeurde ogen bette, maar wist dat het ergste achter de rug was. Verlegen, omdat ze in zijn bijzijn was ingestort, maar tegelijkertijd geweldig getroost door zijn aanwezigheid, besefte ze opnieuw wat een goede vriend hij al jarenlang voor hen beiden was. Ze had het altijd fijn gevonden als hij kwam, maar deze keer was zijn komst precies wat ze nodig had. Sam, die iemand beter dan wie ook kon opmonteren, stond aan haar kant, dat wist ze. En die wetenschap sterkte haar meer dan ze voor mogelijk had gehouden.
'Mannen,' zei Sam opstaand, 'zijn nu eenmaal sukkels die niet weten wat goed voor hen is. En nu, liefje, ga ik eens kijken wat Izzy aan het doen is. Die Stroganoff ruikt verrukkelijk en ik rammel.'
'Stel je er niet te veel van voor,' zei Gina pinnig. 'Koken is niet haar sterkste kant. De meest ingewikkelde maaltijd die ze tot nu toe heeft klaargemaakt bestond uit boterhammen met vissticks.'

'Jij bent Izzy niet,' zei Sam, toen hij in de met damp gevulde keuken kwam en zich een beetje onwerkelijk begon te voelen. Een lang meisje met soepel, schouderlang, lichtbruin haar stond bij de tafel en schudde voorzichtig gebakken aardappelen uit een koekepan in een platte blauwe schaal. Ze keek op, niet verbaasd over zijn binnenkomst. 'Ik ben Kat. Mam is boven en probeert een bad te nemen. Het eten is over vijf minuten klaar.' Ze zweeg even en voegde er vriendelijk aan toe: 'Wat kijk je onthutst.'
'Ik ben ook onthutst,' zei Sam, door zijn haar strijkend. Toen schudde hij zijn hoofd. 'Ik dacht dat je een jaar of vijf zou zijn. Hooguit.'
Ze glimlachte, deed een deksel op de schaal met gebakken aardappelen en zette hem in de oven. 'Ik ben een voorlijk kind. Hoe is het met Gina?'
'Nog in tranen, maar ze komt er wel overheen. Heb jij dit allemaal klaargemaakt?' Sam, een liefhebber van goede, eenvoudige maaltij-

den, boog zich voorover en keek naar de Stroganoff waar ze nu de room doorheen roerde.
'Dat is niet zo moeilijk,' zei Katerina, om er een beetje wrang aan toe te voegen: 'Tenzij je mijn moeder bent.'
'Nou, ik ben diep onder de indruk. Ik had Gina vanavond mee uit eten willen nemen, maar ik ben nu blij dat we niet gaan. Ben jij soms kokkin van beroep?'
'Zij is schoolmeisje van beroep,' zei Izzy, die hen vanuit de deuropening had gadegeslagen. Ze was rozig van haar bad en droeg een wit trainingspak. Haar glanzende, donkere krullen buitelden over haar schouders. Afgezien van het feit dat het jasje van het trainingspak maar half was dichtgeritst en een zeer volwassen borstronding toonde, leek ze ongelooflijk jong. 'En hoe luidt de uitspraak?' vervolgde ze. Haar toon was luchtig, maar haar ogen twinkelden uitdagend. 'Blijf je hier, of is het samenwonen met drie neurotische vrouwen je nu al te veel?'
'Bezwaar,' kwam Katerina kalm tussenbeide. 'Twee neurotische vrouwen en een uitzonderlijk evenwichtig schoolmeisje.'
'Dit alles,' mompelde Sam, opnieuw door zijn haar strijkend, 'en nog jetlag op de koop toe.'

Sam Sheridan was niet gekomen waar hij nu was doordat hij vrouwen had genegeerd of onderschat. Hij had in zijn jeugd zijn broer Marcus – gelukkig vier jaar ouder dan hij – nauwlettend gadegeslagen toen deze zich door de middelbare school en de universiteit had geworsteld en met zijn stralende glimlach en zijn overdonderende verleidingskunst opzienbarende veroveringen had gemaakt en even opzienbarende scènes had veroorzaakt als hij zijn vriendinnetjes zat was en ze zonder pardon aan de kant zette. Sam was daarbij geleidelijk gaan inzien dat zijn broer de andere sekse niet eens zo aardig vond. Meisjes waren om mee naar bed te gaan. Het waren wezens waar men eerder over dan mee praatte. Meisjes waren voor Marcus niet meer dan aanhangsels die je, als je er genoeg van had, afdankte. Sam daarentegen, had meisjes nooit vervelend gevonden en naarmate hij ouder werd, was hij Marcus' houding tegenover hen steeds minder gaan begrijpen. Hij vond meisjes prettig gezelschap en net zulke interessante gesprekspartners als mannen. En natuurlijk kwam dan daar ook nog de seksuele aantrekkingskracht bij.
Maar het wonderlijke was dat Sam nooit te maken kreeg met de problemen die Marcus' leven zo gecompliceerd hadden gemaakt. Want

ofschoon hij veel vriendinnen had die gewoon vriendinnen waren, zonder dat er verliefdheid aan te pas kwam, waren zijn laconieke charme en zijn populariteit in zijn jonge jaren al zo groot, dat de meisjes die zonder meer vriendin van Sam waren, bijna hoger werden aangeslagen dan de relatie-vriendinnen. Gewoon omdat die laatsten niets bijzonders waren, terwijl vriendschap zonder sex inhield dat je een persoonlijkheid was, iemand die de moeite waard was om nader te leren kennen.

En omdat Sam altijd had gezorgd met zijn ex-vriendinnen op goede voet te blijven, veroorzaakte hij praktisch geen wrok. In plaats daarvan beleefde hij drie jaar uitgelaten plezier aan de universiteit. Hij hield er een graad in de economie aan over plus een uitgebreide vriendenkring van beide seksen, waarvan niemand zich kon voorstellen dat Sam Sheridan het ooit zou kunnen uithouden in een baan bij een van de financiële instellingen, waar zijn graad hem van enig nut zou kunnen zijn.

Maar Sam had ondanks zijn zorgeloze aard en zonder dat zijn vrienden het wisten, al lang geweten wat hij wilde, en dat was een hoge levensstandaard, gekoppeld aan het plezier van een ononderbroken gezelschapsleven. De weekendparty's die hij had gegeven in het bouwvallige Victoriaanse huis, dat hij met drie andere studenten had gehuurd, waren legendarisch geweest. Sam, van nature een nachtmens, had er met volle teugen van genoten. Ze hadden de weekdagen dragelijk gemaakt, en de spanning van nooit weten wie er bij de volgende party zou komen opdagen – de Zwitserse correspondentievriendin van iemands zuster, of de tante aan het toneel van iemands huisgenoot – pompte onophoudelijk adrenaline door zijn aderen. Hij was in die drie jaar beroemd geworden om de geweldige party's, waar mensen elkaar ontmoetten, discussieerden, lachten, praatten en verliefd op elkaar werden. Sommigen, zoals Andrew Lawrence en Gina Harrison, waren zelfs zover gegaan dat ze uiteindelijk met elkaar waren getrouwd.

Maar het was de kunst om de perfecte sfeer te scheppen voor dit soort gebeurtenissen, die echt tot Sams verbeelding sprak. De mensen amuseerden zich en hij was degene die dat mogelijk had gemaakt. Daardoor kwam hij onwillekeurig tot de conclusie dat er geen leukere manier was om de rest van zijn tot dusver gelukkige en ongelooflijk plezierige leven door te brengen.

Natuurlijk was dat niet zo gemakkelijk geweest. De banken overhalen om hem geld te lenen had meer intellectuele alertheid vereist dan een examen. Sommige van zijn financiële overeenkomsten waren rondweg dubieus geweest en toen hij de huur van de eerste, weinig aantrekkelijke zaak in Manchester had overgenomen, had dat wekelijkse goocheltoeren tussen de eisen van de financieringsmaatschappijen en zijn eigen personeel met zich meegebracht. Ook had, toen het nieuws van een nieuwe nachtclub zich verspreidde, het behouden van het noodzakelijke evenwicht tussen de gewenste clientèle en flappentrekkende proleten, zelfs Sams doorzettingsvermogen soms zwaar op de proef gesteld. Maar hij besefte vóór alles dat zijn club van meet af aan een onberispelijke reputatie moest hebben. Zijn clientèle hoefde heus niet steenrijk te zijn; het moesten in de eerste plaats de juiste mensen zijn, mensen die iets zouden bijdragen aan de geheel eigen sfeer die hij wilde bereiken om ervoor te zorgen dat The Steps dé club werd en bleef. De club waar men naartoe ging om te zien en om gezien te worden en plezier te hebben.

En dat was – zij het in het begin niet zonder veel moeite – gelukt. Sams reputatie groeide en binnen twee jaar had hij de zaak gekocht. Anderhalf jaar later had hij hem met een duizelingwekkende winst verkocht en was naar Londen getrokken. Daar had hij tot zijn opluchting gemerkt dat de straten wel niet met goud geplaveid waren, maar dat er meer dan genoeg mensen in liepen die openstonden voor zijn bijzonder soort nachtclub om The Chelsea Steps tot een nog groter succes te maken dan hij voor mogelijk had gehouden.

Zijn vriendenkring had zich nog verder uitgebreid. Het aantal vrouwen dat verliefd op hem was – in stilte of openlijk – nam toe. Mannen, zich bewust van Sam Sheridans reputatie, namen zich voor een hekel aan hem te hebben, wat hun, wanneer ze hem hadden leren kennen, nooit lukte. Sam was sympathiek, charmant en zorgeloos. Hij kon geanimeerd over elk denkbaar onderwerp praten en hij zat nooit achter andermans vrouw of vriendin aan.

Vooral dit laatste maakte hem in de ogen van mannen geweldig sympathiek en gaf de vrije meisjes eens zoveel hoop. Bovendien was de onweerstaanbare uitdaging die hij vormde voor vrouwen die wel gebonden waren – en met wie Sam onwrikbaar weigerde iets te beginnen – ongelooflijk stimulerend en dat maakte hem alleen maar begeerlijker.

De formule had van het begin af aan gewerkt en Sam had zich er wijselijk aan gehouden. Toen hij, nu zes jaar geleden, had aangekondigd dat hij van plan was om ook een nachtclub in New York te beginnen, waren zijn vrienden ontzet geweest. Iedereen had hem gewaarschuwd voor de financiële risico's van een dergelijke onderneming, maar hij had het toch gedaan. Hij had de leiding van The Chelsea Steps aan zijn onderdirecteur, Toby Madison, overgedragen en zichzelf een jaar gegeven om zijn lang gekoesterde Amerikaanse droom te laten uitkomen of vervliegen.

En omdat hij nu eenmaal Sam was, had hij succes gehad waar iedereen een fiasco had gevreesd. The New York Steps, op precies het juiste moment en op precies de juiste plaats opgezet, had van begin af aan gefloreerd. Sams internationale vriendenkring breidde zich nog verder uit en zijn succes, schijnbaar moeiteloos verworven, eveneens. Niemand wist precies hoe Sam Sheridan het deed, maar het werkte. En Sam zelf, die het geheel als een soort persoonlijke grap beschouwde, genoot in alle opzichten van het leven, leek nooit te slapen en zorgde dat hij zoveel mogelijk plezier uit zijn langgerekte Amerikaanse vakantie peurde.

Maar ofschoon New York boeiend was, helemaal te gek en echt een stad voor hem, werd het nooit zijn thuis. Zijn reisjes naar Engeland hadden de laatste jaren steeds te kort geleken en waren steeds meer voor hem gaan betekenen. En toen hij – letterlijk – was gaan dromen van Engelse regen en meisjes zonder schoudervullingen, geroosterd brood met Marmite en mensen die nog nooit in hun leven in therapie waren geweest, wist hij dat de tijd was gekomen om naar Engeland terug te keren.

En nu sloeg Gina in haar eetkamer Izzy's gestadig groeiende belangstelling voor Sam gade met een aan ontzetting grenzende bezorgdheid. De maaltijd was nog niet eens achter de rug en ze hadden al een prettige, ontspannen verstandhouding.

Ze dronk haar wijn en keek over de door kaarsen verlichte tafel naar Izzy, die het duidelijk naar haar zin had. En ze kwam zo ongedwongen over, dacht Gina afgunstig. Lieve help, zo ongelooflijk spontaan. Zij zou jaren nodig hebben voor zij iemand goed genoeg had leren kennen om hem de vragen te stellen die Izzy hem na een paar uur al stelde.

'Maar hoe kun je in vredesnaam zes jaar in New York hebben gewoond en niet getrouwd zijn?' vroeg Izzy nu, terwijl ze haar mouwen omhoog trok en haar blote, bruine armen op tafel legde. Ze pikte achteloos een schijfje courgette uit de groenteschaal en bekeek het even voor ze het in haar mond stak. 'In New York is iedereen getrouwd.'

'Misschien ben ik een nicht.' Sams donkere wenkbrauwen welfden zich geamuseerd.

'Maar dat ben je niet.'
'Mam,' zei Katerina waarschuwend. 'Dat weet je niet. Breng hem niet in verlegenheid.'
'Natuurlijk is-ie geen nicht,' zei Izzy met een ongeduldig gebaar. 'Dus, vooruit, Sam, vertel het ons nou. Ben je uit New York weggegaan vanwege een vrouw? Was het de ware liefde? Was er iets mis mee? Was ze te rijk of te arm? Was ze...'
Getrouwd, had ze willen zeggen, maar ze hield zich bijtijds in uit consideratie met Gina's gevoelens. Sam, die het begreep en vlot het hiaat overbrugde, zei: 'Ze was in elk geval vasthoudend. De droom van elke visser, zogezegd. Een die zich niet liet afschepen.'
'Opdringerig,' constateerde Izzy, terwijl ze nog een schijfje courgette nam. Toen schoot ze in de lach. 'Dat zou ik nooit zijn.'
'Mijn moeder,' verzuchtte Katerina. 'Het stille, bescheiden vrouwtje.'

'Ik wil niet dat dit als een grap klinkt,' begon Gina. Ze strengelde haar vingers ineen en voelde zich kennelijk slecht op haar gemak.
'In dat geval,' antwoordde Izzy met een stalen gezicht, 'zal ik niet lachen.'
Gina, die Sam nu al zo lang kende, was zich maar al te zeer bewust van zijn reputatie waar het vrouwen betrof. In zijn onweerstaanbare aanwezigheid vergaten ze gewoon hoe ze nee moesten zeggen. En nu zag ze het allemaal opnieuw gebeuren, en nog wel in haar eigen huis. Maar Izzy in de keuken lokken om onder vier ogen met haar te praten, was het gemakkelijkste gedeelte geweest. De juiste woorden vinden voor wat ze wilde zeggen, was allerminst gemakkelijk.
'Tja, dit klinkt misschien onredelijk,' begon ze, toen zweeg ze en haalde diep adem. Haar vingers scheurden, zomaar vanzelf, een papieren servetje aan flarden.
'Het is in elk geval frustrerend,' merkte Izzy goedgehumeurd op, 'om te moeten wachten tot ik te horen krijg wat "dit" is.'
'Sam is een ontzettend knappe man,' gooide Gina eruit, en Izzy's wenkbrauwen schoten omhoog.
'Lieve help, hoe is het mogelijk,' lachte ze. 'Je bent stiekem gek op hem en nu wil je dat ik een goed woordje voor je doe. Nou, zeg maar niks meer, ik zal de tact zelve zijn en voor je het weet, ben je...'
'Nee!'
Izzy glimlachte nog steeds. Gina was zo snel geshockeerd. 'Tja,' zei ze, 'als het dat niet is, wat is het dan wèl?'
'Ik heb gezien hoe je naar hem keek en hoe hij naar jou kijkt.' In haar

ellende gooide ze de woorden er achter elkaar uit. 'En ik zou niet kunnen hebben dat Sam en jij...'
'Dat we wàt?'
'Een relatie kregen,' zei Gina terneergeslagen. 'In mijn huis. Mijn man heeft me verlaten voor een andere vrouw, dat zou ik absoluut niet aankunnen.' Ze zweeg opnieuw en vervolgde zacht: 'Het spijt me, ik kan er niets aan doen. Ik heb je gewaarschuwd dat datgene wat ik te zeggen had, onredelijk was.'
Izzy probeerde tevergeefs haar verbijstering te verbergen. Ze keek naar de potjes chocolademousse op de keukentafel en merkte dat ze opeens geen honger meer had. 'Wil je dat Kat en ik weggaan?' vroeg ze.
'Zo heb ik het niet bedoeld.' Gina, die zich hevig opgelaten voelde, schudde haar hoofd. 'Nee, natuurlijk wil ik niet dat jullie weggaan. Ik wil alleen niet dat Sam en jij samen iets krijgen. Ik wil me in mijn eigen huis niet het vijfde wiel aan de wagen voelen.'
'En als ik beloof dat ik van hem afblijf, ben je dan gelukkig?' Deze keer moest Izzy een glimlach onderdrukken. Dacht Gina nu heus dat ze een nymfomane was?
'Ik weet niet meer hoe het is om gelukkig te zijn,' zei Gina, zichtbaar opgelucht. Omdat Izzy's glimlachen haar niet was ontgaan, haalde ze haar schouders op en bracht zelf zowaar ook een lachje te voorschijn. 'Laten we zeggen dat ik me dan overeind kan houden.'

9

'Dat is te gek,' protesteerde Katerina de volgende morgen, terwijl ze de laatste chocolademousse naar binnen werkte. Ze schraapte het schaaltje energiek leeg. 'Dat is morele chantage.'
'Financiële chantage,' verbeterde Izzy, die ergens een doos goudkleurige lovertjes had opgediept die ze nu zo op een donkerblauwe T-shirtjurk plakte, dat ze een waterval van haar linkerschouder naar haar rechterdij vormden. 'Ze weet dat we geen geld hebben om te verhuizen.'

Katerina keek haar streng aan. 'Het is inderdaad een stuk, dat wel. Stuurt dit je plannen in de war? Ga je nu op Victoriaanse wijze wegkwijnen? '
'Helemaal niet. Ik vind het behoorlijk opwindend.'
'Hmm.' Katerina keek bedenkelijk. 'Ik vind er niets opwindends aan.'
'Jij bent nog te jong om dat te begrijpen,' verklaarde Izzy opgewekt. 'Mannen als Sam zijn niet gewend niet te krijgen wat ze willen hebben. Ik zal hem verblinden en boeien en hoe langer hij moet wachten, hoe happiger hij zal worden. Het wordt ontiegelijk leuk.'
'Hoe weet je dat nou?' Katerina gaf haar lepel een laatste genietende lik. 'Je hebt nog nooit de ongenaakbare uitgehangen.'
'Maak je geen zorgen,' zei Izzy onverstoorbaar, 'het werkt altijd. Dat heb ik in een vrouwenblad gelezen.'

Sam zou met gemak de hele dag kunnen slapen, maar hij wist uit ervaring dat er maar één manier was om jetlag te bestrijden, en dat was het te negeren. Bovendien had hij een heleboel te doen.
'Ga je ergens heen?' vroeg Gina angstig, toen hij tegen de middag beneden kwam in een gekreukt wit hemd en een spijkerbroek, zijn haar nog nat van het douchen. Met zijn door de zon gebruinde huid en gebleekte haren, zag hij er nog exotischer en knapper uit dan gewoonlijk en Gina vroeg zich mistroostig af hoe ze ooit kon verwachten dat Izzy immuun zou blijven voor zijn charmes.
Nerveus, omdat ze wist dat hij vroeg of laat naar Andrew zou gaan, wendde ze haar blik af en wijdde haar aandacht aan het koffiezetapparaat. 'Zwart of met melk? Als je honger hebt, kan ik wel een boterham met ham voor je maken.'
'Je hoeft me niet te bedienen,' zei Sam, die precies wist wat haar dwarszat. Hij nam het pak gemalen koffie uit haar hand en duwde haar zacht naar een stoel, waarbij het hem opviel hoe mager ze was geworden. 'En als er iemand een boterham met ham moet hebben, dan ben jij het wel.'
'Ik heb op het moment niet veel trek,' mompelde Gina, om er verdedigend aan toe te voegen: 'Maar maak je geen zorgen. Ik heb geen anorexia.'
Sam knikte. 'Gelukkig. Hoewel dat onder de gegeven omstandigheden best zou mogen.'
Gina liet zich echter niet afleiden en zei abrupt: 'Je hebt me nog steeds niet gezegd waar je naartoe gaat. Heb je Andrew al gesproken?'

'Nee,' kon Sam, die van plan was hem die middag te bellen, naar waarheid antwoorden. 'Ik ga naar de club. En ik moet zien dat ik vervoer krijg. Ik zal voorlopig iets leasen en dan wil ik huizen gaan bekijken. Wie weet,' besloot hij plagend, 'kom ik nog naast je te wonen! Is dat geen doodgriezelige gedachte?'
'Nee hoor, helemaal niet,' zei Gina, die begreep dat hij haar probeerde op te vrolijken. Ze gaf hem een vluchtig, onbeholpen kusje op zijn wang en zei: 'En je hoeft heus niet het eerste het beste huis te kopen. Ik vind het fijn om je hier te hebben.'
Haar absolute onvermogen om te liegen was een van haar aardigste karaktertrekken. Sam woelde door haar glanzende, blonde haar en zei: 'Dank je, liefje.' Toen begon hij te lachen en voegde eraan toe: 'Maar laat me je een goede raad geven. Als je er soms over denkt om in de politiek te gaan, zie ervan af.'

Oude vriendschap roest niet en Sam was niet van plan Andrews daden te veroordelen. Die dingen gebeurden nu eenmaal, er liepen elke dag huwelijken op de klippen en Sam was niet van plan om iemand de schuld te geven. Het zou best kunnen dat het uiteindelijk voor zowel Gina als Andrew een zegen zou blijken te zijn.
Zolang Andrew, dacht hij droogjes terwijl hij in zijn brandschone, pas gehuurde auto naar de Barbican reed, niet de grootste, meest godgeklaagde stommiteit van zijn leven had begaan.

De tapasbar zat stampvol forenzen die nog even een hartversterkertje namen voor ze de thuisreis aanvaardden. Ofschoon er buiten een paar tafeltjes vrij waren – het was een zachte, zonnige middag – zat Andrew blijkbaar liever in het sombere interieur van de bar. Terwijl hij een fles Rioja en een kom tapas afrekende, zag Sam dat Andrew eveneens magerder was geworden; zijn antracietgrijze pak slobberde om hem heen en de kraag van zijn overhemd was te wijd. Het was zes maanden geleden dat hij hem voor het laatst had gezien en hij leek vijf jaar ouder.
'En ben je nu gelukkig?'
Andrew schonk hun glazen vol en trok een gezicht. 'Ik heb de stap genomen, nietwaar? Het is nu te laat om me te bedenken.'
Sam zei niets, maar wachtte tot Andrew verder zou spreken. Hij kon erg goed naar anderen luisteren.
'Je zult haar dadelijk ontmoeten,' vervolgde Andrew, op zijn horloge kijkend. 'Ze zou om halfzeven hier zijn. God... ik weet het niet... ik

dacht dat ik van haar hield, maar het valt niet mee. Als het waar is dat tegenpolen elkaar aantrekken, zouden zij en Gina dikke vriendinnen zijn. Weet je dat ze, sinds we in die flat zitten, nog niet één keer heeft gekookt?'

'Werkt ze?' vroeg Sam zachtmoedig, in een poging niet te glimlachen.

'Op de dag dat ik bij Gina wegging heeft ze haar ontslag genomen. Ze doet niets aan het huishouden... ze doet helemaal níets.' Andrew morste van agitatie met zijn wijn. 'Man, we zouden een prachtig uitzicht hebben, als we door de ramen konden kijken. Dus gaan we maar uit; ik geef een kapitaal uit, wat ik me niet kan veroorloven, in Italiaanse restaurants omdat ze ineens belust is op spaghetti *alle vongole* en we zitten elkaar continu te vertellen hoe we hebben geboft dat we elkaar hebben gevonden. Dan gaan we naar huis en we vrijen ons te pletter. En daarna,' besloot hij moedeloos, 'valt Marcy in slaap en strijk ik een overhemd voor de volgende dag.'

'Is zíj gelukkig, denk je?' vroeg Sam, die nu echt moeite kreeg om zijn gezicht in de plooi te houden.

'Is de paus katholiek?' repliceerde Andrew kortaf. 'Natuurlijk is ze gelukkig, ze doet niets waar ze geen zin in heeft, ze heeft alles wat haar hartje begeert.'

'En wat ga je nu doen?'

Andrew spreidde met een wanhoopsgebaar zijn handen. 'Heb ik nog niet genoeg gedaan? Ze verwacht mijn kind, omdat ze het nog te veel moeite vond om eraan te denken de pil te nemen, en ik ben bij mijn vrouw weggegaan. Ik kàn niet anders meer doen dan ermee leren leven.' Hij schudde zijn hoofd, dronk zijn glas in één keer leeg en schoof de onaangeroerde kom tapas van zich af. 'Sex is geen liefde, Sam. Neem een goed advies aan van iemand die het kan weten en laat je nooit verleiden om te denken dat het wel zo is.'

Marcy kwam te laat, ze schommelde om tien voor zeven de schemerige bar binnen. Sams eerste gedachte was dat Andrew geen grapje had gemaakt toen hij zei dat Gina en Marcy absolute tegenpolen waren. Haar zwangerschap was nog niet zichtbaar, maar ze was uitgesproken dik. Haar in een lichtgrijze maillot gestoken benen deden hem denken aan die van gebeeldhouwde cherubijnen die langs fonteinen dartelden en haar roze lamswollen jurk spande zich over een indrukwekkende boezem. Ofschoon ze ontegenzeglijk een knap gezicht had: frisse wangen, grote grijze ogen en een kleine rode mond, was haar kastanjebruine, schouderlange haar slordig en ongekamd en de enige make-

up die ze op had was een restje mascara van gisteren dat rond haar ogen was uitgelopen.
Ze was helemaal niet wat hij had verwacht en Sam was voor het eerst van zijn leven volkomen van zijn stuk gebracht door de enorme kloof tussen verwachting en werkelijkheid. Marcy's langzame, overdreven gearticuleerde manier van spreken, haar lome bewegingen en de bijna monotone traagheid waarmee ze vier porties verse tapas verorberde, wekten de indruk dat haar batterijen bijna leeg waren. Niet dat ze iets verkeerds zei; ze leek heel vriendelijk en glimlachte zelfs wanneer dat nodig was. Maar Sam kon zich met geen mogelijkheid voorstellen dat ze ooit de energie zou kunnen opbrengen om echt te lachen.
'Dus jij logeert op het moment bij Gina,' merkte ze op, toen ze het laatste restje slasaus met een stuk knapperig brood had opgesopt. 'Hoe vind je haar? Arme Gina, we hebben zo met haar te doen. Kan ze zich een beetje redden?'
Sam stelde zich Gina's reactie voor als ze ooit aan de weet zou komen dat Marcy met haar te doen had. Ze zou op zijn minst ziedend zijn.
'O ja,' antwoordde hij luchtig. 'Ze kan zich uitstekend redden.'
'Het moet anders wel erg voor haar zijn,' vervolgde Marcy. Ze streek haar haar uit haar gezicht en nam een slokje Perrier. 'Ik hoop dat je begrip hebt voor onze situatie. Het was niet onze bedoeling dat het zo zou gaan, maar het is nu eenmaal... gebeurd. We wilden echt niemand verdriet doen, maar wanneer twee mensen verliefd op elkaar worden, dan is dat sterker dan zijzelf, Sam.' Ze zweeg even en glimlachte tegen Andrew. 'Dat is een feit.'

'Toe, Kat, ga toch mee naar de club,' pleitte Izzy. 'Sam heeft ons uitgenodigd. Dat is toch enig.'
'Simon en ik hebben een heleboel te doen,' antwoordde Katerina kalm. Ze wond de lange, marineblauwe sjaal van haar nek, gooide een stapel boeken op de keukentafel en beduidde Simon te gaan zitten.
Simon, verrukt van de uitnodiging en als altijd vol bewondering voor Izzy, zei: 'Nou, we kunnen misschien...'
'Nee, dat kunnen we niet!' Katerina legde hem met een blik het zwijgen op.'Een avond bij The Chelsea Steps zal mijn leven niet half zoveel verrijken als een goed natuurkunde-examen. En je hoeft me niet zo aan te kijken, Simon, ik ben gewoon praktisch.'
Er waren momenten, dacht Simon somber, dat Kat wel een beetje té

praktisch was. Hij keek naar Izzy om steun, maar werd nog verder ontmoedigd toen die alleen haar schouders ophaalde en kalm zei: 'Ze is mijn dochter niet. Ik heb de verkeerde mee uit het ziekenhuis genomen, vast en zeker. Mijn echte dochter is ergens op deze grote, wijde wereld plezier aan het maken.' Toen maakte ze het weer enigszins goed met een kushand die beiden omvatte. 'Lieve schatten, ik hoop dat jullie een heerlijke avond hebben. Wij, ouwe sokken, zullen wel naar die club strompelen en proberen ons te amuseren. Zo, waar is mijn buskaart?'

10

Om halfelf was The Chelsea Steps bijna helemaal vol. Sam, die zich er bij zijn korte bespreking met Toby Madison van had kunnen overtuigen dat de zaak tijdens zijn afwezigheid in goede handen was geweest, hernieuwde de kennismaking met oude vrienden. Izzy, helemaal in haar element, voerde een geanimeerd gesprek met een autocoureur wiens rechterarm in het gips zat. Gina, die even alleen aan de bar zat, bedacht dat ze zich nog nooit zo slecht op haar gemak had gevoeld.

Het was niet eerlijk, dacht ze mismoedig. Iedereen leek met het grootste gemak op de nachtclub-toer te kunnen gaan; was zij de enige die dat echt niet kon? Als Andrews vrouw was ze een heel behoorlijke, zij het geen briljante gesprekspartner geweest, maar hier... nu... ze wist op geen stukken na hoe ze een gesprek moest aanknopen. Deze manier van uitgaan was iets voor alleenstaande mensen – Sam en Izzy waren er erg goed in – maar zij was te lang getrouwd geweest om zich zelfs maar te herinneren hoe het was om niemand naast zich te hebben. Zij kon dit niet. Ze zou het liefst stilletjes naar huis gaan, in bed kruipen en net doen of de gebeurtenissen van de afgelopen maanden nooit hadden plaatsgevonden.

Even later dook Sam naast haar op.

'Vind je het zo erg?'

'Het... het is een prachtige club,' stamelde Gina, die niet wilde dat hij

haar een volslagen zemeltrees zou vinden. Ze maakte een gebaar naar het nachtblauw met bronskleurige interieur en zei: 'En hij loopt kennelijk goed. Iedereen amuseert zich hier, heeft plezier... Dat lees ik altijd in de krant.'
'Je hoeft je niet schuldig te voelen omdat jij er niets aan vindt,' zei hij vriendelijk. 'Het spijt me, ik had je niet moeten overhalen om mee te gaan.'
'Ik denk dat ik niet zo'n erg clubmens ben,' zei Gina met een droefgeestig gezicht. 'Izzy heeft het geweldig naar haar zin en het gaat haar zo te zien zo gemakkelijk af.'
'Ze heeft ook oefening genoeg gehad,' antwoordde Sam, naar Izzy kijkend. Die was met de autocoureur op weg naar de bar om nog een fles champagne te halen, waarbij ze een regen van goudkleurige lovertjes verloor. Hoewel hij zich vanaf het begin sterk tot haar aangetrokken had gevoeld, was Sam niet blind voor haar gebreken, en Gina gezelschap houden was toch wel het minste dat ze onder deze omstandigheden had kunnen doen. Hij nam Gina's arm en zei: 'Kom, we gaan naar huis.'
Ze keek hem geschrokken aan. 'We kunnen Izzy toch niet laten zitten?'
'Waarom niet?' zei Sam kalm. 'Ze heeft jou toch ook laten zitten.'
De gedachte dat Sam en Izzy een relatie zouden beginnen, had Gina met afgrijzen vervuld, maar het vooruitzicht van wrijving tussen die twee, was nog erger. Daarom verdedigde ze Izzy onmiddellijk. 'Maar een paar minuutjes, heus.'
Hij lachte. 'Wees maar niet bang, ik zeg heus niet dat je haar op straat moet zetten. Ik zeg alleen dat ze niet altijd even attent is. Loyaal, dat wel,' zei hij, met haar uitbrander van de avond tevoren nog vers in zijn geheugen, 'maar niet altijd even attent.'
'Maar we kunnen haar toch niet in de steek laten,' protesteerde Gina triest. 'En jij wilt ook nog niet weg. Laat mij maar een taxi nemen. Dat vind ik helemaal niet erg.'
'Doe niet zo gek,' zei Sam hartelijk. 'Kom, we gaan tegen Izzy zeggen dat we weggaan. Izzy is een grote meid, die komt heus wel thuis.'

Alleen Katerina Van Asch, dacht Simon met toenemende frustratie, kon drie uur aan een stuk op de meest uitvoerige wijze over het menselijke voortplantingsproces praten, zonder dat het ook maar één moment bij haar opkwam wat voor uitwerking dat op haar studiepartner zou kunnen hebben.

'Dus,' zei ze nu, haar hand over het fluweelzachte tapijt naar het schoteltje Engels drop uitstekend, 'laten we het nu nog eens allemaal doornemen. Ik ben nog steeds niet helemaal zeker van die testosteronniveaus.'
Simon was evenmin zeker van zijn testosteronniveau, dat onderhand de pan uitrees; hij was ervan overtuigd dat dat niet goed voor zijn gezondheid was. Hij hees zich in een zittende houding en keek haar verwijtend aan.
'Wat is er?' vroeg Katerina, die op haar zij rolde en zijn blik ontmoette. Zelfs in haar gerafelde oranje sweatshirt, korte gele rok en donkergroene wollen maillot zag ze eruit om rauw in te bijten. 'Simon, wat heb jij vanavond? Je bent er helemaal niet bij.'
Simon raapte al zijn moed bijeen, streek zijn blonde haar naar achteren en zei: 'Denk jij dat het verstandig zou zijn een belangrijk wiskunde-examen te doen zonder dat je ooit ook maar één wiskundevraagstuk zou hebben opgelost?'
Hij was vanavond inderdaad in een vreemde bui, constateerde Katerina. Om hem plezier te doen, antwoordde ze: 'Nee, dat zou het zeker niet.'
'Of een scheikunde-examen zonder dat je zelf ooit een scheikundeproef had gedaan?'
'Nee.'
'En toch denk je voor biologie te slagen, louter en alleen op boekenwijsheid,' zei hij met nadruk, lichtelijk blozend. 'Lijkt je dat niet... onlogisch?'
Nadat ze enkele ogenblikken over dat argument had nagedacht, begon Katerina breed te glimlachen. 'Je bedoelt dat ik je zou moeten vermoorden en dan je lichaam met Gina's beste vleesmes en pincet zou moeten ontleden. Het is een edelmoedig aanbod, Simon, maar...'
Het volgende ogenblik waren zijn armen om haar heen, was zijn mond op de hare en zijn wild bonzend hart tegen haar borst. Katerina was bijna in lachen uitgebarsten van verbazing, maar voelde aan dat dat niet bepaald diplomatiek zou zijn. Ze mocht dan totaal onervaren zijn, maar zelfs zij wist dat kussen en lachen niet samengingen. 'Ik hou van je, Kat,' mompelde Simon, nauwelijks in staat te geloven dat zijn dromen eindelijk werkelijkheid werden. 'Je moet toch weten hoeveel ik van je hou, het maakt me stapelgek...'
'En dacht jij dat we een kans op hogere cijfers maakten als we een beetje praktische ervaring over het onderwerp opdeden,' zei ze, zich zacht uit zijn armen losmakend. Als dit nu seksuele hartstocht was,

nou... dan had zij liever Engelse drop. 'Simon, het is lief van je dat je het aanbiedt, maar ik voel er niet veel voor. Het zou niet zijn zoals het moest zijn.'

'O, verdomme,' verzuchtte Simon ongelukkig. Beseffend dat hij zijn kansen – misschien wel zijn enige kans – bij Katerina totaal verknald had, liet hij zich weer op een elleboog zakken en staarde somber naar de stapel boeken die open voor de haard lag. 'Nu zul je me wel niet meer willen zien.'

'Doe niet zo onnozel,' antwoordde ze glimlachend, terwijl ze hem zijn halfvolle blikje bier toeschoof. 'Je bent toch zeker mijn beste vriend.'

'Ik zou liever meer zijn dan zomaar een vriend,' zei hij, nog steeds met een strijdlustige uitdrukking op zijn gezicht.

'Nee, dat zou je niet.' Ze gaf zijn hand een drukje. 'Ik ben zeventien, maagd en waarschijnlijk frigide op de koop toe. Daar kan ik niets aan doen; misschien dat mijn onderbewustzijn in opstand komt tegen mijn opvoeding. Maar dat is jouw schuld niet, oké?' zei ze, nadrukkelijker nu. 'Dat is mijn schuld.'

'Vandaag of morgen,' zei Simon berustend, 'komt er een man waar je ineens smoorverliefd op bent en dan zul je niet weten wat je overkomt.'

'Hij zal niet weten wat hem overkomt, maar het zal wel een dreun met mijn natuurkundeboek zijn. Ik heb je toch al gezegd, Simon, dat ik niet geschikt ben voor dat liefde- en sexgedoe. Het is gewoon niets voor mij.'

Er ging niets boven een beetje goeie, ouderwetse seksuele aantrekkingskracht om je tred veerkrachtig te maken, dacht Izzy, terwijl ze de volgende morgen naar haar bepaald niet veerkrachtige linkerbeen keek. Maar ofschoon de seksuele aantrekkingskracht er nog steeds was, voor haar althans, leek haar plan van gisteravond op een nogal spectaculaire wijze misgelopen te zijn. Door met Bikki Holmes-Pierre te praten, de galante autocoureur en ex-man van een van haar beste vriendinnen, had ze gehoopt Sam te tonen dat ze niet op hem zat te wachten en tegelijkertijd zijn belangstelling te prikkelen. Maar hij had samen met Gina de club verlaten en vanmorgen leek hij haar niet te zien staan. En ze had zich nog wel opgemaakt.

Hij zat in de zonnige keuken een stapel makelaarsrapporten te bestuderen, die op de tafel uitgespreid lagen en negeerde haar volkomen. Nu Gina boodschappen was gaan doen en Kat op school zat, leek hun

eerst zo vanzelfsprekende band in het niets op te gaan. Izzy stond op het punt om alle vertrouwen in Mills en Boon te verliezen.
'Ik zou je kunnen helpen een flat te zoeken, als je wilt,' bood ze aan, terwijl ze met haar goede been tegen de keukenkruk zwaaide en probeerde haar evenwicht te herwinnen.
Zonder zelfs maar op te kijken, antwoordde Sam: 'Ik dacht dat je druk doende zou zijn om werk te vinden.'
Aardig hoor, dacht Izzy, maar ze zei: 'Hoezo, is Gina bang dat ze haar huur niet krijgt?'
'Ze heeft er niets van gezegd,' antwoordde Sam bedaard. 'Daar is ze te welgemanierd voor. Misschien vond ik daarom dat ik er maar eens over moest beginnen.'
Izzy gooide haar haar naar achteren en zei nijdig: 'Ik hàd werk, tot het moment waarop die bijzonder welgemanierde wegpirate mijn leven binnenplofte. Het ongeluk was niet mijn schuld, hoor.'
'Dat weet ik.' Sam glimlachte even omdat ze zo verontwaardigd keek. Maar hij liet zich niet afleiden. 'En ik weet zeker dat je geen misbruik van haar goedheid wilt maken,' vervolgde hij, vriendelijker nu. 'Maar ik ben erg op Gina gesteld en ze heeft een ellendige tijd achter de rug. Ze moet zoveel mogelijk steun krijgen.'
'Ik ben geen beugelbeha,' kaatste Izzy vinnig terug. Haar donkere ogen fonkelden.
En je draagt er ook geen, dacht Sam, met een bewonderende blik op de vage contouren van haar borsten onder het kaki legerhemd. Hij pakte de lijst adressen en stond op. 'Oké, ga nou maar niet zitten mokken. Wil je nog mee of niet?'
'Blijf je rot tegen me doen?' Izzy keek hem achterdochtig aan.
'Alleen als je dat graag wilt.'
De spanning was gebroken. Ze schoot in de lach. 'Ik hoor liever overdreven complimenten, als het jou niet uitmaakt.'
'Overdreven complimenten,' zei Sam peinzend, met een stalen gezicht, terwijl hij de deur voor haar openhield. 'In dat geval zal ik je vertellen dat ik je vanmorgen in de badkamer hoorde zingen en ik moet bekennen dat ik onder de indruk was. Diep onder de indruk. U hebt een buitengewoon mooie stem, juffrouw Van Asch, een waarlijk prachtige...'
'Klets niet.' Izzy barstte in lachen uit. 'Dat was Liza Minelli op de radio.'

11

Ze waren nog geen twee uur op bliksemtournee door de betere buurten van Londen en in die tijd had hij al een aantal appartementen, waar Izzy dolgraag in zou hebben gewoond, bekeken en afgekeurd, toen Sam vond wat hij zocht. Het lag op de bovenste verdieping van een chic maar niet opzichtig, niet erg hoog flatgebouw in Holland Park. Het was licht, buitengewoon ruim en bood een weergaloos mooi uitzicht op het park.

'Ja, dit is het,' zei hij eenvoudig, toen hij van zijn inspectietocht door de slaapkamers terug was en midden in de enorme zitkamer stond. Hij stak zijn handen in de achterzakken van zijn Levi's, keek uit de hoge ramen naar het park en knikte nog eens nadrukkelijk. Toen wendde hij zich tot de stomverbaasde makelaar en zei: 'Ik neem het.'

Sam een huis zien kiezen was een leerzame ervaring geweest. Izzy, verrukt van het gemak waarmee hij het had gedaan, zei bewonderend: 'Ik ken mannen die langer over het uitzoeken van een nieuw overhemd doen.'

'O, maar ik weet precies wat ik wil hebben,' zei Sam, met ogen die twinkelden van plezier. 'En ik weet wat ik mooi vind. Dus waarom zou ik tijd verspillen?'

Izzy vroeg zich met een onwillekeurige huivering af of hij – achter dat superbedaarde uiterlijk – haar ook wilde hebben.

De gedachte was bijzonder opwindend. Verdorie, dacht ze, ze zou er nu heel wat voor hebben gegeven om uit dat gips te zijn.

Aangezien het lunchtijd was, gingen ze naar een nabijgelegen bar om het te vieren. Sam trok zijn wenkbrauwen op toen Izzy een fles erg dure wijn bestelde.

'Wees maar niet bang,' zei ze spottend, terwijl ze haar portemonnee uit haar tas opdiepte en ermee zwaaide. 'We hebben de kennis, we hebben de middelen om te betalen. En hard weglopen kan ik niet.'

Zich ervan bewust dat ze het deed om hem iets duidelijk te maken,

maakte Sam een toestemmend gebaar en leunde in zijn stoel achterover. 'Goed, als je het echt wilt.'
'Ja, ik wil het echt,' zei Izzy, terwijl ze een gulzige blik over het menu liet dwalen. 'Jij bent niet de enige die weet wat hij wil... en wat ik nu wil is kreeftsla. Vooruit, kies iets lekkers. Ik trakteer.'
Sam trok een wenkbrauw op. 'Heb je creditcards gestolen?'
'Meneer Sheridan, wat koestert u een lelijke, achterdochtige gedachten.' Ze keek hem bestraffend aan, toen knipoogde ze. 'Alleen die met gouden randjes.'

'En vertel me nu eens,' zei ze vijf minuten later, 'hoe het met Andrew is. Heb je zijn vriendinnetje ontmoet? Is het werkelijk de grootste liefdesgeschiedenis aller tijden?'
'Hoe weet jij dat ik Andrew heb gezien?' vroeg Sam oprecht verbaasd.
Izzy haalde haar schouders op. 'Dat spreekt vanzelf, nietwaar? Hij is je vriend en jij hebt de gewoonte om geen tijd te verspillen. Dus ben je vast en zeker naar hem toegegaan.'
'Ja, dat is zo,' gaf hij glimlachend toe. Hij hield wel van vrouwen die lik op stuk gaven. 'Nou, het was geen rozegeur en maneschijn. Als Marcy niet zwanger was, zou hij als de bliksem naar Gina teruggaan.'
Izzy, die haar wijn met haar vinger omroerde, zei: 'Dan is het maar een geluk dat Marcy zwanger is. Anders zou ze nog zo dom zijn om hem terug te nemen.'
'En dan zouden jij en Katerina een ander onderkomen moeten zoeken,' merkte Sam droog op.
'Dat vind ik een rotopmerking,' viel Izzy uit. 'Ik heb gewoon geen hoge dunk van mannen als Andrew Lawrence; hij is een rotzak van de eerste orde.'
'Heeft jouw man je voor een ander in de steek gelaten?'
'Mij?' Ze keek hem verbaasd aan, toen haalde ze achteloos haar schouders op. 'Kats vader wilde met me trouwen, als je dat soms bedoelt, maar ik heb hem afgewezen – heel beleefd, hoor – en de benen genomen toen het nog kon.'
'Waarom?' vroeg Sam belangstellend.
'Omdat ik vroeg of laat net zo was komen te zitten als Gina.' Ze nam een slokje wijn en vervolgde: 'En omdat hij al getrouwd was toen ik hem leerde kennen.'
'Hmmm.'
'Dat wist ik toen niet. Ik was achttien en erg naïef, toen ik aan de

weet kwam dat hij een vrouw had, was het te laat, toen was ik al zwanger. Einde van het vulgaire verhaal,' besloot Izzy, toen de ober met het eten kwam. 'En kijk me maar niet zo aan, want het was geen drama en het heeft mijn leven niet verwoest. Ik heb een betere dochter dan een moeder mag wensen en die geschiedenis heeft me alles geleerd wat ik over mannen moest weten. Ik heb het je alleen verteld om je duidelijk te maken waarom ik zo met Gina meeleef. En nu heb je nog steeds niets over Marcy gezegd,' mopperde ze, hem handig naar het uitgangspunt terugbrengend. Ze nam een kreeftschaar en zei, met haar hoofd een beetje schuin: 'Je hebt haar ontmoet, nietwaar? Nou, hoe is ze, een echt loeder?'

'Ja, het leven is een strijd,' zei Katerina spottend, toen ze die avond na het eten afwaste. Izzy, die tegen het aanrecht geleund afdroogde, deed haar verslag van de gebeurtenissen van die dag.
'Het is zo'n prachtige flat,' zei ze enthousiast. 'Het waren allemáál mooie flats, denk je eens in, lieverd, als wij nog eens schat- en schatrijk worden, gaan we in net zo'n fantastisch mooi dakappartement wonen als dat van Sam. Zal dat niet heerlijk zijn?'
'Let maar niet op mijn moeder, ze heeft nu eenmaal een ongebreidelde fantasie,' zei Kat lachend tegen Sam die net de keuken binnenkwam. Toen, terwijl ze haar blik weer op Izzy richtte, kreeg haar gezicht een geschrokken uitdrukking.
'Mam, je gouden ketting, je hebt je ketting niet om!'
Izzy's hand ging werktuiglijk naar de halsopening van haar blouse. Toen haalde ze haar schouders op. 'Zeker boven gelaten.'
'Maar je doet hem nooit af,' begon Katerina. 'Je hebt hem altijd…'
'Hij is boven,' herhaalde Izzy gedecideerd, voor ze nog iets kon zeggen. 'En geef me nu dat bord, voor je het patroon eraf wast. Als ik nog eens schat- en schatrijk word,' vervolgde ze vlot, 'koop ik een nieuwe dochter. Eén die haar arme oude moeder niet op haar kop zit.'

Toen Sam weer in de zitkamer kwam, zat Gina met opgetrokken benen op de bank op de achterkant van een elektriciteitsrekening berekeningen te maken. Ondanks het feit dat hij die morgen een royale cheque voor haar had uitgeschreven, waren haar smalle blonde wenkbrauwen zorgelijk gefronst.
'Alles oké?' vroeg hij, terwijl hij een hand op haar schouder legde, waar ze van schrok.
'Naar omstandigheden wel.' Gina toverde een flauw glimlachje te

voorschijn. 'Ik vind het afschuwelijk om als een hulpeloos huisvrouwtje over te komen, maar ik heb nooit geweten hoe hoog de kosten van het levensonderhoud zijn.'
Hij herinnerde zich met een nieuwe opwelling van ergernis Izzy's luchthartige opstelling jegens zulke banale dingen als huishoudbudgetten en zei bruusk: 'Vooral als je ook nog twee klaplopers in huis hebt. Liefje, je bent veel te goed, als Izzy niet gauw betaalt, moet je haar vragen weg te gaan.'
Gina keek verbaasd op. Toen zei ze heftig hoofdschuddend: 'O, ik ben nog niet in de gelegenheid geweest om het je te vertellen. Ze heeft me twee maanden huur betaald.'
Nu was het Sams beurt om verbaasd te kijken. 'Gelukkig,' antwoordde hij, wat milder gestemd. 'Het werd ook tijd, hoor.' Dan had ze zeker, terwijl hij in het makelaarskantoor het contract tekende, die halsketting verkocht. Dat bewees tenminste dat ze nog zoiets als een geweten had.
Tevreden over zichzelf en, om eerlijk te zijn, ook over Izzy zei hij: 'Dan heeft mijn preekje tijdens de lunch blijkbaar toch resultaat gehad.'
'Ik weet het niet, misschien wel.' Gina wijdde zich weer aan haar berekeningen. Toen voegde ze er verstrooid aan toe: 'Maar Izzy heeft me dat geld gisteren al gegeven.'

Izzy was in de wolken toen de daaropvolgende vrijdag het gips van haar been mocht. Het had bovendien het voordeel, ontdekte ze een paar uur later bij haar thuiskomst, dat ze zich weer geruisloos kon voortbewegen, zonder dat haar komst overal werd aangekondigd door het harde, verraderlijke getik van krukken.
'Hier ben ik weer!' riep ze opgetogen, terwijl ze de deur van Katerina's kamer opengooide.
Katerina die boven op haar bed lag te lezen, schrok zich een ongeluk en schoof het boek haastig onder de kussens. 'Moeder! Je moet aankloppen.'
'Ik wilde je verrassen,' zei Izzy braaf. Ze liep naar het bed en voegde er met een ondeugende grijns aan toe: 'En dat is me zo te zien gelukt. Wat verstop je daar?'
'Huiswerk,' protesteerde Katerina met een kleur als vuur, terwijl ze zich afvroeg waarom zij de nieuwsgierigste moeder van de hele wereld moest hebben.
Maar het was hopeloos; niet langer gehinderd door het gips, was Izzy

in een oogwenk bij haar, kietelde haar ongenadig met de ene hand en trok met de andere het boek onder het kussen vandaan. Toen schoot ze terug naar de veilige drempel en stak het boek omhoog.
'*Het Plezier van Sex*! Maar schat, wat een geldverspilling. Ik had je, gratis voor niets, kunnen vertellen hoe leuk het is.'
'Geef terug,' jammerde Katerina gegriefd. Als Izzy eenmaal in zo'n bui was, wist ze niet van ophouden en zou ze alles doen om het maximum aan plezier uit Katerina's verlegenheid te halen.
'Maar schat, ik dacht dat je geen belangstelling voor jongens had,' vervolgde Izzy vrolijk. 'En als je dat had, dan zouden deze plaatjes voldoende zijn om een hekel aan ze te krijgen. Kijk nou toch eens naar dat haar van die vent. En dan die baard... bah!'
Katerina had inderdaad geen belangstelling voor jongens, maar Simons onverwachte en onhandige verleidingspoging van vorige week, had een grotere uitwerking op haar gehad dan ze aanvankelijk had beseft. Gedurende een fractie van een seconde, zoals ze later toegaf, was ze in de verleiding gekomen om hem te laten begaan, gewoon om aan de weet te komen hoe 'het' was, alleen die lachbui had haar gered.
Maar was ze werkelijk gered? Sex mocht dan een mysterie voor haar zijn, maar iedereen scheen het fijn te vinden en als het werkelijk zo geweldig was, dan miste ze misschien een heleboel. Na ernstig nagedacht te hebben had Katerina besloten Simon niet het sein voor een herhaling te geven, want ook al was hij een goede vriend, ze voelde instinctief dat er tussen twee gelieven een grotere emotionele band moest zijn. Maar ze wilde wel eens wat aandacht aan de technische aspecten van de daad schenken. Dan zou ze, als de ware kwam, niet het gevaar lopen zichzelf voor schut te zetten door het helemaal verkeerd te doen. Dat, dacht ze met een huivering, zou nog vernederender zijn dan zakken voor een scheikunde-examen.
Maar nu haar moeder zich hier slap lachte, begreep ze dat ze zich gewoon aan de feiten moest houden en zei gedecideerd: 'Ik wilde er iets over weten, dat is alles. Maak er niet zo'n drukte over, mam.'
'Over drukte gesproken...' mompelde Izzy, bij het zien van een van de meer gedetailleerde illustraties uit het boek, terwijl ze met de rug van haar hand haar lachtranen afveegde. 'O Kat, kijk me niet zo aan, het is gewoon zo grappig.'
'Ik kan altijd je andere been breken,' bood Katerina aan, op haar afkomend. 'Toe, mam, bedaar een beetje en geef mij m'n...'
Ze deed een uitval, maar het was te laat. Izzy schoot de gang op en gooide het boek de trap af.

Precies op dat moment hoorde ze de voordeur opengaan.
Katerina hield haar adem in. Izzy, nog schuddend van het lachen, schoof op blote voeten de gang over en gluurde over het gebeeldhouwde traphekje naar Sam, die onder aan de trap stond met het boek in zijn hand.
'Ach, meneer,' zei Izzy, met een uitdrukking van de heilige onschuld op haar gezicht, 'mogen we alstublieft ons boek terug hebben?'
Sam, die al had gezien dat de langverwachte verwijdering van het gips eindelijk had plaatsgevonden, keek naar de omslag van het boek en toen – zonder een spier van zijn gezicht te vertrekken – weer naar Izzy.
'Stoor ik,' vroeg hij droogjes, 'of is dit een uitnodiging?'
Izzy onderdrukte een lach en zei ernstig: 'Herhalingsoefening. Nu ik mijn been terug heb, leek het me verstandig mijn geheugen wat op te frissen. Het is zo lang geleden, dat ik misschien ben vergeten hoe het moet.'

12

Izzy, bij wie het gedwongen nietsdoen stierlijk was gaan vervelen, vierde haar terugkeer in de tweebenige wereld met het op zoek gaan naar werk.
Helaas lagen de baantjes voor een zangeres niet voor het oprapen. Er was twee uur flemen en een uitzonderlijk kort rokje voor nodig om Bernie Cooper over te halen haar weer aan te nemen in Platform One, de niet bepaald chique club in Soho waar ze tot aan haar ongeluk had gewerkt.
Ze was echter inmiddels vervangen door een welgeschapen blueszangeres, Arlette genaamd, en Bernie kon haar maar één avond in de week aanbieden, wat betekende dat ze ook nog een baan in een pub moest aannemen.
Het werk in Brennan's Bar, een pub in Covent Garden, was zwaar, de sfeer druk en rumoerig en het loon belachelijk laag, maar zo was ze in elk geval overdag vrij om aan audities deel te kunnen nemen.
Gina's avonden werden intussen steeds langer en ondraaglijker.

Overdag kon ze het allemaal wel aan, omdat de winkels dan open waren, maar die avonden alleen, als Izzy en Sam naar hun werk waren en Katerina op haar kamer zat te leren, waren niet om door te komen. En wat erger was, omdat ze zo licht sliep, werd ze steevast tegen drieën in de morgen wakker, als Izzy en Sam lachend en pratend thuiskwamen, nog een hapje aten en naar een videofilm keken voor ze een uur of twee later eindelijk naar hun bed gingen.
Op een nacht, nadat ze zichzelf gedecideerd had voorgehouden dat ze natuurlijk niet over haar praatten, glipte Gina haar bed uit en schoot een dunne peignoir aan. Ze hadden zo te horen zo'n plezier beneden, en zij was zo eenzaam…
Maar tegen de tijd dat zij in de gang was, was het gelach weggestorven en toen ze bij de deur van de zitkamer bleef staan, kon ze hun gedempte stemmen duidelijk horen.
'… het is te gek,' zei Izzy op haar gewone ongeduldige manier. 'Ik heb geprobeerd haar te laten inzien dat ze haar leven verknoeit, maar ze vertikt het gewoon om er iets aan te doen. Het lijkt wel of ze het fijn vindt om ongelukkig te zijn.'
Gina huiverde en zocht steun bij de muur.
'Dat is natuurlijk niet zo,' hoorde ze Sam op redelijker toon zeggen. 'Ze is alleen op het moment niet in staat om er zelf iets aan te doen. Ik weet dat het frustrerend is.'
'Dat mag je verdomme gerust zeggen,' zei Izzy fel. 'Ze geeft meer geld aan kleren uit dan de hele koninklijke familie en dan krijgt ze de zenuwen omdat ze de gasrekening niet kan betalen.'
'Volgens je dochter is dat precies wat jij ook doet.'
'Maar ik krijg de zenuwen niet, ik vind het leuk!' weerlegde Izzy. 'Daarom vind ik het zo frustrerend dat Gina het doet en toch nog ongelukkig is.'
'Ze heeft iets nodig dat haar gedachten bezighoudt,' zei Sam boven het getinkel van glazen uit. 'Een baantje bijvoorbeeld, maar toen ik dat idee laatst opperde, zou je denken dat ik haar had voorgesteld de prostitutie in te gaan.'
'Zij mag mijn baantje hebben,' zei Izzy, nu lachend. 'Dan zal ik me over haar chequeboek ontfermen. Arme Gina. Ik heb echt met haar te doen, maar er zijn momenten waarop ik graag eens wat gezond verstand in dat hoofd van haar zou ranselen. Jezus, hoe lang is het geleden dat ze ook maar eens geglimlacht heeft?'
'Ze is ongelukkig,' zei Sam berispend. 'Ben jij nooit ongelukkig geweest?'

Toen barstte Izzy los. 'Ja, wat dacht je dan? En zeker op dit moment. Sam, hoe heb je dat kunnen doen?' riep ze zo hard dat haar stem oversloeg. 'Die laatste punt pizza was voor mij!'

'Zo, nu zullen we eens iets aan jou gaan doen,' kondigde Izzy een paar dagen later aan. Ze loodste Gina mee naar de patio voor wat hopelijk een nuttig gesprek van vrouw tot vrouw zou zijn en zwaaide met een fles Chardonnay om haar woorden kracht bij te zetten.
'Het is nog maar halftwaalf,' protesteerde Gina met een blik vol afgrijzen op de wijn.
'O, maar de klokken gaan vanavond vooruit.' Izzy knipoogde en vervolgde toen resoluut: 'Bovendien is het nodig. Ik wil dat jij volkomen eerlijk bent en ik wil dat je je ontspant. Als dit niet helpt,' besloot ze opgewekt, 'nemen we onze toevlucht tot Pentothal.'
'Ik weet al wat je me te vertellen hebt,' zei Gina enigszins afwerend. Ze had een gevoel of ze weer vijftien was.
'Ik ga je niets vertellen,' antwoordde Izzy. Ze schonk de wijn in, schopte haar schoenen uit en maakte het zich gemakkelijk op de houten bank. 'Ten eerste ben ik bepaald niet in een positie om iemand de les te lezen. En ten tweede zijn jouw problemen – strikt genomen – mijn zaken niet.'
'Waarom heb je me dan hier mee naartoe genomen?' vroeg Gina geërgerd.
'Drink je wijn op voor hij vervliegt,' antwoordde Izzy streng, uit ervaring wetend dat Gina in staat was urenlang hetzelfde glas in haar hand te houden. 'De kwestie is dat ik je graag zou willen helpen, dus heb ik me afgevraagd of er iets was dat ik zou kunnen doen.'
Gina, die zich niet op haar gemak voelde en wist dat ze geroerd zou zijn door Izzy's bezorgdheid als ze haar gesprek met Sam niet zou hebben afgeluisterd, haalde haar schouders op en zei: 'Dat denk ik niet.'
Het ging niet gemakkelijk. Izzy wachtte tot Gina een flinke slok wijn had genomen voor ze het nog eens probeerde. 'Hoor eens, ik wil je echt graag helpen. Wat zou je nu het allerliefst willen?'
Geschrokken door het onverwachte van de vraag, voelde Gina de tranen in haar ogen springen. 'Ik zou willen dat de afgelopen twee maanden nooit hadden plaatsgevonden.'
'Maar dat hebben ze wel,' zei Izzy onbarmhartig. 'Dus wat zou je, afgezien daarvan, dàn het allerliefst willen?'
Dat was niet eerlijk. Gina grabbelde naar een zakdoek en mompelde: 'Ik weet het niet.'

'Zou je het bijvoorbeeld fijn vinden om je wat zelfverzekerder te voelen en weer eens uit te gaan en een paar nieuwe vrienden te maken?'
Gina's mond kreeg een verbeten trek. 'Ga nu niet zeggen dat ik een baan moet zoeken.'
'Ik zeg niet dat je wat ook moet doen,' bracht Izzy haar in herinnering, ofschoon ze het dolgraag wel zou hebben gedaan. Toen kreeg ze een idee en zei: 'Zal ik je eens vertellen wat ik zou doen als ik jou was?'
Alles was beter dan die ondervraging, dus Gina knikte.
'Ik zou me ervan willen overtuigen dat mijn man inderdaad voorgoed bij me was weggegaan,' zei Izzy. Ze leunde achterover en improviseerde haastig: "Ik zou hem met zijn nieuwe vriendin willen zien, zodat ik me tenminste niet meer zou hoeven afvragen hoe ze eruitzag. Het zou niet gemakkelijk zijn, maar wel de moeite waard, omdat ik dan zou weten dat het voorbij was en dat ik de draad van mijn leven weer kon oppakken. En, ja, ik zou proberen een baantje te krijgen, ook al zou ik doodsbang zijn, omdat ik al jaren niet meer had gewerkt en dacht dat ik misschien voor gek zou staan, ach toe,' onderbrak ze zichzelf toen ze merkte dat Gina harder huilde dan ooit. 'Het spijt me. Ik ben te ver gegaan. Nou, ik zeg al niets meer, maar hou alsjeblieft op met huilen.'
'Nee, nee,' jammerde Gina. Haar zakdoek was nu doorweekt. 'Je hebt volkomen gelijk,' snufte ze. 'Dat is precies wat ik zou willen doen.'

'We hadden moeten bellen,' zei Gina angstig, terwijl Izzy de Golf achteruit in een parkeerhaven onder Andrews flatgebouw manoeuvreerde. Nu ze hier inderdaad waren, zonk de moed haar in de schoenen.
'Juist niet,' zei Izzy kordaat en zette de motor af, waardoor Julio Iglesias midden in een lied werd afgebroken. 'Deze keer ben jij meester van de situatie. Hier ben jij, piekfijn uitgedost.' Ze maakte een handgebaar naar Gina's elegante zijden jurk, de zilveren sieraden en de perfecte make-up. 'En daar staan zíj dan, niets vermoedend en onvoorbereid. Het wordt fantastisch leuk,' besloot ze vastberaden, hopend dat ze geen afschuwelijke fout maakte.

Marcy, die de deur opendeed, was in elk geval onvoorbereid. Haar kastanjebruine haar zat in de war, haar onflatteuze uitgezakte trui en joggingbroek zagen eruit of ze erin had geslapen en haar gezicht was bleek.

'Ja?' zei ze, met haar hand op de deurknop, terwijl ze de twee vrouwen onverschillig opnam. Achter haar schetterde een televisie.
Wat Gina zich in die eindeloze, gekwelde nachten ook had voorgesteld, dit in elk geval niet.
'We komen voor Andrew,' zei Izzy hulpvaardig, toen bleek dat Gina te perplex was om iets te zeggen.
'O, die is niet thuis.' De slaperige, beschaafde stem van de vrouw klonk opgelucht, alsof zijn afwezigheid het probleem oploste.
'Verwacht je hem snel' – Izzy gunde zichzelf een korte pauze – 'terug?'
'Hij is alleen maar even naar de supermarkt.' Marcy glimlachte zowaar. 'Hij blijft niet lang weg.'
In al die jaren dat ze met hem getrouwd was geweest, had Andrew het bestaan van dergelijke instellingen zelfs nooit opgemerkt. Perplex over het idee dat hij er zich nu bevond, en bijna hardop lachend om de absurditeit van het geval, hervond Gina haar tegenwoordigheid van geest.
'In dat geval,' zei ze zo vlot dat zelfs Izzy haar bewonderend aankeek, 'mogen we misschien wel op hem wachten. Ik ben Gina Lawrence, Andrews vrouw. En dit is mijn vriendin Izzy Van Asch.'

De flat was een complete puinhoop. Hij was toch al klein en laag, maar de verstikkende temperatuur van de centrale verwarming en de overal rondslingerende rommel schiepen een benauwende sfeer. De verschrikkelijke aanblik monterde Gina nog verder op. Marcy's gebrek aan respons bij het horen van haar naam, was wat teleurstellend geweest – ze had zich voorbereid op een dramatische scène en alleen een lichtelijk verrast 'o, kom dan maar binnen' te horen gekregen – maar verder had ze Izzy kunnen omhelzen, omdat ze haar hier mee naartoe had genomen. Het was allemaal veel minder akelig dan ze zich had voorgesteld en de ontmoeting met Marcy had haar vervuld van zo'n plotseling oplaaiend optimisme, dat ze zeker wist niet voor niets te zijn gekomen. Baby of geen baby, Andrew zou ongetwijfeld vroeg of laat bij haar terugkomen. Dit dikke, trage, slonzige mens vormde hoegenaamd geen bedreiging voor haar huwelijk.
'Thee,' kondigde Marcy aan. Ze kwam de keuken uit met twee verschillende mokken, een soeplepel om de theezakjes eruit te vissen en een supergrote zak chips met garnalensmaak. 'Hè, ik ben blij dat we het zo beschaafd houden.' Ze plofte met een zucht van opluchting in een stoel. Toen maakte ze, terwijl haar grijze ogen van de ene gast

naar de andere gingen, een vaag gebaar naar de mokken thee en glimlachte weer. 'Ik ben blij dat je ertoe hebt kunnen komen om ons op te zoeken. Problemen met ex'en en schoonfamilie zijn echt niet nodig, vind ik altijd... toe, Gina, neem wat chips.'

Andrews reactie, toen hij een kwartier later de flat binnenkwam, schonk Gina heel wat meer voldoening. Hij bleef met uitpuilende plastic tassen in beide handen stokstijf in de deuropening staan, staarde zijn verlaten vrouw aan en zei: 'Jezus.'
Izzy opende haar mond, klaar om opnieuw een hiaat op te vullen, maar Gina was haar voor.
'Andrew,' begroette ze hem vriendelijk, terwijl ze haar ene slanke been over het andere sloeg en met een beheerst, bijna vorstelijk gebaar haar zijden jurk over haar knieën trok. 'Wat prettig om je eindelijk weer eens te zien. We komen wel onverwacht, maar ik vond dat zo'n belangrijke kwestie als echtscheiding niet goed telefonisch besproken kan worden. Ik hoop dat je het niet erg vindt dat we naar je...' Het woord liefdesnestje hing onuitgesproken tussen hen in. Izzy hield haar adem in. '... huis zijn gekomen,' vervolgde Gina met een zweem van een glimlach om haar mond. 'Maar we moeten nu toch echt de regeling van onze scheiding eens bespreken.'

'Dat was geweldig,' riep Izzy uit toen ze weer naar de auto liepen. En ze voegde er apetrots aan toe: 'Jíj was geweldig. Ik was gewoon onder de indruk. En heb je zijn gezicht gezien toen jij over de echtscheiding begon!'
'Ja,' zei Gina, zo verdiept in haar eigen gedachten, dat ze nauwelijks naar Izzy luisterde.
'En hoe vind je dat mens waar hij aan is blijven hangen. Wat een voddenbaal. Ik had gedacht dat hij toch tenminste op iemand met een beetje meer pit gevallen zou zijn, maar jij was fantastisch!' Overweldigd door bewondering schudde ze haar donkere hoofd en lachte breed. 'Voel je je geen stukken beter nu je ze zelf hebt gezien?'
'Beter dan ik me in maanden heb gevoeld,' beaamde Gina blij. Ze bleef bij de stoeprand staan en terwijl ze omhoogkeek naar Andrews huurflat, merkte ze dat ze zich eindelijk voelde opleven. Ze greep onwillekeurig Izzy's arm. 'Beter dan ik me ooit in mijn leven heb gevoeld! O, Izzy, ik dacht dat ik hem kwijt was... het is geen moment bij me opgekomen dat ik hem terug zou kunnen krijgen. En allemaal dank zij jou, omdat jij me hier mee naartoe hebt genomen.'

Izzy bleef stokstijf staan. Haar hart bonsde. Gina en zij schenen elkaar ergens te zijn kwijtgeraakt en nu niet meer op dezelfde lijn te zitten. 'Maar je wilt hem toch zeker niet terug!' riep ze heftig. 'Het is een leugenaar en een bedrieger en je bent beter af zonder hem. Je bent hier gekomen om jezelf dat te bewijzen, om de geest te bezweren.'

'Maar ik heb nu ontdekt dat dat niet nodig is,' antwoordde Gina stralend van blijdschap. 'En ik hoef me geen zorgen meer te maken, omdat het allemaal goedkomt. Hij houdt niet van haar, snap je dat niet? Hij komt in elk geval bij me terug.'

'O god,' verzuchtte Izzy. Maar Gina hoorde het niet, ze was mijlenver weg.

'Hij komt terug,' herhaalde ze met dromerige overtuiging. 'Bij mij.'

13

'Het is allemaal mijn schuld,' bekende Izzy somber, toen Sam haar die avond op weg naar The Chelsea Steps een lift gaf naar haar werk. Ze keek in haar handspiegeltje en werkte haar lippen bij voor ze vervolgde: 'Ik heb de zaak grandioos verknald. En dat,' voegde ze er met een ongeduldig gebaar aan toe, 'terwijl ik haar juist wilde helpen.'

Ze hadden Trafalgar Square bereikt. De zuil van Nelson herinnerde Izzy eraan dat ze nog een reep chocola bij zich had en ze rommelde, helemaal opgefleurd, in haar tas tot ze hem gevonden had, waarna ze Sam de helft aanbood. Tot haar blijdschap schudde hij zijn hoofd, wat betekende dat ze de hele reep voor zichzelf had. 'Gina is net een junk die na zes weken ontwenning een shot krijgt,' zei ze tussen twee happen door. 'En dat wordt een ramp! Bedenk eens hoe ze zich zal voelen als hij uitgewerkt is.'

Vermaakt over haar Lieve Lita-houding en over de handigheid waarmee ze mascara opbracht en tegelijk chocola at, zei hij: 'Maak jij nooit fouten?'

'O, miljarden.' Ze was klaar met haar make-up en gooide de mascara weer in haar omvangrijke tas, stopte het laatste stuk chocola in haar mond en likte uitgebreid haar vingers af. 'Maar daardoor zie ik juist zo duidelijk waar anderen in de fout gaan. En het enige dat ik nooit zou doen,' voegde ze er als een achteloos post scriptum aan toe, 'is een man achterna lopen die mij niet wil. Dat is gewoon stòm.'

Het was nog tamelijk stil in Brennan's Bar toen Ralph binnenkwam. Izzy's maag maakte een achterwaartse salto en ze had een ondeelbaar ogenblik de neiging om achter de bar weg te duiken. Maar omdat ze juist een dikke zakenman wisselgeld teruggaf, was dat niet erg praktisch.

Ralph daarentegen, vertrok geen spier toen hij haar zag. 'Hallo, Izzy,' zei hij kalm, een flauw glimlachje om zijn mond. 'Nee maar, van alle bars ter wereld moest jij juist in deze werken.'

Hij was wel acteur, maar zijn achteloze woorden hielden haar geen moment voor de gek. Ze antwoordde breed lachend: 'Je wist dat ik hier was.'

'Je hoort zo wel eens iets.' Tegen de bar geleund, zongebruind, zijn ogen half dichtgeknepen, net iets te mooi opgedoft in een openhangende beige trenchcoat over een T-shirt en witte jeans, nam hij haar bestudeerd doordringend op. Toen stak hij een Gauloise op en Izzy begreep dat hij zijn Alain Delon-imitatie weggaf, wat betekende dat hij onder dat onbewogen uiterlijk nerveus moest zijn. 'En hoe is het met je?'

Hij sprak tenminste niet met een Frans accent. Ze deed een stap terug en liet hem haar benen zien, blij dat ze haar korte, antracietgrijze lycra jurk aan had. 'Gerepareerd,' zei ze.

Hij knikte. 'En hoe is het met Kat?'

Ralph en Katerina hadden altijd goed met elkaar kunnen opschieten. Ofschoon helemaal geen vaderfiguur, had hij toch een hechte, hartelijke band met Kat gehad en hun goedmoedig gekissebis had hen urenlang plezierig beziggehouden. Daarom pakte Izzy in een opwelling van late dankbaarheid een fles champagne en zei: 'Vooruit, ik trakteer. Het is echt fijn om je weer eens te zien.'

Gelukkig bleef het erg rustig in de bar, zodat ze op de hoogte kon raken van al de laatste nieuwtjes over hun oude vrienden.

'En wat doe jij zoal?' vroeg ze tenslotte. Ze kende Ralph goed genoeg om te weten dat hij zijn eigen nieuws zolang mogelijk voor haar achterhield.

Hij glimlachte flauw en probeerde niet al te zelfvoldaan te kijken. 'O, ik mag niet klagen. Het een en ander, je weet wel.'

'Hoe kan ik dat weten als je het me niet vertelt?' drong ze aan. Ze begon er plezier in te krijgen. Sam was tenslotte nog verboden terrein en als Ralph eindelijk had besloten haar te vergeven, nou ja, redeneerde ze bij zichzelf, hij had prachtige ogen en hij kon haar altijd aan het lachen maken. Bovendien had, toen Sam haar had betrapt met Kats boek over seksuele voorlichting, haar repliek dat ze uit vorm begon te raken, een grote kern van waarheid bevat.
'Nou, mijn agent belde me vanmiddag,' zei hij, eindelijk breed glimlachend, 'dat ik de hoofdrol in een nieuwe tv-serie heb gekregen.'
Izzy's vreugdekreet deed zelfs de nergens van opkijkende beursmakelaars aan een naburige tafel opkijken. 'Ralph, wat geweldig! Lieve god, wat zal je blij zijn, vertel eens gauw, toe, neem nog een glas champagne... je zou dit ergens aan het vieren moeten zijn!' Ze boog zich over de glanzende bar, nam zijn gezicht tussen haar handen en gaf hem een kus. Tot haar grote vreugde, toonde hij geen spoor van verzet.
'Misschien wilde ik dit vieren met iemand die het echt zou begrijpen.' Toen kneep hij zijn ogen weer halfdicht en vroeg: 'Ben je nog met die andere vent?'
'Natuurlijk niet!'
'Iemand anders?'
Nog niet, dacht Izzy, die onder de bar haar vingers gekruist hield. 'Wie zou er nu iets willen hebben met zo'n hopeloos geval als ik?' zei ze luchtig. Toen, omdat hij haar doordringend bleef aankijken, schudde ze glimlachend haar hoofd. 'Nee. Niemand anders.'
Ralph ontspande zich eindelijk. 'Nou, vertel me dan maar hoe laat je hier weg kunt.'
'Ah, daar ben je,' zei Sam, terwijl hij naar de bar liep en geamuseerd constateerde dat Izzy zich bij het horen van zijn stem een ongeluk schrok. En nog boeiender was de plotseling opkomende blos, aangezien hij haar nooit eerder had zien blozen.
'Sam... wat doe jij hier in vredesnaam?' vroeg ze veel te haastig.
'Wat een dankbaarheid!' zei hij quasi bestraffend, toen knipoogde hij en haalde haar portemonnee uit zijn jaszak. 'Die lag op de vloer van de auto. Zeker uit die monsterlijke tas van je gevallen toen je je opmaakte. O, en ik heb Kat gebeld, voor het geval je erover in zou zitten,' vervolgde hij achteloos, zich schijnbaar niet bewust van de woedend kijkende Ralp naast hem. 'Ze zei dat ze, als we op weg naar huis langs de afhaalchinees gingen, graag kip met citroen en gebakken rijst met een dubbele portie ananasbeignets wilde hebben.'

'Wat heb ik dan gezegd?' protesteerde Sam toen ze een paar uur later weer op weg naar huis waren.
Izzy, met zes dozen Chinees eten wiebelend op haar schoot, wierp hem van opzij een achterdochtige blik toe.
'Je weet best wat je gezegd hebt,' zei ze, niet wetend of ze moest lachen of de doos met kroepoek op zijn hoofd omkeren.
'Oké.' Hij knikte met een binnenpretje. 'Maar wat was daar nou verkeerd aan? Die vent stormde zo hard de deur uit dat ik geeneens de kans kreeg om de medaillons om zijn hals te bewonderen.'
'Hij draagt geen medaillons.' Zonder dat ze het wilde glimlachte Izzy in de duisternis. Zij was degene geweest die Ralph er twee jaar geleden op had gewezen dat een echte man geen halsketting droeg. 'En voor je nog iets zegt,' vervolgde ze op gebelgde toon, 'je hebt het over de man van wie ik heb gehouden.'
Maar Sam kende de geschiedenis van Izzy's relaties uit het recente verleden al. 'Bedoel je niet één van de mannen van wie je hebt gehouden?' vroeg hij met een uitgestreken gezicht.
'Het is niet grappig,' zei ze, toch een beetje geërgerd. 'En je hebt die dingen met opzet gezegd om hem op het verkeerde been te zetten. Jij vindt het misschien leuk, maar die fles champagne heeft me mijn hele verdienste van vanavond gekost.'
'En nu heb ik je hoop op een romantische verzoening de bodem ingeslagen,' veronderstelde hij opgewekt. 'Maar Isabel, ik dacht dat jij nooit een man achterna zou lopen die jou niet wilde. Als hij dat kleine misverstand van daarstraks niet aankan, is hij vast niet zo smoorverliefd.'
Maar nu riep Izzy woedend uit: 'Je hebt mijn niet-bestaande liefdeleven kapotgemaakt en daar had je het recht niet toe. Hoe zou jij het vinden als ik een spaak in het wiel stak wanneer jij in The Steps een grietje aan het versieren was?'
Ja, hoe zou hij dat vinden? Hij kende Izzy nu al een paar weken, maar zijn gevoelens jegens haar waren nog steeds gemengd. Haar overweldigende aantrekkingskracht had hem bij hun eerste ontmoeting overdonderd, maar Izzy was heel wat meer dan de fysieke charme van grote bruine ogen, een warrige bos krullen, een goed gevormd lichaam en – nu ze allebei te zien waren – prachtige benen. Ze straalde vrolijkheid uit, lachte meer dan een ieder die hij ooit had gekend en bezat een onbedwingbaar optimisme.
Maar ze kon ook zelfzuchtig zijn, onredelijk en ergerlijk luchthartig in haar opstelling en leefstijl. Ze kon de ene dag overdreven vrijgevig

zijn en de volgende dag haar dochter schaamteloos vijf pond aftroggelen, en ofschoon ze ongetwijfeld hard kon werken wanneer haar dat uitkwam, kon ze beter dan elke andere vrouw die hij kende, een middag in zalig nietsdoen verbeuzelen. Ze was zo irritant, zo hartelijk, zo vol verrassingen – en hij was er nooit zeker van of de dingen die ze zei en deed opzettelijk bedoeld waren om te shockeren – dat Sam niet wist wat hij het liefste zou doen; een beetje gezond verstand in dat dolle hoofd schudden of met haar in bed duiken.

En daar, dacht hij spijtig, lag de andere helft van zijn dilemma. Vrouwen voor zich innemen was niet iets waar hij ooit moeite voor had moeten doen. Dat gebeurde gewoon. En degenen waar hij niet op viel tactvol ontmoedigen, was het enige enigszins moeilijke gedeelte geweest. Maar geen enkele vrouw op aarde had ooit zulke tegenstrijdige signalen uitgezonden als Izzy. Telkens opnieuw, net wanneer hij dacht dat hij haar doorhad, deed ze precies het tegenovergestelde van wat hij had verwacht en moest hij zich voor de zoveelste keer afvragen of hij haar ook maar in de verste verte kende.

Tot nu toe had haar gedrag hem zowel geamuseerd als geboeid. Vanavond echter, was er iets veranderd. En vanavond, dacht Sam, terwijl hij voor het huis stopte en de motor afzette, moest hij er misschien iets aan gaan doen.

'Je hebt nog steeds geen antwoord op mijn vraag gegeven,' zei Izzy strijdlustig. Ze had hem nog niet vergeven.

'Ach ja, het grietje.' Sam knikte en dacht even na. Toen nam hij de lastige stapel dozen van haar schoot en glimlachte vluchtig. 'Dat zou ervan afhangen,' zei hij tenslotte, 'wat voor een grietje het zou zijn.'

Het was wel niet de meest romantische situatie, dacht Izzy, maar het was toch eindelijk zover...

Terwijl ze de vuile borden in de gootsteen zette, was Sam achter haar komen staan en had zijn handen aan weerszijden van haar op het aanrecht gelegd, zodat ze gevangen zat. Er was geen fysiek contact, maar ze voelde zijn warme adem langs haar haren strijken en kon de flauwe geur van zijn aftershave ruiken.

Hopend dat hij op zijn beurt niet zou zien dat de haartjes in haar nek overeind gingen staan, draaide Izzy de warme kraan open en spoot veel te veel afwasmiddel in de bak. Ze was eigenlijk niet van plan geweest om af te wassen, maar het stond goed en zo'n vertoon van huishoudelijke ijver zou ongetwijfeld indruk maken. Sam maakte altijd hatelijke opmerkingen over haar ontstellend gebrek eraan.

‘Toe, wees nu eens eerlijk,’ fluisterde hij, terwijl ze het schuim als champagne over de randen van de afwasbak zag stromen. ‘Die Ralph was immers toch jouw type niet.’
‘Hij is twee jaar lang mijn type geweest,’ antwoordde Izzy uiterlijk kalm. Maar haar handen trilden zo, dat ze gauw Gina’s rubberen handschoenen greep, ze aantrok en in het sop plonsde. Toen maakte ze een hoofdbeweging naar de theedoek en zei: ‘Als je je echt nuttig wilt maken, droog dan maar af.’
Sam deed een stap achteruit en bewonderde de diepe v van gebruinde huid die haar bijna rugloze jurk blootgaf. Hij bedwong de aanvechting om een vinger langs haar ruggegraat te laten glijden en zei zachtmoedig: ‘Je ontwijkt het onderwerp.’
‘Ik weet niet wat het onderwerp is.’ Ze haalde diep en kalmerend adem en plensde schoon water in de slordig uitgewassen schaal. ‘Ik weet alleen dat Gina de zenuwen krijgt als de vaat niet gedaan is.’
‘Izzy,’ zei hij vriendelijk. ‘Je mag dan een heleboel dingen zijn, maar je bent niet dom.’
Omdat ze zo gauw geen passend antwoord wist, deed ze er het zwijgen toe. Even later streek Sams mond langs haar nek en Izzy, die zich op iets dergelijks had voorbereid, zag geen kans de huivering van verlangen te bedwingen die uit haar binnenste omhoogsidderde. Toen hij zijn warme handen op haar heupen legde en zijn lippen naar haar blote schouder gleden, zwichtte ze bijna.
Maar dit was Gina’s huis en ze had haar een belofte gedaan. Bovendien zou Sam binnen veertien dagen weggaan en een paar weken wachten had nog nooit iemand kwaad gedaan. Het minst van al, hield ze zichzelf voor, Sam Sheridan, die waarschijnlijk nog nooit in zijn leven had hoeven wachten.
Maar zijn tong gleed nu langs haar sleutelbeen, een manoeuvre waar Izzy altijd bijzonder ontvankelijk voor was geweest, dat was niet eerlijk. Bijna weerloos van onderdrukt verlangen, moest ze al haar wilskracht te hulp roepen om zich niet om te draaien. Dus concentreerde ze zich helemaal op de afwas en zag op de een of andere manier kans om nog een bord af te wassen. Pas daarna, toen ze eindelijk haar stem weer vertrouwde, zei ze opzettelijk luchtig: ‘Hadden ze iets extra’s in je grote sesamgarnalen gedaan, Sam, of val jij op rubber handschoenen?’
Hij gaf haar schouderophalend een vluchtige kus op haar kruin en liet haar los. ‘Ik ben alleen nieuwsgierig.’
‘Naar mij?’ vroeg Izzy, heen en weer geslingerd tussen opluchting

omdat hij was opgehouden en ergernis omdat hij niet meer had aangedrongen. Er was tenslotte ook nog zoiets als te gauw opgeven. 'Je dacht zeker dat ik met een natte vinger te lijmen was,' vervolgde ze, met uitdagend schitterende ogen. 'Ja?'
'Helemaal niet.' Hij liep naar het buffet, draaide een fles whisky open en schonk twee stevige borrels in. 'Zoals ik al zei, ik was gewoon nieuwsgierig. Ik wil je niet shockeren,' vervolgde hij met een zweem van een glimlach, 'maar als twee mensen elkaar aardig vinden, als ze allebei vrij zijn en meerderjarig, tja, dan willen ze soms...'
'Ja, daar weet ik alles van,' onderbrak Izzy hem. Maar omdat ze niet onaardig wilde zijn, glimlachte ze terug. 'Kat heeft me op haar twaalfde alles over de bloemetjes en de bijtjes verteld. Maar...'
'Maar?' echode Sam met een vleugje ironie.
Niet op haar gemak omdat ze dit van tevoren niet had overdacht, veegde Izzy met de rug van een zeephand een haarsliert van haar voorhoofd en zei zo opgewekt mogelijk: 'Tja, het zou de sfeer kunnen bederven. We kunnen nu goed samen opschieten. We zijn vrienden, nietwaar?'
Sam knikte. Hij geloofde haar geen moment, maar was toch benieuwd wat ze te berde zou brengen.
'Dus het zou nadelig kunnen zijn voor onze vriendschap,' vervolgde ze haastig, 'en dat zou afschuwelijk zijn.'
'Of niet en dan zou het helemaal niet afschuwelijk zijn.'
Deze keer haalde ze diep adem. 'Ik vind het toch geen goed idee.'
'Oké.' Hij stak zijn handen omhoog. 'Als je er echt zo over denkt. En je hoeft er geen drama van te maken, het was maar een losse gedachte.'
'Nou het was aardig van je om aan mij te denken,' zei Izzy verslagen, beledigd door zijn weigering een serieuze poging te doen om haar te verleiden. Als hij niet meer vasthoudendheid kon opbrengen, verwonderde het haar niets dat hij nooit getrouwd was.'
'Nou, goed dan,' zei Sam, nu openlijk lachend. 'Mijn fout. Ik had moeten begrijpen dat jij niet zo'n soort meisje bent.'
'Even goede vrienden?'
Hij glimlachte quasi bedroefd. 'Zo goed als het maar kan.'
'Gelukkig.' Ze wist dat ze een risico nam, maar een overwinning op zo'n aantrekkelijke man als Sam was ongelooflijk zalig. En de volgende keer, over twee weken om precies te zijn, zou ze een nog grotere overwinning behalen. Ze gooide de vaatdoek in de gootsteen, liep door de schemerige keuken naar hem toe, ging op haar tenen staan en

gaf hem een zusterlijke kus op zijn wang. 'Goede vrienden zijn meer waard dan geliefden,' zei ze zacht. 'Altijd.'
'Hangt ervan af hoe goed ze zijn,' zei Sam, resoluut zijn zelfbeheersing bewarend. Dat kleine kreng, dacht hij, begrijpend dat ze een spelletje met hem speelde.
'Welterusten, Sam,' zei Izzy braaf.
'Welterusten, maatje.'

14

Gedreven door het besef dat ze Andrew terug zou kunnen krijgen, had Gina zich op een overhaast plan de campagne gestort om te zorgen dat het ook gebeurde, waarbij ze stokdoof bleef voor Izzy's protesten dat ze dit nou juist niet had bedoeld. De loodzware apathie die haar de afgelopen maanden in zijn greep had gehouden, had van de ene op de andere dag plaatsgemaakt voor een springvloed van enthousiasme. Ze was bijna zeven kilo afgevallen – wat haar niet goed stond – maar ze kreeg weer trek en begon weer te eten. Ze liet haar haar in een nieuw model knippen en haar benen vakkundig ontharen. Zonder acht te slaan op de jammerbrieven van de bankdirecteur gaf ze zich over aan een ongebreidelde kooplust, maar deze keer ging dat opgewekt en doelbewust, omdat niets te goed was voor Andrew. En wie dacht er nu over om ondergoed te dragen dat niet bij de bovenkleding paste en hoe kon iemand kleren dragen die niet bij de Charles Jourdan-schoenen pasten?
Omdat niets meer onmogelijk leek, vervulde het idee om onafhankelijkheid te verwerven in de vorm van een baan, Gina niet langer met doodsangst. Haar onwrikbare voornemen om te bewijzen dat zij in elk opzicht anders was dan die luie slons met wie Andrew in zijn onnozelheid – tijdelijk – was gaan samenwonen, bleek een grotere aansporing dan Izzy's luchtige aanmaningen om 'eens iets te gaan doen' ooit waren geweest.
'Waar ga je heen?' vroeg Izzy een paar dagen later achterdochtig, toen Gina geurend en perfect opgemaakt beneden verscheen in een

nieuw, donkerblauw Chanel-pakje dat verdacht echt leek en dat de bankdirecteur ongetwijfeld een nieuwe depressie zou bezorgen. Izzy begon haast medelijden met hem te krijgen.

Gina, die in de privacy van haar slaapkamer een nieuwe, enigszins diepere en hopelijk meer autoritaire stem had geoefend, zei: 'Ik ga solliciteren.' Maar Izzy keek alleen nog erger verontrust.

'Heb je een besmettelijke ziekte onder de leden?'

'Nee, dat heb ik niet.' Gina, teleurgesteld, viel terug op haar gewone stem. 'En ik dacht dat jij me zou aanmoedigen.'

'Dat heb ik geprobeerd,' bracht Izzy haar in herinnering. 'Maar dat pakte verkeerd uit.' Toen vermande ze zich. 'Maar ik ben blij dat je op werk uit gaat; dat zal je geweldig veel goed doen. Wat voor baan is het?'

Het zou haar inderdaad geweldig veel goed doen, dacht Gina, nauwelijks in staat haar glimlach te bedwingen. Ze had het plan talloze malen doorgenomen, maar de gedachte eraan joeg nog steeds de adrenaline door haar lichaam. Ze werd om elf uur verwacht voor het sollicitatiegesprek, dat zou natuurlijk tegen twaalven afgelopen zijn. Als ze dan de baan had veroverd, zou ze net voor halféén op Andrews kantoor verschijnen en erop staan... erop stáán dat hij met haar ging lunchen om het te vieren. Vanaf dat moment werd het verloop een beetje vaag; ze wist alleen dat Andrew haar op haar nieuwst en haar best zou zien, dat zij hem zou zien zonder die vreselijke Marcy in zijn kielzog en dat het de gelukkigste middag van haar leven zou worden.

'Weet je zeker dat het je zal lukken?' Izzy wuifde een hand voor Gina's ogen om haar naar de aarde terug te halen.

'Natuurlijk weet ik dat. Het is een baan als verkoopster,' zei Gina, opnieuw trots, 'bij Therese Verdun, in de buurt van Bond Street.'

Therese Verdun was een van de meest exclusieve damesmodezaken van Londen.

Natuurlijk, dacht Izzy wrang. Dat had ik immers kunnen weten.

'Ja?' vroeg Andrew kortaf toen zijn secretaresse hem rond twaalf uur over de intercom aansprak.

'Eh, meneer Lawrence, uw vrouw is hier,' zei Pam, met moeite haar opwinding bedwingend. Ze was de avond tevoren laat opgebleven om *Fatal Attraction* te zien en verheugde zich nu op deze werkelijke confrontatie. Gina zag er niet uit of ze een revolver bij zich had, maar je wist tenslotte nooit. En Andrew Lawrence was de laatste paar weken

in zo'n rothumeur, dat Pam hem alles wat hem zou kunnen overkomen, van harte gunde.
'Laat haar maar binnenkomen,' zei de blikkerige stem over de intercom. Gina glimlachte naar Pam. Pam, die besloot nog niet te gaan lunchen, glimlachte terug. Andrew, veilig afgezonderd in zijn kantoor, glimlachte helemaal niet.
'Liefste,' zei Gina, toen de deur achter haar dicht was gegaan. Ze stortte zich als een slanke, elegante vogel bovenop hem, hulde hem in een wolk van het opnieuw aangebrachte Shalimar en kuste hem op zijn wang. 'Vind je dit geen verrassing? Ik had natuurlijk moeten bellen, maar ik was zo opgetogen, dat ik het je gewoon móest komen vertellen. Ik heb zojuist een alleraardigste baan gekregen en ik wilde dat jij het als eerste wist!'
'Dat is...' begon Andrew, volkomen overrompeld door haar komst, maar Gina had haar tekst te vaak gerepeteerd om hem ertussen te laten komen. 'En allemaal dank zij jou, want als jij niet bij me was weggegaan, zou ik er zelfs niet over hebben gedacht om te gaan werken!' kwetterde ze vrolijk. 'Dus ik sta erop, ja heus, dat je met me gaat lunchen.'
'Tja, eh...'
'Geen uitvluchten,' vervolgde ze quasi streng. 'Ik heb van Pam gehoord dat je geen andere afspraken hebt, en bovendien... wat is het nut van een beschaafde echtscheiding als je je man niet zo af en toe voor een lunch bij Emile's mag uitnodigen?'

Het ging allemaal hopeloos verkeerd, dacht ze een uur later bedrukt. Ze deed en zei alles volgens plan, ze zaten in Andrews favoriete – en schandelijk dure – restaurant en Andrew weigerde met de stille koppigheid van een jongetje dat niet terug wil naar kostschool, om mee te werken.
'Nog een fles wijn?' vroeg ze ten einde raad, maar hij schudde alleen zijn hoofd en keek voor de zoveelste keer op zijn horloge. Gina, die hulpeloos de zaal rondkeek, zag aan de andere tafels louter stellen die zich amuseerden. Ze raakte door haar onderwerpen voor een interessante conversatie heen. Haar nieuwe baan werd steeds verantwoordelijker; ze leidde praktisch de hele zaak en Andrew was nog steeds niet zo geïmponeerd als hij zou moeten zijn. Hij stelde ook weinig belang in haar sterk overdreven verhalen over het samenwonen met Izzy en Sam. Als hij niet gauw bijdraaide en reageerde zoals hij zou moeten doen, dacht Gina, die de eerste tekenen van paniek in haar maag voelde knagen, wist ze niet wat ze moest beginnen.

'Ik hoop niet dat Marcy een uitgebreid avondmaal voor je klaarmaakt,' zei ze, ofschoon hij bijna niets had gegeten.
Andrew schudde zijn hoofd. Als hij nog één keer op zijn horloge keek, dacht Gina, zou ze het van zijn pols rukken en door de zaal smijten.
'En de baby?' vervolgde ze, te opgewekt. 'Gaat wat dat betreft ook alles goed? Marcy is op het moment zeker druk bezig met zwangerschapsgymnastiek.'
'Gina, hou op,' zei hij bot. 'Hoor eens, bedankt voor de lunch en ik vind het fijn voor je dat je die baan hebt, maar ik moet weer naar de zaak. Je hoeft me niet te brengen, ik neem wel een taxi.'
De illusie was geen werkelijkheid geworden; de komedie was afgelopen. Gina was de wanhoop nabij en voelde de tranen in haar ogen springen. Ze stond met een ruk op, waarbij ze de vork van haar bord wipte en madeirasaus op haar rok spetterde. 'Andrew, toe, je mag niet zo weggaan. Je begrijpt niet...'
Hij begreep het best. Hij wist niet met wie hij het meest medelijden had, met Gina of met zichzelf. Hij was alleen maar ongelukkig, terwijl zij ongeneeslijk onzeker was. 'Jij hebt een fijne baan veroverd, je bent bezig een nieuw leven op te bouwen en daar ben ik blij om.'
De tranen stroomden nu over haar gezicht, ze lieten streperige sporen na in haar make-up en trokken de aandacht van de andere gasten. 'Maar ik heb helemaal geen nieuw leven,' snikte ze, wanhopig met een smetteloos wit servet over de roodbruine vlekken op haar rok boenend. 'En ik heb ook geen fijne baan. Ik heb helemaal geen baan, omdat ze me niet wilden hebben. Ze zochten iemand met ervaring,' jammerde ze, 'en die heb ik niet, want ik ben altijd alleen maar huisvrouw geweest!'
Hij zag kans haar het restaurant uit te loodsen. Een handvol briefjes van tien, die hij eigenlijk niet kon missen, waren net genoeg om de rekening te betalen. Tegen de tijd dat ze bij de auto kwamen, beefde Gina als een riet en kon ze bijna niet meer op haar benen staan. Uit het feit dat ze zich niets van de nieuwsgierige blikken van de voorbijgangers aantrok, kon hij opmaken dat haar verdriet echt was.
'Ik kan niet rijden, l-laat me niet r-rijden,' smeekte ze klappertandend. 'Toen ik de vorige keer zo was heb ik b-b-bijna iemand doodgereden.'
'Ja, goed, stil maar,' zei hij haastig, hopend dat hij geen te hoog promillage had. 'Ik zal je wel thuisbrengen.'
'Ik schaam me zo.'

'Godallemachtig,' riep een man die een vrachtwagen uitlaadde. 'Wat heeft die? Syfillis?'
'Stap in,' beval Andrew, heen en weer geslingerd tussen ergernis en medelijden. Opnieuw voelde hij zich terneergeslagen door de zware last van zijn verantwoordelijkheid. Hoewel hij accepteerde dat hij de oorzaak van deze hele warboel was, vroeg hij zich toch af waarom hij nu juist een vrouw moest hebben die het niet aankon, terwijl andere mannen er zonder kleerscheuren vanaf kwamen.

'Godallemachtig,' zei Katerina, zonder het te weten de trucker napratend, toen ze de deur opendeed en Gina's gezwollen gezicht met de verwoeste make-up zag.
'Neem me niet kwalijk.' Andrew maakte een verontschuldigend gebaar naar de bel. 'Gina kon haar sleutel niet vinden.'
Katerina nam hem belangstellend op. Gina in tranen was niets nieuws, ofschoon ze er nu wel opvallend ontredderd uitzag, maar voor zover Katerina wist was ze die morgen in een ongewoon opgewekte stemming vertrokken, zich verheugend op het sollicitatiegesprek. Afgaande op haar huidige uiterlijk, kon ze alleen maar aannemen dat Gina de baan niet had gekregen. 'Dat geeft niet,' antwoordde ze achteloos, terwijl ze zich afvroeg of die man de eigenaar van de kledingzaak was. 'Maar vertel eens, wie bent u?'
Het was een bizarre situatie; Gina was een ogenblik totaal vergeten. Andrew, die al had begrepen wie Katerina was, kon alleen haar onverstoorbare blik beantwoorden. Ze droeg een verkleurd lichtbruin sweatshirt en een knielange witte legging en haar glanzende bruine haar reikte tot haar schouders. Ze had grote, lichtbruine ogen en spierwitte tanden. In haar rechterhand hield ze een pen, in haar linker een boterham met marmelade.
'Andrew Lawrence,' zei hij, verwachtend dat haar gezicht een uitdrukking van minachting zou krijgen. Izzy's afkeer van hem was vorige week overduidelijk geweest.
Maar Katerina begon te glimlachen en keek hem aan met een blik zo vol saamhorigheid, dat hij onmiddellijk wist dat ze aan zijn kant stond. De opluchting was overweldigend.
'Ach ja, natuurlijk.' Ze deed een stap opzij, zodat hij Gina de zitkamer in kon leiden. Andrew merkte dat hij zijn ogen niet van haar achterkant kon afhouden; die slanke heupen en lange benen werkten bijna hypnotiserend in hun simpele elegantie. Ze kon onmogelijk ouder dan achttien zijn.

'Tja, dan zal ik het verder maar aan jou overlaten.' In de zitkamer lag een aantal studieboeken over de vloer verspreid. Katerina had ze in een paar seconden opgeraapt en stond in de deuropening. Terwijl ze toekeek hoe Andrew zijn vrouw in een van de perzikkleurige fauteuils zette, vroeg ze kalm: 'Weet je eigenlijk wie ìk ben?'
Hij kwam overeind, trok zijn das recht en gooide Gina's autosleutels op de salontafel. Hij mocht in het restaurant dan niet veel aan de conversatie hebben bijgedragen, hij had wel geluisterd. 'Jij bent die pientere,' zei hij effen. 'Degene die de afwas doet.'
'Precies.' Nu lachte Katerina. 'Dat ben ik inderdaad. En wat pienter van jou om dat te raden.'

Ofschoon hij van plan was geweest Gina af te zetten en meteen weer weg te gaan, bedacht hij zich en belde naar de zaak dat hij die middag niet meer zou komen, wat natuurlijk een hoop geroddel tot gevolg zou hebben. En na een half uur van halfslachtige pogingen om zijn ontroostbare vrouw te troosten, werd hij beloond met het geluid van voetstappen die de trap afkwamen. Hij graaide Gina's theekopje uit haar hand, mompelde iets over nog eens inschenken en vloog de gang op, waar hij tegen Katerina opbotste.
Ze droeg een wit spijkerjack en had een enorme canvas tas met boeken bij zich.
'Hoe gaat het?'
Hij trok een gezicht. 'Net als altijd. Zeg, ik moet onderhand ook eens gaan, maar ik zou graag eens met je willen praten, over Gina. Kan ik je een lift geven?'
Ze keek hem weer met die hypnotiserend onverstoorbare blik aan. 'Ik vrees van niet.'
'O.'
'Niet dat ik je aanbod niet waardeer,' zei ze, terwijl er een trage glimlach om haar mond gleed. Hij keek zo ongelukkig dat ze bijna medelijden met hem kreeg. 'Maar je hebt geen vervoer.'
'Verdomme.' Terwijl hij het zei, voelde Andrew zich opgelucht,omdat de afwijzing niet persoonlijk was. Hij zette de herinnering aan de lunch die hij zich niet kon veroorloven, resoluut van zich af en zei: 'Dan bel ik een taxi.'
Katerina's glimlach werd breder toen ze de zware tas over haar schouder hees. 'Laten we gewoon naar het station van de ondergrondse lopen. Dan kunnen we onderweg praten.'

Ik zit in het Victoria en Albert Museum en er gebeurt iets heel vreemds met me, dacht Katerina een uur later weloverwogen. Ze wist niet hoe of waarom het gebeurde, alleen dàt het gebeurde. En ze kon niets, helemaal niets doen om het te beletten of in de hand te houden.
Ze wist verdorie niet eens wat ze in het museum deden; ze hadden gewoon veel te veel te bepraten gehad en veel te weinig tijd om te praten, tot Andrew had voorgesteld om *en route* ergens een kop koffie te gaan drinken en *en route* was het goeie ouwe V & A geworden. En nu ze naast elkaar in het restaurant zaten, omringd door luidruchtige, te dikke Amerikanen en tengere, kwetterende Japanse toeristen, was Katerina zich alleen bewust van het gedenkwaardige van een situatie die ze niet eens in volle omvang kon bevatten. Uiterlijk was ze nog steeds dezelfde, zoals ze een lok haar tussen twee vingers ronddraaide toen ze – in nuchtere bewoordingen – Gina's gebrek aan zelfvertrouwen bespraken en wat ze daar eventueel aan konden doen.
Maar innerlijk was ze absoluut niet meer dezelfde. Terwijl haar mond de woorden uitsprak, wrong haar maag zich in een gigantische knoop en bleef de binnenkant van haar pols, waar Andrew per ongeluk langs had gestreken, tintelen, letterlijk tintelen als gevolg van dat vluchtige fysieke contact.
Zolang ze echter maar bleef praten – en het op objectieve, volwassen manier bespreken van zijn huwelijksproblemen was merkwaardig gemakkelijk – kon ze Andrew Lawrence nauwlettend opnemen. En ofschoon hij niet zo overdonderend knap was als sommige mannen, Sam bijvoorbeeld, hadden zijn zwaarmoedige grijze ogen, zijn magere gezicht en zijn slappe bruine haren, iets dat veel aantrekkelijker was. Hij zag er afgetobd uit en wekte de indruk dat hij met de moed der wanhoop probeerde het beste te maken van de situatie waarin hij zich bevond. Maar als hij glimlachte onderging zijn uiterlijk een totale verandering; zijn gezicht verhelderde en hij zag er opeens jaren jonger uit.
'Ik zou je dit alles eigenlijk niet moeten vertellen,' zei hij uiteindelijk, in zijn allang koud geworden koffie roerend. 'Het is jouw probleem tenslotte niet.'
'Maar het is zo afschuwelijk,' riep Katerina uit, terwijl de tranen, wat niets voor haar was, bijna in haar ogen sprongen. 'En zo oneerlijk... god, daar hadden we geen flauw idee van! Mam zei dat...'
'Ja?' drong Andrew zachtmoedig aan. 'Wat zei mam?'
Niet in staat tegen hem te liegen, keek ze hem met die grote, bruine ogen aan en fluisterde: 'Tja, ze zei letterlijk dat Marcy een voddenbaal was.'

Hij hoorde de woorden bedachtzaam knikkend aan. Toen begon hij te glimlachen omdat hij nu tenminste hier zat, met Katerina Van Asch. Het leven had blijkbaar toch ook zijn compensaties. Hij vroeg zich alleen af wat hij moest doen met de compensatie die hier op dit moment naast hem zat. De drang om haar nog eens, per ongeluk natuurlijk, aan te raken, was bijna allesoverheersend.
'Het is allemaal mijn schuld; ik ben een grote stommeling geweest,' bekende hij. 'Ik was getrouwd, ik dacht dat ik van een ander was gaan houden en tegen de tijd dat ik besefte dat het niet zo was, was het te laat.'
'Je moet jezelf niet de schuld geven,' zei Katerina verontwaardigd. 'Dat ze zwanger is geworden, is haar eigen stomme schuld. Een heleboel mannen zouden haar gewoon hebben gedumpt.'
Het restaurant liep snel leeg; het was bijna zes uur en de schoonmakers begonnen hun zwabbers te hanteren. Zich bewust van hun donkere blikken en van het feit dat ze hier onmogelijk langer konden blijven, kon Andrew zich niet langer inhouden. Hij nam Katerina's hand en gaf die glimlachend een drukje. 'Dank je. Ik zou wel willen dat ik je een half jaar geleden had ontmoet.' Of liever nog, dacht hij, zou hij twintig jaar jonger willen zijn en niet gebonden.
Maar Katerina, die alleen maar wist dat Andrew Lawrence haar leven al veranderd had, sloeg zeventien jaar voorzichtigheid in de wind en nam de hand die hij terug had getrokken in haar handen. Ze beefde licht, haar maag was allang verdwenen en ze was nog nooit zo gelukkig geweest.
'Dat maakt niets uit,' hoorde ze zichzelf als van een grote afstand zeggen. 'Je hebt me nu immers ontmoet.'

15

Vastbesloten niet te doorzichtig of te happig te zijn, maar zich er terdege van bewust dat vrijgezellen als Sam voortdurend het gevaar liepen door minder geduldige vrouwen dan zij aan de haak te worden geslagen, bewaarde Izzy, toen hij eindelijk naar zijn nieuwe apparte-

ment verhuisde, op gepaste wijze afstand en hield dat, in een staat van intense en verrukkelijke afwachting, bijna een hele week vol.
Maar toen ze de volgende zaterdagmiddag wakker werd en besefte dat dit het juiste ogenblik was om haar schitterende plan in langverwachte werking te stellen, werd de afwachting meteen bijna ondraaglijk. Het was een warme, zonnige dag. Ze had de avond tevoren een lucratieve baan aangeboden gekregen, lucratief genoeg om zich de aankoop te kunnen permitteren van de hoogst aparte jurk waar ze al een hele week naar had gesnakt. En het beste van alles was, ontdekte Izzy, toen ze eindelijk opstond en even de kamer van haar dochter binnenliep, dat Katerina haar geliefde roze tuinbroek niet aan had getrokken. Als dat geen goed voorteken was, dacht ze tevreden, terwijl ze met de tuinbroek over haar arm naar de badkamer ging, dan wist ze het niet meer.
Gina zat beneden mistroostig naar een oude zwart-wit film op de televisie te kijken.
'Ga je iets leuks doen?' vroeg ze, toen Izzy verscheen in de lichtroze tuinbroek over een minuscuul wit hemdje en in de taille bijeen gesnoerd door een in elkaar gedraaide marineblauwe met roze sjaal. De marineblauwe oogschaduw en meer mascara dan gewoonlijk, deden haar ogen enorm groot lijken en ze had zelfs roze lipstick op. Domme vraag, dacht Gina tobberig. Natuurlijk ging ze iets leuks doen.
Izzy, die de wanhopige klank in Gina's stem hoorde en begreep dat ze misschien zou vragen of ze mee mocht, antwoordde kortaf: 'Auditie.' Daarna glimlachte ze in zichzelf en vond dat het in zekere zin waar was. En nog wel een wederzijdse.
'O.' Gina verloor onmiddellijk alle belangstelling en keek weer naar de film, die haar ongetwijfeld aan het huilen zou maken. 'O ja, Kat heeft me gevraagd tegen je te zeggen dat ze naar Simon is gegaan en pas vanavond laat terug zal zijn.'
Hebbes, dacht Izzy opgewekt, terwijl ze Katerina's krokodille-oorbellen uit de kom op de schoorsteenmantel graaide en in haar oren deed. Maar ze zei: 'Leve de examens,' omdat Katerina niet kon hebben dat ze haar oorbellen leende. Toen hield ze haar hoofd scheef, bekeek zichzelf in de spiegel en voegde eraan toe: 'Ofschoon er, als je het mij vraagt, meer achter die verdwijntruc zit dan je zou denken.'
'Wat bedoel je in vredesnaam?' Gina, die de avond tevoren naar een afschuwelijk programma over tienerjunks had zitten kijken, dacht onmiddellijk aan drugs. God, dat kon er nu nog net bij...
'Kat en Simon,' legde Izzy geduldig uit. 'Die kunnen onmogelijk al

die uren zitten repeteren. Heb je niet gemerkt hoe ze de laatste paar weken veranderd is? Dat komt vast niet van de natuur- en scheikunde,' besloot ze vergenoegd, terwijl ze haar haar nog wat toupeerde en de banden van de tuinbroek zo schikte dat er iets meer inkijk ontstond. 'Ik weet het, ik kan het zelf nauwelijks geloven, maar het lijkt erop dat mijn briljante, achterlijke dochter eindelijk heeft ontdekt waar jongetjes van gemaakt zijn. De schat, ze is verlíefd!'

'Je hebt krokodillen in je oren,' merkte Sam op, die onder de douche had gestaan toen de bel ging. Het feit dat hij alleen een olijfgroene handdoek om zijn middel had, maakte Izzy ontiegelijk nerveus, wat belachelijk was. Als zij vanavond haar zin kreeg, zou hij uiteindelijk nog minder aanhebben dan een badhanddoek.
'Jij hebt haar op je borst,' was haar antwoord; een flauw grapje, zelfs naar haar eigen niet hoog gestelde normen.
Hij knipoogde. 'O, maar die heb ik niet zonder het te vragen van Katerina geleend.'
'Hoe weet je dat ik het niet heb gevraagd?'
'Als je dat wel had gedaan,' zei hij breed lachend, 'had ze nee gezegd.'
Izzy beet bijna op haar onderlip, maar dat zou alleen maar lelijke lipstickvlekken op haar tanden opleveren, dus trok ze een berouwvol gezicht. 'Ga je de politie bellen?'
'Niet als je champagne hebt meegebracht,' zei hij met een blik op de uitpuilende plastic tas die ze tegen haar borst gedrukt hield.
'Vrijgezellen staan erom bekend dat ze altijd champagne in hun ijskast hebben,' antwoordde ze, naar de keuken lopend. 'En weinig anders. Dus heb ik iets meegebracht waar we meer aan hebben. Eten.'
'Bedoel je dat je iets gaat koken?' vroeg Sam geschrokken. 'Om op te eten?'
'Geen paniek, ik ben naar de Italiaanse delicatessenwinkel geweest,' zei ze sussend. 'Het enige dat we moeten doen is uitpakken.'

Hij wist niet precies wat het was, maar er was iets aan Izzy veranderd. Tijdens de uitgebreide, late lunch van gerookte zalm, gemarineerde champignons, salades, stokbrood en camembert, verliep het gesprek op de gewone, ontspannen wijze; de zaken in The Chelsea Steps, Katerina's ontluikende liefdeleven, Gina's derde vergeefse sollicitatie, maar er was nog iets. Twee glaasjes champagne konden nooit deze uitwerking op haar hebben gehad; uit alles bleek dat Izzy iets verborg.

'Genoeg over Katerina en Simon,' zei hij tenslotte. 'Wat is er met jou gebeurd? Ben je verliefd?'
Izzy stopte een blauwe druif in haar mond en glimlachte. 'Ik? Op wie zou ik nu verliefd zijn?'
'Ik weet het niet. Op een of andere onmogelijke kerel, vermoedelijk.' Bij de gedachte aan de man met de halsketting die hij laatst in de pub had ontmoet, voelde Sam een lichte ergernis. Het verwonderde hem te merken hoeveel het hem kon schelen. 'Je hebt namelijk een bijzonder slechte smaak wat mannen betreft.'
Ze schudde heftig haar hoofd. 'Nee hoor.'
'Ik vind van wel.'
Wat schattig, dacht Izzy verrukt. En wat grappig. Ze draaide een krul om haar vingers en keek Sam met een onschuldige blik aan. 'Is dit onze eerste ruzie?'
'Best mogelijk.' God, ze was onuitstaanbaar. 'Hoezo, ben je daarvoor hier gekomen?'
'Helemaal niet. Het is alleen zo dat ik gelijk heb en jij ongelijk en dat vind ik telkens weer leuk.'
Voor zover Sam wist was het nooit eerder gebeurd. Izzy was een meester in vergissingen, ze had het in àlles bij het verkeerde eind. 'Nou, wie is het?' vroeg hij in een poging om net te doen of het hem geen bliksem kon schelen.
Izzy, die zich geweldig vermaakte, begon de laatste tros druiven uit te pakken. 'Tja, ik weet niet of ik echt verliefd ben, maar ik val wel op hem. Het is een echt een stuk, hoor.'
'O, zo'n mooie jongen zeker,' kaatste Sam terug. 'Vertel me niet dat ie ook nog witte leren schoenen draagt.'
'Je hoeft me niet uit te lachen,' zei ze met een stalen gezicht. 'Uiterlijk is heus wel belangrijk. Zou jij met een lelijkerd uitgaan?'
Beseffend dat hij gevaar liep deze woordenwisseling te verliezen, zei hij: 'Dus het is ernst tussen jou en die... man?'
Hij had in het aas gehapt, constateerde Izzy tevreden. En omdat haar missie, voorlopig althans, volbracht was, dronk ze haar glas leeg, schoof haar stoel achteruit en zei met een achteloos schouderophalen: 'Wie weet wat er nog gebeurt? Best mogelijk dat het dat wordt. Hoe dan ook, het zal in elk geval leuk zijn om dat te ontdekken.'
Terwijl ze haar tas pakte, zei Sam: 'Moet je vanavond werken?'
Izzy trok een gezicht. 'Ja. En jij?'
Hij knikte.
'Goed. Enfin, ik ga ervandoor.' Ze gooide haar tas over haar schou-

der en zond hem een stralende lach. 'Prettige avond, Sam. En amuseer je. Ik zal het in elk geval wel doen.'

Het was even na twaalven toen Sam door de menigte aan de rand van de dansvloer een glimp van Izzy opving. Ze stond met haar rug naar hem toe en hij kon niet zien met wie ze was. Hij stond een ogenblik te aarzelen, niet wetend of hij die nieuwe vriend van haar eigenlijk wel wilde ontmoeten. Hij was de hele avond ongewoon prikkelbaar geweest en was bang dat hij iets zou zeggen dat hij beter voor zich kon houden.
Maar Izzy, die zich op dat moment omdraaide en hem in het oog kreeg, wuifde en kwam glimlachend naar hem toe. Oogverblindend knap was ze, in een glinsterende petrolkleurige jurk die hij nooit eerder had gezien en met haar haar in een glanzende, slordige dot boven op haar hoofd. Ze gaf hem een vluchtige kus.
'Sam, wat een enige tent! Ik ben zojuist Rod Stewart tegen het lijf gelopen.'
'Als je maar niet voor hem hebt gezongen,' antwoordde Sam onbewogen. Als het haar carrière ten goede kon komen, zou Izzy overmoedig genoeg zijn om zo'n stunt uit te halen. Over haar schouder kijkend vroeg hij: 'En waar is Mister Universe?'
'Wie?'
'Het witgeschoeide wonder. Heb je hem niet meegebracht of is hij onder het gewicht van zijn sieraden bezweken?'
Izzy leunde glimlachend tegen de bar. 'Ah, misschien is hij hier. Misschien doe ik afstandelijk, zoals ze in alle tijdschriften aanraden.'
'Je bedoelt dat hij er niet is,' zei Sam min of meer opgelucht. 'Kom op, wat wil je drinken?'
'Ik wil niets drinken.' Ze schudde haar hoofd tegen de naderende barman, zweeg een ogenblik en zei toen langzaam. 'Ik wil dansen. Met jou.'
Het was net zoiets als dansen met een robot. 'Dat gaat niet,' zei Sam in haar oor. 'Dat kan ik niet doen. Ik dans nooit met mijn gasten.'
'Ik begrijp het,' antwoordde Izzy, teleurgesteld door deze tijdelijke tegenslag. Ze deed haar best, de langzame sensuele muziek voegde er – verdraaid nog toe – het nodige aan toe, maar Sam bleef zo gespannen als een robot maar kon zijn. 'En ik ben niet eens een echte gast,' plaagde ze, 'dus ik tel eigenlijk niet mee.'
'Ik weet het, ik weet het. Maar de mensen kijken naar ons.' Sam vroeg zich af of Izzy enig idee had hoe opgelaten hij zich voelde. En hoe was het bovendien mogelijk dat ze zo opvallend keurig danste –

hun lichamen raakten elkaar nota bene nauwelijks – terwijl ze tegelijkertijd de indruk wekte dat dit eerder verleiden was dan dansen?
'Je reputatie is aan flarden,' fluisterde ze, terwijl ze iets dichter bij hem kwam, zodat hij haar kon ruiken. 'Je weet toch wat vrouwen veronderstellen over mannen die niet kunnen dansen?'
'Ik kan wel dansen,' siste Sam met opeengeklemde tanden. 'Alleen niet hier.'
'O.' Izzy glimlachte. 'Waar dan wèl?'
'Wat?'
'Nou, laat eens zien.'
Er was beslist iets aan de hand. Haar ogen hadden een bedrieglijk onschuldige uitdrukking en tegelijkertijd zag ze eruit alsof ze een luisterrijk geheim wist. Toen de muziek stopte, nam Sam haar bij de hand en leidde haar de dansvloer af, de nieuwsgierige blikken van zijn stamgasten resoluut negerend.
Bij zijn kantoor op de eerste verdieping gekomen loodste hij Izzy naar binnen en sloot de deur achter zich.
'Zo. Wat heeft dit allemaal te betekenen?'
'Oeioei,' zong Izzy binnensmonds. Maar aangemoedigd door het feit dat hij haar arm nog steeds vasthield, zei ze: 'Ik wil alleen weten of je werkelijk kunt dansen.'
'Erg leuk, hoor.'
'Tjee, Sam.' Ze knipperde met haar lange wimpers. 'Je bent ongelooflijk knap als je kwaad bent.'
'Izzy, de club zit stampvol. Elton John komt dadelijk en de persmensen verdringen zich als bronstige meerkatten voor de deur. Ik heb wel wat beters te doen dan hier te staan en ...'
'Als je nu eens je mond hield,' zei Izzy teder, 'en me een kus gaf.'

16

Twee minuten later deed hij een onvaste stap terug en ademde diep uit. 'Tjee, Izzy. Je bent ongelooflijk knap wanneer je haar in de war zit,' deed Sam haar na.

Ze schudde haar hoofd en hief een hand op om haar haar glad te strijken. 'Ik had niet gedacht dat je... nou ja, dat zou doen.'
'Je hebt erom gevraagd.' Hij haalde zijn schouders op, om zijn mond speelde een flauw glimlachje. 'En je hebt het gekregen.'
'O, dat is een feit.' Izzy vroeg zich af of er een herhaling op het programma zou staan. 'Ik ben alleen verbaasd.'
'Omdat je me wilde overrompelen en je dat niet gelukt is? Echt, Izzy, zo naïef ben ik niet... en jij bent niet erg fijnzinnig, als ik het zeggen mag, ofschoon ik nog steeds niet begrijp waarom je omtrent mij van gedachte veranderd bent. Een paar weken geleden,' bracht hij haar in herinnering, 'was je niet zo erg gecharmeerd van me.'
Izzy, die van plan was geweest de verleidster te spelen, voelde zich in het nauw gedreven. Ze had geen moment verwacht dat Sam de leiding zou nemen en de situatie zo volledig zou beheersen. 'Een paar weken geleden,' mompelde ze, licht blozend over de leugen die ze ging vertellen, 'logeerde je nog bij Gina. Het leek me niet prettig voor haar als wij iets met elkaar zouden hebben. Ze voelt zich al eenzaam genoeg.'
'Nee maar,' teemde Sam. 'Wat ongelooflijk fijngevoelig van je.'
Izzy haalde haar schouders op en zweeg bescheiden.
'En ik maar denken dat het iets te maken had met de vraag van Gina om met mij te beginnen, terwijl wij allebei onder haar dak woonden?'
Ze barstte in lachen uit. 'Jij lelijke bedrieger! Wat heb je gedaan, de dagen op de kalender afgestreept en met jezelf gewed hoe lang het zou duren voor zo'n vrijgevochten meid als ik zich schaamteloos in je armen zou werpen?'
'Ik heb zelfs met mijn hele personeel gewed.' Hij kon nog even een uitgestreken gezicht bewaren, maar Izzy's vermogen om om zichzelf te lachen, vond hij een van haar meest ontwapenende eigenschappen. Er waren al te veel vrouwen die, omdat ze met alle geweld een goede indruk wilden maken, hun gevoel voor humor compleet verloren als zijzelf het onderwerp van een grap waren.
Izzy stond echter nog steeds te lachen, in het geheel niet verlegen. 'En heb jij gewonnen?'
Terwijl hij haar nog eens naar zich toetrok, de geur van Diorella opsnoof en haar lichaam onder zijn aanraking voelde huiveren, merkte Sam dat zij net zo opgewonden was als hij. 'Ik geloof,' fluisterde hij in haar oor, 'dat ik op het punt sta om dat aan de weet te komen.'
Helaas werden ze even later wreed gestoord door het gerinkel van de telefoon op zijn bureau. Izzy die er bijna bovenop zat, sprong geschrokken omhoog.

'Dat zal de receptioniste zijn, die belt dat Elton John gearriveerd is,' zei Sam met enige tegenzin.
Izzy trok een gezicht. 'Zeg maar tegen hem dat hij zojuist een fan verloren heeft.'
Maar toen Sam de hoorn opnam en aandachtig luisterde, wist ze meteen dat er iets mis was. 'Zeg maar tegen haar dat ik er niet ben,' zei hij nijdig, en Izzy's blijdschap vervloog. Tenslotte snauwde hij: 'Oké, oké, ik kom,' en smeet de hoorn op de haak.
'Shit,' zei hij hartgrondig.
'Van 't zelfde,' mompelde Izzy, zich op het ergste voorbereidend. 'Wie is het?'
Hij keek op zijn horloge, toen naar Izzy's teleurgestelde gezicht, slaakte een diepe zucht en zei: 'Ze heet Vivienne Bresnick; ik heb haar een goed jaar geleden in New York leren kennen en we kregen zo'n los-vaste relatie... die van het begin af aan gedoemd was te mislukken, maar Vivienne is een van die vrouwen die niet van opgeven weten. Ze wilde me niet loslaten. Zij is niet de reden waarom ik uit New York ben weggegaan,' zei hij kalm, 'maar ze heeft er wel toe bijgedragen.'
'Dus je bent niet smoorverliefd op haar?' Izzy fleurde op bij de gedachte dat alles nog niet verloren was.
'Nee, dat ben ik niet,' antwoordde hij gedecideerd, met een zweem van een geamuseerd glimlachje om zijn mond. 'Maar ze komt hier midden in de nacht opdagen en ze zal beslist niet met het eerstvolgende vliegtuig naar Amerika teruggaan.' Hij streek met een tedere vinger langs de ronding van haar wang en besloot: 'Ik vind het heel erg jammer.'
Van *coïtus interruptus* gesproken, dacht Izzy. Afgezien van al het andere, had ze haar benen voor niets onthaard. 'Niet half zo erg,' zei ze teleurgesteld, 'als ik.'

Izzy, die met zichzelf had gewed dat Vivienne Bresnick lang, gebruind en hoogblond zou zijn, zou haar onmiddellijk hebben herkend, ook al zou ze niet omringd zijn door koffers, en nog wel allemaal bij elkaar passende Vuitton-koffers.
'Sam!' riep Vivienne uit, terwijl ze haar bijna tot de taille reikende haar naar achteren gooide en in zijn armen vloog op het moment dat hij de onderste traptree bereikte. 'Ik weet dat ik had moeten bellen, maar ik wilde je verrassen!'
'En dus moet ik wijken voor Vivienne,' mompelde Izzy binnens-

monds, terwijl ze onopgemerkt door de gelambrizeerde gang sloop en de club verliet. Misschien dat ze onderweg even bij de Chinees langs zou gaan en varkensvlees met zoetzure saus en ananas zou meebrengen om Katerina te verrassen.
Maar toen ze veertig minuten later thuiskwam, was haar dochter er nog niet.

Hoe was het mogelijk om zo gelukkig te zijn, dacht Katerina, nog steeds niet in staat te geloven dat zo'n gemoedsgestelheid – en zo'n alles omvattende overtuiging dat het góed was – werkelijk bestond. Maar toen ze de straat insloegen die naar Kingsley Grove voerde, begon iets van de blijdschap weg te ebben. Ze kroop dieper weg in de ronding van Andrews arm om haar middel en bad dat de avond zich tot in het oneindige zou uitstrekken.
'Ik zou willen dat we meer konden hebben,' zei Andrew, die blijkbaar haar gedachten kon lezen.
Katerina drukte ten antwoord zijn arm. 'Het kan me niet schelen, dit is genoeg. We hebben elkaar tenminste.'
'Maar ik wìl meer.' Hij staarde somber naar de daken van het brede plein die tegen een oranjekleurige hemel afstaken en verwenste de ironie van het noodlot dat er zoveel huizen waren en dat ze nergens heenkonden, nergens een plaats om een hele nacht met Kat door te brengen.
Hij trok haar in de schaduw van een hoge muur, kuste haar en zei: 'Het is niet eerlijk tegenover jou.' Toen ze wilde protesteren, legde hij zijn hand op haar mond. 'Het is niet eerlijk tegenover ons beiden, maar in het bijzonder tegenover jou. Een mooi meisje van zeventien moet haar avonden niet op deze manier doorbrengen.'
'Je weet niet hoe mijn avonden eerst waren. Het enige dat ik deed was studeren. Je moest eens weten hoe belàngrijk ik dat vond! Ik besefte alleen niet dat andere dingen in het leven belangrijker konden zijn.'
'En jij weet niet hoeveel je voor mij betekent,' fluisterde Andrew, 'maar toch verdien jij iets beters dan dit. Ik ben te oud voor je, ik ben aan het scheiden en ik zit vast in een hopeloze relatie met een vrouw die...'
'Maar dat is jouw schuld niet,' onderbrak Katerina hem voordat hij over de baby kon beginnen. Ze haatte zelfs de gedachte eraan, in haar verbeelding barstte Marcy in tranen uit, bekende ze dat Andrew toch niet de vader was en emigreerde ze prompt naar Nieuw Zeeland.

'Wat maakt dat voor verschil?' Andrew fronste in het donker zijn voorhoofd. 'Ik zit financieel aan de grond. Het enige dat ik wil is jou meenemen naar een hotel en op het moment kan ik me zelfs dat niet veroorloven.'
Katerina was innerlijk opgelucht. Ondanks haar gevoelens voor Andrew, plaagde haar geweten haar; zolang ze maar niet met elkaar naar bed gingen, kon ze zichzelf aanpraten dat ze niet ècht iets verkeerds deed.
En al wist ze dat het kinderachtig was, ze was ook bang om tot het uiterste te gaan. Bij Andrew zijn, hem kussen, uren in zijn armen liggen en elkaar hun wederzijds verlangen bekennen... was één ding, maar het echt doen, was een heel ander en bepaald griezelig vooruitzicht. Ze zou niet weten wat ze moest doen. Ze zou het misschien helemaal verkeerd doen en dan zou Andrew misschien niets meer aan haar vinden. Dat idee was te angstaanjagend om zelfs maar aan te denken.
'Dat kan me niet schelen,' zei ze weer, terwijl ze Andrews haar van zijn voorhoofd streek en de frons als bij toverslag zag verdwijnen. Als ze al hun andere problemen ook zo gemakkelijk kon oplossen.
'Ik hou van je,' zei Andrew, en ze huiverde. Hoe konden die paar woordjes zo'n huivering langs haar rug zenden?
'Ik weet het,' zei ze eenvoudig en bande Gina, Marcy en het ongeboren kind resoluut uit haar gedachten. 'Ik hou ook van jou.'

'Maar ik hou van je,' herhaalde Vivienne, gefrustreerd door Sams keiharde opstelling. Ze plofte op de bank neer, gooide haar haar naar achteren en deed geen moeite de opgeschoven zoom van haar rok omlaag te trekken. Ze droeg een lichtgrijs jersey topje dat haar on-Engels gebruinde huid extra deed uitkomen; alleen de vage kringen onder haar prachtige ogen verrieden het feit dat ze te lang niet had geslapen. 'En je hoeft ook niet op je horloge te kijken,' zei ze op teleurgestelde toon. 'Tjee, Sam, jij weet een vriendin zo echt het gevoel te geven dat ze welkom is.'
Het was vijf uur 's morgens en hij vroeg zich af of Izzy al zou slapen. Als Vivienne niet, zoals gewoonlijk, op een uiterst ongelegen moment was komen opdagen...
'Je had me moeten berichten dat je zou komen.' Omdat hij niet wilde gaan zitten, liep hij in de zitkamer op en neer, dronk zwarte koffie en keek hoe de zon boven het park opkwam.
'Dan zou je alleen maar uit je dak zijn gegaan,' pruilde Vivienne verder onderuitzakkend en Sam merkte hoe snel hij weer aan het Engelse

accent gewend was geraakt; haar lijzig rekken van de klinkers klonk vreselijk aanstellerig. Bovendien had ze altijd graag een beetje theatraal gedaan.

'Ik zou je verteld hebben dat het een vergeefse reis was.' Een daverende ruzie was wel het laatste waar hij op zat te wachten; hij had om negen uur een zakelijke bespreking en een paar uur slaap van tevoren zou een zegen zijn.

'O, Sam!' Ze schopte haar schoenen uit en trok haar benen onder zich. 'En wat ga je nu doen, me op straat zetten?'

Hij had er veel zin in. De reden waarom Vivienne niet kon geloven dat hij niet meer in haar geïnteresseerd was, had alles te maken met haar bankrekening. Als enige dochter van Gerald Bresnick, een echte Texaanse oliebaron, kon ze waarschijnlijk – als ze dat zou willen – alle suites van het Savoy Hotel afhuren en nog een fooi voor de portier overhouden.

'Ik ga naar bed,' zei Sam kalm. Hij had geen tijd voor gekissebis. 'Als je hier wilt logeren, kun je in de logeerkamer slapen.'

'Feest der herkenning,' peinsde Vivienne ondeugend. 'Het lijkt wel of ik mijn ex-man hoor.'

Sam, al op weg naar de deur, gaf geen antwoord.

'En ik dacht nog wel,' vervolgde ze zacht, 'dat jij mijn volgende man zou zijn.'

Hij draaide zich naar haar om. 'Het is voorbij, Vivienne. Je had echt niet moeten komen.'

'Misschien niet.' Ze haalde haar schouders op, kennelijk niet van haar stuk gebracht, en schonk hem een trage, sensuele glimlach. 'Maar misschien ook wel. Mijn moeder zei altijd dat een man die het waard is om achterna gelopen te worden, het ook waard is om over de hele wereld achterna gelopen te worden. Dus een vluchtje van Amerika naar hier was niet zo'n grote reis. Bovendien,' voegde ze er met een achteloos gebaar aan toe, 'wat heb ik eigenlijk te verliezen?'

Voor de tweede keer hield Sam zijn kaken stijf op elkaar. In gedachten zag hij Izzy... gruwelijk ongeduldige, onberekenbare, waarom met één man tevreden zijn als je er twee kunt hebben-Izzy Van Asch, met wie hij veel liever de nacht zou hebben doorgebracht. Vivienne had dan misschien niets te verliezen, dacht hij droog, maar als ze hier was gekomen met de bedoeling zijn potentiële relaties de kop in te drukken, had ze de eerste ronde in elk geval al moeiteloos gewonnen.

17

Het was erg moeilijk om je opgewekt voor te doen als je eigenlijk het liefst in bed zou willen kruipen en de rest van de mensheid in zijn sop gaar zou willen laten koken. En het was nog moeilijker, dacht Gina chagrijnig, wanneer ze moest toezien hoe Izzy helemaal opging in een van haar favoriete bezigheden – zich klaarmaken om uit te gaan.
En nu Izzy voor de derde keer in een kwartier de zitkamer binnenstormde en een sierlijke pirouette maakte om met haar rode fluwelen jurk te pronken – deze keer met de rode schoenen – gaf Gina haar pogingen op.
'En?' vroeg Izzy, met glanzend rode lippen, naar een complimentje vissend. 'Welke staan er beter bij, de rode of de zwarte? En zijn die kousen niet iets tè?'
De kousen waren gegarneerd met rode strikjes. Izzy, die op een liefdadigheidsbal in Henley moest optreden, leek net een barmeisje. Ze leek ook, dacht Gina, precies op... Izzy.
De ergernis die in haar opwelde, kwam eruit. 'Als je het beslist wilt weten,' bitste ze, 'ze zijn foeilelijk. Maar ik weet zeker dat je ze toch aan zult houden.'
Izzy bleef midden in haar pirouette stilstaan. 'Wat?'
'Je vroeg mijn mening. Die heb ik gegeven.' Het gaf haar een ongekende voldoening de uitdrukking op Izzy's gezicht te zien veranderen en de glimlach te zien verdwijnen. Waarom moest ze ook altijd zo verdomd opgewekt zijn? 'Ofschoon ik niet begrijp waarom je het me vraagt, want je trekt je nooit een sikkepit aan van wat ik zeg,' vervolgde Gina, innerlijk verbaasd maar tegelijkertijd verrukt over haar eigen moed. 'Jij doet altijd maar, je vindt alles geweldig en vraagt je geen moment af wat anderen misschien van jóu denken.'
Ook al was ze gewend de tijdens haar werk zo nu en dan opduikende lastige lolbroek op zijn nummer te zetten, toch was Izzy zo perplex over deze frontale aanval op haar persoon, dat ze een ogenblik sprakeloos was.

'Ach zo,' zei ze tenslotte, zich afvragend of Gina misschien een soort zenuwinzinking had. Afgezien van het feit dat ze daarstraks een vol uur beslag op de badkamer had gelegd, kon ze zich niet voorstellen wat ze had misdaan dat deze uitbarsting uitlokte. 'En wàt denken anderen dan van mij?'
'Dat weet ik niet,' zei Gina uitdagend. De adrenalinestroom ebde weg; ze had Izzy willen kwetsen en dat was haar gelukt. Nu schaamde ze zich een beetje over zichzelf.
'Nou, vooruit. Vertel het me dan.' Izzy's ogen begonnen te fonkelen. 'Ik ben benieuwd.'
'Je bent bijna veertig,' zei Gina op verdedigende toon, 'je zou geen kousen met strikjes moeten dragen.'
'En?'
Gina schoof onbehaaglijk in haar stoel heen en weer. 'Goed, als je het dan met alle geweld wilt weten, ik voel me opgelaten als mijn vriendinnen me vragen wat jij voor de kost doet en ik moet vertellen dat je bardame bent.'
Zo, het was eruit. En het was waar; trouwens, Izzy was te oud om bardame te zijn.
'Ach zo,' zei Izzy weer. Haar verbazing maakte plaats voor woede. Hoe durfde Gina neer te kijken op de manier waarop zij genoeg verdiende om de huur te kunnen betalen? Ze hield haar hoofd schuin en vroeg zacht: 'En voel je je ook opgelaten als ze je vragen wat jij voor de kost doet?'
Kreng, dacht Gina, die merkte dat ze een kleur kreeg. Ze streek met trillende handen haar haar naar achteren en omdat ze zich in het nauw gedreven voelde, zei ze: 'Ik hoef me tenminste niet tot werk in een bar te verlagen.'
'Nee, natuurlijk niet. Jij hebt geboft,' kaatste Izzy terug. Om er, louter uit trots aan toe te voegen: 'En bardame is trouwens mijn beroep niet. Ik ben zangeres.'
'Ja, ik weet dat je zangeres bent. Iedereen weet dat jij zangeres bent,' zei Gina hatelijk, deze keer zonder erbij na te denken. 'Dat vertel je aan jan en alleman en als je het precies wilt weten, dat maakt het nou juist zo belachelijk... Voor zover ik weet, denk jij je hele leven al dat je op een goeie dag ontdekt zult worden, en dat je dan zoiets als een ster wordt en je schijnt niet te beseffen dat er honderdduizenden mensen zijn die net zo goed kunnen zingen als jij. Kunnen zingen heeft toch... niets te betekenen!'
Al haar frustraties kwamen er nu uit. De frustratie van het onbemind

en altijd alleen zijn, terwijl alle andere mensen plezier hadden. De frustratie van eindelijk om één uur in slaap vallen en om twee uur wakker worden van Izzy's sleutel in de deur en het geluid van haar voetstappen op de trap. De frustratie van al tweeënhalve maand de telefoon aannemen en altijd te moeten zeggen: het is voor jou...
'Nou, bedankt,' zei Izzy tenslotte. 'En vertel me nu eens, hoe voelt het om volmaakt te zijn?'

Izzy hield toch haar kousen met de rode strikjes aan en zong tijdens haar één uur durende optreden op het Zomerbal van Davenham, de sterren van de hemel, ofschoon het maar de vraag was of iemand het echt waardeerde. De stemming rees de pan uit en het geluidsniveau eveneens. Als ze psalmen had staan zingen, zouden ze ook gewoon verder zijn gegaan met blèren en dansen.
Het was er bovendien snikheet en tegen de tijd dat ze onder een mager applausje het toneel verliet, begonnen zowel haar strikjes als haar kapsel uit te zakken.
Maar toen ze Sam naast het podium op zich vond wachten, merkte ze pas hoe doodongelukkig ze zich voelde.
'O, verdorie, ik huil anders nooit,' mompelde ze tegen zijn borst, bang om haar hoofd terug te trekken, omdat hij dan de mascaravlekken op zijn hagelwitte overhemd zou zien. 'Ik weet niet wat je hier doet, maar ik ben ontzettend blij je te zien, ik heb zo'n afschuwelijke avond gehad.'
Harde broodjes vlogen, zoals hun lot bij dat soort gelegenheden schijnt te moeten zijn, door de lucht. Sam sloeg zijn arm om Izzy's middel en leidde haar door het doolhof van met flessen bezaaide tafels en rondzwierende dansers, naar buiten.
'Ik huil echt nooit,' herhaalde ze timide toen ze eindelijk op een stenen bank zaten. Ze snoot haar neus in de zakdoek die hij haar gaf en rilde. 'Maar je kunt gewoon niet geloven hoe Gina vanavond tegen me tekeer is gegaan en nu zullen we wel moeten verhuizen en dat komt zo ongelukkig uit nu Kat net voor haar eindexamen zit...'
'Gina heeft me gebeld. Ze heeft me verteld wat er is gebeurd en ze heeft me gevraagd naar je toe te gaan.'
'Waarom?' snufte Izzy. 'Heeft ze nog een stuk of tien redenen bedacht waarom ik me zou moeten schamen?'
'Ze heeft er spijt van,' zei hij beslist. 'Ze wil je laten weten dat ze al die dingen niet meende, maar ze durfde niet zelf te komen, omdat ze bang was dat je niet naar haar zou willen luisteren.'
'Dat heeft ze goed gezien.'

'En ze was ook bang,' vervolgde hij, 'dat je vanavond niet terug zou komen.'
'Je bedoelt dat ze bang was dat ik binnen zou sluipen, mijn biezen zou pakken en er met haar dierbare Royal Doulton-eetservies vandoor zou gaan,' kaatste Izzy terug, terwijl ze haar kin uitdagend in de lucht stak. 'Volgens Gina ben ik de risee van Londen en omstreken en maatschappelijk ongeveer net zo acceptabel als een wandluis.'
'Heus, het spijt haar echt,' zei Sam, allang blij dat Izzy niet meer huilde. 'En als je woest op haar zou zijn, zou niemand je dat kwalijk nemen. Ze heeft het niet op jou gemunt, maar op zichzelf.'
'Is het heus?' Het was prettig te horen dat Gina werd verteerd door schuldgevoel, maar zo gemakkelijk wilde Izzy niet bijdraaien. 'Ach, dat ik dat niet heb gemerkt.'
'En jij bent niet het type om wrok te koesteren,' vervolgde Sam zacht en nadrukkelijk. 'Dat is jouw stijl niet.'
'Ik ben nog nooit zo afgekat,' wierp ze tegen, 'dus hoe kan iemand weten wat mijn stijl is? Ze heeft me gegriefd, Sam.'
'Dat weet ik, dat weet ik, maar ze benijdt je.'
Izzy trok een gezicht. 'Nu begon ik je net te geloven en nu verknal je alles weer.'
'Jij bent gelukkig en zij niet,' zei hij eenvoudig.
'Ik ben niet gelukkig, ik ben bardame.'
Hij trok haar even tegen zich aan. 'Je bent zangeres.'
'Ja, maar dan wel een zonder succes en zonder toekomst.' Ze maakte zich uit zijn armen los, schudde haar hoofd en keek doodongelukkig. 'Dat deed het meeste pijn, Sam. Daar had Gina gelijk in.'

Kat kwam door die scène voor het eerst in de verleiding om haar moeder over Andrew te vertellen. Al die zorg om Gina, de manier waarop iedereen haar van het echte leven afschermde en rekening met haar hield, maakte haar kotsmisselijk. Het delen van haar heerlijk geheim met Izzy, zou alles een stuk draaglijker maken.
En ofschoon ze niet van plan was geweest om verliefd op Andrew Lawrence te worden, maakte dat de stand op een wonderlijk bevredigende wijze gelijk, wat Izzy zeker zou opmonteren…
Een zesde zintuig belette haar echter de woorden uit te spreken. En dus gaf Kat, op de rand van Izzy's bed gezeten, haar moeder een mok koffie en zei alleen: 'Zit nu maar niet over mijn examens in. Gina is een echt mispunt en het kan me niet schelen waar we wonen of dat we gauw verhuizen.'

In aanmerking genomen dat het pas halfnegen 's morgens was, was Izzy verbazingwekkend bij de tijd. Ze woelde lachend door Kats glanzende haren. 'We gaan niet verhuizen. Gina heeft haar verontschuldigingen aangeboden en de kwestie is afgedaan.'
Kat trok een gezicht. 'Ik kan me niet voorstellen dat Gina zich ergens voor verontschuldigt. Hoe was het?'
'O, net zo'n ouderwetse meisjesroman. Ze huilde een beetje, vernederde zich een beetje, loog een beetje en ik was erg begrijpend; gegriefd en bedroefd, maar bereid haar te vergeven omdat ik zo'n nobel mens ben.'
'Jasses. Klinkt afschuwelijk.'
'Het was helemaal niet afschuwelijk.' Izzy trok een vroom gezicht. 'Het was juist zeer verheffend. Ik weet zeker dat we van nu af aan fantastisch goed met elkaar overweg kunnen.'
'Waarom?' Katerina wierp haar een achterdochtige blik toe.
'Omdat vergevensgezindheid een deugd is, mijn schat.' Toen knipoogde Izzy en dronk zwierig haar laatste slok koffie op. 'En omdat het mispunt, om het weer goed te maken, ons deze maand huur heeft kwijtgescholden!'

18

Doug Steadman zat te telefoneren toen Izzy de deur opende en zich een weg baande door de hopen rommel in zijn kantoor. Andere theateragenten, dacht ze met een binnenpretje, hadden pluchen bankstellen, glanzende ramen en hele rijen archiefkasten die in het gelid tegen de muren stonden. Sommigen hadden computers, airconditioning en griezelig bekwaam personeel dat die beide zaken kon bedienen.
Alleen Doug kon in zo'n dickensiaanse chaos werken en er, op de een of andere manier, de kost mee verdienen.
Hij wuifde haar verstrooid toe, waarbij de naden van zijn overhemd kraakten, en zei: 'Ja, prima, wanneer hij weer belt, zal ik het hem zeggen.' Nadat hij de hoorn had neergelegd, rinkelde de telefoon opnieuw. Izzy, die aan deze gang van zaken gewend was, nam een sta-

pel uitpuilende dossiers van de enige andere stoel en ging zitten.
Tien minuten later liet Doug de hoorn definitief van de haak, slurpte luidruchtig een teug cola uit het blikje dat op de rand van zijn bureau balanceerde en veegde met een enorme zakdoek zijn gezicht af. Toen grijnsde hij breed en zei: 'Hai.'
'Ik had mijn zonnebril op moeten zetten,' zei Izzy. 'Dan zou je gedacht hebben dat ik Chèr was en had je meteen de hoorn van de haak gelegd.'
'Ik zou hebben gezegd dat je vanmiddag om drie uur terug moest komen.' Hij bulderde van het lachen bij het idee. 'Ze heeft pas om half-vier een afspraak.'
'Droom maar verder, Doug.'
Hij haalde zijn schouders op, nagenietend van zijn eigen grapje. 'We hebben allemaal zo onze kleine illusies, maar vertel eens, hoe is het gisteravond gegaan? Feestje voor een eenentwintigste verjaardag in Wimbledon, is het niet?'
Zijn geheugen was net zo efficiënt als zijn administratie. Hoe dol ze ook op haar agent was, Izzy vroeg zich vaak af of haar grote doorbraak misschien was gekomen en vervlogen zonder dat zij er ooit van had gehoord, omdat Doug, overwerkt en onder druk, vergeten was haar ervan op de hoogte te stellen.
'Davenham Hall,' bracht ze hem in herinnering, terwijl ze haar jasje uittrok en de mouwen van haar witte overhemdblouse oprolde. De zon scheen fel door de vuile ramen, maar ze durfde er geen open te doen, uit angst dat het geringste zuchtje wind de vijf miljoen paperassen zou doen opwaaien en Dougs krakkemikkige archiefsysteem voorgoed zou worden vernietigd. 'In Henley,' voegde ze eraan toe, toen ze weer ging zitten. In haar hoofd begon zich het begin van een idee te ontwikkelen en om dat door te drijven keek ze hem vriendelijk verwijtend aan.
'Nou ja, wat doet het ertoe,' zei Doug met een luchtig, van elk berouw gespeend gebaar. Toen keek hij naar de tijdelijk buiten werking gestelde telefoon en herinnerde zich dat tijd geld was. Hij veegde opnieuw zijn gezicht af en zei: 'En wat brengt jou hier, mijn schat? Niet dat ik niet altijd blij ben je te zien, maar...'
'Bijna een jaar geleden heb je me een contract van veertien dagen bezorgd in een hotel in Berkshire,' zei Izzy. Ze boog zich naar voren en zette haar ellebogen op zijn bureau. 'Allerton Towers heette het, geloof ik. Ik trad daar samen met nog een cliënt van je op, een blonde knul van achter in de twintig, die gitaar speelde en zong. Hij is niet

meer bij je, hij vertelde me toen dat hij weer les ging geven. Weet je zijn naam nog, Doug?'
Doug fronste zijn voorhoofd, dacht enkele ogenblikken diep na en schudde toen zijn hoofd. 'Nee, liefje. Kun je me niet wat meer over hem vertellen?'
Izzy had geen moment verwacht dat Doug die naam nog zou weten. Hij had een zeer selectief geheugen; als hij iets niet langer hoefde te onthouden, deed hij dat ook niet. Maar door naar zijn kantoor te gaan, had ze gehoopt hem zover te krijgen dat hij een paar kaartenbakken zou doorspitten, op zoek naar een antwoord.
'Nee,' zei ze met een hulpeloos gebaar, 'maar ik moet hem te pakken krijgen. Hij heet Billy of Bobby of zoiets en hij woonde destijds in Willesden. Je hebt toch wel een of ander kaartsysteem,' vervolgde ze. 'Als je me een lijst van al je ex-cliënten zou kunnen geven, weet ik zeker dat die naam meteen zou herkennen.'
Ze moest die naam hebben. Daarom was ze hier gekomen. Maar het feit dat Doug onrustig op zijn stoel zat te draaien – als hij al zo'n lijst bezat, dan wist hij toch niet waar hij die had gelaten – leek op dit moment bijna gunstig.
'Je hebt dus geen lijst,' constateerde ze botweg.
'Ja, die heb ik wel,' protesteerde Doug. 'Ergens...'
'Jij hebt een privé-organisator nodig.'
Hij fronste zijn wenkbrauwen. 'Bedoel je zo'n Filofax? Izzy, spaar me!'
'Ik bedoel het lopende, pratende, hard werkende, òrde scheppende soort privé-organisator,' verkondigde Izzy triomfantelijk. 'En ik weet de juiste persoon voor die baan.'
Nu keek hij haar vol afschuw aan. 'Jíj?'
'Doe niet zo onnozel,' antwoordde ze met een toegeeflijk lachje. 'Ik zei toch iemand die orde schept, is het niet?'

Gina had absoluut geen zin om voor Doug Steadman te gaan werken, maar na de gebeurtenissen van de laatste paar dagen had ze niet de moed om nee te zeggen. Ze had zich schandalig gedragen en dit was haar boetedoening, hield ze zichzelf voor, terwijl ze de schouders van haar keurige marineblauwe pakje rechttrok en in haar kleedspiegel keek of de zoom gelijk hing. Bovendien was het misschien niet al te akelig; het enige dat ze volgens Izzy moest doen was een archiefsysteem op orde brengen, de telefoon aannemen en afspraken regelen. Ze zou kantoorbediende en tevens receptioniste zijn en dat betekende in elk geval dat ze, terwijl ze achter haar bureau zat, nieuwe mensen zou ontmoeten en een begin zou maken met de opbouw van een nieuw leven voor zichzelf…

Izzy lag languit op de bank toen Gina nog geen twee uur later terugkwam. Ze stopte de enveloppe waarop ze had zitten schrijven in de zak van haar overhemd en zei somber: 'Je bent weggelopen.'
'Het is daar een varkensstal,' kaatste Gina uitdagend terug, op een toon die geen tegenspraak duldde. 'Waarom heb je me dat niet verteld?'
'Omdat je die baan dan niet zou hebben aangenomen. En nu geef je er de brui aan, enkel en alleen omdat het geen modelkantoor is.' Toen voegde ze er enigszins geërgerd aan toe: 'En wat ga je daar in vredesnaam mee doen?'
Gina, die haar tas op een stoel had gegooid, was nu ijverig bezig om het prijsje van een spuitbus deodorant voor mannen te peuteren.
'Wie zegt dat ik er de brui aan geef?' was haar wedervraag, terwijl ze de spuitbus in haar tas deed en naar de deur liep. 'Ik ben naar huis gekomen om iets aan te trekken waarin ik kan werken. Die tent moet eens grondig schoongemaakt worden.'
'Met deodorant?' vroeg Izzy zwakjes, en Gina moest voor het eerst sinds weken echt glimlachen.
'Die is voor Doug Steadman,' antwoordde ze kordaat. 'Je zei tegen me dat hij een aardige man is, dat is hij ook. Maar Izzy, iemand moet eens iets aan hem doen. Hij stìnkt.'

In de dagen die daarop volgden wist Doug Steadman niet wat hem – en zijn arme kantoor – overkwam, maar Gina beleefde er een ongekende voldoening aan. Ze merkte tot haar verbazing dat ze het leuk vond om een onoverzichtelijke, vuile chaos te herscheppen in een fris en ordelijk geheel en het plezier dat ze in haar werk had, bracht een kleur op haar wangen die er in maanden niet was geweest. Ze presteerde iets, ze deed iets dat de moeite waard was en het feit dat het zo'n enorme klus was, maakte het alleen maar leuker om er flink tegenaan te gaan.
Met het archief in theekisten geborgen en Doug – met zijn dierbare telefoon – naar de brede gang verbannen, schrobde en schuurde Gina tot in alle vieze hoekjes, gooide de oude, gerafelde vloerkleedjes weg, boende de houten vloer, zeemde de ramen tot ze schitterden en nam de door nicotine gebruinde muren af. En toen Doug een zucht van

verlichting slaakte – het was klaar, hij kon weer in zijn kantoor trekken – verscheen ze met drie enorme bussen vinyl muurverf en begon alles te witten. Behalve het plafond, dat een primula-geel kleurtje kreeg.

'Goeie god,' riep Izzy verbaasd toen ze het een week later voor het eerst zag. 'Waar is de plaquette?'
'Welke plaquette?' vroeg Gina geschrokken. Stel dat ze de een of andere onvervangbare gedenkplaat had weggegooid...
'Die prinses Diana zal onthullen!' Izzy stak haar arm door die van Doug, in wiens nabijheid het nu prettiger toeven was en keek met een goedkeurend gefluit het kantoor rond. Door schaamte en Gina's onverwoestbare ijver tot daden aangezet, had Doug zich laten meetronen naar John Lewis en daar een zonwering van gele verticale lamellen, koperen spots en een antracietgrijs bureau gekocht voor een bedrag dat hem de adem benam, maar dat volgens Gina niet te hoog was. Zelfs de theaterposters waren nu keurig ingelijst, zag Izzy, en niet meer geel en met omkrullende hoeken, met plakband op de muur bevestigd.
En het kantoor was niet het enige dat veranderd was, dacht ze, tevreden dat ze de situatie zo keurig had gestuurd. De verandering die zich in Gina had voltrokken was, zo mogelijk, nog verrassender; wie had ooit kunnen denken dat ze het leuk zou vinden om zo vuil te worden en dat ze zo kon glìmlachen?
'Het ziet er netjes uit, hè?' vroeg Gina met stralende ogen en nog een verfstreep in haar haar. 'Een echt kantoor. Het archief moet natuurlijk nog wel geklasseerd worden, maar als ik daar meteen aan begin, zou ik dat vrijdag op orde moeten hebben.'
De dossiers zaten nog in hun theekisten, maar de archiefkasten stonden, schoon en glanzend, leeg en wel te wachten. Gina, die goed naar Doug had geluisterd, begreep hoe hij het systeem wilde gebruiken en wist al hoe ze het wilde indelen. En over één ding waren ze het in elk geval eens: geen computer. Indexeren en refereren kon ze wel, maar programma's en floppy's gingen boven hun pet.
'Het is fantastisch, werkelijk fantastisch,' zei Izzy, met een blik vol verlangen naar de theekisten. 'En zodra deze troep geordend is, zul je me de naam kunnen vertellen van die knul die in Allerton Towers gitaar speelde.'
Gina keek verbaasd op. 'Allerton Towers? Daar gingen Andrew en ik vorig jaar regelmatig naartoe, we hadden vrienden in Berkshire.'

Ze fronste haar voorhoofd en dacht even diep na, toen verhelderde haar gezicht. 'Je bedoelt toch niet toevallig Benny Dunaway, is het wel?'

19

Het was nu erop of eronder, dacht Izzy een paar dagen later. Gina was naar haar werk, Kat was naar school en ze had de zonovergoten patio helemaal voor zichzelf. Over drie uur zou ze Benny ontmoeten, die nog steeds in Willesden woonde en nu wiskundeleraar op een middenschool was, en hij zou haar kunnen vertellen wat het zou zijn, maar uit schaamte over haar onwetendheid, probeerde ze uit alle macht te bedenken hoe… met wat… ze hem kon tonen dat het haar ernst was.

En alles wat ze tot dusver had, dacht ze, waren wat slordige, volgekrabbelde vodjes papier die veel weg hadden van het boodschappenlijstje van een overwerkte huisvrouw.

Terwijl ze ze somber zat te bekijken, besefte ze dat, als er punten van één tot tien zouden worden gegeven, ze hier hooguit anderhalve punt voor zou krijgen. Het was de heterogene som van de ideeën die ze tot nu toe had gehad en het zag er – zelfs in haar eigen ogen, laat staan in die van een wiskundige – uit als een zielig gestuntel.

Concluderend dat ze het in elk geval wat beter moest laten lijken – een nette uitvoering is belangrijk, zoals haar vroegere Engelse leraar placht te verkondigen, vooral wanneer Izzy's werk de toets der kritiek niet kon doorstaan – schoof ze de papiertjes bijeen en sprong op. Katerina, die van nature alles netjes uitvoerde, bezat A4-blocnotes, linealen, viltstiften en markeerstiften bij de vleet.

Om Katerina's aantekeningen niet door elkaar te gooien, koos Izzy eerst een aantal kleurstiften, een Snoopy-lineaal en een felroze markeerstift. Toen bladerde ze voorzichtig in de blocnotes op zoek naar voldoende onbeschreven papier. De meeste vellen waren gevuld met onbegrijpelijke verhandelingen, keurig getekende diagrammen en

wiskundevraagstukken. Mijn knappe dochter, dacht Izzy vol trots, terwijl ze nog een blad omsloeg en er een opgevouwen, los vel ongelijnd papier in haar schoot dwarrelde.
Ze vouwde het gedachteloos open en begon te lezen.
Tien minuten later stond ze, na de tekst op het papier drie keer aandachtig te hebben gelezen, langzaam op, vouwde het papier weer op en stak het in haar broekzak.

'Izzy, wat fijn dat je er bent! Benny Dunaway, die in de deuropening van zijn Victoriaanse huis stond, breidde zijn armen uit en gaf haar een dikke zoen. Izzy, toch even beschaamd omdat ze niet eens de naam van deze aardige man had kunnen onthouden, omhelsde hem op haar beurt en liet zich door hem naar binnen leiden.
'Zo, nu hebben de buren tenminste weer iets te roddelen,' zei hij opgewekt. 'Nu ik een degelijke schoolmeester ben, heb ik niet vaak meer de gelegenheid om mooie vrouwen te kussen. Behalve mijn eigen vrouw, natuurlijk,' voegde hij er met een ondeugende glimlach aan toe. 'Zo, kom mee naar de keuken en vertel me wat je zoal hebt uitgevoerd. Wat mag het zijn, koffie, thee of bier? Nee, ga niet in die stoel zitten, die heeft een wrakke poot.'
Zingen was allemaal goed en wel voor mensen die er niet tegenop zagen om risico's te nemen, vertelde hij, toen ze aan de koffie zaten, maar toen de baby was gekomen – acht maanden geleden, negen pond en met een dikke bos witblond haar, dat haar op een uitgebloeide paardebloem deed lijken – had hij zijn verantwoordelijkheden moeten accepteren. Lesgeven was dan wel niet zo leuk als zingen, maar hij was er ook goed in, hij kon er de hypotheek mee aflossen en zijn gezin zou niet verhongeren. Zo nu en dan nam hij zijn gitaar mee naar het buurtcafé en kon hij eens stoom afblazen, en in zijn vrije tijd schreef hij ook nog wel eens een liedje.
'En daar kom jij natuurlijk in beeld,' zei hij, terwijl hij nog eens koffie inschonk, voor hij weer op zijn gemak ging zitten en een sigaret opstak. 'Dus vertel me maar eens wat voor hulp je nodig hebt.'
'Je zal me wel vreselijk brutaal vinden,' zei Izzy, 'dat ik je er zomaar mee overval. Ik zing nog altijd, maar ik... kom geen stap verder. En ik ben niet rijk,' voegde ze er met een vluchtige glimlach aan toe. 'Benny, als ik ooit iets wil bereiken, moet ik songs leren schrijven en ik heb geen flauw idee hoe dat moet. Is het iets dat iedereen kan leren? Wat komt het eerst, de melodie of de tekst? En is het mogelijk,' besloot ze beschroomd, 'om het een oliebol als ik te leren?'

Benny gooide zijn hoofd achterover en bulderde van het lachen. 'Dat meen je niet... kun je echt geen muziek lezen?'
'Ik kan het niet lezen, ik kan het niet schrijven en ik kan geen enkel instrument bespelen,' bekende Izzy. 'Ik weet dat ik niets anders ben dan een bedriegster met een goed geheugen. En als er een manier is waarop je denkt het me te kunnen leren, dan kan ik je maar beter waarschuwen dat ik je niet zal kunnen betalen, want ik ben finaal blut.' Ze zweeg en schonk hem een ontwapenende glimlach. 'Maar ik kan je wel jarenlang gratis babysitten beloven.'
Benny, de leraar in hart en nieren, vond niets leuker dan een echte, onvervalste uitdaging. Izzy bezat een prachtige stem en meer enthousiasme dan een klas twaalfjarigen. Zoals ze daar tegenover hem zat, straalde ze al een geweldige energie en leergierigheid uit.
'In gedachten kan ik wel songs maken,' vervolgde ze gretig, bang dat hij op het punt stond haar af te wijzen. 'Dat doe ik altijd, maar ik kan ze niet opschrijven, ik heb ze zelfs wel eens voor een cassetterecorder gezongen, maar dat klonk later zo stom... toch weet ik zeker dat ik het goed zou kunnen, als ik die songs er maar uit kon krijgen.'
'In dat geval moesten we het maar eens proberen. Hoe zou ik het mezelf ooit kunnen vergeven,' voegde hij er droogjes aan toe, terwijl Izzy een vreugdekreet slaakte, 'als ik de gelegenheid liet glippen om de songschrijfster van de eeuw les te geven?'
'Noem me maar gewoon McCartney.' Izzy gooide haar verwarde krullen naar achteren en schonk hem haar luchtigste glimlach.
'Met genoegen,' zei Benny, haar gebaar imiterend en door zijn dun wordende, korte blonde haar strijkend. 'Noem mij dan maar meneer Twintig Procent van de Winst. Hoeveel is twintig procent van zevenentachtig miljoen pond?'
'Jij bent de wiskundeleraar, ik ben de geniale songschrijfster,' zei Izzy bestraffend. 'Dus reken het zelf maar uit.'

Als Vivienne Bresnick zich niet opgelaten voelde toen ze met niets anders aan dan een handdoekje de deur opendeed, wilde Izzy zich ook niet laten kennen.
'Hai,' zei ze, terwijl ze haar zonnebril afzette en de ander haar gebruinde huid benijdde. 'Een geluk dat ik niet de man ben die de meterstand komt opnemen.'
'Een geluk voor wie?' was Viviennes wedervraag, op haar beurt Izzy opnemend. 'Je had best een stuk kunnen zijn.' Toen schoot ze in de lach. 'Ik wilde je niet beledigen, hoor. Ik bedoelde alleen maar dat je

best een knappe vent had kunnen zijn, terwijl je in werkelijkheid Izzy Van Asch bent. Heb ik het goed?'
'Kon niet beter,' zei Izzy, plezierig getroffen omdat Vivienne het bij het rechte eind had, maar ook omdat ze gevoel voor humor scheen te hebben, wat ze niet had verwacht. 'En ik weet ook wie jij bent.'
'Fijn, dan kunnen we die vervelende kennismaking overslaan. Evengoed prettig om je te ontmoeten,' zei Vivienne. Ze deed een stap opzij om Izzy binnen te laten. 'Sam is er niet, hij moest naar een of andere bespreking, maar hij zal niet lang meer wegblijven. Wil je iets drinken terwijl je op hem wacht?'
'Alleen koffie, graag.' Izzy's bewondering nam toe toen ze de staat zag waarin de zitkamer verkeerde. De bewijzen dat er een vrouw in huis was, waren – in de vorm van uitgeschopte schoenen, een neergegooid negligé, rondslingerende tijdschriften en een assortiment oorbellen en make-up onder de spiegel op de schoorsteenmantel – volop aanwezig. Vivienne was een sloddervos en wilde dat wel weten ook. Sam zou er, dacht ze met het opgewekte medeleven dat alleen van een lotgenote kon komen, wel stapelgek van worden.
'Ik weet het, ik weet het.' Vivienne, die Izzy's blik had gevolgd, lachte zonder een spoor van berouw. 'Het is hier een grote troep. Ik weet niet hoe het komt.'
'Zo vergaat het mij ook,' zei Izzy geruststellend. 'Mijn dochter zegt dat ik een oerbehoefte heb om mijn territorium af te bakenen.' Toen, voor het geval Vivienne zou denken dat het een steek onder water was, vervolgde ze haastig: 'Maar hoe wist je dat ik het was?'
Het koffiewater kookte nog niet. Vivienne pakte het negligé op en trok het aan. Daarna liet ze de handdoek op de vloer glijden en stapte eroverheen. Toen hield ze haar hoofd scheef, keek Izzy een ogenblik nadenkend aan en antwoordde: 'Van Sam. Een rondborstig vrouwtje met een dikke bos krullen, zei hij, of iets in die geest. Je hebt een knappe dochter, geen geld en een heel behoorlijke zangstem, ja?'
'Ja,' zei Izzy breed lachend. Het was een vrij goede beschrijving. 'Al had ik liever "geweldig goed" voor de stem gehoord. En mijn dochter,' voegde ze eraan toe, 'is niet zomaar knap. Die is briljant.'
'Ik kan absoluut niet zingen,' zei Vivienne vergenoegd. 'En nu jij. Wat heeft Sam over mij gezegd?'
'Rijk. Blond. En rijk.' Izzy schoot in de lach. Was dit werkelijk haar rivale. 'Ik begrijp niet wat hem mankeert... Ik zou morgen direct met je trouwen!'
Vivienne, die zich eindelijk de koffie herinnerde, gaf haar een kopje

aan en plofte elegant op de bank. 'Hij heeft me alleen niet verteld, neem me niet kwalijk als het een onbescheiden vraag is, hadden jullie iets samen toen ik kwam opdagen? Heb ik een soort spaak in het bekende wiel gestoken?'
'Nee,' antwoordde Izzy naar waarheid, op de eerste vraag.
Vivienne knikte. 'Gelukkig. Dat maakt, denk ik, alles minder gecompliceerd.' Toen haalde ze glimlachend haar schouders op. 'Sam had me namelijk ook niet verteld dat je zo knap bent.'
Het ene compliment is het andere waard, dacht Izzy. Ze nam een slokje koffie en zei bedachtzaam: 'Nou, ik heb je gezien op de avond dat je in The Steps verscheen. En ik kan je niet zeggen hoe mooi ik je... bagage vond.'
Je kon niet anders dan sympathie voelen voor dit meisje, dacht Izzy een kwartier later, dat bij het horen van Sams sleutel in het slot, voor het eerst de vochtige handdoek scheen te zien die op een hoop midden op het tapijt lag en hem niet opraapte, maar verstrooid in de richting van de salontafel schopte. Ze merkte tot haar verbazing dat ze Vivienne steeds aardiger begon te vinden. Ze popelde bovendien om die twee samen te zien. Wat Sam die avond in The Steps ook gezegd mocht hebben, Izzy kon moeilijk geloven dat hij zijn appartement met Vivienne deelde en niet met haar sliep.
'Kijk eens, schat... Izzy is er,' kondigde Vivienne opgetogen aan en Izzy moest zich bedwingen om haar haar niet even bij te werken, omdat ze er de laatste keer dat ze hem had gezien, zo uitdagend had uitgezien en ze niet wilde dat hij zou denken dat ze een tutje was geworden. Ze voelde zich naast Vivienne opeens klein en somber en bepaald onbeduidend. Hoe konden jeans en een vormeloos zwart T-shirt ook concurreren met ivoorkleurig satijn, kilometers lang gebruind been en een verleidelijke inkijk.
Maar Sams gezicht verried totaal niets. Zijn gewone, trage glimlach, die even later verscheen, was onveranderd. En Izzy vroeg zich af of hij ooit door iets werd overrompeld.
'We kunnen best samen opschieten,' vervolgde Vivienne met haar lijzige, Texaanse tongval. Ze rekte zich als een kat, klopte op de plaats naast haar en zei met een knipoog in Izzy's richting: 'We hebben aldoor over jou zitten praten.'
'Nee, dat hebben we niet,' viel Izzy haastig in. Met een stralende glimlach tegen Sam – die Viviennes onuitgesproken aanbod niet had aangenomen en tegen het kozijn leunde – zei ze: 'We hadden het over een veel interessanter persoon. Mij.'

'Veel interessanter, dat spreekt,' beaamde hij, met een poging zijn gezicht in de plooi te houden.
'Dat spreekt,' echode ze onverstoorbaar. Daarvoor was ze hier tenslotte gekomen. 'Ik zat Vivienne net te vertellen dat ik songs ga schrijven. Die begaafde vriend van me zal me helpen. Voordat je het weet zijn we beter dan Simon en Garfunkel.'
'De laatste keer dat Izzy ergens voor warmliep,' deelde Sam Vivienne droogjes mee, 'was het voor pindakaasijs.'
'Deze keer is het ernst,' verklaarde ze vol trots.
'Je kunt niet eens noten lezen.'
'Ah, maar Benny wel. Ik heb alle ideeën,' zei Izzy, tegen haar voorhoofd tikkend, 'en hij heeft de kennis. Door wat Gina laatst heeft gezegd ben ik gaan beseffen dat ik iets moest dóen en dat gaat nu gebeuren!'
'Heb je er nooit eerder over gedacht om dat te gaan doen?' informeerde Vivienne verwonderd.
'Ik had nooit gedacht dat ik het zou kunnen,' bekende Izzy. 'Omdat ik geen enkel instrument bespeel, dacht ik gewoon dat het iets was dat nooit zou gebeuren, zoals op een morgen wakker worden en ontdekken dat je Russisch kunt spreken, of in de spiegel kijken en zien dat je groene ogen hebt gekregen.'
Vivienne barstte in lachen uit. 'Liefje, je had het alleen maar hoeven te vragen. Dan zou ik je mijn gekleurde contactlenzen hebben geleend.'

20

Ze bevond zich bepaald in een merkwaardige situatie, peinsde Izzy, toen ze zich die avond klaarmaakte om te gaan werken. Tot vanmiddag was Vivienne Bresnick niets anders geweest dan een op een ongelegen moment verschenen indringster. Nu ze haar had ontmoet, merkte ze dat ze haar bijzonder graag mocht en dat ze Sam en haar bijna zou willen feliciteren. Ze waren zo'n knap stel en ze pasten in veel opzichten zo goed bij elkaar, dat je je haast niet kon voorstellen dat ze niet gelukkig met elkaar waren.

Wat Izzy zelf betrof, ze wist niet of het triest was of grappig. En nog frustrerender was dat ze nòg niet wist of Sam en Vivienne samen sliepen.
Ze legde de laatste hand aan haar mascara, deed een stap achteruit en vroeg zich af hoe zij eruit zou zien met lang, blond haar en hemelsblauwe ogen, waarbij ze voor de tweede keer in twintig minuten zei: 'Ze is echt aardig, weet je.'
Gina, die op haar knieën op de vloer een doos vol verfomfaaide dossiers sorteerde, keek Izzy's spiegelbeeld aan.
'Natuurlijk,' zei ze kalm. 'Ze is Sams vriendin, nietwaar? Waarom zou hij zijn tijd verdoen aan een of andere domme del?'
Izzy schokschouderde. 'Mannen hebben geen smaak; dat is een gemeenschappelijke tekortkoming.' Ze overwoog even om Andrew als voorbeeld aan te halen, maar bedacht zich. Sinds Gina bij het theaterbureau werkte, leek ze veel gelukkiger. Als de oude wonden begonnen te genezen, wilde Izzy ze niet weer openrijten.
'Dan is Sam een uitzondering,' antwoordde Gina gedecideerd, terwijl ze op haar hurken ging zitten en haar pijnlijke schouders bewoog. Ze vroeg zich soms in alle ernst af of Doug de betekenis van de woorden 'alfabetische volgorde' kende. Wat deze doos betrof, zou een chimpansee een beter geordende chaos hebben kunnen scheppen. 'Maar ben je nu niet blij dat jíj niet iets met hem begonnen bent?' vervolgde ze opgewekt. 'Je ziet nu zelf dat het nooit iets geworden zou zijn, jij bent helemaal Sams type niet.'

Katerina zat in haar kamer en probeerde het huiswerk van een hele week in één avond samen te persen. Ze deed haar uiterste best om elke gedachte aan Andrew uit haar hoofd te bannen en zich helemaal op het minder opwindende vooruitzicht van haar naderende examens te concentreren. Liefde en verhandelingen gingen niet samen – dat wist ze, maar het kon haar niet schelen – en ofschoon ze schandelijk ver achter was met repeteren, kon ze niet eens de energie opbrengen om in paniek te raken.
Het was bijna één uur 's nachts toen ze Izzy thuis hoorde komen. Katerina klemde haar viltstift op haar blocnote, hees zich in een zittende houding en hoopte dat haar moeder kroepoek had meegebracht.
'Dag, schatje.' Terwijl ze de deur van Kats kamer openduwde, vroeg Izzy zich af of iemand kon barsten van trots. Hoe kon een zeventienjarig meisje – het wonderbaarlijke produkt van haar eigen onsystematische en onwaardige lichaam – zo mooi, zo briljant en zo goed zijn?'

Katerina, omringd met boeken, beantwoordde haar glimlach. Izzy had inderdaad een enorme draagtas van de afhaalchinees bij zich. 'Hoe was het op je werk?'
'Klote, maar dat is niets nieuws.' Izzy plofte op het bed neer, slaakte een diepe zucht en bediende zich van een handvol Engelse drop. Ze was dol op hun nachtelijke gesprekjes, wanneer de rest van de wereld leek te slapen. 'Maar dat kan me geen zier schelen. Ik weet wel dat je denkt dat ik weer luchtkastelen aan het bouwen ben, maar ik voel in m'n botten dat ik songs kan schrijven. En denk je eens in, als het een succes zou worden...'
Als de zeventien jaar dat ze haar moeders dochter was Katerina iets hadden geleerd, dan was het wel om nooit te proberen haar enthousiasme te temperen. Ze waren overal doorheen gekomen en dat was op zich al een prestatie om trots op te zijn. Ze boog zich naar voren en gaf Izzy een hartelijke kus. 'Als iemand het kan, ben jij het wel.'
'Met hulp van Benny,' bekende Izzy. 'Sam verklaart me voor gek; hij zegt dat het net zoiets is als een blinde leren een meesterwerk te schilderen.'
Katerina knikte; de opmerking zat er niet helemaal naast. 'Maar al kun je de muziek niet schrijven,' weerlegde ze, 'dan kun je de tekst toch doen. Kijk maar eens naar Tim Brooke-Taylor... die is er schatrijk mee geworden!'
Izzy lachte. 'Tim Rice, schat. Maar het is waar, de tekst is ook belangrijk.' Hier was de perfecte inleiding, dacht ze enigszins opgelucht. 'Ik heb, eerlijk gezegd...'
'Mam, als die pub zo afschuwelijk is, waarom ga je er dan niet weg?' viel Katerina haar in de rede. Ze had de laatste tijd over de kwestie nagedacht en de oplossing lag zo voor de hand, dat ze niet begreep waarom Izzy er zelf niet opgekomen was. 'Waarom vraag je Sam niet of je in The Steps kunt komen werken? De fooien zouden er hoger zijn, het salaris kan er onmogelijk lager zijn en het is tenminste geen rotkroeg. Net het tegenovergestelde zelfs,' voegde ze er overredend aan toe, terugdenkend aan een artikel in de *Daily Mail* van de vorige week. 'En als het goed genoeg is voor leden van het koninklijk huis...'
Izzy zat onrustig op de bedrand te draaien. Ze nam verstrooid nog een Engels dropje en zei: 'Dat heb ik hem al gevraagd. Hij zei dat hij geen vacatures had.'
Katerina werd woedend omwille van haar moeder. 'Die lammeling. Wat bedoelt hij daar in gewoon Engels mee?'
'Dat hij me daar niet wil hebben.' Het had Izzy behoorlijk dwarsge-

zeten, wat ook de reden was waarom ze er niets over had gezegd, maar ze wilde Kat niet de mogelijke waaroms en waarvoors laten uitpluizen. In haar meer optimistische momenten had ze zichzelf ervan weten te overtuigen dat de huisregels het vermengen van zaken en plezier niet toestonden. En als het dat niet was, betekende het gewoon dat hij haar te goed kende, wat iemands zelfvertrouwen ook niet bepaald versterkte.

Bovendien had ze belangrijker dingen met haar dochter te bespreken.

'Kat,' begon ze, 'ik moet je iets...'

'De labbekak!' barstte Katerina uit, haar bruine ogen fonkelend van verontwaardiging. 'Wat verbééldt hij zich wel?'

'Ach, laat nou maar, Kat,' zei Izzy, scherper dan ze van plan was geweest. 'In een nachtclub werken – ook al is dat The Steps – is echt niet mijn hoogste ideaal. En val me nu eens niet aldoor in de rede, want ik probeer je iets te vertellen.'

'Sorry,' zei Katerina, onmiddellijk berouwvol. Ze sloeg haar armen over elkaar, leunde in haar opgebolde kussens en trok een aandachtig gezicht.

'En het is belangrijk,' zei Izzy ernstig, 'want je weet dat ik nooit met opzet in je privé-zaken zou snuffelen.'

Als Katerina een thermometer was geweest, zou het kwik nu tot het nulpunt zijn gedaald, want ze werd letterlijk ijskoud.

'Vanmorgen,' vervolgde haar moeder, kennelijk ongevoelig voor de uitwerking die haar woorden hadden, 'had ik wat schrijfpapier nodig en ik wist dat jij dat hier had.'

'Ja,' antwoordde Katerina op haar hoede. Nu kwam het dus. Omdat hij haar, om voor de hand liggende redenen, geen brieven over de post kon sturen, gaf Andrew ze haar bij het afscheid, zodat ze ze, thuisgekomen, in de privacy van haar eigen kamer telkens opnieuw kon lezen en begrijpen dat zijn gevoelens voor haar oprecht waren.

En terwijl elke andere moeder geschokt en vol afkeer op de vondst van dergelijke brieven zou reageren, besefte ze geschrokken dat haar eigen moeder zich met typisch Izzysch non-conformisme zou opstellen. Ze zou vol begrìp zijn en een van die gênante vrouw-tot-vrouw gesprekken beginnen, waar geen enkele dochter aan zou mogen worden blootgesteld. Bovendien, dacht ze, terwijl haar wrevel zich vermengde met paniek, waren die brieven aan haar geadresseerd en ze had ze heel zorgvuldig verstopt tussen de bladen van haar natuurkundeschrift, waar geen enkele verstandige moeder ooit zou kijken. Ze waren persoonlijk.

'En toen vond ik dit,' vervolgde Izzy, en haalde het opgevouwen blad uit haar tas te voorschijn.
'Mam, dat gaat je niets aan,' zei Katerina opstandig.
'Dat weet ik best,' antwoordde haar moeder zonder een spoor van berouw. 'Maar nu ik het gelezen heb wèl.'
Ze vouwde de brief open. Katerina, die begreep dat ze hem wilde voorlezen, werd nu opeens helemaal door angst bevangen. Eerst de vernedering, dan de ondervraging, dacht ze radeloos. En ze kon onmogelijk voorspellen wat Izzy zou gaan doen. Ze achtte haar tot alles in staat.
'Dit is niet eerlijk,' zei ze smekend, niet in staat de afschuwelijke mogelijkheden te overdenken. Stel dat Izzy het Gina vertelde… 'Het is persoonlijk en ik wil er niet over praten, dus waarom geef je me het niet' – ze schoot naar voren en probeerde de brief te grijpen, maar Izzy trok hem haastig buiten haar bereik – 'en vergeet dat je het ooit hebt gezien.'
'Jonge Liefde!' riep Izzy uit, haar donkere ogen schitterend van plezier. 'Echt, schat, ik ben niet zo stokoud dat ik niet meer weet hoe dat voelt, maar het is niet iets om je voor te schamen.' Met haar wijsvinger op het papier tikkend, vervolgde ze triomfantelijk. 'Het is schitterend. En buiten dat zal het succes hebben.'
'Succes?' echode Katerina, in de kussens terugvallend. Nu wist ze het niet meer; ze gaf het op. Ze sloot even haar ogen, toen deed ze ze weer open en vroeg voorzichtig: 'Moeder, waar heb je het in vredesnaam over?'
Izzy begon voor te lezen:

'Never, never
Understood how
The rest of the world
Felt, until now.
Was I ever, ever
Alive before now?
You showed me how
It could be.
Lucky me, lucky world
I'm a woman, not a girl.
You taught me how
To love. And now,
As long as I have you
You'll always, always
Have me.'

Izzy hield op met lezen. Katerina, opgefokt voor de confrontatie, moest zich tot het uiterste bedwingen om niet te roepen: 'Maar daar hadden we het niet over.'
Haar geheim was veilig. De ontdekking was uitgesteld en terwijl dat besef tot haar doordrong, wist ze dat ze van geluk mocht spreken, omdat Izzy het nieuws van haar verhouding met Andrew nooit zo licht zou hebben opgevat als ze die paar bizarre momenten had gedacht. Zelfs Izzy, dacht Katerina wrang, was niet zo ruimdenkend.
'Het is een gedicht,' zei ze, terwijl ze nog verder in haar cocon van kussens zakte en haar opluchting achter strijdlust verborg. 'Het is volslagen waardeloos, je had het niet mogen lezen.'
'Het is niet volslagen waardeloos,' wierp Izzy tegen. 'Goed, ik denk niet dat Wordsworth er slapeloze nachten van zou moeten hebben...' Ze zweeg even, toen greep ze Kats koude hand. 'Maar dat probeer ik je nu juist te vertellen, schat. Toen ik het las, was het geen gedicht... het was een líed! Ik hoorde de muziek en ik wist precies hoe het zou klinken; sterk en pakkend, vrolijk en tegelijkertijd triest, het is het soort song dat de mensen hun hele leven bijblijft.'
Kat moest onwillekeurig glimlachen. 'Moeder,' zei ze toegeeflijk, 'je bent getikt.'
'Geen sprake van,' zei Izzy nadrukkelijk. 'Ik heb gelijk.'
'Compleet getikt.'
Izzy zwaaide met het blad papier. 'Mag ik het gebruiken? Mag ik het tenminste proberen?'
Over een paar dagen zou haar moeder het hele geval vergeten zijn, dacht Katerina. Haar bevliegingen, hartstochtelijk begroet, duurden nooit lang. Ze mocht van geluk spreken als de hartelijkheid een week duurde.
'Natuurlijk mag je het gebruiken,' stemde ze toe. 'Als je dat zo graag wilt.'
'Je bent een engel,' verklaarde Izzy, haar stormachtig omhelzend. 'En bedenk eens,' zei ze met een overwinnaars-air, 'dit zou werkelijk het begin van iets groots kunnen zijn... roem, rijkdom en hele horden knuffelknullen.'
'Ik ben te oud voor knuffelknullen,' protesteerde Katerina.
'Die zijn voor mij, suffie.' Izzy keek haar meewarig aan, toen begon ze te lachen. 'Jij hebt die niet nodig, jíj hebt je grote liefde al gevonden. En over liefde gesproken,' vervolgde ze, terwijl ze haar stem tot een samenzweerderig gefluister liet dalen, 'hoe vond hij het gedicht? Wat zei Simon toen je het hem liet lezen?'
Katerina, blij dat ze in elk geval niet hoefde te liegen, keek haar moe-

der recht aan. 'Niets,' antwoordde ze kalm. 'Ik heb het hem niet gegeven.'

21

De dokter had er geen twijfel over laten bestaan, ofschoon Marcy nog steeds niet begreep hoe het mogelijk was. Nu, terug in de flat, stond ze naakt voor de spiegel en liet een trillende, onderzoekende hand over de ronding van haar dikke buik glijden. Hoe kon ze níet zwanger zijn als ze er zo uitzag?

Maar... een schijnzwangerschap, had de dokter tegen haar gezegd. Een niet-bestaande baby. God, wat was de natuur vreemd, dacht Marcy, niet wetend of ze moest lachen of huilen om de bizarre poets die haar eigen lichaam haar had gebakken; en een boosaardige poets bovendien. Nadat ze zo vurig naar een kind had verlangd dat ze soms aan niets anders leek te kunnen denken, was het besef dat ze eindelijk zwanger was, een van de heerlijkste ontdekkingen van haar leven geweest. Ze had zich voltooid gevoeld, vervuld, en zo gelukkig dat het bijna zondig was.

Ze had natuurlijk wel vermoed dat Andrew er aanvankelijk niet zo enthousiast over zou zijn. De voorgewende blijdschap werd getemperd door onbehagen, misschien zelfs een zweem van schrik, maar dat was onder de gegeven omstandigheden alleen maar te verwachten. Dus had ze hem niet meteen onder druk gezet maar, in stilte genietend van haar eigen vreugde, hem in alle rust aan de gedachte laten wennen en alleen af en toe terloops gezegd dat dit misschien het excuus was waarop hij had gewacht, een uitgezochte gelegenheid om zich te bevrijden uit zijn ongelukkige huwelijk.

En zo was hij, zoals ze wel had geweten, geleidelijk aan het idee gewend geraakt. De aantrekkingskracht van het aanstaande vaderschap was sterk; Andrew had beseft dat dit uiteindelijk het belangrijkste was, dat ze dit nodig hadden om hun leven compleet te maken, en dat had toen weer haar geluk compleet gemaakt. Het was allemaal zo volmaakt geweest...

En het was allemaal onwaar geweest, omdat er geen baby was. Zelfs

haar belustheid op zoute en zure chips en spaghetti *alle vongole* was niets anders geweest dan een onverklaarbare illusie.
Marcy bedekte haar verraderlijke lichaam met haar peignoir en terwijl ze zich van de spiegel afwendde, voelde ze de eerste steken van angst. Het was haar schuld niet. Ze had het niet met opzet gedaan. Maar zou Andrew dat geloven?
Hem vertellen dat ze de pil slikte, was nog maar de eerste leugen geweest. De tweede, dat de zwangerschapstest positief was geweest, was niet zo makkelijk weg te redeneren.
Toch was ze – eerlijk waar – niet van plan geweest om hem te bedriegen. Het had haar op dat moment alleen zo onnodig geleken. En toen ze had gezien dat die testen bijna tien pond kostten, was ze bij de drogist geschrokken teruggedeinsd en had ze het geld besteed aan het nieuwe boek van Jackie Collins en een grote beker chocolade-ijs van Häagen Dasz.
Nu wenste ze vurig dat ze het niet had gedaan, maar dat hielp niet tegen de angstaanjagende vraag: wat Andrew zou zeggen als hij erachter kwam.
Ze hoefde niet lang te wachten. Hij kwam tegen zijn gewoonte in – en omdat Katerina hem na kantoortijd niet, zoals anders, had kunnen ontmoeten – om halfzes al thuis. En deze keer was ze zich pijnlijk bewust van zijn geërgerde blik toen hij om zich heen keek en zag dat ze de kleine flat weer niet had opgeruimd.
'Dag schat,' zei ze, terwijl ze naar hem toe liep en hem een kus gaf. Die zou op zijn mond zijn beland als hij niet op het laatste moment zijn hoofd had omgedraaid en haar zijn bleke, naar aftershave geurende wang toewendde. 'Je bent vroeg.'
'Maakt dat wat uit?' vroeg hij nors, met een handgebaar naar de met theekopjes en tijdschriften bezaaide salontafel. Hij was vroeg, moe en hongerig thuisgekomen en Marcy scheen nog geen vinger te kunnen uitsteken. Dat, in combinatie met het feit dat Katerina er niet was om hem te sussen, wakkerde zijn ergernis aan. Het maakte Marcy, in haar paniekerige toestand, extra bewust van het precaire van haar eigen situatie.
'Ik zal iets te eten maken,' zei ze, maar ze vroeg zich tegelijkertijd af wat ze in 's hemelsnaam in elkaar moest flansen. Het enige dat er in huis was, was walnootijs met ahornsiroop, genoeg voor een heel weeshuis, een heleboel chips en misschien nog een stukje moutbrood dat maar een klein beetje beschimmeld was. 'Lieveling, je ziet er doodmoe uit. Waarom ga je niet lekker zitten?'

'Ik moet straks weer weg,' zei Andrew, zonder zijn blik van het televisiescherm af te wenden. Katerina had gezegd dat ze hem misschien om negen uur kon ontmoeten. 'Er is een stel Nederlandse klanten over en die hebben me gevraagd om vanavond in een restaurant in Belgravia met hen te gaan eten.'

'Dan kun je nu maar beter niet eten,' zei Marcy, intens opgelucht. Het betekende tevens dat ze rustig van haar favoriete tv-serie kon genieten.

Andrew knikte afwezig. Toen, alsof hij zich opeens zijn plicht herinnerde, vroeg hij: 'En wat heb jij vandaag gedaan?'

Marcy voelde opnieuw de ijzige greep van angst in haar binnenste en legde instinctief haar hand op de bedrieglijke buik. 'Ik ben naar de dokter geweest.'

Nu had ze Andrews aandacht. Hij boog zich naar voren en keek haar met zijn grijze ogen onderzoekend aan. 'Wat heeft hij gezegd? Is er iets mis?'

Ze hield van hem. Hij had voor haar zijn vrouw in de steek gelaten. En zij kon het niet helpen dat de natuur haar zo'n gemene streek had geleverd.

Marcy, haar vingers gekruist in de plooien van haar peignoir, schudde glimlachend haar hoofd. Net als Scarlett, zou ze er morgen wel over denken. 'Nee hoor, er is niets mis,' zei ze op vriendelijke geruststellend toon. 'Alles is prima in orde. Met ons allebei.'

Sam, die de gestalte die voor hem uit liep, herkende, remde en bracht zijn auto in een slakkegangetje, terwijl hij de allure van zulke mooie benen en zo'n volmaakt achterste bewonderde. Waarom ze door een rossige Deense dog over het trottoir werd gesleurd, was hem een raadsel, maar het was in elk geval een opvallend leuk tweetal...

'Hai,' zei hij, toen hij naast haar stopte. De hond sprong onmiddellijk kwispelend tegen het open raampje op en besnuffelde hem vol belangstelling.

Met een demonstratieve blik op de halsband van het dier, schudde Sam de uitgestoken poot en zei ernstig: 'Jij bent zeker Izzy's nieuwste vriend.'

'Leuk hoor,' zei Izzy met een flauw lachje. 'Waar was jij trouwens toen we je nodig hadden? Jericho wilde niet met de ondergrondse, dus zijn we helemaal van Hampstead komen lopen.'

Jericho, wiens donkerbruine ogen nog groter waren dan die van Izzy, beaamde dit met een vrolijke blaf en probeerde Sams gezicht te likken.

'En nu ben je bijna thuis,' constateerde hij, de hond wegduwend zo-

lang er nog wat aftershave op zijn gezicht zat. 'Tja, ik zou je natuurlijk wel zover mee willen nemen, maar...'
'Je bent de aanhanger vergeten,' vulde Izzy aan, haar vrije hand opstekend. 'Geeft niet, hoor, we raken er al aan gewend. De taxichauffeurs die we probeerden aan te houden, dachten er net zo over.'
Hij moest lachen om het gezicht dat ze trok. 'En wat heeft dit nu te betekenen? Heb je het componeren van songs ingewisseld voor het wandelen met honden? Ik vind het akelig om het je te moeten zeggen, schat, maar je zult twee keer rond de wereld moeten wandelen voor je daar rijk van wordt.'
'Hij is van ons,' zei Izzy trots. 'Onze nieuwe kostganger.' Toen kon ze haar lach niet langer inhouden. 'Maar dit is er tenminste een die gedresseerd is.'

Sam, wiens nieuwe wasmachine kapot was gegaan, en naar Kingsley Grove was gekomen om de hunne te gebruiken, was enigszins verbaasd geweest over het nieuws dat Gina een hond had aangeschaft. Pas bij het zien van haar gezicht toen Jericho de keuken binnenstapte, begreep hij dat Izzy weer iets had uitgehaald.
'Aaah!' riep Gina, in het hoekje naast de ijskast terugdeinzend.
'Woef,' antwoordde Jericho, terwijl hij haar beleefd belangstellend bekeek.
Sam vond het jammer dat hij geen fototoestel bij zich had.
'Van wie is die hond?' snerpte Gina, met een trillende vinger op de indringer wijzend. Waarop Jericho, in de hoop dat hij een koekje kreeg, dichterbij kwam en probeerde aan de uitgestoken hand te ruiken, voordat die met een ruk werd teruggetrokken. Teleurgesteld begon hij aan Gina's enkels te snuffelen.
'Is het geen schat?' verzuchtte Izzy gelukzalig, zich niet bewust van de opschudding die ze veroorzaakte. Toen stak ze Gina het uiteinde van de honderiem toe en verkondigde: 'Hij is van jou.'
'Nee toch!'
'Jazeker; hij is een cadeautje voor jou. Om je te bedanken,' voegde ze er blij aan toe, 'want als jij er niet was geweest, had ik nooit beseft dat ik songs moest gaan schrijven als ik ooit iets wilde bereiken. Jij hebt mijn leven veranderd, Gina,' besloot ze, met ogen die straalden van dankbaarheid. 'En ik heb al dagen lopen piekeren wat ik je eens zou geven...'
Een man, dacht Gina verwezen. En een rustig, hondloos, Van Aschloos huis.

'... nou, toen zag ik vanmiddag die advertentie in de krant, en toen wist ik het opeens. Dus ben ik als een haas naar Hampstead gegaan en ik heb hem meegepakt.'
'Hij kijkt of hij míj mee wil pakken,' zei Gina zwakjes, maar Izzy lag al op haar knieën en knuffelde de oren van de enorme hond, terwijl ze zijn riem loshaakte. 'Hij heeft alleen maar honger, de schat. Ik trouwens ook. Ach, kijk eens, hij geeft weer een poot, is ie niet snoezig? En denk eens,' besloot ze triomfantelijk, 'aan de voordelen die het hebben van een hond met zich meebrengt!'
'Inbrekers,' zei Sam. Izzy was een lastpak, maar ze had het hart ontegenzeglijk op de goede plaats. Hij, die zelf van honden hield, kon niet zo onpartijdig blijven als hij zou moeten zijn. Hij wist hoe bang Gina altijd voor honden was geweest.
'Mannen!' riep Izzy uit, zo verrukt van haar eigen logica dat ze haar ontdekking onmogelijk voor zichzelf kon houden. 'Dat is nou juist zo geweldig! In diezelfde krant stond een artikel over contact maken, over manieren om nieuwe mannen te ontmoeten,' verbeterde ze haastig. 'En met je hond in het park wandelen stond bovenaan de lijst. Het is sociabel zonder dat het er te dik bovenop ligt, het begint gewoon met: "Hallo, hoe is het met u vanmorgen?" en voor je het weet vraagt de tandarts met de golden retriever je te eten. Dat kan niet missen!'
Sam had bewondering voor haar stijl. Hij pakte een blikje bier uit de ijskast en ging zitten om van het daaropvolgende gesprek te genieten.
'Het is ook een prima lichaamsbeweging,' voerde Izzy verder aan, omdat Gina niet zo blij met haar cadeau scheen te zijn als ze zou moeten zijn. 'En Sam heeft natuurlijk groot gelijk; hij jaagt inbrekers, om nog maar te zwijgen van straatzangers, onmiddellijk van de deur...'
'Ik ben bang voor honden,' zei Gina met opeengeklemde tanden; Jericho nam haar intussen aandachtig op, hij kwijlde en had kennelijk zin in haar enkels. Als Izzy haar beslist een hond wilde geven, waarom dan tenminste niet een klein en handzaam gevalletje?
'Maar dat is belachelijk,' riep Izzy heftig, nog steeds op een knie en met haar armen wijdopen. 'Geen mens kan ooit bang van Jericho zijn! De vorige eigenaars hebben hem alleen weggedaan omdat hij bang voor hun poedel was. Hij heeft liefde en begrip nodig,' vervolgde ze, het zwakke punt aanvoelend, 'om zijn zelfvertrouwen te versterken. En een heleboel fijne wandelingen in het park.'

Het pleitte voor Izzy's overredingskracht dat het haar binnen twee uur lukte om Gina en Jericho, zij het enigszins schoorvoetend, naar het nabijgelegen park te sturen met de opdracht een rondje om de vijver te lopen en van de laatste zon te genieten.
Sam was echter dubbel onder de indruk van Izzys's daaropvolgende run naar de telefoon en haar hartgrondige verzoeken aan niet één, maar drie hondenbezittende vrienden. Als ze haar het bijzonder grote plezier wilden doen om even met hun hond rond de vijver aan de oostkant van Kensington Gardens te lopen en in het voorbijgaan iets aardigs te zeggen tegen de nerveuze blonde vrouw met de Deense dog, zou ze hun eeuwig dankbaar zijn...
Het echte wonder was natuurlijk dat ze het inderdaad wilden doen. Maar als Izzy iets in overvloed had, dacht Sam, dan was het charme. Bovendien had ze ook een paar buitengewoon zonderlinge vrienden.
'Je was is klaar,' merkte ze op, toen de machine veertig minuten later eindelijk stopte.
'En jij probeert van onderwerp te veranderen.' Schone overhemden waren niet de enige reden voor zijn bezoek. Vreemder nog dan Izzy's vrienden was de behoefte, een bijna lichamelijke behoefte, geweest om haar weer te zien. Hij mocht dan nog met zijn ongewenste logée opgescheept zitten, hij was die avond in zijn kantoor nog niet vergeten, terwijl het wat Izzy betrof nooit gebeurd leek te zijn. Ze waren terug bij af, dacht hij, en het feit dat het gebeurde uit haar geheugen gewist leek te zijn, begon hem mateloos te ergeren.
'Ik maak me zorgen om dat rode overhemd,' zei Izzy, die het allerminst was vergeten. Aanvankelijk was het afwachten en het ondergaan van de wisselwerking tussen hen, leuk geweest. Maar nu was de situatie veranderd. Het feit dat ze Vivienne had leren kennen en haar graag mocht, had een domper op het geheel gezet en ze had zich voorgenomen om afstand te bewaren tot de situatie zichzelf zou oplossen. Dat kon geen kwaad, had ze tegen zichzelf gezegd, en intussen kon ze zich helemaal op haar werk concentreren.
Nu herhaalde ze een beetje geagiteerd: 'Je rode overhemd heeft misschien afgegeven.'
Sam keek haar alleen aan en zei niets.
'O, shit,' zei Izzy hartgrondig. Om iets te doen, rukte ze de deur van de wasmachine open en begon de vochtige kleren eruit te trekken. 'Hoor eens, of ze nu welkom was of niet, het feit blijft dat Vivienne met je samenwoont.'
'Ze logeert bij me,' verbeterde hij. 'We wonen niet samen.'

'Nou ja, ook goed,' zei ze met een zucht. Ze kon makkelijker praten als ze hem niet aan hoefde te kijken. Echt oogcontact maakte haar onder deze omstandigheden van streek. 'Nu probeer ik het eens één keer in mijn leven goed te doen, dus ik vind het niet eerlijk dat je het me moeilijk maakt.'

'Het is ook niet eerlijk tegenover mij,' verklaarde Sam. Met zijn vingers op het nu lege bierblikje trommelend, vroeg hij zich af hoeveel dit te maken had met die nieuwe vriend over wie ze hem had verteld, dat 'stuk' waar ze zo stapelgek op was. Hij fronste zijn voorhoofd. 'Zie je die vent nog steeds?'

Izzy, die haar grapje helemaal was vergeten, nam aan dat hij het over Benny Dunaway had, en zei nog steeds met haar rug naar Sam: 'Ja, natuurlijk.'

'Natuurlijk,' herhaalde hij lichtelijk ironisch. Vastbesloten zich niet tussen Vivienne en hem te dringen, was de kwestie van haar eigen monogamie nooit bij haar opgekomen. Die deed in haar ogen niet terzake.

Op dat moment werd zijn gedachtengang onderbroken door een luid geblaf en dat was onder de gegeven omstandigheden maar goed ook, dacht Sam. Zolang Vivienne bij hem bleef logeren en Izzy met haar vriend bleef omgaan, kon hij bedroevend weinig zeggen of doen.

Het volgende moment duwde Jericho de keukendeur open en stortte zich verrukt op Izzy, die nog steeds voor de wasmachine gehurkt zat. Sams rode overhemd vloog door de lucht en belandde in de bak met water die voor Jericho was klaargezet.

'En?' vroeg Sam. Gina had een kleur als een boei en was buiten adem.

'En wat?'

'Heeft hij zich netjes gedragen?' vroeg Izzy opgewekt. Gina draaide zich om en keek nog verschrikter dan eerst.

'Wie?'

Izzy rolde wanhopig met haar ogen. 'Jericho! Houden we hem, of moet hij terug om opnieuw te lijden onder de tirannie van een poedel, genaamd Pete?'

'O... hij heeft zich heel netjes gedragen,' antwoordde Gina niet helemaal naar waarheid. Met een snelle blik in zijn richting – hij stak juist zijn neus in de mouw van het ongelukkige overhemd – zuchtte ze diep en probeerde weer op adem te komen. 'Ik geloof dat het niet eerlijk zou zijn om hem terug te sturen,' vervolgde ze met een vluchtig, voorzichtig glimlachje. 'Niet nu hij net aan ons begint te wennen.'

'Nee, natuurlijk niet.' Izzy glimlachte en trok de hond speels aan zijn

oren. 'Ach, kijk eens... hij is moe. Maar hoe is het met jou, heb jij fijn gewandeld?'
Gina plofte op een van de keukenstoelen neer, haar ogen glanzend als nooit tevoren. 'Ja, dat heb ik. En ik geloofde je eerst niet,' voegde ze er met een mengeling van verlegenheid en trots aan toe, 'maar je had gelijk dat je aan de praat raakt met andere mensen die hun hond uitlaten. Dat gaat min of meer... vanzèlf.'
'Tjee, wat spannend!' Izzy zond een dankgebedje omhoog. Ze was vrijwel zeker geweest van Tom en Luke, maar Alastair had gezegd dat hij eigenlijk geen tijd had. 'En hoeveel mannen hebben iets tegen je gezegd?'
'Nou,' zei Gina, charmant blozend, 'om precies te zijn, vijf.'

22

Het viel niet mee om de vastomlijnde ideeën die Izzy had over de wijze waarop 'Never, Never' moest klinken, over te brengen aan iemand die dan met de logistiek van een dergelijk ontwerp aan de slag moest gaan en het uitvoerbaar moest maken. Frustratie was te zwak uitgedrukt; Izzy zat soms met haar handen in het haar en haar stem was af en toe schor van haar pogingen om de juiste klank van een tenorsaxofoon te imiteren, terwijl Benny zijn voorhoofd fronste en voor de tiende keer vroeg of ze absoluut zeker wist dat hij een halve tel voor het zingen moest inzetten. Leek het haar niet beter om de noten te synchroniseren en de piano het echo-effect te laten creëren.
Maar langzaam, met veel inspanning, een paar gespannen momenten en talloze uren hard werken, begon het wonder te geschieden. De song kwam in een herkenbare vorm te voorschijn en waar Izzy een paar van de oudste regels met voeten had getreden, had Benny een van de talenten van elke grote leermeester getoond en het haar toegestaan. Sommige fouten waren rondweg afgrijselijk geweest. Gek genoeg hadden andere wel gewerkt en juist het onverwachte loslaten van de traditie had ertoe bijgedragen een ondefinieerbare, bijzondere sfeer op te roepen.

En Izzy wist, als een kind dat eindelijk heeft leren fietsen, niet van ophouden. Nadat ze Katerina's gedicht had omgewerkt tot de song 'Never, Never', zat ze nu vol ideeën van zichzelf. De teksten rolden moeiteloos op het papier en zodra ze ze zag, hoorde ze de muziek erbij.
Benny had moeite om haar bij te houden en haar ideeën op te schrijven voor ze vervlogen. Op zijn tong bijtend bij opmerkingen als: 'Dit stukje is een duet voor stem en klarinet,' liet hij Izzy's naïeve fantasie de vrije loop. En eerlijk gezegd zouden heel wat musici nog iets van haar kunnen leren, ontdekte hij dan later op de avond, wanneer Izzy naar haar werk was gegaan en hij zich over de aantekeningen boog die hij bij haar verwarde instructies had gemaakt. Sommige van haar ideeën waren rondweg onmogelijk, terwijl andere, ofschoon technisch uitvoerbaar, het in de praktijk nooit zouden doen. Maar een aantal was, dat moest hij toegeven, opmerkelijk goed. Izzy had de waarheid gesproken toen ze zei dat ze wist dat ze het kon. En een huivering schoot door Benny's rug toen hij voor het eerst besefte dat ze met deskundige hulp, de juiste steun en een heleboel geluk, misschien, heel misschien, geweldig goed zou kunnen zijn.

'Tjonge, ben ik blij dat ik je heb gebeld,' bekende Vivienne, terwijl ze in haar drankje roerde en Izzy een sigaret aanbood. 'Het wordt hier zo stomvervelend, want Sam heeft het druk met zijn werk en ik ken hier geen mens. De enige reden waarom hij er aldoor op aandringt dat ik naar The Steps kom, is volgens mij omdat hij hoopt dat ik daar een ander zal ontmoeten en hem met rust zal laten.'
'Denk je dat dat zal gebeuren?' Izzy probeerde niet te optimistisch te kijken.
Vivienne lachte. 'Maak het nou. Wij hebben wat de roddeljournalisten een "stormachtige relatie" noemen. Er is heel wat meer dan een beetje bonje voor nodig om mij naar pappie terug te sturen. Ik heb de hoop wat Sam betreft nog niet opgegeven, nog lang niet.'
O, shììt, dacht Izzy, omdat een lijzige Texaanse tongval bijzonder aanstekelijk werkt.
'Maar dat wil niet zeggen dat ik intussen niet een beetje plezier mag hebben,' voegde Vivienne er met twinkelende ogen aan toe. 'En wie weet, als hij me met anderen plezier ziet maken, dat hij dan ook eens uit de hoek komt.'
'Ik zou zelf ook best eens wat nieuwe mensen willen ontmoeten,' zei Izzy peinzend, aan het weinig opwekkende gesprek denkend dat ze

die middag met Benny had gehad. 'Jij kent zeker niet toevallig een paar rijke platenproducers, is het wel?'
Vivienne drukte haar pas opgestoken sigaret uit en trok een gezicht. 'Wat ben ik toch een egoïstisch kreng, ik heb nog niet eens gevraagd hoe het met je songschrijverij staat. Hoe stáát het ermee?'
'Fantastisch,' zei Izzy. Toen schudde ze haar hoofd. 'Maar het schrijven van die songs is het makkelijke gedeelte. De volgende stap is ermee naar een opnamestudio gaan en een tape maken.'
'Tjee, geweldig... en wanneer gebeurt dat? Mag ik komen kijken?'
Izzy glimlachte. 'Dat gebeurt op het moment dat we genoeg geld hebben om een studio te huren. Weet je nog wat Sam je over mij vertelde: gek haar, goeie stem, geen geld? Nou, de huur van een beetje fatsoenlijke studio met een beetje fatsoenlijke technicus voor maar één enkele stomme song kost twaalfhonderd pond, wat meer is dan Benny of ik kan ophoesten.'
'O.' Vivienne keek verbijsterd; dit was iets waar ze nooit mee te maken had gehad. Toen klaarde haar gezicht op. 'Leen het,' zei ze prompt. 'Van Sam! Die kan het je zo lenen en zodra je rijk wordt, kun je het hem terugbetalen.'
Het was een oplossing die Izzy zelf ook had overwogen. En op dat moment deed ze het nog even, toen schudde ze haar hoofd. 'Nee, dat kan ik echt niet doen.'
Vivienne keek stomverbaasd. 'Waarom niet?'
Izzy wiebelde onrustig heen en weer toen ze zei: 'Dat is moeilijk uit te leggen, maar ik weet gewoon dat ik dit zelf moet zien te klaren. Sam vindt mij een financiële ramp op benen. Een vrouw met een gat in haar hand. En hij heeft natuurlijk volkomen gelijk,' gaf ze met een vluchtig glimlachje toe, 'maar ik kan het ook niet helpen, zo ben ik nu eenmaal. Als ik hem het geld te leen vroeg zou ik me onbehaaglijk voelen.' Het was niet het juiste woord, maar ze wist zo gauw geen beter. Bij Sam in het krijt staan zou zijn mening over haar alleen maar bevestigen. En ze had tenslotte haar trots.
'Bedoel je dat hij je de les zou lezen?' vroeg Vivienne, die nog steeds probeerde het te begrijpen. 'Dat hij je aldoor zou vragen wanneer hij zijn geld terugkreeg? Tjee, wat een krentenweger! Dat had ik nooit van hem gedacht.'
'O nee,' zei Izzy haastig. 'Zo is hij niet. Hij zou er geen woord over zeggen. En dat,' besloot ze met een wanhopig gebaar, 'zou het nu juist zo ondraaglijk maken.'
'Nee, laat mij alsjeblieft,' zei Vivienne een ogenblik later, toen Izzy

haar portemonnee te voorschijn haalde en aanstalten maakte om op te staan. 'Ik trakteer. Ik heb je tenslotte hierheen gesleept.'
Izzy schoot in de lach. 'Zeg, mijn kleine meisje met de zwavelstokjes-verhaal heeft je toch geen schuldcomplex bezorgd, hoop ik. Heus, het leuke aan verkwisters is dat ze altijd een rondje kunnen geven, dus kijk me niet zo aan en vertel me wat je wilt hebben. Nog een tequila sunrise?'
Maar Vivienne, die haar bij de arm greep en haar weer op haar stoel trok, zei hoofdschuddend: 'Niks hoor, Sam heeft me vanavond hier mee naartoe genomen, dus het minste dat hij kan doen is ons van spijs en drank voorzien. En de enige reden waarom ik hem als geldschieter voorstelde, is omdat ik dacht dat jullie zulke dikke vrienden waren. Wat ik echt graag wil,' vervolgde ze, de aandacht van de barman trekkend en met een geluidloos bewegen van haar lippen haar bestelling kenbaar makend, 'is jou zelf het geld lenen.'
Izzy's mond viel open. Omdat ze zichzelf zojuist als een financieel risico had omschreven, was het geen moment bij haar opgekomen dat Vivienne haar een dergelijk aanbod zou doen. 'Meen je dat werkelijk?'
'Waarom zou ik het niet menen?' was Viviennes opgewekte wedervraag, terwijl de barman naast hen opdook met een fles Moët en twee glazen. 'Zoveel is het niet. Je kunt me terugbetalen wanneer het jou schikt.' Ze bedankte de barman glimlachend, toen knipoogde ze tegen Izzy. 'En Sam hoeft er niets van te weten.'
'Dat is fantastisch,' zei Izzy overweldigd door dankbaarheid. 'Ik weet niet hoe ik je moet bedanken.'
'Waar heb je verdorie anders vrienden voor?' zei Vivienne lachend en begon de champagne in te schenken. Izzy legde haastig haar hand op haar glas.
'Ik wil niet dat Sam me een klaploper vindt. Ik kan het beter bij sinaasappelsap houden. Heus.'
'We moeten dit vieren,' zei Vivienne gedecideerd, terwijl ze Izzy's hand van het glas nam en de champagne inschonk. 'Laat je niet door Sam op je kop zitten. Dat is jouw stijl niet, liefje.'
'Nou, in dat geval,' zei Izzy glunderend, 'gezondheid.'

Tien dagen later stond ze in Doug Steadmans kantoor uit het raam te kijken en naar haar eigen stem te luisteren die door de kamer klonk. Achter haar zaten Gina, Doug, Benny en Vivienne zwijgend te luisteren naar het resultaat van één enkele, negentien uur durende dag in de

opnamestudio, die hen door een vriend van Benny was aanbevolen. Er stonden vier nummers op de tape en de laatste was nu bijna afgelopen. Izzy's stem rees, weerklonk met de meeslepende, klaaglijke tonen van de tenorsax, daalde tot bijna een gefluister toen de laatste maten van 'Never, Never' naderden. Een fractie van een seconde stilte, toen het opklinkend crescendo, ingeleid door een langzaam in sterkte toenemend tromgeroffel. Ze had naar het effect van Julia's laatste, gepassioneerde afscheidswoorden aan de afwezige Romeo gestreefd, de laatste, indrukwekkende regel die deze keer boven de sax uitklonk... en het was afgelopen.
Het wachten op de reactie van het publiek was erger dan welke auditie ook. Niet in staat zich om te draaien, stak ze haar hand uit en legde hem op Jericho's gladde kop. Zijn snorharen kriebelden op haar pols. Haar vingers tintelden en ze voelde zich duizelig.
Toen werd het moment van stilte verbroken door een oorverdovend gefluit van bijval, zoals alleen echte Texanen kunnen voortbrengen. 'Izzy,' jubelde Vivienne, 'je bent een ster!' En toen Izzy zich eindelijk omdraaide, was Gina de eerste die begon te applaudisseren. Jericho, die begreep dat het gedwongen stilzijn voorbij was, liet een lang en vrolijk geblaf horen en zwierde met zijn staart een koffiekopje van het bureau. Benny lachte breed. Gina, nog steeds applaudisserend, zei steeds opnieuw: 'Dat was fantastisch.'
Maar Izzy wachtte op Doug, die nog steeds niets had gezegd. Ze had de financiële gok gewaagd en haar uiterste best gedaan, maar wat ze in de eerste plaats nodig had was zijn goedkeuring, als haar agent en als man van het vak. Ze keek hem, steeds nerveuzer wordend, aan en probeerde te zeggen: 'En?' Maar het woord bleef in haar keel steken en het enige dat eruit kwam was een schor gekras.
Doug hees zich uit zijn stoel en veegde met een blauw-wit genopte zakdoek zijn gezicht af. Hij zei niets. In plaats daarvan liep hij het kleine vertrek door, bleef vlak voor Izzy staan en wachtte een volle seconde voor hij begon te glimlachen. Toen nam hij haar hoofd tussen zijn handen en gaf haar eerst op de ene en toen op de andere wang een klinkende klapzoen.
Izzy's ogen schoten vol tranen.
'Vind je het echt goed?' fluisterde ze terwijl hij een stap terug deed en haar op een armlengte afstand hield.
'Of ik het goed vind?' Doug schudde zijn hoofd en voelde een opwelling van bijna vaderlijke genegenheid voor de zelfverzekerde, eigenzinnige jonge vrouw die hij al zo lang kende. Haar optimisme en

energie waren niet te stuiten; ze was nooit in haar leven voor iets of iemand bang geweest. Nu hij haar onzekerheid zag en haar wanhopige behoefte aan goedkeuring, hield hij alleen maar meer van haar.
'Je kent me toch,' zei hij tegen haar. 'Ik hou van Roger Whittaker en Val Doonigan. Jouw songs zijn niets voor mij persoonlijk, maar zelfs ik hoor dat ze goed zijn. Erg goed.' Hij zweeg even voor hij nors bekende: 'Ik had het niet verwacht, maar ze zijn het wel.'
Izzy's wangen waren nat en haar mascara liep uit. Ze snufte en glimlachte. 'Hou je zelfs niet een beetje van ze?'
'Hou op met dat gegrien,' beval Doug. 'Natuurlijk hou ik ervan. Heb ik ooit níet gehouden van iets dat me rijk kan maken?'

23

Met haar glanzende, lichtbruine haar hoog opgestoken, haar keurige zwarte jurkje en de vreemd aandoende hoge hakken had Katerina geprobeerd ouder te lijken dan ze was, begreep Andrew, en dat ontroerde hem. Ze kon nu makkelijk doorgaan voor eenentwintig, wat onder deze omstandigheden minder verbazing zou wekken dan zeventien. Niet dat het verschil in leeftijd hun nog iets deed, maar zijdelingse blikken en tactloos gegrijns werkten niet bepaald kalmerend.
Katerina was echter minder geremd. Ze trok verbaasd haar wenkbrauwen op toen ze Andrew de knappe hotelreceptioniste hun naam hoorde opgeven en schoot prompt in de lach. Zelfs de receptioniste moest glimlachen.
'Wat is er?' Hij keek verwonderd om.
'De heer en mevrouw Lawrence,' giechelde Katerina. 'Dat kun je niet maken. We hoeven toch niet te doen of we getrouwd zijn, is het wel?' Het was echt schattig van hem om het fatsoen te willen bewaren. Toen stak ze, bij het zien van zijn gezicht, haar arm door de zijne en gaf hem een drukje. 'En je hoeft je heus niet opgelaten te voelen. De mensen zullen het gauw genoeg begrijpen wanneer ze ons onder het eten onafgebroken zien praten. Getrouwde stellen doen dat niet, dat staat in hun contract.'

Andrew schonk de receptioniste een verlegen glimlachje en stak Katerina zijn pen toe. Ze zette zwierig haar naam. 'Zo! Wie wil er nu nog incognito reizen?'
Ik, dacht Andrew wrang. Hij zou in elk geval de rekening contant betalen, om niet het risico te lopen dat Marcy een alles onthullend Visabriefje in zijn zak zou vinden...
'Zal ik de piccolo uw bagage naar boven laten brengen?' vroeg de receptioniste, terwijl ze tegen Katerina glimlachte en wenste dat zelfs maar de helft van de gasten zo eerlijk was.
'Laat maar,' zei Katerina. 'Ik zou niet graag willen dat hij zich vertilde. Het is tenslotte een ongelooflijk zware tandenborstel.'

Ze vroeg zich onwillekeurig af of haar honger psychisch was. Wilde ze werkelijk eten of probeerde ze alleen tijd te rekken en het ogenblik uit te stellen waarop ze met z'n drieën alleen zouden zijn: Andrew, zijzelf en dat grote tweepersoonsbed?
Maar nee, ofschoon haar onbekommerde bravoure schijn was, merkte ze, toen de eerste gang werd opgediend, tot haar blijdschap dat de honger echt was.
'En waar denkt je moeder dat je vanavond bent?' vroeg Andrew, toen ze de laatste langoustine met haar vingers openbrak. Hijzelf had totaal geen eetlust en zijn bord was nagenoeg onaangeroerd, maar Katerina zo smakelijk zien eten was op zich al een genoegen.
'Bij mijn grote liefde.' Ze lachte met haar mond vol. 'Simon, natuurlijk, ofschoon ze het zich waarschijnlijk niet zal herinneren. Mam heeft vanmiddag haar tape voor Doug afgedraaid en hij was diep onder de indruk. Toen ik uit school kwam was er een bijzonder rumoerig feestje aan de gang, dus heb ik gezegd dat ik in die herrie niet kon studeren en dat ik naar Simon ging. Ze zullen me heus niet missen,' besloot ze luchtig. 'Toen ik wegging was Sams vriendin Gina de charleston aan het leren en Izzy deed haar Bette Midler-imitatie met een courgette als microfoon. Benny en Jericho speelden piano, nogal belabberd, moet ik zeggen, en Doug vroeg of ze ''Paddy McGinty's Goat'' wilden spelen.'
Het klonk allemaal hoogst onwaarschijnlijk; Andrew kon zich dergelijke tonelen in Kingsley Grove niet voorstellen. De buurt zou wel zinderen van afkeuring.
'We hebben geen piano,' zei hij tenslotte.
Katerina likte haar botervingers af. 'Jùllie niet, nee. Maar wij wel.'
Hij kon zich Gina ook niet de charleston dansend voorstellen, on-

danks Katerina's verzekering dat ze, langzaam maar zeker, begon op te fleuren. 'Aardig bijkomen' noemde ze het, en ofschoon ze in het begin nogal eens met elkaar overhoop hadden gelegen, konden ze de laatste tijd een stuk beter met elkaar overweg. Katerina had waardering voor het feit dat Gina eindelijk 'van haar luie kont' was gekomen en was gaan werken, terwijl Gina op haar beurt waardering had gekregen voor Katerina's kookkunst en haar handigheid in het afwassen. En wat nog vreemder was, Katerina sprak zonder terughoudendheid over Gina, zijn ex-vrouw, terwijl elk woord over Marcy met een ijzige stilte werd beantwoord.

'Wanneer beginnen je examens?' vroeg hij, meer om van onderwerp te veranderen dan uit belangstelling. Zolang hij Kat kende, had ze ijverig geblokt voor haar eindexamen, maar nu sprak ze er zelden meer over.

Op dat moment verscheen de ober met het hoofdgerecht, verrukkelijke, roze lamscoteletten voor Andrew en *Tournedos Rossini* voor Katerina. Ze haalde glimlachend haar schouders op. 'Morgenochtend om negen uur.'

'Dat meen je niet!'

'Schrik niet.' Ze greep zijn hand, net als ze op die eerste dag in het Victoria en Albert Museum had gedaan. 'Ik heb het alleen maar niet gezegd omdat ik onze avond niet wilde bederven. Toen je zei dat je hier een kamer voor ons had geboekt was ik zo gelukkig. Het gaat nu alleen om ons, de rest doet er niet toe.'

Andrew vroeg zich heel even af of hij deze avond zou hebben afgezegd als hij het van tevoren had geweten van haar examen. Ofschoon hij ontzettend veel van Katerina hield, was hij zich nog steeds pijnlijk bewust van de verschillen tussen hen en hij wist hoe belangrijk dat eindexamen voor haar was.

Maar nee, hij moest toegeven dat hij dat niet zou hebben gedaan. Voor hem waren hun kostbare ogenblikken samen nog belangrijker. En deze nacht zou de vervulling van een lang gekoesterd verlangen brengen…

'Dan moeten we hier om halfacht weg,' waarschuwde hij haar. De ochtendspits van Berkshire naar het centrum van Londen was een gekkenhuis.

'In dat geval,' zei Katerina met glanzende ogen en een hand die een beetje trilde toen ze haar wijnglas naar het zijne ophief, 'moesten we maar vroeg naar bed gaan.'

Maar was er ooit een zenuwslopender examen geweest dan het examen waar ze nu voor stond? In de slaapkamer lag Andrew op haar te wachten. Katerina keek in de badkamer naar haar spiegelbeeld en hield zichzelf voor dat zolang twee mensen echt van elkaar hielden, niets anders ertoe deed. Ze begreep niet waarom ze zich zo vreemd voelde. Als vrijen zo natuurlijk was en zo fijn, waarom had ze dan nu zo'n draaierig gevoel in haar maag?
Allemaal aanstellerij, dacht ze kordaat, terwijl ze haar tandenborstel pakte en de koude kraan vol opendraaide. Wat was ze toch een flauwe fiep; zeventien jaar en ze gedroeg zich als een kind. Aangezien er niets was om bang voor te zijn, zou ze ook niet bang zijn. Niets mocht de belangrijkste nacht van haar leven bederven.

Veel later, toen Andrew in slaap was gevallen, draaide Katerina zich op haar zij en keek naar de verlichte cijfers van het digitale klokje naast het bed. Halftwee 's nachts, ze had het gedaan en het was fijn geweest. Niet zo fijn als in een film, dacht ze met een wrange glimlach, maar ja, wat was dat wel? Fijn was fijn en dat was in elk geval beter dan ze had verwacht en het had niet eens lang geduurd, wat ook een meevaller was. Ze had haar grote teen niet in Andrews oor gestoken, niet op het verkeerde moment gegiecheld en ze was niet verstrikt geraakt in een van die griezelige houdingen uit dat boek waar Izzy zo'n plezier om had gehad.
Ze had zichzelf niet voor schut gezet en daar kon ze alleen maar dankbaar voor zijn. Extase zou, hopelijk, later wel komen, maar intussen was het iets waar ze best zonder kon leven. Ze had in elk geval haar trots niet verloren.
'Lieveling,' mompelde Andrew en liet zijn arm om haar slanke middel glijden. Terwijl hij Katerina naar zich toetrok, merkte hij dat hij weer opgewonden raakte. 'Ben je te moe?'
Hij kuste haar hals. Ze wriemelde zich los en haalde, bang dat hij het zou vergeten, het platte doosje onder het kussen vandaan.
'Dit is de laatste,' zei ze, zich gek genoeg net haar vroegere lerares voelend, als die viltstiften uitdeelde.
'Mis.' Andrew, die de wekker op halfzeven had gezet, glimlachte in het donker. 'Er zitten er altijd drie in een doosje.'
'Mis,' antwoordde Katerina, heimelijk opgelucht. 'Ik heb er daarstraks een vol water laten lopen en er een beetje mee gezwaaid, om te zien of ze werkelijk goed waren.'

Simon stond voor de school te wachten toen Andrews auto om vijf over negen met gierende remmen stopte. Katerina, nog in haar zwarte jurkje van de vorige avond, stapte op blote voeten uit.
'Jezus, Kat! Ben je gek geworden?' Zijn stem verried zijn nervositeit en woede. Hoe ze zulke stomme risico's durfde te nemen, was hem een raadsel.
Niet in staat naar de chauffeur van de auto te kijken, wendde hij zijn blik af toen Kat zich door het open portierraampje boog en Andrew een haastige afscheidskus gaf.
'Geen paniek,' zei ze kortaf, zijn klamme hand van haar arm schuddend toen Andrews auto om de hoek verdween en Simon probeerde haar de poort binnen te trekken. 'Ik ben er immers, en we hebben nog zeven minuten. We hebben zelfs nog tijd voor een kopje koffie als we...'
'Wat?' riep Simon. Zijn blonde haar stond zowat recht overeind. Kat begon te lachen.
'Grapje.'
'Niks grapje.' Hij keek haar woedend aan. 'Ik snap niet wat er met jou aan de hand is, Kat. Een verhouding met een getrouwde man is niet grappig, het is ook niet verstandig... en jij schijnt niet te beseffen welke risico's je neemt!'
Om hem uit zijn slechte bui te halen – ze had hem nog nooit zo kwaad gezien – glimlachte Katerina. 'Ik ben misschien niet verstandig, maar zelfs ik heb van veilig vrijen gehoord,' kaatste ze terug. 'Altijd condooms, oké?'
Maar Simons wenkbrauwen bleven woedend gefronst. 'Ik heb het niet over dat soort risico's.'
'En jij hebt geen ervaring genoeg om me over die andere de les te lezen,' zei Katerina bot.
'Je zet jezelf voor schut,' zei hij hoofdschuddend.
Ze keek hem ijzig aan en zei: 'En jij wordt ongelooflijk vervelend.'
Het examenlokaal was aan het eind van de gang. Hun natuurkundeleraar stond in de deuropening en gebaarde heftig dat ze moesten opschieten en hun plaats moesten innemen.
'Ik probeer je vriend te zijn,' zei Simon gedempt.
Katerina, die zich toch wel een beetje schaamde, kneep even in zijn hand. 'Dat weet ik,' fluisterde ze terug. 'Je pakt het alleen verkeerd aan. O, Simon, ik heb een week lang niets gedaan. Wil je me een kus geven om me succes te wensen?'
'Nee,' zei hij verbeten terugdenkend aan het incident voor de school. 'Die heb je al gehad.'

24

'Je had niet helemaal hier naartoe hoeven komen,' betoogde Gina, toen Izzy het kantoor binnenkwam. Izzy, buiten adem van het in toom houden van Jericho, die alsmaar zonder uit te kijken wilde oversteken, zakte op de vensterbank in elkaar en dronk achter elkaar een blikje Perrier leeg.

'Ik ben zo opgewonden,' zei ze, terwijl ze haar mond afveegde en haar sandalen uitschopte. Jericho greep er prompt een en verdween ermee onder Gina's bureau. 'Toe, vertel me nog eens wat ze aan de telefoon hebben gezegd.'

'De mensen van MBT hebben je band beluisterd,' herhaalde Gina geduldig. 'Ze vonden hem erg interessant. Een van de mensen van Artists & Recording komt vanavond in Platform One naar je luisteren. Zijn naam is Joel McGill en hij zal zich na de show aan je voorstellen.'

Izzy vond Joel McGill leuk klinken. Het was een mooie naam, een goed voorteken, en ze had hem de hele weg van Kensington naar Soho in gedachten lopen zingen. Ze had zich ook al een duidelijke voorstelling van hem kunnen maken; hij zou lang en donker zijn met zigeunerachtige ogen, een hartveroverende glimlach en zeker géén vriendin hebben. En hij zou, op zijn beurt, helemaal wèg, dolverrukt van Izzy Van Asch zijn...

'Gina,' zei ze, zich uit haar gemijmer losmakend, 'zou jij een engel willen zijn en me honderd pond willen lenen?'

Gina keek haar verschrikt aan. 'Ga je hem omkopen?'

'Voor een nieuwe jurk,' zei Izzy smekend. 'Toe, alsjeblieft, ik moet iets bijzonders hebben.'

'Maar Izzy, je hebt een kast vol bijzondere ietsen. Daar is vast wel iets bij dat je kunt dragen.' Gina, die zichzelf al een maand lang niets nieuws had gegund, verlegde haar paperassen en keek afkeurend. 'Kan Vivienne je dat geld niet lenen?'

'Daar ben ik eerst naartoe gegaan,' bekende Izzy met ontwapenende eerlijkheid. 'Maar ze was niet thuis.'

Nog geen twee minuten nadat Izzy met Jericho en Gina's honderd pond was vertrokken, ging de deur weer open. Gina ging rechtop zitten en schonk de bezoeker haar liefste receptionistenglimlach.
'Hai,' zei de bezoeker, met een glimlach die haar bijna over haar schouder deed kijken of er een interessanter iemand achter haar stond. 'Jij bent nieuw. En het kantoor ook.' Hij liet zijn blik op een enigszins overdreven manier rondglijden om de keurige omgeving in zich op te nemen, voor hij hem weer op Gina richtte. 'Ik kom voor Doug. Ben ik in het verkeerde gebouw?'
Gina voelde dat ze bloosde. En het vervelende was dat ze dan ook rode vlekken in haar hals kreeg. Grote genade, wat een knappe vent.
'Het goede gebouw,' zei ze, bijna net zo buiten adem als Izzy daarstraks. 'Doug is er helaas niet. Kan ik u misschien helpen?'
'Ik denk het wel.' Hij liet zich in de stoel tegenover haar vallen, streek door zijn haar en glimlachte opnieuw zo hartverwarmend tegen Gina, dat haar knieën onder het bureau slap werden.
'Ik ben Gina Lawrence,' zei ze om de stilte te verbreken, die haar bezoeker niet in het minst scheen te hinderen. 'Ik... ik ben Dougs nieuwe assistente.'
Hij knikte, nog steeds glimlachend en maakte een gebaar naar het kantoor. 'En heb jij dit allemaal gedaan?'
Deze keer was het Gina's beurt om te knikken. Haar hals was volkomen gevoelloos geworden.
'Dan kun jij toveren. Niet te geloven, zoals je deze toko hebt veranderd.'
Gina kon niet geloven dat hij háár zo veranderde. Sinds Andrew weg was, was ze niet meer in staat geweest om ook maar enigszins normaal op de attenties van een man te reageren. Niet dat daar geen gelegenheid voor was geweest, maar het toevallige vriendelijke woord of de bewonderende blik had haar ijskoud gelaten. Ze was immuun voor de andere sekse.
Maar hier, nu, kwamen haar sluimerende hormonen met een sneltreinvaart weer tot leven.
'Het spijt me, wat onbeleefd van me,' zei de bezoeker, terwijl hij een grote, opgevouwen envelop uit zijn jaszak haalde. 'Jij hebt het druk en ik zit je tijd te verspillen. Mijn naam is Ralph Henson en ik kom een contract terugbrengen. Ik heb het gelezen en op de juiste plaatsen getekend. Doug hoeft het alleen nog maar te begraven, alleen schijnt er nergens meer een plek te zijn waar hij het kan begraven.'
Gina, blij dat ze iets te doen had en opgelucht dat haar benen haar

nog wilden dragen, kwam van de DJ-archiefkast terug met een dikke, antracietgrijze ordner. 'Dat gaat van nu af aan allemaal hierin.'
Ralph grinnikte. 'Fantastisch. Dit is meer dan een wonder.'
'Tjee, ITV,' zei Gina, naar het contract kijkend.
Nerveus, maar aantrekkelijk, dacht Ralph, vol bewondering naar haar sluike, korte, glanzende, blonde haar kijkend, toen ze de ordner op de juiste plaats in de kast terugzette.
'Ja,' zei hij met een bescheiden schouderophalen. 'De producer heeft me gewaarschuwd dat mijn leven, als de serie eenmaal uitgezonden is, nooit meer zoals vroeger zal zijn. Ik weet niet of ik dat moet gaan vieren of er doodsbenauwd van moet worden.'
'Maar dat is geweldig.' Gina's ogen straalden. 'Dat moet je gaan vieren.'
'Oké,' zei Ralph, terwijl hij opstond en zijn handen licht op de rand van het bureau liet rusten. 'Maar alleen als jij meegaat. Vanavond.'
Gina kon zijn aftershave ruiken. Ze wist dat ze hem verkeerd moest hebben verstaan.
'Wat?'
'Bij Bouboulina. Acht uur,' zei hij kalm. En hij voegde er, met zijn wijsvinger op haar linkerhand tikkend, aan toe: 'Je bent niet getrouwd; daar heb ik eerst naar gekeken.'
'Maar... maar ik ken je helemaal niet,' stamelde ze. Zoiets was haar nog nooit overkomen. Het ene moment had ze onschuldige fantasieën en het volgende werden ze angstaanjagend waar. 'En jij kent mij niet.'
Ralph, die had gedacht dat hij Izzy Van Asch kende, haalde alleen even zijn schouders op. 'Dat is soms de beste manier. Je hoeft alleen maar ja te zeggen.'
'Nee,' zei Gina paniekerig.
'Ben je bang voor me?'
'Nee!'
'Zeg dan ja.'
Ze sloot even haar ogen. Wat zou Izzy in zo'n geval doen? Was het met een knappe man uit eten gaan nu heus zo'n bezoeking? En waar zou ze later meer spijt van hebben: dat ze de uitnodiging had aangenomen, of dat ze hem had afgewezen?
'Goed,' zei Gina, voor ze de kans kreeg opnieuw in paniek te raken. 'Goed, graag.'
'Dat is beter,' zei Ralph, die had afgeluisterd hoe Izzy Gina overreedde om haar wat geld te lenen en Izzy tien minuten geleden het gebouw had

zien verlaten – ze werd over straat getrokken door een enorme hond en had buitengewoon zelfvoldaan gekeken – en hij verheugde zich op haar gezicht wanneer hij vanavond bij haar op de stoep zou staan. Hij haalde een verfomfaaide agenda uit zijn zak en pakte een pen. 'Geef me je adres maar, dan kom ik je klokslag acht uur halen.'

Deze keer zag Andrew, bij hoge uitzondering, de rommel in de slaapkamer niet eens. Hij schoof een badjas en een doos tissues opzij, ging op de bedrand zitten en staarde naar de muur. Achter hem veegde Marcy haar tranen af en greep zijn hand.

'O, schat, ik vind het zo erg.' De woorden kwamen hortend, tussen haar snikken door, naar buiten. Ze was blij dat ze op bevel kon huilen. 'Het is gistermiddag gebeurd. Ik had me de hele morgen al niet erg lekker gevoeld, en toen, na de lunch, kreeg ik van die vreselijke krampen. Het ging allemaal zo... vlug.' Aangemoedigd door het feit dat Andrew haar hand vasthield, liet ze haar tranen opnieuw de vrije loop. 'Tegen de tijd dat de dokter kwam was het allemaal voorbij. Toen was er geen baby meer.'

Andrew nam haar in zijn armen en hield haar vast, terwijl ze tegen zijn borst uithuilde. 'Je zou in het ziekenhuis moeten liggen,' zei hij, overdonderd door het nieuws. 'Je had mij, verdorie, moeten bellen.'

'De dokter heeft me onderzocht en gezegd dat alles in orde was,' fluisterde Marcy dapper. 'En ik wilde je niet storen. Ik wist hoe belangrijk die conferentie was. Je kon toch niets doen en ik wilde alleen zijn om... het gebeurde te verwerken.'

'Je had moeten bellen,' herhaalde Andrew, terwijl hij haar haren streelde en zich afvroeg hoe het mogelijk was dat het nieuws hem zo weinig raakte. Zijn schuldgevoel streed met de opluchting dat ze niet had geprobeerd hem te bereiken, maar voor het verlies van de baby kon hij geen enkel gevoel opbrengen. Hij had toch al nooit een kind gewild en zelfs toen hij wist dat Marcy zwanger was, had hij, vreemd genoeg, moeite gehad zich het eindresultaat voor het stellen.

En nu zou er geen eindresultaat zijn. Wat betekende dat zijn lot – Marcy, huwelijk en vaderschap – niet langer vaststond. Katerina...

'Arme schat,' zei hij afwezig. 'Zal ik iets voor je halen? Waar heb je zin in?'

Sex zou fijn geweest zijn. Marcy vroeg zich af hoe snel ze die kant van hun relatie met goed fatsoen weer zou kunnen opnemen. Het vooruitzicht van een wekenlange onthouding was niet bepaald opwekkend.

'Nee, laat maar,' zei ze, hees van het huilen. 'Hoe is je conferentie verlopen?'
'Hmm?' Andrew zat nog in gedachten verzonken. Hij had vanavond met Katerina afgesproken, maar hij kon nu natuurlijk niet weggaan. Hij kon Marcy moeilijk in de steek laten, maar zou hij Kat in Gina's huis durven opbellen om haar van de veranderde situatie op de hoogte te brengen?
'De conferentie,' herhaalde Marcy, zich in zijn armen nestelend, dankbaar dat hij niet meer moeilijke vragen had gesteld. 'Is die goed gegaan?'
Het beeld van Katerina die in bed haar ochtendkoffie zat te drinken, verscheen voor Andrews geestesoog. Naakt, gelukkig en onzegbaar begeerlijk, was ze alles waar hij ooit van had gedroomd.
'O ja,' zei hij, terwijl hij zich afvroeg of de telefoondraad lang genoeg zou zijn om de badkamer te halen. 'Ja, die is goed verlopen. Heel goed, zelfs.'

25

Izzy wist niet of ze moest lachen of kwaad op Ralph moest zijn omdat hij haar zo'n gemene streek leverde. Aan de ene kant was het een compliment dat hij nog steeds om haar gaf, maar aan de andere kant was de arme Gina degene die gebruikt werd en er verdriet van zou hebben, waarvan Izzy op haar beurt dan weer de gevolgen zou moeten dragen.
De beslissing werd op slag voor haar genomen toen ze om kwart voor acht de deur opendeed. Ralph nam haar op zijn overbekende toneelmatige manier van onder tot boven op en zei op verbaasde toon: 'Nee maar! Izzy…?'
'Laat die flauwekul maar, Ralph.' Ze greep zijn arm en trok hem hardhandig naar binnen. In de zitkamer gekomen sloot ze de deur, leunde ertegenaan en liet haar blik langs het goed zittende antracietgrijze pak glijden, langs het roze overhemd en de, jasses, grijze schoenen. Toen hij zijn arm ophief om een haarlok uit zijn gezicht te

strijken, zag ze zelfs een gouden armband glinsteren. Een geluk dat Sam er niet was.
'Hoor eens,' begon ze met gedempte stem en een streng gezicht, 'Gina kan elk moment beneden zijn, en omdat ze niet weet wat voor een rotzak jij bent, is ze uren bezig geweest om zich op te doffen voor dat etentje met jou. Ze heeft sinds haar man bij haar weg is, zelfs niet meer naar een andere man gekeken. Dit is haar eerste afspraak in misschien wel vijftien jaar. Dus ik waarschuw je, als je haar verdriet doet, ben je nog niet jarig.'
'Maar' zei Ralph, terwijl hij een gegriefd gezicht trok en het mislukken van zijn plan in stilte verwenste. Hij had op het verrassingselement gerekend; het was geen moment bij hem opgekomen dat Gina Izzy de naam zou vertellen van de man die haar mee uit eten had gevraagd.
'Niks te maren.' Izzy hoorde Gina de trap afkomen. 'Als je haar verdriet doet, zal ik je eigenhandig vermoorden, zo simpel ligt dat.'
'Hoorde ik de bel?' vroeg Gina. Haar zenuwen waren op wonderbaarlijke wijze verdwenen en ze voelde zich duizelig van opwinding.
Op dat moment ging de telefoon.
'Ralph en ik waren juist bezig om kennis te maken,' vertelde Izzy. 'Laat maar, ik neem wel op. Gaan jullie maar. Veel plezier hoor. En laat hij je mee naar een dure tent nemen,' zei ze, Ralph met haar onschuldigste glimlach aankijkend. 'Hij is zo te zien draagkrachtig genoeg om een meisje een plezierige avond te bezorgen.'
'Let maar niet op Izzy,' hoorde ze Gina zeggen toen ze de kamer uitgingen. 'Die maakt maar een grapje.'
Izzy nam de telefoon in de keuken aan en zei: 'Hallo?'
Andrew aarzelde. Het was Gina niet, maar was het Kat wel?
'Hallo,' herhaalde Izzy op neutrale toon, in gedachten nog steeds bezig met een goed uitvoerbare moord.
Aan de andere kant van de lijn wachtte Andrew gespannen tot ze iets zou zeggen waaruit hij kon opmaken van wie die stem was, en Izzy, die hem kon horen ademen, vervulde zijn wens ogenblikkelijk. Op een ijskoude toon van verachting zei ze: 'Sodemieter op, viezerik,' en verbrak de verbinding.
Dat was Kat dus niet, dacht Andrew.

Als Joel McGill zo knap en zo donker was als zij zich had voorgesteld, dacht Izzy, dan moest hij onder een van de tafels verborgen zitten. Want er was geen enkele man die, ook maar in de verste verte, aan dat signalement beantwoordde, met het blote oog waar te nemen.

Maar daardoor zou ze zich niet laten ontmoedigen. Aangezien niemand in het publiek een jasje droeg met het beroemde geel met witte MBT-logo, zelfs geen discreet insigne met 'Ik ben een A&R-man', had ze met hart en ziel staan zingen en zelfs de meest ongeïnteresseerde en meest onwaarschijnlijk uitziende gast in de loop van haar optreden haar bijzondere aandacht en stralendste glimlach geschonken.

Nu kwam ze, voor het op één na laatste nummer van de avond het podium af en liep naar de voorste tafels, waar een groep zakenlieden buitengewoon enthousiast had geapplaudisseerd. Achter haar sloeg Terry, de pianist, de beginakkoorden aan van 'My Baby Just Cares For Me', en het publiek, dat de song herkende, liet opnieuw een applaus horen. De stamgasten onder hen wisten dat dit een van haar favoriete nummers was. Voor het slotnummer zou Izzy naar het podium terugkeren en 'Cabaret' zingen, met een stem zo krachtig en aangrijpend dat de toehoorders de rillingen over hun rug voelden schieten.

De avond was goed verlopen, het publiek toonde waardering en Izzy had het naar haar zin toen ze tussen de tafels door wiegde. Toen de song bijna afgelopen was, begon ze naar het podium terug te lopen. Onderweg glimlachte ze tegen een van de minder opvallend uitziende zakenlui van middelbare leeftijd. Ze was halverwege een regel, toen ze ineens een gil gaf. 'AU!'

De hand van de onopvallende, middelbare zakenman was achter bij haar rok omhooggeschoten, had haar in haar bil geknepen en was in een oogwenk weer verdwenen. Izzy draaide zich met een ruk om, keek hem aan en zag zijn geile grijns. Ze ging door met zingen alsof ze met opzet was blijven staan en negeerde de elleboogstootjes van zijn metgezellen.

'Het laatste nummer,' murmelde ze in de microfoon en knikte tegen Terry, ten teken dat ze bleef waar ze was. Het publiek applaudisseerde opnieuw toen Terry soepel overging op 'Cabaret' en Izzy, die uitdagend tegen de onopvallende zakenman glimlachte, hoopte vurig dat hij niet de man van MBT was.

'*There's no use sitting alone in your room. Come hear the music play...*' zong ze, terwijl ze dichterbij kwam en haar hand uitstak tot haar vingers vlak bij zijn schouders waren. De grijns waarmee hij naar haar opkeek, ontblootte zijn gele tanden en zijn gezicht glom van het zweet.

Het ging zoals je in één ruk een pleister ergens aftrekt, bliksemsnel. Izzy, danste weg en was bijna voor hij besefte wat er gebeurde, weer op het podium.

'... *Life is a grey toupee, old son, come to the grey toupee...*' zong ze vrolijk, terwijl ze het grijze toupetje, als een harige zakdoek boven haar hoofd heen en weer zwaaide en de toehoorders, van wie velen de lompe uitval van de man hadden gezien, brulden van het lachen. Aan het eind van de song braken ze de zaak zowat af van enthousiasme. Izzy boog en gooide de toupet terug naar zijn rood aangelopen eigenaar, wiens vrienden het hardst lachten van allemaal.

'Aangezien ik sterk betwijfel of ik hier nog langer werk,' verkondigde Izzy, haar beide handen om de microfoon geklemd, 'zal ik alleen maar zeggen dat ik hoop dat u van de show hebt genoten. U was een fantastisch fijn publiek. Dank u en goedenavond.'

Joel McGill lachte zich nog steeds tranen toen hij het piepkleine hokje binnenkwam dat Izzy haar kleedkamer noemde. Ze moest hem op de enige stoel laten plaatsnemen, hem een doos Kleenex aanreiken en iets inschenken voor hij zelfs maar kon praten.

'Ik dacht dat het bij het nummer hoorde,' kon hij eindelijk uitbrengen, ofschoon zijn schouders nog steeds schokten. 'Tot ik begreep dat dat niet het geval was...'

'Dat geeft niet,' antwoordde Izzy. 'Bedenk eens hoe ik me voelde, omdat ik niet wist of hij jou was, of jij hem, als je begrijpt wat ik bedoel.'

'Ik begrijp wat je bedoelt,' beaamde hij, terwijl hij met een dot perzikkleurige tissues zijn voorhoofd afveegde. 'Het was fantastisch. Ik geloof dat ik van je hou.'

Dat was de ene helft van de droom, dacht Izzy met een wrang lachje, maar de rest klopte van geen kanten. Joel McGill had geen een meter zestig moeten zijn, met oranje haar dat de kwaliteit had van een pannespons, een ziekenfondsbrilletje en het kleinste neusje dat ze ooit had gezien. Ook was het bij het overzien van het publiek niet bij haar opgekomen dat het die man kon zijn met die kobaltblauwe pullover met ruitpatroon, het oranje overhemd en de Schots geruite broek die men doorgaans op de golfcourse ziet.

'Je ziet er helemaal niet als een A&R-man uit,' zei ze tenslotte.

'Nee?' Joel McGill snoot, nog steeds lachend, hard zijn neus. 'Hoe zie ik er dan uit?'

Izzy had daar zo haar eigen gedachten over, maar ze zei tactvol: 'Als Jack Nicklaus?'

Zijn blik zei haar dat ze hem had teleurgesteld. 'Heus?'

'Nou goed. Als een treinspotter,' bekende ze met tegenzin, en hij barstte opnieuw in lachen uit.

'Ik snap niet waarom ik het heb durven zeggen,' mopperde Izzy. 'Het zal mijn carrière niet bepaald gunstig beïnvloeden.'
'Hoor eens,' zei hij, terwijl hij zich naar voren boog en de tissues in de achterzak van zijn afgrijselijke broek propte, 'ik ben een van de beste A&R-mensen van het vak. Dat betekent dat ik er niet als zodanig hoef uit te zien. Ik vind het veel belangrijker om nieuw talent te ontdekken, de mogelijkheden in te schatten en te contracteren. Ik heb gisteren een hele tijd naar je demo geluisterd en vanavond heb ik je zogezegd... in actie gezien.'
'Mmm?' zei Izzy, uitermate behoedzaam. Haar hart bonsde en ze begroef haar nagels in haar handpalmen.
'En aangezien ik alles wat ik heb gehoord en gezien buitengewoon goed vind, zou ik zeggen, hou op met mopperen en laat mij uitzoeken wat je carrière wel gunstig kan beïnvloeden.'
'Bedoel je...?'
'Ik bied je uit naam van platenmaatschappij MBT een contract aan,' zei Joel McGill met een innemende glimlach. 'Ofschoon daar, vrees ik, één voorwaarde aan verbonden is.'
Mij best, dacht Izzy hartstochtelijk, kan me niet schelen wat het is. Als het in het contract stond, zou ze desnoods vormeloze geruite broeken dragen.
Bijna sprakeloos van blijdschap en dankbaarheid, was het enige dat ze kon uitbrengen: 'En wat...?'
'Die truc met dat toupetje,' zei hij, tevergeefs pogend zijn gezicht in de plooi te houden. 'Wat je ook doet, probeer dat niet met de president-directeur van MBT. Als je tenminste niet met alle geweld jong wilt sterven.'

Met het schuldbewuste gevoel dat ze voor het scheikunde-examen van morgen zou moeten studeren, had Katerina een chocoladecake gebakken en die opgegeten, terwijl ze naar een lange aflevering keek van een tv-serie waar ze nooit eerder naar had gekeken en ook nooit meer naar zou kijken. Gelukkig waren zowel Gina als Izzy weg, wat betekende dat geen van beiden wist dat ze het eerste deel van de avond alleen in een bar in Kensington High Street cola had zitten drinken en op Andrew had zitten wachten. Toen hij na een eindeloos anderhalf uur nog niet was komen opdagen, was ze naar huis gegaan en had haar uiterste best gedaan om haar fantasie niet met haar op de loop te laten gaan. Hij kon in het ziekenhuis liggen, hij kon dood zijn, Marcy kon in het ziekenhuis liggen... de mogelijkheden waren legio en beangstigend.

Toen om kwart over elf de telefoon ging, schrokken Katerina en Jericho zich allebei een ongeluk. De cakekruimels vlogen in het rond toen ze ernaartoe vloog.
'Hallo?' fluisterde ze, en deze keer was het zo onmiskenbaar haar stem, dat Andrew niet hoefde te aarzelen. 'Met mij, schat. Het spijt me verschrikkelijk, ik heb geprobeerd je te pakken te krijgen, maar ik sta in de badkamer en Marcy is hiernaast.'
'Is alles goed met je?' Haar handen trilden onbedaarlijk. Ze gleed langs de muur omlaag, probeerde Jericho's chocoladelikken te ontwijken en ging op haar hurken zitten. 'Wat is er gebeurd?'
'Marcy heeft gisteren een miskraam gehad.'
'Wat?'
'Ze is de baby kwijt,' herhaalde Andrew bedaard. Het zou onbehoorlijk zijn om dolgelukkig over te komen, maar het was evengoed de vervulling van hun onuitgesproken hoop...
'Die arme Marcy,' zei Katerina zacht, haar handen nu klam van transpiratie. Tegelijkertijd voelde ze een golf van opluchting in zich opwellen, omdat Andrew niets mankeerde. 'Is ze erg verdrietig?'
'Ja,' zei hij kortaf. 'Daarom kon ik haar niet alleen laten. Dat begrijp je toch, hè, schat? Ik was dolgraag naar je toe gekomen, vanavond, maar...'
'Ssst.' Het beeld van Andrew en haarzelf in bed flitste door haar hoofd. Terwijl zij haar maagdelijkheid verloor, had Marcy de baby verloren. Overweldigd door schaamte zei ze: 'Stil maar. Het spreekt vanzelf dat je bij haar blijft. Zeg, ik moet neerleggen. Er komt iemand thuis.'
'Maar...'
Terwijl ze zacht de hoorn neerlegde, het gesprek midden in een zin afbrekend, merkte Katerina dat ze zich misselijk voelde. Zij was de Andere Vrouw en ze was er opeens niet meer zeker van of ze dat wel aankon. Simon had gelijk gehad. Het was niet verstandig en het was geen spelletje. Het werd opeens griezelig echt.
Vanaf de plaats waar ze zat, met de telefoon nog op schoot, zag ze Gina – de andere Andere Vrouw, dat moest ze eens weten – Ralph hartelijk nawuiven.
'Tjee, je laat me schrikken.' Gina's ogen straalden. Ze zag er echt gelukkig uit.
'Sorry,' zei Katerina, terwijl ze opstond. Ze voelde zich plotseling stokoud. 'Ik was net aan de telefoon. En, heb je het leuk gehad met je acteur? Ik dacht dat je hem nog wel even binnengevraagd zou hebben voor een kopje koffie.'

Ze had zich erop verheugd Ralph te zien en hem te overtreffen met acteren. Nu was ze blij dat ze niet hoefde.
'Ik heb het hem wel gevraagd, maar hij moet morgenochtend om vijf uur op.' Gina, lichtelijk blozend, zag er gelukkiger uit dan ooit. Katerina, die een moeizame glimlach te voorschijn toverde, dacht: je bent een lafaard, Ralph.
'Maar heb je een prettige avond gehad?' vroeg ze nog eens. 'Denk je dat je hem nog eens zult zien?'
'We hebben een heerlijke avond gehad,' antwoordde Gina trots. 'En ja, ik zie hem nog eens. Morgenavond, namelijk.'
'Morgen!' Katerina probeerde niet te verbaasd te kijken. 'Goeie hemel, het schijnt te klikken tussen jullie.'
'Ja,' zei Gina, zo daas van blijdschap dat ze haar jasje naast de kapstok hing. 'Het is niet te geloven. We hebben zóveel gemeen...'

26

Verleidingsregel Nummer Eén, dacht Vivienne opgewekt, terwijl ze op Sams slaapkamerdeur klopte: overval je slachtoffer als hij naakt en nietsvermoedend is.
Na een lange stilte zei Sam: 'Ga weg,' wat geen bijster veelbelovend begin was, maar Vivienne vond dat ze nu eens maatregelen moest treffen. De manier waarop ze de afgelopen weken met elkaar waren omgegaan was ronduit belachelijk. Dus klopte ze, glimlachend, nog eens.
'Ik zei... ga weg.'
Regel Nummer Twee, hield Vivienne zichzelf voor: bied je slachtoffer onvoorstelbare heerlijkheden aan.
'Ik ben bezig het ontbijt klaar te maken. Boterhammetjes met ham en champignons, maar als jij liever weer gaat slapen...'
Er volgde weer een lange stilte. Eindelijk gromde hij: 'Ik ben nou toch wakker. Oké.'
'Heerlijk, die dankbaarheid,' antwoordde Vivienne luchtig. 'Het is over tien minuten klaar.'

Even later hoorde ze, zoals ze had verwacht, dat de douche werd aangezet. Ze ging stilletjes gniffelend naar de keuken terug en zette de grill op de allerlaagste stand.
Door het geruis van de douche hoorde Sam de badkamerdeur niet opengaan. Vivienne, zich verlustigend in het voyeuristische plezier van hem door het matglas te begluren, deed haar ochtendjas uit en liep geruisloos naar de douchecabine.
'Wat moet...' sputterde Sam, toen haar huid tegen de zijne kwam.
'Ssst, niet bang zijn,' fluisterde Vivienne achter hem, 'ik ben van de reddingsbrigade. Je zult niet verdrinken.'
Er was niets tegen te doen. Ze had hem te grazen. Voor hij kon protesteren, wist hij dat hij verloren was. Vivienne, die met glibberig gemak haar zeephanden langs zijn lichaam liet glijden, drukte zich tegen hem aan. Sam was in een paar seconden opgewonden.
'Dit is krankzinnig,' zuchtte hij, tevergeefs proberend het erotisch effect van haar warme, natte huid te negeren.
'Maar hygiënisch,' mompelde Vivienne, terwijl haar borsten met tergende zaligheid langs zijn rug gleden en haar tong rond zijn ene schouderblad cirkelde. Niet in staat haar lach te bedwingen, zei ze: 'Dit is nou zeker wat jullie Engelsen Proper Pretentieloos Plezier noemen.'
Terwijl Sam zich eindelijk naar haar omdraaide en ruiterlijk zijn nederlaag erkende, nam hij haar in zijn armen en kuste haar. Even later zei hij met een scheef glimlachje: 'Wij Britten noemen dit lijf en leden wagen.'
'Nou ja,' antwoordde Vivienne hees en draaide de kraan dicht, 'als jij dan saai en degelijk wil zijn, zit er dunkt me niets anders op dan de veiligheid van een bed op te zoeken.'

Na afloop draaide Sam zich op zijn zij. 'En?' vroeg hij. 'Was dat saai en degelijk?'
Vivienne, bijna barstend van geluk, glimlachte naar hem. 'Het was, zoals jullie Britten zouden zeggen,' deelde ze hem plechtig mee, 'heel prettig... verdraaid goed... wèrkelijk fantààstisch... eerste klas... in alle opzichten bepaaldelijk uitstekend...'
'Mooi,' viel hij haar kordaat in de rede. 'En krijg ik dan nou eindelijk die boterham met ham?'

'O, Izzy,' riep Vivienne, buiten zichzelf van vreugde. 'Wat geweldig... tjee, nu ga je het echt máken!'

Izzy lachte breed, terwijl de chauffeur, die stijf en strak volhield dat hij George heette, de deur van de glanzende, belachelijk lange limousine openhield. 'De eerste van mijn levenslang gekoesterde ambities,' verklaarde ze, terwijl ze haar handen liefkozend over de ivoorkleurige leren bekleding liet glijden. 'Ook al is ie maar zes uur van mij.'
'En wat is je tweede levenslang gekoesterde ambitie?' informeerde Vivienne, op de ingebouwde bar kloppend. Izzy knipoogde tegen de chauffeur. 'Ruig vrijen achter in een limousine.'
'Oei, reken dan niet op mij, hoor. George, je luistert toch niet, is het wel?'
'Nee, mevrouw,' antwoordde George met een stalen gezicht.
'En waar gaan we nu naartoe?' vervolgde Vivienne, terwijl ze twee levensgrote borrels inschonk en een aan Izzy gaf, toen de kolossale auto zich zoemend in beweging zette.
'Da's ook een vraag.' Izzy keek beledigd. 'Met deze bak, óveral.'

Toen ze bij The Chelsea Steps voorreden was het bijna halftwee en op het trottoir voor de club zag het zwart van de paparazzi. Ze verdrongen zich vrijwel onmiddellijk rond de gehuurde limousine.
'Goeie god,' zei Izzy vol ontzag. 'Ik ben vlugger beroemd geworden dan ik dacht.'
De gezichten van de fotografen veranderden echter, zodra George het achterportier opende.
'Shit, jij bent Tash Janssen niet,' riep iemand met duidelijke afkeer uit.
'Heb ik ook nooit beweerd,' antwoordde Izzy hooghartig. 'Druiloor.'
Hij haalde zuchtend zijn schouders op. 'En wie ben je dan wel? Een belangrijk iemand?'
Izzy negeerde hem straal en wendde zich tot de chauffeur. 'Zorg dat er niemand aan de auto komt, George. We blijven hier maar een paar uur. En in die tijd niet met die druiloren kletsen, als je baan je lief is.'
'Uitstekend, mevrouw.' Hij tikte aan zijn pet. De fotograaf nam Izzy achterdochtig op. 'Hé, bèn jij iemand?'
Ze gaf hem een medelijdend glimlachje ten antwoord. 'Waarom vraag je Tash Janssen niet of ik "iemand" ben? Hij kan over vijf minuten hier zijn. Misschien dat hij het je vertelt.'

De club was afgeladen vol. Izzy, die speurend tussen de mensenmassa doorkeek, zei: 'Daar is Sam. Zullen we hem netjes goeiedag gaan zeggen, of net doen of we hem niet zien?'

Vivienne liet een beschaafd kuchje horen. Haar groene ogen twinkelden. 'Tja, eh... om je de waarheid te zeggen, jij bent niet de enige die iets te vieren heeft.'
'Bedoel je...' Izzy staarde haar aan. 'Dat jij en Sam?'
'O jee, we gaan niet trouwen of zo.' Vivienne giechelde. 'Kijk maar niet zo verbaasd.'
'Maar jullie...'
'Hebben een flinke wip gemaakt,' vulde Vivienne met haar gewone openhartigheid aan. Ze liet een verrukte zucht horen. 'En het was weer net zo fijn als vroeger. Echt, hoor. Sam Sheridan is werkelijk geweldig in bed.'
Dat geloof ik graag, dacht Izzy spijtig, maar ze kon toch glimlachen en blij zijn voor haar vriendin. Wat je nooit hebt gehad, kun je niet missen, hield ze zichzelf voor en ook al hechtte ze geen geloof aan dat stukje levenswijsheid, op dit soort momenten kwam het goed van pas.
'Daar ben ik blij om,' zei ze oprecht, terwijl Sam zich een weg naar hen toebaande. 'Maar denk erom, ik wil dat platencontract nog een tijdje geheimhouden. Hij denkt nog steeds dat ik een dom vrouwtje ben en ik wil wachten tot ik hem werkelijk iets kan laten zien.'
'Izzy, ik zwijg als het graf,' verklaarde Vivienne. 'Ik vind het enig dat we een geheim hebben. Vanmiddag heeft hij nog een rotopmerking over je gemaakt en ik ben vierkant achter je gaan staan.'
'Wat zei hij dan?' vroeg Izzy verwonderd.
'O, iets over die Tash Janssen die vanavond naar de club komt,' zei Vivienne vaag. 'Sam zei dat jij, zodra je hem zag, om zijn nek zou gaan hangen.'
'En wat heb jij gezegd?' Izzy's donkere wenkbrauwen waren onder haar krullen verdwenen.
Vivienne knipoogde. 'Maar, liefje,' zei ze lijzig plagend. 'Ik heb gezegd dat zo'n rijke rockster dat zeker niet voor niets zou krijgen. Dat je hem de rekening zou presenteren!'

Zo kwaad op Sam, dat ze bang was dat ze tegen hem zou uitvallen, draaide Izzy zich om en ging een beetje rondlopen. En ofschoon ze haar uiterste best deed om niet aan haar vervlogen kans bij Sam te denken, om nog maar te zwijgen over het rare feit dat het opeens zo dik aan was tussen Ralph en Gina, ontging het haar toch niet dat de rest van de wereld uit paren leek te bestaan.
Ik heb geen man nodig, hield ze zichzelf boos voor. Ik heb een platencontract.

Maar het was wel lang geleden; de dagen van Ralph en Mike en het plezierig onderhands samengaan dat haar leven zo compleet had gemaakt, lagen ver in het verleden en nu was zelfs Katerina verliefd...
Ze moest uitwijken voor een stelletje met de armen innig om elkaar heengeslagen. Terwijl ze dat deed, keek ze om en zag Vivienne bij de bar tegen Sam lachen. En laat Gina ook maar schuiven, dacht Izzy, in een povere poging tot humor, die niet kon tippen aan haar opgetogen stemming van daarstraks; als het zo doorging zou zíj binnenkort met Jericho door het park draven op zoek naar mannen.
Toen ze terugkwam van de wc, waar een geweldige opwinding heerste en waar lipsticks en ijzersterke haarsprays overvloedig werden aangewend, in afwachting van de vermoedelijke komst van Tash Janssen, merkte Izzy een roezige drukte bij de ingang op, waaruit ze begreep dat hij inderdaad was komen opdagen. En al stond The Chelsea Steps erom bekend dat het er altijd ontspannen en zonder nodeloze drukte toeging en al was er geen echte stormloop en waren er geen hysterische vreugdekreten, de komst van een van de meest extravagante en succesvolle rocksterren wekte toch meer dan gewone belangstelling.
Izzy moest onwillekeurig glimlachen toen een geminirokte en belipstickte horde blondines de wc uitstroomde en naar de dansvloer dromde. De DJ, die blijkbaar gevoel voor humor had, zette prompt een plaat op waarop je eigenlijk niet kon dansen. De blondjes aarzelden een moment, trokken zich vervolgens tijdelijk verslagen langs de zijlijn terug, met een air of ze toch niet hadden willen dansen en wierpen hem blikken vol kille verachting toe.
'Hmm,' murmelde Vivienne, die weer naast Izzy opdook en Tash Janssen onbeschaamd aanstaarde. 'Ik moet toegeven dat het een stuk is. Als ik niet verliefd was op Sam, zou ik in de verleiding komen om zelf een kansje bij hem te wagen.'
Izzy keek hoe Janssens gezelschap, allemaal mannen tot nu toe, zich rond de meest begeerde tafel van The Steps schaarde. De zanger, met zijn donkere stekelhaar en nog donkerder ogen onder zware oogleden en een mager, gebruind gezicht, was sportief gekleed in een rood overhemd en een witte spijkerbroek. Hij maakte een misleidend apatische indruk, zoals hij zijn glas opnam en iets tegen een van zijn in zwarte pakken gestoken oppassers mompelde. Toen hij zijn glas in één teug leegdronk, werd er onmiddellijk weer een vol voor hem neergezet.
'Uitgesproken gevaarlijk,' constateerde Vivienne met iets van opwinding in haar stem. 'Kijk eens naar die mond...'

Izzy was ondanks zichzelf geïntrigeerd; hoe kon iemand die eigenlijk helemaal niet zo knap was, zo'n ongelooflijke aantrekkingskracht op zoveel vrouwen hebben? En was die aantrekkingskracht aan zijn roem voorafgegaan of als gevolg van die roem ontketend? Hoe zou het zijn om een dergelijke uitstraling te hebben, om door miljoenen mensen over de hele wereld herkend te worden, om gewoon Tash Janssen te zíjn?'

'Je staat te zwijmelen,' merkte Vivienne op, terwijl ze haar scherp van opzij aankeek.

Izzy, die mijlenver weg was geweest, mompelde afwezig: 'Ik denk na.'

'Nooit denken,' verklaarde Vivienne, omdat dat een van haar favoriete gezegden was. 'Alleen doen.'

Izzy schoot in de lach. 'Breng me niet in de verleiding.'

'Zal het, wat het ook is, Sam ergeren?' Nu keek Vivienne geïnteresseerd.

'O ja.'

'Zal hij kwaad op mij zijn?'

'Nee...'

'Nou,' zei Vivienne terwijl ze opgelucht glimlachend met haar glas tegen dat van Izzy tikte, 'waarom sta je hier dan verdorie nog tegen mij te wauwelen? Ga d'r tegenaan.'

'Hoe is het mogelijk,' mompelde Sam twintig minuten later, toen de langste lijfwacht van Tash Janssen over de dansvloer liep, recht op Izzy af, die nu alleen en ingetogen aan een tafeltje in de verste hoek van de club zat.

'Misschien vraagt hij haar ten dans,' opperde Vivienne, die verwoede pogingen deed om niet te lachen. De lijfwacht sprak Izzy aan en beduidde haar dat ze hem moest volgen.

'Waar stuurt ze op aan?' In Sam leefde altijd nog de vage angst dat Izzy, die geen schaamte kende, op een goede avond voor een van zijn beroemde gasten in gezang zou uitbarsten...

Vivienne, die begreep wat hij dacht, gaf hem een kneepje in zijn arm. 'Nee, je kunt er niet naartoe gaan,' wees ze hem terecht. 'Hij heeft haar uitgenodigd, nietwaar? Ze heeft zich bepaald niet aan hem opgedrongen...'

Sam erkende enigszins onwillig dat dat waar was. Maar helemaal vertrouwen deed hij het niet. 'Ze heeft dat gepland,' zei hij somber, terwijl hij met half toegeknepen ogen toekeek hoe Tash Janssen opstond

en Izzy's hoffelijk uitgestoken hand schudde. 'Ik weet niet hoe ze het heeft gedaan...'
'Ach gut,' zei Vivienne goedgehumeurd. 'Al die drukte over Izzy. Weet je zeker, schattebout, dat je niet een heel klein tikje jaloers bent?'
'Natuurlijk ben ik niet jaloers,' antwoordde Sam bedaard. Hij nam een slokje van zijn borrel. 'Ik wil alleen niet dat ze gaat zingen.'

27

Tash Janssen was van dichtbij nog knapper dan uit de verte. Izzy, die met haar handen zedig in haar schoot ineen geklemd naast hem zat, vroeg zich af hoe vaak hij ruig achter in een limousine had gevrijd, maar zette die gedachte haastig van zich af, voor het geval hij gedachten zou kunnen lezen.
'Tja,' zei hij tenslotte, nadat hij haar nauwlettend van top tot teen had opgenomen, 'ik moet zeggen dat ik in de loop der tijd heel wat briefjes heb gekregen, maar nooit zo een als die van jou.'
'O nee?' zei Izzy uitermate beleefd. Het briefje dat ze door haar favoriete barman had laten afgeven, lag voor hen op tafel, maar Tash Janssen haalde de eerste zin aan zonder er zelfs maar een blik op te werpen.
'*Ik bied je niet mijn lichaam aan, ik heb geen blond haar en ik ben oud genoeg om je moeder te zijn. Maar ik zou je een serieus aanbod willen doen van een song dat je mogelijk zeer zal interesseren.*'
'Ja,' antwoordde Izzy eenvoudig.
'Je bent niet oud genoeg om mijn moeder te zijn,' merkte hij met een scheef glimlachje op.
'Mijn enige leugentje,' bekende ze, terwijl haar eigen mondhoeken ook omhoog gingen.
'En jij beweert dat die song erg goed is?'
'O ja, fantastisch goed.'
'Ook een... leugentje?'
Hij amuseerde zich kostelijk. Izzy wist best dat hij haar niet serieus

nam. Maar ze voelde dat, ook al geloofde hij haar niet, ze in elk geval zijn belangstelling had gewekt, tijdelijk althans.
'Deze song,' zei ze zachtmoedig, 'is de mooiste die er bestaat.'
Tash Janssen lachte en wierp een vluchtige blik op zijn horloge. 'Zeg, ben je al van gedachten veranderd en wil je soms toch met me naar bed?'
'Het is in víjf minuten gebeurd...' weerlegde Izzy, die zich realiseerde dat de zachte benadering niet werkte en dat ze het risico liep zijn belangstelling te verliezen.
Zijn wenkbrauwen schoten omhoog. 'Neem me niet kwalijk, maar dat is echt niet waar.'
'Naar mijn song luisteren, suffie.'
Hij stak opgelucht zijn handen omhoog. 'Ik dacht dat we het over mijn seksuele vaardigheden hadden. Oké, oké, waarom stuur je me niet een bandje, aan het adres van mijn platenmaatschappij? Ik beloof je dat ik het zal beluisteren.'
'Nee,' zei Izzy, terwijl ze haar tas opendeed, haar exemplaar van de demo eruit haalde en hem buiten zijn bereik hield toen hij hem wilde pakken. 'Mijn auto staat buiten. Ga mee en beluister hem nu.'

'Ik kan... mijn ogen niet geloven,' zei Sam met opeengeklemde tanden. Vivienne, buiten zichzelf van vreugde, antwoordde sussend: 'Kalm maar. Ze is tenslotte meerderjarig.'
'Die vrouw is de op een na meest amorele meerderjarige die ik ken.' Sam staarde de verdwijnende gestalten woedend na en zag dat Tash Janssens hand licht op Izzy's schouder rustte. 'En ze verdwijnt daar, goddorie zowat gearmd, met de meest amorele...'
'Misschien,' opperde Vivienne, behulpzaam als altijd, 'gaan ze zijn parkeermeter bijvullen.'

Izzy, genietend van het gezicht van de fotograaf die daarstraks zo kleinerend tegen haar had gedaan, lachte breed tegen Tash Janssen en zei: 'Jouw auto of de mijne?' en liep voor hij iets kon zeggen al in de richting van haar eigen gehuurde limousine. 'Oké,' vervolgde ze vlot, met een licht schouderophalen, 'de mijne dan maar. Dank je, George... vind je het erg om even buiten te wachten? Meneer Janssen en ik hebben een privé-kwestie te bespreken.'
'Vol verrassingen,' merkte Tash op, toen ze veilig en wel in de auto zaten, tegen nieuwsgierige blikken en lenzen beschermd door de verduisterde ramen. Hij boog zich naar Izzy over en fluisterde samen-

zweerderig: 'Heb je het wel eens op de achterbank van een van deze dingen gedaan?'
'Al voordat jij geboren werd,' antwoordde Izzy met een zucht. Ze duwde hem overeind en vervolgde: 'Hoor eens, niemand kan ons nu horen, dus laat die beroemde rockster-komedie maar zitten. Gedraag je vijf minuten als een gewoon mens en luister naar mijn song.'
Hij lachte. 'Heb je er ooit over gedacht om onderwijzeres te worden?'
'Ssst.' Izzy deed de cassette in het cassettedeck en stelde de installatie op quadrafonische weergave in.
'Je handen beven,' constateerde hij.
'Dat komt omdat ik nerveus ben.'
Hij keek haar geïnteresseerd aan. 'Je hebt me zowat gekidnapt. Waarom zou jíj bang zijn?'
Ze draaide zich naar hem om, keek hem met haar grote donkere ogen aan en zei langzaam: 'Dit is heel belangrijk voor me. Ik ben bang dat je niet de moeite zult nemen om echt te luisteren, omdat je dit hele geval als een grap afdoet, terwijl ik bloedserieus ben.'
Hij zweeg een ogenblik. Toen nam hij haar hand in de zijne, drukte er een kus op en legde hem zacht naast zich op de bank. 'Sorry,' zei hij. 'Ik zal echt luisteren. Ik kan ook serieus zijn.'
De openingsakkoorden van 'Never, Never' vulden de auto en hij luisterde. Izzy keek hoe hij luisterde – met zijn ogen gesloten en zijn lange benen voor zich uitgestrekt – en durfde vier minuten nauwelijks adem te halen.
Toen de song afgelopen was en hij zich niet verroerde, dacht ze even dat hij sliep. Maar hij deed langzaam één oog open en zei: 'Speel het nog eens.'
'Met genoegen,' zei Izzy zacht, en begon de band terug te spoelen.
Hij glimlachte voor hij zijn ogen opnieuw sloot. 'Dank je.'
Een kwartier later, toen 'Never, Never' voor de vierde keer was gedraaid, ging hij rechtop zitten, nam de cassette uit het cassettedeck en draaide hem met een peinzend gezicht om en om. Aangezien hij er nog steeds niets over had gezegd, was Izzy onderhand verstard van spanning.
'En?' vroeg ze tenslotte, moeizaam, want haar tong kleefde tegen haar verhemelte.
'Ik vind het geweldig,' zei hij lichtelijk geamuseerd. 'Maar je wist dat ik dat zou vinden, anders zou je niet al die moeite hebben gedaan om me hier mee naartoe te slepen. Ik begrijp alleen niet waarom je hem niet zelf wilt zingen.'

'Ik heb je hier niet mee naartoe gesleept,' bracht ze hem kalm in herinnering. 'En ik wil hem wel zelf zingen. Heel graag zelfs.'
'Waarom bied je hem mij dan aan?'
Izzy haalde diep adem en snoof de geur van leren bekleding, sigaren en eau de cologne op. 'Omdat ik hem met jou samen wil zingen.'
Hij keek stomverbaasd. 'Een duet?'
'Dat is, geloof ik, de vakterm ervoor,' beaamde ze met een vluchtig glimlachje.
'Ik zing nooit duetten.'
'Misschien zou je het wel moeten doen. Het publiek hoort ze graag. Kijk maar naar Tina Turner en Mick Jagger.'
'En?' vroeg Tash.
'Tina Turner en... David Bowie.'
'Om nog maar te zwijgen van Bryan Adams en Tina Turner.' Tash wierp haar een spottende blik toe. 'Kermit en Miss Piggy...'
'Elton John en Kiki Dee!' onderbrak Izzy hem haastig, voor hij er weer de draak mee zou steken. 'O toe... de fans zijn dol op dat soort dingen.'
'Heus? En hoeveel fans heb jíj?'
'Een stuk of zeventien,' zei Izzy, concluderend dat ze het toupetmannetje er beter niet toe kon rekenen. Ze zweeg even voor ze eraan toevoegde: 'En een hond.'
'Ach zo,' zei Tash peinzend. 'Is die hond groot of klein.'
Ze waagde een glimlach, omdat hij nog niet echt nee had gezegd en omdat hij nog steeds bij haar in de auto zat en omdat ze begon te vermoeden dat hij misschien, heel misschien, haar voorstel serieus in overweging nam. 'Hoezo?' pareerde ze met een ernstig gezicht. 'Doet de grootte er iets toe?'
'Geen idee,' antwoordde hij, terwijl hij weer achterover zakte en met de cassette tegen zijn in spijkerbroek gehulde dijbeen tikte. Toen wendde hij zich abrupt naar haar toe, keek haar met zijn scherpe, donkere ogen doordringend aan en vroeg: 'Maar vertel me eens sinds wanneer je al met dit plan rondloopt.'
Izzy vroeg zich een ogenblik af of het meer indruk zou maken als ze weken zei, of maanden. Wie weet, als hij dacht dat ze de song speciaal had geschreven, met hem in gedachten... dat het nooit bij haar opgekomen zou zijn dat iemand anders het zou kùnnen zingen...
Maar dit waren geen ogen waar je tegen kon liegen, realiseerde ze zich, en de gebeurtenissen van die avond begonnen hun tol te eisen. Ze had gewoon de kracht niet meer om nu te gaan improviseren.

'Sinds ongeveer een uur geleden.' bekende ze met een licht schouderophalen. 'Toen jij de club binnenkwam.'
Tash deed zijn uiterste best om zijn gezicht in de plooi te houden. 'Dus het was een spontane beslissing, een impulsieve daad. Ik voel me bepaald gevleid.'
'Maar is het daarom een slecht idee?' vroeg Izzy enigszins geërgerd, omdat hij haar nu uitlachte. 'Is je rockster-ego te verheven om te kunnen accepteren dat ik de song niet speciaal voor jou heb geschreven?'
'Een beetje diplomatie is nooit weg,' antwoordde hij met een stalen gezicht, 'maar ik vermoed dat ik er mettertijd wel overheen zal komen. Is dit je echte naam?'
Hij hield de cassette bij het flauwe licht, zijn ogen half dichtgeknepen toen hij voor het eerst het label las. Izzy, overrompeld door de abrupte verandering in zijn gedachtengang, zei nijdig: 'Natuurlijk is dat mijn echte naam.'
'Hmm.' Hij zweeg, kennelijk in gedachten verzonken. Het volgende ogenblik had hij, zonder haar zelfs maar aan te kijken, opnieuw haar hand gegrepen en naar zijn lippen gebracht. Het gebaar was onschuldig genoeg. De uitwerking was echter hevig erotisch. Izzy, die van top tot teen tintelde, fluisterde bijna onhoorbaar: 'Hmm wat?'
'Tash en Van Asch,' zei hij, plotseling glimlachend. 'Ik weet niet hoe jij erover denkt, maar ik vind dat het heel aardig klinkt.'

28

Sam, die niet van musicals hield en die twee van de felbegeerde kaarten had gekregen voor de nieuwe Andrew Lloyd Webber-show die kort geleden in West End in première was gegaan, liep de volgende middag even in Kingsley Grove langs en bood ze Gina aan.
Gina hield erg van musicals en was in de wolken. 'Blijf eten,' drong ze aan. Ze richtte haar aandacht weer op het deeg dat ze aan het kneden was en vervolgde met een hoofdbeweging naar het bord biefstukken dat op de ijskast stond: '*Boeuf en croûte*, en ik maak veel te veel klaar, dus je moet echt blijven.'

Sam aarzelde. 'Ik kwam je eigenlijk alleen maar even die kaarten brengen,' zei hij, terwijl hij angstvallig vermeed om te vragen waar Izzy was en of ze gisteravond nog thuisgekomen was. 'Vivienne rekent erop dat ik naar huis kom...'
'Bel haar dan,' zei Gina monter. 'En vraag of ze ook komt. Hoe meer zielen hoe meer vreugd!'
Even later hoorde hij boven voetstappen en het geluid van een slaapkamerdeur die openging. 'Is dat Izzy?'
Gina, die het deeg nu stevig uitrolde, blies een haarlok van haar voorhoofd en schudde haar hoofd. 'Ik heb haar vanmorgen rond zes uur horen thuiskomen, maar toen ik van mijn werk kwam, was ze alweer verdwenen. Dat was Kat, die je daarnet hoorde.'
Omdat Sam niet aan Izzy en Tash Janssen samen in bed wilde denken, richtte hij zijn aandacht weer op Gina. Het viel hem opeens op dat ze er de laatste paar weken een stuk beter was gaan uitzien en hij zei: 'Je bent zo opgewekt.'
Gina hield even op met deeg rollen en keek hem aan. 'Ja hè?'
Daar kon hij tenminste blij om zijn. Gina had onderhand wel een beetje geluk verdiend. Hij hield zijn hoofd een beetje scheef. 'En hoe komt dat?'
'O Sam,' zei ze zacht. Ze veegde met haar onderarm langs haar wang, waardoor er een veeg bloem op bleef zitten. 'Ik heb zo'n aardige man leren kennen... en ik weet wel dat het nog veel te vroeg is om zelfs maar aan de toekomst te denken, maar het is zo'n bijzonder mens...'
'Daar ben ik blij om.' Sam stond op en gaf haar een kus op haar onbebloemde wang, waarna hij quasi streng vervolgde: 'Maar jij bent ook niet de eerste de beste, mevrouw Lawrence, dus laat hem niet denken dat hij het alleenrecht heeft op bijzonder zijn.'
Gina schudde haar hoofd. 'Voorlopig kan ik mijn geluk gewoon niet op. En als je blijft eten, zul je hem straks zien. Hij zou om halfzeven hier zijn.'
'Nou ja,' zei Sam, zijn hand naar de telefoon uitstekend, 'dan mag ik de uitnodiging niet afslaan. Ik zal tegen Vivienne zeggen dat ze een fles wijn mee moet brengen.'
Toen hij de hoorn had neergelegd vroeg hij: 'Wat kan ik nu eens voor je doen?'
De deurbel ging. Gina, die tot haar ellebogen onder de bloem zat, antwoordde glimlachend: 'Opendoen.'
Omdat Sam noch Gina op de hoogte was van Ralphs griezelige neiging tot overdreven punctualiteit, die volgens Katerina een bijver-

schijnsel was van het feit dat het acteursvak zo weinig zekerheid bood, bracht geen van beiden het om kwart voor zes klinken van de deurbel in verband met Ralph, die immers pas om halfzeven verwacht werd.
Sam, die de deur opendeed, herkende hem onmiddellijk en was even verbaasd. 'O. Hai,' zei hij gemoedelijk, terwijl hij een glimp van een gouden armband zag en een lach onderdrukte. 'Izzy is helaas niet thuis. Verwacht ze je?'
'Eh...' Ralph was een ogenblik van zijn stuk gebracht. Achter Sam zag hij Gina in de gang staan.
'Misschien dat ze zo thuiskomt,' vervolgde Sam in zalige onwetendheid van wat hij aanrichtte. 'Kom binnen en wacht op haar.'
'Eh... eh...'
'Wat is er toch?' vroeg Gina met een onnatuurlijk hoge stem.
Ze had een gevoel alsof iemand midden in een programma naar een ander kanaal overschakelde. Alle kleur was uit haar gezicht weggetrokken.
Sam, die een goed geheugen had voor namen, deed een stap opzij zodat ze een onbelemmerd zicht op de bezoeker had. 'Dit is Ralph, liefje. Kennen jullie elkaar al? Ik zei net dat hij, als hij hier met Izzy afgesproken heeft, even iets met ons moet drinken, terwijl hij op haar wacht.'
Gina staarde van Ralph naar Sam. Toen zei ze langzaam, zich afvragend of ze bezig was om haar verstand te verliezen. 'Waar heb je het over? Is dit een grap?'
Improvisatie was nooit Ralphs sterkste punt geweest. 'O, shit,' zei hij hartgrondig.
'Wat?' vroeg Sam, terwijl hij op zijn beurt naar Gina keek en zag dat ze op het punt stond om flauw te vallen.
Haar geschrokken gezicht verried hem wat er aan de hand was. Met een wee gevoel in zijn binnenste, echode hij binnensmonds: 'O, shit.'

Toen Izzy om zeven uur thuiskwam vond ze Sam in de keuken, wachtend op haar, alleen. Verkwikt door een dag op het hoofdkantoor van MBT in Mayfair, waar ze door Joel McGill was voorgesteld aan de algemeen directeur, de financieel directeuren en de producer met wie ze zou samenwerken, was ze in een opperbeste stemming. En vanavond zou ze met Tash uit eten gaan.
'Dag, schat!' riep ze toen Jericho overeind krabbelde en op haar afvloog. Toen, opeens beseffend dat ze haar heerlijke geheim niet lan-

ger voor zich kon houden, zei ze met een brede lach: 'Hallo, Sam. Raad eens waar ik geweest ben.'
Maar toen hij haar aankeek, zag ze de ijskoude woede in zijn ogen. 'Bedoel je behalve in die slijmerd z'n bed?' snauwde hij minachtend. 'Ik zou het niet weten, Izzy. Je kunt overal geweest zijn waar je maar rotzooi kunt maken en andermans leven in de war kunt sturen.'
Izzy, perplex over die onverwachte uitval, keek hem even verwezen aan. Ze had Sam nog nooit zo kwaad gezien. Opeens begreep ze het: hij had het over Tash. Sam had haar gewaarschuwd hem niet te benaderen, en zij had zich niet aan dat gebod gestoord. Rocksterren waren blijkbaar niet de enigen met gevoelige ego's.
'Niet dat het je ook maar iets aangaat,' antwoordde ze kwaad, omdat ze met zulk fijn nieuws naar huis was gekomen en hij nu alles bedierf, 'maar ik ben niet met Tash Janssen naar bed geweest. En dat ben ik ook geen moment van plan.'
'Nee, natuurlijk niet,' schamperde hij op een toon vol sarcasme. 'Kom, laat me eens raden. Je hebt vannacht zijn kunstverzameling bewonderd!'
'We hebben de hele nacht over muziek gepraat,' kaatste Izzy terug. Om haar mond speelde een flauw glimlachje. Lieve help, ze had niet geweten dat Sam zo fel zou reageren. Hij scheen dus toch nog iets om haar te geven...
'Zo, dus jullie hebben over muziek gepraat,' vervolgde hij gevaarlijk kalm.
'We hebben ook een kopje thee gedronken,' vulde Izzy bereidwillig aan. Ze begon er plezier in te krijgen. 'En ik heb zes chocoladekoekjes gegeten.'
'Waar was Gina?'
'Wat?'
'Gisteravond,' verduidelijkte Sam, meedogenloos op de genadeslag aansturend. 'Toen jij weg was. Waar was zij toen?'
'Bedoel je ònze Gina?' Izzy, onthutst over de abrupte wending van het gesprek, zei: ' Die was er niet bij! Ze was uit eten met... iemand anders.'
'En met wie dan wel?'
'O verdorie!' Izzy, die eindelijk begreep waar hij het over had, sloot ontzet haar ogen. 'Wat een rotsituatie. Die rot Ralph...'
'Rot-wie?' riep hij woedend, de neiging om haar flink hard door elkaar te rammelen met moeite onderdrukkend. Het was werkelijk verbazingwekkend zoals Izzy kans zag om door het leven te dartelen en

zichzelf van alle schuld vrij te pleiten. 'Hoe kon je dat verdomme laten gebeuren? Je hebt het bekokstoofd.'
'Nee, dat heb ik niet!' Haar vingers klemden zich om de rand van het buffet. Ze trilde nu van woede. 'Ik heb tegen hem gezegd dat hij haar geen verdriet mocht doen.'
'En als je haar had gezegd wie hij was, zou ze nu geen verdriet hebben. Maar dat heb je niet gedaan, hè? Omdat je liever met die komedie meedeed, omdat het een leuk verhaal was om je vrienden te vertellen.' Hij maakte een verachtelijk gebaar. 'Je hebt het Janssen gisteravond zeker ook verteld.'
Niet in staat haar woede nog langer te bedwingen, greep Izzy het voorwerp dat het dichtst bij haar stond en gooide ermee. De Victoriaanse gemberpot scheerde langs hem heen tegen de muur en brak in duizend stukken.
Sam, die zelfs niet met zijn ogen had geknipperd, zei honend: 'Knap, hoor. Gina zal bepaald in haar schik zijn.'
'Ik zal hem vergoeden,' riep Izzy.
'Ja, natuurlijk,' antwoordde hij ijzig. 'Net zoals je haar hebt kunnen overhalen om je geld te lenen.'
'Hou op,' zei Gina kalm vanuit de deuropening. 'Allebei.'
Izzy's ogen schoten vol tranen. 'Het spijt me.'
'Het geeft niet.' Gina, verbaasd over haar reactie – Izzy huilde nooit – schudde haar hoofd. 'Andrew had me dat ding voor Kerstmis gegeven. Ik heb het nooit mooi gevonden.'
'Ik bedoelde Ralph,' snufte Izzy. 'Ik wilde je echt niet bedriegen, al weet ik dat ik het eigenlijk wel gedaan heb, maar je leek zo blij...'
'Ik weet het,' zei Gina sussend. 'Het was jouw schuld niet. Ik keek wel raar op toen ik me realiseerde wie hij was, maar dat is toch niet het einde van de wereld, wel?'
Sam, hels dat ze Izzy's partij koos en de kwestie zo licht opnam, zei: 'Maar tegen mij zei je dat je hem zo graag mocht. En dat je...'
'Kan wel zijn,' viel Gina in, zonder hem aan te kijken. 'Maar je verwacht toch niet echt dat ik overstuur ben? Ik ben vijftien jaar met Andrew getrouwd geweest. Ik heb Ralph nota bene pas een paar dagen geleden leren kennen.'
Izzy, die blindelings in haar tas rommelde op zoek naar een zakdoek en niets liever wilde dan het goedmaken, stuitte op haar portemonnee. Het eerste dat ze na haar bezoek aan het kantoor van MBT had gedaan was naar de bank rennen en een groot gedeelte van de cheque met haar voorschot verzilveren. Nu haalde ze, gegriefd door Sams hatelij-

ke opmerkingen, een dik pak bankbiljetten te voorschijn.
'Hier is het geld dat ik vorige week van je heb geleend,' zei ze haastig en stopte het de verbaasde Gina in de handen. 'En hier is nog iets als vergoeding voor de pot.' Toen pakte ze, omdat ze niet genoeg contant geld had om het grootste slotgebaar te kunnen maken en om het Sam in zijn walgelijke gezicht te kunnen gooien, haar chequeboek en schreef een cheque van dertienhonderd pond uit. Ze schoof hem over de keukentafel naar hem toe en zei: 'Deze is voor Vivienne. Maak je geen zorgen, hij is gedekt.'
Terwijl hij opstond om te vertrekken, wierp Sam haar nog een laatste verachtelijke blik toe. 'Ze had dus gelijk,' zei hij toonloos, 'je doet het inderdaad niet voor niets.'

'Ik weet werkelijk niet waarom hij zo lelijk tegen je deed,' zei Gina later, toen Izzy zich klaarmaakte om weg te gaan. 'Dat is niets voor Sam.'
'Zoek maar geen excuses voor hem.' Izzy, vol aandacht bezig haar mascara aan te brengen, deed de kwestie met een schouderophalen af. 'Hij is een chagrijn en het interesseert me geen fluit wat hij van me vindt. Zeg, weet je zeker dat je het niet erg vindt om hier vanavond alleen te zitten? Want je kunt best met mij meegaan.'
Gina lachte. 'Dat zou Tash Janssen vast leuk vinden. 'Wat is het probleem, denk je dat je een chaperonne nodig hebt?'
'Volgens Sam,' antwoordde Izzy, terwijl ze lipgloss opdeed en een angstig gezicht trok, 'heb ik er wel zes nodig.'

Toen Katerina vijf minuten later haar hoofd om de deur van de zitkamer stak, zei Izzy: '... het spijt me heus heel erg van Ralph.'
'Dat weet ik immers wel,' antwoordde Gina op geruststellende toon. 'Het kwam gewoon doordat Sam het bij het verkeerde eind had. Ik weet dat je me nooit met opzet verdriet zou willen doen.'
Katerina, die had willen zeggen dat ze naar Simon ging, voelde haar hart een paar slagen overslaan. Hoe zou Gina zich voelen als ze wist dat zij over een uur Andrew zou ontmoeten? Bestond er wel iets dat haar meer verdriet zou kunnen doen? Was zij werkelijk een gemeen kreng of gewoon een slachtoffer van de omstandigheden?'
'Ik ben weg,' zei ze abrupt, Gina's blik vermijdend.
'Niet te laat thuis, hoor.' Izzy draaide zich om en keek haar glimlachend aan.'En kop op, liefje. Morgen nog één examen en dan is het achter de rug. O, en zeg tegen Simon dat ik jullie morgenavond mee

uit eten neem om het te vieren. Dan gaan we naar een chique tent!'
Katerina aarzelde even voor ze bedremmeld zei: 'Ik weet niet of Simon...'
'Ik neem jullie allebei mee,' herhaalde Izzy gedecideerd. 'Want dat verdienen jullie. En op deze manier kan ik Simon bedanken voor de hulp en de gastvrijheid die hij je de afgelopen weken heeft verleend. Vraag maar of hij ergens in het bijzonder heen wil, zodat ik een tafel kan reserveren.'

29

Izzy, die op de passagiersstoel van de donkergrijze Bentley heen en weer schoof en de elektronisch bediende hekken achter zich dicht zag gaan, voelde zich opeens net Roodkapje. In de verte, vaag zichtbaar tussen de bomen aan weerszijden van de bochtige oprijlaan, doemde Stanford Manor op, statig, met veel torentjes. Izzy slikte en probeerde niet al te geïmponeerd te kijken. Jericho stak zijn kop tussen de voorste stoelen en jankte zacht. Toen de auto aan het eind van de oprijlaan tot stilstand kwam, wikkelde Izzy zijn riem om haar hand, voor het geval Tash er waakhonden op nahield.
Die waren echter nergens te zien toen hij naar buiten kwam om haar te begroeten. Jericho, de allemansvriend, sprong meteen tegen hem op en begon hem met kennelijk genoegen te besnuffelen.
'Je grootste fan, vermoed ik,' merkte Tash op, terwijl hij Jericho aaide. Izzy, die opeens bedacht hoe vreselijk Jericho verhaarde, hoopte maar dat de bekleding van de Bentley niet onder de haren zat.
'Mijn chaperonne,' verbeterde ze hem, plotseling huiverend ondanks het feit dat het nog steeds warm was. Toen Tash zijn blik weer op haar richtte, merkte ze dat haar benen zomaar vanzelf begonnen te trillen.
Gisteravond was het in de eerste plaats van belang geweest hem zover te krijgen dat hij naar muziek luisterde en haar serieus nam, en had ze er niet bij willen stilstaan dat hij inderdaad erg aantrekkelijk was. Nu trof het haar als een donderslag. Hij was overdonderend

knap. Dat was een feit. Een paar miljoen vrouwen, dacht ze met een flauw glimlachje, konden zich niet vergissen.
De chauffeur die haar had afgehaald en naar Stanford Manor had gebracht, was inmiddels verdwenen. Terwijl ze achter Tash en Jericho de enorme, hoge hal binnenging, bewonderde Izzy Tash' lange, atletische gestalte. Hij droeg een lichtroze overhemd en een versleten spijkerbroek, hij had geen schoenen aan, rook fris naar Calvin Klein-aftershave en zag er over het geheel genomen normaler uit dan de avond tevoren. Het was vreemd te bedenken dat hij dit grote huis bezat, om nog maar te zwijgen van twee andere *pieds-à-terres* in Parijs en New York. Het was verbijsterend hoeveel geld die hese, sexy stem hem had opgeleverd.
'Hoe oud ben je?' vroeg ze, omhoog kijkend naar de gebrandschilderde ramen en de galerij die langs drie zijden van de hal liep. Tash wierp haar een zijdelingse blik toe. 'Oud genoeg om je zoon te zijn, volgens jou.'
'Nee, serieus, ik wil het graag weten.'
'Drieëndertig.'
Drie jaar jonger dan ik, dacht Izzy. 'En hoe vaak ben je getrouwd geweest?'
'Maar twee keer,' antwoordde hij geamuseerd. 'Ofschoon ik nogal eens zonder dat ik het weet verloofd raak. Telkens wanneer ik een knap meisje een ring geef, blijkt ze te verwachten dat ik met haar zal trouwen.'
Als er iets aan Tash Janssen beroemder was dan zijn stem, dan was het wel zijn voorliefde voor blondines. Die blondines waren overweldigend mooi, altijd lang en vaak op hun beurt beroemd om hun minder overweldigende intellect. Een paar hadden zelfs het vermoeden gewekt dat ze de spelling en het schrijven nog niet eens behoorlijk onder de knie hadden. Izzy vroeg zich onwillekeurig af waarom iemand als Tash, die zelf toch kennelijk geen stommeling was, zijn keus altijd op sletjes liet vallen, terwijl hij iedere vrouw kon krijgen.
'Misschien kun je in het vervolg beter gesigneerde foto's weggeven,' opperde ze verstrooid.
Hij glimlachte. 'Misschien wel. En vertel jij het nu eens.'
'Gunst, wat aardig van je,' riep Izzy quasi verbaasd. 'Ik heb graag een motorfiets.'
'Ik zal het in mijn agenda schrijven. Hierheen.' Hij deed een zware eikehouten deur open en leidde haar de eetkamer binnen. 'Ik bedoelde, hoe oud ben je en hoe vaak ben je getrouwd geweest?'

'Zesendertig,' zei Izzy. 'En nooit. Ik ben geen huwelijkstype.'
'"Never, Never",' merkte Tash droogjes op, terwijl hij een stoel onder de tafel uit trok en zich ervan vergewiste dat ze gemakkelijk zat, voor hij tegenover haar ging zitten. Op de tafel, waar met gemak een rugbyteam aan zou kunnen zitten, lag een donkerblauw tafellaken en er was voor twee personen gedekt met zwaar zilveren bestek, flonkerende kristallen wijnglazen en een fles chablis in een koeler. Brandende kaarsen, waarlangs kronkelende slierten kaarsvet dropen, wierpen een warmgeel lichtschijnsel over het geheel.
Izzy hield haar wijsvinger even boven een kaarsvlam, stak hem toen omhoog en vroeg: 'Gebeurt er dit wanneer je trouwt?'
Hij schonk lachend de wijn in. 'Financieel, bedoel je? Natuurlijk, als je mij bent.'
De regelingen die zijn ex-vrouwen bij de scheiding in de wacht hadden gesleept, waren legendarisch, maar dat leek hem niet te deren.
'Vind je dat niet erg?' vroeg Izzy, oprecht geïnteresseerd.
Tash haalde zijn schouders op en zei loom: 'Ach, het is maar geld. En de meisjes zijn er blijkbaar mee in hun schik.'
'Ik wil best rijk worden,' zei Izzy verlangend.
'Dat is niet zo moeilijk,' antwoordde Tash met een stalen gezicht. 'Het enige dat je moet doen is met mij trouwen en van me scheiden.'
Op dat moment ging er een andere deur open en de maaltijd werd opgediend door een kordate, lelijke vrouw van middelbare leeftijd, met de manier van doen van een onderwijzeres. Izzy, die half-en-half verwachtte dat ze haar zou bevelen haar bord leeg te eten, glimlachte tegen haar toen ze de schalen op tafel zette, maar kreeg een ijzige blik ten antwoord.
'Mevrouw Bishop vindt steevast dat geen van mijn vriendinnen de toets der kritiek kan doorstaan,' legde Tash uit toen ze weer alleen waren.
'Ik had niet verwacht dat je op deze manier zou leven.' Izzy schudde haar hoofd, verwonderd over de vormelijke stijl. Omdat ze zich een huis vol vrouwelijke fans, non-stop muziek, blikjes bier en speelautomaten had voorgesteld, bracht al deze stilte en *Vrije Tijd Wonen*-perfectie haar van haar stuk. 'Vind je het hier fijn? Ben je hier gelukkig?'
Tash' donkere wenkbrauwen gingen verwonderd omhoog. 'Bedoel je of het feit dat ik multimiljonair ben geworden mijn leven bedorven heeft? Liefje, ik ben opgegroeid in een woningwetwoninkje in Neasden, met drie broers en twee zusjes. Nu kan ik me veroorloven op deze manier te leven. Zou jij dan ongelukkig zijn?'

Maar Izzy was nog steeds niet overtuigd. Ofschoon het eten verrukkelijk was, had ze opeens geen trek meer. 'Misschien wel,' antwoordde ze, haar bord opzijschuivend. 'Natuurlijk weet je dat nooit zolang het niet zover is, maar ik ben altijd arm geweest en ik ben er benieuwd naar. Ik vind het leuk om geld uit te geven aan dingen die ik me niet kan permitteren, zoals heel lekker gaan eten, terwijl ik het geld eigenlijk voor de gasrekening opzij moet leggen.' Ze zweeg even voor ze schuchter vervolgde: 'Maar wat doe jíj nu als je het echt naar je zin wilt hebben?'

'Moet je dat nog vragen?' zei Tash lijzig, zijn donkere ogen glinsterend van plezier. Hij deed ook niet langer of hij at, maar kwam langzaam overeind en stak zijn hand naar haar uit. 'Kom mee.'

'Wat?' vroeg Izzy ademloos, terwijl haar maag opsprong toen zijn vingers zich om de hare sloten. 'Waar...?'

'Je wilde toch weten wat ik doe om het echt naar mijn zin te hebben,' bracht hij haar in herinnering. 'Kom mee, dan zal ik het je laten zien.'

De opnamestudio, ingericht in de vroegere wijnkelder, was – vond Izzy – in elk opzicht een openbaring. Het maken van de demo in de prachtige Glass Studios aan de Chelsea Embankment, was opwindend geweest, maar toen was zij de zangeres geweest die zong als haar werd opgedragen om te zingen en deed wat haar gezegd werd, terwijl de producer en de geluidstechnici in de controlekamer hun ondoorgrondelijke toverkunsten verrichtten.

Nu echter ging er, terwijl ze achter het ingewikkelde, tweeëndertigsporen bedieningspaneel zat en zelf met de wonderbaarlijke effecten van de midi-synthesizer mocht experimenteren, een heel nieuwe wereld voor haar open. Wie hoefde er nog muziek te kunnen schrijven als elke noot die je op het toetsenbord aansloeg, onmiddellijk op een computerscherm zichtbaar werd en op disc werd opgeslagen? Wie hoefde er nog op het slagwerk te kunnen spelen als datzelfde toetsenbord bij een druk op de knop elke noot kon transformeren in een noot die werd voortgebracht door een kleine trom, een grote trom, een bekken of een hi-hat? Wie hoefde er eigenlijk nog te zwoegen om de juiste graad van reverberatie aan het eind van een song te krijgen, als ze dit soort apparatuur hadden die het voor hen kon doen?

Nog verbazingwekkender echter was de verandering die zich in Tash had voltrokken. De lome, ontspannen manier van doen was verdwenen, evenals de verveelde houding die ze in The Chelsea Steps had gezien. Op het moment dat hij een stoel had bijgetrokken en de verschillende functies van de talloze apparaten voor haar was gaan uitleggen, was hij opgeleefd. Muziek maken, dat was wat hij fijn vond. Dit verstond Tash Janssens onder plezier maken, en Izzy besefte, ondanks al zijn *double entendres*, dat als zij nu haar jeans en T-shirt zou uittrekken en naakt door de studio zou dansen, hij het niet eens zou merken.

'Zet die schakelaar om,' beval hij haar, zo verdiept in de kolommen cijfers op het computerscherm, dat hij niet eens merkte dat zijn hand op Izzy's knie lag. Izzy deed haar uiterste best om het ook niet te merken. Terwijl het makkelijk was geweest om zijn goedmoedige versierpogingen van gisteren te weerstaan, was zijn abrupte ommezwaai naar onverschilligheid en het feit dat hij niet eens meer probéérde haar te versieren, belachelijk opwindend. Ze zette de door hem aangewezen schakelaar om en keek het vertrek rond in een poging haar gedachten van zijn nabijheid af te leiden. De muren waren allemaal bekleed met kurktegels van verschillende dikte om de geluiden te dempen en de plavuisvloer was bedekt met matten. Het enige uitnodigende meubel was de bultige groene velours bank tegen de muur achter hen. Afgezien van het zachte gesnor van de tape die hij in werking had gezet, heerste er volkomen stilte.

'Druk nu *play* in,' zei Tash toen de band tot stilstand was gekomen.

Izzy, gehypnotiseerd door zijn ernst, gehoorzaamde. Even later, toen de eerste maten van 'Never, Never', de studio vulden, ging ze rechtop zitten en zei: 'O...!'

Toen de band afgelopen was, keek ze Tash met nieuwe bewondering aan. 'Je hebt dat helemaal uit je hoofd gedaan.'

Hij glimlachte vluchtig. 'Aangezien je me de band niet wilde laten houden, had ik niet veel keus. Het is niet helemaal hetzelfde, maar ik wilde met de zang experimenteren, ik heb dit soort dingen lang niet meer geoefend.'

'Ik wist dat je het zou kunnen,' verzuchtte Izzy. Hij mocht dan niet gewend zijn iets anders voort te brengen dan onvervalste hardrock, die hese stem klonk ook prachtig in het langzamere, rustigere tempo van 'Never, Never'. Ze kreeg onwillekeurig een brok in haar keel. Ze had geweten dat hij het zou kunnen, maar ze had niet geweten dat hij het zo goed zou kunnen. Op dit moment besefte ze voor het eerst hoeveel invloed die impulsieve kennismaking van de vorige avond op haar leven zou kunnen hebben.

Twee uur later legde ze de koptelefoon die ze op had gehad op het bureau, probeerde met haar handen haar haar enigszins te fatsoeneren en plofte op de bank neer. De adrenaline borrelde nog door haar aderen en scheen nergens heen te kunnen. Terwijl ze probeerde om niet naar Tash' achterkant te kijken – naar de wijze waarop zijn jeans om zijn smalle heupen spande toen hij zich over het mengpaneel boog om de computer uit te zetten – zei ze: 'Dus dit doe jij als je het echt fijn wilt hebben.'

'Mmm.' Hij stond nog met zijn rug naar haar toe, maar ze had het idee dat hij glimlachte. 'Fijner dan sex, vind je ook niet?'

'Hangt ervan af met wie je het doet.'

Nu liet het geen twijfel dat hij glimlachte. 'Ik dacht dat je niet met me naar bed wilde.'

'Ik wilde niet naar bed met de beroemde Tash Janssen,' antwoordde ze voorzichtig. 'Maar jij bent heel anders.'

Izzy hield haar adem in toen hij zich omdraaide en voor haar ging staan, langzaam zijn handen uitstak en haar overeind trok. Toen volgde hij nog langzamer met zijn wijsvinger de lijn van haar wang. Helemaal opgewonden, niet in staat haar verlangen te verbergen, stond ze blozend en bevend voor hem.

'We zijn zakenpartners,' bracht hij haar in herinnering. 'Ik geloof niet dat het verstandig zou zijn. Ik geloof niet dat we dat in de waagschaal mogen stellen.'

Jij schooier, dacht Izzy, niet wetend of ze ertegenin moest gaan of hem tactvol gelijk moest geven. Wat een vernedering! En wat zou Sam lachen als hij ooit aan de weet kwam dat ze nota bene een blauwtje had gelopen bij Tash Janssen, de meest onscrupuleuze versierder sinds Valentino.

'Ja,' zei ze dapper, in een poging zakelijk over te komen. 'Je hebt gelijk. En het is de hoogste bedtijd voor Jericho. Dus ik moest maar eens opstappen...'

Maar ze verzette geen voet, omdat Tash zich op dat moment naar haar overboog en haar kuste, langzaam, uitgebreid en verbazingwekkend grondig. Het was wel de meest onzakelijke kus die ze ooit had gehad en het begon haar te duizelen. Izzy was nu volkomen verbijsterd.

'Ik wou het eens nagaan,' fluisterde Tash, terwijl hij over zijn schouder keek en Jericho's kalme blik ontmoette.

'Wat?'

'Die hond van jou. Dat is een chaperonne van niks.'

Ze keek hem verwonderd aan. 'Ja, natuurlijk. Dacht je dat ik hem anders had meegebracht?'

'Ik weet het niet.' Hij liet zijn hand onder haar haar glijden en streelde de erogene zone van haar nek. 'Ik weet niet wat je zou doen.'
Izzy had het gevoel dat ze zou ontploffen van frustratie. Ze probeerde niet te kronkelen en zei ze zwakjes: 'Zeg, je zei dat we zakenpartners waren. Dit is niet eerlijk...'
'Jij zei dat je niet met me naar bed wilde,' bracht hij haar voor de tweede keer in herinnering. Toen glimlachte hij. 'Misschien heb ik ook gelogen.'
'Ik heb niet gelogen,' protesteerde Izzy, in een poging het hem duidelijk te maken. 'Ik ben alleen van gedachten veranderd.'
Tash onderdrukte een lach en trok haar weer naar zich toe. 'Nou, doe dat alsjeblieft niet weer. Althans de eerste paar uur niet.'

30

Tash was een lichte slaper. Hij lag een tijdje door halfgesloten oogleden te kijken hoe Izzy door de slaapkamer sloop en met moeite in het donker haar kleren bijeenzocht. Tenslotte zei hij: 'Wat ben je in vredesnaam aan het doen?'
'Ik zoek mijn schoenen.' Izzy, die vrijwel niet had geslapen, draaide zich niet naar hem om. Ze had wakker gelegen en haar daad bitter berouwd, nog voor hij in zijn slaap een blote arm over het bed zwaaide en 'Anna' mompelde. Ze wist toen al dat ze een vergissing had begaan, maar op dat moment besefte ze dat ze niet langer kon blijven. Ze was geen haar beter dan een del. En waar waren die rotschoenen nou?
'Je hoeft niet weg te gaan.' Tash zei het op geamuseerde toon, maar hij kwam niet naar haar toe. 'Het ontbijt wordt vanaf halfnegen geserveerd. Waarom kom je niet naar bed terug en...'
'Nee, dank je,' onderbrak Izzy hem, voelend dat hij haar wilde paaien, zoals hij in het verleden zoveel andere vrouwen had gepaaid, dacht ze met een opwelling van schaamte. 'Ik ga naar huis.'
Deze keer geeuwde hij en maakte een vaag gebaar. 'Als je dat zo graag wilt, mij best. Maar zeg niet dat ik het niet aangeboden heb.'

'Maak je maar geen zorgen,' antwoordde ze kalm, haar laatste restje trots opdiepend. 'Ik zal helemaal niets zeggen.'

Tash glimlachte bij zichzelf toen de twee gedaanten voor hem opdoemden, gevangen in de lichtbundels van de koplampen. Izzy Van Asch was een verdraaid koppige meid. Een koppige meid op blote voeten. Hij keek ervan op dat ze in de ongeveer twintig minuten sinds ze het huis had verlaten, zo'n eind had afgelegd.

Hij ging in een slakkegangetje naast haar rijden, liet het portierraam zakken en stak een van haar schoenen naar buiten. 'Oké, Assepoes, je hebt je niet laten ompraten. Was je werkelijk van plan om helemaal naar Kensington te lopen?'

Aangezien het ruim dertig kilometer was naar Kensington, was Izzy dat beslist niet van plan. Ze wilde in het eerstvolgende dorp – en ze had durven zweren dat ze gisteravond langs een dorp waren gekomen – een telefooncel zoeken en een taxi bellen. Maar het dorp was op mysterieuze wijze verder van Tash' afgelegen huis weggeschoven, haar voetzolen brandden van pijn en ze had honger.

'Vooruit, stap in,' zei Tash, vol bewondering voor haar geestkracht. 'Kijk nou, die arme Jericho wil zo graag meerijden, ook al wil jij het niet.'

Jericho drukte met de hem eigen schaamteloosheid zijn neus tegen de ruit. Izzy moest onwillekeurig om de uitdrukking op zijn snuit lachen. Toen Tash het achterportier opende, sprong de hond met de gratie van een enthousiaste fan op de achterbank.

'Ik sta niet voor iedereen om halfzes 's morgens op, hoor,' merkte hij op toen Izzy naast hem schoof.

'Ik ben ook niet iedereen.'

'Nee, zeker niet. Je bent heel wat koppiger dan de meeste mensen die ik ken.'

Ze ontbeten in een hotel in Windsor. Ze zaten er op het terras en keken naar een stel polopony's die aan hun ochtendgalop over de bedauwde velden van Windsor Great Park begonnen. Jericho, die gulzig een stel worstjes verorberde en zich in de bleke ochtendzon koesterde, was in de zevende hemel. Evenals het hotelpersoneel, toen het tot de ontdekking kwam dat het Tash Janssen in huis had.

'Ik schaamde me voor mezelf,' vertelde Izzy, die zich na vijf boterhammen met gebakken bacon en ettelijke koppen sterke, zwarte koffie een stuk beter voelde.

'Ik misschien ook wel.' Tash keek haar van achter zijn donkere bril met een spottend lachje aan. 'Is het niet bij je opgekomen dat telkens wanneer een vrouw zich afvraagt hoe het zal zijn om met een rockster naar bed te gaan, mij de eer te beurt valt? Ze willen míj niet, ze willen een beroemdheid naaien en ik moet zorgen dat ik een goeie prestatie lever, anders vertellen ze al hun vrienden dat ik er niets van terechtbreng.'
Izzy, die het niet van die kant had bekeken, pikte een gegrilde champignon van zijn bord en zei: 'Je was geen sof, je was juist heel goed.'
'Natuurlijk was ik goed !' Hij trok quasi wanhopig zijn wenkbrauwen op. 'Omdat mijn ego een dreun zou krijgen als jij naar de kranten holde om rond te bazuinen: ''We zouden samen een nummer opnemen, maar hij was zo'n sof in bed dat ik me heb bedacht. Dus ga ik nu met Des O'Connor zingen''.'
'Des O'Connor,' zei Izzy op een toon vol ontzag. 'Die is geen moment bij me opgekomen. Wat dom van me.'

De moed zonk Katerina in de schoenen toen ze de hoek omkwam en zag dat Andrew in zijn auto op haar zat te wachten. Dat kon ze nu helemaal niet hebben, maar tegelijkertijd verbaasde het haar niet hem daar te zien. Het was heel naar geweest gisteravond en hij had het helemaal niet goed opgevat. Katerina vroeg zich af of hij net zo weinig had geslapen als zij. Het grote verschil was alleen dat hij over een halfuur geen examen natuurkunde hoefde te doen.
'Kat, we moeten praten.' Andrew had zo te zien geen oog dichtgedaan. Zijn magere gezicht zag grauw van spanning en er hing een dichte walm sigaretterook. Maar omdat er een groep klasgenoten van Katerina langs kwam slenteren, had ze geen zin in een knallende ruzie op het trottoir. Dus trok ze het autoportier achter zich dicht en zei vermoeid: 'Ik ben niet van plan om van gedachten te veranderen, Andrew. We moeten niet langer met elkaar omgaan. Het is verkeerd en ik ben een egoïstisch kreng geweest.'
'Maar ik hou van je,' zei hij nadrukkelijk. 'En jij houdt van mij, dus wat kan daar nu verkeerd aan zijn? De rest doet er gewoon niet toe.'
'Gina doet er wel toe.' Katerina sloot haar ogen. Toen ze ze even later weer opendeed, zag ze Simon aankomen die net deed of hij niet in de auto keek. 'En Marcy ook. Ze heeft net een miskraam gehad. Je zou voor haar moeten zorgen.'
Ze bleef stijfjes bij hem uit de buurt. Andrew, die ernaar hunkerde om haar in zijn armen te nemen, wist dat ze niet echt meende wat ze zei.

'Ik wil voor jou zorgen, Kat,' zei hij, vurig hopend dat ze met dat malle gedoe zou ophouden. 'Ik heb nog nooit zoveel van iemand gehouden als van jou.'
Simon, die de laatste hoek omsloeg, moest even slikken toen hij zag wie hen voor de school stond op te wachten. Shit, wat moest hij nu doen?
'Simon!' riep Izzy, alsof hij haar over het hoofd kon hebben gezien. Wie zou ooit Izzy Van Asch over het hoofd kunnen zien, dacht hij met een kleur van plezier om haar komst, zelfs terwijl hij zich al bezighield met het probleem hoe hij moest voorkomen dat ze Andrew en Katerina samen zag.
'Ik wilde Kat even succes wensen voor vanmorgen, maar ze is er nog niet,' vertelde ze, met een geamuseerde twinkeling in haar donkere ogen. 'Hoe is het mogelijk, ik ben voor het eerst van mijn leven te vroeg en zij is te laat.'
Simon, die achter zijn rug zijn vingers kruiste, zei: 'Ze kan elk ogenblik hier zijn.'
'En hoe is het met jou. Ben je nerveus?'
'Eh... ja.' Dat was zacht uitgedrukt. Hij kreeg prompt een kleur toen Izzy hem een kus op zijn wang gaf.
'Nergens voor nodig. Jullie zullen het er allebei schitterend afbrengen. Heb je al besloten waar je naartoe wilt?'
Simon, die geen flauw idee had wat ze bedoelde, aarzelde een moment. 'Tja, Cambridge is mijn eerste keus. Maar mam vindt het niet prettig dat ik dan het huis uitga.'
Izzy barstte in lachen uit. 'Ik heb het over restaurants, niet over universiteiten. O, o, die dochter van mij! Heeft ze je niet eens verteld dat ik jullie vanavond mee uit eten neem?'
Afgeleid door het besef dat de glanzende, bronskleurige auto die langs het trottoir geparkeerd stond, het allernieuwste model Mercedes was en dat de grote, slungelige hond die zijn kop uit het raam stak, Jericho was, zei Simon: 'Eh... dat is ze zeker vergeten te zeggen.'
'Dat is de auto van Tash Janssen.' Izzy, die zijn blik had gevolgd, glimlachte om de uitdrukking op zijn gezicht. Kat had blijkbaar ook niets over Tash gezegd.
'Heus?' vroeg hij stomverbaasd.
'Ja, heus. Dus, hoe wordt het met dat eten van vanavond. Waar zou jíj nu eens graag heengaan?'
Katerina's moeder was toch een bijzonder mens, dacht Simon. Hij rekte zijn hals om een glimp op te vangen van de bestuurder. De ge-

kleurde ramen maakten dat er niet gemakkelijker op, maar hij kon toch het silhouet ontwaren van zijn held, die een zonnebril op had en met zijn vingers op het stuur trommelde.

'Ik heb altijd al eens naar het Hard Rock Café willen gaan,' zei Simon hoopvol, zich afvragend of Tash Janssen wonder boven wonder misschien van de partij zou zijn.

'Niet naar Le Gavroche?' vroeg Izzy lichtelijk teleurgesteld.

'O, dat is ook goed. Prima.'

Ze streek verrukt haar haar naar achteren.'Dan gaan we naar Le Gavroche. Als we tenminste op zo'n korte termijn nog een tafel kunnen krijgen. Simon, waar is Kat nu toch?'

Die zit hier om de hoek met haar vriend te bekvechten. Simon, die het weer benauwd kreeg bij de gedachte aan de ontmoeting tussen moeder en dochter mompelde haastig: 'Maakt u zich geen zorgen, die komt heus niet te laat. Kent u Tash Janssen echt?'

Izzy zweeg een moment, zich afvragend waar Kat bleef. Het was niet waarschijnlijk, maar de mogelijkheid bestond natuurlijk dat ze zich verslapen had. 'We nemen samen een nummer op,' antwoordde ze verstrooid. 'Zouden we niet eens gaan kijken waar ze blijft?'

'Nee!' zei Simon geschrokken. 'Ze komt nooit te laat. Ze komt heus wel. Le Gavroche... is dat niet een beetje duur? Hebben ze daar Engels eten?'

'Ze hebben er het beste eten,' verkondigde Izzy met een weids gebaar. Het volgende ogenblik keek ze langs Simon heen en haar ogen begonnen te stralen. 'Daar is ze! Lieve schat...'

Katerina was niet in de stemming voor omhelzingen en kussen en moederlijke uitingen van genegenheid. Achter zich hoorde ze de banden van Andrews auto gieren, toen hij woedend wegreed. Voor haar stond Izzy, nog in de kleren van gisteravond, een hopeloos onmoederlijk figuur in een strakke spijkerbroek en een schouderloos kanten topje. Simon torende, kennelijk verzaligd, boven haar uit en een groep medeleerlingen hing op het trottoir rond bij een bronskleurige sportwagen die, dat wìst Kat gewoon, op de een of andere manier bij Izzy hoorde.

'Mam, ik heb examen.'

'Dat weet ik immers wel. Zeg, schat, ik heb net met Simon gepraat. We gaan vanavond met elkaar bij Le Gavroche eten, maar we moesten je gewoon even succes komen wensen. Af, Jericho! Kat, zeg Tash Janssen eens goeiendag. Tash, dit is mijn knappe dochter.'

Izzy trok, blozend van trots, de deur van de Mercedes open en de

meisjes die op het trottoir stonden, keken perplex toe. Katerina, tot het uiterste gespannen na haar moeilijke gesprek met Andrew, wist niet hoe ze moest kijken. Ze zou haar moeder iets kunnen dóen.
'Zeg hem nou gedag,' drong Izzy aan, bevreemd over haar dochters gebrek aan enthousiasme. 'We zijn helemaal hierheen gekomen om je te zien.'
'Daar heb ik toch niet om gevraagd,' kaatste Katerina kwaad terug. Ze merkte dat ze op het punt stond in tranen uit te barsten. Dit kon ze nu echt niet hebben, ze voelde zich hopeloos opgelaten. De andere meisjes giechelden als kleuters, ze duwden elkaar naar voren om die stomme rockster beter te kunnen zien en zij was degene die straks hun onnozele vragen te verduren kreeg. Echt iets voor Izzy, dacht ze bitter, om een spektakel van haar eindexamen te maken.
Simon zei met een blik op zijn horloge: 'Het is negen uur, Kat.'
'We moeten gaan,' zei ze bruusk, en liep weg.
Izzy omhelsde haar teleurgesteld. 'Nou, succes, lieverd. Je zult het er schitterend afbrengen, dat weet ik zeker.'
Katerina probeerde geen pijnlijk gezicht te trekken toen haar moeder haar een kus gaf; het deed haar te veel denken aan de manier waarop Andrew daarnet in de auto had geprobeerd haar in zijn armen te nemen. 'Niet doen, mam,' zei ze kregel. 'Iedereen staat te kijken.'
'Nou en?' zei Izzy, met een vergeefse poging haar een glimlach te ontlokken. 'Wat geeft dat?'
'Een heleboel,' bitste Katerina. Om er, hardvochtiger dan ze van plan was geweest aan toe te voegen: 'We willen niet allemaal het middelpunt van de belangstelling zijn, hoor. Niet altíjd.'

31

Het ging niet. Tegen lunchtijd was het overduidelijk dat hij zich onmogelijk op zijn werk kon concentreren. Zelfs Pam, zijn secretaresse, had al gevraagd of er iets aan scheelde.
Er scheelt van alles aan, had Andrew haar wel willen toeschreeuwen, woedend om de manier waarop haar wenkbrauwen in beleefd onge-

loof omhooggingen toen ze, met de nadruk op elke fout, zijn dictaat voor hem teruglas.
'Misschien hebt u zomergriep onder de leden,' opperde ze, geen seconde gelovend dat hij inderdaad ziek was. Er was iets aan de hand en haar rijke verbeeldingskracht was al druk aan het uitknobbelen wat dat zou kunnen zijn. Ze had van de week al drie keer een telefoontje van Marcy Carpenter afgewimpeld met de mededeling dat Andrew in een vergadering zat, terwijl hij in werkelijkheid weg was gegaan voor zijn zoveelste eindeloze 'lunchafspraak'. Pam, die in haar eigen korte lunchpauzes boterhammen met ei en waterkers en liefdesromannetjes uit de plaatselijke bibliotheek verslond, hoopte dat Gina en Andrew weer bij elkaar zouden komen. Gina had altijd aan haar verjaardag gedacht, had haar complimentjes gemaakt over haar vestjes en was genoeg in haar geïnteresseerd geweest om te vragen hoe het met haar ging, terwijl Marcy Carpenter niets anders dan een zelfzuchtige sloerie was.
'Ik heb een beetje hoofdpijn,' loog Andrew. Zijn hoofdpijn was hoe hij Katerina tot rede moest brengen en haar moest doen inzien dat gevoelens van schuld en verplichting jegens Gina geen reden waren om hun liefdesrelatie te verbreken.
De altijd praktische Pat zei: 'Ik heb aspirine in mijn tas.'
Gina had ook altijd aspirine in haar tas gehad. Andrew wenste heel even dat ze het hele doosje zou innemen, zodat ze zijn geluk, zij het onwetend, niet langer in de weg zou staan. Het was toch te gek, dacht hij met toenemende frustratie, dat Katerina zich verplicht voelde om zo'n nobel gebaar te maken, enkel en alleen om de gevoelens te sparen van de vrouw van wie hij gescheiden leefde. Wie kon tenslotte zeggen of het Gina eigenlijk iets kon schelen?
'Nee, dank je,' antwoordde hij verstrooid, terwijl hij opstond en daarbij bijna een stapel dossiers op de grond gooide. 'Ik denk dat ik beter even een luchtje kan gaan scheppen. Als iemand me wil spreken, ik ben tegen tweeën terug.'
Op hetzelfde moment was hij de deur al uit. Ofschoon het nog maar kwart voor twaalf was, haalde Pam toch maar haar pakje brood uit haar grote tas en installeerde zich om op haar gemak te genieten van *Een Huwelijk uit Liefde*. Dat was wel het minste dat haar toekwam, dacht ze, terwijl ze hard in een appel beet. Als Andrew Lawrence niet eens aan haar verjaardag dacht, hoefde hij niet te verwachten dat zij op zijn klungelige dictaat ging zitten zwoegen.

Andrew wist vaag waar Gina werkte, omdat Katerina hem dat eens had verteld, maar hij moest toch in de Gouden Gids nakijken waar het precies was. Helemaal opgeleefd – het was zo voor de hand liggend dat hij niet begreep waarom het idee niet eerder bij hem was opgekomen – reed hij rechtstreeks naar het bureau van Doug Steadman, holde met twee treden tegelijk de trap op en bleef pas staan om adem te scheppen, toen hij in het portaal voor de deur stond waarop een glanzend gepoetst bord D. STEADMAN, THEATERAGENT vermeldde.

'Andrew!' Gina keek verbaasd op. Haar linkerhand ging werktuiglijk naar haar gladde, blonde haar, zoals altijd wanneer ze verrast werd. Het feit dat ze niet langer haar trouwring droeg was, vond hij, een bemoedigend teken.

'Ik moet je spreken,' verklaarde hij met een vastberaden glans in zijn ogen. Gina voelde dat haar hart begon te bonzen. Zou het uit zijn tussen Andrew en Marcy? Kwam hij haar om vergiffenis vragen. Wilde hij bij haar terugkomen?

'J... ja?' stamelde ze, terwijl ze een potlood tussen haar vingers ronddraaide en het betreurde dat ze een jurk van vier jaar geleden aanhad. Ze had vanmorgen ook al geen tijd gehad om met de gebruikelijke zorgvuldigheid haar haar te föhnen. En waarom, o waarom, had ze zich door Izzy laten ompraten om haar trouwring af te doen?

'We moeten praten, Gina. Over iets heel belangrijks.' Doug was er gelukkig niet. Ze zou op dit moment echt geen toeschouwer kunnen gebruiken, dacht Gina zwakjes, ofschoon Debra Winger zich daar in *An Officer and a Gentleman* niets van aan had getrokken.

'Goed,' zei ze zacht, terwijl ze met trillende vingers de hoorn van de haak legde. Ze hoopte alleen maar dat er niemand binnen zou komen en hen zou storen. 'Waar moeten we over praten?'

Andrew, die zich had voorgenomen onmiddellijk terzake te komen, begreep nu dat hij, om verwarring te vermijden, Gina eerst van een paar dingen op de hoogte moest stellen.

'Tja, de verhouding tussen Marcy en mij... enfin, dat wordt niets. Ik dacht dat ik van haar hield, maar ik besef nu dat ik me heb vergist. Eerlijk gezegd is het eigenlijk al zowat vanaf het begin misgegaan.'

Lieve god, dacht Gina, met moeite haar zelfbeheersing bewarend. Dit gebeurt echt! Ik kan het haast niet geloven...

'De baby,' mompelde ze, met zo'n licht gevoel in haar hoofd dat ze zich aan de rand van haar bureau moest vasthouden.

Andrew keek een ogenblik verbaasd. Hij was vergeten dat ze dat nog niet wist. 'O, dat gaat niet door,' zei hij met een luchtig gebaar. 'Ze heeft een paar weken geleden een miskraam gehad. Ik zou het natuurlijk niet mogen zeggen, maar het was in sommige opzichten wel een opluchting, nu het tussen ons niet goed bleek te gaan. Zodra ze ergens onderdak heeft gevonden, gaat Marcy uit de flat weg. Het was eigenlijk gewoon een bevlieging. Ach, we maken allemaal wel eens fouten, denk ik.'

O god, dacht Gina. O god, hij wil me terug…

'Dus dat is achter de rug.' Andrew haalde diep en kalmerend adem. 'Ik moest je dit vertellen, omdat je anders zou denken dat ik me onfatsoenlijk gedroeg. De kwestie is namelijk, dat ik nu iemand anders heb ontmoet. En deze keer is het de ware. Het enige probleem is nu het feit dat zij denkt dat het jou verdriet zou doen als je het aan de weet kwam.'

Gina wilde weer haar haar gladstrijken, maar haar arm was zo zwaar dat ze hem niet omhoog kon krijgen. Haar hele lichaam voelde loodzwaar aan. Haar hartslag was tot een onheilspellend begrafenistempo vertraagd.

'Wat?'

'Ik wist wel dat je het niet erg zou vinden,' vervolgde Andrew joviaal. Dat leek hem de beste manier; als hij resoluut genoeg optrad, kon hij Gina waarschijnlijk doen inzien dat dat de enige verstandige opstelling was. 'We zijn tenslotte zo goed als gescheiden, maar ze zit er toch over in.' Hij boog zich naar voren en voegde er op vertrouwelijke toon aan toe: 'Ik geloof dat ze bang is dat je haar nooit meer aan zult kijken, of zoiets belachelijks.'

Gina zat als verlamd. Het was net zoiets als denken dat je een olympische medaille had gewonnen en dan te horen kreeg dat je buiten je schuld gediskwalificeerd was. En in de paar verdovende seconden na het besef dat Andrew het over een andere vrouw had, had ze geprobeerd zich die ander voor te stellen: een chique, donkerharige, gescheiden vrouw, vermoedelijk, op wie hij verliefd was geworden.

Maar nu… nu zei hij met zoveel woorden dat die vrouw iemand was die zij kende, en dat was niet alleen veel erger dan die imaginaire vreemde, maar ze kon met geen mogelijkheid bedenken wie het zou kunnen zijn.

Tot Andrew, in zijn ijver om de zaak in het reine te brengen, zei: 'En ze trekt bij mij in de flat, dus je hoeft niet bang te zijn voor een pijnlijke situatie thuis.'

Gina had steeds meer moeite om adem te halen. Het verraad trof haar als een mokerslag. Ze kon het niet geloven.

'Jij. Jij en... Izzy...' zei ze zwakjes.
'Izzy?' Andrew staarde haar verbaasd aan en schoot toen bijna in de lach. Hoe kon iemand zich zo vergissen. 'Doe me een lol, beste meid! Ik heb het niet over Izzy. Ik heb het over Kat.'

Izzy, die de dag met Tash op het hoofdkantoor van zijn platenmaatschappij had doorgebracht, had ontdekt hoe de andere helft van de muziekindustrie in werkelijkheid leefde. MBT, het label waar zij onder contract stond, was een jonge, vooruitstrevende maatschappij die bekend stond om het cultiveren van veelbelovend nieuw talent. Stellar Records daarentegen was het grootste label in het vak en bewees dat met een immens hoofdkantoor. Stellar House, gevestigd in Highgate, was zo groot als een museum en twee keer zo indrukwekkend. Izzy was Tash vol verbazing gevolgd door eindeloze gangen en was onderweg voorgesteld aan 'mensen die iets te vertellen hadden'. Binnen een uur na hun aankomst werd zijn manager ontboden en begonnen de faxberichten over en weer te vliegen. Er werd een vergadering belegd tussen Tash' 'mensen' en de hare. En tijdens een uitgebreide lunch werden de contracten opgesteld. Izzy werd, bij minstens vijf verschillende gelegenheden, in niet mis te verstane termen gewaarschuwd nooit of te nimmer iets te doen, te zeggen of zelfs maar te denken dat een nadelig effect op Tash Janssens carrière zou kunnen hebben. Zijn reputatie moest ten koste van alles intact blijven.
Tash had haar daarbij van opzij aangekeken en een woedeuitbarsting verwacht, maar Izzy had het zo grappig gevonden, dat ze alleen maar had gelachen. 'U bedoelt zijn diepste, duisterste, schandelijkste geheimen verraden?' had ze met een knipoog in de richting van zijn manager gevraagd. Harvey Purnell had gekucht, zijn strikdasje rechtgetrokken en stijfjes geantwoord: 'Dat bedoel ik inderdaad, juffrouw Van Asch.'
'Oké, wees maar niet bang,' had ze breed lachend gezegd. 'Ik zal niet verklappen dat hij zelf al zijn truien breit. Tegen niemand.'

'Ik heb wel eens gehoord dat mensen hun werk mee naar huis nemen,' mopperde Vivienne toen Sam de tekstverwerker op tafel zette, 'maar dit is belachelijk.'
Hij was tegenwoordig al haast nooit meer thuis, constateerde ze kribbig. En nu zag het ernaar uit dat zelfs die paar kostbare uren dat hij er wel was, besteed zouden worden aan nog meer vervelend papierwerk.

Maar Sam antwoordde droog: 'Niet mopperen. Dat ding is voor Katerina.'
'O ja?'
'Ze heeft vandaag haar laatste examen gedaan en ik wilde haar iets geven dat ze goed kan gebruiken als ze gaat studeren. En aangezien we het computersysteem bij The Steps aan het vernieuwen zijn, vond ik dat ik haar deze maar moest geven.'
Viviennes boosheid verdween. Sam was erg gesteld op Katerina, die zo hard werkte en zoveel van de eigenschappen bezat waar het Izzy – volgens hem – helaas aan ontbrak. Vivienne had eerlijk gezegd nooit een meisje van zeventien ontmoet dat van logaritmen droomde en hoegenaamd geen belangstelling voor jongens scheen te hebben. Zij vond dat aantrekkelijke meisjes zoals Katerina hun tienerjaren niet uitsluitend aan hun studie moesten besteden. Dat was toch niet normaal…

32

Maar toen ze die avond om halfzeven in Kingsley Grove kwamen, was alleen Gina thuis.
'We hebben een cadeautje voor Kat,' vertelde Vivienne enthousiast, terwijl Sam de tekstverwerker naar de eetkamer bracht en hem voorzichtig op de glanzende tafel zette. Als hij hem geïnstalleerd en bedrijfsklaar kon krijgen voor ze thuiskwam, des te beter.
'Katerina woont hier niet meer.'
'Wat?' Sam richtte zich op en draaide zich om naar Gina, die de woorden op bijna achteloze toon had gesproken. 'Gisteren woonde ze hier toch nog wel.'
'Maar nu niet meer,' herhaalde Gina schouderophalend.
Sam fronste zijn voorhoofd. Vivienne, die de klik van de voordeur hoorde, gluurde door het raam van de eetkamer en zei: 'Nou dat geeft niet, want ze komt er net aan. Vlug, Sam, zet hem aan en laat hem iets intelligents doen.'
'Je zet hem niet aan.' Terwijl Katerina's sleutel in het slot werd om-

gedraaid, vloog Gina's blik naar de haard. Ze had er daarstraks haar trouwring ingesmeten en dat had haar enorm veel plezier gedaan. En Katerina's zorgvuldig bijgehouden examendictaten erin smijten en in brand steken, was nog leuker geweest.

'En vertel me nu eens,' vroeg ze bedaard, toen Katerina de kamer binnenkwam, 'hoe lang je al met mijn man naar bed gaat?'
Katerina verstarde. Simon, die vlak achter haar aankwam, viel bijna over haar heen.
Shit, dat geloof ik niet, dacht Sam.
'Vertel me eens,' herhaalde Gina met werktuiglijke traagheid, 'hoe lang ga je al... met hem naar bed?'
O god. Katerina, die zich aan de deurklink moest vasthouden, ontmoette de staalharde, grijze blik en voelde zich misselijk worden. Dit had ze juist willen voorkomen. Ze had Gina geen verdriet willen doen. Ze had niemand verdriet willen doen...
Maar het was gebeurd en niet meer ongedaan te maken. Gina wist het. Het spel was uit. Ze wilde maar dat ze zich niet zo misselijk voelde.
'Niet zo lang,' antwoordde ze nauwelijks hoorbaar. 'Een paar weken maar, Gina. Het spijt me heel erg.'
'Het spijt je niet. Je bent een gemeen kreng. Een leugenachtig, hypocriet, achterbaks krèng!'
Katerina zag eruit of ze op het punt stond flauw te vallen. Omdat Simon kennelijk geen hand wilde uitsteken, schoot Vivienne naar voren, sloeg een arm om Katerina's smalle middel en bracht haar naar de dichtstbijzijnde stoel. Perplex van Gina's boosaardige uitval en inwendig verrukt van het nieuwtje, vond Vivienne dat ze Izzy's dochter onmiddellijk te hulp moest komen. 'Kom maar, kom maar,' fluisterde ze meelevend. Het arme kind was duidelijk geen partij voor een dolgedraaide Gina, op dat moment niet althans. Ze had steun nodig.
'Ik kan mijn oren niet geloven,' zei Sam. Aangezien hij Katerina beter kende dan Vivienne, was hij nog perplexer dan zij. Hij ging echter instinctief naar Gina, die zojuist de ergste zes maanden van haar leven had doorgemaakt en nu weer een slag kreeg. Andrew en Katerina, hoe was het mogelijk?
Simon, die zich de hele dag op Le Gavroche had verheugd en door zijn moeder was gedwongen voor deze gelegenheid zijn vaders beste tweedjasje aan te trekken, schrok zich een ongeluk toen de voordeur

opnieuw open- en dichtging. Het volgende moment brak het zweet hem uit. Izzy had Tash Janssen meegebracht. O god, o god…
'Lieve help,' riep Izzy uit, het verstarde tafereel opnemend. 'Wat is het hier opeens stil geworden!' En ze vervolgde, lachend tegen Vivienne en Sam demonstratief negerend: 'Jullie hadden het zeker over mij.'
'Mam…' Het klonk als een doodskreet. De uitdrukking op Izzy's gezicht veranderde op slag en ze vloog op Katerina af.
'Lieverd, je examen! Was het heel erg? Zo erg kan het toch niet geweest zijn, je hebt er zo hard voor gewerkt.'
'Je dochter is niet overstuur vanwege haar examen,' viel Gina ijzig in. 'Ze is overstuur omdat ik haar onfrisse relatie met mijn man aan de weet ben gekomen.'
Katerina klemde zich aan Izzy vast. Sam legde zijn hand op Gina's arm. Tash, die in de deuropening stond, liet een zacht gefluit horen. Dit kon interessant worden.
'Klets toch geen onzin.' Izzy fronste haar wenkbrauwen en keek onderzoekend van Gina naar Vivienne. Had Gina een soort zenuwinstorting? En als dat zo was, waarom lieten ze haar dan allemaal begaan? Hoe konden ze daar blijven staan, terwijl ze de arme Kat beschuldigingen naar het hoofd slingerde die absoluut ongegrond waren?
Maar iedereen liet haar begaan. En Vivienne, nu zonder haar gebruikelijke glimlach, knikte tegen haar, alsof ze stilzwijgend bevestigde dat Gina de waarheid sprak. 'Kom nou,' zei Izzy met groeiend onbehagen. Is dit een soort grap? Kat kent Andrew niet eens.'
'O ja, ze kent hem wel.' Gina, die lichtelijk beefde, wilde wel dat iemand haar een borrel zou inschenken. 'Ze kent hem van buiten en van binnen. Ze schijnen van elkaar te hóuden, en zodra hij Marcy kan lozen, trekt Katerina bij hem in. Het is allemaal vreselijk romantisch…'
Izzy greep Katerina's handen en vroeg langzaam en nadrukkelijk: 'Is dit waar?'
'Nee.' Katerina schudde haar hoofd en keek haar smekend om begrip aan. Haar stem stokte toen ze vervolgde: 'Tenminste, niet helemaal. Het is uit tussen ons. Afgelopen.'
'Maar je hebt dus wel een relatie met hem gehad?' Izzy moest zeker weten dat ze het goed begrepen had. 'Met Andrew Lawrence?'
Katerina, een toonbeeld van ellende, knikte. 'Ja.'
Sam was op bijna alles voorbereid, behalve op wat er toen gebeurde.

De klap schalde door de lucht en Katerina's hoofd sloeg achterover, de afdruk van Izzys's hand tekende zich wit op haar wang af. Zelfs Gina keek ontsteld.
'Hoe heb je dat kunnen doen?' krijste Izzy, de omstanders vergetend. Haar donkere ogen schoten vuur, haar lichaam was verstijfd van woede. 'Jij stom, keihard, geniepig, klein kreng!'
Voor ze haar weer een klap kon geven kwam Sam tussenbeide. Izzy was de afgelopen zeventien jaar blijkbaar doorgefladderd zonder ooit geconfronteerd te zijn met de normale, aan het moederschap verbonden problemen. Maar nu kon ze zich, geschokt en ontzet door haar dochters vergrijp – en door het bewijs dat ze uiteindelijk toch niet volmaakt was – niet beheersen.
'Oké, oké,' zei hij, haar wegtrekkend, terwijl Katerina in tranen uitbarstte en Vivienne haar probeerde te troosten. De gedachte kwam bij hem op dat Izzy's reactie wel enigszins schijnheilig was. Ze was niet bepaald het toonbeeld van deugd dat iedere dochter zou moeten navolgen.
'Het is niet oké,' tierde Izzy, in een vergeefse poging om zich los te rukken en zelf bijna in tranen. 'Het is walgelijk! Wij zijn hier in huis,' vervolgde ze, zich weer tot Katerina wendend en bijna stikkend van woede, 'en jij hebt op schandelijke wijze misbruik gemaakt van dat voorrecht. Je bent een schaamteloze slet. O god... wat schaam ik me voor je.'
Katerina had in al haar ellende aangenomen dat de enige op de wereld die begrip zou hebben voor haar situatie en die haar vanzelfsprekend zou verdedigen, haar moeder was. Zoals zij vierkant achter Izzy had gestaan in al die jaren van haar onconventionele levenswijze, van uitvluchten en chaos, zo had ze nu op haar beurt troost en begrip verwacht. Maar die had ze niet gekregen. Izzy had haar in de steek gelaten. En wat nog ongelooflijker was, ze had haar, voor het eerst in haar hele leven, geslagen.
'Ik ben geen slet,' riep ze terug, haar lange haar naar achteren gooiend toen ze opsprong. 'Jij gaat verdorie met drugsverslaafde rocksterren naar bed. Als er iemand een slet is, ben jij het!'
Tash, geamuseerd en lichtelijk verbijsterd door de gebeurtenissen, had zojuist staan denken dat hij hard aan een stickie toe was. Daarom trok hij een wenkbrauw op en glimlachte, wat hem een blik van diepe minachting van Sam bezorgde.
'Hoe dùrf jij mij de les te lezen over moraal?' Katerina's vuisten waren gebald van woede toen ze haar tirade vervolgde. 'Jij hebt je nooit

als een echte moeder gedragen! Echte moeders luisteren naar hun kinderen en zorgen voor ze. Ze scheppen een thuis voor ze. Soms hebben ze zelfs een man. Waarom kon ik niet zo'n moeder hebben?' jammerde ze, zich er vaag van bewust dat ze te ver was gegaan, maar niet in staat het nog terug te nemen. 'Waarom moest ik jou krijgen?'
De geschokte stilte die op deze laatste, vreselijke belediging volgde, werd verbroken door het gerommel van Simons lege maag. Hij boog verslagen zijn hoofd en mompelde: 'Sorry.' Tash, die naast hem stond, kon opnieuw zijn glimlach niet bedwingen.
'Jij hoeft je niet te verontschuldigen,' wendde Izzy, nog steeds verwezen, zich tot Simon. 'Och, arme jongen... hoe kon Katerina je dit aandoen? Wat erg voor je om het op deze manier aan de weet te komen.'
O god, o god. Simon merkte opeens dat ook hij verwikkeld was geraakt in de kluwen van bedrog. Hij probeerde met een hoogrode kleur de bedrogen stakker te lijken, maar Katerina maakte daar onmiddellijk een einde aan.
'Laten we even orde op zaken stellen, alsjeblieft. Simon is mijn vriendje niet, nooit geweest.' Toen, omdat het er nu toch niet meer toe deed, voegde ze er op een toon van onverschillige triomf aan toe: 'Maar hij was natuurlijk wel een geweldig bruikbaar alibi.'
En daarmee veranderde de arme bedrogen Simon op slag in Simon de Medeplichtige, hulp in het komplot en nu volksvijand nummer twee. Dat stond duidelijk op de gezichten van Izzy en Gina te lezen.
Sam, die Andrew Lawrence langer kende dan een van de andere aanwezigen, vroeg zich af waar Andrew in godsnaam mee bezig was. Bezig van zijn vrouw te scheiden, bezig een zwangere vriendin te lozen en nu verwikkeld in een relatie met een onervaren tiener. Het was te gek om los te lopen...
Maar intussen moest iemand wel iets doen, voor Izzy en Kat elkaar echt in de haren vlogen. Dus haalde hij zijn autosleutels uit zijn zak en zei: 'Vivienne, neem Kat mee naar de flat.'
'Naar Andrews flat?' onderbrak Gina op snijdende toon. 'Wordt het daar niet een beetje vol?'
'Hou je mond.' Sam legde haar met een blik het zwijgen op en wendde zich toen tot Tash. 'Kun jij niet beter weggaan en deze kwestie aan ons overlaten?'
Twee dingen wekten Tash' nieuwsgierigheid: ten eerste was Sam Sheridan kennelijk niet gelukkig met het feit dat hij met Izzy mee was gekomen en daarom vroeg hij zich af of die twee tot voor kort in het

geheim samen iets hadden gehad. De verhoudingen in dit huis, dacht hij met enige ironie, waren ronduit gecompliceerd.
En wat dat andere belangwekkende punt betrof...
'Ik wilde net weggaan,' zei hij langzaam en duidelijk, niet in staat de kans te laten glippen om te zeggen wat blijkbaar nog bij niemand was opgekomen. Hij ging naar Izzy en kuste haar vluchtig op de mond. 'Bel me morgen even om me te laten weten wat je besloten hebt.'
'Wat besloten?' vroeg ze verstrooid en verward.
'Het contract.' Hij streek een lok haar uit haar gezicht. 'Je hebt vanmiddag een contract met Stellar getekend, maar als je daar nu vanaf wilt, dan kan ik me dat heel goed voorstellen.'
Izzy begreep het nog steeds niet. Wat had dat met Andrew Lawrence te maken?
'Je dochter,' legde Tash met een sardonisch glimlachje in Simons richting uit. 'En die ontroerende tekst van haar. Me dunkt dat we, in het licht van dit alles, veilig kunnen aannemen dat ze niet van Sjors van de Rebellenclub hier droomde, toen ze "Never, Never" schreef.'

33

'Je kunt bij ons logeren,' zei Sam de volgende morgen tegen Katerina. Ze was al vroeg de flat uitgeglipt en een halfuur later teruggekomen met een exemplaar van de *Evening Standard* van de avond tevoren. Daar zat ze nu mee en haar zwarte koffie was koud geworden, terwijl ze de advertenties las en er af en toe een omcirkelde. Bleek, vastberaden en niet bereid zelfs maar over de rampzalige confrontatie van de vorige dag te praten, kauwde ze op het uiteinde van haar viltstift en schudde haar hoofd.
'Nee, ik kan hier niet blijven. Jullie zijn de brave lieden en ik ben de maatschappelijke melaatse. Maak je geen zorgen, ik heb gauw genoeg iets gevonden.'
'Een van ratten vergeven gribus,' viel Vivienne in, en nam een sneetje van de toast die Sam voor Kat had klaargemaakt, maar onaange-

roerd was blijven liggen. 'Liefje, dat kun je niet doen? Waar wil je van leven?'

Katerina, met donker omkringde ogen van slaapgebrek, haalde haar schouders op. 'Ik vind wel een baantje.'

Sam had haar al geld aangeboden, maar dat was beleefd, doch beslist van de hand gewezen. Ze was net zo koppig als haar moeder, dacht hij met iets van wanhoop; alleen met het verschil dat Izzy de lening zonder blikken of blozen zou hebben aanvaard.

'Laat me Izzy nou bellen,' drong Vivienne met een mond vol toast aan. 'Weet je, ze was gisteravond kwaad, maar dat is nu natuurlijk over. Toe, laat me haar nu bellen.'

'Nee.' Katerina dacht somber terug aan de vreselijke dingen die ze tegen elkaar hadden gezegd, de klap op haar wang, Izzy's reactie toen het tot haar doordrong dat 'Never, Never' niet voor Simon was geschreven, maar voor Andrew... 'Ik wil haar niet zien. Ik wil zelfs niet met haar praten.'

Vivienne keek naar het meisje dat daar voor haar zat, gekleed in een olijfgroen T-shirt en witte shorts, haar lange benen onder zich opgetrokken. Tot gisteren had ze Izzy haar ontspannen, ongecompliceerde relatie met haar dochter benijd. Nu kon ze zich zelfs niet voorstellen wat haar vriendin doormaakte. 'Liefje, je moeder houdt van je. Ze maakt zich zorgen om je.'

'Kletskoek.' Katerina keek niet op. Gevaarlijk dicht bij een nieuwe getranenvloed, zei ze: 'Denk je dat ik me nooit zorgen om háár heb gemaakt? Ik heb haar mijn hele leven door dik en dun gesteund. Dit was de eerste keer dat ik háár steun nodig had en ze liet me in de kou staan. Ze heeft me in de steek gelaten en ik geloof niet dat ik haar dat ooit kan vergeven. Ze haat me om wat ik gedaan heb en daarom haat ik haar ook. Van nu af aan kan ze doen waar ze zin in heeft met haar stomme kerels en haar stomme muziek. Het kan me niks meer schelen wat voor puinhoop ze ervan maakt.'

'Vergeet Izzy nu eens even,' mengde Sam zich in het gesprek, en daarmee een nieuwe uitbarsting riskerend. Persoonlijk was hij van mening dat Andrew op zijn minst gecastreerd diende te worden. 'Hoe zit het tussen jou en Andrew?'

Nu keek Katerina wel op. Hij zag de droefheid in haar ogen en de vastberaden trek om haar mond. 'Dat is nou net de ironie van het geval,' antwoordde ze bitter. 'Ik had het net met hem uitgemaakt... het was voorbij. Maar na dit alles kan ik net zo goed weer met hem omgaan.'

'Kat, kom nou weer in de auto. Dit is zelfs het bekijken niet waard.'
Het was halfvier 's middags en Sam begon zijn geduld te verliezen. Katerina's zoektocht naar een zitslaapkamer had hen van het ene onvoorstelbaar sjofele adres naar het andere gevoerd en de geboden accomodatie was overal zo vies geweest dat hij het nauwelijks had kunnen aanzien. Kat, nog steeds in een opstandige bui, had aanvankelijk niet gewild dat hij met haar meeging, maar hij was verdomd blij dat hij had doorgezet, anders was de kans groot dat ze nu al verkracht of vermoord zou zijn. Zelfs bij daglicht maakten de gebouwen een sinistere indruk. En nu stonden ze in een achterbuurt van East End, voor 14 Finnegan Street. De ruiten waren gebarsten en ondoorzichtig van het vuil en de brokkelige muren dienden als ruggesteun voor een rij lodderig kijkende, zuipende schooiers.
'Het is goedkoop,' antwoordde Katerina kortaf, zijn verzoek negerend. 'Dit kan ik betalen.'
Sam kon haar niet alleen naar binnen laten gaan. Hij sloot de auto af en legde zijn hand op haar schouder toen ze naar de voordeur liepen.
'Liefje, je kunt hier onmogelijk wonen, niet tijdelijk en niet permanent. Ik begrijp niet waarom ik je niet genoeg geld mag lenen om een fatsoenlijke kamer te huren.'
'Ach toe,' Katerina wierp hem een berustende blik toe. 'Daar hebben we het al over gehad. Ik weet toevallig hoe jij over leningen aan een Van Asch denkt.'
Ze klopte op de deur en las de graffiti die erop gespoten waren. 'Degene die dat geschreven heeft, kan niet spellen.'
'Jij bent Izzy niet,' protesteerde Sam. 'Dit is niet hetzelfde.'
'Ja, het is wel hetzelfde.' Ze glimlachte flauw. 'Ik zou je nog in geen jaren kunnen terugbetalen.'
'Maar dat geeft immers niet!' Hij greep geërgerd haar hand. 'Kom, we gaan. Hier is niemand thuis.'
Terwijl de deur op een kier openging, golfde een overweldigende stank van rotting en kattepies over hen heen.
'Alleen maar even kijken,' zei Katerina, die niet van plan was om zelfs maar geld voor een buskaartje van Sam te lenen. 'Kom, wie weet wat voor verborgen verrassingen dit huis heeft.'
Die verrassingen waren niet verborgen maar duidelijk te zien. Van de zwarte vochtplekken op de muren, tot de versleten mat die niet eens heel de kale plankenvloer bedekte. Het weinige meubilair was uitgesproken haveloos, de gordijnen waren te klein voor de smerige ramen en het enige licht kwam van een kaal peertje dat aan het plafond hing.

Toen de broodmagere hospita Kat de kamer aanbood en zij die nam, stond Sam sprakeloos. Ze deed het met opzet, begreep hij nu, en er was niets dat haar kon tegenhouden.
'En?' vroeg hij lijzig, toen ze weer op straat stonden. 'Ben je nu gelukkig?'
Onder het kalme masker voelde Katerina zich enigszins misselijk. Het leek wel of haar lichaam beslissingen nam zonder haar hersens te raadplegen. Werk en onderdak vinden waren gewoon dingen die ze moest doen.
'Doet dat er iets toe?' vroeg ze met een onverschillig gebaar. 'Alle anderen zullen in elk geval wel gelukkig zijn.'
'O ja, dolgelukkig.' Hij startte en reed met gierende banden weg, zodat de schooiers uit hun benevelde toestand opschrokken. 'Ze zullen vast en zeker in de wolken zijn als ze horen waar jij woont.'
Katerina staarde afwezig naar buiten. 'Het gaat ze trouwens niets aan,' mompelde ze. 'En het is erg lief van je om me overal naartoe te brengen, maar mijn problemen gaan jou evenmin iets aan.'
Ze was vastbesloten zichzelf te straffen. Sam had nu meer dan ooit zin om Andrew op het matje te roepen en hem te doen beseffen wat hij allemaal had aangericht. Een midlife-crisis was tot daaraan toe, dacht hij nijdig, maar dit was andermans leven kapotmaken.

In antwoord op zijn telefoontje verscheen Izzy om zeven uur in Sams flat. Te oordelen naar haar kleding, een nieuwe zwarte jurk met flonkerende lovertjes en belachelijk hoge hakken, werd ze niet bepaald verteerd door bezorgdheid over haar dochter.
'Ze is naar een zitslaapkamer in Stepney verhuisd en heeft een baantje bij hamburgerrestaurant Burgerbest gevonden,' zei hij kortaf. 'Ze zegt ook dat ze geen medicijnen gaat studeren.'
'En?' zei Izzy, nog steeds kokend van woede en verontwaardigd over de manier waarop hij haar nu het gevoel wilde geven dat ze een nukkig schoolkind was. 'Wat moet ik daaraan doen? Haar kidnappen en in de donkere kast opsluiten?'
'Het doet me genoegen dat je je verantwoordelijkheid als moeder zo serieus neemt.' Het sarcasme wakkerde zijn ergernis aan. Izzy's houding van *laissez-faire* mocht vroeger gewerkt hebben, op dit moment was dat wel het laatste dat Kat nodig had.
Alsof ze dat besefte, veranderde Izzy's gezicht van uitdrukking. Ze zakte op de leuning van de bank neer, keek hem niet langer kwaad aan en slaakte een diepe zucht. 'Oké, oké, natuurlijk ben ik er niet blij

mee, maar ik kan weinig doen om het haar te beletten. Ze is bijna achttien en ze heeft een verhouding met een man die verdorie haar vader zou kunnen zijn. Misschien dat een paar weken op een huurkamer haar de tijd geven om erover na te denken.'

'Izzy, deze huurkamer moet je zien om het te geloven. Haar gezondheid loopt daar gevaar.' Hij gaf haar een stukje papier en zei: 'Kijk, hier is het adres.'

'Nee.' Ze schudde haar hoofd en weigerde het aan te pakken. 'Ik wil het niet hebben. Ik ben niet van plan Kats gedrag goed te keuren.'

'Daar doe je verkeerd aan,' zei Sam waarschuwend. 'Ze heeft je nodig.'

Izzy's ogen fonkelden toen haar woede weer oplaaide. 'En jij bent zeker haar vurig verlangde vaderfiguur,' zei ze schamper, gegriefd over zijn kritiek. 'Als jij nog eens een kind van jezelf hebt grootgebracht, in je eentje, zal ik je wijze raad misschien wel eens aannemen. Maar tot die tijd doe ik wat ik, als moeder, het beste vind. Oké?'

Hij had haar trots gekwetst. Te laat begreep Sam dat hij haar beter had kunnen aanraden om Katerina te onterven, de kans was groot dat ze dan juist het tegenovergestelde zou doen.

'Bewaar het adres in elk geval,' zei hij berustend. 'En als je haar toevallig tegen het lijf loopt, probeer haar dan aan haar verstand te brengen dat ze haar plaats op de medische faculteit niet mag laten lopen.'

Izzy wierp hem een verachtelijke blik toe. Uit dat soort opmerkingen bleek alleen hoe slecht hij Katerina kende. 'Ze heeft dat misschien wel gezegd, maar daar meent ze niets van,' zei ze op medelijdende toon. 'Die medicijnenstudie betekent meer voor haar dan wat ook. Ze heeft nooit iets anders gewild.'

'Stop!' riep de regisseur en Izzy zonk met een zucht van verlichting in Tash' armen.

'Ben je niet wat te warm gekleed?' vroeg hij plagend, terwijl hij haar uit de tot op de grond reikende, groene fluwelen mantel hielp, die tegen haar vochtige lijf plakte.

'En zou jij niet een huurmoordenaar aannemen,' was Izzy's repliek, 'om de sadist die dit heeft bedacht te laten afmaken?'

De set waarop de videoclip voor 'Never, Never' werd opgenomen, stelde winter in Moskou voor. In werkelijkheid was de eerste week van augustus de warmste die ze tot nu toe hadden gehad en de temperatuur was omhoog geschoten naar tweeëndertig graden in de schaduw. Izzy kon gewoon niet begrijpen waarom een paar seconden video, zeveneneenhalf uur produktie eisten.

'Je kijkt alweer op je horloge,' merkte Tash ironisch op. 'Wat is er? Heb je een afspraakje met je geliefde?'
Ofschoon Izzy Sam al in geen maand had gezien, bleef Tash om de een of andere onnaspeurbare reden maar insinueren dat ze in het geheim iets met elkaar hadden. En soms leek het niet helemaal als grapje bedoeld te zijn. Gefrustreerd door het feit dat ze, deze keer, niet schuldig aan een dergelijk vergrijp was, maar tegelijkertijd ontroerd door dit bewijs van Tash' eigen, niet vermoede onzekerheid, ging ze op haar tenen staan en kuste hem op zijn mondhoek.
'Ik heb je vanmorgen nog gezegd,' zei ze, zich ervan bewust dat het make-upmeisje en de lichttechnicus hen afluisterden, 'dat ik in Wimbledon naar een huis ga kijken. Ik heb daar om zes uur met de makelaar afgesproken.'
'Waar heb jij een huis voor nodig?' Tash fronste zijn voorhoofd. Ze hadden de afgelopen weken bijna de hele tijd samen doorgebracht. Er was niets gezegd, niets afgesproken, maar een gedeelte van Izzy's kleren was min of meer vanzelf in een van zijn kasten beland. De naar amandelen geurende shampoo die ze altijd gebruikte, stond in de badkamer naast zijn tandenborstel en diverse paren van haar schoenen zwierven in zijn slaapkamer rond. 'Wat mankeert er aan mijn huis?'
'Niets, behalve dat het jouw huis is.' Izzy lachte. Dit was het meest romantische dat hij tot nu toe tegen haar had gezegd. 'Ik wil een eigen huis.'
'Waarom?'
'Omdat ik dat nooit eerder heb gehad. Geen behoorlijk huis,' verbeterde ze zichzelf, terwijl ze een flesje lauwwarm mineraalwater opendraaide en er halverwege haar mond mee bleef staan. 'Bovendien is het nu meer dan een maand geleden dat Kat is weggegaan. Het wordt tijd om die zaak in het reine te brengen en omdat ze moeilijk weer naar Kingsley Grove terugkan, vond ik dat ik maar een neutraal onderdak voor ons moest zoeken.
Ofschoon hij zich oorspronkelijk tot Izzy aangetrokken had gevoeld vanwege haar vastberadenheid en haar aangeboren onafhankelijkheid, was Tash tot de conclusie gekomen dat die eigenschappen ook hun nadelen hadden. Hij was niet gewend in welke vorm dan ook, afgewezen te worden en dat deed zij nu.
'Misschien wil ze helemaal niet meer bij je wonen,' repliceerde hij, terwijl hij de donkergroene jas voor haar ophield toen de regisseur beduidde dat ze verder konden gaan.

'Natuurlijk wil ze dat,' zei Izzy, die daar geen moment aan twijfelde. Ze hadden ruzie gehad en daarbij dingen gezegd die ze niet meenden, maar nu werd het tijd dat ze dat als afgedaan beschouwden en dat Katerina naar huis kwam. 'Kat is geen wraakgierig type. Morgen om deze tijd is heel die malle kwestie vergeten. En kijk me niet zo aan,' voegde ze eraan toe toen de sneeuwmachines gestart werden en de polystyreen vlokken op hen neerdwarrelden. 'Ze is toch zeker mijn dochter. Ik ken haar al jaren!'

34

Katerina voelde zich net een zombie, ze kende zichzelf niet terug. Alles was zo afschuwelijk dat ze er niet langer bij stilstond, niet over de ellende van haar nieuwe leven wilde nadenken, want als ze dat deed zou ze het niet langer kunnen volhouden.

Maar ze moest het volhouden, want dit was haar nieuwe leven, en ze verdiende niet beter. Ze werkte elke dag in dodelijk vermoeiende ploegendiensten bij Burgerbest en verdroeg er de geile blikken van de klanten en de eeuwige geur van gebakken uien, die zich aan haar huid hechtte en nooit helemaal weggewassen leek te kunnen worden. Haar voeten deden pijn, haar hoofd duizelde van de platvloersheid van alles en het loon was karig. Als ze 's avonds thuiskwam had ze niet de moed om nog iets anders te doen dan zich te wassen, suffig naar het transistorradiootje te luisteren, dat haar enige luxe was, en in bed te rollen.

En dat alles vanwege Andrew Lawrence. Dat was nog het gekste. Alles gebeurde om een reden, hield Katerina zichzelf voor, en Andrew was de hare.

Hij hield natuurlijk nog steeds van haar en hij kwam zo vaak hij kon, maar Marcy maakte hem met opzet alles zo moeilijk mogelijk en ze had nog geen enkele poging gedaan om woonruimte voor zichzelf te vinden. Katerina, die niet had gelogen toen ze tegen Sam zei dat ze niet meer van Andrew hield, was Marcy min of meer dankbaar dat ze bleef zitten waar ze zat, omdat dat haar ontsloeg van de noodzaak om

nog meer fouten te maken – wat bij Andrew intrekken zeker zou zijn, zoals ze nu wist.
Maar het was wel een ontzettende puinhoop, dacht ze. Er waren avonden waarop ze naar zijn komst uitkeek, gewoon omdat het een troostende gedachte was dat er toch nog iemand om haar gaf. Gelukkig verbood de oude heks van een hospita dat bezoek bleef overnachten, wat haar de pijnlijke situatie bespaarde dat ze hem moest weigeren de nacht bij haar te mogen doorbrengen. Maar terwijl sex haar niet langer interesseerde, had ze wel veel behoefte aan omhelzingen en medeleven. Vooral wanneer ze bedacht dat haar toekomst niet meer in een medisch beroep lag, maar in bruingebakken driedubbele runderburgers...

Katerina had dertig seconden om zich op het bezoek van haar moeder voor te bereiden, dank zij het feit dat mevrouw Talmages niets liever deed dan gordijnen rechttrekken. 'Allemachies, stopt er nou effe een sjieke slee voor de deur,' meldde de hospita, door de smerige ruit turend, terwijl Katerina de kamerhuur neertelde. 'Net iets uit Dallas... kom es kijke, liefie! D'r stapt een vrouw met een hele grote hond uit.'
Katerina's zuurverdiende geld verdween in een oogwenk in mevrouw Talmages schortzak. Katerina, die uit het raam keek, zei: 'Dat is mijn moeder.'
'Tjeemig! Met zo'n auto?'
Katerina bedacht bedrukt dat ze nu de kamerhuur wel zou verdubbelen. De fletse oogjes van haar hospita waren scherp van nieuwsgierigheid, haar hersens werkten ongetwijfeld op volle toeren.
'Dat is haar auto niet,' zei ze kortaf. 'Ze is weer aan het dikdoen, zoals gewoonlijk. Mevrouw Talmage, wilt u tegen haar zeggen dat ik niet thuis ben?'
De fletse ogen werden groot van verbazing. 'Wat, wil jij je eigen moeder niet zien? Maak het nou gauw, meid. Ze komt op visite en het minste dat je kan doen is d'r een koppie thee geven. Zeggen dat je d'r niet bent, wat een flauwekul. Ik weet niet...'
'Lieve schat!' riep Izzy, precies zoals Katerina had verwacht. 'Kom hier en geef me eens een dikke kus!'
Het was echt iets voor haar moeder, dacht Kat, om in een wolk van sjaals en parfum zomaar binnen te stormen, met veel te veel make-up op en te doen alsof er niets gebeurd was. Met natuurlijk extra emotionele chantage in de vorm van Jericho, die opgetogen blafte en dol van verrukking tegen haar opsprong.

Maar ook al was ze blij Jericho weer te zien, ze was niet van plan zich door Izzy tot dochterlijke onderdanigheid te laten dwingen. Toen Izzy haar onstuimig omhelsde, liet ze haar begaan maar ze zei niets en beleefde in gedachten weer hoe haar moeder haar had geslagen toen ze haar het hardst nodig had gehad.

'Nee maar,' zei Izzy toen ze Katerina's koude wang had gekust en de zitslaapkamer met de lelijk geverfde muren en het wrakke meubilair rondkeek. 'Wij hebben vroeger ook wel in afgrijselijke huizen gewoond, lieverd, maar deze gribus is erger dan een krot. En was dat je hospita, die de deur opendeed? Ik dacht dat haar varkensoogjes uit haar hoofd zouden rollen toen ze me zag.'

'Waarschijnlijk omdat je valse wimpers op hebt,' zei Katerina, terwijl ze zich uit haar moeders omhelzing losmaakte. 'Wil je een kopje thee?'

'Ben ik soms een ouwe tante?' Izzy had de oude tweepitter al gezien, met het gedeukte blikken keteltje erop. De zielige aanblik van die twee dingen sterkte haar in haar voornemen haar dierbare dochter uit dit hok weg te halen. 'Liefje, je bent mager geworden, jij moet eens goed eten. Trek je schoenen aan en ga mee naar Langan's.'

Katerina, die de laatste tijd haast niets had gegeten, kwam heel even in de verleiding. Toen schudde ze haar hoofd.

'Nee, dank je.'

'Maar ik heb voor halfnegen een tafel gereserveerd,' protesteerde Izzy, wier zelfverzekerdheid begon weg te ebben. Ze had zich zo opgewekt en kalm voorgedaan dat niemand een vermoeden van de verwarring in haar binnenste had kunnen hebben. Deze verzoening was iets dat ze dagenlang zorgvuldig had voorbereid.

'Jij kunt toch gaan.' Katerina, die haar uiterste best deed om kalm te blijven, wilde niet zwichten voor emotionele chantage. En ze voegde er harder dan ze van plan was geweest aan toe: 'Ik weet zeker dat Tash en jij het er erg gezellig zullen hebben.'

'Toe, Kat, doe nou niet zo.' Izzy zag er opeens verslagen uit. Ze deinsde, aan de smaragdgroene sjaal om haar hals frutselend, achteruit en zakte abrupt op het bed neer. 'Lieverd, we kunnen toch niet zo blijven doen. Ik heb je zo gemist. We moeten het uitpraten.'

'We hebben er al over gepraat,' antwoordde Katerina koud. 'Ik weet precies wat je van me denkt en dat is je goed recht. Maar daarom hoef ik er niet naar te luisteren als je het zegt.'

Dit ging helemaal niet volgens plan. Izzy, nu bijna in tranen, trok de stomme wimpers af die het make-upmeisje zo zorgvuldig had aange-

bracht. 'Luister nu eens,' zei ze smekend, 'Ik begrijp dat van Andrew wel. Ik zal geen kwaad woord over hem zeggen. Maar je kunt niet in dit hok blijven zitten, Kat... Ik kwam je vertellen dat ik een huis in Wimbledon heb gehuurd, voor ons tweeën. We kunnen ons oude leven weer oppakken...' Met een wanhopige poging tot een grapje, omdat dat Kat misschien zou vermurwen, dwong ze zichzelf te glimlachen en voegde eraan toe: 'Maar dan rijker, natuurlijk.'
Katerina had haar moeder nooit eerder horen smeken. Ze aarzelde heel even. Maar het had geen zin. Het kwaad was geschied en het was te laat om net te doen of er niets gebeurd was.
'We kunnen niet meer terug,' zei ze somber, de troosteloze blik in haar moeders ogen negerend. 'Alles is nu anders. We hebben ieder ons eigen leven en jij hebt de twee dingen waar je altijd naar hebt verlangd: succes en geld.'
Izzy slikte. Dacht Kat werkelijk zo over haar?
'En je studie medijnen?' vroeg ze tenslotte, om van onderwerp te veranderen. 'Zou het je lukken om hier te wonen en elke dag op en neer te gaan naar Westminster? Je kunt niet studeren en dan 's avonds nog gaan werken.'
Omdat het Kat nu allemaal niets meer kon schelen, ging ze naar de deur en hield die open, in de hoop dat Izzy de wenk zou begrijpen en weggaan. 'Dat probleem doet zich niet voor,' zei ze op een toon die tegelijkertijd bot en onverschillig was. 'Want ik ga niet studeren.'
'Maar...'
'En dat is geen dreigement, maar de simpele waarheid. Ze zouden me nu trouwens toch niet toelaten. Ik ben namelijk voor mijn eindexamen gezakt.'

Toen Andrew anderhalf uur later kwam, lag Katerina op bed.
'Je hebt gehuild,' zei hij, terwijl hij zijn armen om haar heensloeg en, net als Izzy, voelde hoe mager ze was. 'Je moet niet huilen, engel. Alles komt nu goed. Marcy trekt maandag uit de flat, binnen vier dagen kunnen we voor altijd samen zijn.'
Katerina, die over haar korte, bittere huilbui heen was, zette haar tanden op elkaar en kroop onder de dekens. Dit was blijkbaar de dag waarop haar onderdak werd geboden door mensen met wie ze niet meer wilde samenwonen.
Maar ze had geen zin in nog eens een woordenwisseling. Ze had na haar emotioneel geladen gesprek met Izzy alleen maar behoefte aan wat fysiek contact en tedere zorgen. En nu zat Andrew, in zijn ge-

kreukte grijze pak, op de rand van haar bed en hij vroeg zich af wat hij kon doen om haar op te vrolijken.
Hij keek het naargeestige kamertje rond in de hoop op een idee te komen en vroeg bezorgd: 'Zal ik wat lekkers bij de Chinees gaan halen? Kip met ananas en gebakken rijst?'
Dit was blijkbaar ook de dag, dacht ze wrang, waarop ze eten aangeboden kreeg waar ze geen trek in had.
'Ik wil geen Chinees.' Ze liet langzaam, bijna verstrooid, haar hand onder zijn jasje glijden en volgde met haar vingers de naad van zijn overhemd. Zijn adem ging opeens sneller en zijn ogen kregen een hoopvolle blik. Hij wist dat de afgelopen maand niet gemakkelijk voor haar was geweest, maar alsmaar afgewezen worden op het moment dat hij een beetje fysieke toenadering zocht, was ook niet bepaald een oppepper voor zijn ego geweest. Ze hadden al in geen zes weken meer gevrijd en de spanning van zijn verlangen naar Katerina – terwijl hij moest samenwonen met Marcy die hèm wilde – begon zich te laten gelden.
'Nee?' Behoedzaam, voor het geval hij te veel achter haar aarzelende gebaar zocht, legde hij quasi bezorgd zijn hand tegen haar voorhoofd. 'Dus geen zin in Chinees? Zal ik een ambulance bellen?'
Katerina glimlachte. 'Nog niet.'
'Wil je dan soms Indiaas eten? Passanda lam? Nikka kip en Naan brood?'
Katerina herinnerde zich opeens dat Passanda lam een van Simons favoriete Indiaase gerechten was. Arme Simon, ze had hem ook niet erg aardig behandeld.
Maar ze had behoefte aan de troost van Andrews aanwezigheid, op dit moment althans. En ofschoon het misschien een vorm van bedrog jegens hem was, had ze niet het gevoel dat ze hem vroeg iets ergs te doen. Lieve help, het zou hem juist gelukkig maken…
'Ik wil geen Indiaas afhaaleten,' zei Katerina, terwijl ze zijn das lostrok en zich afvroeg of ze ooit weer echt gelukkig zou zijn. 'Ik wil dat jij vannacht bij me blijft. Ik wil vrijen. Ik wil jou…'

35

Aangezien hun laatste ontmoeting niet bepaald een laaiend succes was geweest, begroette Sam Izzy met een koel knikje en praatte gewoon verder met de Australische acteur die de laatste tijd volle zalen trok in West End en die zich nu in The Chelsea Steps vertoonde met een bijzonder aantrekkelijk blondje in een zilverkleurige bodystocking en legging.
Maar Izzy liet zich niet afschepen en bleef achter hem staan wachten tot het gesprekje afgelopen zou zijn. Ze keek onverschillig naar het opzichtige pakje van de blondine en negeerde de al even lompe attenties van haar begeleider.
'Wilde je me spreken?' vroeg Sam, toen hij zich eindelijk omdraaide, met een lichtelijk verbaasd gezicht. Hij wierp voor alle zekerheid een blik in het rond en voegde eraan toe: 'Niet met je vriend, vanavond?'
'Nee. En ja, ik wil je spreken.' Izzy, niet in de stemming voor spelletjes, draaide er niet omheen. 'Hoe laat ben je hier klaar?'
'Tegen vieren.' Hij fronste, voelde dat er iets niet goed zat. 'Halfvier misschien. Hoezo, is er iets mis?'
'Ja,' antwoordde ze kortaf, terwijl ze al aanstalten maakte om weg te gaan. 'Er is iets heel erg mis.'
Het was nog steeds druk in de club toen Sam de leiding aan Toby Madison overdroeg. Ofschoon het pas kwart over drie was, zat Izzy buiten achter het stuur van een dubbel geparkeerde Mercedes te wachten, terwijl ze cola uit een blikje dronk en aan een losse draad in de knie van haar versleten spijkerbroek peuterde.
Bezorgd over haar kennelijke neerslachtigheid, knipoogde Sam en gaf haar hand een kneepje, terwijl hij naast haar op de voorbank gleed. 'Daar ben ik. Naar jou huis, of naar het mijne?'
'Liever naar een meer neutrale omgeving,' zei Izzy, de motor startend. 'Zoals Bert's.'

Bert was al vijftien jaar geleden gestorven, maar zijn zoon Quentin, die nu eigenaar van het truckerscafetaria was, had zijn werk voortgezet. Je kreeg er nog steeds de beste en grootste porties friet en dergelijke in Londen en niemand opperde ooit dat de naam van het cafetaria veranderd zou moeten worden.
Als er iets was dat haar opmonterde, vond Izzy, dan was het de dampige, vriendelijke, ontspannen sfeer van Bert's cafetaria – waar het altijd druk was, ongeacht het uur van de dag of de nacht – en een bord vol gebakken champignons, bacon en tomaten.
Maar nu dat voor haar stond, kon ze zich niet voorstellen dat ze een hap door haar keel zou kunnen krijgen.
'Hoor eens, jij had gelijk en ik had het bij het verkeerde eind,' zei ze tenslotte, terwijl ze toekeek hoe Sam suiker in zijn thee deed. 'Dus dat moet toch prettig voor jou zijn.'
'Bedoel je wat Kat betreft?' Hij vermoedde dat het dat zou zijn. Het was niet waarschijnlijk dat Izzy bij hem zou komen als ze problemen met Tash Janssen had.
'Ik voel me zo ellendig,' barstte ze los, met bijna koortsachtig schitterende ogen. 'Ik heb nooit eerder hoeven proberen om een goeie moeder te zijn, dat is gewoon nooit nodig geweest... en nu dit alles is gebeurd, heb ik zo mijn best gedaan om het goed te doen, maar het wordt alleen maar erger. Ik ben een maand weggebleven, omdat ik dacht dat ze tijd nodig had om de dingen op een rijtje te zetten en dat is me verdomd moeilijk gevallen. Maar vanavond ben ik naar haar toegegaan, ik dacht dat we nu een punt achter de zaak konden zetten, maar het liet haar steenkoud. O Sam, ik geloof echt dat ze me haat. En nu weet ik niet wat ik verder moet doen.'
'Ze haat je niet,' zei hij gedecideerd. 'Natuurlijk niet. Ze zal te zijner tijd wel bijdraaien, ze heeft kennelijk nog wat meer tijd nodig.'
Zoals de Australische acteur daarstraks in The Steps Izzy's figuur had bewonderd, zo namen een paar truckers aan een naburige tafel haar nu met openlijke bewondering op. Ze keken dan ook bepaald geschrokken toen ze begon te huilen.
'Ik ben vandaag naar een h... huis in Wimbledon wezen kijken,' vertelde ze snikkend. Sam gaf haar zwijgend een papieren servetje toen de tranen in haar bord drupten. 'Een heel mooi huis, honderd keer beter dan alles waar we tot nu toe hebben gewoond, behalve dat van Gina, natuurlijk. Ik wilde het voor ons tweeën huren, maar ze wilde niet eens naar me luisteren. Ze wil blijven waar ze is. Ze zegt dat ze voor haar eindexamen is gezakt, dus die studie kan ze wel schudden. Ik

weet niet of ze zichzelf wil straffen of mij, ik durf er niet aan te denken dat ze haar leven zo vergooit.'
'Stil maar,' zei Sam sussend toen haar stem stokte. 'Je moet jezelf niet de schuld geven.'
'Ja, dat moet ik wel,' jammerde ze, terwijl ze haar bord opzijschoof en met het papieren servetje haar tranen afveegde. 'Het is allemaal mijn schuld.'
De andere eters zaten inmiddels geboeid toe te kijken. Zonder op hen te letten stond Sam op, liep om de tafel heen en ging naast Izzy zitten. Hij was zo gewend aan haar drukke, rumoerige manier van doen en haar optimistische instelling dat hij haar niet tot zoveel gevoeligheid in staat had geacht, het roerde hem dieper dan hij had kunnen denken. Op Izzy had Sams troost en het feit dat hij zijn armen om haar heen had geslagen, een bemoedigende uitwerking. Haar knagende bezorgdheid om Kat was iets waar ze moeilijk met Gina over kon praten en Tash was er gewoon niet erg in geïnteresseerd.
'Wil jij eens met haar praten?' vroeg ze smekend, terwijl ze zich aan hem vastklemde en de vertrouwde, aangename geur van zijn aftershave opsnoof. 'Aan jou heeft ze geen hekel. Misschien dat ze naar jou luistert... vatbaar is voor jouw argumenten.'
'Ik zal het proberen,' verzekerde Sam haar, op zijn beurt terugdenkend aan de laatste keer dat hij zo dicht bij Izzy was geweest. Die avond in The Chelsea Steps, toen Vivienne onverwachts was komen opdagen. Wie weet hoe alles gelopen zou zijn als Vivienne ook maar een paar uur later was gekomen? 'Ik kan niets beloven, maar ik zal mijn best doen. En als je echt niets van dat eten wilt hebben, kunnen we beter weggaan. Wie weet wat Nigel Dempster zou denken als hij nu opeens binnenkwam.'
Sam reed. Zelfs de rit met z'n tweetjes door de nachtelijke straten herinnerde hem aan hun ritten van The Chelsea Steps naar huis, toen Izzy met dozen Chinees eten op haar schoot hem de flauwe moppen vertelde die ze die avond had gehoord en boosaardig precies de rare vogels imiteerde die ze in de bar had bediend.
Maar deze keer lachte ze niet.
'Het is allemaal zo zinloos,' zei ze neerslachtig toen hij, om haar gedachten van Kat af te leiden, vroeg hoe het met de muziek stond. '"Never, Never" wordt over acht dagen uitgebracht. Ik heb er gisteren op de radio een voorproefje van gehoord en volgens de DJ zou het Nummer Eén worden. Vanmorgen hebben we een interview voor Capital opgenomen. Vanmiddag zijn de opnamen voor de videoclip af-

gemaakt en morgen hebben we nog drie interviews met de muziekpers en met de *Mail on Sunday*. Allemaal dingen waar ik altijd van heb gedroomd,' besloot ze met een achteloos gebaar, terwijl ze ook de leren bekleding van de Mercedes omvatte, 'en dit is mijn auto, op zich ook een droom die werkelijkheid is geworden, maar het betekent allemaal niets meer, omdat Kat er niet bij is om er met mij van te genieten. Ik wilde zo graag dat ze trots op me zou zijn... en dat is ze niet, dus het is allemaal zinloos...'

Ze hadden Kingsley Grove bereikt. De dag brak aan, de hemel kreeg violette strepen en een melkwagen rammelde door de straat toen Sam stilhield en de motor afzette.

'Ik weet dat het niet makkelijk is, maar misschien heeft ze alleen wat meer tijd nodig.' Hij moest Izzy's vingers opnieuw losmaken van de gescheurde knie van haar jeans. Het was nu een rafelig gat geworden. 'Ik zal eens naar haar toe gaan. Met haar praten. Al wil dat niet zeggen dat ze ook naar me zal luisteren.'

Izzy's onderlip trilde en hij moest zich bedwingen om haar niet te kussen.

'Ze mag jou graag,' zei ze droefgeestig. 'En ik weet dat ze jouw mening respecteert.'

Hij gaf haar hand een kneepje en glimlachte. 'In dat geval zal ik haar die kenbaar maken. En intussen moet jij geduld hebben. Wanneer trek je in je nieuwe huis? Heb je daar ergens hulp bij nodig?'

Sam was zo lief, zo attent. Terwijl Izzy, overmand door vermoeidheid, een ogenblik haar ogen sloot, bedacht ze dat Vivienne toch een bofferd was.

'Bedankt voor het aanbod, maar het is nodig.' Ze schudde haar hoofd. 'Ik heb het contract niet getekend. Ik wilde dat huis voor Kat en mij hebben. Nu ik weet dat ze toch niet wil komen, heb ik het niet nodig.'

'Hmm. Enfin, Gina zal in elk geval in haar schik zijn.'

Izzy keek naar de melkwagen die met een sukkelgangetje van vijftien kilometer per uur langs hen rammelde. Ze vroeg zich af of de melkman, die zat te fluiten en er opgewekt uitzag, een gewoon gelukkig gezin had en een gewoon gelukkig leven leidde.

'Ik weet niet of ze wel of niet in haar schik zal zijn,' antwoordde ze langzaam. 'Maar ik ga in elk geval uit Kingsley Grove weg. Tash heeft gevraagd of ik bij hem kom wonen.'

Sam werd overmand door moedeloosheid. Hij had niet geweten dat de relatie tussen die twee al zover was. En Tash' reputatie wat betreft het veroveren en afdanken van vrouwen, was niet bepaald bemoedigend.

'Lijkt je dat nu wel verstandig?' vroeg hij op een toon waarin zijn eigen opvatting over de kwestie duidelijk doorklonk.
Maar Izzy haalde alleen haar schouders op en gooide uitdagend haar haar naar achteren. Ze keek Sam met haar donkere ogen recht aan en zei, onbewust Kats uitleg om met Andrew door te gaan, herhalend: 'Doet dat er iets toe? Het zal misschien niet voor altijd zijn, maar wat geeft dat? Mijn dochter wil niet met me samenwonen, dus kan ik net zo goed intrekken bij iemand die dat wel wil.'

36

Er waren fouten en fouten, dacht Izzy een week later. En gezien haar besluit om bij Tash in te trekken bijna algemene afkeuring had ontmoet, begon haar nu duidelijk te worden dat het een kanjer van een fout was geweest.
'Jullie kennen elkaar nauwelijks,' had Gina een beetje pinnig gezegd toen Izzy haar plannen kenbaar maakte. Maar Gina vond het, dat wist ze, in de eerste plaats erg om in Kingsley Grove achter te blijven, met alleen Jericho als gezelschap.
'Ik vind het hartstikke stom,' had Sam geringschattend opgemerkt, maar dat was alleen omdat hij Tash niet mocht en waarschijnlijk jaloers was, omdat Izzy nu in een huis van bijna twee miljoen ging wonen.
Zelfs Doug Steadman had er zijn bedenkingen tegen. 'Als je het mij vraagt, maak je een grote fout, troel,' had hij met een bezorgde rimpel in zijn voorhoofd tegen haar gezegd. 'Niet dat je privé-leven mij iets aangaat, maar zou hij niet gaan denken dat jij eh... makkelijk te versieren bent?'
Vivienne had tenminste niet gezegd dat ze een stommiteit beging. Vivienne vond het ééénig, een te gek avontuur. Izzy had opgelucht naar haar geluisterd, ze had de zwartkijkers laten praten en alleen nog maar aan de leuke kant van de situatie gedacht. Ze zou rijk van zichzelf zijn, succesvol, beroemd... en de inwonende vriendin van een van de knapste en meest begeerde mannen van de wereld. Wat kon

het haar schelen of anderen vonden dat ze makkelijk te versieren was? Tash had haar lichaam al, nu zou hij ook nog het genot van haar kookkunst smaken.

En tot nu toe was het inderdaad enig geweest. De onheilsprofeten mochten dan besmuikt tegen elkaar blijven mopperen, zij had het geweldig naar haar zin en het nieuwtje had haar gedachten tenminste gedeeltelijk afgeleid van het probleem van haar weggelopen dochter.
Ja, vriendin van een rijke man zijn had zo zijn voordelen, dacht Izzy, terwijl ze de gedachte aan Kat resoluut uit haar hoofd zette en naar het zwembad keek dat turkooisblauw in de augustuszon flonkerde. Ze had net een schaal sandwiches met gerookte zalm verorberd – dat wil zeggen, ze had de zalm ertussenuit gehaald en het brood laten liggen – en nu had ze zin om te zwemmen. Ze had ook zin in Tash, maar die had zich opgesloten in zijn studio. Hij werkte aan ideeën voor zijn volgende album en scheen geen behoefte aan afleiding te hebben.
Hij had blijkbaar evenmin behoefte aan gezelschap bij het schrijven van nummers. Izzy, die bedacht dat het maar goed was dat ze geen huwelijksreis had verwacht ter inleiding van hun samenwonen, had dus tijd in overvloed om haar nieuwe huis te verkennen en ten volle te genieten van alle luxueuze voorzieningen. Maar ofschoon ze zich best amuseerde, kon ze zich niet zo goed ontspannen als ze had gedacht. Topless zonnen kon niet vanwege de zwijgende, irritante aanwezigheid van de veiligheidsmensen die over het terrein zwierven en haar behandelden op de afstandelijke, achteloze manier, die aangaf dat ze haar gewoon als de zoveelste in de lange rij vrouwelijke logées beschouwden, wier naam de moeite van het onthouden nauwelijks waard was. En al deed ze nog zo haar best om vriendelijk te zijn, toch was de formidabele mevrouw Bishop nog afwerender dan ze op de avond van Izzy's eerste bezoek was geweest. Pogingen tot een gesprek ketsten af op een muur van koelheid. Complimenten over het eten hadden alleen een onverschillige blik tot gevolg. Izzy had zich zelfs afgevraagd hoe haar reactie zou zijn als ze eens over het eten zou klagen, alleen viel er nooit iets te klagen. Alles op Stanford Manor gebeurde met onberispelijke efficiency, omdat Tash dat wilde en van zijn personeel eiste. En ze wist nog niet wie het deed, maar íemand draaide elke morgen in haar badkamer het dopje weer op de tube tandpasta...

Uren later kwam Tash eindelijk te voorschijn. Izzy had toen al gezwommen, een dutje gedaan en omdat ze vergeten was opnieuw zonnebrandolie op te brengen had haar gebruinde huid een rozig waasje gekregen.

Hij zette zijn zonnebril recht en sloeg haar in haar slaap gade. Haar donkere haar golfde in glanzende overvloed om haar heen, haar prachtige borsten puilden boven haar pauwblauwe bikini uit en haar ene hand hing in de schaal met ontzalmde sandwiches.

Hij vond Izzy, die snoes van een Izzy, zowel boeiend als amusant. Bovendien was het een verfrissende bijkomstigheid dat ze heel anders was dan alle vriendinnen die hij ooit had gehad. Gewiekst, intelligent en vastbesloten op haar terrein carrière te maken, was ze soms toch roerend naïef. Hij had vooral plezier in haar onschuldige ideeën over het muziekbedrijf en in haar plannen om te genieten van de rijkdom die het succes haar zou brengen.

Tash viste een ijsblokje uit het glas in zijn hand, liet het in het kuiltje van haar navel vallen en lachte toen ze met een gil overeindschoot.

'Wakker worden. Mevrouw Bishop wil weten waarom je haar sandwiches zo vernield hebt. Ze zegt dat je al het brood moet opeten, anders gaat ze weg.'

'O god... ach, jíj!' Izzy, die te laat ontdekte dat hij een grapje maakte, zonk in de ligstoel terug en mikte het ijsblokje in zijn kruis. 'Dat is te mooi om te durven hopen,' mopperde ze, met een blik over haar schouder voor het geval de ouwe draak achter haar op de loer lag. Toen keek ze ontsteld naar haar onheilspellend roze borst. 'En dit is ook niet leuk. Verdorie, hoe zal ik er nu morgen uitzien? Dan hebben we die fotosessie en ik heb een verbrande neus... au, dat doet zeer.'

Ze trok terug toen zijn nagels langs haar sleutelbeen gleden, toen glimlachte ze, omdat hij in elk geval in een goeie bui was. Hoewel Tash zichzelf nooit als humeurig zou beschrijven, had ze al gemerkt dat hij nogal eens chagrijnig was als het werk niet vlotte. Het leven was niet alleen rozegeur en maneschijn. Hij kon ongelooflijk charmant zijn als hij wilde, maar na een paar verspilde uren in zijn dierbare studio, kon zijn stemming omslaan in een bui van wrevelige, onredelijke prikkelbaarheid en drift. Izzy, die het nut van een dergelijke prikkelbaarheid niet inzag, omdat die immers niets oploste, weigerde steevast zich erdoor te laten intimideren en lachte erom, of negeerde hem wanneer hij zo deed. Maar het was beslist leuker, dacht ze met een vleugje ironie, als hij gewoon deed.

'Misschien dat er iemand kijkt,' protesteerde ze en probeerde weg te

duiken toen Tash de bandjes van haar bikini van haar verbrande schouders begon te schuiven.
'Nou en?' Hij haalde haar terug voor ze in de schaal sandwiches kon belanden. 'Zou dat nu zo erg zijn? Maar schat, dat maakt het dubbel zo leuk.'
Zijn vroegere vriendinnen zouden ongetwijfeld op dergelijke verzoeken zijn ingegaan, maar Izzy was niet van plan om als publieke vermakelijkheid voor de veiligheidsmensen te dienen. Ze stond op, haakte een vinger achter de riemlusjes van zijn jeans en hij liet zich gewillig mee naar binnen trekken. In de slaapkamer gekomen, knoopte ze langzaam zijn witte overhemd los en mompelde: 'Dit is veel leuker.'
Na afloop zei Tash, terwijl hij een stickie opstak en langzaam inhaleerde: 'Dat is waar ook. Er heeft iemand voor je gebeld, die je wilde spreken.'
Izzy keurde drugs in elke vorm af, maar omdat hij alleen maar lachte en haar een tutje noemde als ze hem probeerde vertellen hoeveel kwaad ze konden aanrichten, liet ze hem maar begaan. Tenslotte was het alleen maar hasj troostte ze zichzelf, het had veel erger kunnen zijn.
'En?' vroeg ze, zich lui uitrekkend en genietend van de luxe dat ze straks niet in een stampvolle pub of in een rokerige, bedompte club hoefde te gaan werken. 'Wie was het? Moet ik terugbellen?'
Tash schudde zijn hoofd. 'Nee. Hij zei dat hij vanmiddag naar Amerika vloog, dus ik heb de boodschap aangenomen. Het was je vriend Sam Sheridan.' Zich bewust van het feit dat Sam tegen zijn relatie met Izzy was, sprak hij op lichtelijk spottende toon. 'Hij wilde je alleen laten weten dat hij met Kat had gepraat, maar dat het niet had geholpen.'
'Wat!' Izzy vloog in een warboel van beddegoed overeind. 'Waarom heb je me dat niet eerder verteld? Waarom heb je me niet geroepen toen hij belde?'
Tash' blik verduisterde. Hij keek strak naar het gloeiende puntje van het stickie tussen zijn vingers. 'Ik was druk bezig. Ik wist niet waar jij uithing. Toe nou, waar maak je je zo druk om? Die vent is een zak en wat hij te vertellen had was immers niet van wereldschokkend belang?'
Izzy, die de telefoon al had gegrepen, wierp hem een verachtelijke blik toe en tikte driftig Sams nummer in. Even later verbrak ze de verbinding abrupt en zei: 'Zo'n stom antwoordapparaat. Je wordt bedankt, Tash. Mijn dochter mag voor jou dan niets betekenen, maar voor mij is ze erg belangrijk.'

Ja, dat weten we onderhand wel, dacht hij gelaten en nam nog een laatste lange haal van de sigaret voor hij hem uitdrukte. Izzy's bezeten zorg om Katerina ging zijn begrip te boven. Opstandigheid hoorde bij het volwassen worden. Hijzelf was op zijn zeventiende het huis uitgegaan en was in een kraakpand in Bayswater gaan wonen, waar hij het koude, ongemeubileerde souterrain had gedeeld met een drugsverslaafde en een honderd kilo zware travestiet. En daar was hem niets van overkomen.

Maar de hasj begon te werken en hij had geen zin in ruzie.

'Maak je toch niet zo druk, engel,' zei hij sussend. 'Oké, oké, het spijt me dat ik je van streek heb gemaakt. Maar ik had het echt druk toen de telefoon ging... en als Sam iets opwekkenders te melden had gehad, was ik je heus wel komen halen.'

Izzy verwerkte dit in stilte. Misschien was ze wel een beetje opgestoven. Tash had haar niet met opzet dwarsgezeten, hij had gewoon gedacht dat het niet belangrijk was.

'Nou goed,' zei ze tenslotte, zich er terdege van bewust dat ze niet op een hooggaande ruzie zaten te wachten. De publiciteitsmachine draaide op volle toeren. Ze hadden de eerstkomende twee weken zowat elke dag interviews met journalisten, die popelden om het fijne van Tash' nieuwste relatie aan de weet te komen. 'Ja, het spijt me ook. Ik maak me nu eenmaal vreselijk veel zorgen om Kat, dat is alles.'

'Het geeft niet,' zei hij welwillend, blij dat de crisis was afgewend. Hij glipte het bed uit, liep naakt naar de hoge commode en haalde er een smal matzwart juweliersdoosje uit. 'Hier, ik had dit eigenlijk willen bewaren voor de dag dat "Never, Never" als nummer één op de hitlijst zou staan.' Hij liet het doosje met een scheef glimlachje in haar schoot vallen. Izzy hoefde niet te weten dat hij de smaragden met saffieren oorbellen van Bulgari nog voor Anna had gekocht. Het was achteraf maar goed dat ze drie dagen voor haar verjaardag uit elkaar waren gegaan; hij had niet de moeite genomen de oorbellen naar de juwelier terug te brengen. 'Maar misschien moest je het nu maar opendoen. Een kleinigheidje om je op te vrolijken.'

Kat wilde dan misschien niets meer met haar te maken hebben, Tash in elk geval wel. Onder de indruk van de grootte en de schoonheid van de edelstenen, en van het feit dat hij zo attent was geweest om het soort oorbellen te kiezen die ze, zoals hij wist, mooi zou vinden, ging Izzy op haar knieën zitten en sloeg haar armen om zijn hals. Te ontroerd om te spreken, boog ze zich naar hem over en kuste hem op zijn mooie mond.

‘Ik ben hier te oud voor,’ mompelde Tash.
‘Ik denk dat je het nog wel zult kunnen,’ antwoordde Izzy, met haar mond tegen de zijne glimlachend. ‘En wat doet het er ook toe? Ik neem het risico als je wilt…’

37

Later, veel later, zou Gina pas de belangrijke rol gaan waarderen die twee snippers roze vloeipapier in haar leven hadden gespeeld. Maar op dit moment dacht ze daar zelfs nog niet aan; ze had al moeite genoeg om haar gezicht in de plooi te houden.
Het regende nog aldoor pijpestelen en de machtige aanblik van een verblindende bliksemschicht tegen een indigokleurige hemel had haar daarnet naar het raam gelokt. Doug, die in elkaar gedoken zat te telefoneren, keek op en zei hoopvol: ‘Koffie?’ Maar Gina hoorde hem niet. Want wie stapte daar beneden op straat uit een taxi en bleef nog even staan om een blik in de bespetterde zijspiegel te werpen? Ralph, die ze sinds die vernederende middag in Kingsley Grove niet meer had gezien. Alle lucht scheen opeens uit haar longen gezogen te worden. Hij was een van Dougs meest succesvolle cliënten en ze had geweten dat ze zich erop moest instellen hem terug te zien, maar nu het gebeurde, was ze er toch niet op voorbereid. Hoe vaak ze zichzelf ook had verteld dat hij niets meer voor haar betekende, het had nooit echt gemeend geklonken. Ralph was te charmant en te aantrekkelijk om iemand onverschillig te laten. Hij was de personificatie van perfectie…
‘Met drie scheppen suiker?’ vleide Doug, die allerminst perfect was. De wolk van onaangename lichaamsgeur was dank zij Gina’s cadeautjes van deodorant en aftershave verdwenen en hij rook nu altijd lekker, maar wanneer hij bezig was een ingewikkeld contract af te sluiten, kon niets ter wereld voorkomen dat zich natte plekken in de oksels van zijn overhemd vormden. Hij zou nooit, zoals Izzy hem eens doodernstig had verteld, een goede pokerspeler zijn.
Maar koffie zetten zou haar in elk geval iets te doen geven, zodat ze

er niet als een uitgeperste citroen bij zou zitten terwijl Ralph een beleefd gesprekje voerde en zich innerlijk een kriek lachte om haar lichtgelovigheid. Ze ging van het raam vandaan en schakelde de elektrische waterkoker in. Daarna deed ze oploskoffie in twee kopjes en luisterde naar het ritmische klikken van Ralphs voetstappen toen hij zelfverzekerd de trap opkwam.
De beige Burberry-regenjas vertoonde wat regenspatjes, maar verder was hij onberispelijk, evenals – natuurlijk – de bijpassende sjaal en paraplu. Het halflange, blonde haar was nog lichter geworden nu er sinds kort dure en vakkundig aangebrachte blonde strepen inzaten. Het bruin van zijn huid was dieper en gelijkmatiger dan ooit. Diep onder de indruk van zoveel perfectie, zoals ze had verwacht te zullen zien, boog Gina zich over de kopjes en schepte veel meer suiker dan gewoonlijk in dat van Doug. Aangezien ze hem altijd minder gaf dan hij vroeg, in een vergeefse poging om zijn dikke buik te laten afslanken, zou hij wel denken dat hij jarig was.
'Doug, hoe is het met je?' Ralph, die zich extra had gesoigneerd omdat hij graag indruk op Gina wilde maken – oké, hij had haar aanvankelijk gebruikt om zich op Izzy te wreken, maar hij was al gauw erg op haar gesteld geraakt – liep naar zijn agent en schudde hem hartelijk de pafferige hand. 'God, wat een weer! Ik kom alleen even zeggen dat we klaar zijn met de opnamen voor de tv-serie. De producers zijn erg tevreden over me, en de regisseur heeft me voorgesteld om auditie te doen voor een toneelstuk dat hij gaat regisseren, dus ik zit in de lift. Hallo, Gina,' voegde hij eraan toe, alsof hij haar nu pas zag. 'Je ziet er goed uit. Heel goed. Het werken voor deze ouwe slavendrijver bevalt je kennelijk prima.'
Hij was... weergaloos, dacht Gina, die zichzelf dwong om vluchtig te glimlachen en net te doen of zijn komst haar koud liet.
'Laat dat oud maar weg,' mopperde Doug, van de een naar de ander kijkend en beseffend dat er iets tussen die twee was. Ofschoon niet vermaard om zijn diplomatie, begreep hij toch dat een loopje naar de krantenkiosk op de hoek een tactvolle zet zou zijn. 'Verdorie, ik heb geen sigaretten meer. Gina, geef deze jongeman een kop koffie en hou hem bezig tot ik terugkom, wil je? Ik ben over vijf minuten terug.'
'Prima,' zei Ralph.
Help, dacht Gina, o help.
Maar deze keer kreeg ze inderdaad hulp. Toen de deur achter Doug dichtsloeg, ging Ralph op zijn gemak in de cliëntenstoel zitten en

maakte de kasjmier sjaal om zijn hals los. Op dat moment gebeurde eindelijk het wonder waar Gina om had gebeden.
'Ik wilde je weerzien.' Hij sloeg een vertrouwelijke toon aan, streek een haarlok van zijn voorhoofd en hield zijn hoofd een tikje scheef, terwijl hij haar doordringend aankeek. 'Je ziet er werkelijk stralend uit, Gina... hoor eens, het spijt me van dat misverstand dat we hebben gehad, maar ik weet zeker dat we dat kunnen vergeten.'
Gina kon niets zeggen. Als ze haar mond open zou doen, zou ze gaan giechelen, dat wist ze zeker. Als het iemand anders was geweest, zou het feit dat diegene zich had gesneden bij het scheren helemaal niet zo grappig zijn, maar dit was de perfecte Ralph, het toonbeeld van mannelijke distinctie.
Ze staarde als gebiologeerd naar de twee snippers roze wc-papier die aan zijn hals bungelden. Er zaten plekjes opgedroogd bloed aan en ze hingen ongeveer zes centimeter van elkaar, waardoor ze alleen maar meer op een vampierbeet leken. Precies op dat moment kletterde er een nieuwe regenbui tegen de ramen en werd het kantoor verlicht door een gevorkte bliksemstraal, die de lichten deed flikkeren en een echte *Hammer Horror*-sfeer creëerde. Terwijl de meteen erop volgende donderslag het gebouw op zijn grondvesten liet trillen, perste Gina haar lippen op elkaar en balde haar vuisten tot de nagels in haar handpalmen drongen. De betovering was voorgoed verbroken; Ralph, niet langer perfect, was nu aan de beurt om voor schut te staan en zij zou wel zorgen dat ze ten volle van elk verrukkelijk moment zou genieten...
'Wat is er zo grappig?' vroeg hij enigszins achterdochtig. Gina schudde haar hoofd.
'Niets... niets. Onweer maakt me altijd een beetje nerveus, dat is alles. Eh... ik weet niet meer of je suiker gebruikt.'
Aan zijn gezicht te zien leek het wel of ze had gevraagd of hij heroïne spoot. Ralph besteedde overdreven veel zorg aan zijn lichaam.
'Dank je.' Hij nam het kopje met een innemende glimlach van haar aan. Het scheen Gina een ogenblik toe of zijn wondjes langer werden; ze onderdrukte een nieuwe lachbui en viel met een plof in haar stoel terug.
'Maak ìk je soms nerveus?' Deze keer vroeg hij het vriendelijk, waarbij hij quasi ongelovig zijn hoofd schudde. De malle snippertjes roze wc-papier bungelden vol medeleven mee. 'Maar liefje, dat hoeft toch niet. Als we het verleden nu eens lieten rusten en opnieuw begonnen. Ik ben vanavond vrij, dus ga met me uit eten.'

'Ik... ik kan vanavond niet,' bracht ze met moeite uit. 'Sorry.'
Hij schudde opnieuw zijn hoofd. Fladder, fladder. 'Toe, liefje, zeg nu niet dat je nog boos op me bent.'
'Niet... boos.' Gina, bang dat ze in haar broek zou plassen, drukte haar knieën tegen elkaar. 'Maar ik k-kan echt niet.'
Ralph haalde zijn schouders op en boog zich naar voren om een slokje koffie te nemen. Het was het schouderophalen dat het hem deed. Gina keek als gebiologeerd toe hoe een van de losgekomen snippers vloeipapier in zijn kopje belandde.

'... kostelijk! En wat deed hij? Wat gebeurde er toen?'
Gina, die sinds haar kinderjaren niet meer zo had gelachen, veegde met een zakdoek vol mascaravlekken haar ogen af. Ze had een stekende pijn in haar zij. Telkens wanneer ze dacht dat de slappe lach nu eindelijk over was, hoefde ze maar te denken aan Ralphs gezicht toen hij het vreemde voorwerp in zijn koffie zag drijven, en dan borrelde hij opnieuw op.
'Hij... hij... zag wat het was,' hikte ze, zich om steun aan Dougs stevige arm vastklemmend. 'En toen begreep hij natuurlijk hoe stom hij eruit moest hebben gezien en toen werd hij zo p-p-paars als een aubergine. En toen kon ik me niet meer inhouden, ik heb gegierd van het lachen en hij werd nog paarser, toen sprong hij op en tierde: "Gemeen klein kreng," en stormde de deur uit. Ik vrees dat je deurscharnieren voorgoed naar de knoppen zijn.'
Doug lachte; die arme Ralph. Gina had hem met het doorprikken van zijn ego wel een hele zware slag toegebracht. Hij zou nu ongetwijfeld een nieuwe agent zoeken, maar dat liet Doug steenkoud. Hoe kon iemand – zeker iemand die zo onvolmaakt was als hijzelf – niet om een dergelijke klucht lachen? En het deed hem bepaald goed om Gina zo van haar welverdiende triomf te zien genieten.
'Ik ben misschien ook wel een kreng,' vervolgde ze, zonder enig berouw in haar stem. 'Als het een ander was geweest, jij bijvoorbeeld, zou ik het meteen hebben gezegd, zoals je het ook tegen iemand zegt als het merkje van zijn trui erbovenuit steekt. Maar Ralph is zo verschrikkelijk ijdel...'
En daar begon ze weer, ze schudde in haar stoel en legde haar hand in haar zij. Doug, plotseling aangemoedigd door hun gedeeld geheim en de bijna feestelijke stemming, keek op zijn horloge en zei: 'Het is halfzes. Heb je werkelijk iets te doen vanavond, of heb je zin om even in Russell's bar iets te gaan drinken?'

Haar tweede uitnodiging binnen een uur. Deze keer aarzelde Gina niet. 'Dat moest ik maar doen,' zei ze breed lachend. 'Voor mijn eigen veiligheid. Wat zouden de mensen wel niet denken als ik de hele weg in de ondergrondse in mijn eentje zou zitten lachen?'

In een hoekje van de schemerige, stampvolle bar bleven ze, onder het genot van een fles beaujolais en een verrukkelijke ham-aspergequiche, lachen en zich ongegeneerd vrolijk maken over Ralph, vanwege zijn verbeelding en zijn te goed samengestelde garderobe.
'Maar je moet hem eerst toch wel aardig hebben gevonden, anders zou je niet met uit zijn gegaan,' waagde Doug tenslotte op te merken.
Gina speelde met haar glas. 'Ik geloof het wel. Ach, ik voelde me gevleid omdat hij zo charmant en attent leek, maar hij is nooit echt mijn type geweest. Het was alleen zo lang geleden dat een man zoveel aandacht aan me had besteed dat ik er min of meer voor gezwicht ben.'
Doug kon zich onmogelijk indenken hoe een vrouw van Gina's kaliber door mannen over het hoofd kon worden gezien. Hij vond haar juist buitengewoon begeerlijk en als hij zich niet allang had neergelegd bij het feit dat zulke vrouwen buiten zijn bereik vielen, zou hij zijn eigen belangstelling al maanden geleden kenbaar hebben gemaakt.
'Dus als ik het goed begrijp,' zei hij met een twinkeling in zijn ogen, 'ben je op het nippertje de dans ontsprongen. Of moet ik zeggen op het snippertje?'
'O nee.' Gina verslikte zich bijna in haar wijn. 'Maak me niet weer aan het lachen.'
'Maar lieve meid,' protesteerde hij doodonschuldig. 'Kan ik het helpen dat ik zo'n messcherp gevoel voor humor heb?'
'Doug...!'
'Oké, oké, ik hou al op. Maar vertel me eens, wat voor soort man is dan wel jouw type?'
Gina dacht even na. 'Iemand die het tegenovergestelde van Ralph is.'
Dougs hart begon opeens sneller te kloppen. Terwijl hij de rafelige manchet van zijn slecht gestreken overhemd betastte, voelde hij een zwak, heel zwak, sprankje hoop in zich opkomen. Als er één man op de wereld het tegenovergestelde van Ralph Henson was, dacht hij, dan was hij het wel.

38

Als Izzy vroeger een feestje gaf, berekende ze eerst hoeveel geld ze er niet aan kon besteden, dan verdubbelde ze dat bedrag en kwam vervolgens van de slijter terug met zoveel kratten bier en dozen wijn dat niemand dorst hoefde te lijden. Grote pannen chili con carne en spaghetti vormden een tegenwicht voor de alcohol en haar krakkemikkige, maar betrouwbare platenspeler zorgde voor de muziek. Als de flat waar ze op dat moment woonde met gemak dertig gasten kon bevatten, nodigde ze er vijftig uit en stouwde die er hutje mutje in, omdat ze elkaar op die manier vlugger konden leren kennen en plezier konden maken. Het feest duurde tot de laatste gast in slaap viel, en degenen die bleven overnachten moesten de volgende morgen helpen opruimen.

Tja, zo was het vroeger altijd gegaan, dacht Izzy wrang. Maar bij een party op Stanford Manor ging het heel anders toe.

Dat de kosten haar geen hoofdbrekens bezorgden had natuurlijk zijn voordelen. Terwijl ze haar steeds omhoog kruipende, flesgroene lycra rok omlaagtrok, het strapless groen met gouden topje gladstreek en voor de laatste keer voor de spiegel haar haar toupeerde, hoorde ze beneden in de grote hal het orkest de instrumenten stemmen. Erbovenuit klonk de stentorstem van mevrouw Bishop die de mensen van de catering in niet mis te verstane termen aan het verstand bracht wie er de baas was. Het eten zou vanzelfsprekend voortreffelijk zijn, de champagne zou bij stromen vloeien en geen van de tweehonderd gasten zou bang hoeven te zijn dat hij zou moeten helpen met afwassen.

Tegen tien uur was het feest in volle gang. 'Never, Never' had de week tevoren de top tien bereikt en omdat men verwachtte dat het morgen Nummer Eén zou zijn, vierde iedereen dat nu maar vast. Maar pas toen de kolossale voordeur openging en Simon binnenkwam in gezelschap van Katerina, werd het voor Izzy echt feest.

Ze wilde al op hen afvliegen, toen Vivienne haar zonder plichtplegingen terugtrok. 'Je zou het kalm aan doen, weet je nog,' zei ze vermanend. 'Wat heeft Sam tegen je gezegd? Ze wil als een volwassene behandeld worden. Wat je ook doet, doe niet opgefokt.'

'Nee.' Izzy, duizelig van vreugde, nam zich voor zo kalm mogelijk te doen. Simon bellen en hem en Katerina voor het feest uitnodigen was een goede zet geweest. Ze had bedaard gezegd dat, ook al stonden Katerina en zij op het moment niet op al te beste voet, er geen enkele reden was waarom ze niet op maatschappelijk gebied als beschaafde mensen met elkaar konden omgaan. Ze had van tevoren geweten dat Simon, met zijn bewondering voor beroemdheden, in elk geval zou komen en ze had gegokt op zijn overredingskracht – en Katerina's diepgewortelde nieuwsgierigheid – om haar vanavond hier te krijgen. En het was gelukt, dacht ze verheugd, terwijl ze naar hen toeging. Het was inderdaad gelukt.

'Fijn dat jullie konden komen. Ik ben zo blij dat jullie er zijn.' Tjee, het was moeilijk om niet opgefokt te doen.

'Simon wilde komen.' Katerina's gezicht stond gereserveerd, alsof ze een meer uitbundige ontvangst had verwacht.

'Nou, het is toch zeker geweldig,' zei Simon verdedigend, terwijl hij al een kleur kreeg. Hij kwam naar voren en kuste Izzy onhandig op haar wang. 'En ik vind het fantastisch dat je plaat het zo goed doet.'

Izzy vroeg zich af of Katerina met opzet een spijkerbroek en een oud zwart T-shirt had aangetrokken. Nu ze eindelijk veel geld verdiende, zou ze niets liever doen dan haar dochter onder cadeaus bedelven. Maar in plaats daarvan verborg ze zorgvuldig haar ware gevoelens en zei glimlachend tegen Simon: 'Dank je. Ik vind het ook fantastisch.'

'We hebben gisteren de uitslag van ons eindexamen gekregen,' zei Katerina. 'Ik ben niet gezakt.'

'O, schat...'

'Maar mijn gemiddelde was te laag om medicijnen te kunnen studeren, dus ik had net zo goed kunnen zakken.'

'O.' Izzy slikte haar teleurstelling in, dwong zichzelf om niet zo te reageren als Kat blijkbaar van haar verwachtte en bracht weer een flauw glimlachje te voorschijn.

'Nou ja, niets aan te doen. Zeg jongens, het orkest begint zo meteen weer en dan vergaat horen en zien je. Ik zou zeggen, loop eens onder die boog door, haal wat te eten en kijk een beetje rond.'

Simon keek al rond. Lonkend. Dit zou de meest opwindende avond van zijn leven worden en hij had al diverse beroemde gezichten ge-

zien, om nog maar te zwijgen van echte snolletjes, die verrukkelijk luchtig gekleed waren.
'Daar heb je Bill Collins,' zei hij, hees van eerbied. 'En dat meisje in die bikini – is dat niet Fiona, hoe heet ze ook weer?'
'Sta haar in 's hemelsnaam niet zo aan te gapen,' zei Katerina, vastbesloten zich door niets en niemand te laten imponeren. En terwijl ze hem in de richting van de bar duwde, fluisterde ze heftig: 'En heb het hart niet dat je iemand om een handtekening vraagt...'

'Goed gedaan,' zei Vivienne goedkeurend, toen Izzy bij haar terugkwam. Ze hief haar extra sterke wodka-tonic bij wijze van saluut en keek het verdwijnende stel geamuseerd na.
'Arme Kat, wat zit ze in de knoei. Simon en zij zijn trouwens een leuk stel, als ze dat maar wilde inzien. En als,' voegde ze er als een soort nabeschouwing aan toe, 'Simon maar eens van dat onzalige blozen af kon komen.'
'Over leuke stellen gesproken,' zei Izzy zo achteloos mogelijk, 'waarom is Sam niet meegekomen? Is hij er zo erg op tegen dat ik met Tash samenwoon?'
Ze liepen in de richting van het door schijnwerpers verlichte zwembad. Vivienne, in nauwsluitend zachtroze satijn gehuld, heupwiegde als een paling op stelthakken. 'Geen idee,' zei ze schouderophalend. 'Sam is de laatste tijd erg in zichzelf gekeerd. Hij vraagt mij niet meer wat ik ga doen en als ik het hem vertel, lijkt hij niet eens te luisteren. Ik verveel me dood en hij zegt alleen maar dat ik een baan zou moeten zoeken of zo. Kun je je voorstellen wat een dergelijk advies voor iemand zoals ik betekent?'
Izzy fronste haar voorhoofd. 'En wat ga je nu doen?'
'Wat zou elk normaal mens dan doen? Het is gewoon een invitatie om de beest uit te hangen!' Vivienne gooide haar blonde haar naar achteren en lachte in het voorbijgaan tegen Tash' drummer, die schandelijk hitsige blauwe ogen had. 'Waarom zou ik mezelf verdomme anders zowat een hernia bezorgen om me in deze jurk te wurmen? Ik ga schitteren en me laten versieren, lieve troel, alsof dat vanaf morgen uit de mode is. Dit mooie lijf is het beu om over het hoofd te worden gezien.' Haar stem stierf een ogenblik weg voor ze eraan toevoegde: 'En ik geloof dat ik zojuist een man heb gezien die dat niet zal doen. Izzy, wie is die man daar? Die met dat donkerblauwe overhemd?'
'O, Vivienne, en Sam dan?' Izzy begon zich zorgen te maken. Vivienne scheen het te menen.

'Een beetje jaloezie kan nooit kwaad. En verander nu niet weer gauw van onderwerp. Vertel me onmiddellijk wie dat is en hoeveel hij verdient. Dat is beslist de man voor mij.'

Izzy dacht van niet, maar Vivienne was niet te houden. Doof voor Izzy's waarschuwing dat haar eigen liefdeleven als gevolg van de wederzijdse jaloezie tussen Ralph en Mike de mist in was gegaan, ging ze regelrecht op de door haar begeerde man af en stelde zich meteen voor.

Aangezien Tash te druk in gesprek was met een hebzuchtig uitziende blondine om te zien of belangstelling te hebben voor wat Izzy deed, danste ze met Benny Dunaway en verwonderde zich er – niet voor de eerste keer – over dat zo'n talentvolle musicus zo slecht kon dansen. Het was zo erg dat haar arme voeten gevaar liepen dubbel zo dik te worden.

'Oei, sorry.' Benny, niet gewend aan champagne-cocktails, keek allerminst berouwvol. 'Nu weet je waarom mijn vrouw niet met me wil dansen.'

'Ik vind het niet erg, hoor,' zei Izzy dapper, hem even tegen zich aan drukkend om het te bewijzen. 'Als jij er niet was geweest, zou dit alles niet gebeurd zijn. Heb je het naar je zin?'

'Wat dacht je? Dus zo leeft de andere helft.' Hij maakte een weids armgebaar om de grootsheid van het feest aan te duiden. 'En van nu af aan ga jij ook zo leven. Je hebt het gemaakt, schat, en ik ben verdomd blij voor je.'

'Heus?' vroeg ze geroerd.

'Och, het heeft mijn handeltje ook geen kwaad gedaan.' Benny trapte voor de zoveelste keer op haar tenen en lachte breed. 'Heb ik dat nog niet gezegd? Het hele vijfde jaar wil een gesigneerde foto. Maar ik hoef ze niet meteen te hebben, morgenochtend is vroeg genoeg.'

'Toch leuk dat ik bij sommige tieners ook populair ben,' verzuchtte Izzy, en keek van opzij naar Kat die alleen in een van de gebeeldhouwde vensterbanken zat en de attenties van een jongeman met een paardestaart afwees, die een kippeboutje in de ene hand had en een fles Sol in de andere.

'Nee, niet van jou,' zei Benny monter. 'Ze willen foto's van Tash, suffie.'

In de steek gelaten door Simon, die druk in gesprek was met Tash Janssens basgitarist, observeerde Katerina heimelijk haar moeder die eerst met Benny Dunaway danste en toen met een afgrijselijk geklede man die Joel McGill moest zijn. Ze had het kennelijk best naar haar zin in haar nieuwe huis, dacht Kat, een beetje gepikeerd omdat Izzy vanavond vrijwel niet naar haar omkeek. Alle mensen schenen elkaar te kennen. Er werden ontzaglijke hoeveelheden alcohol verzwolgen en een aantal gasten was aardig op weg om stoned te worden. Het was maar goed dat Sam niet gekomen was, dacht ze, toen ze in de richting van het zwembad keek en zag dat Vivienne in het halfduister een volkomen vreemde omhelsde. Kat besloot om de rest van het ontegenzeglijk schitterende huis te gaan bekijken, dus zette ze haar glas sinaasappelsap op de vensterbank en verdween in de tegenovergestelde richting, weg van de drukte en het lawaai, voor die klier met zijn paardestaart terug zou komen en haar weer ging vervelen.

'Ben je altijd zo, eh... doortastend?' vroeg Terry Pleydell-Pearce lichtelijk onthutst. 'Niet dat ik het niet leuk vind, verre van dat, maar ik wil niet dat je denkt dat ik iemand met geld en invloed ben of zo.'

'Zie ik eruit als een vrouw die in geld geïnteresseerd is?' vroeg Vivienne, oprecht ontsteld over die verdenking van een smet op haar karakter. Ze was vrijwel op het eerste gezicht verliefd geworden op deze charmante, geestige, zichzelf relativerende man. Het idee dat de aantrekkingskracht niet wederzijds zou zijn, vervulde haar met iets dat naar paniek zweemde.

'Ja,' zei hij in antwoord op haar vraag. 'Eigenlijk wel.'

'Oké.' Vastbesloten zijn bezwaren opzij te zetten, veranderde ze van tactiek. 'Nou, laten we dan eerlijk tegen elkaar zijn, goed? Het is niet mijn gewoonte om anderen dit te vertellen, maar het zou er niets toe doen hoe arm je was, want ik heb geld van mezelf. Potten vol. Ik bulk van het geld.'

'Hou op. Je maakt me bang.'

'Maar ik wilde je juist geruststellen!' Het kwam eruit als een jammerkreet. Toen schoot hij in de lach en begreep ze dat hij haar alleen maar had geplaagd. 'O, dat is niet eerlijk.'

'Maar het is wel griezelig. Wanneer een rijke, beeldschone Texaanse blondine zoveel belangstelling voor een straatarme, eenenveertigjarige weduwnaar heeft, dan is dat... nou ja, doodeng.'

Hij had haar beeldschoon genoemd. Daardoor aangemoedigd, zei Vivienne zacht: 'Wat erg dat je vrouw gestorven is. Heb je kinderen?'

'Een jongen en een meisje. Theo en Lydia.'

'En ben je daarom zo arm? Moest je je baan opgeven om je kinderen te kunnen opvoeden?' Ze had kunnen huilen. Het was allemaal zo droevig en zo nobel. Deze schat van een man met zijn zorgelijke ogen en zijn verwarde haren had zijn carrière eraan gegeven om zijn jonge gezin de liefde en geborgenheid te kunnen geven die het zo hard nodig had.

'Goeie help, nee.' Terry barstte in lachen uit. 'Lydia is getrouwd en heeft twee kinderen en Theo is co-assistent in het St. Thomas' Hospital. Toen ik zei dat ik straatarm was, bedoelde ik bij wijze van spreken. Ik ben huisarts.'

'Ben je arts? Maar dan kùn je niet arm zijn,' riep ze met een triomfantelijke blik in haar ogen. 'Mijn gynaecoloog in Texas heeft zijn eigen Lear-jet.'

'O, maar hier is dat heel anders,' antwoordde Terry Pleydell-Pearce met een stalen gezicht. 'Vooral wanneer je een fondspraktijk hebt. Ik kan me op sommige dagen natuurlijk wel een maaltijd permitteren. En op andere dagen ga ik gewoon naar Regent's Park en steel het brood van de eenden.'

Vivienne kneep haar ogen halfdicht. 'Eenenveertig,' zei ze op beschuldigende toon.

'Wat zeg je?'

'Je zei dat je eenenveertig bent. En je getrouwde dochter heeft twee kinderen?'

De uitdrukking op zijn gezicht was prachtig om te zien. Op dat moment raakte Vivienne ongeneeslijk verliefd.

'Wanneer een schatrijk, beeldschoon Texaans rekenwonder zoveel belangstelling voor een straatarme eenenveertigjarige weduwnaar toont, dan is dat zenuwslopend,' bracht hij haar in herinnering. 'Maar wanneer die straatarme weduwnaar zesenveertig is, is het beslist beangstigend.'

Ze schoof dichter naar hem toe, ernaar hunkerend om hem te kussen, en streelde zijn wang. 'Dat hoeft het niet te zijn.'

'En jij bent langer dan ik.'

Dat was wel een heel zwak protest. Ze deed haar schoenen uit en streek met een bevende wijsvinger langs zijn droge mond. 'Nu niet meer.'

'Ik heb nog nooit iemand zoals jij ontmoet.'

Nu glimlachte Vivienne. 'Gelukkig maar.'

'En wat moeten we nu doen?' vroeg Terry Pleydell-Pearce met een enigszins verstikte stem.

Ze trok een smalle wenkbrauw op. 'Jij bent de dokter, dokter. Jij kunt het weten.'

39

'O,' zei Katerina toen ze wakker schrok en merkte dat iemand haar gadesloeg.
Tash keek haar geamuseerd aan. 'Dat is een van mijn talenten.'
'Wat?'
'Naar slapende mensen kijken. Ze merken het onbewust en worden wakker. Is de party zo vervelend?'
Terwijl ze moeizaam overeind kwam, ging hij in de andere hoek van de bank zitten. 'Natuurlijk niet,' antwoordde Katerina overrompeld. 'Het is best een leuk feest. Ik was gewoon moe, anders niets.'
Tash overwoog heel even of hij haar een paar van de pillen zou aanbieden, die hij in het zakje van zijn overhemd had, maar hij besloot het niet te doen. Dit meisje was fatsoenlijk, te fatsoenlijk, en hij wilde niet het risico lopen gearresteerd te worden, zeker niet nu zijn eerstvolgende single binnenkort uitkwam met een anti-drugcampagne erop.
'En wat vind je van mijn speelkamer?' vroeg hij met een armgebaar dat de speelautomaten, de snooker- en tafeltennistafels en het reusachtige videoscherm in de grote, door kaarsen verlichte kamer omvatte.
'Indrukwekkend.' Haar stem had een sarcastische klank. 'Zeg, je hoeft hier heus niet met mij te komen converseren. Moet je niet naar je gasten terug?'
Tash' donkere ogen glinsterden van plezier. 'Het is mijn feest. Ik kan doen wat ik wil. Ben je altijd zo dwars?'
'Ik weet niet waarom je met mij komt praten,' antwoordde Katerina onbewogen. 'Tenzij mijn moeder het je heeft gevraagd. Ben je daarom hier gekomen, om een preek tegen me af te steken?'
Hij haalde zijn schouders op. 'Wat jij met je leven doet interesseert me niet. Hé, een goeie regel voor een song...'
Natuurlijk interesseerde hem dat niet, begreep Katerina. Als zij erin had toegestemd om in het huis in Wimbledon te trekken, zou Izzy daar met haar wonen in plaats van hier met Tash.

Om de een of andere reden fleurde dat idee haar op. Ze boog zich naar voren, nam het glas uit zijn hand en nam een grote slok om haar slaapdroge tong te smeren. Tot haar verbazing was het tonic zonder iets.

Tash, die haar slanke lichaam had zitten bewonderen, vroeg: 'Speel je snooker?'

Voor het eerst kon er bij Katerina een glimlachje af. 'Is Steve Davis vervelend?'

'Oké.' Hij greep haar hand en trok haar overeind. 'Rustuur is voorbij. Het spel gaat beginnen.'

'Ik kan snookeren. Ik heb niet gezegd dat ik het goed kon.'

'Geeft niet.' Tash gaf haar een knipoog en begon de tafel klaar te maken. 'Ik ben een prima leraar.'

Vivienne was nergens te vinden. Izzy, die naar het zwembad was gegaan om haar te zoeken, werd aangeklampt door een belachelijk uitziend meisje met fuchsiaroze wangen, dito oogschaduw en het suikerspinhaar dat men doorgaans op Barbie-poppen ziet. Ze droeg een helblauwe rubberen jurk, die de vetrol om haar middenrif accentueerde, en paarse schoenen met stilettohakken. Izzy hield haar adem in om de lucht van Poison te vermijden.

'Jij bent Izzy Van Asch,' zei het meisje giechelend. Ze stak haar hand uit, merkte dat ze een brandende sigaret tussen haar vingers had en zei: 'Oei, foutje. Ik ben Mirabelle. Hai.'

Ja, dat ben je zeker, dacht Izzy, ronkijkend of ze Tash ergens zag. Dit meisje was behoorlijk ver heen.

'Ik heb laatst de video gezien. Geweldige song. Te gek,' vervolgde Mirabelle. 'Tash is ook geweldig, hè? Ik weet dat hij een rotzak is, maar ik ben stapelgek op hem. Te gek.'

'Hmm.' Izzy kon Kat ook nergens ontdekken. 'Ken je hem al lang?'

Mirabelle glimlachte een rij opvallend kleine tandjes bloot. 'O ja. Al bijna zeven maanden. Ik ben Donny's vriendin.'

Dat was het dus. Donny, de keyboardspeler van de band, was misschien wel een begaafde musicus, maar hij had de hersens van een garnaal. Izzy, die popelde om weg te komen, overzag opnieuw het gebied rond het zwembad op zoek naar iemand, wie dan ook, die ze als excuus kon gebruiken om te ontsnappen. Zelfs mevrouw Bishop...

'Ja, en ik was Anna d'r beste vriendin,' vervolgde Mirabelle, even wankelend toen ze weer een trek van haar sigaret nam. 'Je weet wel, Tash zijn vorige vriendin.'

'Ik weet het,' antwoordde Izzy voorzichtig. Zou dit gesprek dan toch ergens toe leiden?
'Jij ben een stuk ouder dan haar.'
'Dat weet ik ook. Zeg, is er een probleem of zo? Wilde je iets bepaalds tegen me zeggen?'
'Eh, ja, ik geloof het wel.' Mirabelle draaide een sliert suikerspinhaar tussen haar vingers, hikte twee keer en keek haar met grote ogen aan. 'Ja, ik wou eigenlijk alleen maar zeggen dat ik het best vind. Geen enkel probleem. Zolang jij met Tash bent, ben je ook mijn beste vriendin.'

Tash had het beter de speel- en versierkamer kunnen noemen. Toen hij de eerste keer bij het om de tafel lopen langs haar heen had gestreken, had ze hem het voordeel van de twijfel gegund. Drie rode, een roze en een groene bal later, wist ze dat hij heel andere voordelen in gedachten had.
'Je moet je vingers meer spreiden om een stevige brug te maken,' zei hij, terwijl hij achter haar kwam staan en zich vooroverboog om de hoek van haar linkerarm te corrigeren. Daarbij rustte zijn lichaam op het hare; Katerina voelde de zachte druk van zijn magere bovenbenen en veroorloofde zich een verbeten glimlachje.
'Dat is veel beter,' zei hij, toen ze de bal in het zakje had gestoten. 'Zie je, je hebt gewoon een beetje leiding nodig.'
En het enige dat Tash nodig had, dacht ze, was een flinke dreun. Maar ze zou hem nog even laten begaan; het was leuk om te zien hoe ver hij dacht te kunnen gaan.
Ze hoefde niet lang te wachten om dat te ontdekken. Tash, die flink wat had gebruikt van de uitstekende coke die Mirabelle had meegebracht, vond Izzy's dochter met de minuut begeerlijker. Ze had een prachtig figuur en de langste benen die hij in jaren had gezien. En dan dat glanzende, bijna tot haar middel reikende haar...
Het volgende ogenblik had hij zijn arm rond haar middel laten glijden en draaide hij haar om, zodat ze tegenover hem kwam te staan. Ernstige, kastanjebruine ogen keken hem aandoenlijk doordringend aan.
'Mijn moeder zou elk ogenblik binnen kunnen komen,' zei Katerina met gedempte stem.
'Dan zal ze toch eerst de muur neer moeten halen.' Tash grinnikte. 'Ik heb de deur op slot gedaan.'
Zijn handen gleden omhoog. Voor ze het wist had hij haar op de snookertafel getild en zijn lichaam tussen haar dijen gedrongen.

'Het zou haar pijn doen als ze wist wat hier gebeurde.'
Tash, die nooit had begrepen waarom vrouwen zoveel waarde aan monogamie hechtten, haalde alleen zijn schouders op.
'Maar vind je het niet akelig,' hield Katerina vol, 'dat je haar pijn doet?'
Zijn donkere wenkbrauwen gingen geamuseerd omhoog. 'Op dit moment? Nee.'
'Nou ja...' zei ze langzaam, 'in dat geval vind ik het ook niet akelig om jou pijn te doen.'
'Aaauw,' kreunde Tash, toen haar rechterknie omhoog schoot en doel trof. Hij wankelde met zijn handen in zijn kruis achteruit.
Katerina sprong van de tafel en zei, terwijl ze hem vol verachting bekeek: 'Ach man, dacht je nou heus dat je zó onweerstaanbaar was?'
'Shit...' kreunde Tash, toen de pijn toenam.
Katerina, die inmiddels de deur had bereikt en deze van het slot deed, wierp hem nog een quasi medelijdende blik toe. 'Ja, dat is de juiste omschrijving voor jou,' verklaarde ze triomfantelijk. 'Tash Janssen, verachtelijke kleine shit. Mijn god, jij en mijn moeder verdienen elkaar.'

Izzy stond in een hoek van de zitkamer met Simon te praten. Haar gezicht verhelderde toen ze Katerina naar hen toe zag komen. 'Lieverd, we dachten al dat je naar huis was gegaan! Waar heb je in vredesnaam gezeten?'
'Met deze en gene gepraat,' antwoordde Katerina kortaf. 'Dat hoor je toch te doen op party's, nietwaar? Maar nu gaan we naar huis.' Ze klopte op Simons achterzak, waar de autosleutels inzaten. 'Klaar?'
'Moeten we nu al weg?' vroeg hij teleurgesteld. Het feest zou nog uren doorgaan. Het leek bijna heiligschennis om nu al weg te gaan.
Maar Katerina was onvermurwbaar. 'Ja.'
'Maar jullie hebben je toch wel geamuseerd, hè?' kwam Izzy gretig tussenbeide. Kat deed wel kortaf, maar ze zag er opgewekt, bijna opgetogen uit. 'Met wie heb je gepraat, met een aardig iemand?'
Katerina had moeite haar gezicht in de plooi te houden. 'Met Tash.'
'O, dat doet me plezier.' Izzy wist dat ze niet uitbundig moest doen, maar dit was zulk bemoedigend nieuws. Ze had altijd geweten dat Tash en Kat het goed met elkaar zouden kunnen vinden, zodra ze elkaar echt leerden kennen. 'Lieve schat, ik ben echt blij te horen dat je hem graag mag.'
Katerina genoot van het moment. Vanuit haar ooghoek ving ze een

glimp op van Tash die, blijkbaar hersteld, zijn arm om de mollige schouders van een meisje in een blauwe rubberen jurk liet glijden. Eén ogenblik overwoog ze of ze Izzy zou vertellen wat er nog geen kwartier geleden bij het kaarslicht van de speelkamer was voorgevallen. Maar ach, waarom zou ze? Izzy moest maar door schade en schande wijs worden, dat was haar verdiende loon, omdat ze zich tegen haar eigen dochter had gekeerd toen ze vierkant achter haar had moeten staan.
Katerina, die de afgelopen weken zoveel narigheid had doorgemaakt, koesterde zich nu in de gewaarwording van haar eigen macht.
'Heb ik gezegd dat ik hem graag mag?' vroeg ze overdreven beleefd. 'En doet mijn mening over Tash Janssen er eigenlijk iets toe? Zal ik je eens wat zeggen, mam? Als jij mij niet de les leest over mijn keuze van man, dan lees ik jou niet de les over de jouwe. Goed?'

40

Tegen halfvijf begon Izzy werkelijk af te knappen. Ofschoon de meeste gasten weg waren, vertoonden degenen die bleven nog geen tekenen om het voor gezien te houden. Uit de versterkers rond het zwembad schalde nog luide muziek, er waren nog steeds mensen aan het dansen en stickies werden met trillende vingers doorgegeven. Een bekende actrice, die een hoofdrol vertolkte in een hoog gewaardeerde tv-serie, wiegde op het ritme van de muziek en trok onder daverend applaus haar jurk uit. Achter haar lag Tash op een ligstoel en glimlachte zijn bedrieglijk slaperige lachje terwijl een slank, roodharig meisje zijn schouders begon te masseren.
Izzy zou blij zijn als het hele gedoe achter de rug was. Ze was doodmoe en broodnuchter, haar hoofd bonsde en haar ogen deden pijn. Joel en Benny waren allang weg, er was niemand meer met wie ze nog wilde praten en ze had moeite om de dronken attenties af te weren van een rood aangelopen man die beweerde dat hij in het dagelijks leven organisator van concerten was.
'Noem maar op, ik heb ze allemaal georganiseerd,' verkondigde hij

weids, terwijl hij zijn glas greep. 'Ja, alle belangrijke, alle gedurfde ondernemingen... en jij zou binnenkort op dat grote podium kunnen staan. Voor een knap vrouwtje zoals jij ligt daar een mooie toekomst en ik zou er zijn om op je te passen, liefje...'
Izzy luisterde allang niet meer naar zijn dronken gezwets. Ze vroeg zich af waar Vivienne was en ze hoopte maar dat haar vriendin tenminste meer van het feest had genoten dat zij. Iedereen joelde en applaudisseerde voor de actrice, die haar hemdje weggooide en haar bh los begon te haken. Het enige dat er nu nog aan ontbrak was een stel paparazzi die met camera's uit de struiken sprongen.
Ze keek verstrooid naar Mirabelle die, niet klein te krijgen, overeind krabbelde en naar Donny ging.
'Dans met me, schatje,' vleide ze, op haar hoge hakken naast hem hurkend. 'Toe, één dansje met mij, ja?'
Donny had geen zin. 'Nee, dans maar alleen.'
'Maar dat is niet leuk,' jammerde Mirabelle, zijn arm vastgrijpend terwijl hij een blikje bier probeerde open te trekken. 'Donnie-hie, dat is niet leuk. Ik wil met jóu dansen.'
Hij schudde haar hand af, greep de zoom van haar jurk, trok er hard aan en liet hem schieten. Toen begon hij te lachen. 'Janktrut, altijd jengelen. Weet je wat buikdansen is?'
'Ja, maar...'
Hij greep opnieuw een rekbaar stuk van de helblauwe jurk, zei hard: 'Nou, dit is duikdansen,' en liet hem weer met een ruk los. Het volgende ogenblik was Mirabelle met een gil in het zwembad geduikeld.
'Kan ze zwemmen?' vroeg Izzy enkele seconden later, toen het enige dat naar de oppervlakte kwam, luchtbellen waren.
Alle anderen schenen het bijzonder amusant te vinden. Tash verklaarde onder luid gelach: 'Er zal haar niks overkomen, ze heeft immers een heel groot condoom aan.'
Izzy was daar niet zo zeker van. Mirabelle was nog steeds niet weer bovengekomen en ze was veel te stoned om een geintje uit te halen. Ze schudde Donny bij zijn schouder en vroeg nadrukkelijk: 'Kan ze zwemmen?'
Maar Donny scheen zich nauwelijks van zijn omgeving bewust te zijn. Hij zei met een vaag gebaar: 'Hé man, hoe moet ik dat weten? Zeg hoe moet je dit rotblikkie eigenlijk opentrekken?'
De nacht was warm, maar het koude zweet prikte onder Izzy's oksels en ze werd gegrepen door een onheilspellend voorgevoel. Overal om haar heen waren de mensen nog aan het lachen. Niemand stak een

hand uit om te helpen. Het afschuwelijke feest ging over in een nachtmerrie.
Izzy was geen goede zwemster, maar ze wist dat er geen tijd te verliezen was. Ze schopte haar schoenen uit, hield haar adem in en sprong. Het zwaar gechloreerde water prikte in haar ogen en toen ze de bodem van het zwembad raakte schoot er een felle pijnscheut door haar voetzool, maar ze vond Mirabelle, als door een wonder, vrijwel onmiddellijk.
Glinstersteentjes krasten langs de binnenkant van haar armen toen ze het slappe lichaam, glibberig in zijn rubberen omhulsel, probeerde beet te pakken. Met een gevoel of haar longen zouden exploderen, sloeg Izzy haar armen om Mirabelles lijf en trok uit alle macht. Gek genoeg werd het water om hen heen troebel roze, net iets uit een *Jaws*-film. Watertrappend en met haar ogen knipperend toen Mirabelles suikerspinhaar tegen haar gezicht plakte, werkte Izzy zich naar de oppervlakte. In de vage verte kon ze mensen horen juichen.
Alleen de concertorganisator verwaardigde zich haar te helpen. Samen lukte het hun Mirabelle – als een grote, logge zeehond – uit het zwembad te hijsen. Naar adem happend en haar tranende ogen afvegend, zocht en vond Izzy uiteindelijk een zwakke polsslag, maar de borst van het meisje was onheilspellend onbeweeglijk.
'Bel een ambulance,' riep ze schor, terwijl ze het willoze hoofd achterover legde en Mirabelles neus dichtkneep, boog ze haar eigen hoofd en ademde in de koude, rubberachtige mond.
'Hé, dat is pas lollig,' joelde ergens een mannenstem. 'Leuker dan een pornofilm. Kijk uit, Tash, je hebt concurrentie.'
Izzy rolde Mirabelle op haar buik en drukte op haar longen in een wanhopige poging het water eruit te persen. Dit was erger dan een nachtmerrie. En ofschoon ze niet kon zien waar het vandaan kwam, lag er overal bloed, het vermengde zich met het water uit het zwembad en maakte vlekken op het beige beton, waarop Mirabelle lag.
Maar eindelijk, net toen ze de hoop wilde opgeven, bewoog Mirabelles borst en het water gutste uit haar mond. Kreunend, toen het water werd gevolgd door overgeefsel, zwaaide ze met haar armen en probeerde ze haar hoofd op te richten. Izzy rolde haar op haar zij, zodat ze niet zou stikken en zond een dankgebedje naar boven toen de borstkast van het meisje enigszins regelmatig op en neer begon te gaan.
'Tjee zeg,' merkte de actrice op conversatietoon op, wankelend toen ze zich vooroverboog om het beter te kunnen zien, 'dat is een verdomd goeie truc.'

'Hebben ze gezegd hoe lang het duurt voor die ambulance hier kan zijn?' vroeg Izzy met opeengeklemde tanden.
Achter haar zei Tash: 'Die trekt wel bij. Een paar uur slaap en ze is weer in orde. Ambulances met loeiende sirenes geven de buurt alleen maar nieuwe reden tot klagen, verzopen drugsverslaafden zijn niet bepaald het soort publiciteit waar we op zitten te wachten.'
Mirabelle veegde hoestend en sputterend haar mond af en jammerde: 'Waar is Donny? Ik heb het k-koud.'
'Haal een paar dekens en bel een ambulance,' snauwde Izzy, terwijl ze de concertorganisator bevelend aankeek. 'Nu meteen.' Toen, nog steeds op haar knieën en met Mirabelles hoofd in haar schoot, draaide ze zich om naar Tash en zijn gasten.
'Jullie zijn zelfzuchtige, stomme schoften, allemaal. Is er voor jullie dan niets belangrijker dan stoned raken? Jullie mogen blij zijn dat ze niet dood is en het enige waar jullie aan denken is slechte publiciteit. Ieder van jullie had in dat zwembad kunnen vallen... en niet één van jullie is verdomme in staat om ook maar een hand uit te steken.'
'Jezus, wat een gezeik,' zei Tash loom. Hij keek omhoog naar de roodharige die nog steeds zijn schouders masseerde en vroeg knipogend: 'Heb jij ook zo'n hekel aan prekerige uitslovers? Zijn dat nou niet de allervervelendste lui op een feest?'
Trillend van woede, vol afkeer beseffend dat dit haar vriend was die zo sprak – en dat ze hem totaal niet kende – zei Izzy ijzig: 'Je bent de meest verachtelijke man die ik ooit heb ontmoet. Je bent een waardeloze vent.'
Tash' ogen schitterden van plezier. 'Kan zijn, maar ik ben in elk geval niet saai.'
Op dat moment kwam er een lange gestalte uit de struiken en liep snel op Izzy af. Ze dacht heel even dat ze hallucinaties had.
Maar Sam, die de afgelopen dertig seconden naar de verhitte discussie had geluisterd, lang genoeg om te begrijpen wat er aan de hand was, verspilde geen tijd. Hij tilde Mirabelle op en zei kortaf: 'Kom mee, dan brengen we haar in mijn auto naar het ziekenhuis.'
'Oh, when the saints go marching out,' zong Tash toen ze langs hem liepen. Izzy, die achter Sam aanhinkte, bleef staan. Buiten zichzelf van woede draaide ze zich om en gaf hem een klinkende klap in zijn magere gezicht. Het was niet genoeg, maar beter dan niets. Als ze een revolver had gehad, zou ze die zonder een moment te aarzelen hebben gebruikt.

Pas toen ze bij de EHBO uit de cabine kwam en Sam op zich vond wachten, kon ze eindelijk een flauw glimlachje te voorschijn brengen. 'Ik heb mezelf daarnet in de spiegel gezien. Geen wonder dat ze dachten dat ik de patiënt was.'
Sams gelaatsuitdrukking verzachtte zich. Met haar bleke gezicht vol mascarastrepen, kletsnatte haren en benen vol bloedvlekken, had Izzy eerder een slachtoffer van een ongeluk geleken dan de meeste patiënten in de wachtruimte, ook nu zag ze er nog niet veel beter uit. Met een blik op haar verbonden voet stak hij zijn arm uit om haar bij het naar de auto lopen te ondersteunen. 'Doet het pijn?'
Ze trok een gezicht. 'Een beetje. Er lagen glasscherven op de bodem van het zwembad en daar moest ik natuurlijk op terechtkomen. O Sam, kunnen we wel weggaan? Hoe is het met Mirabelle?'
Hij leidde haar gedecideerd de deur uit. 'Ze houden haar vannacht hier ter observatie, maar ze zijn zo goed als zeker dat haar niets mankeert. En je hoeft me niet zo aan te kijken,' besloot hij lachend. 'Ik ben de baas. Je bent aan het eind van je krachten en ik breng je naar huis.'
'Naar huis,' mompelde Izzy met een bedenkelijk gezicht.
Ze waren bij de auto gekomen. Terwijl hij de deur opendeed en haar naar binnen hielp, zei Sam kortaf: 'Mijn huis.'

In zijn flat gekomen zette hij haar op de bank, gooide haar een badjas toe en ging naar de keuken.
'Trek die aan, ik zet intussen koffie.'
Ofschoon ze compleet afgepeigerd was, kon Izzy toch de energie opbrengen om haar leugen overtuigend te laten klinken. 'Ik dacht dat Vivienne hier zou zijn. Ze is al vroeg van het feest weggegaan, want ze wilde bijtijds naar bed, zei ze.'
Sam bleef in de deuropening staan en keek haar geamuseerd aan. 'Maar blijkbaar niet naar haar eigen bed. Laat maar, Izzy. Leuk dat je het hebt geprobeerd.'
Maar toen hij met de koffie en een pakje chocoladebiscuits verscheen, kwam de reactie. Izzy, in de witte badjas gehuld, rilde zo dat de bank zowat onder haar trilde. Ze zag er zo ongewoon breekbaar en ongelukkig uit dat Sam met haar te doen had.
'Ik denk dat je je hier al een hele tijd op hebt verheugd,' zei ze, de mok die hij haar aanreikte met twee handen omvattend om niet te morsen.
'Waarop?'

‘Om te kunnen zeggen: “Zie je nou wel?”’
‘Daar had ik me inderdaad op verheugd,’ zei hij eerlijk, ‘maar dat lijkt nu niet belangrijk meer. Het gaat me er nu in de eerste plaats om hoe jij je voelt.’
Izzy haalde haar schouders op. Haar donkere ogen waren heel groot, maar bleven gelukkig droog. ‘Blij, geloof ik, dat ik er heelhuids afgekomen ben. Kwaad, goedgelovig… o, Sam, hoe heb ik zo stom kunnen zijn? Toen ik Tash leerde kennen, dacht ik dat het een aardige vent was.’
‘Omdat je wilde denken dat hij dat was.’
Ze snufte. ‘God, wat heb ik bedroevend weinig mensenkennis. Denk je eens in hoeveel kwaad ik zou kunnen aanrichten als ik ooit in een jury zou moeten zitten.’
Sam legde zijn lange benen op de salontafel, scheurde het pakje biscuits open en zei bedaard: ‘Iedereen kan zich vergissen.’
‘Jij begaat nooit een vergissing.’
‘Ik heb Vivienne bij me laten intrekken.’
De bewijzen van Viviennes aanwezigheid lagen her en der verspreid. Izzy, met een biscuitje in de hand waar ze geen zin in had, keek, terwijl de chocola tussen haar vingers smolt, naar de hooggehakte avondschoenen op een stoel, naar de cd’s die als speelkaarten naast de stereo verstrooid lagen. De installatie stond nog aan en er stond een halfleeg wijnglas bovenop. Het was een soort schrale troost te weten dat Viviennes slordigheid Sam ergerde. Misschien had hij toch gelijk.
‘Maar ze is niet angstaanjagend, zoals Tash. Ze gaat niet uit haar dak met drugs. Alles en iedereen laat hem koud, hij is in feite geestelijk gestoord. Je kunt hen niet met elkaar vergelijken, Sam. Vivienne is alleen maar ongelukkig omdat jij niet genoeg aandacht aan haar besteedt.’
Ze sprak nu kalmer en haar tanden klapperden niet meer. Sam, die een vochtige haarlok uit haar hals nam en de chloorlucht opsnoof, haalde zijn schouders op.
‘Dat staaft mijn bewering. Als ik om te beginnen niet de fout had gemaakt om haar in huis te halen, zou ze nu niet ongelukkig zijn. Als Vivienne en ik echt gelukkig met elkaar zouden zijn, zou ik wel aandacht aan haar besteden.’
‘En het zit je niet dwars dat ze vannacht niet thuisgekomen is?’ Izzy vond het nog steeds moeilijk te geloven. Ze waren in haar ogen juist zo’n goed stel.

'Ik ben er blij om.' Hij zweeg een ogenblik voor hij droogjes vervolgde: 'Zo is het gemakkelijker. Nu kan ze zelf het besluit nemen en blijft haar trots overeind. Want je hebt misschien wel gemerkt dat Vivienne erg trots van aard is.'
Izzy had moeite net te doen of ze niet merkte dat zijn warme hand onder in haar nek lag en afwezig haar haar gladstreek. Ze begon onbedaarlijk te rillen en keek naar de chocoladetroep in haar hand.
'Wat jij nodig hebt is een warm bad en een heleboel slaap,' vervolgde hij vriendelijk, en voor het eerst vulden haar ogen zich met tranen. Wat ze het hardst nodig had was een hartelijke omhelzing en iemand die haar vertelde dat ze geen driedubbel overgehaalde stommeling was.
Tot haar ontsteltenis hoorde ze zichzelf met een zielig stemmetje zeggen: 'Je bent zo'n aardige man. Vroeger mocht je me graag, ja toch, Sam? Ik zou wel willen dat je me nog graag mocht. Ik... ik zou willen dat je geen hekel aan me had.'
Haar omhelzing kreeg ze niet. Hij haalde diep adem, gaf haar schouder een geruststellend kneepje, zei: 'Doe niet zo mal, ik heb helemaal geen hekel aan je,' en stond op.
'Het spijt me,' mompelde Izzy. Ze droogde haar tranen en voelde zich stommer dan ooit.
Sam, die met haast bovenmenselijke inspanning zijn zelfbeheersing bewaarde, wuifde haar verontschuldiging kortaf weg. Ze was kwetsbaar, doodmoe en diep in de put vanwege Tash. Dit was bepaald niet het moment om Izzy te vertellen wat hij werkelijk voor haar voelde.
'Je hebt een ellendige nacht achter de rug,' zei hij, met een geforceerd glimlachje. 'Ik zal dat bad voor je klaarmaken en dan ga je naar bed.'
In een wanhopige poging om haar waardigheid te herstellen, zei Izzy zwakjes: 'Wil je me een heel groot plezier doen?'
Dit, dacht Sam, was nu precies datgene wat hij zo angstvallig probeerde niet te doen. 'Wat dan?'
'Mag er Badedas in?'

41

Ze deden heus niets onzedelijks, maar het was toch wel een beetje gênant om met je nieuwe geliefde op de bank betrapt te worden, vooral als degene die je betrapt, de volwassen zoon van je nieuwe geliefde is.

'Nee maar,' zei hij op guitige toon, terwijl hij zijn Schots geruite weekendtas op de vloer van de zitkamer zette en het knusse tafereel in ogenschouw nam. Vivienne, wier blote voeten in Terry's schoot hadden gelegen, schoot schuldbewust overeind en probeerde haar borstengleufje minder opvallend te maken.

'Goeie help, Theo.' Terry keek al net zo bedremmeld. 'Ik dacht dat je dit weekend dienst had.'

'Iemand wilde graag zijn dienst ruilen,' antwoordde Theo gemoedelijk. 'Dus ik dacht, laat ik maar es bij de ouwe heer binnenvallen om te zien of alles goed met hem is.' Hij knipoogde tegen Vivienne. 'Ik dacht dat hij misschien eenzaam zou zijn, naar een beetje gezelschap verlangde...'

Theo Pleydell-Pearce, rossig en met het postuur van een Amerikaanse rugbyspeler, had zijn vaders blauwe ogen en ontwapenende sproeten. Vastbesloten zich vrijmoedig uit de situatie te redden – omdat Terry zich blijkbaar te opgelaten voelde om iets te zeggen – antwoordde Vivienne breed lachend: 'Ik dacht precies hetzelfde.'

'Dus je bent geen patiënte.' De blauwe ogen twinkelden van plezier. 'Ik dacht even dat ik een consult stoorde.'

'Theo, dit is Vivienne Bresnick. We hebben elkaar gisteravond op een party leren kennen,' zei Terry in een stuntelige poging tot een verklaring en streek nerveus door zijn haar. 'We wilden hier nog een kop koffie drinken, we hebben de hele nacht gepraat...'

'Je vader probeert te zeggen,' onderbrak Vivienne hem mild, 'dat onze relatie nog niet voltrokken is. Nog niet.'

Omdat het ochtendspreekuur om negen uur begon, reed Theo Vivienne naar Kensington terug. Terwijl ze met de kap omlaag over de smalle landweggetjes scheurden riep hij, boven het motorgeloei van de stokoude MG en de zang van Bruce Springsteen, die uit de cassetterecorder schalde, uit: 'En vertel me nu eens wat er precies gaande is.'

'Pardon?'

'Tussen jou en pa. Het zou eenvoudiger zijn als je me gewoon de waarheid vertelde. Was het een dronken "eens maar nooit weer" of ben je echt van plan met hem te blijven omgaan?'

Ze boog zich naar voren en zette de muziek uit. Theo minderde bereidwillig vaart zodat ze kon praten zonder te schreeuwen.

'Je vader is een van de aardigste mensen die ik ooit heb ontmoet,' zei Vivienne behoedzaam. 'En ik wil meer dan wat ook met hem blijven omgaan.'

Hij knikte. 'Oké. Het spijt me als ik je beledigd heb, maar je moet begrijpen waarom ik dit moest vragen. Sinds mijn moeder dood is, hebben er heel wat vrouwen belangstelling voor hem getoond, maar jij bent niet bepaald...'

'Dat weet ik, dat weet ik.' Vivienne had dat argument de hele nacht gehoord. 'Ik ben geen dame uit de provincie met een twin set en wandelschoenen, met een labrador op mijn hielen en een zitstok onder mijn kont. Ik heb nog nooit in mijn leven een "scone" gebakken, wat dat ook mag zijn. Maar op het moment dat ik je vader zag... klikte er iets. Ik mag hem erg graag,' besloot ze met een eenvoudig gebaar. 'En hij mij ook, geloof ik.'

Theo keek van opzij naar de nauwsluitende zachtroze jurk, het stuk blote, gebruinde bovenbeen, de prachtige boezem en het lange, golvende blonde haar. 'Dat verbaast me niets.'

Vivienne glimlachte. 'Maar ik heb ook een nobele inborst.'

'Dat begin ik ook te beseffen,' bekende hij laconiek. 'Maar ik popel om de gezichten te zien van al die in tweed gehulde dames uit de provincie, wanneer ze ontdekken tegen wat voor concurrentie ze moeten opboksen.'

Sam zat in een witte katoenen broek en grijs sweatshirt languit op de bank, omringd met papierwerk toen ze binnenkwam. Vivienne, die niet had verwacht dat hij op dit uur van de morgen al op zou zijn, bleef even op de drempel staan voor ze haar schoenen uitschopte en haar tas in een stoel gooide. Ondanks de opgetogenheid van de laatste paar uur, voelde ze nu toch een steek van twijfel. Sam was zo overdonderend knap, zo fysiek volmaakt, hoe kon ze er zelfs maar aan denken bij hem weg te gaan? Maar ze had dolveel van hem gehouden en het was niet genoeg geweest. Wat ze ook deed, Sam zou nooit dolveel van haar houden. Ze had alles gedaan wat in haar macht lag, maar de vonk sprong gewoon niet over.

Hij keek op van zijn paperassen. 'Leuke party?'

'Min of meer.' Vivienne streek door verwaaide haren. Toen vroeg ze een beetje geërgerd: 'En? Vraag je niet eens wat ik gedaan heb?'

Het was een laatste poging hem een reactie te ontlokken, een vleugje jaloezie, maar Sam wierp alleen een blik op haar openstaande tas en keek lichtelijk geamuseerd. Hij tekende eerst nog een verandering aan en antwoordde toen: 'Aangezien je beha uit je tas hangt, denk ik dat ik dat wel kan raden.'

Geen sprake van jaloezie en late liefdesbetuigingen. De lichtroze beha was nieuw en duur maar een maat te klein, Vivienne had hem tegen de morgen alleen maar uitgetrokken om zich wat prettiger te voelen. Ze was Sam niet ontrouw geweest, maar hij had doodkalm het tegenovergestelde aangenomen en toch niet eens het fatsoen gehad om zich er druk over te maken.

'Hoe kun je zo harteloos zijn?' Haar stem schoot uit in een jammerklacht en nu reageerde Sam eindelijk.

'Ssst,' zei hij scherp. 'Izzy ligt in de logeerkamer te slapen. Maak niet zo'n herrie.'

Ondanks alles was Vivienne onmiddellijk afgeleid. 'Is Izzy hier? Waarom?'

'Terwijl jij ergens anders je beha uittrok en je min of meer amuseerde, is Izzy tot de ontdekking gekomen wat een rotzak Tash Janssen is.' Sam, die niet naar bed was geweest, vatte de feiten samen. 'Ze is bij hem weggegaan.'

'En hier naartoe gekomen?'

'Ik heb haar hier mee naartoe genomen.'

Vivienne schudde verbijsterd haar hoofd. 'Bedoel je dat ze je gebeld heeft?'

'Ik dacht dat jij misschien een lift naar huis wilde hebben,' zei Sam kalm. 'Dus toen ik klaar was op de club ben ik naar Janssens huis gereden. Maar jij was er niet meer en Izzy wel.'

Op dat moment gleed haar blik langs hem heen en bleef rusten op het groen met gouden lovertjestopje dat vochtig over de rug van een stoel hing. Ze herkende het onmiddellijk als het topje dat Izzy die avond had gedragen.

Nog steeds verbijsterd fronste ze haar wenkbrauwen en vroeg: 'Hebben Izzy en jij iets samen?'
'Nee.' Sam, in het minst niet door de vraag uit het veld geslagen, schudde zijn hoofd. 'Nee, dat hebben we niet.'
'Hmm.' Overmand door een plotselinge moeheid draaide Vivienne zich om en ging op weg naar de slaapkamer. 'Dus hebben we geen van allen iets gedaan. Geen wonder dat we allemaal zo melig zijn.'

'Hoe krijg ik het toch altijd voor elkaar om overal zo'n zootje van te maken?' vroeg Izzy wanhopig toen ze bij Langan's zaten te lunchen. Het was drie dagen na het feest, twee dagen nadat ze weer naar Kingsley Grove was verhuisd, en de vraag had haar al die tijd gekweld.
'Ik weet het niet.' Gina deed een poging om geestig te zijn. 'Sommige mensen zijn gewoon slordig, denk ik.'
'Ha, ha.' Izzy trok een gezicht. 'Nee, ik ben echt serieus. Kijk eens wat me nu de laatste paar maanden is overkomen. Een liefdesrelatie die op spectaculaire wijze de mist in is gegaan en een dochter die van me vervreemd is. Oké, Kat praat tegen me, maar daar houdt het wel mee op. En vroeger hadden we altijd zo'n plezier samen.'
'Een paar maanden geleden,' zei Gina, terwijl ze een hapklaar brokje kippeborst in dragonsaus aan haar vork prikte, 'had je nog nooit een opnamestudio van binnen gezien en werkte je voor een paar centen in een gore club. Vandaag neem je me mee uit lunchen, je hebt me in je eigen Mercedes naar het restaurant gereden en je single staat nummer twee op de hitlijsten. Je hebt altijd een succes willen zijn en dat ben je nu.'
'Ooit gehoord van je naar de top slapen?' kaatste Izzy terug, waarna ze een grote slok wijn nam. 'Iedereen behandelt me als Tash Janssens ondergeschikte, meer niet. Zonder hem zou ik nog steeds een onbelangrijk zangeresje zijn. En als moeder ben ik ook niet bepaald een succes.'
Het was een pijnlijk onderwerp. Gina verstarde nog steeds als Kats naam werd genoemd. Ze wierp schouderophalend een zijdelingse blik op de twee mannen aan het naburige tafeltje en zag dat ze nog steeds naar hen zaten te kijken. Het was spannend om door twee zulke knappe mannen aangestaard te worden, ook al ging de belangstelling voornamelijk uit naar Izzy.
'Jij hoeft je niet schuldig te voelen aan de partnerkeuze van je dochter,' antwoordde ze stijfjes.

'Maar het gaat me wel aan! Alles is bedorven en ik weet niet waar ik in de fout ben gegaan. Ik heb me nog nooit in mijn leven zo ongelukkig gevoeld. En jij,' vervolgde ze op beschuldigende toon, 'hebt er nog nooit zo goed uitgezien. God weet dat ik blij ben dat je niet naar dat afschuwelijke feest kon komen, maar wat is er met je gebeurd? Is Ralph weer op het toneel verschenen...?'
Gina was van mening dat Ralph indirect verantwoordelijk was voor het rustige geluksgevoel dat ze sinds kort ervoer. Ze had zich om de een of andere onnaspeurbare reden gewoon beter gevoeld sinds ze hem, toen hij op die onweersmiddag barstensvol zelfvertrouwen het kantoor was binnengestormd, als een schlemiel had weggestuurd. Door zijn ego door te prikken, had ze het hare hoog opgekrikt en de verhouding tussen Doug en haarzelf was daardoor met sprongen verbeterd. Hij was zowat van de ene dag op de andere meer vriend dan werkgever geworden...
Ze kwam even in de verleiding om Izzy te vertellen dat ze die avond met Doug naar de schouwburg zou gaan, maar ze hield haar mond. Izzy zou ofwel voorbarige conclusies trekken en een grote romance vermoeden, of haar ongelovig aanstaren en dat zou alles bederven. Het was tenslotte geen romantische afspraak. Ze was gewoon graag met Doug samen en ze voelde zich ontspannen in zijn weinig eisend gezelschap.
'Ralph is beslist niet weer op het toneel verschenen,' zei ze kortaf, terwijl ze haar bord leegat en zich meester van de situatie voelde. 'Denk alsjeblieft niet dat ik geen greintje gezond verstand bezit.'
'Ik ben degene die het aan gezond verstand ontbreekt.' Izzy keek somber naar haar eigen, nauwelijks aangeroerde bord. 'Ik ben in elk opzicht afgegaan.'
'Neemt u me niet kwalijk.' De vrijmoedigste van de twee mannen aan de tafel naast hen, leunde in zijn stoel achterover en sprak haar aan. 'Bent u niet Izzy Van Asch?'
Herkend worden was ook lang niet zo leuk als ze gedacht had. Het scheen altijd op de verkeerde momenten te gebeuren. Maar ze dwong zichzelf om vriendelijk te glimlachen. 'Inderdaad.'
'Dat dachten we al.' Hij grijnsde naar zijn vriend en zei toen: 'En hoe was het om door Tash Janssen genaaid te worden?'
Gina kromp ineen en hield haar adem in, benieuwd wat er nu zou komen.
Tenslotte glimlachte Izzy.
'Een sof,' antwoordde ze poeslief. 'Zijn piemeltje is nog kleiner dan het jouwe.'

Rampen kwamen gewoonlijk met drie tegelijk. Maar voor Doug dreigden ze met tien tegelijk te komen. Hoe meer hij zijn best deed, hoe meer alles verkeerd scheen te gaan.
'Het spijt me,' zei hij voor de zoveelste keer, terwijl hij zijn zakdoek te voorschijn haalde om zijn voorhoofd af te vegen en daarbij whisky op zijn jasje morste.
'Dit is het slechtste stuk dat ik ooit heb gezien. Je wilt vast niet weer naar binnen. Zullen we het tweede bedrijf maar laten voor wat het is en ergens een hapje gaan eten?'
Als dit een romantisch afspraakje was geweest, zou Gina zich misschien net zo opgelaten hebben gevoeld door de bijna lachwekkende gebeurtenissen van die avond. Maar omdat het dat niet was, begreep ze niet waarom Doug er zo over inzat. Hij kon het tenslotte niet helpen dat zijn auto in Park Lane de geest had gegeven en naar de kant van de weg geduwd had moeten worden. Zoals hij het ook niet kon helpen dat het nieuwe toneelstuk waar hij haar mee naartoe had genomen, een van de meest flauwe komedies was die men ooit had opgevoerd. En omdat het geen romantisch afspraakje was, kon het haar zelfs niets schelen dat haar kapsel verregend was, dat ze olievlekken op haar jas had en twee gebroken nagels. Het enige dat ertoe deed was dat ze het ondanks al die tegenslagen toch geweldig naar haar zin had.
'We mogen nu niet weggaan!' Ze keek hem geschokt aan. 'Mavis verwacht dat we na afloop naar haar kleedkamer komen om haar te feliciteren. Het stuk mag dan niet veel zijn, maar zij speelt met hart en ziel en het is haar eerste grote kans. Het minste dat we kunnen doen is haar vertellen hoe fantastisch zij is.'
Doug begreep niet hoe ze zo opgewekt kon zijn. Hij keek naar zijn natte jasje en voelde zich nog erger opgelaten toen hij zag dat zijn nieuwe overhemd veelzeggende, 'zo uit de verpakking vouwen' vertoonde. Hij kon zich niet herinneren wanneer hij voor het laatst zoveel zorg aan zijn uiterlijk had besteed. Nu constateerde hij bedrukt dat hij ongeveer net zo veel elegantie bezat als een nijlpaard in een regenjas.
Maar het zou nog erger worden. Het leek onmogelijk dat iemand die zo gespannen was, in slaap kon vallen. Maar Doug merkte tot zijn diepe schaamte dat hij halverwege het tweede bedrijf wakker schrok. Het geluid dat hem had gewekt was zijn eigen gesnurk. Naast hem zat Gina onderdrukt te lachen.
'Ik ben een hopeloos geval,' zei hij treurig toen ze hun plicht hadden

gedaan en een zich goed houdende Mavis in haar piepkleine kleedkamer hadden bezocht. Ze verlieten de schouwburg via de artiestenuitgang, die in een smalle zijstraat uitkwam. De regen viel bij bakken uit de hemel en er was nergens een taxi te bekennen.
'Nee, dat ben je niet.' Gina drukte zijn arm toen ze de straat uitliepen. 'Je hebt om te beginnen het publiek het leukste moment van de avond bezorgd. En het leuke van slechte toneelstukken is dat ze de eetlust opwekken. Kijk, daar links is een Italiaans eethuisje, als we daar nu eens naar binnen gingen, dan hoeven we niet op zoek te gaan naar een taxi.'

Doug trok een gezicht toen de superslanke ober langs hen heen scheerde en hem op een haar na miste voor hij in de keuken verdween. Even later vlogen de klapdeuren weer open toen een andere ober langs hen heen zwenkte met borden dampende pasta. Anthony Hopkins, dacht hij somber – omdat iemand hem eens verteld dat hij een beetje op hem leek, en omdat de grote acteur altijd in het geheim zijn held was geweest – zou nooit aan het slechtste tafeltje van het huis worden gezet.
Gina, die het kennelijk niets kon schelen, was al in het menu verdiept. 'Ik neem de *moules marinières*.'
'Dan krijg je vast een voedselvergiftiging.' Hij keek nog somberder dan anders. 'Dat zou een leuke afronding van de avond zijn.'

Maar het eten was uitstekend. Tegen de tijd dat ze hun koffie op hadden, merkte Doug dat hij zowaar gevaar liep om op te fleuren, helaas was het noodlot nog niet met hem klaar.
De gerant verscheen met een discreet kuchje aan hun tafel. 'Het spijt me, meneer,' zei hij op een toon waarin geen greintje spijt doorklonk, 'maar hebt u geen een ander betaalmiddel? Deze creditcard is verlopen.'
'Het geeft echt niets,' bezwoer Gina hem voor de vierde keer, toen ze in hun taxi stapten. 'Je kunt het me morgen terugbetalen als je dat beslist wilt, maar je hoeft je niet voortdurend te verontschuldigen. Dit had iedereen kunnen overkomen.'
Het zou Anthony Hopkins niet overkomen zijn, dacht Doug in stille wanhoop. Ellendige vervaldata, ellendige schijnheilige gerants, ellendige kapotte auto's, ellendige ròtregen...

42

Het weer werd maar steeds slechter. Veertien dagen later, op de derde vrijdag van oktober, werden Londen en Zuidoost-Engeland getroffen door de zwaarste storm in tien jaar. Omdat Izzy naar Schotland was voor de tv-opnamen van een 'Hogmanay special' en omdat haar eigen televisietoestel het niet deed als gevolg van een stroomstoring, besloot Gina dat er niets anders opzat dan vroeg naar bed te gaan. Ze ging bij het flakkerende licht van een kaars naar boven, hopend dat de razende storm de pannen niet van het dak zou rukken en ze vroeg zich af of ze ooit zou kunnen slapen.

Anderhalf uur later doezelde ze juist weg, toen beneden de telefoon ging. Ze schoot onmiddellijk klaarwakker en angstig overeind. Als er om halféén 's nachts opgebeld werd, kon dat alleen maar slecht nieuws betekenen.

De parketvloer was koud onder haar voeten. Gina's hart bonsde toen ze de hoorn opnam en voorzichtig 'hallo' zei.

Ze kon eerst niet horen wie er aan het andere eind van de lijn was. De verbinding was verschrikkelijk slecht, allemaal gekraak en elektronisch gesis. Eindelijk, zich inspannend om erdoorheen te luisteren, hoorde ze iets dat als gesnik en hortend ademhalen klonk. Dat zou toch niet Izzy... nee dat kon niet.

'Hallo? Met wie spreek ik?' vroeg ze, harder nu. De alles omvattende duisternis had iets griezeligs en de wind huilde nog steeds om het huis.

'Mam,' klonk een zacht stemmetje tussen de snikken door. 'Ben jij dat, mam?'

Gina had Katerina sinds die vreselijke avond toen ze van haar relatie met Andrew had gehoord, niet meer gezien of gesproken. Nu greep ze de hoorn steviger beet en haar angst maakte plaats voor ergernis.

'Je moeder is er niet,' antwoordde ze koud. 'Die zit in Schotland.'

'W... wat? Waar?'

'In Edinburgh. Ze komt maandagavond terug.'

Er volgde een krakerige stilte. Toen riep Katerina met een bijna dierlijke noodkreet: 'Maar mijn moeder moet komen!'
Ze was zo te horen ten einde raad. Gina, die aanvankelijk de hoorn had willen neersmijten, kreeg medelijden en haalde diep adem.
'Ja, ze heeft me wel het nummer van haar hotel gegeven, maar er is hier een stroomstoring en het kan wel even duren voor ik het gevonden heb. Je kunt het beste Inlichtingen bellen en het hun vragen; ze logeert in het Swallow Royal in Edinburgh.'
'Mijn moeder... moet... komen,' herhaalde Katerina met horten en stoten. 'Ik... wil...'
'Wat is er? Ben je ziek?'
'Mijn moeder moet komen.'
Ze leek haast buiten zinnen van verdriet. Gina, die zich steeds slechter op haar gemak ging voelen, zei: 'Het Swallow Royal Hotel in Edinburgh. Bel Inlichtingen. Die kunnen je het nummer geven. Maar hoor eens, Katerina, als je ziek bent...'
De verbinding werd verbroken. Katerina had de hoorn neergelegd. Gina legde zuchtend de hare neer en ging op de tast naar de trap. Katerina's problemen gingen haar niet aan.
Maar ze had er geen vrede mee. Na even met zichzelf te hebben overlegd, ging ze terug, zocht in de inktzwarte duisternis het notitieblokje waarop Izzy het nummer van het hotel had gekrabbeld. Tegen de tijd dat ze de lucifers had gevonden en de kaars weer aangestoken, zou ze met Izzy zelf kunnen spreken, aan de weet komen wat er aan de hand was en gerustgesteld zijn. En dan zou ze weer kunnen gaan slapen.

Veertig minuten later reed Gina klappertandend, zowel van angst als van de kou, de garage uit en ging met een slakkegangetje op weg, telkens schrikkend wanneer de storm tegen de zijkanten van de kleine Golf beukte en takken en bladeren tegen de voorruit joeg.
De telefoonverbinding met Schotland was verbroken. Terwijl ze Sams flat had gebeld en geen gehoor gekregen, was haar eigen telefoon uitgevallen. De orkaan richtte overal vernielingen aan. En ofschoon ze had geprobeerd zichzelf wijs te maken dat Katerina haar verdiende loon kreeg, had de vertwijfeling in de stem van het meisje Gina diep getroffen. Ze kwam door de telefoon over als een kind van zeven in plaats van een meisje van zeventien en ze scheen vreselijk in de problemen te zitten. Ze was doodongelukkig en alleen. En Gina wist maar al te goed hoe dat voelde. Terwijl ze in de door de storm geteisterde stad reed, vroeg ze zich af of ze ooit in haar leven zo bang

was geweest. Er waren gelukkig nergens voetgangers of verkeer op straat, maar overal vlogen takken en rommel door de lucht. Toen er een driehoekig verkeersbord tegen de passagiersdeur werd gesmakt, gaf Gina een gil, maar ze reed door. Ze mocht het nu niet opgeven. Ze was nog hooguit anderhalve kilometer van Katerina's kamer verwijderd. Nog hoogstens tien angstige minuten...

Ze bonsde zowat een eeuwigheid op de voordeur, waarbij ze de grootste moeite had om in de loeiende storm op de been te blijven en haar aanwezigheid hoorbaar te maken. Eindelijk, net toen ze de moed wilde opgeven, ging de deur open en verscheen Katerina's gezicht, bleek en betrokken, in de smalle opening achter de veiligheidsketting.

'O mijn god,' jammerde ze. 'Wat kom jíj doen?'

Het was niet bepaald de ontvangst die Gina had verwacht. Hypernerveus na haar angstige rit, snauwde ze terug: 'Vriendelijk is anders. Zou je me niet eens binnenlaten?'

Katerina's tranen begonnen weer te vloeien. 'Waarom?'

'Omdat het bijna twee uur in de nacht is en omdat ik dit hele eind heb gereden om te zien of ik iets voor je kan doen,' siste Gina met opeengeklemde tanden. Daar stond ze met haar bezorgdheid. 'Maar als jij goddomme zo ondankbaar bent, kan ik maar beter weer gaan.'

Kat veegde met de rug van haar hand haar betraande wangen af en verwerkte die woorden in stilte. Ze had Gina nog nooit horen vloeken.

'Oké,' mompelde ze, omdat het er toch niet meer toe deed; het kon haar niets meer schelen wat er met haar gebeurde. 'Kom maar binnen.'

De stroomvoorziening was inmiddels verholpen, ofschoon Gina bijna wilde dat dat niet zo was. Het ongezellige zitslaapkamertje was een armzalig hok en Katerina – anders altijd zo precies – zag er verschrikkelijk uit. Nu keek ze verdedigend naar de troep en zei, haar vingers in elkaar draaiend: 'Ach, het spijt me, is dit niet goed genoeg voor je? Als ik had geweten dat je zou komen, had ik het zilver gepoetst en een feestjurk aangetrokken.'

Ze had een gezicht of ze een week lang onafgebroken had gehuild. Haar lange haar, anders zo schoon en glanzend als een kastanje, hing in slierten om haar hoofd en de donkerblauwe trui en jeans die ze aan had, leken drie maten te groot. Het onopgemaakte bed in een hoek van de kamer, lag bezaaid met tientallen vellen foliopapier.

'Toe dan,' schamperde Katerina, naar de blik van afkeer op Gina's gezicht kijkend. 'Zeg dan dat ik mezelf heb laten gaan en dat dit gewoon mijn verdiende loon is.'

Er was geen verwarming in de kamer. Gina huiverde en antwoordde kalm: 'Ja, je hebt je inderdaad laten gaan.'
'O, duvel toch op!' Katerina's gezicht vertrok van verdriet en ze wendde zich huilend af. Dit was te erg. 'Laat me met rust, ik heb je niet gevraagd om hier te komen... Mijn moeder moet komen...'
Die laatste hartekreet was meer dan Gina kon verdragen. Dit was wat haar in de eerste plaats hierheen had gebracht, een doordringende echo van het verdriet dat ze had gevoeld toen haar eigen moeder jaren geleden was gestorven. Zonder erbij na te denken liep ze de kamer door en sloeg haar armen om Katerina's magere, schokkende lichaam heen.
'Kat, hou nou op. Je kunt zo niet doorgaan. Ik ben hier omdat ik me zorgen om je maak... we houden van je en als je je niet door ons laat helpen, maak je jezelf nog ziek.'
Katerina verstijfde. Gina dacht een ogenblik dat ze haar zou slaan. Toen draaide ze zich aarzelend om, klemde zich aan Gina vast en begroef haar gezicht, nog steeds overstroomd door tranen, tegen Gina's schouder.
'Het spijt me, het spijt me, ik weet niet wat me mankeert,' snikte ze wanhopig. 'Ik dacht dat ik een zenuwinstorting had, maar dat schijn je zelf niet te merken. Ik heb me al wekenlang zo rot gevoeld, maar de laatste paar dagen waren gewoon een nachtmerrie, alles werd alsmaar erger en ik kan alleen nog maar huilen...'
'Stil maar,' zei Gina sussend. Ondanks haar gebrek aan ervaring met kinderen, vond ze het makkelijk om Katerina als een kind van zeven te behandelen. 'Kom, ga zitten en vertel me wat er aan de hand is. Vertel me alles, dan kunnen we een oplossing zoeken.'
Katerina klemde zich, nog steeds snikkend, aan haar vast. 'Haat je me werkelijk?'
'Zou ik dan hier gekomen zijn? Natuurlijk haat ik je niet.'
'Maar ik ben zo'n kreng geweest. Ik haat mezelf.'
Gina zou willen zeggen dat een bad al wonderen zou doen, maar in plaats daarvan drukte ze Kat even tegen zich aan. 'En nu straf je jezelf. Is het nooit bij je opgekomen dat Andrew evenveel schuld heeft als jij? Meer zelfs. Hij had tenslotte beter moeten weten.'
Er was blijkbaar iets misgegaan tussen hen. Gina voelde zich tot haar verwondering eerder opgelucht voor Katerina dan voor zichzelf. Andrew was een slappeling, terwijl Kat alleen maar goedgelovig was geweest en ze verdiende beter.
'Ik haat hem,' zei Katerina somber. 'En nu ga ik je iets vertellen waardoor jij mij echt gaat haten.'

'Wat dan?'
'Ik geloof dat ik zwanger ben.'
Het zevenjarige kind in haar armen was verdwenen. Izzy's dochter was tenslotte een jonge volwassene, met volwassen problemen. Gina vroeg met beklemd hart: 'Heb je het hem verteld?'
Katerina knikte.
'En?'
'Hij zei: "O, verdomme, dat niet nog eens." '

De orkaan was tegen de morgen uitgewoed. Met de bagageruimte van de Golf vol plastic tassen met Katerina's bezittingen, reed Gina haar door de met rommel bezaaide straten naar Kingsley Grove terug. Daar liet ze het bad voor haar vollopen, gooide de blauwe trui en de spijkerbroek in de wasmachine en begon het ontbijt klaar te maken.
'Ik kan niet geloven dat ik weer hier ben.' Katerina, die veertig minuten later in een van Izzy's beeldschone zijden kimono's weer beneden kwam, dronk gulzig een kop zwarte koffie en viel gretig op haar bacon en eieren aan. 'Ik kan gewoon niet geloven dat ik zo lekker zit te eten.'
Gina had dan misschien geen persoonlijke ervaring op dat gebied, ze had genoeg droevige verhalen van zwangere vriendinnen gehoord om ernstig te betwijfelen of Katerina ook in die toestand verkeerde. Zwarte koffie en gebakken spek om acht uur 's morgens, waren onder die omstandigheden beslist taboe.
'De telefoon doet het weer,' zei ze, inwendig griezelend toen Katerina haar eieren onder tomatenketchup en zwarte peper bedolf. 'Ik heb daarnet de centrale gebeld. Zodra je klaar bent met eten, kun je Izzy bellen.'
Katerina aarzelde, toen glimlachte ze flauwtjes. 'Mam heeft het druk. Ik wil haar niet de stuipen op het lijf jagen. Ik voel me al een stuk beter.'
'Gelukkig.'
'Denk je werkelijk dat ik niet zwanger ben?'
Katerina had zich de afgelopen weken zo overstuur gemaakt, dat Gina het niet zo verwonderlijk vond dat haar menstruatie was uitgebleven. Maar ofschoon ze dat aanvankelijk had gezegd om Katerina tot bedaren te brengen, hield ze nu een slag om de arm.
'Zodra de winkels open zijn, ga ik naar de drogist om zo'n zwangerschapstest te kopen, dan weten we het zeker,' zei ze voorzichtig. Het was vreemd maar wel prettig om dergelijke persoonlijke dingen met

Katerina te bespreken. 'Ook al zei je dat je voorbehoedmiddelen had gebruikt.'
'O ja.' Voor het eerst en omdat het zo'n opluchting was om er eindelijk met iemand over te kunnen praten, knikte Katerina en ze begon te lachen. 'En het is algemeen bekend,' voegde ze eraan toe, terwijl ze haar vingers kruiste en hoopte dat Gina gelijk had, 'dat goede vrienden je nooit in de steek laten.'

43

Toen Izzy drie dagen later in Kingsley Grove terugkwam, dacht ze eerst dat ze hallucineerde. Maar terwijl haar verbazing plaatsmaakte voor blijdschap, was ze wel zo wijs om niet te veel vragen te stellen en aanvaardde ze Katerina's terugkeer als een vurig gewenst wonder. Bovendien was het alsof de laatste paar akelige maanden er nooit waren geweest. Katerina, stralend en goedgehumeurd, was weer helemaal de oude. Ook bleek ze nog altijd geen blad voor de mond te nemen.
'Wie heeft dat met je haar gedaan?' vroeg ze verwijtend, en Izzy, die door een van de adviseurs van MBT mee naar een dure kapsalon in Mayfair was gesleept, boog beschaamd haar roodgelokte hoofd.
'Ik weet het, maar ze zeiden dat het deze kleur moest zijn, omdat die mooier uitkomt onder de televisielampen.'
Katerina was een kaassoufflé aan het maken. Toen ze de eiwitten stijf had geklopt, veegde ze haar handen af aan een vochtige doek en zei: 'Die kleur is prima. Ik hou wel van dat bieterood. Ik bedoel dat je het hebt laten knippen.'
'Het is niet geknipt,' zei Izzy. 'Het is in laagjes gesneden.'
Katerina bekeek het eindresultaat vol afkeuring. Izzy en haar wilde bos krullen hoorden bij elkaar, terwijl die lui van MBT zo te zien hadden geprobeerd haar in een meer geperfectioneerd type te veranderen.
'Ik heb je haar altijd geknipt,' zei ze. 'Ik ken het beter dan wie ook. Zeg maar tegen je trendy platenmaatschappij, dat we die kant van de zaken in het vervolg zelf wel zullen regelen. Ik knip en jij verft, zoals we het altijd hebben gedaan.'

Maar het fijnste was toch wel het nieuws dat Katerina had besloten haar examen over te doen. Als ze niet kookte, alsof ze op die manier haar afdwaling wilde goedmaken, zat ze urenlang over haar boeken gebogen en herschreef nauwgezet de dictaten die Gina had verbrand.
'Ik begrijp nog steeds niet hoe je het voor elkaar hebt gekregen,' zei Izzy dankbaar, toen Gina en zij de volgende avond alleen waren. 'Ik durf het haast niet te vragen.'
Jericho, die er bijna zeker van was dat Izzy een smartie tussen de rugleuning van de bank had laten vallen, zocht verwoed tussen de kussens. Gina trok hem weg. 'Ze heeft gewoon op een gegeven ogenblik haar verstand teruggekregen,' antwoordde ze kalm. Omdat ze het niet nodig vond om onrust te zaaien, wilde ze niet over Katerina's loos alarm praten. Twee zwangerschapstesten waren negatief geweest, dat was het enige dat erop aankwam, en de alsnog geraadpleegde dokter had hun verzekerd dat Katerina's menstruatie terug zou komen zodra ze tot rust kwam en weer behoorlijk ging eten.
Izzy keek haar met een zweem van achterdocht aan. 'Er is vast wel iets meer voor nodig geweest,' hield ze vol, maar Gina haalde alleen haar schouders op en liefkoosde Jericho's oren.
'We hebben iets met dezelfde man gehad. Een domme, slappe man misschien, maar we wisten tenminste wat de ander doormaakte. Toen ze dat eenmaal besefte, ging de rest vanzelf.'
'Nou, leve de domme mannen,' zei Izzy, terwijl ze de laatste smarties in haar hand schudde en net deed of ze de zielige blik in Jericho's ogen niet zag. 'Maar ik geloof nog steeds niet dat je me alles hebt verteld.'
Gina zei lachend: 'Kat en ik zijn leden van een exclusieve club. Wie weet, als jij ook eens iets met Andrew had...'
Jericho slokte met een dankbare blaf een oranje smartie op, zijn lievelingskleur. Izzy trok een gezicht. 'Ik pas.'

'... en zolang je niet verwacht dat ik je as een fijne dame zal behandelen en je dag en nacht op je wenken zal bedienen, ik bedoel maar, je lijkt nou best een aardige meid, maar geloof me, sommige mensen hebben rare streken as het erop aankomt en ik ben geen moment van plan om dat soort kuren te dulden...'
Izzy luisterde ademloos toe en zei niets, uit angst de betovering te verbreken. Lucille Devlin uit Dublin was de merkwaardigste vrouw die ze ooit had ontmoet. En ze sprak in ongelooflijk lange zinnen.
'... maar as we het eens kunnen worden over de betaling en as je

denkt dat we met mekaar zullen kunnen opschieten,' vervolgde Lucille, die blijkbaar geen adem hoefde te halen, 'dan wil ik met plezier je huis voor je schoonhouden, dan ben ik meteen een tijdje uit de buurt van die chagrijnige niksnut van een vent van me... Ik zing zelf ook een beetje, zie je, ze zeien vroeger dat ik de mooiste stem van heel Ierland had, maar ik heb er meer ellende dan plezier van beleefd, want daardoor heb ik die zakkewasser ontmoet, toen ik op me negentiende in Daley's bar zong en hij de hele boel overeind zette...'

Izzy, die languit in bad lag, kon maar niet begrijpen waarom ze niet de gelukkigste vrouw van de wereld was.

Ze had Katerina terug, heelhuids en ijverig blokkend om deze keer met glans voor haar examen te slagen.

Ze had het huis van haar dromen, een prachtig, vier verdiepingen tellend negentiende-eeuws huis in Bloomsbury, dat ze had gehuurd van een directeur van MBT, die voor een jaar met zijn gezin in Los Angeles zat.

Haar eerste solo-album was in produktie en het eerste nummer ervan, 'Kiss' getiteld, kwam volgende week als single uit.

Ze had optredens tot na Kerstmis, een boodschappentas vol fanmail in een hoek van haar slaapkamer, een aanbieding voor een Europese toernee gesponsord door een limonadefabrikant...

En ze had de struise Lucille Devlin met haar oranje haar, haar kakelbonte kleren en eindeloze woordenstroom, die op zich al een vermakelijkheid was. Hoe kon iemand zich in het gezelschap van Lucille terneergeslagen voelen, dacht Izzy, humeurig met haar tenen op de badrand trommelend. Lucille kon heel Rusland opvrolijken.

Maar om de een of andere reden niet háár. Het succes waarnaar ze zo lang had gehunkerd, dat haar zo gelukkig had moeten maken, was niet wat ze ervan had verwacht. Algemene erkenning – zelfs in de vorm van Lucille die als een bezetene stofzuigend steeds opnieuw met haar klankvolle Ierse alt '*I want you to kiss me, to know that you've missed me,*' galmde – was niet genoeg om die moedeloosheid en het gevoel dat er meer moest zijn, uit te roeien.

Drie uur later betrad Izzy, te rusteloos om thuis te blijven en doelloos op zoek naar dat ongrijpbare 'meer', de vertrouwde omgeving van The Chelsea Steps. Ze was bijna zeker dat Sam, die weer naar Amerika was geweest, terug zou zijn. Ze wist dat het mal was, maar ze voelde een onweerstaanbaar verlangen om hem weer te zien. En nu ze hier was, klopte haar hart sneller van verwachting...

Maar Sam had het tumult al opgemerkt nog voor hij wist dat Izzy er de oorzaak van was. Terwijl hij, binnensmonds vloekend, snel over de volle dansvloer naar de kleinste bar achter in de club liep, begreep hij instinctief dat het probleem iets te maken had met de twee arrogante en steenrijke Argentijnen, tegen wie hij vanaf hun binnenkomst al bedenkingen had gehad. The Chelsea Steps, die in de eerste plaats vermaard was vanwege het feit dat er nooit heibel was, kon dit soort gasten missen als kiespijn. Het bloed stolde Sam in de aderen toen een mannenstem opnieuw een kreet van woede slaakte en hij bedacht welke schade een dode, steenrijke Argentijn voor zijn zaak zou betekenen. Hij hoopte dus maar dat geen van beiden een vuurwapen bij zich had.
Hij bereikte de plaats van de problemen precies op het moment dat Izzy de jongste van de twee Argentijnen een klinkende klap op zijn gebruinde wang gaf en een stortvloed van scheldwoorden over het tweetal uitstortte. Sam had haar met liefde kunnen wurgen. Hij baande zich een weg door de menigte die zich had gevormd om Izzy in actie te zien, greep haar bij de arm en trok haar zonder plichtplegingen weg.
'Bedaar,' zei hij scherp, omdat Izzy altijd in de een of andere ruzie scheen te verzeilen en het niet altijd de schuld van de ander kon zijn.
'Die vuile slijmerd!' Izzy was niet van plan te bedaren. Haar donkere ogen fonkelden en ze keek woedend naar de magere, even woedende Argentijn, die nu nijdig in zijn eigen taal stond te ratelen. 'Hij stak verdorie zomaar zijn hand in mijn jurk.'
'Welke jurk?' kaatste Sam terug, met een blik op het krappe abrikooskleurige jurkje dat strak om haar lichaam spande en halverwege haar dijen eindigde. Hij had het idee dat hoe meer Izzy uitgaf aan kleren, hoe minder stof erin verwerkt was.
'O, dus dat geeft hem het recht om me te pakken?' riep ze ziedend, met een hoogrode kleur toen ze begreep dat hij haar de schuld gaf. 'Toe nou, Sam, aan wiens kant sta jij eigenlijk?'
Sam was zo moe dat hij nauwelijks nog helder kon denken. Hij was naar New York geweest omdat zijn manager die hij zo betrouwbaar had geacht, gearresteerd was wegens het bezit van cocaïne. Nu hij, in Londen terug, meer last van jetlag had dan gewoonlijk, kreeg hij met dit probleem te kampen. Izzy besefte het misschien niet, maar ze bracht hiermee de goede naam van The Chelsea Steps in gevaar.
'Ik wil alleen dat jij je kalm houdt en het plezier van de andere gasten niet bederft,' antwoordde hij kalm, terwijl hij haar naar een tafeltje loodste en in een stoel drukte.
'Maar hij randde me aan...'

'En jij bent in mijn club, niet in een worstelperk. Verdorie, Izzy, als je een klacht had willen indienen, had je alleen maar naar mij toe hoeven komen, dan had ik de zaak onopvallend kunnen afhandelen.'
Sam kon haar soms zo teleurstellen. Izzy, die zich erop had verheugd hem weer te zien, voelde tranen van boosheid in haar ogen springen.
'Je bedoelt dat ik me rustig had moeten laten aanranden.'
'Klets niet,' onderbrak hij haar. 'Ik zeg alleen dat het altijd jou schijnt te overkomen, ja toch? En wat verwacht je nou eigenlijk, als je hier in je eentje verschijnt, gekleed als een dure hoer? Dan denkt iedereen dat je de aandacht wilt trekken. Je hebt trouwens nooit anders gewild en nu je bekend wordt, zul je moeten leren daar op een goede manier mee om te gaan.'
'Hou op,' krijste Izzy, niet in staat de onredelijkheid van dit alles nog langer te verdragen. Haar hart sloeg nu echt op hol. Ze trok haar hand uit Sams betuttelende greep en stond met een ruk op. 'Ik word nog liever gepakt door een viezerik, dan op mijn vingers getikt door een lammeling die meer om zijn club geeft dan om zijn vrienden. En jij bent een vriend van niks,' voegde ze er tandenknarsend aan toe. 'Als ik bedenk hoeveel goeds ik Vivienne over jou heb verteld...'
Vivienne. Weer zo'n probleem dat Sam nu niet kon hebben. Vivienne had zich de afgelopen weken uitgesproken vreemd gedragen. 'Die moeite had je je kunnen besparen,' zei hij kortaf toen Izzy aanstalten maakte om weg te gaan.
'Vertel mij wat,' siste ze zo sarcastisch als ze maar kon. 'Maar maak je geen zorgen. Het waren allemaal leugens. En ze geloofde er trouwens geen woord van.'

44

'Ik voel me doodongelukkig,' verkondigde Vivienne toen Izzy de volgende morgen de telefoon aannam. 'Ga mee winkelen.'
'Wat heeft Sam je verteld?' vroeg Izzy achterdochtig, en hoorde een soort gesnuif aan de andere kant van de lijn.
'Welke Sam?'

Ze gingen op weg om eens flink wat geld stuk te slaan in Bond Street. Vivienne, de erkende expert en Izzy, de enthousiaste nieuweling op het gebied van uitgeven. South Molton Street was een bijzonder goed beginpunt; toen ze twintig minuten bij Brown's binnen waren, realiseerde Izzy zich dat ze meer geld had besteed aan een roze suède rok en een witte kasjmier trui, dan ze vroeger in een hele maand verdiende. Vivienne, die opgegroeid was met design labels en die nooit tijd verspilde aan het lezen van prijskaartjes, kuste haar creditcard en werd de trotse eigenares van een koffiekleurige zijden jurk met bijpassend jasje, drie leggings en een opvallend zwart met bronskleurig lovertjestopje van een Japanse ontwerper met een heleboel y's in zijn naam.

'Voel je je al wat beter?' vroeg Izzy twee uur later, toen ze in een stampvolle bistro neerstreken voor een cappuccino en een paar plakken in Amaretto gedrenkte chocoladecake. Naar de glibberige stapel plastic tassen kijkend, schatte ze dat het bedrag dat ze hadden uitgegeven, genoeg was om de kosten van een vakantie in Barbados te dekken.

Vivienne stak een sigaret op. 'Het helpt wel. Winkelen helpt altijd.' Toen boog ze zich naar Izzy over. 'Maar ik heb je nog steeds niet verteld waarom ik zo doodongelukkig ben.'

'Dat is gemakkelijk te raden.' Izzy trok zo'n nijdig gezicht dat de mensen aan een naburig tafeltje verschrikt opkeken. 'Je woont samen met een ongelooflijke rotzak. Daar zou iedereen doodongelukkig van worden.'

'Ik hou zo veel van hem.'

'O, Vi.' Izzy's gezicht verzachtte zich. 'Nog altijd? Ik dacht dat je hem langzamerhand begon te vergeten.'

Vivienne, die gedachteloos het schuim van haar cappuccino had zitten scheppen, fronste haar voorhoofd. 'Niet van Sam, suffie. Van Terry.'

'Wat!' Izzy, die pardoes naar voren schoot, merkte niet eens dat ze met haar rechterborst in de chocoladecake terechtkwam. 'Van wie? Daar heb je me nog niets van verteld!'

Vivienne had er nog met niemand over gesproken, bang de betovering te verbreken. Maar nu moest ze erover praten.

'De man die ik op Tash' party heb ontmoet,' vertelde ze, terwijl ze haar sigaret uitdrukte en meteen een nieuwe opstak, ook al was Terry erg tegen roken. 'O, Izzy, het is een schat. Ik ben smoorverliefd op hem... hij is voor mij de ideale man.'

Ook al wilde ze het sprookje niet bederven, toch zei Izzy voorzichtig: 'Dat heb je ook van Sam gezegd.'

'Ja, maar Sam heeft nooit van mij gehouden.' Vivienne schudde haar hoofd, toen glimlachte ze flauw. 'En Terry wel.'
'Dan begrijp ik niet waarom je niet dolgelukkig bent. Jij houdt van die man, hij houdt van jou... dus jullie zijn gek op elkaar en je bent doodongelukkig!' Izzy begreep er niets van. Toen zei ze: 'O, wacht, zeg maar niets... het gevreesde G-woord?'
'Nee, hij is niet getrouwd. Hij is weduwnaar en heeft twee volwassen kinderen. Ik heb kennis met ze gemaakt, ik kan goed met ze opschieten, ze mogen mij ook graag. Verdomme, zelfs zijn kat mag me graag.'
Izzy, die nu onderhand barstte van nieuwsgierigheid, riep hard: 'Nou dan?'
'Hij wil me niet serieus nemen.' Vivienne keek even alsof ze in tranen zou uitbarsten. 'O, Izzy, het is te gek om los te lopen. Hij zegt dat ik te jong en te mooi en veel te rijk ben om iets te kunnen voelen voor iemand als hij. Ik heb uitentreuren geprobeerd hem te vertellen dat al die dingen er niet toe doen, maar hij vertikt het gewoon om me te geloven. En wat kan ik doen?' Ze spreidde in wanhoop haar handen, waardoor ze bijna de broek van een passerende kelner in brand stak. 'Ik kan mezelf toch niet ouder maken?'
Ondanks Viviennes tragisch gezicht moest Izzy glimlachen toen ze zich een face-lift van jong naar oud voorstelde.
'Als je eens geen make-up meer gebruikte?' stelde ze hoopvol voor.
'Dat heb ik vorige week geprobeerd. Maar ik zag er alleen maar slecht uit.'
'En wat deed hij?'
'Hij nam mijn bloeddruk op.'
'Goeie god! Heeft hij een afwijking?'
Nu schoot zelfs Vivienne in de lach. 'Nee, hij is arts.'
Izzy, blij te zien dat ze eindelijk opfleurde, was meteen hevig geïnteresseerd. 'En hoe is hij in bed?' informeerde ze gretig. 'Ik heb altijd gedacht dat mensen uit de medische wereld geweldig moeten zijn in bed. Die weten precies waar alles zit...'
Tot haar verwondering bloosde Vivienne. 'Hij is geweldig,' bekende ze, haar stem dempend om het middelbare echtpaar aan het tafeltje naast hen, dat al tien minuten mee had zitten luisteren, te jennen. 'Maar we hebben het nog maar twee keer gedaan. Het heeft eeuwen geduurd voor hij het wilde, omdat hij bang was dat hij te veel van me zou gaan houden, dus heb ik hem uiteindelijk moeten verleiden.'
Het was allemaal te romantisch voor woorden. 'En?' vroeg Izzy, ademloos van spanning.

Viviennes groene ogen twinkelden. De blos en de Texaanse tongval werden intenser. 'Je hebt het goed geraden. Hij weet precies waar alles zit.'

Hun gesprek werd even later onderbroken door de komst van een kelner met een goede fles beaujolais.

'Met de complimenten van het echtpaar aan de tafel hiernaast,' zei hij met een discreet knikje in de richting van hun buren.

'Goeie hemel.' Izzy draaide zich een halve slag om eens goed te kijken en zag dat ze op het punt stonden om weg te gaan. 'Wat ontzettend aardig van u, maar waar hebben we dit aan te danken?'

'U bent immers Izzy Van Asch,' zei de vrouw verlegen. 'Onze zoon Giles is verrukt van u. Hij zingt de hele dag ''Never, Never'' en hij heeft een plakboek vol foto's van u, die hij uit de krant heeft geknipt.'

'Tjee.' Kinderlijk gevleid door het compliment en nog niet gewend aan de attenties van volkomen vreemden, bloosde Izzy nog dieper dan Vivienne daarstraks. 'Dat doet me ontzettend veel plezier. Hoe oud is uw zoon?'

'Zeven.'

Nadat ze een groet en een zwierige handtekening op de achterkant van een menu had gekrabbeld, nam de man het aan, aarzelde een moment en legde toen een visitekaartje op tafel. 'Tja,' zei hij met een schuchter lachje, 'ik hoop niet dat u ons onbescheiden vindt, maar de wijn is zowel voor uw vriendin als voor u. We zouden zo graag weten of alles goed afloopt,' verklaarde hij terwijl hij de verbaasde Vivienne aankeek, 'tussen u en die aardige dokter.'

Izzy vond het allemaal vreselijk grappig. 'Dat begrijp ik,' zei ze met een ondeugende grijns. 'Daar zijn we allemaal benieuwd naar.'

'Hoor eens, je mag die vriendelijke mensen niet teleurstellen,' vermaande ze, toen ze weer alleen waren. Ze schonk de wijn in en vervolgde: 'En het is niet zo verwonderlijk dat de brave dokter je niet serieus neemt. Je woont tenslotte nog steeds met een andere man samen.'

'Sam is geen man, maar een machine.' Vivienne gooide met nieuwe vastberadenheid haar blonde haar naar achteren. 'En je hebt natuurlijk gelijk. Het moment om te handelen is aangebroken. Ik heb mijn best gedaan, maar ik denk dat ik gewoon zijn type niet ben. Hij klaagt altijd dat mijn enige hobby winkelen is; ik denk dat hij iemand moet hebben met eigen interessen, iemand met een schitterende carrière, of iemand die bezeten is van bergbeklimmen.' Ze zweeg, nam een slokje beaujolais en zei toen een tikje beschaamd: '... iets waar ze het te druk mee heeft om als een verdwaald hondje achter hem aan te lopen. Ik heb Sam altijd achternagelopen, maar wat hij echt nodig heeft is een onafhankelijke vrouw. Iemand die hij zo bewondert dat hij háár achternaloopt.'

45

Na het roezige komen en gaan van de afgelopen weken vond Gina het bijna een opluchting om het huis weer voor zichzelf te hebben. Van haar werk thuiskomen in een huis waar rust en stilte heersten, afgezien van Jericho's daverend begroetingsgeblaf, was een echte verademing.

En een nog grotere luxe was dat de badkamer altijd vrij was en het water altijd warm. Vanavond besloot ze, omdat Doug om halfnegen zou komen eten, om eerst te douchen en daarna te koken; dan hoefden ze de eerste uitzending van Izzy's nieuwe video *Kiss* in *Top of the Pops* niet te missen.

Gina had een ongenietbare zangstem, maar aangezien ze toch alleen thuis was, had niemand daar last van. '*I want you to kiss me, To know that you've missed me, Like I've missed you and your smile...*' kweelde ze vals, terwijl ze met gesloten ogen haar gezicht naar het zalig warme water ophief. De shampoo die over haar lichaam stroomde, verstopte haar oren, wat het geluid van haar gezang aanmerkelijk verbeterde.

Het duurde een paar minuten voor het tot haar doordrong dat er gebeld werd en dat Jericho als een bezetene tekeerging in zijn pogingen om de deur te openen en te zien wie er was.

In elk geval niet Doug, dacht Gina. Ze kwam haastig onder de douche vandaan en droogde zich vluchtig af, voor ze haar oude badjas stevig om haar middel dichtknoopte en naar beneden rende.

'Wie is daar,' riep ze hard om zich boven Jericho's razende geblaf verstaanbaar te maken.

'Ik.'

Gina verstarde en was even niet in staat zich te verroeren. Tenslotte greep ze Jericho bij zijn halsband, sleurde hem, onder woedend protestgejank, de zitkamer in en sloot hem daar op.
Toen deed ze de voordeur open en keek haar bezoeker onbewogen aan. 'Wat kom jij doen?'
'Jou opzoeken.' Andrew keek bedremmeld over haar schouder in de richting van de zitkamer. 'Wat was dat in vredesnaam? Het lijkt wel een horde weerwolven.'
'Die wordt zodadelijk wel kalm. Waarom kom je me opzoeken?'
Duidelijk van zijn stuk gebracht door de ontmoeting met Jericho en huiverend toen een vlaag gure novemberwind om het portiek joelde, zei hij: 'Mag ik binnenkomen, Gina?'
Terwijl ze hem voorging naar de keuken, was ze benieuwd wat de werkelijke reden van zijn komst was en tegelijkertijd tevreden over haar eigen zelfbeheersing. Dit was haar ex-man – nee, hij was nog steeds haar man, want de echtscheiding was nog niet uitgesproken – en ze had meer dan vijftien jaar van hem gehouden. Maar nu was het net of ze tegenover een vreemde stond, over wie ze onaangename dingen had gehoord en het idee dat ze ooit man en vrouw waren geweest leek bijna belachelijk.
Ze vermoedde dat hij recht van zijn kantoor kwam; zijn grijze pak was gekreukt, zijn lichtbruine haar was ongekamd. Opeens beseffend dat haar eigen haar nat en verward was van het douchen, constateerde Gina tevreden dat haar handen rustig in de zakken van haar badjas bleven en dat ze niet de minste neiging voelde om ook maar een poging te doen zich wat presentabeler te maken. Als Andrew de melkboer was geweest, zou ze het wel hebben gedaan, maar hij was de melkboer niet. Hij was haar man maar...
'En?' vroeg ze koel, terwijl ze op een keukenstoel ging zitten.
Andrew haalde diep adem en vermande zich. Het was niet bepaald een veelbelovend onthaal, maar hij was hier nu en hij had de hele week voor dit ogenblik gerepeteerd. Hij was zich ervan bewust dat hij zich slecht had gedragen, maar dat had deel uitgemaakt van een geheimzinnig soort midlife-crisis, iets dat veel mannen doormaakten en die was, zoals alle crises, voorbijgegaan. Hij wist nu dat dit de plaats was waar hij thuishoorde. En Gina was zijn vrouw, ze zou hem vergeven...
'Lieveling, ik begrijp hoeveel verdriet ik je moet hebben gedaan. Ik heb me ontzettend stom gedragen, maar dat is nu voorbij. Jij bent degene die ik liefheb, die ik ooit echt heb liefgehad.' Verdomme, het

was niet zijn bedoeling geweest om het te laten klinken als een zin uit een toneelstuk van Noel Coward. De woorden, zo zorgvuldig overwogen, klonken hem nu nota bene zelf bespottelijk in de oren. Hij deed enigszins paniekerig een stap in haar richting. 'Nee, zeg maar niets. Ik probeer je alleen te vertellen dat ik een vreselijke vergissing heb begaan en dat ik daar spijt van heb. Ik begrijp het nu zelf niet meer. Marcy en Katerina betekenden niets voor me, niet zoals jij! O, liefste, laat ons het afgelopen jaar vergeten. Ik wil van je houden en je gelukkig maken, net zo gelukkig als je vroeger was...'

Gina keek stomverbaasd naar hem op. Het volgende ogenblik viel Andrew, voor ze besefte wat er gebeurde, voor haar op zijn knieën, trok haar in zijn armen en omhelsde haar zo vurig dat ze nauwelijks adem kon halen.

Het zou belachelijk zijn als ze niet te verbaasd, of te veel buiten adem, was geweest om te lachen. Nadat hij niet alleen had geprobeerd haar eigen geluk te verstoren, maar ook dat van Kat en Marcy – en dat waren dan de enigen van wie ze het wìst – scheen Andrew in alle ernst te denken dat ze nog genoeg van hem hield om te vergeten en te vergeven en ze de draad van hun huwelijk weer wilde opnemen of er niets gebeurd was.

Intussen kleefde hij nog aan haar vast als plakband en bleef hij heftig haar blote schouder kussen.

Nog steeds inwendig genietend omdat ze kalm wist te blijven, wierp Gina een steelse blik op haar horloge – het was vijf voor zeven – en fluisterde: 'Je weet niet hoe vaak ik van dit moment heb gedroomd. Ik heb zo vurig gehoopt dat je op zekere dag bij me terug zou komen... en nu is het eindelijk zover. Ik kan het haast niet geloven.'

'O, liefste.' Andrew klemde haar dichter tegen zich aan en bedolf haar gezicht onder triomfantelijke kussen. 'Ik wist dat je het zou begrijpen. Ik hou zo veel van je.'

Gina maakte zich langzaam, als met tegenzin uit zijn omarming los. Ze liet haar slanke vingers over zijn onderarm glijden, gaf zijn handen een kneepje en fluisterde: 'Wil je met me vrijen? Nu?'

Andrew huiverde van begeerte. Hij had al een paar weken geen sex meer gehad. Nu rukte hij zijn das zo ruw los dat de knopen van zijn overhemd over de keukenvloer rolden en slaakte een zachte kreet toen Gina's vingers naar de gesp van zijn broekriem gleden en hem losmaakten.

'O mijn god... ja, ja...'

Ze had hem precies waar ze hem hebben wilde. Gina had zich nog

nooit in haar leven zo machtig gevoeld. Met haar hoofd scheef om haar glimlach te verbergen, tastte ze met haar vrije hand achter zich en vond het korte, scherpe zaagmes waarmee ze tomaten voor de lasagne had willen snijden.
Andrew opende geschrokken zijn ogen toen het koude metaal plotseling in contact kwam met warm vlees. Toen hij zag wat Gina in haar hand had, slaakte hij een kreet van afgrijzen.
'Dat is interessant,' zei ze op conversatietoon. 'Je hele lichaam is stijf van angst. Nou ja, bíjna je hele lichaam.' Haar glimlach werd breder. 'Een klein stukje ervan blijft natuurlijk net zo miserabel als het altijd geweest is. Sommige dingen veranderen nooit.'
'G-Gina. In g-godsnaam...'
Ze kon zijn tanden horen klapperen. Terwijl ze het mes naar hem toedraaide, zodat het lemmet schitterde in het licht, keek ze weer op haar horloge. Bijna zeven uur.
'Je boft dat ik geen volslagen krankzinnige ben, Andrew,' zei ze gemoedelijk. 'Want een volslagen krankzinnige vrouw die aan de kant was gezet, zou geen seconde aarzelen. Die had dat miserabele aanhangseltje vlugger afgesneden dan jij... eh, mes kon zeggen.' Gina zweeg een ogenblik, toen schudde ze haar hoofd en gooide het mes in de gootsteen. Ze ging op haar gemak zitten en zei opgewekt: 'Gelukkig voor jou ben ik niet krankzinnig. En ik zou ook niet de gevangenis in willen, stel je eens voor wat een heerlijke dag mijn keurige buren zouden hebben als ze dat in de krant zouden lezen. Dus je kunt het nu wegstoppen' – met een knikje in de richting van het slappe eikeltje – 'en weggaan. Je komt er zelf wel uit, denk ik.'
Toen hij weg was, schonk Gina zich een grote gin-tonic in en ging naar de zitkamer, waar ze mokkend werd begroet door Jericho die diep verontwaardigd was dat hij de pret niet had mogen meebeleven.
'Kop op, schat,' troostte ze hem, terwijl ze zijn oren streelde en hem voor deze keer naast zich op de bank liet zitten. 'Het was tenslotte een nogal hachelijke situatie en jij had misschien niet zoveel zelfbeheersing kunnen opbrengen als ik.'
Jericho probeerde met een luidruchtig geblaf van vergiffenis op haar schoot te klimmen. Gina richtte de afstandsbediening op de tv in de hoek. 'Nu stil zijn en kijken, Jericho. *Top of the Pops* begint en jouw favoriete zangeres zit erin. Nee, niet Cilla Black...'

Omdat ze er vreselijk tegenop zag die lieve kleine kerstomaatjes in schijfjes te snijden, maakte Gina geen lasagne klaar, maar liet ze

Doug een maaltijd van het nieuwe Mexicaanse restaurant in Kensington High Street meebrengen. Pas na het eten vertelde ze wat er eerder die avond gebeurd was.
'Ik vind het fantastisch,' verklaarde Doug toen het verhaal uit was. Terwijl zijn gezicht zich in een glimlach van oprechte bewondering plooide, vroeg hij zich af hoe hij Gina ooit een 'magere, opgefokte haaibaai' had kunnen vinden. Gina was de afgelopen maanden veranderd in een kalme, elegante vrouw die wist wat ze wilde en niet langer in de schaduw hoefde te leven van het soort mannen dat haar als oud vuil behandelde en niet eens aan haar kon tippen. Doug was nooit getrouwd geweest, hij was zelfs nooit verliefd geweest, maar hij was zich ervan bewust dat hij nu gevaarlijk op de rand balanceerde. Hij wist ook dat hij Gina nooit als oud vuil zou behandelen.
Het haartje in de boter was natuurlijk het feit dat hij waarschijnlijk nooit de kans zou krijgen haar als wat dan ook te behandelen, aangezien ze hem nooit scheen te beschouwen als een man in die zin van het woord.
'Ik heb hem de doodsschrik op het lijf gejaagd,' erkende ze nu met enige voldoening. 'O Doug, je had zijn gezicht moeten zien. Ik wou dat Izzy en Kat het hadden kunnen zien. Ik kan nog steeds niet geloven dat ik het echt heb gedaan!'
'Jij kunt alles wat je wilt.' Hij was zo trots op haar. Eerst Ralph en nu Andrew. En haar opgetogenheid werkte aanstekelijk. Doug hief zijn glas Mexicaans bier en dronk haar toe, terwijl hij zich afvroeg of hij de moed zou kunnen opbrengen om haar een vluchtige felicitatiekus te geven. Dat was wat híj het allerliefst zou willen doen.
Gina knikte, nog altijd glimlachend. 'Je hebt gelijk. Weet wat je wilt en zorg dat je het krijgt. Dat is Izzy's lijfspreuk en die heeft haar geluk gebracht. Van nu af aan zal ik zorgen dat hij mij ook geluk brengt.'
Het was een uitstekend advies, dacht hij, toen Gina haar eigen glas hief en het zwierig tegen het zijne tikte. Het was een vingerwijzing. Hij was hier en Andrew niet. Ze waren vrienden die samen een heuglijk feit vierden en Gina – in een vuurrode kasjmier trui en een crèmekleurige linnen broek – had er nog nooit zo aantrekkelijk uitgezien. Hij was blij dat hij zijn nieuwe, donkeroranje overhemd niet aan had getrokken, dat zou hebben gevloekt bij haar trui. Dit was een vingerwijzing, dat kon niet anders.
Hij maakte snel gebruik van het beslissende moment, gunde zichzelf geen tijd om zich te bedenken, maar boog zich voorover en bracht

zijn mond naar haar wang. Maar omdat hij niet helemaal goed mikte, belandde zijn mond op haar kin, even onder de linkerkant van haar onderlip. Dat was niet goed, dat was rondweg mal. Hij wilde het, nog steeds met zijn glas bier in de hand, overdoen en streek daarbij per ongeluk met zijn arm langs de kasjmier ronding van haar borst... o god, het was inderdaad haar borst... voor hij met meer geluk dan wijsheid haar mond vond...

Gina, voor de tweede keer die avond stomverbaasd, rook de doordringende geur van de aftershave die ze haar baas zelf voor zijn verjaardag had gegeven, en deed haar best om niet terug te deinzen. Doug was gewoon blij voor haar en trots op de manier waarop ze Andrew de deur had gewezen, hield ze zichzelf voor en onderdrukte de neiging om hem te ontwijken. Bovendien was het niet aardig om terug te deinzen voor de kus van een vriend, hoe vochtig en schutterig die ook mocht zijn.

Maar toen ze een ogenblik geduldig had gewacht tot het voorbij zou zijn en na een paar seconden merkte dat ze kon blijven wachten, legde ze zacht maar beslist haar hand op zijn schouder en maakte zich uit zijn omarming los. Je kon onmogelijk kwaad worden op Doug; hij was te goedig, te aardig, maar genoeg was genoeg.

'Pas op met je bier,' zei ze vriendelijk, toen ze ook nattigheid, maar nu ijskoude nattigheid, in haar schoot voelde. 'Ik geloof dat je zit te morsen, Doug.'

Die vingerwijzing had hem geen geluk gebracht, dacht Doug, en zijn hartstocht vervloog toen hij zag hoe onbewogen ze was. Zou Anthony Hopkins wel ooit in de verste verte zo'n flater slaan?

'Het spijt me,' mompelde hij met een kleur van schaamte. Het moment van roekeloosheid was voorbij; hij veronderstelde dat hij nog blij mocht zijn dat hij er tenminste met een ongehavend geslachtsdeel afgekomen was. 'Het spijt me, het was gewoon...'

'Het geeft niet,' onderbrak Gina hem haastig, begrijpend dat hij zich weer uitgebreid wilde gaan verontschuldigen. Ze sprong vrolijk glimlachend op. 'Heus. Dit is zo'n fijne broek. Ik stop hem in de wasmachine en hij komt er als nieuw uit, steeds weer.'

46

Toen Izzy om zeven uur 's avonds na elf afmattende uren in een Londense opnamestudio compleet afgepeigerd thuiskwam, duurde het even voor het tot haar doordrong wat haar huishoudster haar eigenlijk vertelde. Lucille, die begreep dat ze een hartversterking nodig had, schonk haar een levensgrote gin-tonic in en zichzelf een stevig glas Bushmills whisky, om Izzy niet alleen te laten drinken.

'Hij heb een half uur geleden gebeld,' herhaalde ze geduldig, 'en ik heb tegen hem gezegd dat je er niet was, maar dat je in elk geval voor achten thuis zou zijn. Ja, zie je, het leek me een charmante heer en ik kon horen dat hij teleurgesteld was dat hij je niet thuis trof, dus heb ik maar gezegd dat je geen plannen had voor vanavond, omdat je morgenochtend vroeg met het vliegtuig naar Rome gaat, en toen bedacht ik ineens dat die brave kerel misschien even langs zou willen komen om je goeiendag te zeggen.' Lucille zweeg even om adem te halen. Ze nam een versterkende slok Ierse whisky, waar alleen een barbaar ijs in zou doen, likte waarderend haar lippen af en vervolgde: 'Nou, hij zei dat hij dat prima vond en toen heb ik gezegd dat hij dan vanaf halfnegen kon komen, dan had jij ook nog even de tijd om je wat op te doffen. Izzy, wat heb die man een aardige stem, ik werd al pratend zowat verliefd op hem... o, en ik heb gezegd dat hij niet van tevoren moest eten, omdat hij dat net zo goed hier met jou kon doen.'

De laatste slok Bushmills verdween in haar keelgat. Izzy zag het omlaag glijden. Toen keek ze verstomd toe hoe Lucille opstond en een enorm, banaangeel vest aanschoot, dat tot over haar knieën reikte.

'En die charmante heer,' zei Izzy zwakjes, omdat ze eindelijk de gelegenheid scheen te krijgen om ook iets te zeggen, 'wie is dat eigenlijk?'

Het was koud buiten. Lucille, die bezig was een turkoois met gele sjaal diverse malen om haar mollige hals te wikkelen, keek haar verbaasd aan. 'Ja, hij heb zijn naam niet gezegd, alleen dattie een vriend van jou was, dus het leek me het beste om hem te vragen of ie van-

avond langskwam. Ik wist dat je het best zou vinden, hij kwam zo ontzettend aardig over.'
Hoe moest ze nu weten wat voor soort mannenstem bij Lucille in de smaak viel? Izzy kende Terry Wogan niet, dus die kon het niet zijn. Maar natuurlijk was er altijd nog Doug...
'Dus hij komt eten.' Izzy merkte opeens dat ze honger had. 'Goed, mij best. Wat heb je klaargemaakt?'
'Wie denk jij eigenlijk dat ik ben?' Lucille trok verbaasd haar oranje wenkbrauwen op. 'Supervrouw, misschien? Ik heb de hele dag me vingers blauw gewerkt om alle ramen te zemen en ik heb me door die grote berg strijkgoed heen gewerkt die ik van jou moest doen, zodat jij in Rome niet voor schut loopt.'
'Dus er is niets te eten,' was Izzy haar voor.
'Natuurlijk is d'r wel wat te eten,' mopperde Lucille, al op weg naar de deur. 'D'r is een ijskast vol eten. Het moet alleen even klaargemaakt worden, luie donder. Goeie help, een mens zou denken dat jij nog geen hap eten op tafel kon zetten zonder d'r een potje van te maken! Wat ben jij, Izzy Van Asch? Een hulpeloze sukkel?'

'Je hebt een verovering gemaakt,' zei Izzy, haar haar met een handdoek droogwrijvend, terwijl ze Sam voorging naar de zitkamer. 'Mijn huishoudster is smoorverliefd op je stem. En wat nog vreemder is, ze verkeert in de veronderstelling dat je een heer bent.'
Sam, die zowel verbaasd als geamuseerd was geweest over de plotselinge uitnodiging die een onbekende Ierse hem over de telefoon had gedaan, antwoordde effen: 'Zo vreemd is dat niet. Er zijn mensen die me best aardig vinden.'
'Hmm.' Izzy die hem nog steeds niet helemaal had vergeven dat hij haar laatst in The Chelsea Steps had uitgekafferd, keek hem bedenkelijk aan. Kregel over Lucilles hatelijke opmerkingen van daarstraks, had ze nijdig een pakje kippeborsten opengemaakt en een soort ovenschotel in elkaar geflanst die Doug heerlijk zou hebben gevonden. Ze had echter zo'n idee dat Sam erom zou lachen.
Maar Sam, die in een goeie bui was, maakte het zich gemakkelijk op Izzy's nieuwe donkergroene velours bank en keek lachend naar haar op.
'Nou goed, zeurpiet. Ik heb misschien wel een beetje lelijk gedaan, dus als ik me echt moet verontschuldigen, zal ik dat doen. Maar alleen als je me belooft wat vrolijker te kijken.
'Je hebt heel lelijk gedaan,' bracht Izzy hem in herinnering. Ze deed

of ze gegriefd was, maar inwendig voelde ze zich bemoedigd door zijn bekentenis. Voor zover zij zich kon herinneren, had Sam nooit ongelijk. Ze had nooit geweten dat hij het woord 'verontschuldiging' zelfs maar kon uitspreken.
Hij haalde zijn schouders op. 'Nou goed, dat spijt me dan.'
'Mooi zo.'
'En zijn we nu weer vriendjes?'
'Best mogelijk,' kwam Izzy hem tegemoet.
'Mag ik je dan een persoonlijke vraag stellen?'
Verdorie. Nu zou hij zich rot lachen om haar, ze voelde het gewoon en zei langzaam: 'Mmm?'
'Die stank,' riep Sam, in de richting van de keuken wijzend. 'Die vreselijke stank! Wat is dat in vredesnaam?'

Deze keer was er geen twijfel aan; Sam had gelijk. De ongenietbare ovenschotel smaakte net zo vies als hij had geroken. Izzy begreep niet hoe sommige ingrediënten zo verbrand konden zijn, terwijl de groenten kans hadden gezien om steenhard rauw te blijven. Het ergste van alles was dat ze, na uit pure wanhoop de afwezige Lucille de schuld te hebben gegeven, begreep dat ze Sam geen moment voor de gek had kunnen houden.
'Nee, dit is een van jouw brouwsels,' zei hij bestraffend. En als om het te bewijzen belandde het stukje wortel dat hij aan zijn vork wilde prikken, in Izzy's schoot.
'Dit heb jij gemaakt.'
'Ik heb andere talenten,' antwoordde ze kwaad, gefrustreerd door haar afgang. 'Toe, probeer dit in godsnaam niet langer te eten, Sam. Waarom blijven we gewoon niet bij onze leest en laten we een pizza bezorgen?'
Hij glimlachte. 'Waarom trekken we niet nog een fles wijn open? Ik ben tenslotte gewend mijn verdriet te verdrinken.'
'Wat voor verdriet?' vroeg Izzy, toen ze met wederzijds goedvinden de mislukte maaltijd hadden laten staan en zich in de zitkamer voor de haard hadden geïnstalleerd. Sam zag er bepaald niet bedroefd uit; het was eigenlijk lang geleden dat ze hem zo opgewekt had gezien.
Hij keek haar vluchtig van opzij aan. 'Die Argentijnen waar jij heibel mee hebt gehad, doen de club een proces aan.'
'Wat?'
Sam barstte in lachen uit. Izzy, die begreep dat ze erin getrapt was, verwenste haar eigen onnozelheid.

'Dat is niet eerlijk,' mopperde ze. 'Ik vlieg morgenochtend vroeg naar Rome. Het komt door de pre-jetlag.'
'Dat is als excuus nog slechter dan je ovenschotel.'
Ze nam een slokje wijn en herhaalde: 'Wat voor verdriet?'
'Nou, Vivienne is twee dagen geleden het huis uitgegaan.'
Hij zag er nog steeds niet triest uit. Gek genoeg voelde Izzy zich schuldig vanwege Vivienne. Zij had haar vriendin er tenslotte toe aangezet om iets te ondernemen.
'Heb je daar verdriet van?'
Sams ogen twinkelden. 'Ik ben ontroostbaar. Mijn flat is zo keurig, het lijkt wel een toonzaal. In de kasten is weer plaats voor mijn eigen kleren, de tv staat niet meer voortdurend op soapseries en ik hoef niet meer in het logeerbed te slapen.'
Izzy, die zich ook altijd aan dat soort misdrijven schuldig had gemaakt, moest lachen. 'Als ze mij ernaar vraagt, zal ik toch maar zeggen dat je tenminste een beetje verdrietig bent.'
Hij knikte. 'Doe dat maar. Arme Vivienne. Ze moest, omwille van haar trots, zelf het besluit nemen om weg te gaan. Ik ben alleen blij dat ze eindelijk besefte dat het niet langer ging.'
'Je bent onaardig,' zei Izzy, die toch met Vivienne te doen had.
'Nee,' grinnikte Sam zonder een spoor van berouw. 'Ik ben vrij.'
Nu ze twee derde van een fles Sancerre had gedronken, begon Izzy zich te ontspannen. Het was prettig dat Sam en zij weer vrienden waren, en nog prettiger om het mislukken van hun respectievelijke liefdesrelaties op ontstellend openhartige wijze te bespreken.
'Ik kan me voorstellen hoe ik op mijn zeventigste zal zijn,' peinsde ze, terwijl ze een haarlok om haar vingers draaide en weinig enthousiast de kleur bekeek. 'Dan ben ik natuurlijk zo'n excentrieke ouwe vrijster, omringd met stapels kranten en halflege blikken ananas. En dan heb ik een papegaai die ik al mijn oude songs leer zingen en ik zal al mijn bezoekers stierlijk vervelen met verhalen over de tijd dat ik beroemd was. Kat zal zich doodschamen voor me en proberen me in zo'n tehuis voor geschifte oud-artiesten te krijgen.'
Sam boog zich naar voren om haar glas weer vol te schenken. 'En ik?'
'O, gewoon. Jij zal het sergeant-majoortype zijn, je zal alle flessen in je huisbar in het gelid zetten, je zal kwaaie brieven naar *The Times* schrijven en je arme, onderdrukte vrouw tiranniseren. Je zal zelf je overhemden strijken omdat ze de vouwen nooit precies goed kan krijgen en je zal er een stel goed afgerichte labradors op nahouden.'

Hij trok zijn wenkbrauwen op. 'Krijg ik geen kinderen?'
Izzy had zomaar wat gekheid gemaakt, maar nu werd ze opeens ernstig. 'Ik weet het niet. Wil je die hebben?'
Hij zou een fantastische vader zijn, maar om de een of andere reden was het idee nooit bij haar opgekomen. Het was al moeilijk genoeg om zich voor te stellen met wat voor vrouw hij zou trouwen.
'Zou je dat willen, Sam? Een vrouw en kinderen?'
Hij schoot in de lach om haar ongelovige gezicht. 'Natuurlijk. Te zijner tijd. Hoezo, denk je dat ik zal overschieten? Dat ik een hopeloos geval ben? Te... oud?'
Izzy ging haastig verzitten toen hij haar blote tenen wilde grijpen. 'Heb het hart niet dat je me durft te kietelen! En natuurlijk ben je niet te oud. Mannen zijn nooit te oud. Dat is juist zo oneerlijk.'
Sam keek eerst verbaasd, toen nieuwsgierig. 'Wat krijgen we nou, zit je dat dwars?'
'Niet voor mezelf, suffie. Voor Gina. Ze had altijd zo graag een gezin willen hebben en ze heeft nu niet veel tijd meer. Terwijl jij nog wel dertig jaar kunt wachten als je dat zou willen. Dan hoef je alleen maar een huwbaar jong ding van een jaar of twintig te vinden en erop los te gaan.'
'Ik was niet van plan om zo lang te wachten,' protesteerde hij zwakjes.
'Ja, maar jij hebt in elk geval de keus, dat is zo oneerlijk.' Ze zweeg even en zei toen: 'Wat voeren wij een verbazingwekkend volwassen gesprek. Goeie god, Sam, dadelijk gaan we nog over pensioensparen praten.'
Het kon Sam niet schelen waar ze over praatten. Hij was gewoon blij dat hij hier was. Nu ze hem had vergeven, was Izzy helemaal in vorm en haar pas veroverde succes stond haar uitstekend. Ze zag er in haar donkerblauwe jersey topje en witte legging eerder uit als een 'huwbaar jong ding van een jaar of twintig' dan als een zevenendertigjarige moeder met een bijna volwassen dochter. Ze kon dan misschien niet koken, dacht hij laconiek, maar dat werd ruimschoots goedgemaakt door allerlei andere kwaliteiten.
Terwijl hij naar haar zat te kijken en terugdacht aan die paar korte momenten in de afgelopen maanden waarop het bijna tussen hen had geklikt, werd hij opnieuw getroffen door de ironie van de situatie. Zolang Vivienne als een molensteen om zijn nek had gehangen, had hij zichzelf niet toegestaan er te diep over na te denken, maar als hij eerlijk tegen zichzelf was, moest hij bekennen dat de aantrekkingskracht die Izzy op hem had, groter was dan die van alle vrouwen die hij ooit

had ontmoet. En toch was hun relatie zo belachelijk kuis gebleven...
'Wat is er? vroeg ze nu, terwijl ze haar donkere ogen achterdochtig half dichtkneep. 'Je bent opeens zo stil. Dat vind ik niet prettig. O god, komt dat door een voedselvergiftiging?'
'Eerder door de gedachte om over pensioensparen te moeten spreken met iemand die een zijden blouse van tweehonderd pond als geldbelegging beschouwt.' Hij stond op en nam het glas wijn uit haar hand. 'Kom op, laat me je nieuwe huis eens zien. Ik ben hier nog niet eerder geweest en ik wil een complete rondleiding.'

47

Terwijl Izzy hem van de ene kamer naar de andere leidde, begon ze zich steeds dieper te schamen. Katerina's uitroepen van: 'O, mam!' telkens wanneer ze na het winkelen met weer een heleboel overbodige aankopen thuiskwam, waren al erg genoeg, maar Sams ongelovig zwijgen was nog irritanter.
Pas toen ze de deur van de vroegere kinderkamer opendeed, zei hij eindelijk iets. 'Een hometrainer. Een zonnebank. Een roeisimulator.'
'De zonnebank hebben we al gebruikt,' zei ze verdedigend. 'Het is fantastisch.'
'Nou, gelukkig. En de rest?'
'Ik moet fit blijven. MBT organiseert een toernee door Europa begin volgend jaar.'
'Nou, jij hebt nog nooit in je leven getraind.' Hij keek haar bezorgd aan. 'Izzy, je gooit je geld weg. Je zult dit spul nooit gebruiken.'
'O jawel!' het klonk niet overtuigend, dat hoorde ze zelf ook wel. Sams gezicht kreeg nu een ongeduldige trek. 'Nee, dat zul je niet. Neem dat maar van mij aan. En je moet begrijpen dat je niet door kunt gaan met het geld net zo vlug uitgeven als je het verdient. Wat gebeurt er als de geldstroom opdroogt? Wat ga je dan doen?'
'Die droogt niet op.' Hij bedoelde het goed, dus ze werd niet kwaad. '"Never, Never" heeft in zeventien landen in de top tien gestaan. De cheques blijven binnenkomen.'

'En je hebt nog geen belastingaanslag gehad.'
'Sam, doe niet zo vervelend! ''Kiss'' doet het geweldig, ik hoef me geen zorgen te maken over belastingaanslagen.'
'Maar je smijt je geld weg aan rommel.' Hij sprak nu vriendelijker en Izzy boog verslagen haar schouders. Hij vertelde haar tenslotte niets waar ze zelf nog niet opgekomen was.
'Ik weet het,' zei ze zacht. 'Het is dom, daar heb je gelijk in. Ik begin te denken dat ik niet geschikt ben om rijk te zijn. Ik weet gewoon niet hoe ik dat moet hanteren.'
Geroerd door die bekentenis, draaide Sam zich om en keek haar aan. 'Je bent het natuurlijk niet gewend,' hield hij haar voor. 'Maar daarom hoef je nog niet als een bezetene alles te kopen wat los en vast zit. Dat is niet verplicht, hoor.'
Izzy's donkere ogen vulden zich opeens met tranen. 'Dat is het wel,' klaagde ze. 'Ik ben zo ongelukkig. Het hèlpt.'
Hij loodste haar snel de deprimerende kamer uit. 'Als het zo goed helpt, waarom huil je dan?'
Izzy veegde met haar mouw langs haar ogen. Daar wist ze zelf nauwelijks antwoord op. Het feit dat Sam hier vanavond was, deed haar opeens beseffen hoe leeg ze zich de afgelopen weken had gevoeld. Ze had dat eerst aan haar problemen met Katerina geweten, maar Kat was teruggekomen en die knagende leegte zat nog steeds in haar binnenste.
'Ik weet het niet.' Ze schudde kinderlijk haar hoofd, zich diep schamend voor die onverklaarbare zwakheid. 'Ik heb alles wat mijn hart begeert... ik màg me niet ongelukkig voelen, maar er lijkt iets aan te ontbreken en ik weet niet eens wat het is.'
'Of wie het is.' Sam uitte op goed geluk een onaangenaam vermoeden. 'Toch niet Tash Janssen, is het wel?'
Ze deed tot zijn opluchting een poging tot een waterig glimlachje.
'Zeker niet. O verdorie, ik doe gewoon stom. Let maar niet op me.'
Het was het raarste wat ze had kunnen zeggen. Zelfs als hij van steen was geweest, dan was hij toch nauwelijks in staat geweest om niet op haar te letten
In een poging haar op te beuren, vertrok hij zijn gezicht tot een scheef glimlachje. 'Je bent een gids van niets. Kom, laten we weer naar beneden gaan.'
'Ik heb je mijn slaapkamer nog niet laten zien.' Izzy was bijzonder trots op haar prachtige, helemaal nieuw ingerichte slaapkamer met zijn smaragdgroene plafond, donkerrood behang en met ruches en

draperieën omhangen hemelbed. Ze sloeg linksaf, liep voor hem uit een gang in en deed de deur open. 'En nu je toch hier bent, kun je mooi mijn koffers voor me naar beneden dragen.'
Nu hij hier was wist Sam wel leukere dingen om te doen dan met een set luxe koffers te zeulen. Het was niet iets dat hij van plan was geweest, maar Izzy's droefheid had een snaar in hem geraakt en hem dieper getroffen dan een regelrechte uitdaging ooit had kunnen doen. Er waren zo veel gemiste kansen geweest, maar de wederzijdse aantrekkingskracht was altijd de onderstroom van hun wisselvallige, soms luchthartige relatie gebleven.
'Deze heb ik nog niet dicht kunnen krijgen,' zei Izzy, in een poging zijn aandacht van haar gênante uitbarsting af te leiden. Sam zat nu echt niet te wachten op een zemeltrees die bij hem kwam uithuilen.
Omdat ze veel te veel kleren en minstens twaalf paar schoenen in de grootste grijze koffer had gepropt, had ze een tijdlang tevergeefs geprobeerd de ritssluiting dicht te trekken. Nu plofte ze bovenop de koffer neer, probeerde zich in gedachten zo zwaar mogelijk te maken en zei: 'Kom, Sam, jij bent een sterke man. Als jij hem dicht kunt ritsen...'
Hij moest hurken om de koffer dicht te maken. Izzy, die met gekruiste benen op het deksel zat, als een kabouter op een paddestoel, glimlachte hem bemoedigend toe.
Sam ging op zijn hurken zitten en haalde diep en bedachtzaam adem.
'Izzy, ik denk dat het tijd wordt.'
'Waarvoor?' Ze keek hem niet-begrijpend aan, met licht geopende lippen.
'Tijd om op te houden met je ongelukkig te voelen,' zei Sam langzaam. Haar handen lagen op haar knieën en toen hij de zijne erop legde, trok ze ze niet terug. 'En ik denk dat het ook tijd wordt dat wij eens ophouden met onszelf voor de gek te houden. Het is er nog altijd, hè?'
Het was eerder een constatering dan een vraag en Izzy wist meteen wat hij bedoelde. Tot Sams opluchting deed ze niet alsof ze hem niet begreep.
'Natuurlijk is het er nog altijd,' antwoordde ze zacht, terwijl haar hart sneller begon te kloppen. Deze erkenning en het besef dat Sam het ook nog zo voelde, gaf haar een gewaarwording of ze een zware last van haar schouders liet vallen. Viviennes komst in Londen en Izzy's daaropvolgende onzalige relatie met Tash had bij zwijgende overeenkomst elke gedachte aan datgene wat bijna begonnen was, een halt toegeroepen.

Maar nu die obstakels uit de weg waren geruimd, was er geen enkele reden waarom het niet hervat kon worden. Tenzij...
Haar aarzeling voelend, vroeg hij: 'Wat is er?'
Izzy streek haar haar uit haar gezicht. 'Het is er al die tijd geweest,' zei ze weifelend. 'Maar waarom nu? Waarom juist vanavond?'
Daar moest Sam om glimlachen. Toen wierp hij een vluchtige blik op het weelderige hemelbed achter hem. 'Tja, noem me een opportunist, maar dit is de eerste keer dat je me in je slaapkamer uitnodigt. Dat wil zeggen, die keer in Gina's huis niet meegerekend, toen je een spin in je bed vond en de hele boel bij elkaar gilde.'
Het was een goed antwoord, maar Izzy moest het zeker weten. 'Hoor eens,' begon ze opnieuw, met een ernstig gezicht. 'Ik wil niet dat dit gebeurt omdat ik daarstraks in tranen ben uitgebarsten en heb gezegd dat ik ongelukkig was. Ik wil niet dat je medelijden met me hebt, Sam.'
'Ik heb nog nooit medelijden met je gehad,' antwoordde hij naar waarheid en Izzy slaakte een zucht van verlichting.
'Oké,' zei ze, nu met een twinkeling in haar ogen. 'Ik geloof je.'
Hij trok quasi wanhopig zijn wenkbrauwen op. 'Dat hoop ik tenminste.'
'En nu wil ik dat je nog iets anders voor me doet.'
'Wat dan?'
'O, Sam.' Vol verwachting en verlangen, zich afvragend of hij het bonzen van haar hart tegen haar ribben kon horen, gleed ze van de koffer in zijn armen. 'Hou op met tijd verspillen en verleid me.'
Later had Izzy het idee dat alles in *slow motion* was gebeurd, elke fase van die verrukkelijke, wederzijdse verleiding werd zo wonderbaarlijk gerekt dat tijd geen herkenbare betekenis meer had.
En toen hij haar naakte lichaam eindelijk helemaal had verkend en geliefkoosd en ze hunkerde om hem binnenin haar te voelen, werd haar wens vervuld. Sam was een betere minnaar dan ze ooit had durven denken. Woorden waren overbodig omdat hij intuïtief – bijna nog eerder dan zijzelf – wist wat hij moest doen om elk gouden moment zodanig te intensiveren en te verlengen dat ze het toch niet in woorden had kunnen uitdrukken. Terwijl ze haar ogen sloot en zich overgaf aan de onuitsprekelijke zaligheid van het gebeuren, bewoog Izzy met hem mee, haar nagels krasten zacht over zijn schouders, haar geopende lippen gleden langs zijn hals. Het moment naderde en ze wist dat Sam zich inhield en op haar wachtte. Het was niet eerlijk... ze wilde dit eeuwig laten duren, maar de gevoelens stegen tot onbe-

heersbare hoogten en niets, zelfs Sam niet, konden ze nu nog bedwingen.
'O...!' riep Izzy, zich aan hem vastklampend en bijna snikkend van vreugde.
Het volgende ogenblik streek Sams mond langs haar oor. 'Ik heb hier zo lang op gewacht,' fluisterde hij, terwijl zijn lichaam zich spande toen hij haar nog dichter tegen zich aan trok. 'Izzy... ik hou van je.'

Ze werd om halfzeven wakker, omvat door Sams armen. Ook hun benen waren behaaglijk om elkaar heen gestrengeld. Hij sliep niet.
'Ik heb zin,' zei ze, tegen hem glimlachend en genietend van de heerlijke geborgenheid van zijn armen.
Zijn vingers gleden suggestief over haar onderbuik. 'Hmm, ik ook.'
'In eten,' protesteerde Izzy, licht hijgend toen hij haar op haar rug rolde en de ronding van haar borsten met een lome tong begon te volgen. Even later zwichtte ze en fluisterde zwakjes: 'Maar misschien kan ik nog even wachten...'
Deze keer vrijden ze traag en talmend, bijna dromerig. Na afloop zei Sam: 'Weet je nog wat ik gisteravond tegen je heb gezegd?'
'Je bedoelt dat ik niet zo met geld moet smijten? Sam vertel me nu niet dat je gaat proberen me een computer aan te smeren?'
Hij kneep bestraffend in haar blote bil. 'Niet zoveel praats, jij. Ik ben bloedserieus.'
'Sorry.'
'En ik heb het over vier woorden in het bijzonder.'
Het was niet moeilijk te raden welke vier woorden hij bedoelde. Izzy, die die woorden op dergelijke cruciale momenten al eerder had horen zeggen, was geneigd die met een wagonlading zout te nemen. Dus ontweek ze het onderwerp, keek Sam onschuldig aan en zei: 'Vier woorden in het bijzonder? Misschien: ''Tjee, je hebt cellulitis''?'
Hij kneep weer, harder nu.
'Ik heb gezegd dat ik van je hou.'
'Dat is in orde,' verzekerde ze hem. 'Ik weet zeker dat die geen wettelijke verplichting meebrengen.'
'Als je nog lang zo doorgaat,' waarschuwde hij haar, 'zal ik je...'
'Met zijden kousen aan het bed vastbinden en me een lesje leren dat ik nooit meer vergeet?'
Sam sloot quasi wanhopig zijn ogen. 'Ik geloof dat ik je liever ongelukkig heb. Kun je één ogenblik ernstig zijn?'
'Goed.' Ze knikte en probeerde berouwvol te kijken. 'Maar alleen als

jij belooft daarna het ontbijt klaar te maken. Ik heb nog steeds honger.'
Maar Sam liet zich niet afschepen. 'Die vier woorden,' zei hij, haar aankijkend, 'die meende ik. En het is niet iets dat ik zomaar zeg, als je dat soms dacht. Als je het weten wilt, dit was de eerste keer.'
Izzy's repertoire gevatte antwoorden bleef in haar keel steken. Haar maag maakte een buiteling en haar mond werd droog. O god, dacht ze, hij was inderdaad serieus. En terwijl het eigenlijk het heerlijkste was dat hij had kunnen zeggen, was het ook het griezeligste.
Volkomen onvoorbereid op een dergelijke liefdesverklaring – en nog wel zo vroeg in de morgen – zei ze zwakjes: 'O Sam, doe me dat niet aan. Alsjeblieft.'
Hij boog zich over haar heen en tilde haar kin met zijn hand op, zodat ze hem wel aan moest kijken. 'Waarom niet?'
'Omdat het me bang maakt.' Het deed zelfs pijn het te moeten zeggen. Sam betekende zo veel voor haar – veel meer dan hij kon weten – maar dat maakte de situatie alleen angstaanjagender. Tash Janssen had 'Ik hou van je' gezegd en het had niets betekend. Ralph had het tientallen keren gezegd, Katerina's vader ook. En wat had het uitgemaakt, wat had ze er ooit aan gehad? Het feit dat Sam zo makkelijk hetzelfde kon zeggen, terwijl het duidelijk niet waar was, bewees volgens Izzy zonder enige twijfel hoe weinig zulke woorden betekenden en hoe onnozel zij vroeger was geweest om ze te geloven. Och heden, mannen waren zulke gemene bedriegers, dacht ze met weer opkomende droefheid. Waarom konden ze niet eerlijk tegen vrouwen zijn? Waarom logen ze hen met opzet wat voor?
'Waar heb je het over,' vroeg Sam, met een ongeduldig gebaar door zijn blonde haar strijkend. 'Jij bent nergens bang voor.'
Maar om iets op de mouw gespeld te krijgen en het te geloven, daar was Izzy bang voor. En deze keer zou ze zichzelf niet laten inpakken.
'Het doet er niet toe,' zei ze luchtig. 'Het is niet belangrijk, Sam. Ik wil alleen niet dat je dat soort dingen zegt, dat is alles.'
'Ik zou verdomme wel willen dàt ik het niet had gezegd,' antwoordde hij verontwaardigd. Dit ging helemaal niet zoals hij had verwacht.
'Ach ja.' Izzy haalde haar schouders op. 'Het bederft alles alleen maar, vind je niet? Ik bedoel, laten we wel wezen; nadat we al maandenlang op elkaar vallen, hebben we er eindelijk iets aan gedaan. En ik moet zeggen dat het wat mij betreft aan alle verwachtingen heeft voldaan. Het was fantastisch, misschien dat het zelfs fantastisch blijft,

maar het is beslist niet nodig om het te bederven door te doen alsof het meer betekent dan in werkelijkheid het geval is.'
Sam had niet net gedaan alsof, maar hij vertikte het om dat nu, na Izzy's verhelderende woorden, te zeggen. Hij was dus blijkbaar een goeie wipper en had bovendien Izzy's nieuwsgierigheid bevredigd. Maar er moest niet meer bijkomen, dat zou het alleen maar bederven.
'Ik gebruik gewoon mijn verstand,' vervolgde ze, terwijl ze het dekbed om zich heen trok en haar armen om haar knieën sloeg. 'Ik blijf realistisch. Dus ga niet gek doen, Sam.'
'Dat was ik ook bepaald niet van plan,' antwoordde hij met een cynische trek op zijn gezicht.
Nu was het Sams beurt om Izzy's blik te ontwijken. Ze schoof naar hem toe, waarbij het dekbed half van haar afgleed, en plantte lachend een kus op zijn strakke wang. 'Maar het gevaar bestaat dat je het toch doet,' zei ze tussen het kussen door, 'en dat is nergens voor nodig. We hebben tenslotte geen verschil van mening.'
'Hmm.'
Hij begon te zwichten; ze voelde het. Haar maag begon te rommelen en daarom rekte Izzy zich wat verder uit en liet de kusjes dichter bij zijn mond neerkomen. 'Dus er wordt niet gek gedaan,' fluisterde ze vleiend. 'Maar als je er daarentegen over dacht om het ontbijt klaar te maken...'
Sam moest ondanks zijn boosheid lachen. 'Je bent een harde tante.'
Ze lag nu bijna boven op hem. 'O nee,' zei ze, terwijl ze met moeite een lach onderdrukte. 'Ik heb gewoon honger. En neem me niet kwalijk dat ik persoonlijk word, Sam, maar jij bent degene die hard is.'

Sam was beneden in de keuken toen Izzy, uit de badkamer komend, aan de telefoon dacht. Ze had hem de avond tevoren afgezet om ongelegen storingen te vermijden, maar nu bedacht ze dat Joel McGill misschien al een uur pogingen deed om haar te bereiken. Zodra ze de stekker erin stak begon de telefoon naast het bed te rinkelen.
'Geen paniek,' zei Izzy, en klemde de hoorn tussen kin en sleutelbeen terwijl ze een zachtgeel broekje aanschoot en het donkerblauwe truitje van gisteravond in de richting van de wasmand schopte. 'Ik ben wakker, gepakt en gezakt en klaar om te vertrekken.'
Maar het was Joel niet om haar uit bed te jagen. Het was Gina, en haar stem klonk heel vreemd.
'Ik heb de hele nacht geprobeerd je te bereiken,' zei ze nerveus. Op de achtergrond kon Izzy het gekletter van pannen en een akelig gejammer horen.

'De hele nacht? Gina waar zit je? Het lijkt daar wel een dierenasiel.'
Het bleef even stil. Toen zei Gina met stokkende stem: 'Het is hier erger dan een asiel. O Izzy, kun je alsjeblieft komen. Ik ben in het St. Luke's Hospital en niemand wil me vertellen wat er met me is.'
'Maar waarom ben je daar?' Izzy plofte op de rand van het onopgemaakte bed neer. 'Gina, niet huilen. Heb je een ongeluk gehad of zo?'
'Nee... geen ongeluk.' Gina huilde nu echt. 'O god, Izzy, ik heb de hele nacht geprobeerd je te bellen! Ik heb Sam geprobeerd te bellen, maar die nam ook niet op. Wil je alsjeblieft komen en aan de weet zien te komen wat me mankeert?'
'Natuurlijk, wil ik dat,' zei Izzy werktuiglijk, terwijl ze koortsachtig nadacht. 'Maar waarom ben je daar?'
'Mijn ogen.' Gina's stem was nog maar nauwelijks hoorbaar. 'Vanwege mijn ogen. Ik geloof dat ik... blind word...'

48

Tot nu toe was Izzy Van Asch een model protégée geweest, ze schreef praktisch op bevel een song, zong wanneer ze werd gevraagd te zingen, ze poseerde goedgehumeurd en opgewekt glimlachend urenlang voor afmattende fotosessies en liet zich gewillig interviewen. Ze had met haar nooit aflatende enthousiasme en nuchtere gevoel voor humor Joel McGill volledig voor zich gewonnen en ofschoon niemand haar de meest punctuele vrouw van de wereld kon noemen had ze hem – of zichzelf – nooit laten zakken.
Tot vandaag. O heden, tot vandaag. En hoe wenste hij dat hij die rottelefoon niet had opgenomen.
'Hoor eens,' zei hij, terwijl hij zijn uiterste best deed om kalm te blijven en zich afvroeg of Izzy enig idee had hoeveel schade ze haar carrière kon berokkenen. 'Alles is geregeld. In godsnaam, Izzy, dit kun je me niet aandoen. Je kunt onmogelijk níet naar Rome gaan.'
Maar Izzy leek niet voor rede vatbaar. Ze was vastbesloten.
'Het spijt me, ik weet dat ik de hele boel in de war stuur,' antwoordde

ze doodkalm. 'Maar ik heb geen keus. Gina heeft me nodig en ik kan haar niet in de steek laten.'
Joel, de wanhoop nabij, merkte op: 'Dat zullen de Italianen je niet in dank afnemen.'
'Ik weet het.'
Het veertien dagen durende programma van tv-optredens, concerten en interviews was overvol. Izzy was zich maar al te zeer bewust van de ongelooflijke hoeveelheid werk die het had gekost om het te organiseren. Ze zuchtte diep en droevig. 'En ik zou wel willen dat ik dit niet hoefde te doen. Maar weet je, Joel, nu dit is gebeurd kan ik onmogelijk naar Rome gaan.'

St. Luke's Hospital, met zijn afschrikwekkende rood-bakstenen buitenkant en zijn eindeloze gangen met gestichtsgroene muren en beige linoleum vloerbedekking, was wel het meest naargeestige gebouw dat Izzy ooit had gezien. Het rook er overal doordringend naar ontsmettingsmiddelen, de liften waren gewoonweg antiek en zelfs de gezichten van de artsen en verpleegkundigen die ze tegenkwamen, hadden een afwerende, verbeten uitdrukking.
Maar de troosteloosheid van die eerste indruk zonk in het niet bij de schok die ze te verwerken kregen in de zaal waar Gina was ondergebracht. Daar was de stank zeer herkenbaar menselijk. Izzy hield haar adem in en overzag ontzet het schouwspel van een stuk of dertig vrouwen, van wie er niet een jonger was dan tachtig en die ofwel ineengedoken in stoelen zaten of roerloos in bed lagen. Sommigen waren doodstil, terwijl anderen onverstaanbaar in zichzelf zaten te mompelen. Een vrouw, die wanhopig met haar handen in de lucht klauwde, stootte een reeks oorverdovende kreten uit toen ze langs haar liepen. De stank werd steeds doordringender. Een stokoude vrouw met een wilde haardos smeet een plastic beker op de vloer en lachte snaterend toen er koude thee op Izzy's glanzende donkergroene laarzen spetterde. Twee jonge verpleegster, die aan de andere kant van de zaal hun handen vol hadden aan nog een recalcitrante patiënte, hadden hun binnenkomst niet eens opgemerkt. Er was hier duidelijk een jammerlijk personeelsgebrek en een dokter was nergens te bekennen.
'Het is wel goed,' zei Sam, ofschoon het dat duidelijk niet was. Hij greep Izzy's arm steviger vast, een ogenblik bang dat ze flauw zou vallen en vervolgde op geruststellende toon: 'Kijk, daar is Gina. De tweede van achteren aan de linkerkant.'

Uit het feit dat Gina niet meer kon huilen, bleek wel hoe beroerd ze eraan toe was, dacht Izzy.
'Je bent dus gekomen,' fluisterde ze bijna ongelovig toen ze haar hoofd omdraaide en hen zag. 'O god, jullie zijn er alle twee!'
'Natuurlijk zijn we gekomen,' zei Izzy met een stem die niet bij haar leek te horen. Geschrokken van Gina's apathie en akelige bleekheid, nam ze haar hand en gaf die een kneepje. 'En je moet je niet langer zorgen maken, want wij gaan dit regelen. Maar Gina, wat is er met je gebeurd?'
Gina wist maar al te goed wat er met haar gebeurd was, maar ze kon de eerste ogenblikken niets zeggen. Ze keek hulpeloos naar Sam, hief haar linkerarm – haar goede arm – op en sloeg die om zijn hals toen hij zich vooroverboog om haar te kussen.
'Ik heb geprobeerd jullie te bellen,' zei ze schor, met een brok in haar keel. 'O Sam, ik heb het steeds opnieuw geprobeerd, maar je was aldoor niet thuis.'
De verplaatsbare telefoon op wielen stond nog naast haar bed tegen de muur. Izzy zei haastig: 'Ik heb hem kort nadat je mij had gebeld, kunnen bereiken. Ik had gisteravond mijn telefoon afgezet, omdat ik rustig wilde slapen... o Gina, het spijt me zo.'
Sam, die zag dat Izzy op het punt stond in tranen uit te barsten, nam het over. Hij pakte er een oranje plastic stoel bij en zei gedecideerd: 'Vertel ons nu eens alles. Van het begin af aan. Niets weglaten.'
Hij was zo sterk, zo meester van de situatie. Nu Sam er was, dacht Gina, zou ze bijna durven geloven dat alles in orde kwam.
'Ik kwam gisteravond laat van mijn werk thuis,' begon ze, waarna ze even langs haar droge lippen likte en weer de steun van zijn hand zocht. 'Doug is een paar dagen naar Manchester, dus ik had een heleboel extra werk. Hoe dan ook, ik was om een uur of acht thuis en ik ben op de bank in slaap gevallen. Toen ik een paar uur later wakker werd, dacht ik dat ik doodging; mijn hoofd voelde of het zou barsten, ik was blind aan mijn rechteroog en ik wist dat ik moest overgeven. Dus probeerde ik op te staan om naar de badkamer te gaan, maar het leek wel of mijn hele rechterkant verdwenen was. Ik viel op de grond,' ze zweeg even voor ze besloot, 'en toen heb ik toch overgegeven.'
Izzy merkte tot haar afgrijzen dat de hand die ze vasthield – Gina's rechterhand – inderdaad zo slap en levenloos was als een poppehand.
'En toen?' vroeg ze gesmoord. 'Wat heb je toen gedaan?'
'Ik heb me over de grond naar de telefoon gesleept.' Gina sloot even

haar ogen. 'Het moet een idioot gezicht zijn geweest. En aan Jericho had ik ook niets, die sprong om me heen en dacht dat het een leuk nieuw spelletje was. Hoe dan ook, ik heb de alarmcentrale kunnen bellen en toen ben ik door een ambulance hiernaartoe gebracht. Ze hebben alsmaar aan me zitten hannesen. Ik krijg vandaag nog allerlei onderzoeken, maar ze willen niet zeggen wat me mankeert.'
'Dat komt omdat ze alle onderzoeken nog niet hebben gedaan,' vermaande Sam haar zachtzinnig. Hij glimlachte Gina geruststellend toe, maar Izzy voelde hoe bezorgd hij in werkelijkheid was.
En Gina scheen zich er evenmin door te laten overtuigen.
'Toe nou, Sam,' zei ze vermoeid. 'Hoe vaak heb jij mijn moeder niet ontmoet? Je weet immers hoe die gestorven is.'

'Hoe is zij gestorven?' vroeg Izzy, toen er eindelijk een arts op het toneel was verschenen. Hij had de gordijnen rond Gina's bed met een brede armzwaai dichtgetrokken en Sam en Izzy naar de sombere wachtkamer verbannen, terwijl hij weer een onderzoek verrichtte. Ze had elke gedachte aan het liefdesspel van die nacht uit haar hoofd verdreven en zat stijf tegenover hem, haar ogen strak op zijn gezicht gericht.
Sam aarzelde even en zei toen bruusk: 'Ze had een hersentumor. Het was een lijdensweg. Gina heeft haar praktisch tot het einde toe thuis verpleegd.'
Izzy, stomverbaasd over zijn woorden, voelde dat haar hart begon te bonzen. 'Een hersentumor? Maar wat heeft dat met Gina te maken? Die kan toch geen tumor hebben? Daar is ze veel te jong voor!'
'Ja, enfin.' Hij nam niet de moeite om haar tegen te spreken, zelfs Izzy moest erkennen dat ze onzin had uitgekraamd. 'We weten nog niet wat het is, nog niet. En tot we het weten moeten we Gina helpen om de moed erin te houden.'
'In dit oord van verschrikking?' Terwijl ze een hulpeloos gebaar in de richting van de deur maakte, bereikte een nieuw koor van gekrijs hun oren. 'Hoe dacht je dat te doen, Sam? Met een vaudeville-nummer?'

'Mevrouw Van Asch, ik geef toe dat de omstandigheden hier niet ideaal zijn, maar toen mevrouw Lawrence gisteravond werd opgenomen, waren er op de neurologische afdeling geen bedden vrij. Ik kan u echter verzekeren dat uw vriendin de grootst mogelijke zorg en aandacht krijgt.'

De dokter was overwerkt, het ziekenhuis kampte met geldgebrek. Het was zijn schuld niet, dacht Izzy, maar daarom was het nog niet goed.
'Het spijt me,' zei ze, zonder op Sams wat haal je nou weer overhoop-blik te letten, 'maar de grootst mogelijke zorg is niet goed genoeg. Wat Gina nodig heeft is de allerbeste zorg, punt uit. En die krijgt ze op deze afdeling beslist niet.'
'Ik kan u verzekeren,' zei de dokter stijfjes, 'dat mevrouw Lawrence zodra er een bed op neurologie vrijkomt, wordt overgebracht. Intussen hebben we helaas geen andere keus dan haar hier te houden.'
Hij probeerde haar te intimideren, maar Izzy gaf geen krimp. 'Die keus hebben we wel,' hield ze vol. 'Gina moet behandeld worden, dat weet ik. Maar ze moet ook in een prettige omgeving liggen. Ze heeft rust nodig en goed eten en verpleegkundigen die niet permanent overwerkt zijn.'
'Ik heb haar gevraagd of ze een ziekenhuisverzekering had,' viel de dokter met een blik op zijn horloge in. 'En die heeft ze niet.'
'Dat weet ik, maar ik wil toch dat ze naar een privé-kliniek wordt gebracht,' zei Izzy kordaat. 'Ik zal het betalen.'
Hij keek haar bedenkelijk aan. 'We weten nog niet wat er met mevrouw Lawrence aan de hand is. Het zou een kostbare geschiedenis kunnen worden.'
Izzy was allang blij. Ze had eindelijk iets gevonden dat het waard was om haar geld aan uit te geven. 'Dat laat me koud,' zei ze. 'Het kan me niet schelen wat het kost. Ik zal het betalen.'

49

Toen Gina hoorde dat ze naar Cullen Park Hospital zou worden gebracht, huilde ze bijna van dankbaarheid. Dat ziekenhuis was niet alleen vermaard vanwege de weergaloze luxe waarmee het zijn beroemde clientèle omringde, maar ook vanwege zijn uitstekende medische zorg. Het Cullen was een goed ziekenhuis, uitgerust met de allernieuwste apparatuur. Uit de hele wereld kwamen er patiënten naartoe om zich te laten behandelen. Gina, die het alleen uit de kranten kende, wist dat als iemand haar kon genezen, het de medische staf van het Cullen was..

Als iemand haar kon genezen. Dat was natuurlijk het struikelblok. Want de artsen mochten nog zo briljant zijn, de apparatuur nog zo geavanceerd, sommige ziekten waren nu eenmaal ongeneeslijk. En na de twee langste, angstigste dagen van haar leven kreeg ze noch over het een, noch over het ander iets te horen. Niemand scheen iets te willen zeggen waaruit ze kon opmaken of haar ziekte al dan niet te genezen was. Iedereen glimlachte vriendelijk en babbelde over elk onderwerp dat je maar konden bedenken. Zolang het maar niets met haar ziekte te maken had…

En dat was vanzelfsprekend het onderwerp dat geen moment uit Gina's gedachten was. Haar moeder was tweeënvijftig geweest toen de hersentumor zich openbaarde. De plotseling begonnen migraine-aanvallen – barstende hoofdpijn en overgeven – waren behandeld met extra sterke pijnstillers en de geruststellende woorden van de huisarts, die over de overgang had gepraat en tegen haar had gezegd dat ze het op haar leeftijd wat kalmer aan moest gaan doen.

Maar in de loop van de daaropvolgende maanden was ze van een actieve, tennissende, opgewekte puzzelenthousiaste, veranderd in een angstige, teruggetrokken vrouw, ten prooi aan verbijsterende stemmingswisselingen en een gestadig afnemend gezichtsvermogen. Toen de tumor eindelijk werd ontdekt, was hij niet meer te behandelen. De hoofdpijnen werden erger, een sluipende verlamming van de linkerkant van haar lichaam maakte het dagelijks leven steeds moeilijker, de onvoorspelbare stemmingswisselingen maakten plaats voor een aandoenlijk verlangen om aardig gevonden te worden en tenslotte een lichte euforie.

Het was hartverscheurend geweest zoals Gina, die de langzame aftakeling had gezien van de moeder die ze innig liefhad, zich inspande om die laatste vreselijke zomer voor haar te zorgen. Ze had zich helemaal voor haar moeder ingezet, ze had haar uit het ziekenhuis gehaald en haar in Kingsley Grove verpleegd, maar liefde was niet genoeg geweest. Het kwaadaardige gezwel was niet te stuiten geweest, het had haar moeders geheugen uitgewist tot ze niet meer kon begrijpen dat haar man drie jaar tevoren gestorven was. Dat was het allerergste voor Gina geweest; te horen hoe haar moeder in totale ontreddering huilde: 'Thomas, waar ben je toch? Help me, laat me niet alleen… o Thomas, ik ben zo bang, laat me alsjeblieft niet alleen…'

Gina wist diep in haar binnenste dat de overeenkomst tussen haar ei-

gen symptomen en die van haar moeder te groot was om toevallig te zijn. De onderzoeken gingen door, maar tussendoor probeerde ze zichzelf, mentaal althans, voor te bereiden op het besef dat zij ook een hersentumor had.
En zij was ook bang, zo vreselijk doodsbang om alleen te moeten sterven.

'Ik werd daarnet zo raar aangekeken door een van die kwaaie verpleegsters hier,' mopperde Doug, terwijl hij de kamer binnenstommelde en een bos kreukelige roze anjers in Gina's schoot wierp.
Gina, blij met de afleiding, keek glimlachend naar hem op. 'Misschien heeft ze nog nooit iemand een oranje overhemd bij een kastanjebruin pak zien dragen.'
'O. Staat dat lelijk?' Doug keek zo terneergeslagen, dat ze haar neus in de anjers moest verstoppen om haar lach te verbergen.
'Niet lelijk, meer... apart. Mmm, wat ruiken die bloemen lekker.'
Hij had haar best willen kussen, maar omdat hij de moed niet kon opbrengen, ging hij maar naast haar zitten. 'Hoe voel je je?'
Ze was telkens verbaasd over zichzelf dat ze zich zo opgewekt kon voordoen. Omdat die vraag haar soms twintig keer per dag werd gesteld, kon ze vlot het antwoord geven dat de mensen wilden horen in plaats van de minder vrolijke waarheid. Huilen en klagen joeg mensen alleen maar geschrokken op de vlucht, dat wist Gina inmiddels wel.
'Veel beter,' antwoordde ze, door haar pas gewassen blonde haar strijkend. 'Er zijn vanmorgen nog een paar onderzoeken gedaan, ze hadden mijn hele hoofd vol elektroden gezet en mijn hersengolven opgetekend. Een van de zusters heeft daarna mijn haar gewassen.'
'Gelukkig, gelukkig.' Doug, die sinds zijn terugkeer uit Manchester dodelijk ongerust was geweest, was zichtbaar opgelucht. 'Dan zul je hier wel gauw uit mogen. En dan moet je eerst een tijdje opknappen voor je weer aan het werk gaat...'
Werk, het was om te lachen. Maar ze speelde het spelletje mee, keek op de klok aan de muur en knikte alsof ze het ermee eens was. 'Dan zul je misschien een uitzendkracht moeten nemen. Een paar weken of zo. Is het een erge troep op kantoor?'
Hij keek haar even perplex aan, omdat hij noch tijd noch zin had gehad om zich om de staat van het kantoor te bekommeren. Gina was de enige die telde. 'Ik weet het niet. Misschien wel. Wat was de uitslag van de hersenscan die je gisteren hebt gehad?'

Ze slikte, omdat ze er niet aan wilde denken. De artsen, die in het hokje naast de scanningkamer bijeen waren gekomen, hadden fluisterend gesproken; het enige dat ze had kunnen opvangen waren onsamenhangende opmerkingen over hersenholten, witte stof en grote hersenen geweest, wat dat allemaal ook mocht zijn. Maar hun ernstige gezichten en zijdelingse blikken hadden haar meer gezegd dan duizend woorden.

De vreselijke paniek nam weer bezit van haar. Ze wilde niet eenzaam en onbemind sterven...

'Ze hebben niets gezegd.' Haar blik gleed opnieuw van Doug naar de wandklok, die nog steeds op kwart over vier stond. 'Tegen mij niet, althans.'

Haar pantser brak. Doug, die de trieste blik in haar ogen zag, bedacht dat als hij ook maar iets zou kunnen doen om haar beter te maken, wat het ook mocht zijn, hij het zou doen.

Ik hou van je, dacht hij, haar in stilte dwingend zijn gedachten te lezen. Hij durfde de woorden niet hardop uit te spreken. Ik hou zoveel van je...

'Heb je iets nodig?' vroeg hij dus maar, met rimpels van bezorgdheid in zijn voorhoofd. 'Kan ik iets voor je doen?'

Gina knikte en haar gezicht verhelderde een beetje. 'Ja, Doug. Als je straks weggaat, wil je dan vragen of zuster Elson me even wil komen helpen?'

'Wat is er?' vroeg hij geschrokken. 'Voel je je weer ziek?''

'Nee, nee.' Ze haalde haar make-uptasje uit het nachtkastje. 'Ik wil graag dat ze me helpt een schoon nachthemd aan te trekken. Sam komt om vijf uur en dan wil ik er leuk uitzien. O, en zou je me even die fles parfum willen geven, die daar op de commode staat...'

Toen Sam veertig minuten later kwam, werd hij allesbehalve raar aangekeken door de verpleegsters. Katerina, die hem beneden in de luxueus ingerichte hal tegen het lijf was gelopen, zag het en lachte ondeugend.

'Niet kijken, hoor,' zei ze, terwijl ze de glanzende exemplaren van *Vogue* en *Harpers* onder haar arm stak en bijna op een drafje moest lopen om hem bij te houden, 'maar ik denk dat ze je hier dadelijk een zitslaapkamer aanbieden.'

'Hmm.' Sam, niet onder de indruk, versnelde zijn pas.

'Hmm?' deed Katerina hem op berispende toon na. Ze had het studeren een paar dagen gestaakt en een lang en plezierig weekend bij Simon in Cambridge doorgebracht, zodat ze nu in een opperbeste stemming was. 'Wat scheelt jou? Nu je van Vivienne af bent, dacht ik dat je met volle teugen van je herwonnen vrijheid zou genieten. Of,' voegde ze er plagend aan toe, 'ben je gaan beseffen dat je haar toch wel mist?'

'Heb ik jou ooit verteld wat een hekel ik aan wijsneuzige tieners heb?' kaatste Sam goedmoedig terug. Hij zag geen enkele reden waarom Kat dat van Izzy en hem niet mochten weten, maar Izzy was ineens vreselijk ingetogen en heilig maagdelijk gaan doen en had hem dringend verzocht met niemand over hun relatie te spreken.

De lift stopte op de derde verdieping. Ze stapten uit en Katerina trok een gezicht: 'Het was alleen maar belangstelling.'

'Nee, nieuwsgierigheid. Misschien wil ik mijn privé-aangelegenheden wel privé houden.'

'En jij denkt dat ik ermee naar het *News of the World* zou rennen,' zei ze met opgewekte berusting. 'Sam, ik ben de discretie in eigen persoon. Ik ben mijn moeders dochter. Ik heb oefening genoeg gehad!'

Bij het betreden van Gina's kamer liepen ze tegen een muur van Miss Dior op. Katerina had een binnenpretje over de manier waarop Gina verrukt 'Sam!' riep, voor ze merkte dat hij niet alleen was. 'O, ben jij er ook, Kat, wat leuk,' voegde ze er wat minder verrukt aan toe. 'Trek een paar stoelen bij en maak het jullie gemakkelijk. Ik kan om koffie bellen, als jullie daar trek in hebben.'

'Rustig maar, je hoeft niet voor gastvrouw te spelen,' zei Sam vriendelijk, terwijl hij haar een vluchtige kus gaf. 'We komen kijken hoe het met jóu is.'

Katerina installeerde zich in een roze met groen gestoffeerde stoel die precies bij het gebloemde behang kleurde, en haar binnenpret nam toe bij het zien van Gina die bloosde onder haar zorgvuldig aangebrachte make-up. Zouden die twee in het geheim iets met elkaar hebben? Sam en Gina, nee toch?

Twee dagen later bracht de specialist haar het bezoek waar ze op had gewacht. De onderzoeken waren allemaal uitgevoerd en nu kwam hij haar de uitslag brengen. Gina onderwierp zich met bonzend hart aan het zoveelste neurologische onderzoek en zette zich schrap voor het oordeel.

Maar het raadselachtige spel bleek nog niet afgelopen te zijn.

'U bent een puzzel,' zei hij tegen haar, nadat hij zo te voelen elke reflex in haar lichaam had getest. 'Het goede nieuws is natuurlijk dat de

verlamming van de rechterzijde afneemt, dat de hoofdpijnen wegblijven en dat uw gezichtsvermogen weer zo goed als normaal is.'
Hij droeg een buitengewoon goed zittend grijs pak en een roze overhemd van Armani. Ik ben een klassepatiënt, dacht Gina. Natuurlijk glimlacht hij en vertelt hij me eerst het goede nieuws.
'En het slechte nieuws?' vroeg ze, wensend dat Sam er zou zijn om haar de steun te geven die ze zo bitter nodig had.
'Ik zal volkomen eerlijk tegen u zijn, mevrouw Lawrence.' De dokter ging op de rand van het bed zitten en de glimlach maakte plaats voor een uitdrukking van beroepsmatige ernst. 'De onderzoeken die we hebben gedaan tonen een afwijking aan, maar de juiste aard van die afwijking is niet duidelijk.'
Als ze een fondspatiënte was geweest, dacht Gina, zou hij er dan niet omheen hebben gedraaid en ronduit hebben gezegd: 'U hebt een hersentumor en u bent opgegeven?'
'En hoe moet het nu verder?' vroeg ze, op het ergste voorbereid.
'Tja, ik denk dat die arme hersens van u een tijdje nodig hebben om zich te herstellen.' Hij glimlachte zijn verblindend witte tanden bloot en Gina huiverde. Op dat soort geestigheden zat ze nog net te wachten. 'Er is duidelijk een lichte zwelling in de linkerhersenholte' – hij tikte licht op de linkerkant van haar hoofd om er de nadruk op te leggen – 'en tot die afneemt, kunnen we niet tot definitieve conclusies komen. Dus ik stel voor dat we u een week of twee naar huis sturen en dat u dan terugkomt voor een nieuwe scan. Tegen die tijd zult u hopelijk weer helemaal de oude zijn!'
'En als ik niet weer helemaal de oude ben?' vroeg ze, langzaam kwaad wordend. Deze zogenaamde wonderdoener in zijn opzichtige maatpak en handgemaakte schoenen, scheepte haar af met belachelijke banaliteiten. Ze kon toch verdorie niet op haar gemak gaan zitten afwachten. Ze moest het weten. Nu meteen!
'Als we die hindernis nu eens nemen als we ervoor staan.' Deze keer probeerde hij haar een troostend klopje op haar hand te geven, maar Gina trok hem met een ruk terug.
'Vertelt u me alleen maar,' zei ze kalm, 'wat mij volgens u mankeert.'
'Ja, maar we kunnen nog niets uit de onderzoeken opmaken. Het is heus nog niet mogelijk om...'
Hij schudde zijn hoofd. Zocht een uitvlucht. Gina keek hem recht aan en zei: 'Maar u kunt me niet verzekeren dat ik geen hersentumor heb, nietwaar?'

50

Katerina, die van Lucille de deur open moest doen, zag tot haar blijdschap Vivienne op de stoep staan.
'Ik begon al te denken dat we je nooit meer zouden zien,' riep ze, terwijl ze haar omhelsde, waarbij haar bijna een oog werd uitgestoken door een enorme gouden oorbel in de vorm van een kromzwaard, die de lijn van Viviennes fraaie jukbeenderen volgde. 'En dat we, àls we je nog ooit zouden zien, je niet zouden herkennen. Moet jij nu, als vrouw van een plattelandsdokter, niet in een tweedrok en laarzen rondbanjeren?'
'Ik heb het een keer geprobeerd, maar ik vond er niks aan,' zei Vivienne dodernstig, met een blik op haar cyclaamroze zijden jasje en korte, zwarte rok. Toen begon ze te lachen. 'Nou ja, dat lieg ik, hoor. Ik heb er wel over gedacht, maar het leek me niks. Dus dacht ik, ach, verhip, nou hebben de patiënten tenminste iets om over te roddelen. Dat brengt wat fleur in hun saaie bestaan.'
'Wij hebben hier een patiënte die best een beetje fleur kan gebruiken.' Katerina trok haar naar binnen en schopte de deur achter hen dicht. 'Kom op, dan open ik de ginfles, als Lucille dat nog niet heeft gedaan. En ik waarschuw je, je zult het nodig hebben.'
Vivienne was zowel ontzet dat Gina zo veranderd was, als verrukt van de bazige, nijvere Lucille die het hele huishouden scheen te bestieren en wier groet inhield dat ze Katerina de fles gin uit de hand trok en zowat de hele inhoud in twee enorme glazen schonk.
'Dat kind schenkt zulke krenterige borreltjes,' verklaarde ze omstandig, boven het gekletter van de ijsblokjes uit. 'Niet dat ik zelf nou zo gek op gin ben, hoor, maar ik wil er voor de gezelligheid best eentje met je meedrinken. En jij krijgt geen drup van dit vergif,' voegde ze er, nu tegen Gina, aan toe. 'Het is hartstikke slecht voor de hersens.'
'Bravo!' zei Vivienne monter. Ze nam haar glas op en liet zich naast Gina op de donkergroene velours bank zakken. 'Het speet me te horen dat je ziek was. Maar je zult wel blij zijn dat je uit het ziekenhuis bent.'

Gina bracht een flauw glimlachje te voorschijn. Ze leek net, vond Vivienne, een stijf in elkaar gezette marionet.
'Iedereen is zo lief voor me. Izzy wil beslist dat ik hier blijf tot ik voldoende ben opgeknapt om me... in mijn eentje te redden.' Haar toon en stem lieten doorschemeren dat dat waarschijnlijk nooit meer het geval zou zijn. Achter haar trok Katerina haar wenkbrauwen op met een wat heb ik je gezegd-gezicht.
'Maar wat scheelde je nu eigenlijk?' vroeg Vivienne door. Ze had, toen ze opbelde, van Izzy alleen maar wat vaagheden te horen gekregen en was nu doodnieuwsgierig. Het was niets voor Katerina om onaardig te doen wanneer iemand ziek was.
'Ik moet terug voor nader onderzoek voor ze beslissen of het nog de moeite waard is om me te opereren.' Gina's ogen schitterden van ingehouden tranen, maar ze praatte moedig verder. 'Maar als de tumor kwaadaardig is, zullen ze waarschijnlijk niets meer aan me doen...'
Viviennes ogen werden groot. 'Heb je een túmor?'
'Dat is nog niet vastgesteld,' zei Katerina een tikje ongeduldig. 'Het is nog helemaal niet zeker, Gina.'
'Natuurlijk niet.' Gina haalde verontschuldigend haar schouders op en zond Vivienne een dapper glimlachje. 'Nou ja, ze zijn er voor negentig procent zeker van, maar het is nog niet echt vastgesteld. Heeft Izzy je verteld dat mijn moeder aan een hersentumor gestorven is?'
Dat was verschrikkelijk, niet te geloven. Vivienne, die zich opeens schaamde dat ze ernaar had gevraagd, ging verzitten en vroeg: 'Waar is ze? Izzy, bedoel ik. Ik had tegen haar gezegd dat ik om halfacht hier zou zijn.'
'Ja,' zei Lucille, die kennelijk totaal ongevoelig was voor een geladen atmosfeer, ook al werd ze er met haar neus bovenop gedrukt, 'dat is een mooi nummer, hoor. Ze zei dat u altijd en overal een uur te laat kwam aankachelen, dus dat ze nog een lekker warm bad ging nemen, terwijl ze wachtte tot u kwam opdagen.' Ze glimlachte breed en glunderde tegen Vivienne. 'Dat is nou net de opstelling waardoor kabinetten vallen en oorlogen uitbreken, heb ik tegen d'r gezegd. En ik heb gelijk, hè, omdat zij nog boven in dat bad ligt, terwijl u helemaal niet zo laat ben en hier gezellig al d'r gin op zit te drinken.'

Om negen uur hadden Izzy en Vivienne de zitkamer voor henzelf. Gina was naar bed was gegaan, Katerina was verdwenen om te studeren en Lucille was naar haar huis en haar veel geplaagde echtgenoot vertrokken.

‘Ik vind die huishoudster van jou een aardig mens, maar doet Gina niet een beetje vreemd?’ viel Vivienne zoals gewoonlijk met de deur in huis.
Izzy zuchtte. ‘Eigenlijk wel. Maar ja, misschien dat ze onder de gegeven omstandigheden ook wel een beetje vreemd mag doen. Het maakt de situatie er alleen niet gemakkelijker op.’
‘Ik vind het hier net zoiets als in *Little Women*,’ zei Vivienne peinzend, terwijl ze haar benen onder zich optrok. ‘Heb je dat boek ooit gelezen? Gina kan de rol van de brave Beth vertolken, Kath kan Amy zijn… verroest, jullie probleem is dat jullie geen van drieën een man hebt!’
‘Nog niet zo lang geleden hadden we een heleboel problemen,’ weerlegde Izzy droog. ‘En die waren allemaal veroorzaakt door mannen. Dat is een loterij met enkel nieten.’
‘Ik heb de hoofdprijs gewonnen,’ zei Vivienne zielstevreden.
‘En we zijn niet helemaal van mannelijk gezelschap verstoken,’ zei Izzy met een blik op haar horloge. ‘Doug is hier, of hij komt hier. Hij wil het niet toegeven, maar volgens mij heeft hij een oogje op Gina.’
‘Leve Doug.’
‘En dan is Sam er ook nog.’ Izzy zweeg even om Viviennes reactie af te wachten. ‘Hij komt elke avond langs om Gina te bezoeken, gewoonlijk om halftien, voordat hij naar The Steps gaat. Hij kan elk ogenblik hier zijn.’
Maar Vivienne lachte alleen maar. ‘Wil je me op de proef stellen? Om te zien of ik eroverheen ben? Lieve schat, je bent een open boek voor me!’
Nee, dat ben ik niet, dacht Izzy lichtelijk opgelucht. Vivienne en Sam waren dan wel geen stel meer, maar ze voelde zich nog steeds schuldig over dat wat er tussen Sam en haar was voorgevallen.
‘En als ik je nu inderdaad eens op de proef stelde?’ vroeg ze voorzichtig.
‘Alles is nu anders. Zoals ik al zei, ik heb de hoofdprijs getrokken. De jackpot gewonnen! O Izzy, het is net een droom die werkelijkheid is geworden! Terry is de ware voor me en nu ik hem er eindelijk van heb kunnen overtuigen dat ik niet zomaar een beetje met hem rotzooi, wordt het steeds beter. Ik leef samen met een man die dat ook echt graag wil.’
‘Je hebt me nog niet eens verteld, hoe het is gekomen,’ zei Izzy, popelend om te horen hoe Vivienne het voor elkaar had gekregen. ‘Sam zei dat je naar een hotel was gegaan. En voor ik het wist was je er al weer weg en was je in je liefdesnestje getrokken.’
‘Ik was naar hèt hotel gegaan,’ verbeterde Vivienne haar triomfantelijk. ‘Naar het Ritz, om precies te zijn. En toen die arme Terry

hoorde wat het daar per nacht kostte, viel hij zowat ter plekke flauw. Hij probeerde me eerst over te halen om naar een goedkoper hotel te verhuizen, maar ik zei dat ik ofwel bij hem zou intrekken, of zou blijven waar ik was. En aangezien hij het een ondraaglijk idee vond dat er door zijn toedoen elk uur zoveel geld werd verkwist, moest hij wel toegeven.' Ze lachte stralend en zei: 'De rekening voor die vier dagen in het Ritz bedroeg, was- en roomservice inbegrepen, iets meer dan duizend pond. Maar, het was uiteindelijk een prima investering.'

Dat was het soort redenering waar Izzy van harte mee instemde. Maar ook het soort dat Sam tot wanhoop dreef. Even wilde ze bijna dat Sam hier was om het te horen. Zijn gezicht zou goud waard zijn.

'En jij verandert van onderwerp, schatje,' vervolgde Vivienne, haar pientere ogen strak op Izzy gericht. 'Jij hebt op het moment geen vaste vriend, dat klopt niet. Ontmoet jij tegenwoordig niet hele horden spetters, nu je in die supersnelle showbizz-kringen verkeert?'

'Voornamelijk kalende, te dikke spetters,' zei Izzy, terwijl ze zich afvroeg of ze het Vivienne nu maar zou vertellen. Dit moment was waarschijnlijk net zo goed als ieder ander. Maar de woorden wilden niet komen en ze voelde, vreemd genoeg, dat de moed haar ontzonk. 'Niet dat ze allemaal kaal zijn,' voegde ze er luchtig aan toe. 'Sommigen hebben wel haar. Nou ja, toupetjes.'

Vivienne vertrok inderdaad geen spier van haar gezicht toen de bel ging. Izzy, die opendeed, dook weg voor Sam haar kon kussen en drukte zich als een voortvluchtige misdadiger tegen de muur.

'Niet bang zijn,' zei hij met een lachje. 'Ik ben niet gewapend.'

'Vivienne is er.'

'Nou en?' Niet in het minst uit het veld geslagen, kuste hij Izzy toch. Ze kon zich maar net een seconde voor Vivienne in de deuropening verscheen, haastig van hem losmaken.

'Hai, Sam. Kom je op ziekenbezoek? Aangezien onze gulle gastvrouw me op een droogje laat zitten, wilde ik juist koffie gaan zetten. Ook een kopje?'

Ze deden zo onbevangen tegen elkaar, dacht Izzy tien minuten later verwonderd. Ze kon haast niet geloven dat er ooit iets tussen Sam en Vivienne geweest was. Zo zaten ze nu, zonder een spoor van gedwongenheid, als oude vrienden met elkaar te kletsen. Het gesprek kabbelde probleemloos van de nieuwste roddels in The Steps naar de op handen zijnde echtscheiding van Sams buren en vandaar naar Viviennes jong geluk.

'Het is fantastisch,' zei ze verzaligd, haar groene ogen stralend van liefde. 'Ik moet mezelf aldoor knijpen om me ervan te overtuigen dat het geen droom is. En Terry is zo'n schat, het kan hem geen moer schelen of ik mijn schoenen in de keuken laat staan of het eten laat aanbranden.'

Sam keek haar perplex aan. 'Kóók jij voor hem?'

'Maak het nou?' Vivienne barstte in lachen uit. 'Er komt elke dag een vrouw uit het dorp om de huishouding te doen. Die kookt ook; ik hoef het alleen maar op te warmen.'

'Hij komt heus wel weer bij zijn positieven. Zodra het nieuwtje eraf is.'

'Niks hoor,' antwoordde ze kalm, zonder kwaad te worden. 'Hij neemt me gewoon zoals ik ben. En het is geen nieuwtje, het is liefde.'

Gina zat rechtop in bed op hem te wachten. Ze stak haar armen uit voor de gebruikelijke omhelzing en zei: 'Wat ben je lang beneden gebleven. Ik dacht al dat je me vergeten was.'

Sam zag er knap uit en hij rook zo lekker. Hij droeg een nieuw, donkergrijs pak, een roze met grijsgestreept overhemd en hij had haar favoriete aftershave op. Ze vroeg zich af of hij enig idee had hoeveel zijn bezoeken voor haar betekenden en hoeveel hijzelf deze laatste paar angstige dagen voor haar was gaan betekenen. Want ofschoon Izzy geweldig voor haar was geweest, de schandalig hoge ziekenhuis- en doktersrekeningen had betaald en erop had gestaan dat Gina bij haar bleef logeren om de zorg te krijgen die ze nodig had, voelde Gina dat Sam de enige was die begreep wat ze doormaakte. En de enige die het echt iets deed...

'Natuurlijk ben ik je niet vergeten,' zei hij, gedachteloos het boek omdraaiend waarin ze had zitten lezen. 'Maar Vivienne is er nog. Ik moest het hele sprookje aanhoren voor ik weg kon komen. Goeie genade, Gina!' Zijn gezicht veranderde toen hij de titel van het boek las. 'Wat heeft dit te betekenen?'

'Ik ben gewoon verstandig,' antwoordde ze, terwijl ze een brok in haar keel voelde komen toen de omvang van zijn bezorgdheid tot haar doordrong. 'We moeten de feiten onder ogen zien, Sam. Het heeft geen zin om te doen of er niets aan de hand is.'

'*Regel Zelf Uw Begrafenis*?' riep hij uit, ontzet van de stemmige donkerblauwe letters van de titel naar Gina's wit weggetrokken gezicht starend. Toen smeet hij het boek in een hoek en zei: 'Dit is te gek om los te lopen, je zou er niet eens aan moeten dènken!'

Gina, die hem nog nooit zo kwaad had gezien, barstte prompt in snikken uit. 'Dat moet ik toch wel. Er is zoveel te regelen. Een testament maken, de uitvaart organiseren, toe Sam, kijk me niet op die manier aan. Ik wil niet dat je k-kwaad op me bent.'
Sam, die zelden met zijn mond vol tanden stond, nam haar in zijn armen en liet haar uithuilen. Tenslotte zei hij: 'Ik ben niet kwaad op je. Het lijkt me alleen niet verstandig. Ik vind dat je niet moet piekeren over iets dat misschien niet eens gebeurt.'
Zijn omhelzing was zo warm, zo troostend. Gina wilde wel dat er geen eind aan zou komen. Ze was bang en doodmoe van het zich flink houden. De angst voor wat haar te wachten stond was een te zware last; ze kon hem niet alleen dragen.
Maar nu begon ze zich stilaan beter te voelen. Ze had daarnet een zacht gekrab aan de deur gehoord en toen ze haar betraande gezicht ophief, zag ze Jericho aan het voeteneind van het bed het boek verscheuren.
'Zie je nou wel,' fluisterde Sam, Gina over haar haar strijkend. 'Zelfs dat stomme dier is het met me eens.'
'Ik weet niet wat ik zonder jou zou moeten beginnen,' zei Gina met een flauw glimlachje.
'Dat hoef je ook niet te weten. Ik ben er immers?'
'Alsof je nog geen narigheid genoeg hebt. Was het niet afschuwelijk om Vivienne weer te zien en te moeten aanhoren hoe gelukkig ze met haar nieuwe vriend is?'
'Ben je betoeterd?' Sam, allang blij dat Gina weer wat vrolijker keek, veegde met de rug van zijn hand zacht haar tranen af en zei breed glimlachend: 'Dat is het beste nieuws dat ik dit jaar heb gekregen.'

51

'Nou, je hebt vandaag beslist wat meer kleur op je wangen,' verklaarde Lucille de volgende morgen om halftwaalf goedkeurend, terwijl ze de slaapkamer energiek met de stofzuiger onder handen nam. Ze porde Jericho net zo lang tot hij een verontwaardigde blaf liet horen, en

vervolgde: 'Gisteren zag je er nog uit als een geest, schuif nou es op, stomme luiwammes van een hond en ik durf gerust te zeggen dat ik gisteravond voor ik naar bed ging nog effe voor je gebeden heb.'
'Misschien heeft dat geholpen,' opperde Gina en probeerde niet verschrikt te kijken toen Jericho's staart in de stofzuiger dreigde te verdwijnen.
Lucille was echter niet van plan de Heer alle eer voor dit kleine wonder te gunnen. Ze deed, tot opluchting van zowel Gina als Jericho, de stofzuiger uit, hield haar hoofd scheef en zei veelbetekenend: 'Het heb wel íets geholpen, dat staat vast, maar omdat ik er niet zeker van ben dat Onze Lieve Heer mijn gebeden boven het dronken gesnurk van me man uit kan horen, denk ik dat het ook iets te maken heb met een bepaalde bezoeker.'
Lucille vond Doug Steadman een schat van een vent. Hij was dol op haar boterhammen met ham en mosterd, die eigenlijk meer ham met brood waren, en altijd bereid haar te vergasten op verhalen over haar favoriete oude Ierse volkszangers en maakte daardoor zijn dagelijkse bezoeken voor haar tot een feest. Bovendien was hij attent; vanmorgen had hij nog een verfomfaaid programma van een concert van Val Doonigan uit de jaren zeventig voor haar meegebracht, door de beroemdheid persoonlijk gesigneerd.
Als Doug niet zo duidelijk stapelgek op Gina was geweest, had Lucille zelf nog wel een kansje bij hem willen wagen.
Maar bij het woord 'bezoeker' had Gina onmiddellijk aan Sam gedacht. Want nu hij zo nadrukkelijk had verklaard dat Vivienne absoluut niets voor hem betekende, was Gina's hoop opgebloeid en had ze voor het eerst sinds een week weer goed geslapen.
En omdat Izzy's huishoudster het onderwerp min of meer had aangeroerd, besloot ze de gok te wagen en de vraag te stellen die haar sinds ze wakker was, door haar hoofd maalde.
'Zeg, Lucille,' begon ze dapper, 'als jij een man echt graag mocht, maar er, omdat jullie al heel lang bevriend waren, eigenlijk niets gebeurde… eh, zou jij het dan op zijn beloop laten en hopen dat het uit zichzelf zou gebeuren? Of denk jij dat het beter zou zijn om het initiatief te nemen en iets te zeggen?'
Ze voelde het zweet in haar nek prikken. God, het was zelfs al moeilijk om het tegen Lucille te zeggen.
Maar Lucilles brede glimlach zei haar alles wat ze wilde weten.
'Gelukkig,' riep Lucille triomfantelijk. 'Ik was benieuwd hoelang het zou duren voor je het eindelijk zou snappen! Natuurlijk moet je het

tegen hem zeggen. Hij zal dolgelukkig zijn als hij hoort wat je voor hem voelt, wat ik je brom!'
'Weet je het zeker?' vroeg Gina, zienderogen opfleurend. 'Heus? Ik zou niet willen dat hij me... nou ja, opdringerig vond.'
'Natuurlijk weet ik dat zeker,' antwoordde Lucille, met een weids armgebaar in de richting van het raam de hele mannelijke bevolking van Noord-Londen omvattend. 'Driekwart van de mannen moet immers af en toe een zetje in de goeie richting hebben. Echt hoor, een fijne vent is tegenwoordig een zeldzaamheid. Als je het geluk hebt dat je er een vindt, mag je allebei je handjes dichtknijpen en moet je hemel en aarde bewegen om hem vast te houden.'

'Verdorie, verdorie en verdomme,' tierde Izzy terwijl ze de telefoonhoorn neersmeet net op het moment dat Gina de keuken binnenkwam. Katerina, die bij het fornuis in een grote pan chocoladecaramel stond te roeren, trok haar wenkbrauwen op.
'Mijn moeder, de gevierde songschrijfster. Zie je het al voor je hoe Jonathan Ross haar in zijn volgende show inleidt? En nu, dames en heren, vraag ik een warm applaus voor iemand die een nummer van haar nieuwste single "Verdorie, verdorie en verdomme" zal zingen, hier is...'
'Dat was Doug,' snauwde Izzy, zonder op haar woorden in te gaan. 'Het concertbureau in Rome heeft hem daarnet laten weten dat ze me, als ik morgenavond niet kom, voor de rechter zullen slepen wegens contractbreuk.'
'O, nou snap ik het.' Katerina lachte ondeugend. 'Verdorie, verdorie en verdomme is een advocatenkantoor.'
'Ik kan je nog altijd laten adopteren.'
Gina, die aan de keukentafel ging zitten, kwam tussenbeide. 'Is dat nu zo erg?' vroeg ze voorzichtig, voor het geval Izzy ook tegen haar zou gaan uitvaren. 'Ik dacht dat je het juist leuk vond om naar Rome te gaan.'
Izzy was doodop. Het wekenlang keihard werken in opnamestudio's had meer van haar gevergd dan ze had beseft. De tientallen interviews en optredens hadden haar geestelijk uitgeput, omdat ze voortdurend moest oppassen om geen verkeerde dingen te zeggen en die onafgebroken perfectie viel haar niet mee, vooral omdat elke interviewer steevast over Tash Janssen begon. Ze was moe van het glimlachen en het aldoor diplomatiek zijn, ze was moe van het, soms tot twaalf uur 's avonds, werken met haar briljante, maar ongelooflijk

veeleisende producer. Het enige dat haar overeind had gehouden was het vooruitzicht van een weekje in Rome te zijn geweest, waar ze altijd al graag eens naar toe had willen gaan, maar dat ze had moeten afzeggen toen Gina ziek werd.
En ik krijg stank voor dank, dacht ze opstandig. Zo werd haar opoffering en haar zorg voor de zieke Gina gewaardeerd. Gina zat hier tegenover haar met lila oogschaduw op en drong er gewoonweg op aan dat ze zou opkrassen.
'Word nou niet kwaad,' zei Gina, onthutst over Izzy's duidelijk getoonde ergernis. 'Ik probeer je alleen maar te helpen, hoor.'
'Jij bent ziek,' verklaarde Izzy bot. 'Ik dacht dat ik jóu moest helpen.'
Nu begreep Gina het eindelijk en haar gezicht verhelderde. 'Dat heb je immers ook gedaan,' zei ze op een toon vol dankbaarheid. 'Meer dan je ooit zult weten. Maar je hebt je al genoeg voor me opgeofferd en je mag je door die Italianen geen proces laten aandoen. Ik zal me wel redden,' zei ze overredend, terwijl ze aan Sam dacht, maar tegen Izzy glimlachte. 'Heus, het is immers maar voor een paar dagen.'
'O, maar in een paar dagen kan er een heleboel gebeuren,' constateerde Katerina met een zucht van genot bij het proeven van de nog warme chocoladecaramel.
'Zoals?' informeerde Izzy, alweer bijgedraaid.
'Mam, ik weet hoe het jou met Italianen vergaat. Jij zou er naartoe kunnen gaan voor dat concert en getrouwd terug kunnen komen.' Met haar ogen rollend om haar woorden kracht bij te zetten, voegde ze eraan toe: 'Met een beeldschone Italiaanse advocaat die Verdorie heet...'

Toen ze de vorige keer haar koffer voor Rome had gepakt, was het slot van het liedje geweest dat Sam er met haar bovenop was gaan vrijen.
Daarom vond Izzy het van een soort speling van het lot dat Gina juist deze avond en dit moment had uitgekozen om haar in vertrouwen haar ontstellende besluit mee te delen.
Het verschil was natuurlijk dat ze het deze keer helemaal niet leuk vond.
'... dus ik begrijp heus wel dat het idioot klinkt, maar ik hou echt van hem,' besloot Gina, terwijl Izzy als een robot voortging met pakken. 'O God, het is zo'n opluchting om het je te kunnen vertellen! Maar vind jíj dat ik gek ben?'
Izzy, niet direct in staat iets te zeggen, schudde haar hoofd. Hoe zou

zij het gek kunnen vinden dat iemand van Sam Sheridan was gaan houden, terwijl ze dat zelf ook had gedaan? En wat zou ze nu graag willen dat ze hun relatie niet met alle geweld geheim had willen houden.

'Je zou er vloeipapier tussen moeten doen,' zei Gina, naar de rommelige berg zijde en katoen kijkend, die uit de koffer puilde. 'Dan kreuken je spullen niet zo.'

'Mmm.'

'Door alles wat er gebeurd is, ben ik namelijk opnieuw over mijn leven gaan nadenken. Vooral omdat ik nu misschien niet veel tijd meer heb.'

'Zeg dat toch niet,' zei Izzy mat, maar deze keer zei Gina het niet uit zelfmedelijden.

'Ik probeer het alleen uit te leggen,' vervolgde ze vurig hopend dat Izzy het zou begrijpen. 'Als jij iets wilde, heb je gezorgd dat je het kreeg. Daar heb ik je altijd om bewonderd. En nu ben je gelukkig en je hebt succes, je hebt alles wat je je maar kunt wensen! Dus heb ik besloten om net zo te doen als jij. Ik hou van Sam en ik wil hem hebben. Vroeger zou ik hem dat nooit hebben durven vertellen, maar ik weet nu dat het leven te kort is om bang te zijn,' zei ze met meer vertoon van moed dan ze voelde. 'Het ergste dat me kan overkomen is dat hij me afwijst.'

En dat kan hij onmogelijk doen, dacht Izzy, met een somber gezicht en een knoop in haar maag. Omdat jij een hersentumor hebt en Sam zoiets als je laatste wens is. Dus heeft hij eigenlijk niet veel keus.

52

De wetenschap dat ze al haar narigheid uitsluitend aan zichzelf te wijten had, vermocht niet Izzy op te beuren. Ze had die nacht gedroomd dat ze Gina tijdens een vreselijke ruzie had verteld dat ze Sam niet kon krijgen, omdat hij van háár hield. Daarop had Gina zich, totaal overstuur, in Izzy's bijna dichtgegroeide visvijver verdronken, waarna Sam, op zijn beurt woedend op Izzy, haar ijzig had meegedeeld dat Gina toch de enige vrouw was van wie hij ooit had gehouden.

Het was allemaal afschuwelijk geweest en ze was badend in tranen wakker geworden, maar alleen om zich te herinneren dat datgene wat werkelijk gebeurd was, net zo hopeloos was. Gina had de verzekering willen hebben dat ze het juiste besluit had genomen en Izzy had niet anders kunnen doen dan haar die geven. Hoe zou ze ooit haar vriendin, die immers een jaar vol wanhoop en verdriet achter de rug had, die laatste kans op geluk kunnen ontzeggen?
En het zou allemaal veel makkelijker zijn geweest als ze Sam niet onder ogen had hoeven komen, maar zelfs deze kleine verademing werd haar niet gegund. Het toeval wilde dat een dringende zakelijke bespreking hem de vorige avond had verhinderd om Gina te bezoeken en toen hij had opgebeld om dat te zeggen, had ze hem van Izzy's onverwachte vertrek verteld. Zodoende had Izzy geen keus, toen Gina haar opgewekt meedeelde dat Sam haar de volgende morgen om halftien zou komen halen om haar naar het vliegveld te brengen.
Het was ook nog een schandelijk mooie novembermorgen, helder en zonnig en glinsterend van de rijp als in een tekenfilm. Nog gekweld door haar droom van die nacht, staarde Izzy uit het portierraampje naar de schitterende blauw-witheid van Hyde Park en merkte niet dat ze snelheid minderden tot Sam de auto tot stilstand bracht.
'Wat?' vroeg ze geschrokken toen hij de motor afzette.
'Mijn idee,' antwoordde Sam droog. Hij boog zich naar haar toe, klikte haar gordel los en zei, terwijl hij haar portier opende: 'Kom mee, we gaan een eindje wandelen.'
Izzy, die in Rome op wat warmer weer rekende, droeg een roze met groengestreepte blazer op een korte roze jurk. Ze huiverde toen een gure windvlaag de auto binnenkwam, maar Sam gaf haar zijn eigen versleten leren jasje aan en beduidde haar uit te stappen.
'Waarom vertel je me niet wat eraan scheelt?' vroeg hij nadat ze een paar minuten zwijgend naast hem had gelopen.
Dat was wel het laatste dat Izzy zou kunnen. Dus zei ze met een onzeker glimlachje: 'Ik heb het koud.'
'Je speelt het een of ander spelletje,' zei hij hard, zonder haar glimlach te beantwoorden. 'En ik wil weten wat het is. Bovendien wil ik weten waarom je het doet.'
Ik zou niets liever willen dan het je vertellen, dacht ze doodongelukkig. Maar dat kan ik niet, omdat ik daarmee Gina's vertrouwen zou beschamen. Het zou niet eerlijk zijn. Erger nog, het zou rondweg gemeen zijn.
'Hoor eens,' zei ze, terwijl ze haar handen diep in de zakken van het

leren jasje stak en haar pas versnelde om zijn beangstigend doordringende blik niet te hoeven ontmoeten, 'ik speel heus geen spelletjes. Ik heb veel nagedacht over… wat er laatst is gebeurd en ik weet dat dat een vergissing was.'

'Ach zo.' Ofschoon ze zijn gezicht niet kon zien, was het sarcasme in zijn stem onmiskenbaar. 'Natuurlijk was het dat. De grootste vergissing aller tijden. Ik heb er al over gedacht om naar een probleemrubriek te schrijven.'

'Toe nou,' zei ze bedrukt. 'Ik probeer het uit te leggen, anders niet, en jij maakt het me niet gemakkelijk.'

Een hand op haar arm bracht haar abrupt tot stilstand. Bevroren bladeren knerpten onder Izzy's voeten toen hij haar naar zich toedraaide, zodat ze hem wel moest aankijken.

'Maar ik wil die flauwekul niet horen. Dus waarom zou ik het je gemakkelijk maken?'

Het was niet eerlijk. Niets was meer eerlijk. Zelfs het feit dat Izzy haar neus en wangen rood van de kou voelde worden, terwijl zijn gezicht zo glad en bruin bleef als dat van een skileraar, was niet eerlijk. Waarom kon hij ook niet vlekkerig worden, net als ieder ander, dacht ze opstandig.

'Hoor eens,' begon ze opnieuw. 'Wanneer het op vergissingen aankomt ben ik een expert. Ik zie ze van verre naderen. En ik ben het beu om ze te begaan, dus probeer ik zo ongeveer voor het eerst in mijn leven om verstandig te handelen.'

Ze hield voet bij stuk, terwijl Sam haar ongelovig aanstaarde.

'Misschien,' zei hij tenslotte, 'zou je het woord verstandig eens moeten omschrijven.'

Dit was niet gemakkelijk. Ze had geen tijd gehad om te repeteren. En het moest geloofwaardig klinken…

'Ik wil niet nog meer fouten maken,' zei Izzy, met een uitdagend gebaar een lok haar uit haar gezicht strijkend. 'Wij passen niet bij elkaar, Sam. Je weet zelf hoe razend Vivienne je maakte, omdat ze zo slordig was en geen fatsoenlijke maaltijd op tafel kon zetten, al had ze er de hemel mee kunnen verdienen… Ik ben net zoals zij… maar dan erger! En ik weet dat, ook al zouden we ons best doen om er een succes van te maken, elkaar uiteindelijk toch zouden gaan haten. Het zou echt niets worden.'

'Ik denk dat het wel iets zou worden.'

'Alleen omdat jij zo koppig bent,' kaatste ze terug. 'En omdat je waarschijnlijk nooit eerder bent afgewezen.'

'Ik heb nog nooit zulke slappe smoezen gehoord.' Hij glimlachte nu bijna. 'Heb je er nog meer of was dat het hele repertoire?'
'Ik ben bloedserieus!' riep Izzy, woedend omdat hij weigerde haar te geloven. 'Het wordt niets tussen ons, dus wat heeft het voor zin om te doen of het wel zo is?'
Hij trok zijn wenkbrauwen op. 'Dus dat is het enige waar je over inzit? Dat je niet kunt koken?'
'Nee.' Ze schudde langzaam haar hoofd. 'Het zou niets worden omdat ik zevenendertig jaar ben. Ik heb een volwassen dochter en een carrière die eindelijk van de grond komt. Jij wilt een lief vrouwtje en kinderen van jezelf.' Ze zweeg een moment om de woorden te laten doordringen. 'En die zou jij moeten zoeken, Sam. Een vrouw.'
Hij glimlachte nu echt. 'Misschien doe ik dat juist.'
'Nee, dat doe je niet.' Izzy, die niet had gedacht dat hij het zo ernstig meende, sloot even haar ogen. Gina was nu bijna vergeten. Ze verzon niet langer uitvluchten; dit was de naakte, onverteerbare waarheid en zelfs Sam kon daar niets tegenin brengen. 'Ik heb mijn gezin gehad en het is nu te laat om opnieuw te beginnen. Ik kan je nooit geven wat jij wilt hebben, Sam. Zo simpel ligt dat. Ik ben gewoon te oud.'
'We hoeven immers geen kinderen te krijgen,' zei hij, maar de woorden klonken niet echt overtuigend. Izzy, wier ogen al traanden van de kou, slikte moeizaam om de brok uit haar keel te verdrijven. Het was allemaal zo intens droevig; hier stond ze nu en kreeg ze van de aardigste man die ze ooit had gekend, iets wat neerkwam op een huwelijksaanzoek, en ze mocht het niet zover laten komen dat hij haar overreedde om 'ja' te zeggen.
'Maar jij zou er altijd naar blijven verlangen,' zei ze triest, 'en vroeg of laat zou je een hekel aan me krijgen, omdat ik je niet kan geven wat je zo graag wilt hebben. Er is niets aan te doen, Sam. Ik kan mezelf niet jonger maken en ik zou het afschuwelijk vinden om een stoplap te moeten zijn, een tijdelijke geliefde tot de ware in je leven komt. Jij moet jouw leven leiden en ik het mijne, en het allereerste dat ik nu moet doen is mijn vliegtuig naar Rome halen, voor ik bevriezingsverschijnselen begin te vertonen. Dus als we nu naar de auto terug zouden kunnen gaan...'

Het Alitalia-vliegtuig van Heathrow naar Rome was in november niet zo vol als in het vakantieseizoen. Izzy, blij dat ze een dubbele plaats voor zichzelf had, hoopte maar dat ze niet zou worden herkend. Ze verborg haar ogen achter een zonnebril en zat de hele vlucht stilletjes te huilen. Ze had gedaan wat ze moest doen, ze was verstandig geweest, en dat deed ongelooflijk veel pijn. Het enige dat ze nu nog kon doen was zichzelf voorhouden dat een relatie met Sam tenslotte zou uitdraaien op nog meer verdriet dan dit.

Ook al deed ze nog zo haar best om greep op zichzelf te krijgen, de pracht en schoonheid van Rome waren vandaag niet aan haar besteed. Zelfs de krankzinnige manoeuvres die haar heetgebakerde taxichauffeur uithaalde, door toeterend door de drukte te zigzaggen, konden haar somberheid niet verdrijven. Izzy, haar ogen nog steeds gezwollen achter de donkere bril, staarde terneergeslagen naar de zonnige straten tot de taxi stilhield voor het Hotel Aldrovandi Palace, waar ze de eerstvolgende drie dagen zou logeren.

Maar ze had een overladen programma, er was werk aan de winkel en ze had weinig tijd om de pracht en de luxe van het vijf-sterrenhotel te waarderen. Bij de receptie lag een briefje van de concertorganisatoren dat er om vier uur iemand zou komen om haar naar de zaal te brengen voor geluidstesten en repetities. In haar kamer, die uitkeek op het schitterende Borghese-park, gooide ze haar kleren uit en stapte onder de douche.

Toen ze een kwartier later uit de badkamer kwam, zat Tash op haar te wachten.

'Nee toch,' zei Izzy bot. 'Hoe ben jij hier verdomme binnengekomen?'

De verleidelijke glimlach was zo bekend dat het leek of ze nooit bij hem weg was geweest.

'Liefje, in Italië ben ik een nationale held,' zei hij lijzig. 'Die knappe kamermeisjes willen àlles voor me doen.'

'Ik heb eens een Italiaanse man gekend,' zei Izzy hatelijk, zich ervan vergewissend dat het badlaken stevig om haar lichaam was gewikkeld. 'Die had ook geen smaak.'

Hij keek haar verwijtend aan. 'Toe, Izzy, doe nou niet zo lelijk! Ik ben hier gekomen om het goed te maken. Ik heb je zo gemist.'

Ze huiverde. Zijn woorden leken griezelig veel op die van Sam, toen hij een week geleden bij haar was komen opdagen. En hier was Tash, zo donker en gevaarlijk als een panter in zijn zwarte sweatshirt en spijkerbroek, zo overtuigd van zijn eigen charmes dat het geen moment bij hem scheen op te komen dat ze wel eens nee zou kunnen zeggen.

'Nee,' zei Izzy met een vluchtige blik op haar horloge. 'En als je me nu wilt excuseren, ik heb haast.'

Maar hij maakte het zich gemakkelijk in een van de velours fauteuils. 'Dat weet ik, engel. Ik ben gekomen om je naar de zaal te brengen. We hebben immers om kwart over vier repetitie.'
Er was iets dat ze niet wist. 'We?' vroeg Izzy voorzichtig.
'Hebben ze je dat niet verteld?' Hij trok quasi verbaasd zijn donkere wenkbrauwen op. 'Dat heeft mijn manager een paar dagen geleden geregeld. Ik ben de onverwachte gast. Halverwege het programma zet jij ''Never, Never'' in en na het eerste couplet verschijn ik op het toneel, onder een daverend applaus en verrukte kreten van een paar duizend huwbare Italiaanse maagden. We zingen, we omhelzen elkaar, kussen elkaar, we halen de voorpagina's van de kranten, liefje, dat is showbusiness!'
'Nee,' herhaalde Izzy, begrijpend dat hij de hele vertoning in elkaar had gezet. 'Dat doe ik niet. Ik wil jou er niet bij hebben.'
'O, maar de organisatoren willen dat juist wel. En als jij weigert, krijg je twee gigantische processen aan je broek.' Tash haalde zijn schouders op en glimlachte opnieuw. 'Exemplaren van het aangevulde contract zijn je agent achtenveertig uur geleden toegestuurd. Hij zal, met zijn bekende slordigheid, ongetwijfeld vergeten zijn ze te lezen. Izzy, als jij vooruit wilt komen in de wereld, zul je toch eens een gehaaide manager moeten nemen. Als je wilt, zou je zelfs de mijne mogen hebben.'
Hij was verachtelijk, maar hij had wel gelijk. Izzy, die inzag dat ze voor een *fait accompli* was gesteld, wist dat ze niet anders kon doen dan aan de walgelijke, op publiciteit gerichte komedie meewerken. Uit pure vertwijfeling en om hem te doen beseffen hoezeer ze hem verachtte, vroeg ze: 'Hoe is het met Mirabelle?'
Tash vertrok echter geen spier.
'Grappig dat je naar haar vraagt,' antwoordde hij monter. 'Toen ik haar gisteren sprak, heb ik haar verteld dat ik hier naartoe ging om een schnabbel met jou te doen.' Hij zweeg even voor hij er triomfantelijk aan toevoegde: 'En toen vroeg ze: ''Welke Izzy?'''

53

Sam, die niet kon geloven dat een dag die zo akelig was begonnen nog zoveel erger kon worden, was met stomheid geslagen. De kamer waarin hij zich nu bevond had op bijna precies hetzelfde tijdstip vorige week volgestaan met peperdure fitness-apparaten, en hij had Izzy in niet mis te verstane termen gezegd dat ze moest ophouden met geld weggooien en een zekere orde in haar leven moest brengen.
Vandaag stonden er geen fitness-apparaten meer in. Die waren naar het rommelkamertje op de bovenste verdieping verbannen om plaats te maken voor een slaapkamerameublement en een lopende patiënt. Izzy had zijn raad opgevolgd en botweg geweigerd de mogelijkheid van een gezamenlijke toekomst zelfs maar te overwegen en had in plaats daarvan de benen genomen naar Rome om aan haar carrière te werken.
En intussen moest hij meer dan alleen de feiten onder ogen zien.
Zijn gewaarwording van claustrofobie nam toe toen Gina zijn hand met haar magere vingers omklemde en hem dwong zijn aandacht weer op haar te richten.
'... ik begrijp best dat ik misschien niet eerlijk ten opzichte van jou ben,' vervolgde ze haastig, 'maar ik ben gewoon niet flink genoeg om dit alleen door te maken. Ik ben niet bang om dood te gaan, maar wel om alléén dood te gaan. En daarom moest ik je vertellen wat ik voor je voel. Ik hou van je, Sam. En ik moet weten wat jij voor mij voelt, omdat ik denk dat ik niet flink genoeg ben om dit alleen te doorstaan. Goede vrienden zijn niet genoeg, ik heb iemand nodig die van me houdt... die bij me blijft.' Ze haperde, haar ogen schoten vol tranen, haar hand omklemde de zijne nog steviger bij haar poging om greep op zichzelf te houden. 'Anders zou het niet... te dragen zijn... ik weet echt niet of ik het vol zou kunnen houden.'
Ze was kennelijk zo overstuur dat ze totaal niet besefte dat ze een soort emotionele chantage pleegde. Sam begreep, evenals Izzy gisteren, dat hem geen enkele keus werd gelaten. Hij werd voor een *fait*

accompli gesteld waaraan hij niet kon ontkomen, een aanbod dat hij gewoonweg niet kon weigeren. Gina werd gestraft voor een misdaad die ze niet had begaan en nu strafte zij, zonder het te beseffen, hem op haar beurt. Hij zat in de val, dacht hij somber, en dat was nog zwak uitgedrukt.

Maar Gina's wanhoop was niet gespeeld. Ze had hem nodig en hij mocht haar niet in de steek laten.

'Ik ben er immers,' zei hij, terwijl hij haar magere, bevende lichaam in zijn armen nam en haar hete tranen van opluchting de voorkant van zijn overhemd voelde doordrenken. 'Je bent niet alleen. Je hebt mij toch. Ik ben er immers altijd.'

'O, Sam,' huilde Gina, zich aan hem vastklemmend. 'Ik hou van je. Ik hou echt van je.'

'Stil maar,' fluisterde hij, terwijl hij haar als een baby wiegde en probeerde niet aan Izzy te denken. 'Niet huilen. Ik hou ook van jou.'

Katerina, bezig de laatste hand aan een verhandeling te leggen, keek op toen Sam de kamer binnenkwam.

'Ik weet dat ik verliefd ben op mijn tekstverwerker,' zei ze, terwijl ze in haar stoel achterover leunde en hem een Engels dropje presenteerde, 'maar je hoeft echt niet te kloppen voor je binnenkomt. Onze relatie is zuiver platonisch.'

'Praat me niet van relaties.' Sam huiverde en dankte de hemel dat Gina op dat gebied niets van hem verwachtte. Hij kon de komedie tot nu toe wel volhouden, maar iets dat maar in de verte naar sex zou zwemen, zou hij onmogelijk kunnen opbrengen.

'Problemen met Vivienne?' informeerde Katerina belangstellend.

'Erger.' Een ogenblik kwam hij in de verleiding om haar van Izzy en hemzelf te vertellen, maar hij begreep dat hij dat niet kon doen. Hij moest haar echter wel van de absurde situatie met Gina vertellen.

'Goeie genade,' zei Katerina toen hij haar het relaas had gedaan. 'Ik weet niet of ik moet lachen of huilen. Hoe moet je je daaruit redden?'

Hij haalde zijn schouders op. 'Dat kan ik niet.'

Ze keek hem aan, oprecht ontsteld. Hoezeer ze ook met Gina te doen had, ze had nog erger met Sam te doen. 'Ze heeft je bij je staart.'

'Niet helemaal.' Hij trok een gezicht bij de ongelukkige beeldspraak. 'Maar het is wel erg.'

'Misschien dat die hersenscan volgende week gunstig is,' opperde Katerina zonder veel hoop. 'Als ze niet doodgaat, ben jij uit de narigheid.

Het andere alternatief – dat Gina gauw zou sterven – hing onuitgesproken tussen hen in, te wreed voor woorden.
'We zullen gewoon moeten afwachten.' Sam keek op zijn horloge. 'Verdorie, ik moet ervandoor. Ik had al een uur geleden op de club moeten zijn.'
Katerina sprong op en omhelsde hem hartelijk. 'Arme stakker, wat een rotsituatie. En net nu je eindelijk van Vivienne af bent.' Ze deed een stap achteruit en begon te lachen, toen ze zag dat zijn donkerblauwe jasje onder de gele pluisjes van haar mohair trui zat. 'Kijk eens,' zei ze, zelfs mijn trui is stapelgek op je. Is het ooit bij je opgekomen, Sam, dat je misschien te onweerstaanbaar voor je eigen bestwil bent?'
Het was toch wel jammer, dacht Sam wrang, dat Izzy de enige was die haar opvatting niet deelde.
'Dank je,' zei hij onbewogen, het weerbarstige krokusgele mohair van zijn revers vegend. 'Het is in elk geval een troost te weten dat ik onweerstaanbaar ben.'
'O, behalve voor mij,' verzekerde Katerina hem doodernstig. 'Ik ben een uitzondering. Ik weet niet hoe het komt,' voegde ze er breed lachend aan toe, 'maar om de een of andere rare reden zie ik je meer als een vaderfiguur dan als een man!'
Getroffen door het feit dat de situatie daardoor nog absurder werd, vergunde hij zich een scheef glimlachje. 'Bedankt…'

De sfeer in de concertzaal was fantastisch. Izzy, die een kleine adempauze nam, keek in verwondering naar de deinende, kolkende massa publiek van zevenduizend Italianen die als gekken applaudisseerden en om meer riepen, en realiseerde zich dat hier het tegengif was dat ze zo broodnodig had. Het was een geweldige avond en het publiek was verrukt van haar. Dit was het waar ze zo hard voor had gewerkt, waar het echt op aankwam. Want terwijl ze Sam uiteindelijk, hopelijk, zou kunnen vergeten, zou de vreugde van het hier zingen onuitwisbaar in haar geheugen gegrift blijven. Ze was eindelijk een echt succes en dat kon niemand haar afnemen.
De warmte was bepaald verstikkend. Terwijl ze de vochtige krullen uit haar gezicht schudde en nog een knoopje losmaakte van de pauwblauw met goudkleurige overhemdblouse, die aan haar met zweet overstroomde lichaam plakte, draaide ze zich om en knikte naar het orkest achter haar. Op het achterste gedeelte van het podium wolkte het droogijs al op, ten teken dat Tash zodadelijk zou verschijnen. De drummer en de saxofonist zetten in antwoord op haar knikje de ope-

ningsakkoorden van 'Never, Never' in. Het publiek, dat het nummer meteen herkende, uitte een goedkeurend geloei dat het honderd jaar oude gebouw op zijn grondvesten deed trillen.
Izzy, die met een handbeweging voor hun waardering bedankte, deed een stap achteruit en glimlachte. De koolzuurwolken waren nu vlak achter haar en zweefden geruisloos naar de voorkant van het podium. Van alle kanten kwamen nu lila met blauwe lichtbanen die als manestralen om haar heen gleden en haar eenzame, roerloze gestalte verlichtten. De zuivere, heldere tonen van de tenorsax zwollen aan en zonden een huivering van genot langs haar rug. Izzy haalde diep adem, hief haar gezicht naar het licht, opende haar mond en begon te zingen.

'Never, never
Understood how
The rest of the world
Felt until now.
Was I ever, ever
Alive before now?
You showed me how
It could be.'

Op dat moment steeg een nog luider geloei van verbazing en verrukking uit het publiek op toen Tash, helemaal in het zwart gekleed als de duivel zelf, uit de tegenverlichte wolken te voorschijn kwam en langzaam naar Izzy toeliep. Het onverwachte van zijn verschijning was haast meer dan ze konden bevatten; de eerste paar seconden, toen alleen zijn silhouet maar zichtbaar was, twijfelden ze nog of daar inderdaad Tash Janssen verscheen. Maar toen hij eindelijk helemaal in het felle licht van de schijnwerpers stond, wisten ze het zeker en braken ze in hun enthousiasme de zaal zowat af. Kreten, gefluit en het daverend applaus voerden het geluidsniveau op tot nieuwe hoogten. Izzy, die zich nog steeds niet naar hem had omgedraaid, moest toegeven dat zijn onverwachte gastoptreden inderdaad een meesterzet was. Tash mocht dan een rotzak zijn, hij was ongetwijfeld een gewiekste rotzak.
'*Never, never understood how*,' zong Tash achter haar. Ze draaide zich schijnbaar verrast naar hem om, precies op het moment dat zijn arm om haar middel gleed, en het publiek ging opnieuw uit zijn dak. Tash fluisterde breed glimlachend, net luid genoeg om het door ze-

venduizend paar oren te laten opvangen, *Mi amore* in de microfoon. Toen pikte hij vakkundig het ritme weer op en vervolgde de song. '*Lucky me, lucky world, you're a woman, not a girl.*'
De hese, krachtige stem bracht iedere vrouw in de zaal in vervoering, behalve Izzy. Maar dit was nu eenmaal, zoals hij vanmiddag tegen haar had gezegd, showbusiness en ze kon als geen ander doen alsof ze in vervoering was.
'... *You taught me how to love. And now,*' zong ze terug, met een stem die trilde van emotie. '... *as long as I have you, you'll al-ways, al-ways have... me...*'
Het was een glorieuze finale. Het publiek, buiten zichzelf van vreugde, weigerde hen te laten gaan. Het applaus bleef aanhouden en zwol nog aan toen Tash het orkest een teken gaf om 'Kiss' in te zetten. Izzy had het al alleen gezongen, maar het sprak vanzelf dat ze het nu als toegift brachten. Bovendien kende het publiek de woorden zo goed dat toen Tash bij de regel '*I want you to kiss me to know that you've missed me*' zijn gezang onderbrak om Izzy te kussen, ze met gemak zonder hen door konden zingen.
De kus die hij haar gaf duurde veel langer dan Izzy had verwacht, maar omdat er geen sprake kon zijn van een ordinaire worstelpartij, had ze geen andere keus dan haar mond stijf dicht te houden en hem te laten gaan, terwijl het publiek, belust op romantiek, een waarderend gefluit liet horen en het toneel met bloemen bekogelde.
'*I want you to kiss me, to know that you've missed me,*' fluisterde Tash tenslotte, terwijl hij haar nek onder de vochtige massa krullen streelde en onopvallend met zijn heup tegen de hare wreef. 'En ik geloof dat je me ècht hebt gemist, schat.'
Ze werden verblind door een spervuur van flitslampen. Izzy, die ten gerieve van een stuk of duizend camera's verrukt naar hem opkeek, glimlachte en zei: 'Als je dat denkt, ben je werkelijk gestoord.'
Tash' blik flitste naar haar zware Bulgari-oorbellen van smaragden en saffieren. 'Als ik niets meer voor je betekende, zou je die niet dragen.'
Izzy betastte haar linker oorlelletje. 'Ik vind ze mooi.'
'Dat mag verdomme ook wel! Ze hebben negeneneenhalfduizend pond gekost.' Hij grijnsde. 'Maar wat kan mij dat verdommen, je was het waard.'
Achter hen speelde het orkest nog steeds het refrein van 'Kiss'. De concertzaal daverde van de stemmen van zevenduizend tekstvaste Italianen die het meezongen. Op dat moment vloog er een in cellofaan

gewikkeld boeket gele rozen door de lucht en belandde bijna voor Izzy's voeten.
'Zie je wel?' zei Tash, terwijl hij het opraapte en haar aanbood. 'Zij vinden ook dat je het waard bent.'
Met haar vrije hand deed Izzy snel eerst de ene en toen de andere oorbel uit. Het volgende ogenblik, voor Tash tijd had om haar tegen te houden, had ze ze in het publiek gesmeten.
'Wat een rotstreek,' zei hij, terwijl de lach in zijn ogen doofde.
'Helemaal niet,' repliceerde Izzy liefjes. 'Dit zijn jouw fans, Tash. Dàt zijn toch zeker degenen die het waard zijn?'

54

Om zich aan Gina's verstikkende aanhankelijkheid te kunnen onttrekken, verzon Sam steeds meer werk en ging hij elke avond vroeger naar The Chelsea Steps.
Toen hij dinsdagsavonds om kwart over acht, vier dagen na Izzy's vertrek naar Rome, de club binnenkwam, was Sarah, de blonde receptioniste, er al. Ze zat languit op een van de antracietgrijze sofa's naast de grote bar een Mars te eten en was verdiept in een dikke, schelgekleurde paperback, die ze blijkbaar nog uit wilde hebben voor ze aan het werk moest. Bij Sams binnenkomst keek ze verbaasd op.
'Ik weet waarom ik zo vroeg kom,' zei ze verwijtend. 'Ik haat mijn man. Maar wat is jouw excuus?'
'Ik haat de mijne ook.' Sam nam haar voeten van de stoel tegenover haar, pakte haar glas en rook aan de inhoud. 'En ik wil mijn personeel af en toe controleren. Is dit pure whisky?'
Sarah, geheelonthoudster en verstokt Pepsi-drinkster, giechelde. Toen, zich opeens iets herinnerend, zei ze: 'O!', greep haar tas en begon er ijverig in te rommelen tot ze er een opgevouwen krantepagina uit opdiepte. 'Ik heb dit bewaard, voor het geval je het nog niet had gezien. Het stond vanmorgen in de *Express*.'
The Chelsea Steps, met zijn illustere clientèle werd vaak in de roddelrubrieken genoemd. Sam nam het knipsel aan in de hoop dat het geen

hatelijk stukje was over een van de minder belangrijke leden van de koninklijke familie, die van de week was gezien toen hij de club lichtelijk aangeschoten verliet.
'O, het is niet over ons, hoor,' zei Sarah, die blijkbaar zijn gedachten las. Ze tikte met een donkerroodgelakte nagel op de foto en vervolgde: 'Jij bent immers bevriend met Izzy Van Asch? Dus ik dacht dat je dit wel zou interesseren. Het ziet ernaar uit dat zij en Tash Janssen weer bij elkaar zijn.'
Daar zag het inderdaad naar uit. Sam bezat genoeg ervaring om niet alles te geloven wat er in de kranten stond, maar het was moeilijk om dit niet te geloven. De foto, genomen op haar concert in Rome, toonde Izzy met haar armen om Tash Janssen en een onmiskenbaar triomfantelijke uitdrukking op haar gezicht. Het korte begeleidende artikel deed verslag van het daverende succes van het concert en stond uitvoerig stil bij de klaarblijkelijke hervatting van de relatie. Tash Janssen scheen de verslaggevers te hebben verteld dat hun tijdelijke verwijdering nu achter de rug was en dat de tekst van 'Never, Never' nooit zo toepasselijk was geweest. Het overgelukkige paar, stond er verder nog, logeerde in Hotel Aldrovandi Palace en het gerucht ging dat ze hun verblijf wilden verlengen.
Sam wilde wel dat hij de mogelijkheid dat Izzy en Tash weer bij elkaar waren, uit zijn gedachten kon bannen, maar Izzy's grilligheid en haar beruchte gebrek aan onderscheidingsvermogen waar het mannen betrof, beletten hem dat. En als ze vastbesloten was hard aan haar carrière te werken, zoals ze hem die morgen zo onomwonden had verteld, met wie kon ze dat dan beter doen dan met Tash Janssen?
'Ik vind haar fantastisch,' kwebbelde Sarah opgetogen, haar hals rekkend om nog eens een blik op de foto te kunnen werpen. 'Ze is bijna veertig, maar ze ziet er jonger uit dan ik. Trouwens, die Tash Janssen is zelf ook een stoot. Als dat stel zou trouwen, zouden ze geweldig knappe kinderen krijgen, denk je ook niet?'

Omdat hij voorlopig geen behoefte had aan gezelschap, bleef Sam tot bijna twaalf uur boven in zijn kantoor en wijdde zich aan een berg achterstallig papierwerk.
De telefoon op zijn bureau deed hem eindelijk ophouden.
'Meredith Scott is er, Sam,' zei Sarah, die vanuit de receptie belde. 'Ze is net naar binnen gegaan, maar ze vroeg naar jou, dus ik heb maar gezegd dat je dadelijk beneden zou komen. Was dat goed?'
'Dat zal wel moeten,' antwoordde hij kortaf. Meredith Scott, een van

de weinige kindersterren uit de jaren vijftig, die de succesvolle overstap naar de volwassenheid en nog grotere beroemdheid had gemaakt, was domweg niet gewend dat haar in enig opzicht iets werd geweigerd. Al was Hollywood haar huidige domicilie, waar ze – wat altijd van pas kwam – met een tamelijk bekende plastisch chirurg was getrouwd, toch verscheen ze bij tussenpozen nog in The Chelsea Steps. Ze was een verrukkelijk boosaardige roddelaarster, wier onschuldige, violette ogen in tegenspraak waren met haar giftige tong.
Maar haar aanwezigheid in de club was goed voor de zaken en Sam had haar altijd amusant gevonden. 'Laat Marco de Veuve Cliquot openen,' zei hij door de telefoon. 'Ik kom zo.'

'Schat, het is gewoon eeuwen geleden!' riep Meredith op de beproefde Hollywood-manier. Haar ogen, waaronder de wallen vakkundig waren verwijderd, twinkelden van plezier toen ze Sam een ogenblik aandachtig opnam voor ze haar gezicht naar hem ophief voor een kus. 'En ik moet zeggen dat jij knapper bent dan ooit. Toe maar, Sam, breek mijn hart en vertel me dat je getrouwd bent.'
Hij keek vermaakt naar haar goedgevormde, opvallend hoge borsten, knikte in de richting van haar hart en zei: 'Geen paniek, ik ben nog vrij.'
'Gelukkig maar.' Ze stak haar armen uit en kuste hem nogmaals. 'Het zal in elk geval mijn man goed doen te weten dat er nog een paar knappe, niet gebonden mannen rondlopen. Dat houdt hem alert, zie je.'
'Is hij niet meegekomen?' Sam schonk de champagne in en reikte haar een glas aan. Meredith Scott was altijd geestig en zijn stemming begon al te verbeteren.
Ze maakte een achteloos gebaar ergens in de richting van Amerika. 'Die stakker moest thuisblijven om een face-lift uit te voeren op een verschrompelde ouwe ex-president-directeur, wiens vrouw, zoals ik toevallig weet, binnenkort toch bij hem wegloopt. Ik ben hier om mijn nieuwe film te promoten. Ik moet in een stel stomvervelende praatshows opdraven en ik weet nu al dat ik in een ervan in slaap zal vallen, dus vond ik dat ik de kans om eerst een beetje plezier te maken, met beide handen moest aangrijpen. O, en om mijn laatste dagen van veertig-en-nog-wat uit te buiten. Ik ben volgende week jarig, schat... de gevreesde halve eeuw, en mijn manager organiseert een luisterrijke party voor me. Je moet beslist komen!'
Sam lachte. Meredith Scott was minstens vijfenvijftig, maar wie zou haar ooit aan zo'n onplezierig feit willen herinneren?

'Natuurlijk kom ik. Maar vertel eens wat over je nieuwe film. Wat is het voor iets?'
De ontzagwekkende boezem, die maar voor de helft in gedrapeerd wit fluweel was gehuld, deinde. 'Een klotefilm! Alle spelers hadden een hekel aan elkaar, we hadden met z'n allen een nog grotere hekel aan de regisseur en de plot is waardeloos. Maar als je me in *The Aspel Show* ziet, zal ik het rotding natuurlijk hemelhoog prijzen en verklaren dat het de grootste gebeurtenis van mijn leven is.' Ze zweeg en nam een slokje champagne voor ze er een tikje triest aan toevoegde: 'Ik krijg dan misschien geen onderscheiding voor mijn spel in die draak, maar ik verdien een Oscar voor het promoten ervan.'
'Zo te horen heb je een leuke party nodig als compensatie.'
Maar Merediths blik was omfloerst geworden. 'Ik geloof dat ik liever een goeie man zou hebben. Ik hou best van mijn man, Sam, maar die is hier niet. En ik veronderstel dat jij niet te bewegen zult zijn om een goede daad te verrichten? Een eenzame actrice naar haar hotel brengen en... haar gezelschap houden?'
Toen hij geen antwoord gaf zei ze haperend: 'Neem me niet kwalijk, maar een vrouw in mijn positie moet voorzichtig zijn. En ik weet tenminste dat ik op jouw discretie kan vertrouwen.'

Ze logeerde in The Savoy. Toen Sam voor de ingang stopte, zette hij de motor niet af. In het donker bracht Meredith een flauw glimlachje te voorschijn.
'Dus dit is jouw discrete manier om voor de eer te bedanken?'
De sensuele geur van haar parfum hing zwaar in de auto. Sam vroeg zich even af hoe het zou zijn om met een wereldberoemd sex-symbool te vrijen.
Maar hij nam haar hand en gaf hem een kneepje. De vijftien-karaats diamant in haar trouwring drong in zijn handpalm.
'Je bent gelukkig getrouwd,' zei hij zachtzinnig. 'En ofschoon ik je man maar een paar keer heb ontmoet, mocht ik hem graag. Het is een aardige man.'
Ze knikte. 'En jij bent nu een man van eer. Je hebt misschien wel gelijk.'
'Ik weet dat ik gelijk heb. Hij boog zich naar haar over en gaf haar een vluchtige kus op haar wang. 'Toe, kop op. Denk eens aan al die Oscarwinnende prestaties die je de eerstvolgende dagen moet leveren.'
'Die had ik vanavond ook voor jou kunnen leveren,' zei Meredith met een wrang lachje. 'Ik denk alleen dat ze voor dat soort prestaties geen

Oscars zullen uitdelen, jammer genoeg. Tjee, dat is een idee voor mijn party! Iedereen krijgt een Oscar: Grootste Zak, Walgelijkste Dikke Buik, Minst Geloofwaardige Toupet, Kleinste Piemel...'
Opgelucht dat ze haar gevoel voor humor herwonnen had, vroeg Sam: 'Ben ik nog steeds uitgenodigd?'
'Natuurlijk. Jij kunt de Grootste Teleurstelling in Bed zijn.' Ze hield haar hoofd scheef en voegde er ondeugend aan toe: 'Dat is natuurlijk omdat ik je niet in het mijne kon lokken, maar dat komt niemand te weten.'
Het kritieke moment was voorbij. Sam, die het tactvol had overbrugd, trok zijn donkere wenkbrauwen op en zei: 'Waarom niet Meest Fatsoenlijke Nachtclub Eigenaar?'
'Geen sprake van. Op die party zijn het uitsluitend beledigingen. En daardoor bedenk ik opeens...'
'Wat?'
'Dat had ik je daarstraks nog willen vragen. Iemand zei dat jij bevriend bent met Izzy Van Asch en toen zag ik vanmorgen in de krant dat zij en Tash Janssen weer bij elkaar zijn.'
Sam had een gevoel of hij een stomp in zijn maag kreeg. Hij zei zo neutraal mogelijk: 'Ja...a.'
'Die song van haar, "Never, Never", vind ik zo enig,' vervolgde Meredith enthousiast. 'En nu dacht ik dat het reusachtig leuk zou zijn als ze dat op mijn party kwamen zingen. Mijn manager zal contact opnemen met de hunne, maar omdat jij Izzy Van Asch al kent, kun jij het misschien alvast met haar bespreken. Wil je haar vragen of ze me belt, Sam?'
Was hij voorbestemd, vroeg hij zich bedrukt af, om voor de rest van zijn leven anderen Izzy's lof te horen zingen?
'Als ik haar zie, zal ik het vragen,' antwoordde hij toonloos. 'Maar ik weet niet zeker of ik haar zie. En al zijn we nu... bevriend, dat betekent niet dat ze ja zal zeggen.'
'Nou, probeer het in elk geval,' zei Meredith weer helemaal opgefleurd. Ze trok haar jas om zich heen en tastte in het donker naar de deurklink. Toen voegde ze er met een hees lachje aan toe: 'Maar ik moet je wel zeggen, Sam, dat je jezelf nu verraden hebt. Izzy is een mooie meid. Welke man zou ooit "alleen maar bevriend" willen zijn met iemand als Izzy Van Asch?'

Katerina en Lucille zaten aan de keukentafel te kletsen toen Sam de volgende morgen kwam.

'Ik heb het al gezien,' zei Sam mat toen Katerina hem de krant van de vorige dag onder zijn neus duwde.
'Die stommeling!' riep Kat woedend. 'Echt, ik vraag me soms wel eens af of mijn moeder meer dan drie hersencellen heeft. Ik snap niet dat ze zelfs maar tegen hem kan praten, laat staan... bah!'
Sam, die het roerend met haar eens was, nam een snee van Katerina's dik met boter en marmelade besmeerde toast. 'Misschien is het niet waar.'
'Ik heb geprobeerd haar in haar hotel te bellen, maar ze is niet op haar kamer.' Ze wierp hem over de tafel een sombere blik toe. 'En Tash' telefoon is van de haak. God, als ze hem ooit hier mee naar toe durft te nemen, ga ik weer het huis uit.'
Sams pogingen om van onderwerp te veranderen werden telkens verhinderd door Lucille, die hevig in de Izzy-Tash-affaire geïnteresseerd was. 'Wat een gein,' zei ze opgewekt, terwijl ze handig de laatste snee toast inpikte en met smaak verorberde. 'Voor je het weet staat Trevor McDonald hier op de stoep. Ik denk dat ik maar een nieuw permanentje neem, voor alle veiligheid.'
Katerina keek haar vol afschuw aan. 'Waarom? Vertel me nou niet dat jij Tash Janssen ook al zo onweerstaanbaar vindt!'
'O nee, dat is mijn tiep niet,' antwoordde Lucille genoeglijk. 'Maar Trevor McDonald, nou, daar ben ik stiekem altijd een beetje verliefd op geweest...'

'Heb je het gehoord van Izzy?' vroeg Gina toen Sam haar kamer binnenkwam.
Toen hij na een tijdje wegging, kwam hij langs Jericho die languit in de hal lag, lekker met zijn rug tegen de verwarming.
Bij het zien van Sam kwispelde Jericho lauw. 'Weet je zeker dat jij me ook niet iets wilt vragen?' vroeg Sam wrang, zich vooroverbuigend om de gladde, goudkleurige kop van het dier te strelen. 'Bijvoorbeeld of ik dat stuk in de krant over Tash en Izzy heb gelezen?'

55

Het studentenleven scheen Simon goed te doen. Toen hij vrijdagavond kwam opdagen, stralend en zijn versleten weekendtas dragend of het een koektrommel was, viel het Katerina weer op hoezeer hij veranderd was. Het leek wel of behalve zijn postuur ook zijn zelfvertrouwen was toegenomen, en toen de onstuimige Lucille met alle geweld zijn biceps wilde voelen en verklaarde diep onder de indruk te zijn, onderging hij al die aandacht laconiek. Katerina, die vroeger niets liever had gedaan dan de arme Simon plagen tot hij niet meer wist hoe hij het had, merkte nu tot haar verbazing dat ze hem zelfs niet meer kon laten blozen.

'Dat was verrukkelijk,' verklaarde hij, nadat hij een stevige maaltijd van gehakt met puree, gevolgd door twee porties bosbessen-appeltaart had verorberd. Zoals een toekomstig lid van het universiteits-rugbyteam betaamde, klopte hij op zijn keiharde maag en leegde het glas Guinness dat Lucille hem had opgedrongen. Waarna hij met een ferme knipoog in haar richting vervolgde: 'Ik moet tenslotte op krachten blijven.'

Hij was inderdaad veranderd, dacht Katerina. Nog niet zo lang geleden zou zij degene zijn geweest die zo'n lichtelijk suggestieve opmerking had gemaakt en Simon zou knalrood van verlegenheid zijn geworden. Maar zoals hij nu de situatie volkomen beheerste en – goeie genade! – tegelijkertijd met Lucille flirtte, had hij weinig meer weg van de schutterige schooljongen met ongeveer evenveel sex-appeal als een teddybeer. Het was gewoon belachelijk, maar nu de rollen zo abrupt waren omgedraaid, besefte ze dat als er iemand gevaar liep te blozen, zij dat was...

Vastbesloten een dergelijk vernederend vooruitzicht in de kiem te smoren, zei ze kortaf: 'Je zult zeker op krachten moeten blijven als je me met mijn natuurkunde wilt helpen.'

Maar Simon dacht er blijkbaar anders over. Hij schudde zijn hoofd en zei: 'Jij hebt genoeg gewerkt. We kunnen alles morgen nog wel eens doornemen, maar het heeft geen zin om je te overwerken. Ik ben gekomen om je een adempauze te gunnen voor de examens beginnen volgende week. Geestelijke ontspanning is het allereerste dat je in dit stadium nodig hebt. Dat is een vaststaand feit.'

Vroeger had Katerina altijd de beslissingen genomen en was Simon er zonder morren mee akkoord gegaan. Maar nu hij het voortouw nam, was dat veranderd. En ofschoon anders niemand haar zou kunnen bewegen ook maar in de buurt te komen van een bioscoop waar de nieuwste film van Arnold Schwarzenegger werd gedraaid, merkte ze tot haar verbazing en heimelijke verbijstering dat ze de film eigenlijk best leuk vond.

De stampvolle pub in Holborn, waar een favoriete amateur rockband van Simon speelde, was ook veel leuker dan ze ooit had kunnen denken, omdat ze vroeger steevast had geweigerd met hem naar dergelijke onaangename plaatsen te gaan. Het was er rumoerig, het was er warm en het was bepaald geen pianoconcert van Debussy, maar met een glas bier met limonade tegen haar borst gedrukt, de beschutting van Simons gespierde arm om haar tegen de dringende menigte te beschermen en het aanstekelijke enthousiasme van de band zelf, merkte Katerina dat ze zich, ondanks haar aanvankelijke twijfel, echt amuseerde.

Het was al na twaalven toen ze eindelijk thuiskwamen. Katerina, die geen zin meer in een kebab speciaal had gehad, zette koffiewater op en keek toe hoe Simon de zijne verorberde.

'En wat heb je nu vanavond eigenlijk gedaan?' vroeg ze, toen ook het laatste blaadje sla verdwenen was. 'Mij op de proef stellen?'

Hij keek verbaasd op. 'Waarvoor op de proef stellen?'

'Dat weet ik niet.' Ze merkte dat ze toch eigenlijk geen trek in koffie had en kwam naast hem op de bank zitten. 'Ik dacht alleen dat je probeerde mij iets te bewijzen.'

Op Simons gezicht verscheen een brede lach. 'Heb je weer Sigmund Freud zitten lezen?'

'Nee!' Haar nieuwsgierigheid was nu echt geprikkeld. Waar was de oude Simon die ze zo makkelijk en naar believen had kunnen manipuleren? En waarom was deze nieuwe Simon schijnbaar zoveel aantrekkelijker?

Vastbesloten hem tenminste één keer te laten blozen, schopte Katerina haar platte zwarte pumps uit en legde haar benen op zijn schoot. Ze wriemelde met haar blote tenen en zei met een relativerend glimlachje: 'Ik vind nog steeds dat ik had moeten studeren, maar ik heb een reuzefijne avond gehad. Dank je wel.'

Niet alleen bloosde Simon niet, maar hij nam een van haar voeten op

om die wat aandachtiger te bekijken en zei op conversatietoon: 'Wat vreemd. Het is me nooit eerder opgevallen dat je middeltenen langer zijn dan je grote tenen. Zijn ze dat altijd geweest?'
Dit was te veel. Katerina, die jarenlang gewend was geweest aan zijn verering, was niet opgewassen tegen deze ongewone nuchterheid. Gepikeerd over de verborgen kritiek op haar voeten, rukte ze de beschamende onderdanen haastig los. 'Heb het hart niet dat je om mijn voeten lacht.'
'Ik lachte helemaal niet,' antwoordde Simon zachtmoedig. 'Ik maakte gewoon een opmerking.'
'Nou, laat dat ook maar.'
De uitdrukking in haar bruine ogen sprak boekdelen. Hij had al zijn zelfbeheersing nodig om niet in lachen uit te barsten. Hij kon nog steeds nauwelijks geloven dat Jess het zo goed had ingeschat.
'Als jij dat meisje op een voetstuk hebt gezet, hoe kun je dan ooit verwachten dat ze tegen je opkijkt?' Jessie Charlton, de vriendin van zijn medebewoner, had het allemaal zo helder onder woorden kunnen brengen toen Simon haar op een avond, lichtelijk aangeschoten, in vertrouwen had genomen. 'Natuurlijk behandelt ze je als oud vuil. Zo gaat dat, Si. Ik zeg niet dat je vreselijk hanig en stoer moet overkomen, omdat te veel van het goede ook een afknapper is, maar mij dunkt dat het geen kwaad kan om de rollen eens om te draaien. Probeer dit meisje eens te behandelen alsof zíj de gelukkige is. Wees macho, wees ondoorgrondelijk, doe onverschillig en voor je het weet vraagt zij zich af wat zíj verkeerd doet. Geloof me, Simon, je zult straks nog moeite hebben om haar van je lijf te houden.'
Die goeie Jessie, dacht hij met hernieuwde waardering en genegenheid. Hij stond beslist bij haar in het krijt voor die wijze woorden. Hij hoopte alleen dat hij die schijn van onverschilligheid zou kunnen ophouden, zowel mentaal als fysiek.
'Hoe zit dat met die koffie?' informeerde hij, nog steeds met moeite zijn gezicht in de plooi houdend en Katerina beende naar de keuken. Twee minuten later was ze in de zitkamer terug met twee mokken walgelijk sterke oploskoffie. Ze gaf hem er een en zei: 'Je hebt een vriendin, nietwaar?'
'Hmm.' Simon deed net of hij alleen aandacht had voor zijn koffie, die net zo vies smaakte als hij eruitzag. 'Nee... nee... natuurlijk niet.'
Ze wierp hem een beschuldigende blik toe. 'Dat moet. Je bent veranderd.'
'Ja, mijn haar is langer.'

'Simon, hou je niet van de domme! Wat mankeert je?'
Hij haalde zijn schouders op. 'Niets. Ik ben heel gewoon.'
'Ja hoor, jij bent heel gewoon.' Katerina, die merkte dat ze haar kalmte verloor maar dat haar dat niets meer kon schelen, gaf hem een weinig doeltreffende stomp tegen zijn schouder. 'Jij bent héél gewoon. Je behandelt me alleen of ik een wezen van een andere planeet ben. Vroeger mocht je me graag.'
Vrouwen waren rare wezens, dacht Simon. Zijn schouder deed geen pijn, maar hij wreef er toch over.
'Ik mag je nog altijd graag, Kat.'
'Vroeger mocht je me ècht graag,' wierp ze beschuldigend tegen. 'Jij vindt misschien dat ik sinds dat Andrew-gedoe een soort gevallen vrouw ben. Je moeder heeft je zeker gemaand om bij me uit de buurt te blijven.'
'Mijn moeder heeft er niets over gezegd.' Dat kwam voornamelijk omdat hij haar nooit van het 'Andrew-gedoe' had verteld, maar dit was niet het moment om daar pietluttig over te doen. 'En ik beschouw je helemaal niet als een gevallen vrouw,' voegde hij er op geruststellende toon aan toe. 'Je bent tenslotte pas zeventien.'
Uit pure vertwijfeling boog Katerina zich over hem heen en kuste hem hard. Toen, omdat de hardheid niet scheen te werken, sloeg ze haar armen om zijn hals en schoof langzaam tegen hem aan.
Hij probeerde uit alle macht aan iets anders te denken: vuilnisbakken, rugbytraining, ijskoude douches, aan van alles behalve aan wat Katerina met haar mond en haar handen met hem deed.
Tevergeefs.
'Je mag me nog steeds graag,' fluisterde Katerina, en liet haar warme lippen langs zijn hals glijden, terwijl haar lichaam kronkelde van triomf en genot.
'Dat heb ik immers ook gezegd,' antwoordde hij verwijtend, de frisse geur van haar huid inademend. 'En dit is niet eerlijk. Het is een zuiver biologische reactie.'
'Nog niet zo lang geleden wilde je me een biologische praktijkles geven.'
Dat wilde Simon nog steeds, maar ondanks de hevigheid van zijn verlangen, waarschuwde een zesde zintuig hem dat hij, als hij nu toegaf, zijn pas bevochten overwicht zou verliezen en weer terug bij af zou zijn. Tot nu toe had Jessies advies geklopt. Dus als hij wilde dat hun relatie toekomst had, moest hij afstandelijk blijven, macho en... o, verdomme, onverschillig.

'Nou ja,' zei hij, terwijl hij zijn best deed om fysiek contact zoveel mogelijk te vermijden, 'dat is een hele tijd geleden. En jij wilde dat niet, weet je nog wel?'
Katerina kon nu met geen mogelijkheid meer begrijpen waarom ze niet had gewild. En ze begreep evenmin waarom het haar nooit was opgevallen hoe knap Simon eigenlijk was. Hij was misschien niet wat de meisjes op school een 'spetter' noemden – hun helden waren op het moment Tom Cruise en Marty Pellow – maar Simon was met zijn steile blonde haar, zijn vriendelijke gezicht en het potige postuur van een Amerikaanse rugbyspeler, honderden malen interessanter dan hun onbenullige vriendjes.
'En nu wil jij niet,' zei ze. Haar zelfvertrouwen was aan flarden, de teleurstelling stond duidelijk in haar ogen te lezen.
Simon ging voorzichtig verzitten, hij wilde wel dat zijn erectie afnam en hoopte dat hij het goed deed. Zijn geluk kennende, dacht hij wrang, zou Kat volgende week een ander ontmoeten en stapelverliefd worden...
Maar hij bleef ten volle vertrouwen op Jessie Charlton en hield tegelijkertijd zijn vingers gekruist toen hij zei: 'Jij wilde onze vriendschap niet in gevaar brengen, weet je nog wel? En ik heb later begrepen dat je gelijk had. Je kunt veel beter gewoon goede vrienden zijn, Kat, zonder het geduvel van al die sex en zo.'
Tot zijn opluchting begon ze te lachen. 'Sex en zo. Dat is heus niet zo vreselijk, weet je.'
Simon wist het niet. Hoe beschamend het ook was, hij moest de geneugten van echt vrijen met een echt meisje nog ontdekken. Als zijn medebewoners dat ooit te weten kwamen, zou hij sterven van schaamte...
'Natuurlijk is het niet vreselijk,' antwoordde hij vlot, terwijl hij Katerina zijn man van duizend veroveringen-glimlach schonk. Waarna hij er, zonder te beseffen dat hij Izzy's argument tegen Sam gebruikte – en net als zij, loog dat hij zwart zag – aan toevoegde: 'Maar vriendschap is belangrijker dan sex, altijd. En wij zouden onze vriendschap niet willen bederven, nietwaar?'

56

Izzy, die zich niet bewust was van de wilde speculaties rond haar vermeende romance met Tash, was zowel vermaakt als verbaasd toen ze zaterdagsmorgens bij haar thuiskomst op het matje werd geroepen voor een strenge dochter-moederpreek.

Maar omdat Katerina kennelijk haar hart moest luchten, bleef ze gehoorzaam op haar bed zitten en wachtte tot alles eruit was voor ze zei: 'Maar lieverd, ik weet dat hij een zak is. Dat stomme krantenartikel heeft niets te betekenen. Ik heb niets meer met hem, hand op mijn hart.'

'O,' zei Katerina opeens gekalmeerd. 'Gelukkig maar,' voegde ze er enigszins bedremmeld aan toe.

'En ik ben ook niet met een Italiaanse advocaat getrouwd,' vervolgde Izzy, om haar op te fleuren. 'Nee hoor, mannen zijn wat mij betreft voorlopig van de agenda geschrapt. Ik ga alleen maar werken, werken, werken.'

'Ik ook.'

Ofschoon ze popelde om te weten hoe het tussen Sam en Gina stond, merkte ze dat Kat nog iets op haar hart had. Dus beduidde Izzy haar dochter om naast haar te komen zitten. Gedachteloos met haar lange glanzendbruine haar spelend, zei ze: 'Is alles in orde, schat? Simon doet toch niet... vervelend, is het wel?'

Katerina leunde tegen haar moeders schouder, zoals ze als kind ook altijd gedaan had. 'Nee. Hij neemt me vanmiddag mee naar een rugbywedstrijd.'

'Lieve help, waarvoor? Je houdt niet van rugby!'

Katerina glimlachte. Haar moeder keek bepaald verontwaardigd. 'Misschien dat ik nu van gedachte verander. Ik heb tenslotte nog nooit een echte match gezien. Misschien is het best leuk.'

Het werd steeds gekker, dacht Izzy. Ze vroeg voorzichtig: 'Dus alles is goed tussen jullie?'

'Als je het wilt weten,' antwoordde Katerina met een treurig gezicht,

'ik ben tot de conclusie gekomen dat ik stapelgek op Simon ben en hij is tot de conclusie gekomen dat we gewoon vrienden moeten zijn.'
'Waar haalt ie het lef vandaan?'
Katerina haalde haar schouders op. 'Maar ja, waarom zou ik minder ongelukkig moeten zijn dan ieder ander? Mam, ik weet zeker dat er een vloek op dit huis rust... dat geval met Gina en Sam is zo absurd dat het gênant is. Dan is er Doug, duidelijk verliefd op Gina, die als een verdoolde ziel door huis dwaalt.' Ze zweeg en telde de rampen op haar vingers af. 'Dan Simon en ikzelf, natuurlijk. Jij en... helemaal niemand. Lucille en jan en alleman, maar het liefst Trevor McDonald...'
'Wat?'
'Op dit moment,' zei Katerina op een toon die droop van ironie, 'probeert onze huishoudster Simon beneden in de keuken met haar mooie praatjes te versieren. Gisteren heeft ze er bijna een uur lang een intiem gesprek met de melkman gehad. En Doug, och heden, die stakker is beslist niet veilig als zij in de buurt is.'
'En Trevor McDonald?'
'Dat is alleen maar een kwestie van tijd,' antwoordde Katerina somber.
'Goeie hemel.' Izzy dacht even diep na. 'Maar met Jericho is alles goed?'
Haar dochter grinnikte. 'O, die is heel gelukkig.'
'Nou, dat is dan al iets.'
'Maar onze naaste buren zijn niet zo gelukkig. Hij schijnt de laatste tijd te goed overweg te hebben gekund met hun labradorteef. En die wil nu alleen nog maar Mars-repen en makreel in het zuur eten.'

Izzy wist onmiddellijk dat het een stommiteit was geweest om Viviennes uitnodiging voor een zogenaamd huiselijk etentje aan te nemen.
Eigenlijk had ze uit pure wanhoop ja gezegd. In de opnamestudio's, waar ze de laatste hand aan haar nieuwe album legde, liep ze overdag niet het risico om Sam tegen het lijf te lopen, maar de avonden thuis waren een bezoeking. En omdat ze het in de steeds meer gespannen sfeer niet kon uithouden, had ze de ontsnappingskans met beide handen aangegrepen. Gewoon een gezellig etentje en een paar goeie flessen wijn, had Vivienne haar verzekerd, en de gelegenheid om eindelijk eens kennis te maken met Terry Pleydell-Pearce, de allerliefste man van het hele universum.

Nou, als hij inderdaad de allerliefste man van het universum was, dacht Izzy wrang, wat deed hij dan in vredesnaam met een achterbakse, sjoemelende intrigante als Vivienne Bresnick?
'Je hebt me in de val gelokt,' zei ze met een droevig gezicht. 'Vivienne, hoe kon je?'
Vivienne was alleen maar blij dat Malcolm Forrester als eerste gearriveerd was. Te oordelen naar Izzy's reactie zou ze anders in staat zijn geweest om bij het zien van de voor vier personen gedekte tafel onmiddellijk rechtsomkeert te maken.
'Wat is het probleem?' vroeg ze onschuldig haar stem dempend, zodat Terry en Malcolm in de kamer ernaast haar niet konden horen. 'Zoals ik al zei, gewoon een gezellig avondje onder vrienden, geen spanningen, Malcolm is een echt aardige vent.'
'Hmm.' Izzy, die zich niets liet wijsmaken, zei: 'Enfin, neem het me niet kwalijk als ik niet met hem trouw.'
Vivienne vertoonde haar huishoudelijke kunsten door op de startknop van de magnetron te drukken. 'Je zou anders slechter terechtkunnen,' antwoordde ze luchtig. 'Hij is gescheiden, charmant en een echte heer. Heel anders dan Tash Janssen.'
Dat was beslist waar. Izzy hield zich flink, bewonderde de bungalow, die knus en gezellig was, maakte kennis met Terry, die inderdaad zo aardig was als Vivienne had gezegd, en maakte grapjes met Malcolm, die nota bene gynaecoloog was.
Hij was ook oud, waarschijnlijk tegen de vijftig, had grijze golven in zijn donkere, achterovergekamde haar, een paisley-das en een vaderlijke manier van doen, die Izzy aan haar grootvader herinnerde. Vivienne, die het ware geluk had gevonden met Terry, had blijkbaar gevonden dat Izzy haar horizon moest verbreden en ook eens aan een man van die leeftijd moest denken.
Maar de akelig beleefde conversatie die van de nieuwste expositie in de Tate tot het genie van Dizzy Gillespie ging, deed Izzy alleen maar beseffen hoe verschrikkelijk ze Sam miste. Het verlangen naar hem, dat bijna een lichamelijke pijn was, wilde nog steeds niet afnemen. Telkens als Malcolm Forrester haar 'mijn beste Isabel' noemde, merkte ze dat ze zich Sams gezicht voorstelde als hij dat ook had kunnen horen. Zijn grijze ogen zouden twinkelend van onderdrukt plezier de hare hebben ontmoet, zoals zo vaak in The Chelsea Steps was gebeurd, waarna ze later samen bij een maaltijd van de afhaalchinees hadden geschud van het lachen.
Haar eetlust was inmiddels zowat verdwenen. Terwijl ze, wat niets

voor haar was, zat te kieskauwen op de verrukkelijke maaltijd – boeuf bourguignon met verse asperges en krieltjes – luisterde Izzy zwijgend naar de En toen zei ze-verhalen over hun respectievelijke kleinkinderen. Haar gevoel van eenzaamheid nam nog toe toen ze merkte dat Terry en Vivienne onder de tafel elkaars hand vasthielden. Bovendien konden ze hun ogen nog geen tien seconden van elkaar afhouden; bij elk verhaal over kinderlijke grappigheid keek Terry naar Vivienne alsof hij zich ervan wilde vergewissen dat ze er nog was. Dan verhelderde zijn gezicht weer en wierp hij haar een heimelijk glimlachje toe.

Tenslotte scheen Vivienne zich niet langer te kunnen bedwingen. Ze sprong op en verdween in de keuken. Toen ze even later terugkwam met een fles champagne, zei ze: 'Oké, mensen, dit was eigenlijk bedoeld voor na het eten, maar geduld is nooit mijn sterke punt geweest. Schattebout, kun jij deze openmaken? Ik wil mijn nagels niet breken.'

Het was niet bepaald de verrassing van de eeuw, maar Izzy trok plichtmatig een niet begrijpend gezicht. Terwijl Terry enigszins onhandig met de kurk worstelde, zei Malcolm joviaal: 'Wat heeft dit te betekenen? Hebben we iets te vieren?'

Vivienne, in een jurk van violette zijde die glansde in het kaarslicht, slaakte een vreugdekreet toen de kurk tegen het plafond vloog en de champagne over Terry's corduroy broek stroomde. Toen hun glazen eindelijk gevuld waren, gaf ze hem een arm en hief haar eigen glas in een toost.

'Dames en heren, we willen jullie als eersten laten weten dat we gaan trouwen!'

In de roes van felicitaties met omhelzingen en kussen van en voor iedereen, kon Izzy zich niet aan een stevige kus van Malcolm Forrester onttrekken.

'Fantastisch nieuws,' verklaarde hij, terwijl hij zijn das rechttrok en zelfvoldaan rondkeek. 'Nietwaar, Isabel? Is dit geen geweldig goed nieuws?'

Izzy, die maar net het kinderlijke gebaar om haar mond af te vegen kon bedwingen, zei: 'Geweldig goed nieuws, Malcolm,' en wierp een snelle blik op Vivienne om te zien of die de grap er ook van inzag.

Maar Vivienne, die er nog nooit zo stralend had uitgezien, had niet geluisterd. 'En natuurlijk,' vervolgde ze overgelukkig, 'zouden we graag jullie als peter en meter willen.'

Izzy staarde haar aan. 'Ben je zwanger?'

'Nee, nog niet. Maar we willen op dat gebied geen tijd verspillen.' Ze

zweeg een moment om Terry even te knuffelen voor ze vervolgde: 'Ik ben tenslotte al bijna achtentwintig.'
'Maar dat is toch nog niet oud,' protesteerde Izzy, zich tot Malcolm Forrester wendend om bevestiging, met een hol gevoel in haar binnenste. 'Achtentwintig is nog niet oud!'
Maar Vivienne had alle boeken gelezen. 'Hoe eerder het zover is, hoe beter,' zei ze ronduit. 'Jij was nog geen eenentwintig toen Katerina geboren werd, maar wat kinderen krijgen betreft ben ik een "oudere primagravida". Mijn vruchtbaarheid neemt af, de kans op complicaties neemt met het jaar toe, er kan van alles misgaan!'
'Achtentwintig is nog niet oud,' herhaalde Izzy koppig.
'Lieve help, natuurlijk niet.' Malcolm Forrester schoot haar diplomatiek te hulp, vulde hun glazen nog eens en trok zijn das weer recht. 'Er zijn tegenwoordig steeds meer vrouwen die met het stichten van een gezin wachten tot ze in de dertig zijn. Professioneel gezien ben ik daar helemaal voor.' Om zijn woorden kracht bij te zetten, zond hij Izzy zijn charmantste doktersglimlach. Waarna hij met een schertsende ondertoon vervolgde: 'Hoewel ik persoonlijk niet kan zeggen dat ik ze benijd. Maar jij en ik zijn dat station tenminste al gepasseerd, dat is verleden tijd voor ons. Wij zijn de gelukkigen, mijn beste Isabel, vind je ook niet? Wij hoeven ons op onze leeftijd niet druk meer over dat soort dingen te maken.'

57

Nadat ze de afgelopen tien dagen was gekweld door nachtmerries waarin de tweede hersenscan een tumor ter grootte van een meloen liet zien, was de werkelijkheid bijna een teleurstelling. Gina, die met Sam naast zich in de smetteloze spreekkamer in het Cullen Park Hospital zat, keek zwijgend naar de werkelijkheid voor ze de films voorzichtig weer op het bureau legde. Ze greep Sams hand en vroeg, inwendig verbaasd dat ze zo kalm kon blijven: 'En wat nu?'
De dokter glimlachte niet langer. Gliomen – snel groeiende, kwaadaardige tumoren die uitgaan van het steunweefsel in het centrale ze-

nuwstelsel – waren niet leuk. En te oordelen naar de scan twijfelde hij er geen moment aan dat dit het soort tumor was waar Gina Lawrence aan leed.

'Een operatie,' antwoordde hij, opzettelijk neutraal. De ervaring had hem geleerd dat dat de beste manier was om hysterische uitbarstingen van verdriet te vermijden. 'We zijn van plan zoveel mogelijk van de tumor te verwijderen voor we met de bestraling beginnen. Ik heb inmiddels de nodige regelingen getroffen. De operatie is vastgesteld op morgenochtend negen uur.'

'Het is dus een glioom,' zei Gina, en alleen het krampachtig verstevigen van haar greep om Sams hand verried haar doodsangst. Dit was het glioom dat haar moeder had gedood.

De arts aarzelde een moment, toen knikte hij. 'Daar ziet het helaas wel naar uit,' erkende hij zacht. 'Ik zou willen dat ik u hoopvoller nieuws had kunnen geven, mevrouw Lawrence. Het spijt me werkelijk heel erg.'

De operatie nam de volgende dag drieënhalf uur in beslag. Doug, die niet tegen het eindeloze wachten kon, was in de regen gaan wandelen. Izzy en Sam zaten alleen in de wachtkamer tegenover elkaar en dronken ontelbare bekers koffie. Aangezien een gewoon gesprek hier niet zou passen, zeiden ze geen van beiden veel. Izzy deed haar uiterste best om zich niet voor te stellen welke chirurgische handelingen in de operatiekamer werden verricht. Ze vroeg zich af wat Sam dacht. Toen probeerde ze niet aan Sam te denken en aan hoe anders alles gelopen zou zijn als al die stomme struikelblokken niet tussen hen zouden zijn opgerezen.

'Je zit te wiebelen,' zei Sam.

Izzy zette haar koffiebeker neer, stak haar handen in de zakken van haar spijkerbroek, stond op en liep naar het raam. Het regende nog steeds. Beneden op straat deinde een zee van veelkleurige paraplu's. Katerina was nu haar laatste biologieverhandeling aan het maken. Duizenden mensen hadden nu lunchpauze en vroegen zich af of ze sla met *cottage cheese* zouden nemen of lasagne met frietjes. En Doug, zonder paraplu en onderhand tot op zijn huid toe nat, liep daar nog steeds ergens rond...

Izzy wilde nu dat ze met hem mee was gegaan en zei: 'Ik snap niet waarom we hier zitten. We kunnen toch niets doen.'

'Gina wilde graag dat we hier bleven.'

'Ja, maar ik vind het afschuwelijk.' Niet in staat hem aan te kijken,

bleef ze star uit het raam turen. 'Ik voel me zo nutteloos.'
'Wees toch niet zo verdomd egoïstisch,' antwoordde Sam vlak. 'Er zijn dingen in het leven die zelfs jij niet in de hand hebt.'

Toen de chirurg anderhalf uur later de kamer binnenkwam, greep Izzy Dougs hand en merkte dat die net zo klam was als de hare.
'En?' vroeg Sam, en alleen het trekken van een kaakspier verried zijn gespannenheid.
'Het was geen tumor.' De chirurg, het masker nog om zijn hals bungelend, keek hen stralend aan. 'Zeer uitzonderlijk. Ik moet zeggen dat ik in mijn hele praktijk nog nooit zoiets heb gezien. Naar de scans te oordelen had ik er een jaar salaris onder willen verwedden dat we met een glioom te maken hadden.'
'Wat was het dan?' gilde Izzy bijna, niet in staat de spanning nog langer te verdragen. 'Wordt ze weer beter? Wat was het dan, als het geen tumor was?'
'Het was een angioom,' zei de chirurg op sussende toon. 'Dat is een verzameling abnormale bloedvaten, zoiets als een bol verwarde wol. Naarmate de vaatwanden zwakker worden, neemt de kans op bloedingen toe en dat kan natuurlijk fataal zijn.' Hij zweeg een moment om de woorden goed te laten doordringen, wreef in zijn handen en lachte nog eens triomfantelijk. 'Gelukkig waren we er op tijd bij en konden we zogezegd de tijdbom onschadelijk maken! De angioom van mevrouw Lawrence was eenvoudig te opereren. Ik heb de verwarde bloedvaten gewoon afgebonden en ze van de bloedsomloop afgesneden. De operatie is in elk opzicht volledig geslaagd en er is geen enkele reden waarom mevrouw Lawrence niet lang en gezond zou leven.'
Izzy barstte prompt in tranen uit.
'Ze gaat niet dood,' fluisterde Doug, hevig zwetend en verdwaasd kijkend en vermorzelde Izzy bijna in zijn omhelzing.
'Dank u,' zei Sam, de hand van de chirurg schuddend.
Toen ze weer met zijn drieën waren, gaf hij Izzy een schone witte zakdoek. 'Het is goed nieuws,' zei hij een tikje geërgerd. 'Je hoeft niet te huilen.'
'Die rotzak,' snikte Izzy, zich nog steeds aan Doug vastklemmend. 'Hij had uren geleden toch al iemand kunnen sturen om ons dat te vertellen.'

'Toen ik zeven jaar was, heb ik eens het haar van mijn beste vriendin-

netje geknipt,' vertelde Izzy, die met haar tong tussen haar tanden ijverig bezig was Gina's blonde haar over de kaalgeschoren plek te kammen. 'Toen zag het er net zo uit als het jouwe. Haar moeder heeft me een ongenadig pak slaag gegeven.'
'Laat me eens in de spiegel kijken,' zei Gina. Ze draaide haar hoofd alle kanten op en glimlachte opgelucht. Nu het verband eraf was en de hechtingen eruit, viel haar overgebleven haar vanzelf over het litteken en verborg het zo goed dat het bijna niet te zien was. 'Ik kan het haast niet geloven, ik dacht dat ze mijn hele hoofd kaal hadden geschoren.'
'Je ziet er prima uit,' zei Izzy, Gina even tegen zich aandrukkend. 'Je bent immers ook helemaal opgeknapt, goddank. En is het fijn om je weer thuis te hebben.'

Gina was blij dat ze er op haar best uitzag toen Sam een paar uur later verscheen.
'Nog meer bloemen,' zei ze bestraffend, terwijl ze haar neus in het boeket zachtoranje rozen verborg en de tere geur opsnoof. 'Ik kan zo langzamerhand wel een bloemenwinkel beginnen.' Sam, die er bepaald gespannen uitzag, pakte er een stoel bij en ging zitten. Gina trok een vragende wenkbrauw op.
'Is er iets?'
Hoewel hij deze toespraak dagenlang had gerepeteerd, viel het hem niet makkelijk eraan te beginnen, maar hij moest ermee voor de dag komen. En hij had, hield hij zichzelf voor, in elk geval een geldige reden om dat nu meteen te doen.
'Ik vertrek morgen naar New York,' zei hij zonder enige inleiding. 'Er zijn daar ernstige problemen met de club, die niet in een paar dagen opgelost zullen zijn.'
'O Sam, wat naar voor je.' Tot zijn intense opluchting leek Gina het erger voor hem te vinden dan voor zichzelf. 'Wat voor problemen?'
'De bedrijfsleider schijnt op grote schaal met de boeken te hebben geknoeid om zijn drugverslaving te kunnen financieren.' Sam zweeg een ogenblik voor hij vervolgde: 'Het is misschien mijn eigen schuld omdat ik de zaak niet beter in de gaten heb gehouden. Maar de belasting is er nu opgesprongen en het zal blijkbaar nogal wat tijd kosten om orde op zaken te stellen.'
'Arme stakker!' riep ze vol medeleven. 'En dat nog wel tegen Kerstmis. Wat een pech.'
'Ja, enfin.' Het makkelijke gedeelte had hij nu achter de rug. Zijn

grijze ogen hadden een ernstige uitdrukking toen hij zei: 'Gina, er is nog iets dat we moeten oplossen voor ik wegga. Ik weet niet precies hoe ik het moet zeggen...'

Maar Gina, die een kleur kreeg, onderbrak hem. 'Toe,' zei ze smekend, terwijl ze zijn hand greep. 'Je hoeft het niet te zeggen. Ik weet wat het is en je hoeft het echt niet te zeggen. Het was allemaal een domme vergissing van mij. Ik raakte in paniek en jij was zo lief om me te troosten, maar dat is nu allemaal verleden tijd en ik verwacht niet... ik verwacht niet van je...' Over haar woorden struikelend en met een kleur als vuur, vroeg ze hem zwijgend om vergeving. Ze had hem een ondraaglijke last toegeworpen en Sam had die zonder een klacht op zich genomen. Ze kon nu alleen nog op zijn begrip en vergeving hopen.

'... ik was zo verschrikkelijk bang,' besloot ze fluisterend, 'om te sterven. Alleen.'

Sam, die nauwelijks kon geloven dat alles zo moeiteloos was opgelost, voelde de zware verantwoordelijkheid van zijn schouders vallen. Het gaf hem een onbeschrijfelijk gevoel van bevrijding.

'Iedereen zou bang zijn geweest,' verzekerde hij haar, terwijl hij haar magere hand in de zijne nam en die van pure opluchting kuste. 'Als je bedenkt wat jij hebt doorgemaakt, ben je geweldig moedig geweest. Het enige dat je nu moet doen,' voegde hij er doodernstig aan toe, 'is doorgaan met het moeilijkste dat er is.'

Gina glimlachte. 'En wat is dat?'

Nu kwam Sam uit zijn stoel overeind en gaf haar een vluchtige kus op haar wang. 'Mijn beste mevrouw Lawrence,' zei hij met een stalen gezicht, 'leven, natuurlijk.'

'Ik weet niet wat Lucille moet beginnen als Gina naar Kingsley Grove teruggaat,' zei Katerina droogjes, tien dagen later. 'Als we niet oppassen, loopt ze misschien nog over.'

Izzy, druk bezig haar haar weer in de vertrouwde tint glanzende braam te verven, veegde een straaltje donkerblauwe verf van haar wang, draaide zich met een ruk om en keek Katerina verwonderd aan. 'Wat?' riep ze uit. 'Waarom zou ze in vredesnaam?'

Katerina, die in het bad lag, zag een regen inktkleurige druppels in de wasbak belanden. Hopend dat er geen spetters op het dure ivoorkleurige tapijt terecht zouden komen, zeepte ze haar armen in en verklaarde geduldig: 'Overal waar Gina gaat, loopt Doug haar na. Ik heb zojuist bedacht dat Lucille, op haar beurt, Doug wel eens achterna zou kunnen lopen.'

'Potdorie.' Izzy knikte. Daar zat iets in. Althans, vanuit Lucilles standpunt bezien.
'Mam, je drupt.'
Maar Izzy, diep in gedachten, merkte het nauwelijks. 'Ze mag niet weggaan. Ik zal haar loon verhogen.'
Katerina grinnikte. 'Ze heeft liever Doug. In geschenkverpakking.'
'Tja, die kan ze niet krijgen. Arme Doug... híj wil alleen maar Gina en die behandelt hem als een oud meubelstuk.' Ze schudde haar hoofd. 'Nee, als we Lucille willen houden zullen we een soort stimulans moeten hebben.'
'Je bedoelt een andere man.' Katerina nam de fles badschuim, goot nog een royale scheut in het bad en draaide met haar tenen de warme kraan open. 'Wat mannen betreft schijnen we het op het moment niet zo best te doen. Geen wonder dat Lucille het hier zat is. Simon heeft me laten zitten, Sam zit in Amerika, zelfs de melkman durft niet meer te bellen. Er zit niets anders op, mam, je moet een *toy boy* voor jezelf opdiepen.'
'Er zit niets anders op,' zei Izzy, moedeloos naar de verfspetters op het tapijt kijkend. 'Of we moeten bedelbrieven gaan schrijven. Naar Trevor McDonald.'

58

Izzy had tegenwoordig nauwelijks tijd om zelfs maar de puzzel uit de krant op te lossen, laat staan op zoek te gaan naar een 'toy boy'. Kerstmis naderde, het album naderde zijn voltooiing en het succes van 'Kiss' had een gestadige stroom interviews, fotosessies en optredens tot gevolg. Maar tot haar intense frustratie slaagde ze er ondanks haar harde werken niet in om Sam te vergeten.
Sam, die nog altijd in New York zat, nam op de meest ongelegen momenten haar gedachten in beslag. Izzy probeerde zichzelf aan te praten dat het kwam omdat ze geen liefdeleven had, maar dat hielp niet. Alle anderen waren gelukkig, zelfs Doug, die nog steeds met hondetrouw achter Gina aan liep, leek op zijn manier gelukkig te zijn en dat

maakte haar eigen verdriet nog moeilijker te dragen. De kersttijd was altijd haar favoriete jaargetijde geweest, maar deze keer was ze helemaal niet in een feeststemming. Feestvieren, dacht ze mismoedig, was nu voor alles een plicht geworden. Maar het enige dat zij voor Kerstmis wilde hebben was een behoorlijke nachtrust.

Majoor Reginald Perrett-Dwyer, ex-Grenadier Guards, veteraan uit de Tweede Wereldoorlog en regelmatig schrijver van ingezonden brieven aan *The Times*, keurde een heleboel dingen af. Zijn afkeuring gold echter vooral zangeressen met een bedenkelijke levensstijl die in het huis naast het zijne kwamen wonen en zijn eigen minutieus geregelde leven verstoorden. Ofschoon hij nummer vijfenveertig vanuit het raam van zijn salon scherp in de gaten hield, had hij nog niet kunnen vaststellen wie er nu eigenlijk woonden en wie er op bezoek kwamen, maar het onafgebroken komen en gaan van zoveel mensen – op alle uren van de dag en de nacht – deed zijn ergernis alleen maar toenemen en zijn bloeddruk stijgen.

'Druggebruik en orgieën,' bulderde hij, terwijl hij zijn verrekijker neersmeet en zijn arme, getergde vrouw woedend aankeek. 'Let op mijn woorden, Millicent. Daar gaan die lui zich aan te buiten. Als ik mijn zin kreeg, zou ik een nachtelijke inval in dat huis doen. Dat soort mensen moet nodig eens een lesje geleerd worden!'

'Ze lijken me toch best aardig,' protesteerde Millicent Perrett-Dwyer, haar wenkbrauwen nerveus gefronst. Zijzelf vond het juist reuze spannend om naast een popster te wonen en Izzy Van Asch was buitengewoon vriendelijk geweest toen ze vorige week de moed had verzameld om bij haar aan te bellen om een potje mosterd te leen te vragen. Haar man, die huishoudelijke inefficiëntie in hoge mate afkeurde, wist dat natuurlijk niet. Zoals hij evenmin wist dat zijn vrouw, elke morgen als hij in stevig marstempo zijn ochtendwandeling maakte, stiekem de radio van de actualiteitenzender op de popzender overschakelde en onder het afwassen van de ontbijtboel luidkeels meezong.

'Een stel luie, nutteloze vagebonden,' mopperde de majoor, wiens nekharen opnieuw overeind gingen staan toen dat mens van Van Asch in haar opzichtige Duitse auto voor de deur stopte en met wapperende haren het huis binnenrende. 'Kijk toch eens, nou vraag ik je! Kan niet eens behoorlijk parkeren en heeft niet eens de moeite genomen dat rotding op slot te doen. Dat is toch een uitnodiging voor autodieven.'

'Toe, kom bij dat raam vandaan, lieverd,' smeekte zijn vrouw, doodsbang dat hij een van zijn beruchte scènes zou maken. 'Ze doen ons immers geen kwaad.'
Maar helaas maakten scènes het leven nu juist de moeite waard voor Reginald Perrett-Dwyer. 'Geen kwaad?' donderde hij, zijn vrouw aanstarend of ze stapelgek was. 'Is jouw onderscheidingsvermogen net zo armzalig als je geheugen? Hoe kun je zeggen dat ze ons geen kwaad doen, na datgene wat dat gemene beest Bettina heeft aangedaan?'

Hier, dacht Izzy, was het levende bewijs dat niet alle honden op hun eigenaars leken. De majoor, broodmager, kaarsrecht en dwars van aard, blaakte nog van energie en was in het minst niet buiten adem. Bettina daarentegen, lag rustig aan zijn voeten. Mollig en meegaand, leek ze het getier van haar baas met een soort toegeeflijk genoegen te gedogen. Telkens wanneer Izzy haar blik ving kwispelde ze, alsof ze zich zwijgend voor al die trammelant verontschuldigde.
'... en er valt niet om te lachen!' tierde de majoor, Izzy's glimlach onderscheppend. 'Die verschrikkelijke hond van u heeft een onschuldig jong teefje verkracht en ik wens te weten wat u daaraan denkt te gaan doen.'
'Hoor eens, het spijt me werkelijk heel erg,' zei Izzy sussend. 'Maar weet u absoluut zeker dat Jericho de vader is?'
De woede van de majoor laaide nog hoger op. 'Natuurlijk weet ik dat zeker,' brieste hij. 'Dat dier is hier zes weken geleden gekomen. Volgens de dierenarts is Bettina vijf weken drachtig. Er is geen enkele andere hond in haar buurt geweest, nooit of te nimmer, en ik neem ernstig aanstoot aan het feit dat u iets anders veronderstelt.'
'Het was maar een...' begon Izzy, maar hij legde haar met een blik het zwijgen op.
'Misschien dat een dergelijke veronderstelling te verwachten is van iemand van uw... slag,' besloot hij bars. 'Maar ik kan u verzekeren, juffrouw Van Asch, dat Bettina is opgevoed in een gezin met onberispelijke beginselen.'

Het was te gek om los te lopen, dacht Izzy een paar uur later, dat juist majoor Reginald Perrett-Dwyer haar het nieuws – in feite – had verteld. Tot dan toe was het geen moment bij haar opgekomen.
Maar nu de feiten voor haar voeten waren gegooid, viel er niet aan te ontkomen. Het was zes weken geleden dat Jericho bij hen was komen logeren.

Zes weken geleden dat Sam en zij hadden gevrijd.
Langer dan zes weken geleden dat ze voor het laatst ongesteld was geweest.
'O, Bettina,' mompelde Izzy gelaten, in de privacy van haar donkere slaapkamer. 'Zwanger. Ik, zowel als jij.'

'Nee, zo moet het niet.' Gina zuchtte. 'Hou maar op, Doug, je doet het helemaal verkeerd, dat hoort daar niet.'
Doug, zijn voorhoofd gerimpeld van inspanning, kwam overeind en deed een stap achteruit. *Krak*, zei iets onder zijn linkerschoen.
'Fijn hoor,' zei Gina op een toon vol wanhoop. 'Je bent op de kerstengel gaan staan. Bedankt.'
Hij kwam even in de verleiding om tegen haar te zeggen dat ze die rotboom dan zelf maar moest versieren. Wat een prettige avond had moeten worden, dreigde weer op de zoveelste teleurstelling uit te draaien en daar begon hij schoon genoeg van te krijgen. Gina had makkelijk praten, die zat op de sofa orders te snauwen of ze een sergeant-majoor instructeur was, maar ballen en slingers ophangen was niet zijn sterkste kant en hij vertikte het om zich daarvoor te verontschuldigen.
'Waarom laat je Izzy en Kat niet voor deze klus opdraven?' vroeg hij kalm, terwijl hij de slecht opgehangen slingers uit de boom trok en ze weer in de doos deed. 'Ik breng er immers toch niets van terecht.'
Gina, zich er niet van bewust dat Doug eindelijk op het punt stond de kont tegen de krib te gooien, haalde haar schouders op. 'Er zal niets anders op zitten,' zei ze kribbig. 'Die weten tenminste hoe het moet. Waar ga je naartoe?'
'Naar huis.' Doug greep zijn jasje.
'Je zou toch blijven eten.' Ze keek verschrikt op. 'Ik heb chili con carne ontdooid.'
Maar Doug was het zat. Hij sloeg zijn das om zijn hals en zei roekeloos. 'Ik ga vanavond uit eten.'
'Met wie? Een cliënt?'
'Nee. Met Lucille Devlin.'

'Zal ik je eens iets vertellen?' zei Gina toen Izzy een uur later in Kingsley Grove arriveerde. Op een toon die zowel verwondering als wrevel verried, vervolgde ze: 'Doug is vanavond uit eten. Met Lucille.'
En ik zal jou maar niet vertellen, dacht Izzy, die haar uiterste best

moest doen om haar gezicht in de plooi te houden, dat Lucille op dit moment bij mij thuis gin drinkt en tranen met tuiten huilt bij de videofilm *Ryan's Daughter*.
Toen gleed haar blik steels naar de voor de helft geschreven stapel kerstkaarten op de salontafel, met Gina's open adresboekje ernaast.
'Waarom zouden ze niet met elkaar gaan eten?' vroeg ze luchtig. 'Ze kunnen goed samen opschieten. En Doug is een vrije jongen.'
Gina's mond verstrakte van afkeuring. 'En Lucille is een getrouwde vrouw.'
'Ik zal je eens een geheimpje verklappen,' zei Izzy. 'Dat is alleen een huwelijk tussen aanhalingstekens.'
'Heus?'
'Ja, heus. Zo, vertel me nu maar eens wat ik met die arme kale boom van je moet doen. En ik moet een trapleer hebben. Waar staat die?'
'In de kast onder de trap,' antwoordde Gina afwezig, haar gedachten nog steeds bij Doug en Lucille.
Izzy rolde met een zakelijk gebaar de mouwen van haar sweatshirt op en begon de inhoud van de doos kerstversiering te inspecteren. 'Ik zal hier maar mee beginnen,' zei ze, terwijl ze er een snoer lila met zilveren kerstboomlichtjes uitviste. 'En haal die chili maar uit de oven. Ik heb honger.'
Zodra Gina de kamer uit was, gooide Izzy het snoer lampjes neer en graaide het adresboekje van de salontafel. Ze voelde zich net een insluiper toen ze het doorbladerde tot ze bij de S kwam en ze slaakte een zucht van verlichting bij het zien van Sams Newyorkse adres en telefoonnummer. Ze krabbelde het haastig op de achterkant van een nog niet beschreven kerstkaart en stopte die in de zak van haar spijkerbroek. Ze wist nog niet hóe ze Sam het nieuws zou vertellen, maar ze wist nu tenminste hoe ze contact met hem kon opnemen. Ook al had ze daarvoor, dacht ze wrang, voor James Bond moeten spelen en de informatie praktisch van een niets vermoedende handlanger moeten stelen.

59

Ofschoon ze acht uur eerder gesterkt door vastberadenheid en een gevoel van vreugde over haar durf in de jumbojet was gestapt, sijpelde Izzy's zelfvertrouwen langzaam maar zeker weg toen het vliegtuig de landing inzette. Nu ze niet langer door de Atlantische Oceaan van Sam gescheiden was, had ze haar lot bezegeld. Er was nu geen weg terug. Ze was hier in eigen persoon om hem op te zoeken, te vertellen dat ze zwanger was en om zelf zijn reactie te peilen.

En ook al was dat een angstaanjagend vooruitzicht, het was werkelijk de enige manier. Een brief schrijven, had ze na de veertigste mislukte poging geconcludeerd, lukte niet. De woorden wilden gewoon niet komen. Een telefoontje, besefte ze, kwam evenmin in aanmerking. Nog afgezien van het feit dat de zenuwen haar ongetwijfeld de baas zouden worden, zodat ze onsamenhangend zou gaan kwebbelen en alles verkeerd zou laten overkomen, zou ze hem niet kunnen vertellen wat ze eigenlijk dacht. Ze had te vaak gezien hoe hij medelijden voorwendde terwijl hij sussend via de telefoon sprak, om zijn woorden zonder meer te kunnen accepteren.

Nee, op die manier moest ze het in geen geval aanpakken. Ze moest bij hem zijn, om het hem te vertellen en zijn spontane reactie te peilen.

En nu ben ik hier, hield ze zichzelf voor, toen het vliegtuig de landingsbaan naderde en gas terugnam.

'Nerveus?' vroeg de middelbare zakenman naast haar, bij het zien van haar plotselinge bleekheid.

Izzy knikte. Ze was nog nooit in haar leven zo bang geweest.

'U mag gerust mijn hand vasthouden.'

Ze moest onwillekeurig glimlachen en antwoordde met een vluchtig hoofdschudden: 'Heel vriendelijk van u, maar dit is een ander soort nervositeit.'

New York lag al onder een sneeuwdek en er was voor zonsondergang

nog een sneeuwstorm voorspeld. Toen Izzy haar koffer – dè beruchte koffer – had opgepikt en zonder moeite door de douane was gekomen, wenkte ze voor het hoofdgebouw een taxi.
'Zeventien onder nul,' deelde de chauffeur haar laconiek mee, terwijl hij onverschillig over zijn schouder keek. 'En het wordt nog erger. Waar naartoe, dame?'
Haar tanden klapperden zo hevig dat ze klonk als een ratelende schrijfmachine. Terwijl ze moeite had om de woorden er al rillend uit te krijgen en met haar vingers haar vochtige, verwarde haren kamde, zei ze: 'K-kunt u me een be-behoorlijk hotel aan... bevelen?'
'Hoor es, dame, ik kan u het Waldorf Astoria aanbevelen.' Hij had net zo'n accent als de zwangere van het duo *Cagney and Lacey* en zijn toon verried ergernis. 'Ik kan u ook het Tokio Hilton aanbevelen en het Happy Traveller Motel in Milwaukee. Kan u niet wat duidelijker zijn?'
Onbeschofte vlerk, dacht Izzy, nijdig naar zijn lelijke achterhoofd kijkend. En dan te bedenken dat ze Vivienne niet had willen geloven toen ze haar staaltjes van Newyorkse taxichauffeurs had verteld.
'Geen probleem,' antwoordde ze kortaf. 'Het Waldorf Astoria is p-prima.'
Het hotel was meer dan prima. Het was ongelooflijk luxueus. Bij het horen van de kamerprijs had Izzy het liefst rechtsomkeert gemaakt. Maar de straat was bedekt met grijze blubber, ze was hard aan een warm bad toe en de kans bestond dat die taxichauffeur nog buiten op haar stond te wachten om haar terugkeer met een veelbetekenende glimlach te begroeten. Bovendien, wat deden, nu ze eenmaal zover gekomen was, een paar honderd dollar meer er nog toe? Ze kwam hier een taak volbrengen, misschien wel de belangrijkste van haar leven, dat kon ze net zo goed in stijl doen.

Een lang, geurig bad, constateerde ze, was een plezierige manier om iets waar je tegenop zag uit te stellen. Izzy bleef zo lang mogelijk in het water liggen, ze keek naar haar platte buik, herinnerde zich hoe die er achttien jaar geleden had uitgezien en stelde zich de herhaling daarvan voor. Van de zomer zou een bad nemen betekenen dat een deel van haar lichaam ondergedompeld zou zijn en dat ze lag te kijken hoe het water tegen de zijkanten van haar buik zou kabbelen, die dan zo groot en zo rond als een voetbal omhoog zou steken. Die volmaakte symmetrie zou dan af en toe worden verstoord door een miniatuur armpje of beentje dat stompte of schopte. Soms zou, wat niet zo aangenaam was, een onzichtbare schop tegen haar blaas terechtkomen. En de lastig geplaatste bobbel zou het lakken van haar eigen teennagels praktisch onmogelijk maken.

De brandende vraag was natuurlijk, of Sam al dan niet bij haar zou zijn om getuige te zijn van de wonderbaarlijke veranderingen die zich in haar lichaam zouden voltrekken. Zouden ze een echtpaar worden, zoals Vivienne en Terry, of had ze hem weggejaagd toen ze had verklaard dat er geen sprake kon zijn van dergelijke toekomstplannen, omdat haar carrière op de eerste plaats kwam en omdat ze gewoon te oud was om nog eens weer aan kinderen te beginnen?

Maar ofschoon ze er nooit voor gekozen zou hebben, vond ze het niet erg dat ze zwanger was. Misschien kwam het door bepaalde hormonen, maar de gedachte dat ze achtendertig was en ongewild zwanger, was in werkelijkheid niet zo angstaanjagend als het in theorie was geweest. Met of zonder Sam, ze zou zich best redden, zoals ze zich al die jaren geleden toen Katerina op het toneel was verschenen, ook had gered.

Izzy beet op haar lip toen ze zich voor de zoveelste maal voorstelde hoe ze de telefoon zou opnemen en Sams nummer zou draaien, dat ze inmiddels uit haar hoofd kende. Het moest, voor ze de moed helemaal verloor. Hoewel, misschien zou ze toch eerst haar teennagels maar gaan lakken...

De telefoon ging zeven keer over voor hij opgenomen werd, en tegen die tijd voelde Izzy zich doodmisselijk. Het enige dat ze deed, hield ze zichzelf voor, was Sam bellen om hem te laten weten dat ze in New York was om 'Kiss' te promoten en dat ze hem belde om te vragen of ze samen ergens iets zouden gaan drinken. Dit was tenslotte nog niet het grote moment waarop ze diep moest ademhalen en hem van de baby moest vertellen.

Maar de stem aan de andere kant van de lijn was niet die van Sam. Bovendien was het een vrouwenstem, sexy en loom, die klonk alsof de spreekster zojuist wakker was geworden.

Vurig hopend dat ze in haar zenuwen niet het verkeerde nummer had gedraaid, schraapte Izzy haar keel en zei: 'Eh... is Sam daar?'

Maar de wispelturige wijsvinger van het lot was helaas niet zo vriendelijk. De slaperige, sexy stem antwoordde, volkomen gelijkmoedig: 'Nee, op het moment niet. Maar ik verwacht hem over een paar uur. Zal ik vragen of hij u terugbelt?'

O shit, dacht Izzy, zich beroerder voelend dan ooit. Dat zoiets als dit

zou gebeuren, was geen moment bij haar opgekomen. Degene met wie ze sprak kwam niet over als een betaalde huishoudelijke hulp.
'Eh, dat is goed.' Er was niets aan te doen, ze kon nu niet meer terugkrabbelen. Geen boodschap afgeven zou kinderachtig zijn en misschien was er een volkomen onschuldige verklaring voor de aanwezigheid van dat meisje in Sams appartement.
'Oké, ik heb een pen gevonden,' zei de stem aan de andere kant. 'Brand maar los.'
'Wilt u tegen hem zeggen dat Izzy Van Asch heeft gebeld.' Izzy vond dat het opgeven van haar volledige naam zakelijker klonk. 'Ik ben in New York en ik logeer in het Waldorf Astoria, kamer 317. Als hij me zou willen bellen zodra hij thuiskomt...'
'Kamer 317, het Waldorf,' herhaalde het meisje. 'Goed, dat heb ik. Ik zal de boodschap doorgeven.'
'Dank u.' En met de diepe ademhaling die ze voor een ander moment bestemd had, voegde Izzy eraan toe: 'Neemt u me niet kwalijk als ik u wakker heb gemaakt.'
'O, dat geeft niet,' was het goedgehumeurde antwoord. 'Het is toch zowat tijd voor mijn bad. Dààg.'

De volgende twee uren kropen voorbij. Izzy, die zich nog nooit in haar leven zo alleen had gevoeld, zapte beurtelings door een stuk of vijftig kanalen afschuwelijk slechte kabeltelevisie en ijsbeerde door de luxueuze hotelkamer, de ene na de andere reden bedenkend waarom Sam een vrouw in zijn appartement zou kunnen hebben. Het enige probleem was dat ze ze zelf geen van alle ook maar een moment geloofde.
Uit het raam van haar kamer kijken versterkte het knagende gevoel van eenzaamheid alleen maar. De sneeuw viel nu in dikke vlokken, die tegen de ruit dwarrelden en als tranen omlaag sijpelden. Vijf verdiepingen beneden haar schitterde Park Avenue van licht en leven, waar dichte drommen Manhattaners al helemaal in kerststemming aan het einde van de werkdag op weg naar huis of naar party's waren. Nu kon elk moment, dacht Izzy, toen het tien uur was geweest, de telefoon gaan en zou ze Sams bekende stem horen. Zonder dat ze ernaar vroeg, zou hij haar vertellen dat zijn secretaresse – of misschien het zusje van wier bestaan zij nooit iets had geweten – haar boodschap had doorgegeven en dat hij hoopte dat ze klaar was om uit te gaan, omdat hij een tafel voor hen tweeën had gereserveerd bij Spago.

Maar Spago was, herinnerde ze zich achteraf, in Hollywood en de telefoon rinkelde niet.
Tegen halfelf had hij nog niet gebeld en Izzy begon last te krijgen van jetlag. Ze had de nacht tevoren geen oog dichtgedaan en nu vocht ze tegen de slaap, bang dat ze ineens onder zeil zou gaan en de telefoon niet zou horen als die eindelijk zou overgaan.
Maar het vooruitzicht om in vergetelheid weg te zakken was toch wel erg aanlokkelijk. Ze was doodmoe en het rekken van de geestelijke en fysieke kwelling deed haar arme, overbelaste lichaam geen goed. Dat was aan haar vingernagels te zien...

'Schat, het is al laat en nu heb je nog die telefoontjes niet beantwoord,' mopperde Rosalie Hirsch. De voorkant van haar duifgrijze zijden peignoir viel open toen ze over het bed heen reikte om Sams wijnglas nog eens te vullen. 'Tom wil weten of je morgen met hem kunt lunchen. En Izzy Van weet ik veel heeft gevraagd of je haar, zodra je thuiskwam, in het Waldorf wilde bellen. Je moet het heus doen, Sam. Het is misschien belangrijk.'
'Hmm.' Sam bewonderde Rosalies borsten en liet zijn hand langs haar eveneens ontblote dij glijden. 'Dat betwijfel ik.'
'Je hebt geen geweten,' protesteerde ze vriendelijk, en hield haar adem in toen zijn hand hoger kwam.
'Integendeel.' Hij duwde haar zacht in de kussens en zei glimlachend, zonder een spoor van berouw: 'Ik vind het schandalig dat ik die telefoontjes niet beantwoord. Maar er zijn nu eenmaal dingen in het leven die belangrijker zijn. Vind je ook niet?'

Rosalie had het drie uur geleden helemaal niet erg gevonden om door de telefoon gewekt te worden. Maar nu kwam de storing wel op een zeer ongelegen ogenblik.
Maar terwijl Sam het rotding gewoon liet rinkelen, kon zij dat nu eenmaal niet. Ze greep de hoorn, er uitsluitend op bedacht om zo gauw mogelijk van de beller af te zijn en zei hijgend: 'Ja?'
'Is Sam al terug?'
De vrouw uit het Waldorf, dacht Rosalie, haar ogen sluitend. Toen zei ze met een hees lachje: 'Eh ja, maar hij heeft het nogal druk op het moment. Tja, het spijt me, o!... hij zal u wel terugbellen, goed?'
Ze verbrak de verbinding, legde de hoorn naast het toestel en wijdde haar aandacht weer aan Sam.
'Wie was het?' vroeg hij lichtelijk geamuseerd.

'Niets belangrijks,' zuchtte Rosalie, haar tenen kronkelend in extase terwijl ze zich tegen hem aan welfde. 'Niet ophouden, schat.... o god, wat je ook doet, niet ophouden!'

60

Doug zat tot over zijn oren in het papierwerk toen Gina zijn kantoor binnenkwam.

'Nee maar, wat een verrassing,' zei hij, zorgvuldig zijn blijdschap verbergend.

Gina, onverklaarbaar nerveus, zette haar olijfgroene baret af, zodat hij haar kon kussen als hij dat wilde. Maar hij gaf haar geen kus. Dus zat ze onwennig op de stoel tegenover hem en legde een feestelijk ingepakte doos op zijn bureau.

'Ik heb al ruim een week niets van je gehoord,' zei ze opgewekt.

Doug knikte. 'Dat weet ik.'

'Dus... vond ik dat ik maar eens langs moest komen. Om te zien hoe het met je is.'

'Prima,' antwoordde hij, terwijl hij op zijn horloge keek en deed of hij het pak op zijn bureau niet zag.

Gina's broze façade begon af te brokkelen. Ze had dit gesprek de afgelopen dagen tientallen keren gerepeteerd, maar Doug kende zijn rol blijkbaar niet. Hij scheen niet eens blij te zijn met haar komst.

'Hoor eens, het spijt me dat ik laatst zo onhebbelijk tegen je was,' gooide ze eruit, haar vingers in elkaar strengelend. 'Dat was niet aardig van me, maar ik had echt niet verwacht dat je zomaar weg zou lopen.'

Dat had Doug zelf ook niet verwacht, maar het scheen wel het gewenste effect te hebben gehad. Bemoedigd door haar verzoenende toon, zei hij bedaard: 'Blijven leek me tamelijk zinloos.'

'Ik weet het. Ik heb me gedragen als een verwend nest.' Gina begon steeds ongelukkiger te kijken. Ze trok haar donkergroene rok over haar knieën en maakte een hoofdbeweging naar het pak. 'Ik heb er echt spijt van. En omdat ik niet wist of ik je met Kerstmis zou zien, vond ik dat ik je je cadeau nu maar moest geven.'

'Dat is erg aardig van je,' antwoordde hij effen. 'Dank je wel.'
'En wat zijn je plannen voor de kerst?' Gina had haar tong zowat afgebeten om de woorden binnen te houden, maar ze rolden er toch uit. 'Blijf je in Londen, denk je, of ga je weg?'
Hij haalde zijn schouders op. 'Dat weet ik nog niet, maar ik denk dat ik hier blijf. Met vrienden optrekken, je weet hoe dat gaat.'
Vreemd eigenlijk dat de flauwe, maar onmiskenbare gelijkenis van Doug met Anthony Hopkins haar nooit eerder was opgevallen. Ze hadden dezelfde ogen, zag Gina nu, terwijl ze hem als het ware voor de allereerste keer goed bekeek. En de vorm van hun mond was vrijwel gelijk.
Ze vermande zich en zei, met een poging om haar jaloezie te bedwingen: 'Zeker ook met Lucille.'
'Ik denk het wel.' Onderuitgezakt in zijn stoel, inwendig stomverbaasd over het succes van zijn campagne, vond Doug dat hij best grootmoedig kon zijn. 'En wat ga jij doen?' vroeg hij met een glimlachje.
Het is mijn eigen schuld, dacht Gina doodongelukkig. Hij is altijd lief voor me geweest en als dank heb ik hem behandeld als oud vuil. Ik verdien dit.
'O, ik red me wel.' Haar stem klonk onnatuurlijk hoog. 'Ik ben op het moment natuurlijk nog niet in staat tot uitbundig feestvieren...'
'Wat doe je eerste kerstdag?'
Ze wilde zelfs niet aan eerste kerstdag dènken. Als ze dat deed, zou ze misschien gaan huilen. 'O,' mompelde ze, een vaag, achteloos handgebaar makend. 'Ik red me wel, hoor, heus...'
Doug, die in zijn hele leven nog nooit iemand opzettelijk had gegriefd, vond haar stoïcijnse droefheid bijna ondraaglijk ontroerend.
'Als je geen andere plannen hebt,' begon hij, zijn keel schrapend, 'zouden we die misschien samen kunnen doorbrengen. Er zijn een heleboel restaurants open met Kerstmis en we hoeven immers niet uitbundig te doen.'
'Heus?' Op Gina's bleke wangen verscheen een kleurtje. 'Eerste kerstdag? Wil je dan met mij eten?'
'Alleen als jij het ook wilt.' Doug glimlachte breed. Zo, het was hem gelukt. En het was niet eens zo moeilijk geweest.
'Ik wil het dolgraag,' riep Gina uit. Haar ogen glansden en haar lichaam ontspande zich van opluchting. 'Ik zou het heerlijk vinden. Maar je hoeft geen tafel in een restaurant te reserveren. Ik zal wel koken en we kunnen de dag bij mij thuis doorbrengen.'

Doug deed net of hij aarzelde. 'Alleen als je me belooft dat je me niet zult vragen je boom te versieren.'
'Je hoeft helemaal niets te doen,' verklaarde Gina vrolijk. 'Je hoeft er alleen maar te zijn. Dat is tenslotte het enige dat ertoe doet.'

'Daar ben je dus weer,' constateerde Lucille, die de taxi had horen stoppen en naar de deur was gerend om open te doen. Ze nam Izzy met haar pientere ogen van onder tot boven op en voegde eraan toe: 'En je ziet een beetje pips. Die jetlag is op je ogen geslagen. Wat jij nodig hebt, meid, is een kom hete soep en een dikke boterham om erin te soppen.'
Wat Izzy nodig had was Sam, maar ze bracht een flauw glimlachje te voorschijn en liet zich naar de keuken loodsen, waar een grote pan met Lucilles beroemde soep op het fornuis stond te sudderen.
'Alsjeblieft,' zei Lucille op een toon die geen tegenspraak duldde. 'Werk dat naar binnen, daar knap je onmiddellijk van op.'
Was dat maar waar, dacht Izzy. Haar eetlust was aan de andere kant van de oceaan verdwenen, maar met Lucille, die haar als een bewaker gadesloeg, kon ze weinig anders doen dan tenminste een lepel soep proeven.
'Hoe is het met Jericho?' vroeg ze met een blik op de lege mand.
Lucille rolde met haar ogen. 'Smoorverliefd. Zit onder Bettina's raam te janken tot hij een glimp van haar opvangt. Het lijkt Romeo en Julia wel en de majoor wordt er stapelgek van. Maar mij interesseert het meer hoe het met jou is,' vervolgde ze, terwijl ze haar stevige armen over elkaar sloeg en Izzy weer met die akelig doordringende blik aankeek. 'Aan je wanhopige gezicht te zien, is het in New York niet zo gegaan als jij had gewild.'
'Wat?' vroeg Izzy vaag, van haar stuk gebracht door de meelevende klank in Lucilles stem. 'Het was een zakelijke bespreking, anders niets. En die is goed verlopen.'
Maar Lucille liet zich niet afschepen. Haar ogen kregen een zachte blik toen ze in de richting van Izzy's buik gleden. 'Gefeliciteerd, meid,' zei ze vriendelijk. 'Best mogelijk dat je anderen voor de gek kan houden, maar je zit hier tegenover een Ierse katholiek. Wij zien een zwangere vrouw op tien meter afstand.'
'Wàt?' vroeg Izzy verbaasd en ontsteld. Ze keek onwillekeurig naar haar platte buik. 'Hoe dan? Hoe weet je dat in vredesnaam?'
'Doodgewoon,' zei Lucille met een bescheiden schouderophalen. Toen ik onder je bed stofzuigde vond ik een verfrommelde brief aan die man.'
Nadat ze Lucille plechtig had laten beloven het geheim te houden, zo-

dat ze Kerstmis in betrekkelijke rust konden doorbrengen, wachtte Izzy tot na tweede kerstdag voor ze Kat het nieuws vertelde.

Maar het moest, en ofschoon ze zich telkens wanneer de telefoon of de bel ging een ongeluk schrok, had Sam taal noch teken van zich laten horen, zelfs geen kerstkaart.

Hij was nu zelf kennelijk ook tot de conclusie gekomen dat hij hun onzalige relatie maar beter kon vergeten en was een relatie begonnen met een sexy Amerikaans meisje.

Ze zou wel blond zijn, dacht Izzy triest, en deed haar best om niet jaloers te zijn. Een mooie, huwbare blondine met prachtige tanden, die alles voor Sam overhad en ongetwijfeld minstens tien jaar jonger was dan zijzelf.

Katerina lag languit op de bank naar *The Wizard of Oz* te kijken en intussen een voor een de partjes van een Terry's chocoladesinaasappel op te peuzelen, toen Izzy stil de zitkamer binnenkwam.

'Liefje,' begon ze, terwijl ze op de leuning van de bank ging zitten en haar eigen stem in haar oren hoorde weergalmen. 'Ik moet je iets vertellen.'

'Je bent zwanger.'

Dus Lucille had het toch niet geheim kunnen houden, dacht Izzy, heen en weer geslingerd tussen woede en opluchting. Ze draaide nerveus een lok haar rond haar vingers en zei nederig: 'Ja.'

Katerina schoot overeind. De resterende partjes van de chocoladesinaasappel vielen op de vloer. 'Goeie god, ik maakte een grapje.'

'O.' Izzy friemelde nog nerveuzer aan haar haren. 'Ik niet.'

'Ben je werkelijk zwanger?' riep Katerina, haar bruine ogen groot van afgrijzen. 'Is het geen loos alarm?'

Izzy schudde haar hoofd en probeerde niet te luisteren naar Dorothy, op het scherm, die de arme bangelijke leeuw een bemoedigende preek gaf. Op dit moment begreep ze precies hoe hij zich voelde.

'Nee. Het is werkelijk zo.'

'Bah!' schreeuwde Katerina. 'Walgelijk! Moeder, hoe heb je dat kunnen doen?'

'Het is niet walgelijk,' wierp Izzy tegen, ontsteld over de heftigheid van Katerina's reactie. 'Het spijt me, lieverd, ik begrijp dat het je wat rauw op het lijf valt, maar daarom is het nog niet walgelijk.'

'Je bent bijna veertig.' Katerina, die wit was weggetrokken, voelde zich misselijk worden. 'Ik zou denken dat je oud genoeg bent om beter te weten. Heb je er geen moment aan gedacht hoe vernederend dit voor ons allemaal is?'

Hoe fijn ze het ook zou hebben gevonden, Izzy was niet zo naïef dat ze op begrip en een betuiging van onvoorwaardelijke steun had gerekend. Maar het pure egoïsme van Kats opstelling trof haar als een vuistslag.

'Ik heb geen moord gepleegd,' kaatste ze terug. Haar donkere ogen fonkelden. 'Ik heb toch zeker niemand kwaad gedaan! Ik krijg alleen een baby.'

'Die zijn hele leven bekend zal staan,' snauwde Katerina vol verachting, 'als Tash Janssens ''liefdeskind''.' Ze rilde van afkeer. 'Arm stakkerdje, wat een naamplaatje. Dat je nou van alle onmogelijke kerels...'

Izzy staarde haar perplex aan. 'Kat, luister toch eens...'

Maar Katerina, die haar gezichtsuitdrukking verkeerd uitlegde en er nu bepaald ontredderd uitzag, tierde: 'Nee, zeg, ga me nou niet vertellen dat je met hem gaat trouwen. Vertel me dat alsjeblieft niet.'

Izzy, die niet wist of ze moest lachen of huilen, schudde haar hoofd. 'Liefje, ik ga niet trouwen, en zeker niet met Tash Janssen. Hij is de vader niet.'

'Nee?' Nu was het Katerina's beurt om stomverbaasd te zijn. 'Wie dan wel, verdorie? O mam, vertel me nou niet dat je in Rome toch een avontuurtje hebt gehad!'

'Nee.'

De woede had plaatsgemaakt voor nieuwsgierigheid. Tot Izzy's intense opluchting scheen Kats voornaamste bezwaar de gedachte aan Tash Janssens vaderschap te zijn geweest.

'Nou, vooruit,' zei Kat, nu weer kalm. 'Laten we er geen Wie van de Drie van maken. Vertel me maar gewoon wie het is.'

Izzy hield haar adem in. 'Sam.'

'Wat? Dat kan niet. Je bent niet met hem naar bed geweest!'

'Mag een moeder niet een paar geheimen voor haar dochter hebben?' protesteerde ze, met een poging haar gezicht in bedwang te houden.

'Dus je bent met hem naar bed geweest? Ik bedoel, je gaat dus met hem naar bed?' verbeterde Katerina zichzelf. 'Oké, en hoe lang duurt die geheime relatie nu al?'

Tegen de tijd dat Izzy het hele verhaal had gedaan, werd Dorothy weer in haar eigen bed in Kansas wakker en vroeg ze zich af of het allemaal niet een droom was geweest.

'... dus toen ben ik de volgende morgen met het eerste vliegtuig uit New York teruggekomen,' besloot ze schouderophalend, 'en ik heb

besloten de kwestie als afgedaan te beschouwen. Tenslotte heb ik zelf tegen Sam gezegd dat hij maar een ander moest zoeken, dus ik kan hem moeilijk kwalijk nemen dat hij dat inderdaad heeft gedaan. Het was niet bepaald leuk om te beseffen dat ik mijn eigen ramen had ingegooid, maar het is ook niet het einde van de wereld.'
'O, mam.' Katerina knuffelde haar. 'Jij weet toch wat je bent, is het niet?'
'Een hopeloos geval.'
Kat bezag haar vol tedere wanhoop en zei: 'Wie de schoen past...'
'O, de schoen paste uitstekend.' Izzy's mondhoeken begonnen te trillen. 'Er zat alleen een gat in het stomme ding.'

61

'Je moet wat harder spreken, het is een slechte lijn,' riep Simon in Cambridge. Hij bedekte de hoorn half met zijn hand en zei: 'Hou op, Claire.'
'Wie is Claire?' informeerde Katerina vinnig.
'Niemand. Sorry, wat zei je nou? Ik dacht even dat je zei dat Doug en Gina gaan trouwen.'
'Dat is ook zo!' Katerina begon te lachen. 'Is het niet geweldig? Gina's scheiding is er vorige week blijkbaar doorgekomen. Ze was tot de ontdekking gekomen dat ze stapelverliefd op Doug was en ze was doodsbang dat Lucille hem voor haar neus weg zou kapen, dus heeft ze hem de volgende morgen op zijn kantoor meteen een aanzoek gedaan. O, Simon, het is zo grappig en zo schattig, het zijn net twee smoorverliefde tieners!'
Het probleem met Kat was, dacht Simon lichtelijk geërgerd, dat ze zichzelf nooit als een tiener scheen te beschouwen. En wat was er eigenlijk zo grappig aan smoorverliefd zijn? Hij was al jaren stapel op haar.
'En wanneer is de bruiloft?' vroeg hij boven het gekraak van de lijn uit.
'Daar bel ik nou juist voor. Die is komend weekend en jij bent ook

uitgenodigd. Je komt toch, hè?' Katerina zweeg even voor ze er kribbig aan toevoegde: 'Wie is die Claire?'
'Niemand, dat zei ik toch al. En ik kom natuurlijk.'
'Het hele weekend?'
Hij grinnikte. 'Ja, goed. Ik denk dat ik dat wel kan regelen. Dan ben ik vrijdagavond tegen zessen bij jullie. Zeg, ik moet neerleggen, we wilden net naar een party gaan. Dag, Kat.'
Hij legde de hoorn met een triomfantelijk gebaar neer, schoof de mouwen van zijn sweatshirt omhoog en ging weer aan de keukentafel zitten om het spelletje poker te hervatten. Zijn twee medebewoners trokken vragend hun wenkbrauwen op toen hij de kaarten schudde en vervolgens snel deelde.
'Wat voor party?' vroeg Kenny Bishop, terwijl hij het laatste volkorenbiscuitje pikte.
'En wie,' vroeg Jeff Seale, 'is goddorie Claire?'

Izzy, verbaasd en verrukt over het nieuws, kende zichzelf blijmoedig de eer toe dat zij Doug en Gina met elkaar in contact had gebracht en stond erop de receptie te mogen betalen.
Gina viel zowat flauw toen ze hoorde hoeveel het allemaal kostte.
'Dat mogen we niet van je aannemen,' protesteerde ze geschokt. 'Izzy, nee! Wij hadden gewoon de privé-eetzaal van Cino's restaurant in Kensington willen afhuren. Dan hadden we gezellig met elkaar gegeten en niemand zou failliet hoeven gaan. Waarom kunnen we daar niet gewoon naartoe gaan?'
'Als ik mijn geld niet uitgeef aan belangrijke dingen zoals bruiloften,' antwoordde Izzy gedecideerd, 'verspil ik het alleen maar aan nutteloze prullen als zonnebanken en belastingaanslagen. Daarom.'
'Het ziet er luisterrijk uit,' zei Gina, in de glanzende brochure bladerend. 'Maar het is extravagant.'
'Dat ben ik ook.' Izzy lachte. 'En hou nou in 's hemelsnaam op met zeuren. Het is nu toch te laat, ik heb alles al besproken.'
'Tjee.' Gina kronkelde zich van plezier. Haar ogen straalden toen ze vervolgde: 'En vanavond bel ik Sam om te vragen of hij ook kan komen. Wat zal hij opkijken als hij dit hoort.'

Voor Izzy, die er zo vreselijk graag op haar best wilde uitzien wanneer ze Sam voor het eerst sinds drie maanden terugzag, was de bijna onhoorbare plop toen de knoop van haar tailleband sprong, de druppel die de emmer deed overlopen.

Het hart klopte haar in de keel toen hij door de volle wachtkamer van de burgerlijke stand op haar afkwam.
Dit is niet eerlijk, dacht ze doodongelukkig. Sam was natuurlijk onberispelijk gekleed in een donker pak en een wit overhemd. Lang, knap en nog steeds met dat ondefinieerbare charisma dat hem onderscheidde van andere mannen – en dat vrouwen zo onweerstaanbaar vonden – had hij er nog nooit zo aantrekkelijk uitgezien. New York en de liefde van een jongere vrouw schenen hem goed te doen. Izzy, die het liefst in de muur achter zich was verdwenen, probeerde troost te putten uit het feit dat hij haar tenminste niet had meegebracht, maar zelfs dat hielp niet.
'Hallo, Izzy.' Haar vluchtige glimlachje bereikte zijn ogen niet. 'Je ziet er...' Hij aarzelde. Izzy, die precies wist hoe ze eruitzag, trok een gezicht.
'Nat uit,' vulde ze spottend aan, tot de conclusie komend dat dat de enige manier was om het te spelen. Met een knikje in de richting van het raam en de gietregen buiten, vervolgde ze: 'Toen we van huis gingen scheen de zon, dus heb ik niet eens een jas meegenomen, laat staan een paraplu. Kat was woedend op me, ze is vanmorgen een halfuur bezig geweest om mijn haar op te steken en tegen de tijd dat we hier aankwamen leek ik wel een verzopen kat, dus moest ik het weer losmaken. En toen ik uit de auto stapte schoot er een ladder in mijn kous,' besloot ze uitdagend, voor hij de kans kreeg om haar er zelf op te wijzen. 'Dus ik zie er, alles bijeengenomen, uit om op te schieten.'
'Ik had willen zeggen dat je er zo goed uitziet,' merkte Sam zachtzinnig op. 'Maar als je dat liever niet hoort...'
In Izzy's ervaring bedoelden mensen die zeiden dat je er goed uitzag, steevast dat je dik was. Zich akelig bewust van het feit dat ze de afgelopen veertien dagen bijna vijf kilo was aangekomen, hoopte ze dat hij de afgesprongen rokknoop op de grond niet zou zien, ze trok haar buik in en veranderde haastig van onderwerp.
'Heeft Kat je verteld dat ze cum laude voor haar examen is geslaagd en dat ze tot de universiteit is toegelaten?'
Sam knikte. 'Je zult wel trots op haar zijn.'
'En Gina... wat zeg je van Gina?' ratelde Izzy door. 'Hoe vìnd je het dat Doug en zij gaan trouwen?'
'Zulke dingen gebeuren,' antwoordde hij laconiek.
'O, en je weet het ook nog niet van Jericho! Die is...'
Sam onderbrak haar woordenstroom door een hand op de vochtige fluwelen mouw van haar pakje te leggen. 'We worden binnenge-

roepen. En we zullen de ambtenaar van de burgerlijke stand maar niet laten wachten. Dat van Jericho moet je me straks maar vertellen.'
'Goed.' Van streek gebracht door zijn gebrek aan belangstelling, streek Izzy met haar vingers door haar nog vochtige haar. 'Ja, natuurlijk.'
'En Izzy...'
'Ja?'
De dichtomwimperde grijze ogen bleven absoluut uitdrukkingsloos. 'Er ligt een parelknoopje naast je linkervoet. Ik geloof dat het van jou is.'

De receptie in het Laugharne Hotel in Mayfair was een grootscheepse bedoening. Gina, stralend van geluk nu ze twee uur geleden mevrouw Steadman was geworden, sloeg haar armen om Izzy heen en fluisterde: 'Dit is de gelukkigste dag van mijn leven. Maar als jij er niet was geweest, zou dit alles niet gebeurd zijn.'
'Het was een kleine moeite,' zei Izzy gevat. Nu ze bij Sam uit de buurt was, viel het haar gemakkelijker om gewoon te doen. 'Ik reed toevallig op het juiste moment op mijn motor door de juiste straat.'
'Daar kan ik over meepraten,' viel Vivienne in. 'Denk eens aan... als zij me toen niet voor die party bij Tash Janssen had uitgenodigd, zou ik Terry nooit hebben ontmoet.' Ze rolde theatraal met haar ogen en greep zijn hand nog wat steviger vast. 'En dan zou ik de rest van mijn leven een zielige oude vrijster zijn gebleven.'
'Net als ik, bedoel je,' vulde Izzy met een wrang lachje aan.
'Ja zeg, jij bent een mooi voorbeeld van een zielige ouwe vrijster,' zei Vivienne met haar lijzige tongval. 'Op weg hierheen kwamen we langs een enorm aanplakbord met een hele grote foto van jou erop, om je nieuwe album te promoten. ''Beleef Izzy Van Asch' Kiss'' stond erbij. En daaronder had iemand met een spuitbus ''Ja, graag'' geschreven.'
'Ik ben nog altijd alleenstaand.' Eén akelig ogenblik prikten de tranen achter haar ogen.
'Kletskoek,' verklaarde Vivienne hartelijk. 'Jij kunt elke man krijgen die je wilt hebben.' Toen draaide ze zich naar Terry, drukte een fuchsiaroze klapzoen op zijn wang en voegde eraan toe: 'Behalve deze, natuurlijk.'

'Wie is Claire?' vroeg Katerina met klem. Simon, die zich tegoed deed aan gerookte zalm en tot de conclusie kwam dat die heel wat lekkerder was dan zalm uit blik, verbeet een glimlach.

'Dat vraag je me nou aldoor,' mopperde hij goedmoedig. 'Ik heb je toch al gezegd, dat is niemand.'
'Ik geloof je niet.'
'Waarom niet?'
'Omdat het vast en zeker je vriendin is.'
'En als ze dat is?' Hij hield zijn hoofd scheef en keek aandachtig naar haar mooie, opstandige profiel. 'Zou je dan jaloers zijn?'
Katerina at niet. Ze had een broodje tussen haar nerveuze vingers verkruimeld en rolde nu balletjes van de zachte binnenkant.
'Natuurlijk zou ik dan hartstikke jaloers zijn,' mompelde ze met gloeiende wangen van schaamte. 'Ik ken haar niet eens en toch haat ik haar.'
Bingo, dacht Simon, nu breed glimlachend. Hij legde zijn vork neer, nam haar trillende hand in de zijne en zei: 'Nou, dan is het maar goed dat ze niet bestaat.'

Het was slap en karakterloos van haar, dat wist Izzy, maar na vier eindeloze uren onafgebroken opgewekt te zijn geweest, was ze hard aan een beetje rust toe. Haar mond deed pijn van het glimlachen, haar nieuwe hooggehakte schoenen knelden ondraaglijk en die stomme rok was, zelfs zonder de knoop, veel te nauw. Vriendelijk doen en gesprekjes voeren viel niet mee zonder champagne, het moeilijkste van alles was om Sam te ontlopen zonder dat het al te veel opviel. Gedeelde vreugd was allerminst dubbele vreugd, constateerde Izzy. Zij voelde zich alleen maar doodongelukkig.

62

'Wat doe jij hier?'
Izzy schrok op bij het horen van Sams stem. Ze zat al twintig minuten op een lichtblauwe sofa in een lege zitkamer van het hotel en voelde nu haar maag de gebruikelijke buiteling maken.
Jou ontlopen, natuurlijk, dacht ze. Maar omdat ze dat moeilijk kon zeggen, antwoordde ze kortaf: 'Niets. Even uitrusten.'

Sam besefte met een onhoorbare zucht dat het niet mee zou vallen. Echt belangrijke dingen met Izzy bespreken was nooit makkelijk geweest en de signalen die ze op dit moment uitzond, waren op zijn zachtst gezegd niet bepaald veelbelovend.
Maar hij vertikte het om het op te geven zonder het te hebben geprobeerd. Niet nu hij van zover was gekomen.
'Je zou me nog van Jericho vertellen,' bracht hij haar in herinnering, terwijl hij haar voet opzij schoof en zich naast haar op de sofa installeerde.
O god, dacht Izzy wanhopig, niet nog zo'n beleefd gesprekje.
'Het is niet het wereldschokkendste nieuwtje,' zei ze met een achteloos schouderophalen. 'Hij heeft een teefje gepakt, anders niets. En dat heeft vorige week drie puppy's geworpen.'
'Hmm. Zoals Kat het vertelde klonk het wereldschokkender.'
Izzy keek hem kwaad aan. 'Als je het al wist, waarom vroeg je mij er dan ook nog naar?'
'Tja, het weer hebben we al besproken.'
Hij glimlachte nog net niet. Ze begreep dat hij haar voor de mal hield en zei: 'Behandel me niet als een kind.'
'Dan moet jij niet zitten mokken,' antwoordde Sam gemoedelijk. 'Luister nu eens, Izzy. Het hoeft toch niet zo te gaan. Ik dacht dat we tenminste vrienden zouden blijven.'
Hoe redelijker hij deed, hoe nijdiger zij werd, en ze zei kinderachtig: 'Echte vrienden sturen elkaar kerstkaarten.'
Hij begon te lachen. 'Jij hebt mij ook geen kerstkaart gestuurd.'
'Alleen omdat jij mij er niet eerst een had gestuurd.'
'Izzy, ben je daar nu werkelijk kwaad over?' Hij stond op, haalde zijn portefeuille te voorschijn en zei: 'Moet ik nu soms een kerstkaart voor je gaan kopen?'
'Ach, vlieg op!' tierde ze, vastbesloten om niet te lachen. Hij had haar altijd aan het lachen kunnen maken en ze moest koste wat kost greep op zichzelf houden.
Maar Sam stond al bij de schoorsteenmantel, waar een stapel fraai uitgevoerde brochures op lag die de zaligheden van het Laugharne Hotel hemelhoog aanprezen. Hij deed de dop van zijn pen, kwam weer naast haar zitten en schreef 'gelukkig kerstfeest, Izzy' op de voorkant van een van de brochures, sloeg hem toen open en schreef op de binnenpagina: 'Veel liefs van je Sam.' 'Alsjeblieft,' zei hij, weer met een stalen gezicht. 'Zo beter?'
Maar het was niet beter. Izzy, overmand door jaloezie en voelend dat

ze opnieuw op het punt stond om in tranen uit te barsten, mompelde. 'Dat mag je er niet op zetten. Je mag niet "*je Sam*" schrijven. Wat zou je vriendin wel niet denken?'
'Mijn vriendin?' Sam dacht een ogenblik na. Toen vroeg hij: 'Welke vriendin?'
Izzy bloosde. Ze balanceerde op het scherp van de snede, maar het verlangen om het te zeggen, en de masochistische behoefte om te weten hoe Miss America werkelijk was, waren onweerstaanbaar.
'Ik heb gehoord dat je een vriendin hebt,' zei ze. Haar hart bonkte tegen haar ribben, maar haar stem klonk onverschillig. 'Is ze aardig?'
Maar Sam scheen niet langer te luisteren. In plaats daarvan nam hij Izzy de geïmproviseerde kerstkaart weer af en krabbelde nog een regel onder zijn naam.
Izzy, nauwelijks in staat haar ongeduld te bedwingen, herhaalde: 'Sam. Is ze aardig?'
'Wie?'
'Je weet drommels goed wie.'
Hij zuchtte en gaf haar de kaart. 'Ik weet niet hoe je aan die onbetrouwbare informatie komt, maar ik heb geen vriendin. Als je het wilt weten, ik heb de afgelopen drie maanden geleefd als een celibatair. Vooruit, doe nu je kerstkaart open en lees de laatste regel.'
Er stond: 'P.S.: Hou nu eens op met kissebissen en zeg dat je met me wilt trouwen.'
De woorden vervaagden toen Izzy's ogen vol tranen schoten, maar deze keer deed ze geen moeite om ze te bedwingen. Sam zei haar alles wat ze had willen horen. Het probleem was alleen dat hij loog.
'Ik heb haar aan de telefoon gehad,' zei ze bijna fluisterend. 'Ik heb je gebeld, en zij was in je appartement. Ik begrijp wel, Sam, dat ze je de boodschap of je terug wilde bellen niet heeft doorgegeven, dus daar heb jij geen schuld aan. Maar toen ik de tweede keer belde, lag je met haar in bed. Jullie waren samen. Dus probeer me nu niet wijs te maken dat je drie maanden als een celibatair hebt geleefd, want ik heb jullie gehoord. En ik kan niet verdragen dat je me leugens vertelt!'
Sam was enkele ogenblikken stil. Toen zei hij: 'Welk nummer heb je gebeld?'
'Ach, vlieg op,' jammerde Izzy. 'Jouw nummer, natuurlijk.'
Hij raffelde het af. Toen ze knikte – omdat het om de een of andere bespottelijke reden onuitwisbaar in haar geheugen gegrift stond – glimlachte hij.

'Daar heb ik gewoond,' zei Sam vriendelijk. 'Ik heb dat appartement acht weken geleden verkocht. Aan een tv-producer, Sam Hirsch genaamd.'
Izzy hield op met huilen. Ze hield op met ademhalen. Ze wist niet meer hoe dat moest. Toen ze weer iets kon zeggen, vroeg ze: 'Weet je het zeker?'
Zijn donkere wenkbrauwen gingen omhoog. 'Tja, tamelijk zeker. En ik heb het geld van de verkoop gebruikt om de schulden van de club te betalen. Maar als je het wilt natrekken, kun je altijd Sam en Rosalie Hirsch bellen en het hun zelf vragen.'
De afschuwelijke, dertigurige trip naar New York schoot tot in de kleinste bijzonderheden door Izzy's hoofd: de zestien uur vliegen, de onbeschofte taxichauffeur, de kwelling van het in de hotelkamer zitten wachten tot de telefoon zou gaan en het daaropvolgende verdriet...
'O, Sam,' zei ze zwakjes, terwijl ze hem geërgerd aankeek, 'waarom heb je niemand gezegd dat je verhuisd was?'
'Dat heb ik wel gedaan,' antwoordde hij quasi verontwaardigd. 'Ik heb Gina een kerstkaart met mijn nieuwe adres en telefoonnummer gestuurd. Je had het haar alleen maar hoeven vragen.'
'Dus heb ik die hele reis voor niets gemaakt.'
'Bedoel je dat je in New York was toen je me belde?'
Izzy sloot even haar ogen, niet in staat te geloven dat dit alles echt gebeurde. Ze knikte.
'Nou, dat is hoopvol nieuws,' zei Sam en vervolgde gespannen: 'Betekent dat dat je me werkelijk wilde opzoeken?'
'Misschien.' Haar toon was afgemeten, maar haar mondhoeken begonnen te trillen. 'O verdomme, Sam! Moet ik het voor je spellen? Ja, ik ben naar New York gevlogen omdat ik je wilde spreken en daarmee heb ik mezelf compleet voor schut gezet. Zo, ik heb het gezegd. Ben je nu gelukkig?'
'Misschien,' bauwde hij haar vriendelijk na, terwijl hij begon te lachen en haar in zijn armen trok. 'Ofschoon ik nog veel gelukkiger zou zijn als je zei dat je met me wilde trouwen.'
Izzy's onderlip begon weer te trillen. Hij kuste hem vluchtig, toen ging hij wat naar achteren en keek diep in haar donkere ogen, deze keer echt heel ernstig.
'Ik meen het, Izzy. Ik heb drie maanden de tijd gehad om erover na te denken en dat is het enige antwoord. Ik wil niemand anders. Ik kan me niet voorstellen dat ik ooit een ander zou willen. Ik weet dat je

verstandig probeerde te zijn toen je tegen me zei dat ik kinderen van mezelf zou willen hebben, maar dat is niet langer een punt. Ik weet dat ik liever met jou getrouwd zou zijn en dat ik dan maar geen kinderen heb, dan dat ik met iemand anders trouw en...' Hij haalde zijn schouders op en besloot: 'Nou ja, dat zou zinloos zijn.'
'O.' Vervuld van liefde klemde Izzy zich aan hem vast. Straks, wanneer ze weer samenhangend kon denken, zou ze hem het nieuws vertellen dat moeder Natuur tot een wijziging van de plannen had besloten.
Maar Sams armen gingen om haar middel zelf op ontdekkingsreis.
'Je rits is los,' zei hij, perplex naar haar korte, topaasgele fluwelen rok kijkend. 'Wat is er? Ben je ziek?'
'Tja... a,' begon Izzy, maar op dat moment vloog de deur van de blauwe zitkamer open.
'Daar zijn jullie dus,' riep Katerina beschuldigend. 'Dat is ook wat! Ik heb jullie overal lopen zoeken.'
De storing kwam niet bepaald gelegen. Izzy probeerde weer greep op zichzelf te krijgen en vroeg: 'Hoezo, is er iets?'
'Natuurlijk niet.' Katerina kwam verder de kamer in en stak Sam een dichtgeplakte bruine envelop toe. 'We vroegen ons alleen af waar jullie waren. Doug herinnerde zich daarnet dat hij deze aan Sam moest geven, dus heb ik aangeboden hem te brengen.'
'Ziet eruit als een belastingaanslag,' schertste Izzy zwakjes. Toen ving ze een glimp op van het ronde, onregelmatige handschrift op de voorkant van de envelop en ze zei verwonderd: 'Dat is Lucilles handschrift.'
Katerina knipoogde tegen Sam. 'Dan bof jij maar weer. Het zal wel een oneerbaar voorstel zijn. Nu Doug uit beeld verdwenen is, richt ze haar blik zeker op de op een na beste kans.'
'Bedankt,' zei Sam droog. Hij scheurde de envelop open en haalde er een ooit verfrommeld, maar nu gladgestreken vel papier uit. Toen fronste hij zijn voorhoofd. 'Maar dit heeft Lucille niet geschreven.'
Izzy deed er met een gil een uitval naar. 'Dat mag je niet lezen!' riep ze, in een verwoede poging om de brief uit zijn hand te trekken. 'Die is van mij! Ik wilde je juist vertellen...'
'Er staat: lieve Sam,' wees hij haar terecht, terwijl hij haar moeiteloos in bedwang hield en de inhoud snel doorlas. Toen veranderde de uitdrukking op zijn gezicht en keek hij Izzy weer aan.
'Is dit waar?'
Echt iets voor Lucille, dacht ze, om de zaak blijmoedig in haar eigen

bemoeizieke Ierse handen te nemen. Ze hield haar gezicht zorgvuldig in de plooi en zei: 'Misschien.'

Zonder op de aanwezigheid van zijn toekomstige stiefdochter te letten, liet Sam de brief op de grond vallen en nam Izzy in zijn armen. Deze keer was de kus niet vluchtig.

'Jonge liefde,' zei Katerina blijmoedig. Ze ging op de rand van de salontafel zitten en wachtte kalm tot de volwassenen uitgekust waren. Sam had kennelijk de reclameposters gelezen die hem aanspoorden om Izzy Van Asch haar Kiss te Beleven.

'Oké,' zei ze tenslotte, terwijl ze Sam vastberaden aankeek. 'Dit is allemaal goed en wel, maar voor het verder gaat, moet ik je iets vragen.'

'En dat is?' vroeg Sam, met een voor de gelegenheid eerbiedig gezicht. Verborgen voor Katerina's blik gleed zijn linkerhand in het openstaande split op Izzy's rug.

'Ik zou graag willen weten,' zei Katerina langzaam, 'of jouw bedoelingen met mijn moeder wel eerbaar zijn.'